그림 동화 2

Kinder- und Hausmärchen

그림 동화

아이들과 가정의 동화

2

야코프 그림, 빌헬름 그림
전영애, 김남희 옮김

KINDER-
UND
HAUSMÄRCHEN

JACOB LUDWIG CARL GRIMM   WILHELM CARL GRIMM

민음사

* 아이콘 표시된 본문의 QR 코드를 스캔하시면 전영애 역자의 동화 구연을
  감상하실 수 있습니다.

2권

아웃트로

1권

인트로 베티나 폰 아르님에게 | 빌헬름 그림

민중 문학의 바탕은 초록 풀밭과 같다 | 그림 형제

민족의 정신적 뿌리를 찾아가는 여정 | 전영애

한국에서 새로이 나온 『그림 동화』 정본 완역본 | 알프레드 메
설리

그림 동화

2

빈자와 부자

옛날에 하느님이 아직 인간들 가운데에서 몸소 땅 위를 거닐 때였다. 어느 날 저녁 잠자리에 닿기 전에 피곤해지고 밤이 되어 버렸다. 앞에 집 두 채가 나란히 서 있었는데 하나는 크고 아름다웠으며 다른 하나는 작고 초라했다. 큰 집은 부자의 것이고 작은 것은 가난한 사람의 것이었다. 그래서 하느님은 생각했다. "부자에게는 내가 부담이 되지 않겠지. 그 집에서 밤을 보내야겠다." 문을 두드리자 부자가 창문을 열고 낯선 이에게 무얼 찾느냐고 물었다. 하느님이 대답했다. "잠자리를 청합니다." 부자는 나그네를 머리끝에서 발끝까지 살펴보았다. 그런데 그가 소박한 옷을 입었고 주머니에 돈이 많이 든 사람처럼 보이지 않아 고개를 가로저으며 말했다. "받아들일 수 없소. 내 집 방들에는 약초와 씨앗이 가득 있어요. 문을 두드리는 사람마다 다 재워 주면 내가 걸인 지팡이를 들 수도 있지." 그러면서 하느님을 세워 둔 채 창문을 쾅 닫았다.

하느님은 그 집에서 등을 돌려 가난한 집으로 건너갔다. 문을 두드리자마자 가난한 사람이 작은 문을 열고는 나그네에게 "제 집에서 밤을 보내십시오." 하고 말했다. "이미 깜깜하니 오늘은 더 못 가실 겁니다." 그 말이 마음에 들어 하느님은 집 안으로 들어섰다. 가난한 사람의 아내가 손을 내밀고 환영하며 편히 쉬라고, 가진 게 많지는 않으나 있는 건 마음을 다해 드리고 싶다고 말했다. 그러고 나서 감자를 화덕 위에 얹어 놓고 요리를 하고 우유를 조금 곁들이려고 염소젖을 짰다. 식탁이 차려지자 하느님은 앉아서 그들과 함께 먹었다. 소박한 음식이 맛있었고 그 자리에 즐거운 얼굴들이 있었다. 식사를 마치고 잘 시간이 되자 아내가 몰래 남편을 불러 말했다. "여보, 가엾은 나그네가 우리 침대에 누워 푹 쉴 수 있도록 오늘 밤은 짚북데기에 잠자리를 마련합시다. 나그네는 종일 걸었을 테니 피곤하겠지요." "기꺼이……." 하고 남편이 대답했다. "침대를 저분에게 드립시다." 그러고는 하느님에게 가서 괜찮다면 자기들 침대에 누워 제대로 쉬라고 청했다. 하느님은 두 늙은 사람의 잠자리를 뺏고 싶지 않았으나 거절하지 않고 그들의 침대에 누웠다. 두 사람은 땅바닥에 짚북데기 잠자리를 만들었다.

다음 날 아침 그들은 날이 새기 전에 일어나 손님을 위해 한껏 좋은 아침 식사를 준비했다. 작은 창문을 통해 해가 빛나자 하느님이 일어나 다시 그들과 함께 식사를 하고 길을 떠날 준비를 했다. 문을 나서려다 하느님이 몸을 돌려 말했다. "그대들이 참으로 동정심이 있고 경건하니 세 가지 소원을 말하면 내가 들어주겠네." 그러자 가난한 남자가 말했다. "영원한 안식 외에 뭘 더 바라겠습니까. 저희 둘이 살아 있는 한 건강하고 최소한의 일용할 양식이 있으면 좋겠습니다. 세 번째로 원할 바는 모르겠습니다." 하느님이 말했다. "이 오래된 집 대신 새 집을 바라지 않느냐?" "아 좋지요." 하고 남자가 말했다. "그것까지 받을 수 있다면 좋지요." 그러자 하느님은 소원을 들어줘 낡은 집을 새 집으로 바꾸어 놓았고 그들에게 다시 한번 축복을 내리고는 떠났다.

부자가 일어났을 때는 이미 한낮이었다. 그는 창턱에 기대어 밖을 보다 맞은편에 빨강 기와를 얹은 깨끗한 새 집이 있는 것을 보자 아내를 불러 말했다. "무슨 일이 있었는지 말 좀 해 봐. 어제저녁만 해도 비참한 낡은 오두막이었는데 오늘은 저렇게 아름다운 새 집이 서 있다니." 아내가 가서 가난한 사람에게 캐물었다. 가난한 사람이 말했다. "어제저녁 나그네가 와서 잠자리를 찾아 베풀었더니 오늘 아침 떠나면서 우리에게 세 가지 소원을 들어주었어요. 영원한 안식, 이 생에서의 건강과 최소한의 일용할 양식, 마지막으로 우리의 낡은 집 대신 새 집을 준 거지요."

부자의 아내는 서둘러 집으로 달려와 남편에게 어떻게 그 모든 일이 일어났는지 들려주었다. 남편이 말했다. "내 몸을 짓찧어 부스러뜨리고 싶네. 내가 알았더라면! 낯선 사람이 먼저 찾아와 우리 집에서 밤을 지내려고 했는데 내가 거절했어." "서둘러요." 하고 아내가 말했다. "말을 타면 그 사람을 따라잡을 수 있어요. 당신에게도 세 가지 소원을 달라고 하세요."

부자는 그 충고를 따라 말을 타고 질주해 하느님을 따라잡았다. 그는 자기가 곧바로 받아들이지 않았던 걸 나쁘게 생각하지 말아 달라고 공손히 말했다. 현관 열쇠를 찾고 있었는데 그사이 가 버리셨다고, 만약 같은 길을 돌아오면 꼭 내 집에 머물라고 했다. "그러지요." 하고 하느님이 말했다. "내가 돌아오면 그렇게 하리다." 그러자 부자는 자기도 이웃처럼 세 가지 소원을 말해도 되느냐고 물었다. 하느님이 허락했다. 그러나 그를 위해 좋지 않을지 모르니 아무것도 원하지 않는 편이 나을 거라고 했다. 하지만 부자는 자기가 행복해질 무언가를 찾아야겠다고 생각했다. 하느님이 말했다. "집으로 돌아가게, 자네가 비는 세 가지 소원은 이루어질 거네."

부자는 원하는 바를 얻어 집으로 말을 타고 오면서 무엇을 소망해야 할지 곰곰이 생각했다. 어찌나 깊이 생각했는지 그만 고삐를 놓쳐 말이 날뛰기 시작해 계속 생각에 방해를 받아 도무지 집중할 수 없었다. 그는 말의 목을 두드리며 말했다. "조용히 해, 리제." 그러나 말이 또다시 두 앞다리를 쳐들었다. 그는 마침내 인내심을 잃고 화가 나서 소리쳤다. "네 목이 부러지면 좋겠구나!" 그가 그 말을 입 밖에 내자 말 대가리가 털썩 땅으로 떨어지고 말이 죽어 꼼짝도 하지 않았다. 그렇게 첫 소원이 이루어졌다. 인색한 그는 안장을 버려두지 않고 잘라 등에 멨다. 이제는 걸어서 가야 했다. '아직 소원이 두 가지 남아 있어.' 생각하며 그는 자신을 위로했다.

천천히 모래밭을 지나가는데 한낮의 태양이 뜨겁게 불타서 너무 덥고 화가 났다. 안장이 등을 짓눌러 무얼 소망해야 할지 생각이 떠오르지 않았다. "내가 세상의 모든 나라와 보물을 가진다 한들……." 하고 그는 혼잣말을 했다. "나중에 또 이런저런 온갖 게 생각날 거야. 그건 벌써 알겠어. 그러니 더 이상 원할 게 남지 않도록 소원을 빌어야겠어." 그는 한숨을 쉬며 말했다. "내가 만약 세 가지 소망을 이루게 되는 바이에른 농부라면 그는 무엇을 빌지 알지. 우선 아주 많은 맥주를 바라고, 두 번째로는 마실 수 있는 만큼 많은 맥주를, 세 번째로는 거기다 맥주 한 통더." 이따금 이제 자기가 찾던 걸 찾아냈다는 생각이 들었지만 이내 보잘것없어 보였다. 그러다 아내가 얼마나 팔자 편할지에 생각이 미쳤다. 집에서 시원한 방 안에 앉아 맥주를 즐기고 있을 테니. 그러자 화가 난 그는 자기도 모르게 말했다. "내가 안장을 등에 지고 가는 대신 아내가 안장 위에 앉아 내려오지 못하면 좋겠네." 마지막 말이 입에서 나오자 안장이 등에서 사라졌고 그는 두 번째 소원이 이루어졌음을 알아차렸다. 제대로 열이 받은 그는 달리기 시작했고, 방 안에 혼자 들어앉아 마지막 소망으로 무언가 대단한 것을 생각해 보고 싶었다. 그러나 도착해서 방문을 여니 아내가 방 한가운데 놓인 말 안장 위에 앉아 내려오지 못하고 울부짖고 있었다. 그가 말했다. "참아, 내가 당신을 위해 세상의 모든 부를 달라고 소망할 테니 거기 가만히 앉아 있어." 그러나 아내는 남편을 양 대가리라고 욕하며 말했다. "내가 말 안장에만 앉아 있으면 세상의 모든 부가 무슨 소용이에요. 당신이 내가 이 위에 있길

소망했으니 다시 내려오게 해." 그는 원하든 말든 아내가 안장에서 벗어나 내려올 수 있게 해 달라고 세 번째 소원

빈자와 부자

을 빌어야 했다. 그 소망은 곧 이루어졌다. 결국 그는 분노, 수고, 비난과 잃어버린 말 외에 아무것도 얻지 못했다. 그러나 가난한 사람은 축복받은 죽음에 이르기까지 기쁘고 고요하고 경건하게 살았다.

88

노래하고 뛰는 종달새[1]

옛날에 먼 길을 떠나려는 남자가 있었다. 작별하면서 그는 세 딸에게 무엇을 사다 줄지 물었다. 맏딸은 진주를, 둘째는 다이아몬드를 원했으나 셋째는 이렇게 말했다. "아버지, 노래하고 뛰는 종달새를 원해요." "그래, 내가 그걸 얻으면 가져다주마." 하고 아버지는 셋 모두에게 입맞춤을 하고 떠났다. 집으로 돌아올 때가 되자 아버지는 첫째와 둘째를 위해 진주와 다이아몬드를 샀다. 그러나 막내

---

1 원어는 종달새의 다른 이름이다. 다만 종달새라고 번역할 수밖에 없는데 그러면 사자와의 연관이 사라져 버린다.

를 위해 노래하고 뛰는 종달새를 사방으로 찾아보았으나 소용없었다. 막내는 그가 제일 사랑하는 아이였기에 매우 아쉬웠다. 그때 길이 그를 어떤 숲으로 인도했는데, 숲 한 가운데 화려한 성이 있었고 성 가까이에 나무 한 그루가 서 있었는데 나무 꼭대기에서 종달새가 노래하고 뛰는 모습이 보였다. "아하, 너 잘 만났다." 하고 그는 아주 기뻐하며 하인에게 외쳤다. "올라가서 저 새를 잡아라." 그러나 나무로 다가가자 사자 한 마리가 그 아래에서 튀어나와 몸을 털며 포효해 나뭇잎들이 덜덜 떨렸다. "나의 노래하고 뛰는 종달새를 훔치려는 자는……." 하고 사자가 외쳤다. "내가 잡아먹겠어." 그러자 남자가 말했다. "새가 네 것인 줄 몰랐구나. 내 불찰을 만회하고 많은 금을 몸값으로 치르겠으니 목숨만 살려 다오." 사자가 말했다. "네가 집에 가서 맨 먼저 만나는 것을 나에게 주겠다고 약속하지 않는 한 그 무엇도 너를 구하지 못해. 그러겠다면 네 목숨을 선물하고 덧붙여 네 딸을 위한 새도 주겠어." 그러나 남자가 거절하며 말했다. "맨 먼저 만나는 게 내 막내딸일 수도 있어. 나를 제일 사랑해서 내가 돌아가면 언제나 달려오는 아이야." 그러나 하인이 겁이 나서 말했다. "그게 꼭 따님이겠습니까, 고양이나 개일 수도 있지요." 그러자 남자는 설득당해 노래하고 뛰는 종달새를 받고 사자에게 집에서 제일 먼저 자기를 맞는 것을 주기로 약속했다.

집에 도착해 집 안으로 들어섰을 때 그가 처음 만난 것은 다른 누구도 아닌 가장 사랑하는 막내딸이었다. 딸은 달려와 아버지를 입맞춤하고 껴안았다. 그리고 아버지가 가져온 노래하고 뛰는 종달새를 보자 기뻐서 어쩔 줄 몰랐다. 그러나 아버지는 기뻐하지 못하고 울음을 터뜨리며 말했다. "더없이 사랑하는 아이야, 이 작은 새를 나는 값비싸게 구했단다. 그 대가로 너를 흉포한 사자에게 주기로 약속했어. 사자가 너를 잡으면 갈기갈기 찢어 먹을 거야." 그러면서 있었던 일을 들려주고 무슨 일이 있어도 가지 말라고 부탁했다. 딸은 아버지를 위로하며 말했다. "사랑하는 아버지, 약속하신 건 지켜야 해요. 제가 가겠어요, 사자를 다독여 다시 건강하게 집으로 돌아오겠어요."

다음 날 아침 딸은 길을 묻고 작별을 하고 두려움 없이 숲으로 들어갔다. 사자는 마법에 걸린 왕자였다. 낮에는 사자였으며, 그의 모든 백성도 사자가 되었다. 하지만 밤에는 본래의 사람 모습을 되찾았다. 숲에 도착한 막내딸은 환대를 받고 성안으로 인도되었다. 밤이 되자 사자는 아름다운 남자로 변했으며 화려하게 결혼식이 열렸다. 그들은 즐겁게 함께 살았으며, 밤에는 깨어 있고 낮에는 잠을 잤다.

한번은 그가 와서 말했다. "큰언니가 결혼을 해서 내일은 당신 아버지 집에서 잔치가 있소. 가고 싶으면 내 사자들이 당신을 인도할 거요." "네, 아버지를 다시 보고 싶어요." 하고 그녀가 말했고, 사자들과 동행해 집으로 갔다. 다들 막내딸이 사자에게 짓찢겨 오래전에 삶을 마쳤다고 믿었기 때문에 그녀가 도착하자 환호했다. 막내딸은 사자가 얼마나 멋진 남편이고 얼마나 잘 지내는지 이야기했고, 결혼식이 열리는 동안 함께 있다가 다시 숲으로 돌아갔다.

둘째 언니가 결혼해 다시 결혼식에 초대받았을 때 막내딸이 사자에게 말했다. "이번에는 혼자 가고 싶지 않아요. 당신도 함께 가요." 그러나 사자는 불타는 빛줄기가 닿으면 비둘기로 변해 칠 년 동안 비둘기들과 날아다녀야 하기 때문에 너무 위험하다고 말했다. "아……." 하고 그녀가 말했다. "같이 가요. 내가 당신을 지키고 모든 빛으로부터 막아 줄게요." 그리하여 둘은 함께 떠났으며 그들의 어린 아기도 데리고 갔다.

그녀는 방 하나에 어떤 빛줄기도 뚫고 들어오지 못하도록 튼튼하고 두터운 장막을 치게 했다. 결혼식 등불들에 불이 켜질 때 그는 그 안에 앉아 있었다. 그런데 출입문이 생나무로 만들어져 목재가 뒤틀리며 누구도 알아차리지 못하는 사이에 작은 균열이 생겼다. 결혼식을 성대하게 치르고 많은 횃불과 등불을 든 혼례 행렬이 교회에서 돌아오며 홀 앞을 지나는데 머리카락 굵기의 빛 한 줄기가 왕자에게 떨어졌다. 이 빛줄기가 그를 건드리자 순식간에 모습이 바뀌었고, 그녀가 돌아와서 그를 찾았을 때는 흰 비둘기 한 마리가 앉아 있었다. 비둘기가 그녀에게 말했다. "칠 년 동안 나는 세상을 날아야 해요. 일곱 발자국마다 붉은 핏방울 하나와 흰 깃털 하나를 떨어뜨려 당신에게 길을 알려 줄게요. 그 자취를 따라오면 당신은 나를 구할 수 있어요." 그러고 나서 비둘기는 문밖으로 날아갔고 그녀는 비둘기를 따라갔다. 일곱 발자국마다 붉은 피 한 방울과 깃털 하나가 떨어져서 길을 알려 주었다.

그녀는 넓은 세상으로 나가 돌아보지도 쉬지도 않았다. 그렇게 거의 칠 년이 지나갔다. 그녀는 기뻐하며 머지않아 구원받으리라 생각했지만 아직 멀었다. 한번은 그렇게 계속 가고 있는데 깃털도 붉은 핏방울도 떨어지지 않았고 비둘기도 사라졌다. '사람은 나를 도울 수 없어.' 생각하며 그녀는 해에게 올라가 말했다. "너는 모든 틈, 모든 정점 위에서 빛나지. 하얀 비둘기가 날아가는 걸 못 봤니?" "못 봤는데." 하고 해가 대답했다. "비둘기는 못 봤어. 하지만 너에게 작은 상자를 하나 선물할 테니 큰 어려움에 처하면 그걸 열어." 그녀는 해에게 감사하고 저녁이 되어 달이 빛날 때까지 계속 갔다. 그녀는 달에게 물었다. "너는 밤새도록 모든 벌판과 숲을 뚫고 비치지. 하얀 비둘기가 날아

가는 것 못 봤니?" "못 봤는데." 하고 달이 대답했다. "비둘기는 못 봤어. 하지만 너에게 달걀을 하나 줄 테니 큰 위험에 처하거든 그걸 깨뜨려." 그녀는 달에게 감사하고 밤바람이 불어올 때까지 계속 갔다. 그녀는 밤바람에게 말했다. "너는 모든 나무 위로 또 모든 잎 아래로 불지. 하얀비둘기가 날아가는 것 못 봤니?" "못 봤는데." 하고 밤바람이 말했다. "비둘기는 못 봤어. 하지만 다른 바람들 셋한테 물어볼게. 어쩌면 그들이 비둘기를 봤을지 몰라." 동풍과 서풍이 왔지만 아무것도 보지 못했다. 그러나 남풍이 말했다. '흰 비둘기를 봤어. 붉은 바다로 날아갔지. 거기서 다시 사자가 되었어. 칠 년이 지났으니까. 사자는 그곳에서 괴룡 한 마리와 싸우고 있어. 그러나 괴룡은 마법에 걸린 공주야." 그러자 밤바람이 말했다. '홍해로 가렴. 오른쪽 물가에 커다란 갈대들이 서 있는데 그걸 헤아려서 열한 번째 것을 잘라 내. 그걸로 괴룡을 치면 사자가 괴룡을 제압할 수 있고 둘은 사람 몸을 다시 얻을 거야. 그런 다음 돌아보면 홍해 바닷가에 앉아 있는 그라이프 새[2]가 보일 거야. 사랑하는 사람과 함께 그 새에 올라타. 사자의 몸에 독수리의 머리와 날개가 달린 그 새가 너희를 바다 건너 집까지 실어다 줄 거야. 거기 호두도 하나 있는데 바다 위 한가운데에서 그걸 떨어트려. 호두가 곧 열리고 물에서 커다란 호두나무가 솟아 나오며 자랄 거야. 그라이프 새는 그 위에서 쉴 수 있어. 만약 쉬지 않으면 너희를 싣고 갈 힘이 모자랄 거야. 네가 호두 떨어뜨리는 걸 잊으면 너희를 바다에 떨어뜨릴 거야"

그녀가 그곳에 가니 모든 것이 밤바람이 말한 대로였다. 그녀는 바닷가의 갈대들을 헤아려 열한 번째 것을 잘랐고, 그걸로 괴룡을 치자 사자가 그것을 제압했다. 곧 둘은 인간의 모습을 되찾았다. 그런데 괴룡이던 공주가 마법에서 풀려나 청년을 안고 그라이프 새에 앉아 함께 데려가 버렸다. 먼 길을 떠돌아 온 가엾은 여자는 다시 버림받고 서 있다가 주저앉아 울었다. 마침내 용기를 낸 그녀가 말했다. "그를 찾을 때까지 바람이 불어 가는 만큼 멀리, 닭

2　Greif. 독수리 머리와 날개, 사자 몸을 가졌다는 전설상의 괴수다.

이 우는 만큼 오래 가겠어." 그러고는 떠나서 머나먼 길을 걸어 마침내 두 사람이 함께 사는 성에 도착했다. 그들의 결혼식 잔치가 열린다는 소식을 들었지만 그녀는 "신이 나를 도우셔." 하며 해가 준 작은 상자를 열었다. 그 안에 해처럼 반짝이는 옷이 들어 있었다. 그 옷을 꺼내 입고 성으로 올라가니 모든 사람과 신부까지 놀라 그녀를 바라보았다. 옷이 너무나 마음에 든 신부는 결혼 드레스로 입고 싶어서 그 옷을 팔지 않겠냐고 물었다. "돈이나 땅을 받고 팔지 않아요." 하고 그녀가 대답했다. "하지만 살과 피는 받죠." 무슨 뜻인지 신부가 묻자 그녀가 말했다. "신랑이 자고 있는 방에서 하룻밤 자게 해 주세요." 신부는 원치 않았지만 드레스를 가지고 싶었다. 마침내 응했으나 시중드는 하인이 왕자에게 수면 음료를 먹였다.

밤이 되고 젊은이가 잠들었을 때 그녀가 방 안으로 인도되었다. 그녀는 침대 옆에 앉아서 말했다. "나는 칠 년 동안 당신을 뒤따라왔어요. 해와 달에게 가고 네 방향의 바람에게 갔어요. 괴룡과 맞서도록 당신을 도왔고요. 나를 아주 잊어버린 거예요?" 그러나 너무 깊이 잠든 왕자에게는 마치 바깥 전나무들 가운데서 바람이 설렁이는 것 같았다. 아침이 밝아 오자 그녀는 다시 바깥으로 인도되었고 금빛 드레스를 내주어야 했다. 아무런 소용이 없자

그녀는 슬퍼져서 풀밭으로 나가 주저앉아 울었다. 그런데 달에게 받은 달걀이 생각났다. 그걸 열자 암탉 한 마리가 순금으로 된 열두 마리 병아리를 데리고 나왔다. 그것들이 삐약삐약거리며 돌아다니다가 어미의 두 날개 밑으로 기어들었다. 세상에서 그보다 더 아름다운 것은 없었다. 그녀는 일어나서 신부가 창밖을 볼 때까지 풀밭에서 병아리들을 몰았다. 신부는 작은 병아리들이 어찌나 마음에 드는지 금방 내려가서 팔지 않겠냐고 물었다. "돈이나 땅을 받고 팔지 않지만 살과 피는 받죠. 신랑이 자는 방에서 하룻밤만 자게 해 주세요." 신부는 "그러죠." 하며 지난밤처럼 그녀를 속이려고 했다. 그러나 잠자리에 들 때 왕자가 밤에 웅얼웅얼 서걱서걱하던 것이 무엇인지 하인에게 물었다. 그러자 하인이 가엾은 소녀가 몰래 방에서 잤기 때문에 그에게 수면 음료를 주어야 했고, 오늘 밤에도 또 줘야 한다고 털어놓았다. 왕자가 말했다. "그 음료를 침

대 옆에다 부어라.”

밤이 되자 그녀가 다시 안으로 인도되었다. 그녀가 얼마나 슬프게 지냈는지를 말하기 시작하니 왕자가 곧 목소리로 사랑하는 아내를 알아보고 벌떡 일어나 외쳤다. “이제 비로소 구원받았다! 낯선 왕녀가 마법을 걸어 당신을 잊게 해 나는 마치 꿈속에 있는 것 같았는데 신이 제때 내 어리석음을 거두어 주셨군요.” 두 사람은 마법사인 공주의 아버지가 두려워 밤에 몰래 성을 나와 그라이

프 새에 올라 탔고, 새는 그들을 홍해 바다를 건너 실어
다 주었다. 바다 한가운데에 왔을 때 그녀는 호두를 떨어
뜨렸다. 곧 커다란 호두나무가 자랐고, 그 위에서 새가 쉬
고 나서 그들을 집까지 데려다주었다. 거기서 그들은 크
고 아름답게 자란 아이를 보았다. 그리고 죽을 때까지 행
복하게 살았다.

89

거위 치는 하녀

옛날에 왕비가 있었는데 남편은 이미 여러 해 전에 죽고 딸이 하나 있었다. 딸이 자라자 멀리 들녘 너머 왕자에게 주기로 약속되었다. 혼인을 하고 딸이 낯선 나라로 떠나야 할 시간이 오자 늙은 어머니는 금과 은으로 된 온갖 값진 그릇과 장신구, 잔과 보석, 간단히 말해 공주의 지참금으로 적당한 모든 것을 꾸렸다. 자식을 몹시 사랑했기 때문이다. 어머니는 함께 가서 신부를 신랑 손에 넘겨줄 시중드는 하녀도 붙여 주었다. 각자 여행에 타고 갈 말을 한 필씩 받았는데 공주의 말은 이름이 팔라다[3]였고 말을 할 수 있었다. 이별의 시간이 되자 늙은 어머니는 방으로 들어가 작

은 칼로 손가락을 베어 피를 냈다. 그런 다음 하얀 손수건에 피 세 방울을 떨어뜨려 딸에게 주며 말했다. "얘야, 이걸 잘 간직하거라, 가는 길에 쓰일 데가 있을 거다."

그리하여 두 사람은 슬픈 작별을 했다. 공주는 손수건을 앞가슴에 넣고 말에 올라 신랑을 향해 떠났다. 한동안 말을 타고 나자 뜨거운 갈증을 느껴 공주가 시녀에게 말

---

3   Falada. 스페인어로 추정되며 '그것이 말하다' 혹은 '언어'라는 뜻이다.

했다. "말에서 내려 내 금잔으로 개울에서 물을 떠 오너라, 마시고 싶구나." "목이 마르면……." 하고 시녀가 말했다. "말에서 내려 물가에 엎드려서 직접 마셔, 난 하녀이고 싶지 않아." 그래서 공주는 말에서 내려 개울 위로 몸을 숙여 물을 마셨고, 황금 잔으로는 마시지 못했다. 공주가 말했다. "아 하느님!" 그러자 피 세 방울이 대답했다. "만약 이걸 어머님이 아시면 가슴이 찢어질 거예요."

공주는 겸손하여 아무 말 하지 않고 다시 말에 올랐다. 그렇게 몇 킬로미터를 더 갔다. 날이 덥고 태양이 찌르는 듯해 그들은 금방 다시 목이 말랐다. 강가에 이르러 공주가 또 한 번 시녀에게 외쳤다. "말에서 내려 내 금잔으로 강에서 물을 떠 오너라, 마시고 싶구나." 공주는 좀 전의 나쁜 말은 벌써 오래전에 잊었다. 그러나 시녀는 더욱 오만하게 말했다. "마시려면 직접 마셔, 난 하녀이고 싶지 않아." 그래서 공주는 말에서 내려 흐르는 물 위로 몸을 숙이고 울며 말했다. "아 하느님!" 그러자 다시금 핏방울들이 대답했다. "만약 이걸 어머님이 아시면 가슴이 찢어질 거예요."

몸을 물 위로 숙여 물을 마실 때 공주가 겁에 질려 알아차리지 못한 사이 그만 피 세 방울이 묻은 작은 수건이 가슴에서 떨어져 물과 함께 흘러가 버렸다. 시녀가 그걸 보고 이제 신부를 마음대로 할 수 있으리라 생각하며 기뻐했다. 핏방울을 잃어버려 공주가 약하고 무력해졌기 때문이다. 공주가 팔라다에 다시 오르려고 할 때 시녀가 말했다. "팔라다는 내가 타야 하고 내 망아지가 네 거야." 공주는 그렇게 할 수밖에 없었다. 시녀는 심한 말을 하면서 공주에게 왕녀의 옷을 벗고 허름한 옷을 입으라고 명령했으며, 마침내 공주는 궁정에 가서 누구에게도 이에 관해 말하지 않겠다고, 만약 맹세를 어기면 그 자리에서 죽을 거라고 밝은 하늘 밑에서 맹세까지 했다. 그러나 팔라다가 이 모든 것을 잘 지켜보았다.

시녀가 팔라다에 오르고 진짜 신부는 나쁜 말에 올랐고, 그렇게 계속 가서 마침내 왕궁으로 들어갔다. 그곳에서는 신부가 도착하자 크게 기뻐했고, 왕자가 그들을 맞이하기 위해 달려와 시녀를 말에서 내려 주며 아내라고 생각했다. 시녀는 계단을 올라 인도되었으나 진짜 공주는 아래에 서 있어야 했다. 그때 늙은 왕이 창가에서 내다보다가 마당에 있는 공주를 보고 너무 곱고 다정하고 예뻐서 곧 왕의 방으로 들어가서 신부에게 마당에 서 있는 여자가 누구인지 물었다. "제가 말동무 삼아 데리고 왔습니다. 한가롭게 서 있지 않도록 하녀에게 뭔가 일거리를 주십시오." 늙은 왕은 그녀에게 줄 일이 없고, 달리 아무것도 생각나는 게 없어서 말했다. "거위들을 돌보는 작은 소년이 있는데 그 애를 도울 수 있겠지." 소년의 이름은 퀴르드헨이었다. 진짜 신부는 이제 그 소년이 거위를 돌보는 것을 도와야 했다.

머지않아 가짜 신부가 젊은 왕에게 말했다. "더없이 사랑하는 여보, 저를 위해 한 가지 해 주시겠어요." 젊은 왕이 대답했다. "기꺼이 하지요." "그럼 박피공을 불러 제가 타고 온 말의 목을 베게 하세요. 도중에 저를 화나게 했거든요." 사실은 자기가 공주를 어떻게 했는지 말이 말할까 봐 두려웠던 것이다. 그녀는 왕에게 그러겠다는 약속을 받는 데 성공했고, 충직한 팔라다는 죽어야 했다. 이 이야기가 진짜 공주의 귀에 들어갔다. 공주는 박피공에게 작은 봉사를 해 주면 약간의 돈을 지불하겠다고 남몰래 약속했다. 그 도시에는 커다랗고 어두운 성문이 있었는데 그녀는 아침저녁 거위들을 데리고 그 성문을 지나가야 했다. 말머리나마 몇 번 더 볼 수 있도록 그 어두운 성문에 박피공이 팔라다의 머리를 박아 놓았으면 하는 부탁이었다. 박피공은 그러기로 약속하고 말의 목을 베어 어두운 성문 아래에 못으로 단단히 박았다.

아침 일찍 공주와 퀴르드헨이 성문 밑으로 거위를 몰고 갈 때 공주는 지나가며 말했다.

"오, 팔라다, 네가 거기 걸려 있구나."

그러면 머리가 대답했다.

"오, 하느님, 여기 하느님이 오시네,

만약 이걸 어머님이 아시면

가슴이 찢어질 거예요."

그러면 공주는 가만히 도시를 빠져나가 거위들을 들판
으로 몰았다. 들판에 도착하면 주저앉아 땋은 머리를 풀
었다. 머리는 순금이었다. 퀴르드헨이 그 머리를 보고 반
짝이는 것이 기뻐 몇 가닥 뽑으려 했다. 그러자 그녀가 말

거위 치는 하녀

했다.

"아, 아, 바람아,

퀴르드헨의 모자를 가져가렴,

그 애도 함께 쫓아가게 해,

내가 머리를 다 땋아

다시 올릴 때까지."

그러자 어찌나 강한 바람이 부는지 모자가 아득히 날아가 버려 퀴르드헨은 모자를 뒤쫓아 달려야 했다. 그 애가 다시 왔을 때는 공주가 빗질과 땋아 올리기를 마쳐서 머리카락을 한 올도 얻을 수 없었다. 퀴르드헨은 화가 나서 그녀와 말도 하지 않았고, 그렇게 그들은 저녁이 되어 집으로 갈 때까지 거위를 지켰다.

다음 날 아침 그들이 어두운 성문을 지나 거위를 몰고 갈 때 공주가 말했다.

"오, 팔라다, 네가 거기 걸려 있구나."

그러면 팔라다가 대답했다.

"오, 하느님, 여기 하느님이 오시네,

만약 이걸 어머님이 아시면

가슴이 찢어질 거예요."

들판에서 그녀가 다시 풀밭에 앉아 머리를 빗질하기 시작했고, 퀴르드헨이 달려와 머리를 잡으려 했다. 그러자

공주가 재빨리 말했다.

"아, 아, 바람아,

퀴르드헨의 모자를 가져가렴,

그 애도 함께 쫓아가게 해,

내가 머리를 다 땋아

다시 올릴 때까지."

그러자 바람이 불어 모자를 멀리 날려 버려 퀴르드헨은
뒤따라 달려야 했다. 그가 되돌아오면 공주가 이미 머리를
바르게 해 놓아 머리카락 한 올도 건드릴 수 없었고, 그렇
게 그들은 저녁이 될 때까지 거위들을 지켰다.

그러나 저녁에 집으로 돌아오자 퀴르드헨이 늙은 왕 앞
으로 가서 말했다. "여자애하고 더는 거위를 지키지 않겠
습니다." "대체 왜?" 하고 늙은 왕이 물었다. "에이, 종일

저를 성나게 해요.” 그러자 노왕은 그 애와 어떻게 지내는지 이야기하게 했다. 그래서 퀴르드헨이 말했다. “아침에 우리가 어두운 성문 밑으로 거위 떼를 데리고 지나갈 때 벽에 말 대가리가 걸려 있는데 그 애는 그것에게 말을 해요.

'오, 팔라다, 네가 거기 걸려 있구나.'

그 대가리가 대답해요.

“오, 하느님, 여기 하느님이 오시네,

만약 이걸 어머님이 아시면

가슴이 찢어질 거예요.'”

그리고 퀴르드헨은 거위 목초지에서 무슨 일이 있었는지, 어떻게 자기가 바람 속에서 모자를 따라 달려야 했는지 계속 이야기했다. 늙은 왕은 그에게 다음 날 다시 거위를 몰아 나가라고 명령했다.

아침이 되자 늙은 왕은 어두운 문 뒤에 앉아 그녀가 팔라다의 머리와 하는 말을 듣고는 그녀를 따라 들판으로 가서 풀밭 위 덤불 속에 몸을 숨겼다. 그리하여 왕은 머지않아 거위 모는 하녀와 거위 모는 소년이 어떻게 거위 떼를 모는지, 얼마 뒤 어떻게 그녀가 앉아서 머리를 푸는지 두 눈으로 보았다. 그녀의 머리는 광채를 뿜었다. 곧 그녀가 말했다.

“아, 아, 바람아,

퀴르드헨의 모자를 가져가렴,

그 애도 함께 쫓아가게 해,

내가 머리를 다 땋아

다시 올릴 때까지."

그러자 바람이 불어와 퀴르드헨의 모자를 날려 그 애는 멀리 달려야 했고, 그사이 하녀는 조용히 그 곱슬머리를 빗고 땋는 모습을 늙은 왕이 모두 지켜보았다.

그 후 왕은 눈에 띄지 않게 돌아가 저녁에 거위 치는 하녀가 집으로 오자 그녀를 불러 왜 그 모든 걸 하느냐고 물었다. 그녀가 말했다. "저는 그걸 말씀드려서도, 어떤 사람에게 제 괴로움을 한탄해서도 안 됩니다. 제가 밝은 하늘 밑에서 맹세했으니까요. 그러지 않으면 목숨을 잃었을 겁니다." 왕은 그녀를 가만히 두지 않고 채근했으나 아무 말도 들을 수 없었다. 그러자 왕이 말했다. "네가 나에게 아무 말도 하지 않겠다면 저기 무쇠 난로에게 네 괴로움을 토로하거라." 그러자 그녀가 무쇠 난로 속으로 기어 들어가서 흐느끼며 마음을 다 쏟아 냈다. "이제 온 세상으로부터 버림받았지만 나는 공주야. 그런데 나쁜 시녀가 강제로 내 공주 옷을 벗게 만들고 내 남편의 옆자리를 차지했고 나는 거위 치는 하녀가 되어 천한 일을 해야 해. 만약 우리 어머니가 이걸 아신다면 가슴이 찢어질 거야." 늙은 왕은 바깥에서 몰래 난로 연통에 붙어 서서 그녀가 하는 말을 들었다. 왕이 다시 들어와 그녀에게 난로에서 나오라고 명했다. 그리고 공주 옷을 입히자 그녀는 놀라울 만큼 아름다웠다.

늙은 왕은 아들을 불러 시녀일 뿐인 가짜 신부를 얻었고 진짜 신부는 거위 치는 하녀로 여기 서 있노라고 밝혔다. 젊은 왕은 그녀의 아름다움과 미덕을 보고 진심으로 기뻐했고 큰 연회를 열어 신하와 좋은 친구들을 모두 청했다. 상석에 신랑이 앉고 한편에는 공주가, 다른 편에는 시녀가 앉았다. 그러나 시녀는 눈이 부셔서 휘황찬란하게 차려입은 공주를 알아보지 못했다. 그들이 먹고 마시고 기분이 좋을 때 늙은 왕이 시녀에게 이러이러하게 주인을 속인 여자는 어찌해야 마땅하냐고 수수께끼처럼 물었다. "이런 여자는 어떤 판결을 받아 마땅한가?" 그러자 가짜 신부가 말했다. "그 여자는 실오라기 하나 남지 않게 벌거벗겨 뾰족한 못이 잔뜩 박힌 술통에 처넣은 뒤 두 필의 말을 매어서 골목골목 죽을 때까지 질질 끌고 다녀야죠. 그보다 더 나은 대우를 받을 가치가 없습니다." "그게 너다." 하고 늙은 왕이 말했다. "그리고 너 자신의 판결을 네가 찾아냈으니 그 판결대로 행해야 마땅하다." 그리하여 판결이 집행되었다. 젊은 왕은 진짜 아내와 혼인했고, 두 사람은 그들의 왕국을 평화롭고도 축복받게 다스렸다.

90

어린 거인

옛날에 농부에게 엄지손가락만 한 아들이 있었는데 전혀 자라지 않았다. 몇 년이 지나도 머리카락 한 올만큼도 크지 않았다. 한번은 농부가 쟁기로 밭을 갈러 나가려는데 그 작은 아이가 말했다. "아버지, 저도 같이 나가고 싶어요." "같이 나가고 싶다고?" 하고 아버지가 말했다. "그냥 있거라, 밖에서 너는 아무짝에도 쓸모가 없단다. 널 잃어버릴 수도 있고." 그러자 엄지가 울음을 터뜨렸다. 조용히 시켜야겠어서 아버지는 그를 호주머니에 넣어서 데리고 갔다. 밭에 나가자 다시 꺼내어 방금 갈아 놓은 고랑에 놓았다. 엄지가 거기 앉아 있는데 큰 거인이 산을 넘어 왔다. "저기 커다란 도깨비 보이니?" 하고 아버지가 작은 아이에게 얌전히 있도록 겁을 주며 말했다. "저게 너를 잡으러 오는구나." 그런데 거인이 긴 두 다리로 몇 걸음을 채 디디지 않아 밭고랑 옆으로 왔다. 거인은 작은 엄지를 손가락 두 개로 조심스럽게 쳐들어 살펴보고는 한마디 말도 없이 데리고 가 버렸다. 아버지는 거기 서 있다가 놀라서 입 밖으로 소리 한 번 못 내고 '자식을 잃었구나, 살아생전 다시 보지 못하겠구나.' 생각할 뿐이었다.

거인은 아이를 집으로 데려가 젖을 먹였고, 엄지는 거인이 그러듯이 키가 크고 튼튼해졌다. 이 년이 흐른 뒤 늙은 거인은 엄지를 숲으로 데려가 그를 시험해 보려고 말했다. "어린 가지 하나를 뽑아 보거라." 소년은 이미 어린 나무를 땅에서 뿌리째 쑥 뽑을 만큼 강했다. 그러나 거인은 '좀 더 좋아져야 해.' 하며 엄지를 다시 데리고 가서 이 년 더 젖을 먹였다. 또 시험해 보니 그의 힘이 땅에서 고목나무 하나를 꺾을 만큼 강해졌다. 그것도 거인에게는 충분치 않아 또다시 이 년 동안 젖을 주었다. 그다음에 함께 숲으로 가서 말했다. "이제 제대로 된 가지를 뽑거라." 그러자 소년이 가장 굵은 참나무를 와지끈 소리가 나게 땅에서 뽑았는데 그건 재미일 뿐이었다. "이제 충분하다." 하고 거인이 말했다. "넌 다 배웠다." 그러고는 그를 밭으

로 데려갔다. 아버지가 거기 쟁기 뒤에 서 있었는데 어린 거인이 그에게 다가가 말했다. "보세요, 아버지, 아들이 어떤 남자가 되었는지." 농부는 깜짝 놀라 말했다. "아니, 너는 내 아들이 아니다. 나는 너를 원하지 않으니 저리 가거라." "진심으로 저는 아들입니다. 일하게 해 주세요, 쟁기질을 아버지처럼 잘, 아니 더 잘할 수 있어요." "아니, 아니, 너는 내 아들이 아니야. 너는 쟁기질을 할 수 없으니 저리 가거라." 덩치 큰 남자가 두려웠기 때문에 아버지는 쟁기를 놓고 뒤로 물러나 한쪽 땅바닥에 앉았다. 소년이 농기구를 잡고 그저 한 손으로 누르니 힘이 어찌나 센지 쟁기가 땅속 깊이 들어가 박혔다. 그걸 보고만 있을 수 없어 농부가 소리쳤다. "쟁기질을 하려거든 그렇게 세게 눌러서는 안 된다." 소년은 쟁기에 매인 말을 풀고 직접 쟁기를 끌며 말했다. "집에 가세요, 아버지. 어머니께 큰 대접 가득 음식을 준비하게 하세요. 그사이 저는 밭을 다 갈게요." 농부는 집으로 가서 아내에게 음식을 부탁했다. 소년은 소 두 마리가 종일 갈아야 할 밭을 혼자 다 갈았다. 또 써레 앞에 말 대신 자기를 매어 두 대의 써레를 동시에 써서 그 땅 전부를 써레질했다. 일을 마치자 숲으로 들어가 참나무 두 그루를 뽑아 어깨에 메고 그 위에 앞뒤로 써레를 하나씩 걸고 말도 한 마리씩 건 뒤 그 모든 것이 마치 지푸라기 한 다발인 양 들고 집으로 갔다. "이 끔찍하게 큰 사람은 누구예요?" 그가 마당으로 들어섰을 때 어머니가 그를 알아보지 못하고 물었다. 농부가 "우리 아들이오." 하고 말하자 어머니가 말했다. "아니, 우리 아들이 절대 아니에요. 이렇게 큰 아이는 둔 적이 없어요." 어머니가 그에게 소리쳤다. "가거라, 우리는 너를 원하지 않아."

소년은 잠자코 말을 외양간에 넣고 귀리와 건초를 필요한 만큼 주었다. 일을 다 하고 나서 그는 안으로 들어가 긴 의자에 앉으며 말했다. "어머니, 이제 뭘 좀 먹고 싶은데요. 곧 준비되겠죠?" 그러자 어머니가 어마어마한 대접 두 개를 가득 채워 가져왔다. 그거면 어머니와 아버지가 여드레는 배부르게 먹었으리라. 소년은 혼자 먹어 치우고는 더 줄 게 없느냐고 물었다. 어머니가 말했다. "이게 우리가 가진 전부야." "겨우 맛보기였는데요, 좀 더 있어야겠어요." 어머니는 감히 맞서지 못 하고 가서 돼지 여물 끓이는 가마솥을 가득 채워 불 위에 올려 놓고는 다 익자 가지고 왔다. "드디어 부스러기가 몇 개 더 나오네." 하며 아들은 모든 걸 배 속으로 집어넣었으나 배고픔을 달래기에는 충분치 않았다. 아이가 말했다. "아버지, 이 집에서는 배부르게 먹지 못한다는 것을 알겠어요. 제가 무릎으로 부러뜨릴 수 없는 튼튼한 쇠 지팡이를 하나 마련해 주시면 세상으로 나갈게요."

농부는 기뻐하며 말 두 필을 마차에 매더니 대장장이에게 가서 말 두 필이 겨우 옮길 만큼 크고 굵은 쇠막대기 하나를 가져왔다. 아들은 그걸 무릎에 대고 두 동강을 내어 던져 버리며 말했다. "아버지, 이건 제게 도움이 안 돼요. 말을 더 잘 매고 더 튼튼한 지팡이를 가져왔어야죠." 그래서 아버지는 말 여덟 필을 매고 여덟 필의 말이 옮길 만큼 크고 굵은 지팡이를 가져왔다. 아들이 그걸 손에 잡더니 위쪽을 부러뜨리며 말했다. "제가 필요로 하는 지팡이를 마련하지 못하실 것 같네요. 더는 아버지 댁에 머물지 않겠습니다."

그렇게 집을 떠나 아이는 대장장이의 도제라고 하며 다녔다. 그는 어떤 마을로 갔는데 거기에는 대장장이가 살고 있었다. 대장장이는 구두쇠라 누구에게도 친절을 베푸는 법이 없었고 모든 걸 혼자 가지려 드는 사람이었다. 그가 대장간에 들어서며 도제가 필요하지 않느냐고 물었다. "그래." 하고 대답한 대장장이는 그를 유심히 보며 생각했다. '실한 녀석인걸, 망치질 하나는 잘하고 밥벌이를 하겠구먼.' 대장장이가 물었다. "임금은 얼마나 받을 텐가?" "전혀 원하지 않습니다." 하고 그가 대답했다. "다만 두 주마다 다른 도제들이 임금을 받으면 두 대를 날릴테니 그걸 견뎌셔야 합니다." 그 말에 구두쇠는 흡족해하며 돈을 아끼겠다고 생각했다.

다음 날 아침 낯선 도제는 우선 망치를 쳐 보았다. 장인이 이글거리는 쇠막대를 놓고 도제가 첫 망치질을 해 보이는데 쇠가 흩어져 날아가고 모루가 땅속으로 꺼져 버렸다. 모루는 너무 깊이 들어가 다시는 꺼낼 수 없었다. 그러자 구두쇠가 화가 나서 말했다. "에이, 이런, 넌 나한테 쓸모가 없겠다, 너무 세게 치잖아, 한 방에 뭘 얻으려고?" 그러자 그가 말했다. "저는 그냥 아주 작은 장난을 치려고 했습니다. 그게 전부예요." 그러고는 발을 들어 걷어차니 구두쇠가 마차 넉 대분의 건초 더미로 날아갔다. 그 후 그는 대장간에 있는 가장 굵은 쇠막대를 찾아 지팡이 삼아 손에 들고 떠났다.

한동안 걷던 그는 성문 앞에 이르러 읍장에게 일꾼 우

두머리가 필요하지 않느냐고 물었다. "필요하지." 하고 읍장이 대답했다. "한 사람 필요하지. 자네는 벌써 뭔가를 할 수 있는 실한 사람으로 보이는데 임금은 얼마나 받겠나?" 그는 또 임금을 원하지 않지만 해마다 세 대를 날릴 테니 그걸 견뎌야 할 거라고 대답했다. 읍장은 흡족해했는데 그 역시 구두쇠였기 때문이다.

다음 날 아침 일꾼들은 숲으로 가야 했다. 다른 사람은 다 일어났건만 그는 여전히 잠자리에 누워 있었다. 일꾼 하나가 그를 불렀다. "일어나, 시간 됐어. 우리와 숲으로 가야 해." "아⋯⋯." 하고 그는 아주 거칠고 반항적으로 말했다. "자네들이나 가. 내가 자네들보다 일찍 도착할 테니." 그러자 다른 일꾼들이 읍장에게 가서 우두머리가 함께 숲으로 가려 하지 않는다고 말했다. 읍장이 그를 다시 깨워서 말을 매라고 지시했다. 그러나 그의 말은 앞서와 같았다. "자네들이나 가. 내가 자네들보다 일찍 도착할 테니." 그러고 나서 그는 두 시간을 더 누워 있다가 마침내 따뜻한 깃털 이불에서 나와 다락방에서 완두콩을 두 말 가득 가져다 죽부터 끓이고 아주 느긋이 먹었다. 그 모든 걸 다 한 다음에야 그는 말을 매고 숲으로 갔다.

숲에서 멀지 않은 곳에 협곡이 있었는데 그는 그곳을 지나야 했다. 그는 우선 말을 몰고 가 멈추고는 수레 뒤로 가서 나무와 섶나무를 가져다 커다란 울타리를 쳐 말이 통과할 수 없게 만들었다. 그가 숲에 들어가니 다른 사람들이 마침 짐을 실은 수레를 몰고 집으로 가는 중이었다. 그가 말했다. "계속 가, 내가 자네들보다 먼저 집에 닿을 테니." 그는 숲속으로 멀리 들어가지 않고 가장 큰 나무 두 그루를 금방 땅에서 뽑아 수레에 던지고는 돌아섰다. 그가 울타리 앞에 닿았을 때 다른 이들은 거기 서서 지나가지 못하고 있었다. "잘 봐." 하고 그가 말했다. "나와 함께 있었더라면 자네들도 빨리 집에 가서 한 시간 더 잤을 텐데." 그가 계속 가려 했으나 말들이 앞으로 나아가지 못했다. 그래서 말들을 풀어 수레 위에 올려놓고 마치 깃털을 실은 듯 가볍게 수레 채를 손에 쥐고 모두 통과시켰다. 건너편에 가서 그는 다른 사람들에게 말했다. "잘 봐. 나는 자네들보다 더 빨리 갈 수 있어." 그는 계속 달렸고 다른 사람들은 그대로 서 있어야 했다. 그는 나무 하나를 손에 들고 읍장에게 보여 주며 말했다. "멋진 아름드리 아니에요?" 그러자 읍장이 아내에게 말했다. "이 머슴 좋군. 잠을 오래 자는데도 다른 사람들보다 일찍 돌아왔어."

그가 읍장 밑에서 일한 지 한 해가 지났다. 다른 머슴들이 임금을 받자 그도 받을 때가 된 것 같다고 말했다. 그러나 읍장은 자기가 받을 타격이 두려워 차라리 자기가 큰 머슴이 되겠으니 그에게 읍장이 되라고 청했다. "그가 말했다. "나는 읍장이 되지 않겠어요, 나는 큰머슴이고 계속 큰머슴일 겁니다. 그리고 우리가 합의한 걸 받겠어요." 읍장은 그가 요구하는 건 뭐든 주려고 했으나 소용이 없었다. 어떤 제안을 해도 "아니요."라는 대답뿐이었다. 읍장은 어찌할 바를 몰라 도망갈 길을 생각해 보기 위해 두 주의 기한을 달라고 했다. 일꾼은 시간을 주겠다고 했다.

읍장은 그의 모든 율사를 불러 자문을 구했다. 율사들은 오래 생각해 보고 마침내 그가 사람을 모기처럼 때려죽일지 모르니 누구도 목숨이 안전하지 않다고 말했다. 그러면서 우물에 들어가 청소를 하게 하고 그가 밑에 있을 때 연자 맷돌을 굴려 머리 위로 던지라고 했다. 그러면 그가 다시는 햇빛으로 나오지 않을 테니 말이다. 그 충고가 읍장 마음에 들었고, 큰 머슴은 기꺼이 우물로 내려갔다. 그가 아래쪽 바닥에 내려섰을 때 사람들이 가장 큰 연자 맷돌을 굴려 떨어뜨렸고, 그의 머리를 맞혔다고 생각했다. 그러나 그가 소리쳤다. "닭들을 쫓아 줘, 닭들이 위에서 모래를 파서 내 눈에 모래 알갱이가 들어갔나 봐. 잘 안 보여." 그러자 읍장이 "훠이! 훠이!" 외치면서 닭들을 쫓는 시늉을 했다. 큰머슴은 일을 마치고 올라와서 말했다. "이것 봐, 내가 멋진 목걸이를 걸었어." 그런데 그가 목에 걸고 있는 것은 연자 맷돌이었다.

큰 머슴은 이제 임금을 받으려 했다. 그러나 읍장이 다시 두 주 동안 생각할 시간을 청했다. 율사들이 모여 큰머슴을 마법에 걸린 물방앗간으로 보내 밤에 곡식을 찧게 하라고 했다. 거기에서는 아직 어느 누구도 살아서 아침에 나온 적이 없었다. 읍장은 그날 저녁 큰머슴을 불러 곡식 여덟 부셸을 물방앗간으로 가져가 밤 동안 찧으라고 했다. 그는 다락으로 올라가 곡식 두 부셸은 오른쪽 주머니에, 두 부셸은 왼쪽 주머니에 넣고, 네 부셸은 한쪽 어깨에 비스듬히 걸쳐 자루에 담아 절반은 등에 메고 절반은 가슴에 얹었다. 그러고는 잔뜩 짐을 지고 마법에 걸린 물방앗간으로 갔다. 물방앗간 주인이 그에게 낮에는 곡식을 잘 찧을 수 있지만 밤이 되면 물방아가 마법에 걸려 한번 들어간 사람은 아침이면 거기 죽어서 누워 있는 걸 보게 된다고 말했다. "제가 알아서 하지요, 그냥 가서 주무세요." 그는 물방앗간으로 들어가 곡식을 부었다.

11시쯤 그는 안으로 들어가서 긴 의자에 앉았다. 잠시 앉아 있으니 갑자기 문이 열리며 커다란 연회 식탁이 들어왔다. 식탁 위에는 술과 구운 고기와 많은 좋은 음식이 차려졌는데 모두 저절로 일어났다. 그걸 나르는 사람이 아무도 없었기 때문이다. 그다음에 의자들이 당겨졌지만 사람은 오지 않았고, 갑자기 나이프와 포크를 다루고 음식을 접시에 옮기는 손가락들이 보였다. 그 밖에는 아무것도 보이지 않았다. 그는 배가 고프던 참이라 음식을 보자 식탁에 앉아 맛있게 먹었다. 배를 채우고 다른 이들도 접시를 완전히 비우자 갑자기 등불들이 모두 꺼졌다. 칠흑같이 캄캄해지자 그는 무언가 뺨에 닿는 느낌을 받았다. 그가 말했다. "또 이러면 나도 되갚아 주겠어." 두 번째로 뺨을 얻어맞자 똑같이 쳐 주었다. 그렇게 밤새도록 계속되었다. 그는 아무것도 거저 받지 않고 넉넉히 되돌려 주어 부지런히 사방을 이리저리 쳤다. 그러나 날이 밝자 모든 것이 그쳤다.

잠자리에서 일어난 물방앗간 주인이 그가 어떻게 되었는지 살펴보고 아직 살아 있는 것을 이상하게 생각했다. 그가 말했다. "나는 배부르게 먹었고, 뺨을 맞았지만 나도 때려 주었죠." 물방앗간 주인은 기뻐하며 보답으로 그에게 많은 돈을 주려 했다. 그가 말했다. "돈은 바라지 않습니다, 충분히 있어요." 그러고는 곡식 가루를 등에 지고 집으로 가서 읍장에게 일을 다 처리했으니 이제 약속된 임금을 받겠다고 말했다. 그 말을 듣자 읍장은 겁이 났다. 가만있을 수가 없어서 방 안을 오락가락하는데 이마에서 땀방울이 흘러내렸다. 그래서 신선한 공기를 쐬려고 창문을 열었는데 그가 깨닫기도 전에 큰머슴이 엉덩이를 걷어차 창문을 통해 공중으로 날아갔고, 계속계속 날아가서 마침내 아무도 그를 다시 보지 못했다. "그가 돌아오지 않으면 당신이 한 방 맞아야 합니다." 큰머슴이 읍장의 아내에게 말했다. 그녀가 "아니, 아니요, 나는 그걸 견딜 수 없어요." 하면서 다른 창문을 열었다. 이마에 땀방울이 흘렀다. 그러자 큰머슴이 엉덩이를 걷어차 그녀 역시 바깥으로 날아갔다. 그런데 몸이 가벼워서 남편보다 훨씬 더 높이 날았다. 남편이 소리쳤다. "나한테로 오구려." 그러나 그녀가 외쳤다. "당신이 와요, 나는 당신한테 갈 수가 없어요." 그리하여 두 사람은 공중을 맴돌며 서로 다가갈 수가 없었다. 그들이 여전히 거기 둥둥 떠 있는지 그건 내가 모른다. 하지만 젊은 거인은 쇠지팡이를 가지고 떠났어.

91

땅난쟁이

옛날에 부유한 왕에게 딸이 셋 있었다. 딸들은 날마다 성의 뜰을 거닐었다. 온갖 아름다운 나무들을 좋아한 왕은 나무 한 그루를 특별히 좋아해서 그 나무의 사과를 따는 사람은 깊은 땅속으로 떨어지게 했다. 가을이 오자 그 나무의 사과들은 피처럼 붉었다. 세 딸이 날마다 그 나무 밑을 지나가며 바람이 사과 하나 떨어뜨려 주지나 않을지 바라보았다. 그러나 한 번도 그러지 않았고, 나무에는 부러질 듯 열매가 가득 달리고 가지들이 땅 위까지 휘늘어졌다. 그것이 세차게 마음을 자극해 막내 공주가 언니에게 말했다. "아버지께서 우리를 너무나 사랑하시니 마법을

걸지 않으실 거야. 그 말은 그저 낯선 사람들 때문에 하신 걸 거야." 그러고는 아주 굵은 사과를 따서 언니들에게 뛰어와 말했다 "아, 이제 맛 좀 봐, 언니들. 난 평생 이렇게 멋진 건 아직 먹어 본 적이 없어." 다른 두 공주도 사과를 베어 물었고 그들은 모두 땅속 깊이 가라앉아 흔적도 없이 사라졌다. 점심때가 되어 왕이 식탁으로 불러도 공주들이 보이지 않았다. 성안이며 뜰을 모두 찾았으나 찾지 못했다. 왕은 매우 침울해져서 온 나라에 딸들을 되찾아 오는 사람에게 그중 하나를 아내로 주겠다고 알렸다. 그러자 헤아릴 수 없이 많은 젊은이가 나라를 누비며 공주들을 찾아 헤맸다. 공주들은 누구에게든 참으로 친절하고 얼굴도 예뻐서 모두 세 아가씨를 사랑했기 때문이다.

사냥꾼 청년 셋도 집을 나서서 여드레를 떠돌아다니다 큰 성에 닿았다. 거기에 예쁜 방들이 있었고, 그중 하나에 차려진 식탁에 아직 따뜻해 김이 오르는 먹음직스러운 음식들이 있었다. 그러나 성안에는 사람 소리가 들리지도 모습이 보이지도 않았다. 반나절을 기다렸는데도 음식은 여전히 따뜻하고 김이 났다. 마침내 너무 배가 고파 그들은 식탁에 앉아 허겁지겁 먹었다. 그러고는 그 성에 눌러앉아 살기로 결정하고 제비를 뽑아 한 사람은 성에 머물고 다른 둘은 공주들을 찾아다니기로 했다. 제비를 뽑았고, 가장 나이 많은 청년이 뽑혔다.

다음 날 아침 어린 두 청년이 찾으러 나가고 맏이가 집에 머물렀다. 한낮에 난쟁이가 와서 빵을 청했다. 맏이는 거기서 찾아낸 빵을 동그랗게 잘라 주려 했다. 빵을 건넸지만 작은 난쟁이는 그 조각을 떨어뜨리며 사냥꾼에게 주워서 다시 달라고 했다. 그가 몸을 굽히자 난쟁이가 막대기를 들고 그의 머리를 움켜잡으며 호되게 때렸다. 다음 날은 둘째가 집에 머물렀는데 그도 마찬가지였다. 다른 둘이 저녁에 돌아오자 맏이가 말했다. "어떻게 지냈어?" "아, 잘 지내지 못했어요." 둘은 서로 어려움을 토로했지만 막내에게는 아무 말도 하지 않았다. 그를 전혀 좋아하지 않았고, 세상 물정에 밝지 못하다 해서 그를 늘 바보 한스라고 불렀기 때문이다.

셋째 날에는 막내가 집에 머물렀다. 그때 난쟁이가 다시 와서 빵 한 조각을 청했다. 막내가 그걸 주자 난쟁이는 또 빵을 떨어뜨리며 그 조각을 다시 집어 달라고 말했다. 그러자 한스가 난쟁이에게 말했다. "뭐라고? 넌 직접 줍지도 못해? 일용할 양식을 얻겠다며 그만한 수고도 하지 않는단 말야? 너는 먹을 자격이 없어!" 그러자 난쟁이가 화를 냈지만 한스는 도리어 난쟁이에게 매타작을 해 주었다. 난쟁이가 아주 요란한 비명을 지르며 외쳤다 "그만, 그만. 나를 놔줘. 그러면 공주들이 어디에 있는지 말할게." 그 말을 들은 한스가 매질을 멈추었다. 난쟁이는 자기는 땅난쟁이고 그런 난쟁이가 1000명도 더 된다며 한스에게 함께 가자고, 공주들이 있는 곳을 가르쳐 주겠다고 했다. 그러고는 깊은 우물을 가리켰는데 그 안에 물은 없었다. 난쟁이는 형제들이 그를 정당하게 대하지 않는 걸 잘 안다며 공주들을 구하려면 혼자 해야 한다고 말했다. 다른 두 형제도 공주들을 되찾으려 하지만 수고나 위험을 감수하지 않으니 말이다. 공주들을 구하기 위해서는 사슴 잡는 단도와 방울 하나를 가지고 커다란 바구니 안에 앉아 바구니를 매단 줄을 내려야 했다. 밑에는 방이 셋 있고 방마다 공주가 앉아 대가리가 여럿 달린 괴룡을 쓰다듬어 줘야 하는데 한스가 그 대가리들을 쳐 내야 한다고 했다. 땅난쟁이는 그 모든 말을 하고 사라졌다.

　저녁이 되자 다른 둘이 와서 어떻게 지냈느냐고 물었다.
막내는 "아, 뭐 괜찮았어." 하고는, 점심때 난쟁이가 와서
빵 한 조각을 청하더니 그걸 주자 떨어뜨리며 다시 주워
달란 것 말고는 아무 일도 없었다고 말했다. 자기가 거절
하자 난쟁이가 위협했으나 부당하다고 생각해 때렸더니
난쟁이가 공주들이 어디에 있는지 알려 주었다고도 말했
다. 그러자 다른 둘은 몹시 화가 나 붉으락푸르락했다.

　다음 날 아침 그들은 함께 우물가로 가서 누가 먼저 바
구니에 앉을지 제비를 뽑았다. 맏이에게 떨어져 맏이가 방
울을 들고 바구니에 앉아서 말했다 "내가 방울을 흔들거
든 얼른 나를 다시 끌어 올려야 해." 맏이가 아래로 가자
금세 방울 소리가 났고 다른 두 형제는 그를 다시 끌어 올

렸다. 이어 둘째가 앉았는데 그도 똑같이 했다. 막내 차례가 되었고 그는 완전히 밑바닥까지 줄을 내리게 했다. 바구니에서 내리자 그는 사슴잡이 단도를 들고 첫 번째 문으로 가 귀를 기울였다. 괴룡이 크게 코 고는 소리가 들렸다. 그가 천천히 문을 열었다. 공주가 앉아 무릎 위에 괴룡의 머리통 아홉 개를 얹고 쓰다듬고 있었다. 그는 단도로 머리통 아홉 개를 잘라 냈다. 공주는 벌떡 일어나 그의 목을 껴안으며 진심으로 입을 맞추고는 가슴에 단 오래된 황금 장신구를 벗어 목에 걸어 주었다.

그다음에 그는 머리가 일곱 달린 괴룡을 쓰다듬어야하는 두 번째 공주에게로 가서 그녀도 구했고, 머리가 넷인 괴룡과 있던 막내 공주도 구했다. 세 자매는 기쁨에 가득 차 끊임없이 서로 포용하고 입맞춤했다. 막내는 위에서 형들이 들을 때까지 크게 방울을 흔들었다. 그러고는 공주들을 차례로 바구니에 앉히고 모두 위로 끌어 올리게 했다. 그런데 그의 차례가 되었을 때 형제들이 그를 좋게 생각하지 않는다는 땅난쟁이의 말이 떠올랐다. 그래서 땅에 놓인 커다란 돌 하나를 바구니 속에 넣었다. 바구니가 중간쯤 올라갔을 때 나쁜 형제들이 위에서 밧줄을 끊어 돌이 담긴 바구니가 바닥에 떨어졌다. 그가 죽었다고 생각한 둘은 자기들이 공주를 구했다고 말하겠다는 약속을 공주들로부터 받아 냈다. 그러고는 왕에게 가서 제각각 공주를 아내로 달라고 했다.

　그사이 막내 사냥꾼은 큰 어려움에 빠져 세 방을 이리 저리 돌아다녔다. 이제는 분명 죽겠다고 생각했을 때 벽에 걸려 있는 피리를 보고 그가 말했다. "왜 넌 거기 걸려 있 어? 여기선 아무도 즐거울 수가 없는데." 또 괴룡의 대가 리들을 살펴보며 말했다. "너희도 나를 도울 수 없어." 그 가 너무나 오랜 시간을 이리저리 거닐어 바닥이 더없이 반 들반들해졌다. 그런데 문득 다른 생각이 떠올라 벽에서 피 리를 내려 살짝 부니 갑자기 그가 부는 음 하나하나에 땅 난쟁이가 하나씩 나타났다. 그는 방이 땅난쟁이들로 가득 찰 때까지 피리를 불었다. 그들 모두 원하는 게 뭐냐고 물 었다. 그가 다시 위로 올라가 햇빛 속으로 돌아가고 싶다 고 하니 땅난쟁이들이 그의 머리카락을 한 올씩 잡고 땅 위로 날아 올라갔다.

　위에 닿자 그는 곧장 성으로 갔는데 마침 한 공주의 결 혼식이 열리고 있었다. 그가 왕과 공주들이 있는 방으로 가자 그를 본 공주들이 정신을 잃었다. 그러자 왕은 몹시 화가 나서 그를 즉시 감옥에 가두게 했다. 그가 공주들을 괴롭혔다고 생각했기 때문이었다. 그러나 다시 정신이 든 공주들이 아버지에게 그 사람을 풀어 달라고 부탁했다. 왕 이 이유를 묻자 공주들은 그 이야기를 하면 안 된다고 말했다. 아버지는 그럼 난로에게 이야기하라고 했다. 그런 다음 밖으로 나가 문가에서 귀를 기울여 모든 것을 들었다. 그리하여 왕은 두 형제를 교수대에 매달게 하고 막내에게 막내딸을 주었다. 그때 내가 유리 구두를 신고 돌부리를 찼더니 그게 "쨍그렁!" 하고 두 쪽이 나 버렸지.

92

황금산의 왕

아들 하나와 딸 하나를 둔 상인이 있었다. 아이들은 둘 다 어려 아직 걷지 못했다. 짐을 잔뜩 실은 그의 배 두 척이 그의 전 재산을 싣고 바다 위를 떠 가고 있었다. 그것으로 많은 돈을 벌 것이라고 생각하던 때 배들이 가라앉았다는 소식이 들려왔다. 그는 이제 가난한 사람이 되어 도시 밖의 밭 한 뙈기 말고는 아무것도 남은 게 없었다. 자신의 불행을 생각에서 좀 몰아내기 위해 그는 밭으로 나갔다. 이리저리 걷고 있는데 갑자기 작고 검은 난쟁이가 불쑥 그의 곁에 서서 왜 그렇게 슬퍼하느냐고, 무얼 그리 마음에 두고 있느냐고 물었다. 그러자 상인이 말했다. "만약

네가 나를 도울 수 있다면 얘기하마." "누가 알아요." 하고 검은 난쟁이가 말했다. "혹시 제가 도울지." 그러자 상인이 바다 위에 떠 있던 전 재산이 가라앉아 버렸으며, 이제 남은 것은 이 밭뿐이라고 말했다. "걱정하지 마세요." 하고 난쟁이가 말했다. "집에 가서 맨 처음 다리에 걸리는 걸 십이 년 뒤 여기로 가져다주겠다고 약속하면 원하는 만큼 돈을 드릴게요." 상인은 '그게 우리 개 말고 달리 무엇이겠어?' 생각하고 그러마 승낙하고는 검은 난쟁이에게 그에 대한 내용을 글로 써서 인장을 찍어 주고 집으로 갔다.

집에 도착하자 어린 아들이 기뻐하면서 장의자를 잡고 뒤뚱뒤뚱 걸어와 그의 두 다리를 꼭 붙잡았다. 아버지는 약속이 떠올라 놀랐다. 자기가 무얼 양도했는지 알았지만 궤짝들에 여전히 돈이 들어 있지 않았기에 그는 그저 난쟁이의 장난이려니 여겼다. 그런데 그로부터 한 달 뒤 낡은 주석 제품들을 모아 팔려고 다락으로 올라갔다가 큰

돈더미가 놓여 있는 것을 봤다. 그는 다시 기분이 좋아져서 물건을 사들이고 전보다 더 큰 상인이 되어 하늘의 뜻으로 선하게 살았다.

그사이 사내아이는 자라면서 영리하고 명석해졌다. 그러나 십이 년이 다가올수록 상인은 근심에 차 얼굴에 불안이 보였다. 어느 날 아들이 뭐가 잘못되었냐고 아버지에게 물었다. 아버지는 말하지 않다가 아들이 조르자 마침내 자기가 뭘 약속하는지 모른 채로 아들을 검은 난쟁이에게 주는 대가로 많은 돈을 받았다고 털어놓았다. 그에 대해 글로 써서 인장을 찍어 주었으며 이제 십이 년이 지나 그를 넘겨줘야 한다고 했다. 그러자 아들이 말했다. "오, 아버지, 걱정 마세요, 잘될 거예요. 그 검은 사람은 저를 마음대로 할 힘이 없어요."

아들은 성직자의 축복을 받았고, 때가 되어 두 사람은 함께 밭으로 나갔다. 아들은 원을 하나 그리고 아버지와 함께 그 안에 들어가 섰다. 그러자 검은 난쟁이가 와서 늙은 아버지에게 말했다. "내게 약속한 것을 가지고 왔나?" 아버지는 잠자코 있었으나 아들이 물었다. "여기서 무얼 원하지요?" 그러자 검은 난쟁이가 말했다. "나는 네 아버지와 약속했지 너와 한 게 아니다." 아들이 대답했다. "당신이 아버지를 속이고 유혹했으니 손으로 쓴 것을 내놔요.” “안 돼.” 하고 검은 난쟁이가 말했다. “난 내 권리를 포기하지 않아.” 그렇게 오래 실랑이를 하다 마침내 합의를 했다. 아들은 이제 철천지원수의 것도 아버지의 것도 아니었다. 아래로 흘러가는 물에 정박해 있는 작은 배에 스스로 올라타고 아버지가 발로 차 떠나보내면 그다음부터는 물에 자신을 맡겨야 했다. 그리하여 아들은 아버지와 작별하고 작은 배에 몸을 실었고, 아버지는 그 배를 발로 차서 떠나보내야 했다. 배가 뒤집혀 배 밑부분이 위로 올라오고 갑판이 물에 잠겨 아버지는 아들을 잃어버렸다고 믿고는 집으로 돌아가 아들의 죽음을 슬퍼했다.

작은 배는 가라앉지 않고 조용히 떠내려갔고, 소년은 안전하게 그 안에 앉아 있었다. 그렇게 배는 오래 떠가다 마침내 어떤 물가에 멈추었다. 그는 뭍으로 내려 앞에 보이는 아름다운 성을 향해 갔다. 그가 들어갔을 때 성은 마법에 걸려 있었다. 모든 방을 살펴보았지만 텅 비었고 마침내 마지막 방에 다다랐다. 그 안에는 뱀 한 마리가 똬리를 틀고 있었다. 하지만 뱀은 마법에 걸린 소녀였고, 그를 보자 기뻐하며 말했다. “오시나요, 내 구원자님? 당신을 벌써 십이 년 동안 기다렸어요. 이 나라가 마법에 걸렸으니 당신이 풀어 주어야 해요.” “어떻게 내가 그걸 할 수 있을까요?” 하고 그가 물었다. “오늘 밤 사슬에 매인 열두 명의 검은 사람들이 옵니다. 여기서 무얼 하느냐고 그들이 물을 거예요. 그러면 아무 말 하지 마세요. 당신을 어떻게 하든 내버려 두세요. 그들이 당신을 괴롭히고 때리고 찌를 거예요. 모든 일을 일어나게 두세요, 말만 하지 말고요. 12시 정각에 그들은 다시 떠나요. 두 번째 밤에 다시 다른 열두 명이 와요. 세 번째 밤에는 스물네 명이 오고, 그들이 당신 머리를 벨 거예요. 그러나 12시 정각이면 그들의 힘이 사라져요. 당신이 한마디도 하지 않고 견디면 나는 풀려날 거예요. 내가 당신에게 가서 병에 담긴 생명의 물로 씻어 주면 당신은 다시 살아나 전처럼 건강해져요." 그러자 그가 말했다. "기꺼이 당신을 구하겠습니다." 모든 것이 뱀이 말한 대로 되었다. 검은 사람들은 그에게서 한마디 말도 듣지 못했고, 세 번째 밤에는 뱀이 아름다운 공주가 되어 생명의 물을 가지고 와서 그를 되살렸다. 그리하여 그녀가 그의 목을 안으며 입맞춤을 하니 성 전체가 환호하며 기뻐했다. 그 후 그들은 결혼식을 올렸고 그는 황금산의 왕이 되었다.

두 사람은 행복하게 살았고, 왕비는 잘생긴 아들을 낳았다. 그가 아버지를 떠올렸을 때는 이미 여덟 해가 흘렀다. 그의 마음이 움직여 아버지를 만나고 싶었지만 왕비가 그를 못 떠나게 하며 말했다. "그게 불행을 가져오리라는 걸 나는 이미 알아요." 그러나 그는 마침내 왕비가 허락할 때까지 지침 없이 졸랐다. 헤어질 때 왕비는 그에게 소원을 들어주는 반지를 주며 말했다. "이 반지를 손가락에 끼세요. 그러면 당신은 금방 원하는 곳으로 옮겨 갈 거예요. 다만 내가 이곳을 떠나 당신 아버지에게 오기를 바라는 데에 이 반지를 쓰지는 않겠다고 약속하세요."

그는 약속하고 반지를 손가락에 끼고는 아버지가 사는 도시로 가기를 소망했다. 그 순간 그는 정말 그곳에 있었다. 그러나 도시에 가려고 성문으로 가자 파수병이 들여보내 주지 않았다. 그가 기이하면서 다채롭고 화려한 옷을 입고 있었기 때문이었다. 그래서 목동이 지키는 산으로 올라가 목동과 옷을 바꿔 입었고 이번엔 아무런 제지 없이 도시로 들어갔다. 그는 아버지에게 가서 자기가 돌아왔다고 했다. 아버지는 양치기가 아들이라는 걸 전혀 믿지 못하며, 아들이 있었지만 벌써 오래전에 죽었다고 말했다. 그러나 가엾고 궁핍한 목동인 걸 보고 한 접시 가득 먹을 것을 주려 했다. 그러자 목동이 말했다. "제가 정말 아들입니다. 제 몸에 있는 점을 모르세요, 그걸 보면 알아보실 텐데요?" "알지." 하고 어머니가 말했다. "우리 아들은 오른쪽 팔 아래에 산딸기만 한 점이 하나 있지." 그가 셔츠 소매를 걷어 올리자 어머니가 오른팔 아래에 있는 산딸기만 한 점을 보고 그가 아들이라는 것을 더 이상 의심하지 않았다.

그는 자기가 황금산의 왕이며 공주가 아내이고 아들을 낳았는데 일곱 살이고 잘생겼다는 이야기를 아버지에게 들려주었다. 아버지가 말했다. "그건 결코 사실이 아니야. 넝마가 된 목동 옷을 입고 다니는 사람이 멋진 왕이라니." 이에 아들이 화가 나서 약속을 생각하지 못하고 반지를 돌려 아내와 아들이 자기와 함께 있기를 소망했다. 금방 모자가 거기 와 있었다. 그러나 왕비가 탄식하며 그가 약속을 어겨 자기를 불행하게 만들었다고 말했다. 그가 "나쁜 뜻이 있어서가 아니라 내가 부주의해서 그랬다오." 하며 그녀를 타일렀다. 그녀는 수그러지는 척했지만 앙심을 품었다.

그는 아내와 아이를 도시 밖 밭으로 데려가 배가 떠난 강을 보여 주고는 말했다. "피곤하네. 좀 앉구려, 당신 무릎

황금산의 왕

73

을 베고 조금 자겠소." 그러고는 그녀의 무릎에 머리를 놓고 잠이 들었다. 그가 잠이 들자 그녀는 그의 손에서 반지를 빼고 그의 몸에 깔린 다리를 빼내 덧신만 남겨 둔 채 아이를 안고 다시 그녀의 왕국으로 돌아가기를 소망했다.

잠이 깼을 때 그는 거기 완전히 버려져 있었다. 아내와 아이는 떠나고 반지도 없었다. 덧신만 여전히 거기 징표처럼 남아 있었다. '집으로, 내 부모님에게로 다시 돌아갈 수 없다.' 하고 그는 생각했다. '그들이 나를 마법사라고 할 테니. 짐을 꾸려 내 왕국에 닿을 때까지 계속 걸어야겠구나.' 그는 멀리 떠나 마침내 어떤 산에 다다랐는데 거인 셋이 아버지의 유산을 어떻게 나누어야 할지 몰라 서로 싸우고 있었다. 그가 지나가자 그들이 그를 불러 작은 인간들은 똑똑한 생각이 있으니 자기들에게 유산을 나누어 달라고 말했다. 그런데 그 유산 가운데 대검이 하나 있었다. 그걸 손에 잡고 '내 머리만 빼고 머리가 모두 떨어져라.' 하면 모든 머리가 땅 위에 놓여 있었다. 두 번째는 그걸 입은 사람을 눈에 보이지 않게 만드는 외투였고, 세 번째는 그걸 신고 어디로 갈까 소망하면 순식간에 그곳으로 이동하는 장화 한 켤레였다. "상태가 아직 좋은지 시험해 볼게요. 내게 그 세 가지를 주세요." 그들이 외투를 주었고, 그가 그걸 두르자 보이지 않았고 또 파리로 변했다. 그는 다시 자기 모습으로 돌아와서 말했다. "외투는 좋으니 이번에는 칼을 주세오." 그들이 말했다. "안 돼, 이건 안 줘! 만약 네가 '내 머리만 빼고 머리가 모두 떨어져라!' 하면 우리 머리가 죄다 떨어지고 너만 네 머리를 갖고 있을 테니." 그러나 그들은 나무에 시험해 본다는 조건으로 그것을 내주었다. 그는 나무 등걸을 지푸라기인 양 잘랐다. 이제 그는 장화도 가지려 했으나 그들이 말했다. "안 돼, 이건 안 줘. 만약 네가 그걸 신고 산 위로 올라가기를 소망하면 우리는 여기 아래에 아무것도 가진 게 없이 버려져 있을 테니." "아니." 하고 그가 말했다. "그런 짓은 하지 않겠어요." 그래서 그들은 장화도 주었다. 세 가지를 모두 얻자 그는 아내와 아이를 생각하고 혼자 말했다. "아, 내가 황금산 위에 있었으면." 곧 그는 거인들의 눈앞에서 사라졌고, 그리하여 거인들의 유산 문제도 정리되었다.

그가 성 가까이 가자 환호성과 함께 바이올린 소리, 피리 소리가 들렸다. 그의 아내가 다른 사람과 결혼식을 올리고 있었다. 그는 화가 나서 말했다. "내가 잠들었을 때 그녀가 나를 버렸다." 그러고는 외투를 두르고 아무도 못 보게 성안으로 들어갔다. 홀로 들어서자 커다란 연회 식탁에 맛난 음식들이 차려져 있었고 손님들이 먹고 마시고 웃고 농담을 하고 있었다. 아내는 왕관을 쓰고 화려한 옷을 입고 한가운데에 놓인 왕좌에 앉아 있었다. 그가 그녀 뒤에 섰는데 아무에게도 그가 보이지 않았다. 그녀가 접시에 고기 한 점을 놓으면 그가 집어 먹고, 그녀가 포도주를 따르면 그가 가져다 마셔 버렸다. 사람들이 계속 가져다 주었지만 접시와 잔이 순식간에 사라졌다. 그러자 그녀는 당황하고 부끄러워서 방으로 들어가서 울었다. 그가 뒤따라 들어갔다. 그녀가 말했다. "악마가 아직 나를 지배한단 말인가, 아니면 설마 내 구원자가 온 건 아니겠지?" 그러자 그가 그녀의 뺨을 치며 말했다. "설마 네 구원자가 온 건 아닐 거라고? 그가 네 위에 있어, 이 배신자야. 내가 당신에게 이런 일을 당할 만한 짓을 저질렀어?" 그러고는 모습을 드러내고 넓은 홀로 들어가 외쳤다. "결혼식은 끝났다, 진짜 왕이 돌아왔다!" 모여 있던 왕과 제후와 고위 신하들이 그를 비웃고 경멸했다. 그가 짧게 말했다. "물러갈 테냐 말 테냐?" 그러자 사람들이 달려들어 그를 사로잡으

려고 했으나 그가 칼을 뽑아 들고 말했다. "내 머리만 빼고 머리가 모두 떨어져라." 그러자 모든 머리가 땅에 나뒹굴었고, 그만 혼자 주인이었으며 다시금 황금산의 왕이 되었다.

93

까마귀

옛날에 아직 어려서 안고 다녀야 하는 딸을 둔 왕비가 있었다. 어느 날 아이가 말을 듣지 않았고 어머니가 말려도 도무지 가만있지 않았다. 어머니는 참을성이 바닥나서 까마귀들이 성 주위를 날아다닐 때 창문을 열고 말했다. "네가 까마귀가 되어 날아가 버리면 내가 좀 쉬겠지." 왕비가 그 말을 입 밖에 내자마자 아이는 까마귀로 변해 그녀의 품에서 벗어나 창밖으로 날아갔다. 그리고 어두운 숲속으로 날아가 오랜 시간 머물러 부모는 아무런 소식을 듣지 못했다. 한번은 어떤 남자가 숲에서 까마귀가 우는 소리를 듣고 따라갔다. 좀 더 가까이 가자 까마귀가 말했다. "나는 공주인데 마법에 걸렸어요. 하지만 당신이 나를 구할 수 있어요." "내가 무얼 해야 하지?" 하고 그가 묻자 까마귀가 말했다. "숲속으로 더 들어가면 집이 한 채 보이고, 그 안에 할머니가 앉아 있는데 당신에게 먹을 것과 마실 것을 줄 거예요. 하지만 아무것도 받으면 안 돼요. 뭐든 먹거나 마시면 잠에 빠지고 그러면 나를 구하지 못해요. 집 뒤뜰에 커다란 장작 더미가 있는데 그 위에 서서 나를 기다려 주세요. 삼 일간 나는 매일 오후 2시에 마

까마귀

79

차를 타고 당신에게 갈 거예요. 첫날에는 백마 네 필, 다음에 적마 네 필, 마지막으로 흑마 네 필이 매여 있을 거예요. 그러나 당신이 깨어 있지 않고 잠을 자면 나는 구원받지 못해요." 남자는 그녀가 원하는 모든 것을 하겠다고 약속했다. 하지만 까마귀가 말했다. "아, 나는 당신이 나를 구하지 못할 걸 알아요. 할멈에게서 무언가를 받을 거예요." 남자는 먹을 것이든 마실 것이든 무엇도 손대지 않겠다고 다시 한번 약속했다.

남자는 집 안으로 들어갔고 그때 늙은 여자가 와서 말했다. "가엾은 사람, 이렇게 지치다니. 와서 기운을 좀 차려요. 먹고 마셔요." "아닙니다." 하고 남자가 말했다. "먹지도 마시지도 않겠습니다." 할멈은 그를 가만두지 않고 말했다. "먹지 않으려거든 한 모금만 마셔요. 한 모금쯤이야 아무것도 아니니까." 그러자 그가 결국 마셨다. 오후 2시가 되기 전 그는 까마귀를 기다리려고 뜰로 나가 장작 더미 위에 올라갔다. 거기 서 있으려니 피로가 몰려들어 견디지 못하고 잠시 드러누웠다. 잠들 생각은 아니었지만 몸을 뻗자마자 두 눈이 저절로 감겼고, 그는 잠이 들어 세상 무엇도 깨울 수 없을 만큼 깊이 잠을 잤다.

2시 정각에 까마귀가 네 필의 백마와 함께 왔다. 그러나 까마귀는 이미 슬픔에 가득 차서 말했다. "그가 잠든 걸 나는 알아." 정원에 들어서자 남자는 실제로 장작 더미 위에 누워 자고 있었다. 까마귀가 마차에서 내려 그에게로 가 흔들고 불러 보았으나 깨지 않았다. 다음 날 점심때 늙은 여자가 다시 와서 먹을 것과 마실 것을 가져다주었으나 그는 받지 않았다. 하지만 여자가 그를 내버려 두지 않고 그가 다시 잠결에 한 모금 마실 때까지 길게 이야기를 늘어놓았다. 2시쯤 그는 뜰로 가 장작 더미 위에 올라가서 까마귀를 기다리려고 했다. 또다시 큰 피로감이 느껴져 그는 더 이상 팔다리를 가누지 못했다. 어쩔 수 없이 누워야 했고 깊은 잠에 빠졌다. 네 필의 갈색 말과 함께 온 까마귀는 이미 슬픔에 가득 차서 말했다. "그가 잠든 걸 나는 알아." 까마귀가 그에게 갔으나 그는 잠에 빠져 누워 있었고 깨울 수가 없었다.

다음 날 늙은 여자가 말했다. "이게 뭔가? 아무것도 먹고 마시지 않으니 죽을 작정이요?" 그가 대답했다. "나는 먹지 않을 테고 먹어서도 안 됩니다. 마시지 않고 마셔서도 안 됩니다." 늙은 여자가 음식이 든 접시와 술이 든 잔을 그의 앞에 놓았다. 냄새가 올라오자 그는 저항하지 못하고 한 모금 들이켰다. 시간이 되자 뜰로 나가 장작 더미 위에 서서 공주를 기다렸다. 그러나 전날보다 더 피로해서 드러누워 돌덩이처럼 깊이 잠이 들었다.

2시 정각에 까마귀가 네 필의 검은 말과 함께 왔다. 마부와 다른 모든 것이 검었다. 까마귀는 이미 슬픔에 가득 차서 말했다. "그가 잠든 걸 나는 알아." 까마귀가 갔을 때 그는 누워 쿨쿨 자고 있었다. 그녀가 흔들고 불렀으나 깨울 수 없었다. 그러자 그녀가 빵 하나를 그의 곁에 두었고, 다음에는 고기 한 덩이를, 세 번째로는 술 한 병을 두었다. 그는 모든 것을 원하는 만큼 먹을 수 있었는데 전혀 줄어들지 않았다. 그 후 그녀는 자기 손가락에서 금반지 하나를 빼 그의 손가락에 끼웠다. 거기에는 자기 이름이 새겨져 있었다. 마지막으로 그녀가 그에게 준 것과 그것이 결코 줄지 않을 거라고 적은 편지 한 장를 두었다. 거기에는 또 이렇게 쓰여 있었다. "당신이 나를 구할 수 없다는 것을 알아요. 하지만 여전히 나를 구하겠다면 슈트롬베르크에 있는 황금성으로 오세요. 당신은 그럴 힘이 있어요. 그건 내가 확실히 알아요." 그에게 그 모든 것을 주고 나서 그녀는 마차를 타고 슈트롬베르크의 황금성으로 갔다.

남자는 정신이 들자 자기가 잠든 것을 알고 충심으로 슬퍼하며 말했다. "분명 그녀가 왔고 나는 그녀를 구하지 못했다." 그때 곁에 놓인 물건들을 발견한 그가 편지를 읽었는데 어떻게 된 일인지 적혀 있었다. 그는 길을 떠나 슈트롬베르크의 황금성으로 가려 했다. 그러나 어디 있는지 알지 못했다. 오래 세상을 떠돌던 그는 어두운 숲으로 들어가 열나흘을 계속 걸었으나 출구를 찾을 수 없었다. 다시 저녁이 되어 그는 너무 피곤해 덤불 곁에 누워 잠이 들었다. 다음 날도 그는 계속 갔고, 저녁에 다시 덤불 나무 곁에 누우려는데 울며 탄식하는 소리가 들려 잠을 이룰 수 없었다. 사람들이 등불을 켤 시간이 되자 그는 등불 하나가 깜박이는 것을 보고 그것을 향해 갔다. 앞에 큰 거인이 서 있어서 무척 작아 보이는 집 앞에 다다랐다. 그는 생각했다. '내가 들어가서 거인이 나를 보면 목숨을 잃을 가능성이 크겠지.'

드디어 그가 용기를 내어 다가가자 거인이 말했다. "너 참 잘 왔다. 오랫동안 아무것도 먹질 못했다. 너를 곧 저녁 식사로 집어삼키겠어." "그건 좀 참으렴." 하고 남자가 말했다. "그렇게 삼켜지고 싶진 않아. 먹을 걸 원한다면 네가 배부를 만큼 충분히 있어." "그게 사실이라면……." 하고 거인이 말했다. "넌 마음을 놓아도 되겠다. 내가 너를 먹으려는 건 다만 먹을 게 없어서야." 둘이 가서 식탁에 앉으니 남자가 줄지 않는 빵과 포도주와 고기를 꺼냈다. "이거 참 마음에 드네." 하며 거인이 실컷 먹었다. 그런 다음 남자가 거인에게 말했다. "슈트롬베르크의 황금성이 어디에 있는지 말해 줄 수 있나?" 거인이 말했다.

"내 지도에서 찾아보지. 지도 위에 모든 도시와 마을과 집이 다 있거든." 거인이 방에 둔 지도를 가져와 그 성을 찾았으나 찾을 수 없었다. "소용없군." 하고 그가 말했다. "위층 장롱에 더 큰 지도들이 있어. 거기서 찾아보자." 그 것도 소용없었다. 남자는 떠나려 했으나 거인이 식료품을 구하러 나간 형이 돌아올 때까지 며칠만 기다려 달라고 부탁했다. 형이 집에 돌아오자 그들은 슈트롬베르크의 황금성에 대해 물었다. 형이 대답했다. "내가 배부르게 먹고 나면 지도에서 찾아보지." 배부르게 먹고 난 형이 그들과 함께 자기 방으로 가서 지도를 찾아보았으나 허사였다. 그러자 형이 더 오래된 지도를 꺼냈고, 그들은 마침내 슈

84

트롬베르크[4]의 황금성을 찾아낼 때까지 쉬지 않았다. 그러나 그곳은 수천 킬로미터나 떨어져 있었다. "어떻게 가지?" 하고 남자가 물었다. 거인이 말했다. "두 시간 정도 시간이 있으니 내가 근처까지 데려다줄게. 그다음에 나는 우리 애 젖을 주러 집으로 돌아와야 해." 거인은 남자를 성에서부터 걸어서 100시간 정도 거리까지 데려다주며 말했다. "나머지 길은 혼자서도 잘 갈 거야."

남자는 밤낮으로 걸어 마침내 슈트롬베르크의 황금성까지 갔다. 성은 유리산 위에 있었고, 마법에 걸린 소녀가 마차를 타고 성을 빙빙 돌아 안으로 들어갔다. 그 모습을 보고 기뻐 그녀에게 가려 했으나 유리에서 자꾸 미끄러져 그녀에게 닿을 수 없었다. 몹시 침울해진 그가 말했다. "나는 여기 아래에 머물면서 그녀를 기다리겠어." 그는 오두막을 짓고 한 해를 꼬박 머물며 공주가 날마다 그 위를 오가는 것을 보았다.

한번은 오두막 밖을 내다보는데 도둑 셋이 서로 치고받는 것이 보여 소리쳤다. "그만들 하시오!" 그들은 외침을 듣고 멈추었으나 아무도 보이지 않자 다시 서로에게 달려들어 때리는데 아주 위험했다. 그래서 그가 또다시 외쳤

---

4   Stromberg. '강물 산'이라는 뜻이다.

다. "그만들 하시오!" 도둑들은 다시 멈추고 둘러보았지만 아무도 보이지 않아 또다시 서로 때리기 시작했다. 그러자 그가 세 번째로 말했다. "그만들 하시오!" 그는 '셋이 뭣 때문에 싸우는지 봐야겠다.' 생각하고 그들에게 가서는 왜 싸우는지 물었다. 하나가 말하길, 그걸로 문을 치면 문이 열리는 지팡이가 있다고 했다. 다른 하나가 걸치면 보이지 않게 되는 외투를 찾았다고 했다. 세 번째 도둑은 어디든 타고 달려가고, 유리산도 올라갈 수 있는 말을 한 필 잡았다고 했다. 그런데 도둑들은 그 물건들을 공동으로 소유할지 나누어야 할지를 몰랐다. 그래서 남자가 말했다. "세 가지 물건을 제가 바꿔 줄게요. 비록 돈은 없지만 더 가치가 큰 다른 물건들이 있거든요! 하지만 그전에 여러분이 진실을 말했는지 시험해 봐야겠어요." 그러자 그들이 그를 말에 앉히고 외투를 둘러 주며 지팡이를 손에 쥐여 주었다. 이 모든 것을 그가 갖자 그들은 더 이상 그를 볼 수 없었다. 그래서 그는 그들을 흠씬 패주고 외쳤다. "자, 곰 가죽 쓴 자들아, 이제 너희는 받을 걸 받았어. 만족하느냐?"

이후 그는 말을 타고 유리산에 올랐다. 꼭대기에 있는 성 앞에 다다르니 성이 잠겨 있었다. 지팡이로 치자 곧 성문이 열렸다. 그는 들어가서 계단을 올라 위쪽 넓은 홀까지 갔다. 거기에 소녀가 포도주가 든 황금 술잔을 앞에 놓

고 앉아 있었다. 그러나 그가 외투를 두르고 있었기 때문에 그녀는 그가 보이지 않았다. 그녀 앞에 다가간 그는 그녀가 준 반지를 손가락에서 빼서 소리가 나게끔 잔 속에 던졌다. 그러자 그녀가 외쳤다. "이건 내 반지야, 그러니 나를 구할 사람이 여기 있는 게 틀림없어." 사람들이 온 성을 뒤졌으나 그를 찾지 못했다. 그는 밖으로 나가 말 위에 올라 외투를 벗어 던졌다. 사람들이 성 앞에 이르자 그를 보고 기뻐서 큰 소리로 외쳤다. 그가 내려서 공주를 안았다. 공주는 그에게 입맞춤하며 말했다. "이제 당신이 나를 구했으니 내일 우리는 결혼식을 올려요."

까마귀

농부의 똑똑한 딸

옛날에 자기 땅이 없고 작은 집 한 채와 딸 하나만 둔 가난한 농부가 있었다. 딸이 말했다. "우리 왕에게 로트란트 땅 한 뙈기만 부탁해야겠어요." 왕이 그들의 가난을 듣고 풀밭을 한 귀퉁이 주었다. 그녀와 아버지는 땅을 일구어 곡식 조금과 열매 맺히는 것들을 씨뿌릴 작정이었다. 밭을 거의 다 갈 즈음 부녀는 흙 속에서 순금 절구 하나를 발견했다. "들어 봐." 하고 아버지가 딸에게 말했다. "우리 왕께서 참으로 자비로워서 이 밭을 선물로 주셨다. 그러니 우리는 이 절구를 그분께 드려야 해." 그러나 딸이 찬성하지 않으며 말했다. "아버지, 만약 절구는 있는데 절굿공이가 없으면 우리가 마련해야 해요. 그러니 가만 계시는 편이 더 좋아요." 그러나 아버지는 딸의 말을 듣지 않고 왕에게 절구를 들고 가 들판에서 찾았다고, 이걸 존경의 표시로 받아 달라고 말했다. 왕이 절구를 받으며 물었다. "이것 말고는 더 찾은 것이 없느냐?" "없습니다." 하고 농부가 말했다. 그러자 왕이 절굿공이도 가져오라고 말했다. 절굿공이는 찾지 못했다고 농부가 말했지만 바람에 대고 말한 것만큼도 도움이 되지 못했다.

농부는 감옥에 갇혀 절굿공이를 마련할 때까지 앉아 있어야 했다. 하인들이 그에게 날마다 물과 빵을 가져왔다. 감옥에서 깨달은 그가 계속 외쳤다. "아, 딸의 말을 들을걸! 아, 딸의 말을 들을걸!" 하인들이 왕에게 가서 죄수가 "아, 딸의 말을 들을걸!" 하고 소리를 지르면서 먹지도 마시지도 않는다고 말했다. 왕은 하인들에게 죄인을 앞에 데려오라고 명령했다. 죄인이 오자 왕은 왜 계속 "아, 딸의 말을 들을걸!" 하고 소리치느냐고 물었다. "자네 딸이 대체 뭐라 했는가?" "네, 딸이 말하길 분명 절굿공이도 마련해야 할 테니 절구를 가져가지 말라고 했습니다." "그렇게 똑똑한 딸이 있으면 한번 오게 하라." 그래서 딸이 왕 앞에 왔다.

왕은 딸에게 네가 정말로 그렇게 똑똑하냐고 물었다.

그러고는 수수께끼 하나를 맞히면 결혼하겠다고 말했다. 딸은 "네, 맞혀 보겠습니다." 했다. 그러자 왕이 말했다. "내게로 오거라, 옷을 입지도 말고, 벌거벗지도 말고, 말을 타지도 말고, 다른 탈것을 타지도 말고, 길로도 말고 길 밖으로도 말고. 만약 네가 그렇게 할 수 있다면 너와 결혼하겠다." 그러자 그녀가 돌아가서 옷을 다 벗고는 커다란 물고기 그물을 가져다 그 안에 들어가 그물로 몸을 둘둘 감으니 벌거벗은 게 아니었다. 그러고는 나귀 한 마리를 빌려 물고기 그물을 나귀 꼬리에 묶었다. 그 안에 든 그녀를 나귀가 끌고 가야 했으니 말을 탄 것도 다른 탈것을 탄 것도 아니었다. 또한 나귀가 바큇자국을 따라서 끌어 딸은 엄지발가락만 땅에 닿았을 뿐이었다. 그러니 길에도 길 밖에도 있지 않았다. 그렇게 그녀가 도착하자 왕은 그녀가 수수께끼를 풀었고 모든 것이 충족되었다고 말했다. 그리

하여 그 아버지를 감옥에서 풀어 주고, 그녀를 아내로 맞이하여 그녀에게 왕실의 모든 재산을 맡겼다.

몇 년이 지나 왕이 열병식을 사열할 때 장작을 팔던 농부들이 그들의 수레를 가지고 성 앞에 멈추었다. 몇몇은 수레 앞에 황소를 매었고 몇몇은 말을 매었다. 말 세 필을 맨 농부가 있었는데 그중 한 마리가 망아지를 낳았고, 그 망아지가 달아나 마차 앞에 있는 황소 두 마리 사이에 누워 있었다. 농부들이 모이자 그들은 티격태격하며 소란을 피우기 시작했다. 황소를 가진 농부는 망아지를 내주지 않으며 황소가 새끼를 낳았다고 말했다. 다른 농부는 자기 말들이 새끼를 낳았으니 망아지는 자기 것이라고 말했다. 이 소란이 왕에게 전해졌고, 왕은 망아지를 누워 있는 곳에 두라고 판결했다. 결국 황소를 가진 농부가 망아지를 얻자 말을 가진 농부는 울며 안타까워했다. 농부는 왕비가 가난한 농부의 딸이고 매우 자비롭다는 말을 듣고 찾아가 자기 망아지를 되찾도록 도와달라고 청했다. 왕비가 말했다. "내가 그랬다고 밝히지 않으면 그대가 어떻게 해야 할지 말해 주겠어요. 내일 아침 일찍 왕이 파수병 열병식에 가실 때 왕이 지나갈 길 한가운데 서서 큰 그물을 가지고 물고기를 잡는 시늉을 하세요. 계속 고기를 잡으며 그물을 터세요, 그물이 완전히 찬 것처럼." 그러고는 왕의 질문을 받았을 때 대답할 말을 알려 주었다.

농부의 똑똑한 딸

91

다음 날 농부는 거기 마른땅에서 낚시를 했다. 왕이 지나가며 그걸 보자 심부름꾼을 보내 저 바보 같은 사람이 무얼 하는지 묻게 했다. 그러자 그가 대답했다. "낚시를 하고 있습니다." 물이 없는 데서 어떻게 고기를 잡느냐고 심부름꾼이 물었다. 농부가 말했다. "황소 두 마리가 망아지를 잘 낳듯 저도 마른땅에서 물고기를 잘 잡을 수 있습니다." 하인이 그 대답을 가져가니 왕은 농부를 데려오게 해 그 말이 그에게서 나온 게 아닌 것 같다고, 누구에게 들었는지 실토하라고 말했다. 농부가 부인하며 계속 말하길 하느님 맙소사! 그것이 자기 생각이라고 했다. 그러나 사람들이 짚단 위에 엎어 놓고 때리고 괴롭혀 마침내 그는 왕비로부터 들었다고 털어놓았다.

왕이 집으로 돌아와 아내에게 말했다. "당신은 왜 나를 기만하오. 이제 당신을 아내로 여기지 않겠소. 당신의 때는 다 찼으니 왔던 곳으로, 작은 농가로 돌아가시오." 하지만 왕은 한 가지 호의를 베풀었다. 그녀가 가장 사랑하고 좋은 것 한 가지를 가져갈 수 있었다. 왕비가 말했다. "네, 사랑하는 분, 당신이 명령하시면 그렇게 하겠습니다." 그러면서 그를 안고 입맞춤을 하며 그에게 작별을 고했다. 그런 다음 독한 수면제를 가져오게 해 그와 함께 이별주를 마셨다. 왕은 길게 한 모금을 마셨으나 그녀는 조금만 마셨다. 왕은 곧 깊은 잠에 빠졌고, 그걸 보자 왕비

는 하인을 불러 고운 흰 아마포를 가져다 왕을 감쌌다. 하인들은 왕을 문 앞에 서 있는 마차에 태웠고, 그녀는 그를 작은 집으로 데려갔다. 그녀는 왕을 자신의 작은 침대에 눕혔다.

왕은 낮과 밤을 깨지 않고 계속 잤다. 잠에서 깨자 사방을 둘러보며 물었다. "아, 이런, 내가 대체 어디 있는 거지?" 그가 신하들에게 소리쳤지만 거기엔 아무도 없었다. 드디어 아내가 침대 앞으로 와서 말했다. "사랑하는 당신, 제가 가장 사랑하고 귀하게 여기는 것을 성에서 가져갈 수 있다고 하셨지요. 제게 당신보다 더 귀하고 사랑하는 것이 없어서 당신을 데려왔습니다." 왕이 눈에 눈물이 고

농부의 똑똑한 딸

인 채 말했다. "여보, 당신은 내 것이고 나는 당신 것이어야 하오." 그러고는 그녀를 다시 왕궁으로 데려가 새로 결혼했다. 그들은 아마 오늘까지 잘살고 있을 거야.

늙은 힐데브란트[5]

옛날에 농부와 그 아내가 있었다. 마을의 신부가 농부 아내를 좋아해서 자주, 한 번만이라도 그녀와 온종일 즐겁게 보내기를 바랐고, 농부 아내에게도 그것은 좋은 일이었다. 하루는 신부가 그녀에게 말했다. "내 님, 어찌하면 우리가 온종일 즐겁게 함께 보낼 수 있을까 곰곰 생각해 봤어요. 있잖아요, 수요일에 자리에 누워서 남편에게 몸이 안 좋다고 말하세요. 내가 설교를 하는 일요일까지 제대로

---

5   오스트리아 사투리로 적힌 이야기다. 오스트리아 사투리로 된 오디오북(토마스 멜러 구연) 내용을 음성 인식 프로그램을 돌리고 다시 들으며 수정한 버전의 텍스트를 한글로 옮겼다.

신음하고 울고불고하세요. 내가 설교에서 집안에 병든 아이, 병든 남편, 병든 아내, 병든 아버지, 병든 어머니, 병든 형제자매 혹은 누구든 벨리히란트에 있는 괴케를리산으로 순례를 떠나라고 할게요. 거기서 동전 1크로이처를 내면 월계수 잎 한 꾸러미를 받을 수 있어요. 그게 있으면 병든 아이, 병든 남편, 병든 아내, 병든 아버지, 병든 어머니, 병든 형제자매 혹은 누구든 당장에 건강해지죠." "그럴게요." 하고 농부 아내가 말했다.

그리하여 수요일이 되자 아내는 침대에 누워 신음하고 울고불고했다. 남편이 돌보고 보살폈으나 아무 소용이 없었다. 일요일이 되자 아내가 남편에게 말했다. "내가 어찌나 비참한지 곧 죽을 게 틀림없지만 죽기 전에 우리 신부님이 하는 설교를 듣고 싶어요." "아, 여보." 하고 남편이 말했다. "그러지 마. 지금 일어나면 더 나빠질 거야. 내가 당신을 위해 신부님의 설교를 주의해서 듣고 모든 걸 당신에게 이야기해 줄게." "좋아요." 하고 농부 아내가 신음하며 말했다. "그럼 당신이 가서 듣고 나에게 신부님이 한 얘기를 빠짐없이 들려줘요."

농부는 설교를 들으러 갔고 신부가 설교를 시작했다. 신부가 병든 아이, 병든 남편, 병든 아내, 병든 아버지, 병든 어머니, 병든 형제자매 혹은 누구든 월계수 잎 한 꾸러미가 1크로이처밖에 하지 않는 벨리히란트의 괴케를리산으로 순례를 가야 한다고 말했다. 그러면 병든 아이, 병든 남편, 병든 아내, 병든 아버지, 병든 어머니, 혹은 누구든 당장 건강해질 거라고. 신부는 월계수를 담는 주머니와 1크로이처를 줄 테니 길을 떠나려는 사람은 미사 후 자기에게 오라고 했다. 그때 농부보다 더 기뻐하는 사람은 아무도 없었다. 미사가 끝나자 그는 곧장 신부에게 갔고, 신부는 월계수 담을 자루와 1크로이처를 내주었다.

집으로 온 농부는 기쁨에 넘쳐 소리쳤다. "야호! 여보, 이제 당신은 다 나은 거나 다름없어. 신부님이 오늘 설교에서 병든 아이, 병든 남편, 병든 아내, 병든 아버지, 병든 어머니, 병든 형제자매 혹은 누구든 벨리히란트의 괴케를 리산으로 순례를 가야 한다고 했어. 거기서는 월계수 잎 한 꾸러미가 1크로이처인데, 그거면 병든 아이, 병든 남편, 병든 아내, 병든 아버지, 병든 어머니, 병든 형제자매 혹은 누구든 그 자리에서 건강해진다는군. 내가 이미 자루와 1크로이처를 받아 왔으니 당신이 빨리 낫도록 곧바로 여행길에 오르겠어."

그 후 그는 떠났다. 그가 떠나자마자 농부 아내는 재빨리 일어났고 신부도 벌써 그녀 곁에 있었다. 농부는 그사이 순례길에서 사촌을 만났다. 달걀 장수인 그는 시장에서 달걀을 팔고 돌아오는 길이었다. "대체 어딜 그렇게 급히 가

나?" 하고 사촌이 물었다. "아내가 병이 났는데 신부님이 오늘 설교하기를 병든 아이, 병든 남편, 병든 아내, 병든 아버지, 병든 어머니, 병든 형제자매 혹은 누구든 벨리히란트의 괴케를리산으로 순례를 가야 한다고 하셨네. 거기서는 월계수 잎 한 꾸러미가 1크로이처인데 그걸로 병든 아이, 병든 남편, 병든 아내, 병든 아버지, 병든 어머니, 병든 형제자매 혹은 누구든 그 자리에서 건강해진다네. 그래서 내가 신부님께 월계수 담을 자루와 1크로이처를 받아 지금 길을 나섰지." 하고 농부가 말했다. "하지만 사촌." 하고 달걀 장수가 말했다. "자네 정말로 그렇게 순진하게 그런 걸 믿는단 말인가. 뭐가 잘못됐는지 말 좀 해 줄까? 신부는 분명 자네 아내와 둘이서만 하루를 제대로 즐겁게 보내고 싶어서 자네를 속이려고 그럴싸하게 꾸며 댄 거야. 자네가 집을 떠나 있도록 말이야." "이런! 그게 사실인지 정말 알고 싶네." 하고 농부가 대꾸했다. "있잖아……." 하고 사촌이

98

말했다. "내 달걀 광주리 속에 앉게. 내가 자네를 집으로 지고 가지. 그러면 사태를 직접 보게 될 걸세."

   그렇게 결정이 되었다! 사촌이 농부를 달걀 광주리 안에 앉히고 집으로 지고 가니 집에서는 정말 분위기가 이미 고조되어 있었다. 농부 아내는 벌써 농가에 있는 거의 모든 것을 잡았고 도넛도 구워 놓았다. 신부도 바이올린을 가지고 와 있었다. 사촌이 문을 두드리자 농부 아내가 밖에 누구냐고 물었다. "저예요, 형수님." 하고 사촌이 대답했다. "오늘 밤 잠자리를 좀 청합니다. 시장에서 달걀을 못 팔아 다시 집으로 지고 가야 해요. 아주 무거운데 바깥은 벌써 캄캄하네요." 농부 아내는 "참 거북한 때 오셨네요." 하며 "하지만 이렇게 되었으니 들어와 난로 앞 긴 의자에 앉으세요." 했다. 사촌은 바구니를 등에 진 채 난로 앞 긴 의자에 앉았다. 신부와 농부 아내는 있는 대로 신이 나 있었다. 신부가 말했다. "사랑하는 농부 아내님, 노래를 참 멋지게 부르죠. 뭘 좀 불러 줘요." "지금은 그리 잘 못 불러요." 하고 농부 아내가 대답했다. "젊은 시절에는 잘 불렀는데 그 시절은 지나간 것 같아요." "에이." 하고 신부가 말했다. "그래도 조금은 부르죠." 그러자 농부 아내가 노래하기 시작했다. "나는 남편을 벨리히란트에 있는 괴케를리산으로 보냈지." 그러자 신부가 노래했다. "그가 거기서 한 해를 꼬박 머물면 좋겠어, 월계수잎 자루는 달라고 하지 않겠어. 할렐루야." 사촌이 노래하기 시작했다. "에이, 자네, 사랑하는 힐데브란트, 난로 앞 긴 의자 위에서 무얼 하나. 할렐루야." 그러자 농부가 달걀 광주리 속에서 노래했다. "이제 더는 노래를 참을 수 없네, 광주리에서 나가야겠어. 할렐루야." 그러고는 광주리에서 나와 신부 놈을 매질해 집 밖으로 내쫓았다.

작은 새 세 마리[6]

수천 년 전쯤 이 나라에는 온통 작은 왕들뿐이었다. 그
중 코이터산에 살던 왕은 사냥을 아주 좋아했다. 하루는
사냥꾼들을 거느리고 성을 나오는데 산 아래에서 세 자
매가 소를 돌보고 있었다. 자매들은 그 많은 사람을 거느
린 왕을 보았고, 제일 맏이가 다른 두 동생에게 소리쳤다.
"이봐, 이봐! 내가 저 사람을 얻지 못하면 나는 아무도
안 얻겠어!" 그러자 둘째가 산 다른 편에서 대답하며 왕
의 오른쪽에 있는 이를 가리켰다. "이봐, 이봐! 내가 저 사

---

6   저지 독일 사투리로 적힌 이야기다.

람을 얻지 못하면 나는 아무도 안 얻겠어!" 그러자 셋째
가 산 다른 편에서 대답하며 왕의 왼쪽에 있는 이를 가리
켰다. "이봐, 이봐! 내가 저 사람을 얻지 못하면 나는 아
무도 안 얻겠어!" 그런데 이들은 둘 다 대신이었다. 아, 왕
이 그 말을 다 듣고 사냥에서 돌아오자 세 자매를 불러 어
제 산자락에서 무슨 말을 했는지 물었다. 그들이 말하려
하지 않자 왕은 맏이에게 자기를 남편으로 삼으려느냐 물
었다. 그러자 맏이가 "예." 했고, 동생들에게는 두 대신이
물었다. 셋 모두 얼굴이 맑고 아름다웠다. 특히 왕비가 되

겠다는 소녀는 머리카락이 아마 같았다. 그러나 두 자매는 아이를 못 가졌다. 한번은 왕이 여행을 떠나야 했다. 왕은 왕비의 기운을 돋우려고 자매들을 초대했다. 왕비에게 마침 좋은 소식이 있던 참이었다. 왕비는 작은 사내아이를 얻었고, 그 애는 붉은 별을 가지고 세상에 왔다. 그러자 두 자매는 예쁜 사내아이를 물속에 던져 버리기로 했다. 아기를 던지자(그 물이 아마 베저 강물이었을 거야.) 작은 새 한 마리가 높이 날아올라 노래했다.

"죽을 준비가 되어

더 알려 줄 때까지

백합 꽃다발이 되어

착한 소년아, 너니?"

두 자매는 그 소리를 듣자 겁을 집어먹고 도망쳤다. 그러고는 왕이 돌아오자 왕비가 개를 낳았다고 말했다. 왕이 말했다. "신이 하시는 일, 그건 잘하신 일이야."

물가에 사는 어부가 그 작은 사내아이를 아직 살아 있을 때 다시 건져 냈고, 부인이 아이가 없어서 그 아기를 먹이고 키웠다. 일 년이 지나 왕이 다시 여행을 갔을 때 왕비는 다시 사내아이를 하나 얻었고, 그 아기도 두 나쁜 자매가 똑같이 데려가 물에 던졌다. 그러자 작은 새가 다시 날아오르며 노래했다.

작은 새 세 마리

"죽을 준비가 되어

더 알려 줄 때까지

백합 꽃다발 되어

늠름한 소년아, 너니?"

왕이 돌아오자 둘은 왕에게 왕비가 또 개를 낳았다고 말했다. 왕이 또 말했다. "신이 하시는 일, 그건 잘하신 일이야." 어부가 이 아이도 물에서 건져 먹이고 키웠다.

왕이 다시 여행을 떠나고 왕비는 작은 딸을 얻었다. 그 애도 나쁜 자매가 물속으로 던졌다. 그러자 작은 새가 다시 높이 날아오르며 노래했다.

"죽을 준비가 되어

더 알려 줄 때까지

백합 꽃다발 되어

착한 소녀야, 너니?"

왕이 돌아오자 둘은 왕비가 고양이를 낳았다고 말했다. 그러자 왕이 화가 나서 아내를 감옥에 가두게 했고, 왕비는 긴 세월을 그 안에 갇혀 지내야 했다.

그사이 아기들이 자랐고, 한번은 맏이가 다른 사내아이들과 고기를 잡으러 나갔다. 그러나 다른 아이들이 같이 어울리지 않으며 말했다. "내다 버린 아이야, 가 버려!" 아이는 몹시 침울해져서 그게 사실이냐고 늙은 어부에게 물었다. 어부는 낚시를 하다 그를 물에서 건졌다고 이야기해 주었다. 그러자 사내아이가 말했다. "나는 아버지를 찾겠어요." 어부가 그냥 있으라고 말렸지만 아이는 마음을 잡지 못했다. 마침내 어부가 승낙했다.

아이는 길을 떠나 여러 날을 계속 걸어 드디어 엄청나게 큰 물에 닿았다. 그 물가에서 늙은 여자가 낚시를 하고 있었다. "안녕하세요, 할머니." 하고 사내아이가 말했다. "그래, 고맙구나." "낚시는 고기를 잡기까지 아주 오랫동안 해야 하나요?" "너는 네 아버지를 찾기까지 아마 오래 찾아야 할 거다. 어떻게 저 물을 건너려고?" 하고 늙은 여자가 물었다. "그야 신이 아시겠지요." 그러자 할머니가 그를 등에 업고 건너게 했다. 오랫동안 헤맸으나 그는 아버지를 찾지 못했다.

한 해가 지나자 둘째가 형을 찾으려고 집을 나섰다. 이 아이도 물가에 왔고, 형과 똑같은 일이 있었다. 이제 집에는 딸만 혼자 있었고, 오빠들이 그리워 매우 슬퍼하다 마침내 어부에게 오빠들을 찾으러 가게 해 달라고 부탁했다. 그리하여 동생도 엄청나게 큰 물로 와서 늙은 여자에게 말했다. "안녕하세요, 할머니." "그래, 고맙구나." "신이 낚시를 돕기를." 노파가 그 말을 듣자 아주 친절해져서 물을 건너게 해 주고는 지팡이를 주며 말했다. "이 길을 따라 계속 가거라, 얘야. 그리고 크고 검은 개가 곁을 지나가거든 겁먹거나 멈추지 말고 웃거나 쳐다보지도 말고 지나가. 그다음에 열려 있는 큰 성에 닿으면 그 문턱에서 이 지팡이를 떨어뜨리고 곧장 성을 가로질러 다른 편으로 나오렴. 거기 거대한 나무가 한 그루 자라난 오래된 우물이 보일 텐데, 나무에 매달린 새가 든 새장을 들어라. 그다음에는 우물에서 물 한 잔을 떠서 같은 길을 되돌아오거라. 문턱에서 지팡이를 다시 들고 개 옆을 지나가게 되면 개 얼굴을 쳐라. 그런데 제대로 맞혀야 한다. 그러고는 다시 내게로 돌아오렴."

가 보니 모든 게 할머니가 말한 대로였다. 아이는 돌아오는 길에 두 오빠도 찾았다. 오빠들은 서로 다른 반반 세계에서 서로를 찾고 있었다. 그들은 함께 검은 개에게 갔다. 소녀가 개의 얼굴을 치자 잘생긴 왕자로 변했다. 그 왕자와 함께 물까지 갔다. 그곳에 할머니가 아직 서 있었고 모두 다시 돌아온 걸 매우 기뻐하며 그들이 물을 건널 수 있게 해 주었다. 이제 그들이 구원받았기 때문에 할머니도 떠났다. 남은 이들은 모두 늙은 어부에게 갔고, 어부는 그들을 되찾은 것을 기뻐했다. 새장은 벽에 걸어 놓았다.

둘째 아들이 오래 집에 가만있지 못해서 활을 들고 사냥을 갔다. 지쳤을 때 그는 피리를 꺼내 한 곡 불렀다. 왕도 사냥 중이었는데 그 소리를 듣고 따라갔다. 소년을 만

나자 왕이 말했다. "누가 여기서 사냥하라고 허락했나?"
"오, 아무도요." "뉘 집 자식인가?" "어부의 아들입니
다." "어부는 아이가 없는데?" "안 믿기면 같이 가 보세
요." 왕은 그렇게 했고, 어부에게 묻자 어부가 전부 이야
기해 주었다. 그러자 벽에 걸어 둔 새장 속의 새가 노래하
기 시작했다.

  "엄마 혼자 앉아 있네

  작은 감옥 속에.

  오, 왕이시여, 고귀한 혈통!

  이들이 모두 그대 아이들.

  나쁜 두 자매, 아이들에게 모진 짓 했지

  아들들을 물속 깊이 던졌지.

  거기서 어부가 아이들을 찾아냈지!"

그러자 사람들이 모두 놀랐다. 왕은 새와 어부와 세 아

작은 새 세 마리

이들을 데리고 성으로 가서 감옥 문을 열게 하고 왕비를 다시 데리고 나왔다. 하지만 왕비는 몹시 병들고 쇠약해져 있었다. 딸이 우물물을 마시게 하자 왕비가 다시 생생하고 건강해졌다. 나쁜 두 자매는 화형을 당하고 딸은 왕자와 결혼했다.

97

생명의 물

옛날에 병든 왕이 있었다. 누구도 그가 살아날 거라고 믿지 않았다. 왕에겐 아들이 셋 있었는데 아이들은 그 일로 슬퍼하며 성의 뜰로 내려가 울었다. 거기서 어떤 노인을 만났는데 노인이 그들에게 근심이 무엇인지 물었다. 그들은 아버지가 편찮으신데 무얼 해도 소용이 없어서 아마 돌아가실 거라고 했다. 그러자 노인이 말했다. "내가 한 가지 방책을 알고 있지. 생명의 물을 마시면 아버지가 다시 건강해질 것이다. 그러나 그 물은 찾기 어렵다." 맏이가 "제가 그걸 찾겠습니다." 하고 병든 왕에게로 가서 그 물만이 아버지를 낫게 할 수 있으니 생명의 물을 찾으러 떠나겠다고 했다. "안 된다." 하고 왕이 말했다. "너무 위험해. 차라리 내가 죽겠다." 그러나 아들은 왕이 동의할 때까지 청했다. 왕자는 마음속으로 생각했다. '그 물을 가져오면 내가 아버지의 가장 사랑하는 아들이 되고 왕국을 상속받을 것이다.'

그리하여 그는 길을 떠났다. 한동안 말을 달리니 난쟁이가 길에 서서 그를 불러 말했다. "어딜 그리 급히 가시나요?" "멍청한 꼬마야, 그건 네가 알 필요 없어." 하고 왕자가 아주 오만하게 말하고 계속 말을 달렸다. 그러자 작은 사람이 화가 나서 저주를 내렸다. 왕자는 산골짜기로 들어갔고, 말을 타고 갈수록 산들이 더욱 비좁게 모여들다 마침내 길이 너무 좁아져 한 발자국도 더 갈 수 없었다. 말을 돌리거나 안장에서 내리는 것조차 불가능해서 그는 꼼짝없이 갇힌 듯이 앉아 있었다.

병든 왕은 오랫동안 아들을 기다렸으나 돌아오지 않았다. 그러자 둘째 아들이 말했다. "아버지, 제가 가서 그 물을 찾겠습니다." 그러면서 '형이 죽으면 왕국은 내게 돌아온다.' 하고 생각했다. 왕은 처음에 둘째 아들도 가지 못하게 했으나 마침내 뜻을 굽혔다. 왕자는 형이 접어든 길을 계속 갔고, 그를 멈춰 세우고 어딜 그리 급하게 가느냐고 묻는 난쟁이도 만났다. "작은 꼬마야." 하고 왕자가 말했다. "그건 네가 알 필요 없어." 그러고는 돌아보지 않고 계속 달렸다. 그러자 난쟁이가 그를 저주했고 그도 형처럼 산골짜기에 빠져들어 앞으로도 뒤로도 갈 수 없었다. 건방진 사람들은 그렇게 되는 거지.

둘째 아들도 돌아오지 않자 막내가 그 물을 가져오겠다고 나섰고, 왕이 마침내 허락했다. 막내 왕자도 난쟁이를 만났고, 어딜 급히 가느냐고 난쟁이가 묻자 막내가 대답했다. "생명의 물을 찾고 있어요. 아버지가 죽을병에 걸

리셨거든요." "그 물이 어디 있는지 아니?" "아니요." 하
고 왕자가 말했다. 난쟁이가 말했다. "너의 처신이 올바르
고 그릇된 형들처럼 오만하지 않으니 내가 어떻게 생명의
물에 닿는지 말해 주겠어. 그 물은 마법에 걸린 성 마당에
있는 우물에서 솟아나. 그러나 내가 쇠막대 하나와 빵 두
조각을 주지 않으면 너는 그 안으로 뚫고 들어갈 수 없어.
막대로 성의 쇠문을 세 번 치면 문이 열릴 거야. 그 안에
아가리를 쩍 벌린 사자가 두 마리 있는데 빵을 하나씩 던
져 주면 잠잠해질 거야. 그러면 12시를 치기 전에 서둘러
서 생명의 물을 가져와. 안 그러면 문이 다시 닫히고 너는
갇혀."

　　왕자는 난쟁이에게 감사를 표하고 막대기와 빵을 받아
길을 떠났다. 그가 도착하니 모든 것이 난쟁이가 말한 그
대로였다. 왕자가 막대로 치자 세 번째에 문이 열렸다. 막
내는 사자들을 빵으로 온순하게 만들고 성안으로 들어가
서 커다랗고 아름다운 홀로 향했다. 그 안에는 손가락에
서 반지들을 뺀 마법에 걸린 왕자들이 앉아 있었다. 거기
에 칼과 빵 하나가 놓여 있어 막내가 그걸 집어 들었다. 또
다른 방에 들어가니 아름다운 소녀가 그를 보고 기쁘게
입맞춤하며 말하길 자기를 구원했으니 왕국 전체를 가져
야 한다고, 만약 한 해 안에 다시 오면 결혼식을 올려야 한
다고 했다. 그녀는 생명수가 있는 샘의 위치를 알려 주며

12시를 치기 전에 물을 길어야 한다고 했다. 막내는 계속 가서 마침내 산뜻하게 준비된 아름다운 침대가 있는 방에 들어갔다. 피곤한 그는 잠시 누워 잠이 들었다. 잠에서 깨니 12시 15분 전이었다. 그는 깜짝 놀라 벌떡 일어나 샘으로 달려가 곁에 있는 잔으로 물을 길어 서둘러 떠났다. 그가 쇠문을 나서는데 시계가 12시를 쳤고, 문이 어찌나 세

생명의 물

게 닫히는지 그의 발뒤꿈치 살이 한 점 떨어져 나갔다.

막내는 생명의 물을 얻은 것을 기뻐하며 집으로 향했고 다시 난쟁이를 지나쳤다. 칼과 빵을 본 난쟁이가 말했다. "큰 재산을 얻었군. 그 칼로는 모든 군대를 칠 수 있고 빵은 절대 줄어들지 않아." 왕자는 형제들 없이 아버지에게 돌아가고 싶지 않아서 난쟁이에게 말했다. "난쟁이님, 두 형이 어디 있는지 말해 주세요. 둘은 저보다 먼저 생명의 물을 찾아 나섰는데 아직 돌아오지 않았어요." "산 둘 사이에 갇혀 있지." 하고 난쟁이가 말했다. "하도 오만해서 그리로 가라고 내가 마법을 걸었거든." 왕자는 오래오래 간청했고, 마침내 난쟁이가 그들을 다시 풀어 주었다. 난쟁이는 왕자에게 경고했다. "그들을 조심해. 마음씨가 나빠."

형들이 오자 그는 기뻐하며 그들에게 무슨 일이 있었는지 이야기했다. 자기가 생명의 물을 찾아 한 잔을 가져왔으며 아름다운 공주를 구했는데, 일 년 후 공주와 결혼식을 올리고 자기는 큰 왕국을 얻는다고 했다. 그 후 그들은 함께 말을 달려 기아가 만연하고 전쟁이 벌어진 나라로 들어갔다. 그 나라 왕은 어려움이 너무나 커서 틀림없이 망했다고 믿고 있었다. 왕자가 왕에게 가서 빵을 주니 왕이 온 나라를 배부르게 먹였다. 칼도 줘서 왕이 적들의 군대를 쳤고 안정되고 평화롭게 살 수 있었다. 왕자는 빵과 칼을 돌려받았다. 세 형제는 계속 말을 타고 갔다. 연이

어 기아가 만연하고 전쟁이 벌어진 두 나라에 들어가 왕자는 매번 자신의 빵과 칼로 세 왕국을 구했다. 그들은 배에 올라 바다를 건넜다. 가는 동안 두 형이 서로 이야기했다. "막내가 생명의 물을 찾고 우리는 못 찾았으니 그 대가로 아버님이 우리 몫인 왕국을 그에게 주시겠지. 우리의 모든 재산도 빼앗아 갈 거야." 그들은 복수심에 차서 그를 망치기로 했다. 그러고는 막내가 깊이 잠들기를 기다렸다가 생명의 물을 자기들 잔에 따르고 그의 잔에는 짠 바닷물을 채워 넣었다.

집에 도착하자 막내는 병든 왕에게 그걸 마시고 건강해지도록 잔을 건넸다. 그러나 짠 바닷물을 조금 마시자 왕의 병세가 더 나빠졌다. 왕이 이에 대해 한탄하자 두 아들이 와서 막내가 아버지한테 독을 드리려 했다고 비난하고 진짜 생명의 물을 가져왔다며 그것을 왕에게 건넸다. 그 물을 마신 왕은 병이 사라진 것을 느끼고 젊은 날처럼 강하고 건강해졌다. 그 뒤 두 사람은 막내에게 가서 비웃으며 말했다. "너는 생명의 물을 찾아냈지만 수고는 네가 하고 보상은 우리가 받지. 좀 더 영리하게 굴고 눈을 똑똑히 뜨고 있었어야지. 네가 바다 위에서 잠든 동안 우리가 물을 가져갔지. 그리고 한 해가 지나면 우리 중 하나가 아름다운 공주를 데려올 거야. 하지만 그걸 조금도 누설하지 않도록 조심해. 누설하면 물뿐 아니라 네 생명도 잃을 테니. 침묵을 지키면 선물로 생명은 주지."

늙은 왕은 막내 아들이 자기 목숨을 노렸다고 믿고 화가 났다. 그리하여 궁정 대신들을 소집해 막내 왕자를 몰래 쏴 죽이라고 명령했다. 왕자가 나쁜 일을 짐작하지 못하고 사냥을 나갔는데 왕의 사냥꾼이 동행했다. 단둘이 숲에 있을 때 사냥꾼이 참으로 슬퍼 보여 왕자가 말했다. "사냥꾼, 뭐가 잘못됐나?" 사냥꾼이 말했다. "제가 그걸 말하면 안 됩니다만 말해야겠습니다." 왕자가 말했다. "무슨 일인지 털어놓게, 내가 자네를 용서하겠네." "아." 하고 사냥꾼이 말했다. "제가 왕자님을 쏘아야 합니다. 왕이 명령했어요." 그러자 왕자가 깜짝 놀라 말했다. "사냥꾼, 나를 살려 줘. 내 왕자 옷을 줄 테니 자네의 평범한 옷을 내게 주게." 사냥꾼이 말했다. "기꺼이 그렇게 하겠습니다만 제가 왕자님을 쏠 수는 없습니다." 그리하여 두 사람은 옷을 바꿔 입었고, 사냥꾼은 집으로 돌아갔다. 그러나 왕자는 계속 숲으로 들어갔다.

얼마 후 막내 아들을 위한 황금과 보석을 실은 마차 세 대가 늙은 왕에게로 왔다. 왕자의 칼로 적을 치고 왕자의 빵으로 나라를 먹여살린 세 명의 왕들이 감사를 표하려고 보낸 것이었다. 그러자 늙은 왕은 '내 아들이 죄가 없지 않앉을까?' 생각하며 신하들에게 말했다. "왕자가 아직 살아 있으면 좋겠다. 그를 죽이게 한 것이 참으로 안타깝구나." "왕자님은 아직 살아 있습니다." 하고 사냥꾼이 말했다. "차마 폐하의 명령을 수행할 수 없었습니다." 하고 사냥꾼은 왕에게 자초지종을 얘기했다. 그러자 왕의 가슴에 얹힌 돌이 떨어져 내렸고, 그 아들이 다시 돌아와 은사를

생명의 물

받아야 한다고 모든 왕국에 알렸다.

한편 공주는 성 앞에 순금으로 반짝이는 길을 만들게 하고 똑바로 그 길로 말을 타고 달려오는 사람, 그를 들여보내라고 신하들에게 명했다. 그리고 그 길을 못 딛고 피해서 오는 사람, 그는 맞는 사람이 아니니 들여보내서는 안 된다고 명했다. 때가 가까워지자 형은 서둘러 공주에게 가서 자기가 공주를 구한 사람이라고 나서야겠다고 생각했다. 그러면 공주를 아내로 얻고 왕국도 얻으리라. 그리하여 그는 계속 말을 달렸고, 성 앞에 이르러 아름다운 황금 길을 보자 '저 위로 말을 타고 가면 정말 부끄러운 일일 거야.' 생각하며 방향을 틀어 그 오른편으로 갔다. 그런데 성문 앞에 다다르자 사람들이 그에게 맞는 사람이 아니니 돌아가라고 말했다. 얼마 지나지 않아 둘째 왕자가 길을 떠났고, 황금 길에 이르러 말이 한 발 디디려 하자 '이런 길을 밟는 건 심히 유감이지.' 생각하며 방향을 바꾸어 그 왼편으로 갔다. 그런데 성문 앞에 다다르자 사람들이 그에게 맞는 사람이 아니니 돌아가라고 말했다.

한 해가 다 지났을 때 셋째가 숲에서 나왔다. 그는 그녀 곁에서 겪은 괴로움은 잊은 채 더없이 사랑하는 사람에게로 말을 타고 갔다. 그는 길을 가며 계속 그녀만 생각했고, 그녀와 함께 있고 싶은 마음에 황금 길을 알아채지 못했다. 그는 길 한가운데로 말을 몰았다. 성문 앞에 왔을 때문이 열렸고, 공주가 그를 기쁘게 맞이하며 그가 자신의 구원자이며 왕국의 주인이라고 말했다. 그리하여 큰 기쁨 속에서 결혼식이 열렸다. 결혼식이 끝나자 공주는 그의 아버지가 그를 부르러 사람을 보냈고 그를 용서했다고 말해 주었다. 그는 말을 타고 가서 아버지에게 형들이 어떻게 자기를 속였는지, 자기가 어떻게 그에 대해 침묵했는지 모두 말했다. 늙은 왕은 처벌하려 했으나 그들은 이미 배를 타고 떠나 바다 위에 떠 있었고 다시는 돌아오지 않았다.

98

모르는 게 없는 박사

옛날에 크랩스라는 이름의 가난한 농부가 있었다. 그는 황소 두 마리를 몰고 도시로 장작을 가져가서 어떤 박사에게 은화 2탈러에 팔았다. 돈을 셈할 때 그 박사는 마침 식탁에 앉아 있었다. 농부는 박사가 얼마나 멋지게 먹고 마시는지를 보고 가슴이 뛰어 자기도 박사가 되고 싶었다. 그래서 한동안 서 있다가 마침내 자기도 박사가 될 수 있겠냐고 물었다. "아, 그럼요." 하고 박사가 말했다. "금방 됩니다." "내가 무얼 해야 하지요?" 하고 농부가 물었다. "첫째, 앞에 수탉 한 마리가 그려진 종류로 알파벳책을 사시오. 둘째, 마차와 소 두 마리를 돈으로 바꾸어 그걸로 옷과 그 밖에 박사 짓에 필요한 걸 마련하시오. 셋째, '나는 모르는 게 없는 박사요.'라는 말을 넣은 간판을 하나 그리게 해 집 문 위에 박아 놓으시오."

농부는 하라는 대로 다 했다. 조금 박사 행세를 했으나 아직 많이는 아닐 때 어떤 부자가 돈을 도난당했다. 그 사람이 모르는 게 없는 박사 이야기를 들었다. 이런저런 마을에 산다는데 모르는 게 없으니 돈이 어디로 갔는지도 모를 리 없었다. 그래서 마차에 말을 매고 떠나 마을로 가서 그 집을 찾아가 물었다. "'모르는 게 없는 박사님'인가요?" "그렇소, 그게 나입니다만." 부자는 박사에게 함께 가서 도난당한 돈을 되찾아 달라고 청했다. "아, 네, 그런데 내 아내 그레테도요." 신사는 그러라며 둘을 마차에 앉히고 함께 달렸다.

그들이 귀하신 분의 집에 오자 식탁이 차려져 있어 우선 함께 먹게 되었다. "아, 네, 그런데 내 아내 그레테도요." 하고 그가 아내와 함께 식탁 앞에 앉았다. 첫 번째 하인이 좋은 음식이 담긴 대접을 들고 오자 농부가 아내를 팔꿈치로 찌르며 말했다. "그레테, 이게 첫째 놈이야." 그 사람이 첫 음식을 가져오는 사람이라는 뜻이었다. 그러나 하인은 그 말을 듣고 "이게 첫 번째 도둑이야." 하고 말한다고 생각했다. 정말 그랬기 때문에 그는 겁이 났다. 그래서 밖으로 나와 동료들에게 말했다. "박사가 모르는 게 없네. 우리는 재수가 없어. 저 사람이 내가 첫째 놈이라는 거야."

두 번째 사람은 절대 들어가려 하지 않았으나 그래도 들어가야 했다. 그가 대접을 들고 가자 농부가 팔꿈치로 아내를 찔렀다. "그레테, 이게 둘째 놈이야." 이 하인 역시 겁이 나 가능한 한 서둘러 도망쳤다. 세 번째 사람도 형편이 낫지 않았다. 농부가 다시 "그레테, 이게 셋째 놈이야." 했다. 네 번째 사람은 뚜껑이 덮인 대접을 들고 들어와야 했는데, 주인이 박사에게 그 속에 뭐가 들었는지 맞혀 재주를 보여 달라고 했다. 그릇에 든 건 '크랩스'[7] 요리였다. 농부가 대접을 유심히 보다가 어찌할 바를 몰라 탄

---

7   Krebs. 게, 가재.

식했다. "아, 가엾은 크랩스!" 주인이 그 말을 듣자 외쳤다. "보게, 이 사람이 아는군, 그러니 누가 돈을 가졌는지도 알겠군."

Doktor Allwissend

하인은 몹시 겁을 먹고는 농부를 향해 잠깐 나오라고 눈을 깜박였다. 농부가 나가니 그들 넷이 돈을 훔쳤다고 고백했다. 자기들을 고발하지 않으면 기꺼이 돈을 내놓고 그에게 묵직한 금액을 더 주겠다고 했다. 목이 달아나기 때문이었다. 그들은 돈을 숨긴 곳으로 그를 안내했다. 그걸로 박사는 만족해 다시 들어와 식탁에 앉아 말했다. "나으리, 이제 돈이 어디 박혀 있는지 내 책에서 찾아보겠습니다." 그런데 다섯 번째 하인이 박사가 더 아는 게 있나 들어 보려고 난로 속으로 기어들었다. 박사는 앉아서 알파벳책을 펴고 이리저리 책장을 넘기며 수탉을 찾았다. 그런데 수탉을 금방 찾을 수 없어서 그가 말했다. "너 이 안에 있잖아, 나오는 게 좋아." 그러자 난로 속에 있던 사람이 자기 이야기인 줄 알고 화들짝 놀라 튀어나오며 외쳤다. "저 사람은 모르는 게 없어." 그리하여 '모르는 게 없는 박사'는 주인에게 돈이 어디 있는지 말했다. 그러나 누가 훔쳤는지는 말하지 않아 양쪽에서 많은 돈을 받았으며 유명한 사람이 되었다.

99

유리병에 든 정령

옛날에 가난한 나무꾼이 있었는데 아침부터 밤늦게까지 일했다. 드디어 돈을 조금 모은 그는 아들에게 말했다. "너는 내 하나뿐인 자식이다. 땀 흘려 번 돈을 네가 수련하는 데 쓰려고 해. 네가 뭔가 견실한 것을 배우면 팔다리가 뻣뻣해져 집에 앉아만 있어야 하는 노년에 나를 부양하겠지." 그리하여 아들은 상급 학교에 가서 열심히 배워 선생님의 칭찬을 받았고 한동안 거기 머물렀다. 몇몇 학교들을 다니며 두루 배웠으나 아직 무엇도 완전하지 않을 때, 아버지가 번 얼마 안 되는 돈이 다 떨어져서 집으로 돌아와야 했다. "아⋯⋯." 하고 아버지가 침울해져서 말했다. "나는 네게 더는 줄 게 없고 이 물가 비싼 시대에 일용할 양식 이상으로는 한 푼도 더 벌지 못해." "아버지." 하고 아들이 대답했다. "더는 생각하지 마세요. 그게 신의 뜻이라면 최상의 결과가 나올 거예요. 저는 그에 순응하렵니다."

베고 나르다 떨어진 목재 껍질이나마 좀 거두어 보려고 아버지가 숲으로 갈 때 아들이 말했다. "함께 가서 아버지를 돕겠어요." "그래라 아들아." 하고 아버지가 말했다. "하지만 견디기 어려울 거야. 너는 힘든 노동에 익숙지 않으니까. 게다가 내겐 도끼가 하나뿐이고 하나 더 살 돈도 없다." "이웃에게 가 보셔요." 하고 아들이 대답했다. "도끼를 빌려요, 저 스스로 도끼 하나 살 돈을 벌 때까지요."

그리하여 아버지는 이웃집에서 도끼 하나를 빌렸고, 다음 날 아침 날이 밝자 두 사람은 함께 숲으로 갔다. 아버지를 돕는 아들은 아주 명랑하고 활기찼다. 해가 머리 위에 있을 때 아버지가 말했다. "좀 쉬고 점심을 먹고 나면 또 일이 잘된단다." 아들이 빵을 꺼내며 말했다. "푹 쉬세요, 아버지, 저는 피곤하지 않아요. 숲속을 조금 왔다 갔다 하며 새 둥지를 찾아볼게요." "오, 멍청아." 하고 아버지가 말했다. "뭣 하러 돌아다녀. 그러고 나면 피곤해서 팔을 더 들지 못해. 그냥 여기 있거라, 내 옆에 앉아."

그러나 아들은 숲으로 들어가 빵을 먹고 아주 즐거워하며 새 둥지 같은 것이라도 발견할까 하고 초록 가지들 속을 들여다보았다. 그렇게 이리저리 돌아다니다가 마침내 아주 크고 위험한 참나무를 발견했다. 나무는 분명 수백 년이 되었고, 사람 다섯이 둘러서서 팔을 벌려도 다 잡히지 않을 것 같았다. 그는 멈추어 서서 참나무를 유심히 바라보며 생각했다. '저 속에 분명 많은 새가 둥지를 틀었을 거야.' 그러자 목소리 하나가 들리는 듯했다. 그가 귀를 기울이자 아주 희미한 목소리가 들렸다. "날 꺼내 줘, 날 꺼내 줘." 그가 주위를 둘러보았으나 아무것도 보이지 않았다. 목소리는 땅에서 솟아 나오는 것만 같았다. 그래서 그가 외쳤다. "어디에 있어?" 목소리가 대답했다. "아래쪽 참나무 뿌리 옆에 박혀 있어. 날 꺼내 줘, 날 꺼내 줘." 수련생은 나무 밑을 헤집고 뿌리 있는 데를 뒤지기 시작했다. 그러다 마침내 작은 구멍에서 유리병을 발견했다. 그걸 빛을 향해 높이 드니 개구리 비슷한 게 유리병 안에서 위아래로 뛰고 있었다. "날 꺼내 줘, 날 꺼내 줘." 하고 그 게 다시 외치자 수련생은 아무 해가 없다고 여겨져 병뚜껑을 열었다. 그러자 곧 정령 하나가 나와서 커지기 시작했는데 어찌나 빨리 커지는지 얼마 지나지 않아 나무의 절반은 되는 끔찍한 녀석이 앞에 서 있었다.

"아느냐." 하고 정령이 무서운 목소리로 외쳤다. "네가 나를 꺼내 준 데 대한 보상이 뭔지?" "모르는데." 하고 학생이 겁 없이 대답했다. "내가 그걸 어떻게 알겠어?" "그럼 내가 말해 주겠어." 하고 정령이 소리쳤다. "그 대가로 네 목을 부러뜨려야겠어." "그런 말이라면 좀 더 일찍 했어야지." 하고 수련생이 대답했다. "그럼 내가 너를 병 속에 박혀 있게 놔두었을 텐데. 하지만 내 머리는 네 앞에 단단히 잘 붙어 있어야겠어. 그에 대해서는 좀 더 많은 사람에게 물어봐야겠다." "더 많은 사람이 가든, 더 많은 사람이 오든……." 하고 정령이 말했다. "넌 마땅한 보상을 받아야 해. 내가 은총으로 여기 이렇게 오래 갇혀 있었다고 생각해? 아니지, 그건 벌이었어. 나는 힘센 메르쿠리우스. 나를 풀어놓는 사람, 그의 목을 부러뜨려야겠어." "진정해." 하고 수련생이 말했다. "그렇게 빨리는 안 돼. 우선 네가 정말 저 작은 유리병에 앉아 있었는지, 네가 정말 정령이 맞는지 알아야겠어. 네가 다시 들어갈 수 있으면 믿을게. 그다음에 나를 네 마음대로 하렴." 그러자 정령이

거만하게 말했다. "그야 보잘것없는 기술이지." 하고는 몸이 처음처럼 날씬하고 작아져선 구멍으로 살살 기어가 병목으로 다시 들어갔다. 정령이 들어가자마자 수련생은 뽑아 놓았던 마개를 다시 눌러 막고 병을 참나무 뿌리 아래의 예전 자리로 던졌다. 정령이 속아 넘어간 것이다.

수련생이 아버지에게로 돌아가려 하자 정령이 아주 애처롭게 외쳤다. "아, 날 좀 꺼내 줘, 날 좀 꺼내 줘." "싫어." 하고 수련생이 대답했다. "두 번은 없어. 한번 내 목숨을 빼앗으려던 자를 사로잡았는데 풀어 주진 않아."

유리병에 든 정령

129

"나를 자유롭게 해 주면……." 하고 정령이 외쳤다. "네가 평생 충분할 만큼 많은 걸 주지." "싫어." 하고 수련생이 말했다. "네가 처음처럼 나를 속일지 모르잖아." "넌 경솔하게도 행운을 놓치는 거야." 하고 정령이 말했다. "나는 네게 아무 짓도 하지 않고 넉넉히 보상해 주겠어." 수련생은 생각했다. '모험을 해 보자, 어쩌면 약속을 지킬 거야. 내게 아무런 해도 끼칠 수 없어.' 그리하여 그는 뚜껑을 열었고, 지난번처럼 정령이 병에서 나와 거인처럼 커졌다. "이제 너에게 보상을 주겠다." 하고 그가 반창고만 한 작은 헝겊 조각 하나를 내밀었다. "한쪽 끝으로 상처를 문지르면 상처가 나아. 다른 쪽 끝으로 철이나 쇠를 문지르면 은으로 변해." "우선 시험을 해 봐야겠는데." 하며 수련생은 나무로 다가가 도끼로 껍질을 뜯어내고 반창고 한 끝으로 문질렀다. 상처가 금방 다시 아물었다. "이제 일이 제대로 된 것 같군." 하고 그가 정령에게 말했다. "우리가 헤어질 수 있겠어." 정령은 그가 구해 준 걸, 수련생은 정령이 준 선물을 감사하고는 아버지에게로 돌아갔다.

"어딜 돌아다녔어?" 하고 아버지가 말했다. "일을 잊었니? 내가 말했지, 넌 아무것도 못 할 거라고." "진정하세요, 아버지, 제가 만회할게요." "그래 만회하렴." 하고 아버지가 화가 나서 말했다. "그건 바른 태도가 아니란다."

"조심하세요, 아버지, 여기 이 나무를 제가 금방 베어 넘기겠어요, 우지끈하고요." 그러고는 반창고를 꺼내 도끼를 문지르고 한 차례 세차게 내리쳤다. 그러나 쇠가 은으로 변해 날이 망가져 버렸다. "이런, 아버지, 한번 보세요, 안 좋은 도끼를 제게 주셨어요, 완전히 삐뚤어져 버렸잖아요." 그러자 아버지가 깜짝 놀라 말했다. "아, 애야 무슨 짓을 한 거냐! 이제 나는 그 값을 물어야 하는데 뭘로 물어 주나. 이게 내가 네 일에서 얻은 전부로구나." "화내지 마셔요." 하고 아들이 말했다. "도끼값은 제가 내겠어요." "오, 멍청아." 하고 아버지가 소리쳤다. "뭘로 값을 물어? 너는 내가 준 것 말고는 아무것도 없는데. 네 머릿속에 든 건 수련생의 꾀이지 나무 베기에 관해서는 아무것도 모르잖아." 그러자 학생이 말했다. "아버지, 더는 일을 못 하겠어요. 일을 끝내는 편이 좋겠어요." "에이, 뭐라고?" 하고 아버지가 대답했다. "내가 너처럼 손을 놓고 앉았을 거라고 생각하는 거냐? 나는 일을 더 해야 해. 하지만 너는 집으로 가도 된다." "아버지, 저는 여기 숲에 처음 왔어요, 혼자서는 길을 몰라요. 함께 가요."

마침내 화가 가라앉은 아버지는 아들의 설득에 함께 집으로 갔다. 아버지가 아들에게 말했다. "가서 망가진 도끼를 팔고 그 값을 얼마나 받을지 보거라. 이웃에게 도끼값을 갚으려면 나머지는 벌어야지." 아들은 도끼를 들고 도시의 금세공사에게 갔다. 금세공사가 도끼를 살펴보더니 저울에 얹고 말했다. "400탈러 가치가 있는데 나는 그만한 현금이 없어." 수련생은 "가진 만큼만 주세요, 나머지는 나중에 받을게요." 하고 말했다. 금세공사는 그에게 300탈러를 주고 100탈러를 빚으로 남겼다. 그 뒤 학생이 집으로 와서 말했다. "아버지, 돈이 있으니 이웃에게 도끼값을 얼마나 받을지 물어 보세요." "그건 내가 벌써 안다." 하고 노인이 말했다. "1탈러 6그로셴이다." "그럼 그분에게 2탈러 12그로셴을 주세요, 그러면 두 배니까 충분하죠. 보세요, 저는 돈이 넘치게 있어요." 하고 아버지에게 100탈러를 주며 말했다. "부족함 없이 편안하게 사세요." "세상에……." 하고 노인이 말했다. "어떻게 이렇게 부자가 되었니?" 그러자 아들은 어떻게 모든 일이 일어났는지, 또 어떻게 자기 행운을 믿고 횡재하게 되었는지 아버지에게 이야기했다. 그리고 남은 돈으로 다시 상급 학교에 돌아가서 더 배웠으며, 반창고로 모든 상처를 치료할 수 있었기 때문에 그는 세상에서 가장 유명한 의사가 되었다.

100

악마의 그을음 낀 형제

어떤 퇴역 군인이 살아갈 방도가 없어서 어찌해야 할지 몰랐다. 그래서 그는 숲으로 갔다. 잠시 걸었을 때 그는 작은 난쟁이를 만났는데 그건 악마였다. 난쟁이가 말했다. "뭐가 잘못됐나? 참 처량해 보이는군." 그러자 군인이 말했다. "배가 고픈데 돈이 없어요." 악마가 말했다. "내 집에 와서 머슴이 되어 고용살이를 하면 평생 충분할 텐데. 칠 년 동안 나를 위해 일한 다음에는 다시 자유가 될 테고. 하지만 한 가지 말해 주는데 몸을 씻으면 안 돼. 빗질을 해도 안 되고, 손가락 하나 털어도 안 되고, 손톱이나 머리카락도 잘라선 안 되고, 눈물도 훔치면 안 돼." "그러죠, 뭐 달리 도움 될 게 없다면." 하고 군인은 난쟁이와 함께 떠났다.

난쟁이는 그를 곧장 지옥으로 인도했다. 그러고는 뭘 해야 할지 말해 주었다. 퇴역 군인은 지옥에 온 흉악무도한 놈들이 들어앉은 큰 솥 밑에 불을 지피고, 집을 깨끗하게 유지하고, 비질한 쓰레기를 문 밖으로 나르고, 모든 게 잘 정돈되었는지 살펴야 했다. 그러나 언제라도 솥 안을 들여다보면 안 되었다. 군인이 말했다. "좋아요, 조심할게요." 그 뒤 악마는 다시 길을 떠났고, 군인은 자기 일을 하며 모든 것을 명령받은 그대로 불을 지피고, 비질을 하고, 비질해 모은 쓰레기를 문 밖으로 날랐다. 다시 돌아왔을 때 늙은 악마는 모든 일이 잘되었는지 살펴보고 만족해하며 두 번째 길을 나섰다.

군인은 주변을 둘러보았다. 지옥에 사방으로 솥이 걸리고 그 아래에 거센 불이 타고 있었으며, 안이 펄펄 지글지글 끓었다. 만약 악마가 엄하게 금지하지 않았다면 목숨을 걸고라도 솥 안을 들여다보았을 것이다. 마침내 그는 더는 견디지 못하고 첫 번째 솥뚜껑을 아주 살짝 열어 들여다보았다. 그 안에 예전에 모시던 하급 장교가 앉아 있었다. "아하, 이놈." 하고 그가 말했다. "너를 여기서 만나다니. 그땐 내가 네 밥이었지, 지금은 네가 내 밥이야." 하고는 얼른 뚜껑을 닫고 불길을 돋우고 장작을 더 넣었다.

그다음 두 번째 솥으로 가서 조금 열어 보니 그가 모시던 중대 사관이 앉아 있었다. "아하, 이놈, 너를 여기서 만나다니. 그땐 내가 네 밥이었지, 지금은 네가 내 밥이야." 하며 그는 뚜껑을 닫고 제대로 뜨겁게 달구려고 통나무를 하나 가져왔다. 이제 그는 세 번째 솥에 누가 들어앉아 있는지 보고 싶었다. 그건 다름 아닌 장군이었다. "아하, 이놈, 너를 여기서 만나다니. 그땐 내가 네 밥이었지, 지금은 네가 내 밥이다." 하며 풀무를 가져와 지옥불이 그의 아래에서 제대로 활활 타오르게 했다.

악마의 그을음 낀 형제

그리하여 그는 지옥에서 씻지도 않고, 빗질도 하지 않고, 손가락 하나도 털지 않고, 손톱과 머리카락도 자르지 않고, 눈물도 훔치지 않고 칠 년 동안 일했다. 칠 년이 그에게 너무 짧아 반년밖에 안 된다고 생각했다. 기한이 다 되자 악마가 와서 말했다. "자, 한스, 넌 무얼 하였느냐?" "솥 아래의 불을 지피고, 비질을 하고, 비질해 모인 오물을 문 밖으로 날랐습니다." "그리고 솥 안도 들여다봤지. 네가 장작을 더 갖다 넣어 다행이었다. 안 그랬으면 목숨을 잃었어. 이제 시간이 다 되었다. 다시 집으로 가려느냐?" "네." 하고 군인이 말했다. "고향에서 아버지가 어떻게 지내시는지 보고 싶습니다." 악마가 말했다. "네 품삯을 받으려면 비질해 모인 오물을 배낭에 가득 쓸어 담아 집으로 가져가거라. 너는 또 씻지도 빗질도 하지 말고, 머리와 수염을 기르고, 손톱은 깎지 않고, 눈은 흐릿해야 한다. 어디서 왔느냐고 묻거든 '지옥에서'라고 대답하고, 누구냐고 묻거든 '악마의 그을음 낀 형제이며 나의 왕이기도 합니다.' 하고 대답해야 한다." 군인은 잠자코 악마가 말한 대로 했지만 품삯에는 전혀 만족하지 못했다.

숲으로 가자마자 그는 배낭을 비우려고 등에서 가방을 내렸다. 그러나 배낭을 열자 비질한 쓰레기가 순금이 되어 있었다. '이런 건 생각지도 못했네.' 하며 그는 흡족해서 도시로 들어갔다. 여관 앞에 주인이 서 있었는데 그가 다가오자 깜짝 놀랐다. 한스가 참으로 끔찍하고 허수아비보다 더 고약해 보였기 때문이다. 여관 주인이 그를 불러 물었다. "어디서 오는 거요?" "지옥에서요" "누구신지?" "악마의 그을음 낀 형제이며 나의 왕이기도 합니다." 그러자 주인이 그를 들여보내려 하지 않았으나 금을 보여 주니 직접 가서 이 문 저 문의 빗장을 열어 주었다. 그리하여 한스는 최고의 방과 멋들어진 대접을 받으며 배부르게 먹고 마셨는데 악마가 명한 대로 씻지 않고 빗질도 하지 않았다. 그리고 마침내 자려고 누웠다. 그런데 여관 주인이 황금이 가득 찬 배낭이 눈앞을 떠나지 않아 안달을 하다 마침내 밤중에 살금살금 들어가서 그걸 훔쳤다.

다음 날 아침 한스가 일어나서 주인에게 돈을 지불하고 떠나려니 배낭이 없었다. 그러나 그는 얼른 마음을 다잡고 '너는 죄 없이 불행했지.' 생각하며 곧장 다시 지옥으로 돌아가 늙은 악마에게 어려움을 탄식하고 도움을 청했다. 악마가 말했다. "앉아라, 내가 너를 씻기고, 빗질하고, 손가락으로 털고 머리카락과 손톱을 자르고 두 눈을 훔쳐 주겠다." 그 일을 끝마치자 그에게 다시 비질해 모인 오물로 채운 배낭을 주고 말했다. "가서 여관 주인에게 네 황금을 다시 돌려 달라고 해야 한다. 안 그러면 내가 가서 그 사람을 잡아 오겠다. 그가 너 대신 불을 지펴야 할 거다."
한스가 올라가서 여관 주인에게 말했다. "내 황금을 훔쳤
으니 돌려주세요. 그걸 돌려주지 않으면 당신은 지옥으로
내려가 나처럼 끔찍스러운 모습이 되어야 해요." 그러자
주인이 황금을 돌려주었고, 더 많이 얹어 주며 그 얘기라
면 그저 입 다물어 달라고 부탁했다. 한스는 이제 부자가
되었다.

한스는 아버지가 계신 집을 향해 길을 떠났다. 그는 허
름한 아마 작업복을 사 입고 이리저리 돌아다니며 연주를
했다. 지옥에서 악마와 함께 있는 동안 배웠기 때문이다.
한번은 어느 나라의 늙은 왕 앞에서 연주했다. 왕은 그의
연주에 매우 기뻐하며 대단한 한스를 맏딸과 결혼시키겠

다고 약속했다. 그러나 맏딸은 흰 작업복을 입은 천한 녀석과 결혼해야 한다는 말을 듣고 말했다. "그러느니 차라리 깊은 물로 들어가 버리겠어요." 그러자 왕은 그에게 막내딸을 주었고, 막내는 아버지를 사랑해 기꺼이 응햇다. 그리하여 악마의 그을음 낀 형제는 공주를 얻었고, 늙은 왕이 죽자 전체 왕국도 얻었다.

101

곰 가죽을 쓴 사람

옛날에 젊은 청년이 군인으로 징집되었는데 용감했다. 총알이 비 오듯 퍼부을 때면 늘 맨 앞에 선 자였다. 전쟁이 지속되는 동안에는 모든 게 잘되어 갔다. 그러나 평화 조약이 체결되자 그는 해고당했다. 어디든 원하는 곳으로 갈 수 있다고 대위가 말했으나 부모님이 돌아가셔서 이제 그에겐 고향이 없었다. 군인은 형제들한테 가서 전쟁이 다시 시작될 때까지 지원해 달라고 부탁했다. 그러나 형제들은 모질게 말했다. "우리가 왜 너와 같이 있어야 해? 우리는 네가 필요하지 않아. 어떻게 헤쳐 갈지 알아봐." 군인은 무기밖에는 아무것도 남은 게 없어서 그걸 어깨에 메고 세상으로 나갔다.

어느 날 군인은 큰 황야에 오게 되었는데 거기에는 둘러선 나무들밖에는 아무것도 보이지 않았다. 그는 아주 슬퍼하며 나무 아래 주저앉아 자기 운명에 대해 생각했다. '나는 돈이 없어. 나는 전쟁 외에는 아무것도 배우지 않았어. 하지만 지금은 평화 협정이 체결되었기 때문에 사람들이 나를 필요로 하지 않아. 분명 굶어 죽을 거야.' 그때 갑자기 씽씽하는 소리가 들려 돌아보니 모르는 사람이 앞에 서 있었는데, 그는 초록 저고리를 입고 아주 당당해 보였으나 흉측한 말발굽이 있었다. "자네에게 뭐가 부족한지 이미 알고 있지." 하고 그가 말했다. "네가 있는 힘껏 가져갈 만큼 많은 돈과 재산을 줄게. 하지만 그전에 자

곰 가죽을 쓴 사람

141

네가 두려움을 모르는지 알아야겠어. 내가 돈을 헛되이 쓰지 않도록 말이야." "군인과 두려움, 그게 어떻게 서로 어울리나?" 하고 그가 대답했다. "나를 시험해도 좋아." "좋아." 하고 그가 대답했다. "네 뒤를 봐." 군인은 몸을 돌렸고, 으르렁거리며 곧장 그를 향해 뚜벅뚜벅 다가오는 커다란 곰 한 마리를 보았다. "오호." 하고 군인이 외쳤다. "네 코를 간질여 주겠어. 으르렁거리고 싶은 흥이 사라지도록." 군인이 장전해 코를 쏘자 곰이 푹 쓰러져 더 이상 움직이지 않았다. "잘 알겠어." 하고 낯선 사람이 말했다. "자네에게 용기가 없지 않다는 걸. 하지만 자네가 채워야 할 또 한 가지 조건이 있어." "나의 천상의 행복을 위태롭게 하지 않는다면." 하고 자기 앞에 있는 자가 누구인지를 간파한 군인이 대답했다. "그게 위태로워진다면 나는 무엇에도 관여하지 않겠어." "그건 네가 직접 보게 될 거야." 하고 초록 저고리가 대답했다. "너는 앞으로 칠 년 동안 씻어서도 안 되고, 수염과 머리를 빗어서도 안 되고, 손톱을 잘라서도 안 되고, 「주기도문」을 외우며 기도해도 안 돼. 내가 저고리와 외투를 줄 테니 이 기간 동안 그걸 입어. 네가 칠 년 사이에 죽으면 넌 내 것이야. 그러나 계속 살아 있으면 너는 자유로워지고 거기다 평생 부자일 거야."

군인은 자기가 처한 큰 어려움을 생각했다. 그러나 참

으로 자주 죽음을 무릅쓰고 진격했기 때문에 용감히 해 보기로 했다. 악마는 초록 저고리를 벗어 군인에게 내밀며 말했다. "만약 네가 이 저고리를 몸에 걸치고 호주머니에 손을 넣으면 언제나 손이 돈으로 가득할 거야." 그러고는 곰에게서 가죽을 벗기며 말했다. "이건 네 외투이고 또 네 침대이기도 하지. 이 가죽 위에서 자야 하고, 어떤 침대에 도 들면 안 돼. 이 복장 때문에 너는 곰 가죽을 쓴 자로 불 릴 거야." 그 뒤 악마는 사라졌다.

군인은 저고리를 입고 곧장 주머니 속에 손을 넣어 그 일이 진짜임을 확인했다. 그 뒤 그는 곰 가죽을 두르고 세 상으로 나아갔는데 해서 자기가 기분 좋고 돈은 안 되는 일을 하나도 마다하지 않았다. 첫해만 해도 그럭저럭 되어 갔다. 그러나 둘째 해에 벌써 그는 괴물처럼 보였다. 머리 카락이 얼굴 전체를 덮고, 수염은 거친 펠트 조각처럼 떡 이 되고, 손가락은 짐승 발톱이었고, 얼굴은 흙투성이여 서 무씨를 뿌려 놓으면 싹이 틀 것 같았다. 그를 보는 사람 은 누구나 도망쳤지만 어디서나 가난한 사람들에게 그가 칠 년 안에 죽지 않도록 기도해 달라고 돈을 주었기 때문 에, 또 모든 것에 넉넉히 대가를 지불했기 때문에 늘 잠잘 곳을 얻었다. 넷째 해에는 어떤 여관에 들었는데 주인이 그를 받아들이려 하지 않고 자기 말들이 겁을 먹을까 두려워 외양간 자리조차 내주지 않았다. 그렇지만 곰 가죽 쓴 사람이 주머니에 손을 넣어 한 움큼 가득 금화를 꺼내 주자 주인의 마음이 누그러들어 그에게 뒤채에 있는 방 하나를 주었다. 그렇지만 그 여관집 평판이 나빠지지 않도 록 그는 모습을 보이지 않겠다고 약속해야 했다.

곰 가죽을 쓴 사람이 저녁에 혼자 앉아 충심으로 칠 년 이 지나가기를 바라고 있을 때 옆방에서 요란한 울음소리 가 들렸다. 동정심이 있는 그가 문을 열어 보니 노인 하나 가 보였다. 그는 두 손을 머리 위로 모아 붙인 채 격하게 울 고 있었다. 곰 가죽 쓴 사람이 가까이 다가서자 노인이 펄 쩍 뛰어 일어나 도망치려 했다. 드디어 사람 목소리가 들 리자 노인은 안도했고, 곰 가죽을 쓴 자가 다정하게 위로 하자 근심의 원인을 털어놓았다. 재산이 차츰차츰 사라져 그와 딸은 궁핍하게 살아야 했는데, 어찌나 가난한지 여 관 주인에게 돈을 낼 수 없어서 감옥에 가야 한다는 것이 었다. "다른 근심이 더 없으시면……." 하고 곰 가죽 쓴 사 람이 말했다. "돈은 저에게 충분히 있습니다." 그는 여관 주인을 오게 해 돈을 내고 그 불행한 사람의 호주머니에 황금이 가득 든 자루 하나를 넣어 주었다.

노인은 근심에서 해방이 되어 어떻게 감사를 표해야 할 지 몰랐다. "나와 함께 갑시다." 하고 노인이 말했다. "내 딸들은 기적처럼 아름답다오. 그중 하나를 아내로 고르시오. 그 애가 당신이 한 일을 들으면 거부하지 않을 거요. 당신은 물론 좀 이상하게 생겼소. 하지만 그 애가 당신을 다시 제대로 만들어 놓을 거요." 그 말이 곰 가죽 쓴 사람 마음에 들어 그들은 함께 갔다.

맏딸은 그를 보더니 그의 얼굴에 어찌나 심히 놀랐는지 비명을 지르며 달아났다. 둘째는 그대로 서서 그를 머리끝에서 발끝까지 살피며 말했다. "더는 인간의 모습이 아닌 사람을 어떻게 제가 남편으로 삼을 수 있어요? 털 민 곰 쪽이 더 마음에 들겠어요. 언젠가 여기 나타나 인간이라고 주장했던 곰요. 그 곰은 그래도 경기병 코트를 입고 흰 장갑을 꼈었죠. 그저 못생기기만 했다면 저도 익숙해질 수 있을 거예요." 막내딸이 말했다. "아버지를 도와 어려움을 벗어나게 한 사람은 선한 분임에 틀림없어요. 그 대가로 아버지가 신부를 약속하셨다면 아버지 약속을 지키셔야죠." 곰 가죽 쓴 사람의 얼굴이 더러움과 머리카락으로 뒤덮인 게 유감이다. 그렇지 않았더라면 그의 몸속 심장이 웃는 모습이 보일 수도 있었으리라.

그는 손가락에서 반지 하나를 빼어 둘로 부러뜨려 그 절반을 그녀에게 주고 다른 절반은 자기가 가졌다. 그리고 그녀가 가진 절반에 자기 이름을 쓰고 자기가 가진 절반에 그녀의 이름을 쓰고는 그 반쪽을 잘 간수하라고 부탁했다. 그 뒤 그는 작별하며 말했다. "나는 삼 년을 더 떠돌아야 합니다. 내가 다시 오지 않으면 당신은 자유입니다, 내가 죽었기 때문이죠. 하지만 하느님께 기도하세요, 그분이 내 생명을 지켜 주시도록."

가엾은 신부는 검은색 옷을 입었고, 신랑을 생각하면 두 눈에 눈물이 고였다. 언니들로부터는 비웃음과 조롱 외에 아무것도 받지 못했다. "주의해." 하고 맏이가 말했다. "네가 손을 내밀면 그는 곰 앞발로 네 손등을 칠 테니." "조심해." 하고 둘째가 말했다. "곰들은 단 걸 좋아하지, 네가 마음에 들면 그가 널 잡아먹어." "넌 늘 그의 뜻대로만 해야 해." 하고 맏이가 다시 말했다. "안 그러면 그가 으르렁거리기 시작해." 둘째가 계속했다. "하지만 결혼식은 신날 거야, 곰이 춤 하나는 잘 추지." 신부는 아무 말이 없었으며 흔들리지 않았다.

곰 가죽을 쓴 사람은 한 곳에서 다른 곳으로 세상을 떠돌았으며, 할 수 있는 곳에서는 선행을 했고 그들이 그를 위해 기도하도록 가난한 이들에게 넉넉히 주었다. 드디어 칠 년의 마지막 날이 밝아오자 그는 다시 황야로 나가 둘러선 나무들 아래 앉았다. 오래지 않아 바람이 씽씽 불더니 악마가 그의 앞에 서서 그를 기분 나쁘게 바라보았다. 악마는 낡은 저고리를 벗어 그에게 던지며 자기 초록 저고리를 돌려달라고 했다. "그것에 관한 한 아직은 아니지?" 하고 곰 가죽 쓴 사람이 대답했다. "우선 넌 나를 깨끗이 씻겨야 해." 악마는 원하든 원하지 않든 물을 떠 와 곰 가죽 쓴 사람을 씻겨 주었고, 머리를 빗질하고 손톱을 잘라 주었다. 그러자 그는 용감한 전사처럼 보였고, 전보다 훨씬 잘생겨졌다.

악마가 사라지자 곰 가죽 쓴 사람의 마음은 아주 가벼워졌다. 그는 도시로 가서 호사스러운 비로드 저고리를 입고, 백마 네 마리가 끄는 마차에 올라 신부의 집으로 달렸다. 아무도 그를 알아보지 못했다. 아버지는 그를 기품 있는 장군으로 여기고 딸들이 앉아 있는 방으로 인도했다. 그는 두 언니들 사이에 앉았다. 그들은 그에게 포도주를 따라 주고 최고의 음식을 대접했으며, 그보다 더 잘생긴 남자는 세상에서 보지 못했다고 생각했다. 그러나 신부는 검은색 옷을 입고, 눈을 내려깐 채 그와 마주 앉아 한마디도 하지 않았다. 드디어 그가 아버지에게 딸들 중 하나를 아내로 주겠냐고 묻자 두 언니가 튀어 일어나 호사스러운 옷을 입으려고 그들 방으로 달려갔다. 각자 자기가 선택된 여자라고 착각했기 때문이다.

낯선 사람은 신부와 단둘이 남자 반쪽 반지를 꺼내어 술잔에 넣고 탁자 건너 그녀에게 내밀었다. 그녀가 그것을

받아 마셨고 반쪽 반지가 바닥에 놓여 있는 것을 보자 가
슴이 뛰었다. 그녀는 끈에 매어 가슴에 걸고 있던 다른 반
쪽을 거기에 갖다 댔고, 두 부분이 정확히 서로 꼭 맞는 것
이 보였다. 그러자 그가 말했다. "내가 약혼했던 당신 신랑
이오. 당신이 곰 가죽 쓴 사람으로 본 사람 말이오. 하지
만 신의 은총으로 사람 모습을 되찾았고, 다시 정결해졌
다오." 그는 그녀에게 가서 포옹을 하고 입을 맞추었다. 그
사이 두 언니들이 한껏 치장을 하고 들어왔다. 그리고 이

잘생긴 남자가 막내에게 주어진 것을 보고 또 그가 곰 가죽 쓴 사람이라는 걸 듣고 화가 있는 대로 나서 방을 뛰쳐나갔다. 하나는 우물물에 빠져 죽었고, 다른 하나는 나무에 목을 매었다. 저녁에 누군가가 문을 두드렸다. 신랑이 문을 여니 그건 초록 저고리를 입은 악마였다. 악마가 말했다. "알겠나, 이제 나는 네 영혼 하나를 대신해 영혼 둘을 갖게 되었어."

굴뚝새와 곰

여름철에 곰과 늑대가 숲속에서 산책을 했다. 그러다 곰이 새 한 마리의 아름다운 노래를 듣고 말했다. "늑대 형제, 무슨 새가 이렇게 아름답게 노래하지?" "그건 새들의 왕이야. 그 앞에서 우린 절해야 해." 그러나 그건 '울타리 왕', 즉 굴뚝새였다. "그렇다면……." 하고 곰이 말했다. "나도 그 궁전을 보고 싶어, 자 나를 인도해 줘." "네 생각처럼 되진 않아." 하고 늑대가 말했다. "넌 왕비님이 올 때까지 기다려야 해." 그 후 얼마 안 되어 먹이를 부리에 물고 왕비가 왔고, 왕도 와서 새끼들에게 먹이를 주기 시작했다. 곰은 얼른 쫓아가고 싶었지만 늑대가 그의 소매를 당기며 말했다. "안 돼, 왕과 왕비님이 다시 떠날 때까지 기다려야 해." 그리하여 그들은 둥지가 있는 구멍을 관찰하고 다시 타박타박 떠났다. 그러나 곰이 가만있지 못하고 왕궁을 보려고 해서 잠시 뒤 다시 나섰다. 그때 왕과 왕비가 막 날아갔다. 곰이 들여다보니 거기 새끼 대여섯 마리가 누워 있었다. "이게 왕궁이야?" 하고 곰이 소리쳤다. "이건 불쌍한 궁전이네! 너희도 적법한 왕자 공주들이 아니야. 너흰 혼외 자식들이지." 그 말을 듣자 어린 굴뚝새들이 단단히 화가 나서 소리쳤다. "아니, 우린 그런 거 아니야, 우리 부모님은 결혼한 분들이야. 곰아, 이건 너하고 확실히 해야겠어."

굴뚝새와 곰

151

곰과 늑대는 겁이 나서 몸을 돌려 자기들 굴에 들어가 앉았다. 그러나 어린 굴뚝새들이 계속 소리치며 시끄럽게 굴었고, 부모가 다시 먹이를 가져오자 말했다. "엄마 아빠가 확실하게 해 줄 때까지 우린 모기 다리 하나 안 건드리고 굶어 죽겠어요. 우리가 합법적인 자식인지 아닌지 말이에요. 곰이 왔다 갔는데 우리를 모욕했어요." 그러자 늙은 왕이 말했다. "진정하거라, 그건 확실히 해야지." 그 후 왕비와 함께 곰 동굴 앞으로 날아가 안에 대고 소리쳤다. "늙은 으르렁 곰아, 왜 내 아이들을 모욕했어? 네가 고통받게 하겠어, 우리 혈전을 벌여 확실하게 하자."

그리하여 곰에게 전쟁이 통고되었고, 모든 다리 넷 달린 짐승들이 소환되었다. 황소, 당나귀, 소, 사슴, 노루, 그 밖에 땅에 있는 것 죄다. 그리고 굴뚝새는 공중을 나는 모든 걸 소환했다. 크고 작은 새들만이 아니라 모기, 말벌, 벌, 파리도 와야 했다.

전쟁이 시작될 시간이 되자 굴뚝새는 누가 적을 지휘하는 장군인지 알아내려고 정찰병을 보냈다. 이 중 가장 꾀 많은 모기가 적들이 모여 있는 숲으로 날아가 마침내 군호가 주어질 나무의 이파리 밑에 앉았다. 거기 곰이 서서 여우를 자기 앞으로 불러 내어 말했다. "여우야, 모든 짐승 중 네가 가장 영리하니 장군이 되어 우리를 이끌어야 해." "좋아." 하고 여우가 말했다. "하지만 우리 어떤 신호를 약속할까?" 아무도 그걸 몰랐다. 그러자 여우가 말했다. "나는 길고 멋진 털이 북슬북슬한 꼬리가 있고, 내 꼬리는 거의 빨간 깃털 다발 같아 보이지. 내가 꼬리를 위로 쳐들면 일이 잘되고 있는 거야. 그러면 너희는 곧장 진군해야 해. 하지만 내가 꼬리를 내리거든 너흰 힘껏 달아나야 해." 그 말을 듣자 모기는 되돌아가서 굴뚝새에게 모든 걸 시시콜콜 알렸다.

전투가 벌어질 날이 밝아오자 휴, 거기 네 발 달린 짐승들이 울부짖으며 달려와서 땅이 흔들렸다. 군대를 거느린 굴뚝새는 공중을 가르며 윙윙거리고 씽 소리를 내면서 날아와 모두가 불안하고 두려워했고, 그들은 양쪽에서 서로를 향해 나아갔다. 그런데 굴뚝새가 말벌을 내려보냈고, 말벌은 여우의 꼬리 밑에 앉아 있는 힘껏 찔렀

다. 처음 찔렸을 때 여우가 움칫하며 한 다리를 들었지만 견뎠고 여전히 꼬리를 들고 있었다. 두 번째로 찔리자 일순간 꼬리를 내려야 했다. 세 번째로 찔리자 더 이상 몸을 가누지 못했으며, 비명을 지르고 꼬리를 두 다리 사이에 끼웠다. 그걸 보자 짐승들은 진 줄 알고 각자 자기 동굴 속으로 달아나기 시작했다. 그리하여 새들이 전투에서 이겼다.

왕과 왕비가 자식들에게 날아와서 외쳤다. "얘들아, 기뻐해라, 실컷 먹고 마시거라, 우리가 전쟁에서 이겼다." 그러나 어린 굴뚝새들이 말했다. "아직은 먹지 않을 거예요, 곰이 우선 둥지 앞으로 와서 빌며 우리가 적법한 자식이라고 말하게 하세요." 그러자 굴뚝새가 곰 굴 앞으로 날아가서 외쳤다. "으르렁 곰아, 네가 둥지 앞으로 가서 우리 애들한테 빌며 걔들이 적법한 자식이라고 말해야 해. 안 그러면 네 갈비뼈를 짓밟아 놓겠어." 그러자 곰이 크게 겁을 먹고 와서 빌었다. 어린 굴뚝새들이 그제야 만족해서 모여 앉아 밤이 깊도록 먹고 마시며 즐거워했다.

달콤한 죽

옛날에 믿음 깊은 가난한 소녀가 어머니와 단둘이 살고 있었는데 그들에게는 먹을 것이 없었다. 소녀는 숲으로 갔고, 거기서 어떤 할머니를 만났는데 소녀의 비탄을 벌써 알고 작은 냄비 하나를 선물로 주었다. 거기다 대고 "냄비야, 끓어." 하면 달콤하고 맛있는 좁쌀죽을 요리하고, "냄비야, 멈춰." 하면 끓이기를 다시 그쳤다. 소녀는 그 냄비를 어머니에게 가져다주었고, 그들은 단 죽을 원할 때마다 먹어서 가난과 배고픔에서 벗어났다.

한번은 소녀가 나가 있을 때 어머니가 "냄비야, 끓어." 하자 냄비가 끓어 배불리 먹었다. 그런데 냄비를 다시 그치게 하려는데 그 말을 까먹었다. 그리하여 냄비는 계속 끓었고, 죽이 가장자리를 넘어 넘치는데 계속 끓어서 부엌이며 집 전체가 가득 찼고, 마치 온 세상을 배부르게 만들려는 듯이 옆집, 그다음에는 길거리가 가득 찼다. 그리하여 더없이 큰 어려움이 되었는데 아무도 막을 줄을 몰랐다. 드디어 단 한 집만 남았을 때 소녀가 집에 왔고, 그저 "냄비야, 멈춰." 하고 말하니 냄비가 끓기를 그쳤다. 그래서 다시 도시로 들어가려는 사람은 먹어 치우면서 뚫고 가야 했다.

똑똑한 사람들

어느 날 한 농부가 자기 섶나무 지팡이를 구석에서 꺼내며 아내에게 말했다. "트리네, 내가 지금 저 너머 마을로 가서 사흘 뒤에 돌아올 거야. 소 장수가 그 시간에 우리 집에 들러 우리 소 세 마리를 사려고 하거든 팔아야 해. 하지만 꼭 200탈러를 받아야 하고 그 이하로는 안 돼, 알았지?" "안심하고 다녀와요." 하고 아내가 대답했다. "그렇게 할 테니." "그래, 당신이니까!" 하고 남편이 말했다. "당신은 아이였을 때 한번 거꾸로 떨어졌지. 그게 당신을 지금껏 따라다니지. 하지만 당신에게 이 말은 해 둘게. 당신이 이번에 멍청한 짓을 하면 등짝이 시퍼렇게 되도록 때

려 줄 거야, 물감칠 없이 그냥 내가 든 지팡이만으로. 그리
고 그 매질은 한 해는 갈 거야. 그건 믿어도 돼." 그 말을
하고 남편은 갈 길을 갔다.

다음 날 아침 소 장수가 왔고 아내는 그와 많은 말을 할
필요가 없었다. 그가 소를 보고 값을 묻자 말했다. "기꺼
이 드립니다, 형제들 사이에서 그만큼은 값이 되지요. 짐
승들은 바로 가져가겠습니다." 그는 소들을 묶은 줄에서
풀어 외양간 밖으로 몰았다. 마당 문을 나서려는 참에 아
내가 그의 옷소매를 잡고 말했다. "우선 200탈러를 나한
테 줘야죠, 안 그러면 가게 두지 않겠어요." "맞습니다."
하고 남자가 말했다. "다만 내가 돈주머니 차는 걸 잊었다
오. 하지만 걱정 말아요. 믿으세요, 내가 돈 낼 때까지. 소
두 마리는 내가 가지고 가고 세 번째 것은 댁에 남겨 두겠

어요, 그러면 좋은 담보물이 있으신 거죠." 아내는 그 말을 옳다고 여겨 그 사람이 자기 소들을 데리고 떠나게 하며 생각했다. '내가 이렇게 똑똑하게 한 걸 알면 한스가 얼마나 기뻐할까.'

농부는 말한 대로 사흘째 날 집으로 돌아와 소를 팔았는지 물었다. "물론이죠, 사랑하는 한스." 하고 아내가 대답했다. "당신이 말한 대로 200탈러에요. 그만큼은 값이 잘 안 되겠지만 그 사람은 군말 없이 소들을 데리고 갔어요." "돈은 어디 있지?" 하고 농부가 물었다. "돈은 내게 없어요." 하고 아내가 말했다. "그 사람이 마침 돈주머니를 잊었대요, 하지만 곧 가져올 거예요. 좋은 담보를 남겨 두고 갔거든요." "무슨 담보인데?" 하고 남편이 물었다. "소 세 마리 중 한 마리요. 그건 다른 소값을 치르기 전에는 가져가지 않겠대요. 제가 똑똑하게 했어요. 제일 어린 걸 두고 가게 해서 데리고 있어요, 제일 어린 소가 제일 조금 먹잖아요." 남편은 화가 나서 지팡이를 들고 약속했던 매질을 하려 했다. 그러다 갑자기 지팡이를 힘없이 떨어뜨리고 말했다. "당신은 최고 바보 여편네요, 하느님의 땅바닥을 건들건들 돌아다니는 거위 같은 바보 아낙이오. 하지만 당신이 불쌍하네. 나는 신작로로 나가서 사흘간 기다리겠어, 당신보다 더 모자라는 누군가를 찾을지. 그러면 당신 죄를 용서하지. 하지만 그런 사람을 찾지 못하면 당신은 받아 마땅한 대가를 하나도 에누리 없이 받을 거야."

그는 큰길로 나가 어떤 돌 위에 앉아 다가올 일을 기다렸다. 그러다 건초 수레[8] 한 대가 다가오는 것을 보았는데, 어떤 여자가 수레 위에 놓인 짚단 위에 앉거나 황소들을 몰며 옆에서 걸어가는 대신 수레 한가운데에 서 있었다. '아마 네가 찾는 여자일 거야.' 생각하고 남자는 펄쩍 뛰어 마차 앞에서 실성한 사람처럼 오락가락했다. "뭐 하시는 거예요, 아저씨?" 하고 여자가 말했다. "모르는 분인데 어디서 온 건가요?" "나는 하늘에서 떨어졌다오." 하고 남자가 대답했다. "그래서 어떻게 다시 돌아가야 할지 모른다오. 나를 저 위까지 태워 줄 수 없소?" "없어요." 하고 여자가 대답했다. "길을 몰라요. 하늘에서 오셨다니 아마 아저씨가 내 남편이 어떻게 지내는지 말해 줄 수 있겠네요. 그이는 벌써 삼 년 전부터 거기 가 있거든요. 우리 남편을 분명 보았겠지요?" "본 것 같아요. 하지만 모든 사람이 다 잘 지내지는 못한답니다. 그는 양들을 지키는데, 그 사랑스러운 짐승이 많은 일거리를 만들어요. 양은 산 위로 뛰어가고 황야에서 길을 잃죠. 그가 뒤쫓아 달려야 하고 다시 모아 몰아야 하죠. 옷이 해지기도 했어요, 옷

---

8   Leiterwagen. 양쪽에 사다리 모양 난간이 있는 마차이다.

이 곧 몸에서 떨어져 나갈 거예요. 베드로 성인이 재단사는 들이질 않아 거긴 재단사가 없습니다. 옛날 이야기에서 아시는 바와 같이요.” “누가 그런 생각을 했겠어요!”하고 여자가 외쳤다. “아세요? 그가 일요일에 입던 정장 저고리를 내가 가지고 오겠어요. 그게 아직 집 장롱 속에 걸려 있어요. 그건 남편이 그곳에서도 자랑스럽게 입을 수 있어요. 부디 그걸 가져가 주세요.” “아마 안 될걸요.” 하고 농부가 대답했다. “옷을 하늘나라로 가져가서는 안 됩니다. 옷은 문 앞에서 압수당해요.” “잘 들어 보세요.” 하고 여자가 말했다. “어제 내가 좋은 밀을 팔아서 좋은 값을 받았어요. 그걸 남편에게 보내고 싶어요. 그 돈주머니를 아저씨 호주머니에 넣으면 아무도 모를 거예요.” “다른 방도가 없으면…….” 하고 농부가 말했다. “내가 해 드리겠습니다.” “거기 좀 앉아 계세요.” 하고 그녀가 말했다. “집에가서 돈주머니를 가져올게요. 곧 다시 여기로 올게요. 나는 짚단 위에 앉지 않고 수레 위에 서 있어요. 그러는 게 소한테 덜 무겁거든요." 여자는 소들을 몰고 갔고 농부는 생각했다. '저 여자는 바보짓에 소질이 있네. 돈을 정말 가져오면 내 아내는 얻어맞지 않을 테니 행운이지." 오래 지나지 않아 여자가 달려왔고, 돈을 가져와 직접 그의 주머니에 찔러 넣었다. 떠나기 전에 그녀는 부탁한 좋은 일을 해 주는 데 대해 그에게 수천 번 감사했다.

여자는 다시 집으로 왔고 아들도 들판에서 돌아왔다. 여자는 어떤 예기치 못한 일들을 겪었는지 아들에게 들려준 다음 덧붙였다. "정말 기쁘다, 불쌍한 우리 남편에게 뭔가를 보낼 기회를 찾아내서. 그이가 하늘에서 뭔가 부족함에 시달리리라고 누가 상상이나 했겠어?" 아들은 더없이 당황했다. "어머니." 하고 말했다. "하늘에서 온 그런 사람이 날마다 나타나진 않아요. 바로 나가서 그 사람을 아직 찾을 수 있나 볼게요. 그 사람은 그곳이 어떻게 생겼는지, 일은 어떤지 내게 이야기를 들려주어야 해요." 그는 말에 안장을 얹고 있는 대로 급히 달려갔다. 그는 버드나무 아래 앉아 돈주머니에 든 돈을 세어 보는 사람을 찾았다. "그분 못 보셨어요?" 하고 젊은이가 그를 향해 외쳤다. "하늘에서 오신 분요?" "봤네." 하고 농부가 말했다. "그 사람은 다시 돌아갔네. 저기 산 위로 올라갔지. 거기서는 하늘이 좀 더 가깝잖나. 말을 호되게 몰면 그를 따라 잡을 수 있네." "아……." 하고 젊은이가 말했다. "저는 종 일 녹초가 된 데다 여기까지 말 타고 오느라 완전히 지쳐 버렸어요. 그 사람을 잘 아시거든 부디 제 말에 올라 그분 께 이곳으로 오라고 설득해 주세요." '아하…….' 하며 농 부는 생각했다. '이것도 심지 빠진 램프 같은 인간이로구 나.' "자네 부탁을 왜 못 들어주겠는가?" 하며 그는 말에 올라 빠른 속도로 달려 떠났다.

젊은이는 어두워질 때까지 그냥 앉아 있었으나 농부가 돌아오지 않았다. '분명…….' 하고 그는 생각했다. '하늘 에서 온 분이 급해서 돌아오려 하지 않았고 농부가 그에 게 말도 같이 주었을 거야. 우리 아버지한테 갖다 드리라 고.' 그는 집으로 돌아가서 어머니에게 무슨 일이 있었는 지 이야기했다. 늘 걸어서 돌아다닐 필요가 없도록 아버 지에게 말을 보냈다고. "잘했구나." 하고 어머니가 대답했 다. "너야 아직 젊은 다리가 있으니 걸어 다녀도 되지."

집에 온 농부는 말을 외양간으로 데려가 담보로 남은 소 옆에 세운 다음 아내에게 가서 말했다. "트리네, 이건 당신의 행운이야. 나는 당신보다 더 모자라는 바보를 둘 찾아냈어. 이번에는 당신이 얻어맞지 않고 모면하겠어. 그 건 다른 기회를 위해 아껴 두겠어." 그런 다음 그는 파이프에 불을 붙이고 할아버지 의자에 깊숙이 앉아 말했다.
"좋은 장사였어. 비쩍 마른 암소 두 마리 대신 윤 나는 말
한 필에 돈이 가득 든 커다란 주머니. 누가 멍청해서 늘 이
렇게 수입이 많으면 나는 그걸 명예롭게 받아들여야지."
그렇게 농부는 생각했지만 분명 당신도 모자란 사람들이
더 사랑스러울 거야.

두꺼비 이야기

이야기 하나

옛날에 어떤 작은 아이가 있었는데, 점심때마다 어머니
가 작은 대접에 담긴 우유와 빵을 주었고, 아이는 그걸 가
지고 마당에 나가 앉았다. 그리고 먹기 시작하면 집 두꺼
비가 벽 틈에서 기어 나와 대가리를 우유에 박고 함께 먹
었다. 아이는 거기서 기쁨을 느꼈고, 작은 접시를 들고 앉
아 있는데 두꺼비가 금방 오지 않으면 두꺼비에게 외쳤다.

  "두꺼비야, 두꺼비야, 얼른 오너라

  오너라, 너 쬐끄만 게

  네 빵 부스러기를 먹어야지

  우유 먹고 기운 차려야지."

그러면 두꺼비가 달려 나와 맛있게 먹었다.

두꺼비는 아이에게 집의 숨겨진 보물과 반짝이는 돌이며 진주, 황금 장난감들 중에서 온갖 멋진 것들을 가져다주며 감사를 표했다. 그러나 두꺼비는 우유만 마실 뿐 빵 부스러기는 놓아두었다.

한번은 아이가 작은 숟가락을 들어 그걸로 두꺼비 머리를 살짝 때리며 말했다. "얘, 빵 부스러기도 먹어." 부엌에서 있던 어머니가 아이가 누군가와 말하는 것을 들었고, 아이가 숟가락으로 두꺼비를 치는 것을 보자 장작 하나를 집어 가지고 달려 나가 그 착한 동물을 죽여 버렸다. 그때부터 아이에게 변화가 일어났다. 두꺼비가 함께 먹는 동안 아이는 크고 튼튼했는데 곧 예쁘고 붉은 뺨이 사라지고 비쩍 말랐다. 오래지 않아 밤에 죽음의 새가 울기 시작했고, 작은 부리 울새가 작은 나뭇가지며 잎을 모아 죽음의 화환을 만들었고, 그 후 머지않아 아이는 관 속에 누워 있었다.

이야기 둘

어떤 고아 소녀가 도시 성벽에 앉아 물레질을 하다 두꺼비 한 마리가 성벽 아래 열린 틈으로 기어 나오는 것이 보였다. 아이는 재빨리 푸른 비단 손수건을 곁에 펼쳤다. 두꺼비들이 대단히 좋아해서 그 위로만 가는 손수건이었다. 그걸 보고 두꺼비가 곧 몸을 돌리더니 다시 왔는데 작은 황금 관을 쓰고 와서 푸른 비단 목수건 위에 내려놓고는 다시 떠났다. 소녀는 그 관을 썼다. 관은 반짝였고 거미줄같이 섬세한 황금으로 되어 있었다. 오래지 않아 두꺼비가 두 번째로 다시 왔다. 그런데 왕관이 보이지 않자 벽으로 기어가 괴로워하며 대가리를 힘껏 오래도록 벽에 부딪치더니 마침내 죽어서 거기 누워 있었다. 만약 소녀가 그 관을 놔두었더라면 두꺼비는 아마 굴에서 보물들을 더 많이 가져왔으리라.

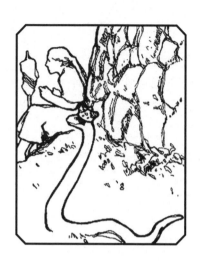

이야기 셋

두꺼비가 "껍껍, 껍껍." 울고, 아이는 "나와 봐." 하고
말한다. 두꺼비가 나오자 아이가 자기 누이에 대해 묻는
다. "너 '빨강 양말' 못 봤니?" 두꺼비가 말한다. "아니,
나도 몰라. 어쩌지? 껍껍, 껍껍, 껍껍."

106

가엾은 물방앗간 청년과 작은 고양이

물방앗간에 늙은 물방앗간 주인이 살았는데, 아내도 아이들도 없고 물방앗간 머슴 셋이 그 집에서 일하고 있었다. 그 집에서 몇몇 해를 보내자 물방앗간 주인이 하루는 그들에게 말했다. "나는 늙었고, 난로 뒤에 앉고 싶다. 떠나들 가거라. 최고의 말을 가져오는 사람에게 물방앗간을 주겠다. 그 대신 그 사람은 나를 죽을 때까지 보살펴야 한다." 머슴 중 셋째는 허드레 머슴이었는데, 멍청하다고 여겨 다른 사람들이 그에게는 물방아를 내주지 않았고, 그역시 한 번도 그걸 원하지 않았다. 셋은 다 함께 떠났고, 마을 앞에 오자 둘이 멍청한 한스에게 말했다. "너는 그냥 여기 머물러 있어, 넌 평생 말을 구하지 못해." 그러나 한스는 함께 갔고, 밤이 되자 그들은 어떤 동굴에 이르러 잠을 자려고 그 안에 누웠다. 똑똑한 두 사람은 한스가 잠이 들 때를 기다렸다가 작은 한스를 놔두고 떠나면서 잘한 일이라고 생각했다. 그래, 그러는 건 너희에게 좋지 않은데 말야!

해가 뜨고 한스가 잠에서 깨니 그는 깊은 동굴 속에 누워 있었다. 사방을 둘러보고 한스가 외쳤다. "아, 맙소사, 내가 어디에 있는 거야!" 그는 몸을 일으켜 동굴에서 기어 나와 숲속으로 들어가며 생각했다. '여기서 나는 버림받아 완전히 혼자야, 이제 어떻게 말을 구할까!' 그렇게 생각에 잠겨 걸어가다 조그맣고 알록달록한 고양이 한 마리를 만났는데 고양이가 아주 다정하게 말했다. "한스, 어디로 가려는 거야?" "아, 네가 나를 도울 순 없어." "원하는 게 뭔지 내가 잘 알아." 하고 고양이가 말했다. "좋은 말 한 마리를 바라지. 나하고 같이 가서 칠 년간 내 충실한 하인이 되렴. 그러면 내가 말 한 마리를 줄게, 네가 평생 본 어떤 말보다 더 멋진 걸로." '이상한 고양이로군.' 하고 한스는 생각했다. '하지만 고양이가 하는 말이 맞는지 봐야지.'

고양이는 그를 마법에 걸린 자기 성으로 데려갔는데 거

기엔 온통 그 고양이를 섬기는 작은 고양이들뿐이었다. 고양이들은 날렵하고 신나게 계단을 오르내리며 뛰어다녔다. 저녁에 그들이 식탁에 앉자 고양이 셋이 음악을 연주했다. 하나는 베이스 플루트를, 다른 하나는 바이올린을, 세 번째는 트럼펫을 잡고 두 뺨을 있는 힘껏 부풀렸다. 그들이 다 먹고 나자 식탁을 들어 내갔고, 고양이가 말했다. "자아 이제, 한스, 나하고 춤을 추자." "싫어." 하고 한스가 대답했다. "암코양이하고는 춤을 안 춰, 그런 건 아직 한 번도 해 보지 않았어." "그럼 저 사람을 잠자리로 데려가." 하고 고양이가 어린 고양이들에게 말했다. 그러자 어린 고양이 하나가 그를 위해 침실에 불을 밝혔고, 하나는 그의 구두를, 하나는 양말을 벗겼으며 마지막으로 하나가 불을 불어 꺼 주었다.

다음 날 아침 작은 고양이들이 다시 와서 그가 침대에서 일어나는 것을 도왔다. 하나는 양말을 신기고, 하나는 양말 대님을 묶고, 하나는 구두를 가져오고, 하나는 그를 씻기고, 하나는 꼬리로 그의 얼굴을 닦아 주었다. "이거 제대로 부드럽네." 하고 한스가 말했다. 그러나 그도 고양이 시중을 들어야 했고 날마다 장작을 패야 했다. 그러라고 은도끼 하나를 받고 은으로 된 쐐기와 톱도 받았는데 망치만은 구리였다. 그는 장작을 잘게 패었고, 그 집에 살며 먹을 것과 마실 것을 먹고 마셨다. 그러나 알록달록한 고양이와 그 하인들 외에는 아무도 보이지 않았다.

한번은 고양이가 그에게 "나가서 내 풀밭을 깎고 풀을 말려라." 하며 은으로 된 낫과 금으로 된 숫돌을 주었다. 그러고는 모든 것을 다시 제대로 가져오라고 명령했다. 한스는 갔고 하라는 대로 했다. 일을 끝내고 낫과 숫돌과 건초를 집으로 나르고 한스가 아직 임금을 줄 때가 안 되었냐고 물었다. "안 돼." 하고 고양이가 말했다. "나를 위해 한 가지를 더 해야 해. 저기 은으로 된 집 지을 목재, 자귀, 곱자, 그리고 필요한 것들이 있어. 죄다 은이지. 그걸로 우선 작은 집 한 채를 지어 다오." 그러자 한스가 작은 집을 지었고, 모든 것을 다 했는데 고양이는 말이 없었다. 하지만 그에게는 칠 년이 반년처럼 갔다.

어느 날 고양이가 자기 말들을 보겠냐고 물었다. "좋아." 하고 한스가 말했다. 그러자 고양이가 작은 집 문을 열어 주었고, 문을 여니 말 열두 필이 서 있는데 아, 모두

아주 당당한 말들이었고 번쩍거리고 거울같이 매끈거려 몸속 그의 심장이 기뻐했다. 고양이는 그에게 먹을 것과 마실 것을 주며 말했다. "집으로 가, 네 말을 지금 주지는 않겠어. 하지만 사흘 안에 너에게 가져다줄게."

그리하여 한스는 떠날 채비를 했고, 고양이가 그에게 물방앗간으로 가는 길을 가르쳐 주었다. 그러나 새 옷 한 벌조차 주지 않아 그는 칠 년 사이 여기저기 너무 작아진 너덜너덜한 낡은 작업복을 그대로 입어야 했다. 한스가 집에 도착했을 때 다른 두 물방앗간 머슴들도 돌아와 있었다. 둘 다 말을 가지고는 왔으나 한 사람 말은 눈이 멀었고, 다른 사람 말은 절뚝거렸다. 사람들이 물었다. "한스, 네 말은 어디 있니?" "사흘 안에 뒤따라올 겁니다." 그러자 그들이 웃으며 말했다. "그래, 한스야, 네가 어디서 말 한 필을 얻겠어. 그건 뭔가 제대로 된 걸 거야!" 한스가 방으로 들어갔는데 물방앗간 주인이 너덜너덜하고 찢어진 옷을 입었다며 누가 오기라도 하면 부끄럽다고 식탁에 앉지 못하게 했다. 그러고는 약간의 음식을 밖으로 내다 주었다. 저녁에 잠자러 갈 때는 다른 둘이 침대를 주지 않아 그는 거위 우리로 기어 들어가서 조금 딱딱한 짚 위에 누워야 했다.

아침에 잠을 깨자 벌써 사흘이 지나갔다. 그리고 말 여섯 필이 모는 마차가 왔는데 이런, 그건 번쩍번쩍 아름다웠고, 하인 하나가 일곱 번째 말을 데려왔으니 가엾은 물방앗간 머슴을 위한 것이었다. 그리고 아름다운 공주가 마차에서 내려 물방앗간으로 들어갔다. 그 공주는 가엾은 한스가 칠 년간 섬긴 작은 얼룩 고양이였다. 공주가 물방앗간 주인에게 물었다. "물방앗간 머슴, 허드레 머슴은 어디 있어요?" 그러자 물방앗간 주인이 말했다. "그 애는 옷이 어찌나 찢어졌는지 물방앗간 안으로 들일 수 없었습니다. 그 애는 거위 우리에 누워 있어요." 공주는 그를 바로 데려오라고 했다. 사람들이 그를 데려왔고, 그는 몸을 가리기 위해 작업복을 당겨 모아 잡고 있어야 했다. 신하가 화려한 옷을 꺼내 그를 씻기고 옷을 입혔다. 다 되자 작은 왕이 더욱 멋져 보였다. 소녀는 다른 머슴들이 가져온 말들을 보자고 했는데 하나는 눈멀고, 다른 하나는 다리를 절었다. 그래서 공주는 신하에게 일곱 번째 말을 가져오게 했다. 물방앗간 주인이 이런 말은 아직 자기 마당에 들어온 적이 없다고 말했다. "그런데 이건 세 번째 머슴을 위한 것이에요." 하고 그녀가 말했다. "그렇다면 그가 물방앗간을 가져야지." 하고 물방앗간 주인이 말했다. 공주는 말은 거기 두고 물방앗간도 그대로 가지라고 물방앗간 주인에게 말하고는 그녀의 충직한 한스를 마차에 태워 함께 떠났다. 그들은 우선 그가 은 연장들로 지은 작은 집으로 갔는데 그건 큰 성이 되었으며 그 안의 모든 것이 은과 금이었다. 거기서 그들은 결혼을 했고, 그는 이제 부자였다. 어찌나 부자인지 평생 가진 게 충분했다. 그러니 멍청하다고 해서 온전한 사람이 될 수 없을 거란 말을 누구도 해선 안 된다.

107

두 방랑자

산과 골짜기는 서로 만나지 않지만 사람의 자식들은 만나는 것 같다. 특히 선한 사람과 악한 사람들이 말이다. 그렇게 한번 어떤 구두장이와 재단사가 방랑 중에 만나게 되었다. 재단사는 작고 잘생긴 늠름한 청년이었고 늘 흥이 넘치고 기분이 좋았다. 맞은편에서 구두장이가 다가오는 것이 보였다. 괴나리봇짐을 보고 무슨 수공업을 하는지 알아차리고는 짤막한 놀림 노래를 불러 주었다.

"솔기를 꿰매 다오,
꼰 실을 당겨 다오,
꼰 실에 오른편 왼편, 역청

검정 칠 먹여 다오,

징 단단히 박아 다오, 박아 다오.”

그러나 구두장이는 어떤 농담도 소화하지 못하는 사람
이라 마치 식초를 들이켠 듯 얼굴을 찌푸리고 작은 재단사
의 멱살을 잡을 듯한 표정을 지었다. 작은 친구가 웃음을
터뜨리며 그에게 자기 술병을 내밀며 말했다. “나쁜 뜻이
아니었네, 한 모금 하고 언짢음은 꿀꺽 삼켜 버리게.” 구
두장이는 대단한 한 모금을 들이켰고, 그의 얼굴 위에서
천둥 번개가 스러지기 시작했다. 그가 재단사에게 술병을
돌려주며 말했다. “내가 정중히 말하네, 사람이 많이 마
신 후에는 말을 잘하지만 목이 많이 마르면 말을 많이 안
하지. 우리 함께 방랑하겠나?” “나는 좋네.” 하고 재단사
가 대답했다. “일거리가 없지 않을 큰 도시로 갈 맘이 있
기만 하다면.” “바로 그런 곳으로 나도 가려고 했지.” 하
고 구두장이가 말했다. “작은 둥지에서는 일이 없어, 시골
에서는 사람들이 차라리 맨발로 다니니까.”

그들은 함께 방랑했는데 늘 한 발을 잽싸게 다른 발 앞
으로 놓았다. 눈 속을 가는 족제비처럼. 두 사람에게 시간
은 충분했으나 먹을 건 별로 없었다. 그들은 어떤 도시에
도착하면 돌아다니며 동업자에게 구원을 청했다. 그런데
작은 재단사는 생생하고 쾌활해 보이는 데다 고운 붉은
뺨을 가지고 있어 누구든 기꺼이 반겼고, 운이 좋으면 장

인의 딸이 현관문에서 떠나는 그에게 입맞춤까지 해 주었다. 그래서 구두장이가 재단사를 다시 만나면 늘 보따리 안에 더 많은 것을 가지고 있었다. 시큰둥해진 구두장이가 삐딱하게 얼굴을 찡그리며 말했다. "큰 악당일수록 행운도 큰 법이지." 재단사는 웃음을 터뜨리고 노래를 불렀으며, 자기가 받은 모든 것을 동료와 나누었다. 주머니 속에서 몇 푼만 짤랑거려도 그는 상을 차리게 하고 기쁘게 식탁을 쳐서 유리잔들이 춤을 추었다. 그는 버는 것도 쉽고 쓰는 것도 쉬웠다.

한동안 방랑하던 그들은 큰 숲에 닿았는데, 그 숲을 가로질러 왕도로 가는 길이 나 있었다. 그런데 길이 둘이었다. 그중 하나는 엿새가 걸리는 길이었고, 다른 길은 이틀밖에 안 걸렸다. 그러나 둘 중 어느 길이 더 짧은 길인지 아무도 알지 못했다. 두 방랑자는 참나무 아래 앉아서 어떻게 예상하며 며칠 치 빵을 가지고 갈지 상의했다. 구두장이가 말했다. "가는 것보다 더 멀리 생각해야지, 나는 이레 치 빵을 가지고 가겠어." "뭣 하러." 하고 재단사가 말했다. "이레 치 빵을 등에 지고 짐 나르는 짐승처럼 질질 몸을 끌며 돌지도 못할 텐가? 나는 신에 의지하고 무엇에도 구애받지 않겠어. 내 주머니에 든 돈, 그건 여름이나 겨울이나 참 좋지. 하지만 빵은 더울 때 마르고 위에 곰팡이가 슬어. 내 저고리도 손목 관절을 다 덮게 길진 않지. 왜 우리가 바른길을 찾아내지 못한단 말인가? 이틀 치 빵, 그걸로 좋아." 그래서 각자 자기 먹을 빵을 샀고, 그다음은 운에 맡기고 숲속으로 들어갔다. 숲속은 교회 안처럼 고요했다. 바람 한 점 없었고, 개울 하나 졸졸거리지 않았고 새 한 마리 울지 않았으며, 잎들이 빽빽이 달린 가지들은 햇살 한 줄기도 뚫고 들어오지 못했다. 구두장이는 한마디 말도 없었고, 등에 진 무거운 빵이 그를 짓눌러 찌푸린 어두운 얼굴 위로 땀이 줄줄 흘러내렸다. 그러나 재단사는 무척 쾌활하게 뛰어다니고, 나뭇잎으로 피리를 불거나 작은 노래를 부르며 생각했다. '하느님도 내가 이렇게 즐거운 걸 기뻐하실 게 틀림없어.' 이틀이 그렇게 갔다. 그러나 셋째 날에도 숲이 끝나지 않았고, 빵을 다 먹은 재단사는 가슴이 철렁, 한 자는 내려앉았다. 그러면서도 용기를 잃지 않고 하느님과 자신의 운에 의지했다.

셋째 날 저녁 그는 배가 고파 나무 밑에 누웠고 다음 날 아침 여전히 배고픈 채 다시 일어났다. 넷째 날도 그렇게 갔고, 구두장이가 쓰러진 나무 위에 걸터앉아 혼자 식사를 할 때 재단사는 바라보는 것밖에 아무 할 일이 없었다. 재단사가 작은 빵 한 조각을 청하면 상대방은 비웃으며 말했다. "너는 언제나 참으로 쾌활했잖아. 그러니 너도 한

번은 시험해 볼 수 있지, 쾌활하지 않으면 어떤지 말야. 아침에 너무 일찍 노래하는 새들, 저녁이면 매가 덮치지." 간단히 말해 그는 자비심이 없는 사람이었다.

다섯째 날 아침 가엾은 재단사는 더 이상 일어날 수 없었고, 기운이 없어 말 한마디 입밖에 내기 어려웠다. 두 뺨은 하얗고 두 눈은 빨갰다. 그러자 구두장이가 말했다. "오늘 네게 빵 한 조각을 주겠지만 대신 네 오른쪽 눈을 빼내겠어." 목숨은 유지하기를 바란 불행한 재단사는 달리 방법이 없었다. 그가 한 번 더 두 눈으로 울고 나서 두 눈을 내밀었고, 돌덩이 심장을 가진 구두장이가 날카로운 칼로 오른쪽 눈을 찔러 빼냈다. 재단사는 어릴 적 식품 저장실에서 군것질을 하고 나면 어머니가 하신 말씀이 생각났다. "먹는 거야 좋은 만큼 먹지만 마땅히, 받아야 겠는 만큼 겪기도 해야지."

비싼 값을 치른 빵을 먹고 나자 그는 다시 두 다리로 일어섰고, 자신의 불운을 잊고 한 눈으로도 여전히 충분히 볼 수 있는 걸로 위안을 삼았다. 그러나 여섯째 날 다시 배가 고파지더니 배고픔이 거의 그의 심장까지 파먹었다. 저녁에는 나무 옆에 쓰러졌고, 일곱째 날 아침에는 기운이 없어 몸을 일으키지 못해 죽음이 그의 목덜미 위에 앉아 있었다. 그러자 구두장이가 말했다. "내가 자비심을 베풀어 또 빵을 주겠다. 그걸 너는 공짜로 받진 못해. 그 값으로 다른 눈도 찔러 빼내겠어." 그러자 재단사가 자신의 경박한 인생을 깨닫고 하느님에게 용서를 빌며 말했다. "꼭 하겠는 건 해, 나는 내가 겪을 걸 겪겠어. 그러나 생각해 봐, 우리 하느님께서 매 순간 판단하신다는 걸. 그리고 네가 나에게 행하는 이 악행, 내가 너에게 받을 만한 일을 하지 않은 이 악행을 되갚음하는 다른 시간이 온다는 것을. 좋은 나날에 나는 내가 가진 것을 너와 나누었지. 내 수공은 한 땀 한 땀 해 가는 식이거든. 이제 눈이 없고 더 이상 바느질을 할 수 없으면 구걸을 다녀야 해. 내가 눈이 멀거든 부디 나를 여기 혼자 누워 있게 하지 마, 그러면 내가 목마르고 배고파 죽어야 하니." 그러나 신을 마음에서 몰아내 버린 구두장이는 칼을 들어 그의 왼쪽 눈도 찔러 빼냈다. 그런 다음 먹을 빵 한 조각을 주었고, 막대기 하나를 건네며 자기를 뒤따르게 했다.

해가 질 무렵 그들은 숲에서 나왔는데 숲 앞 벌판에 교수대가 하나 서 있었다. 구두장이는 눈먼 재단사를 거기로 데려가 누워 있게 하고는 갈 길을 갔다. 지치고 아프고 배고파서 그 불행한 사람은 잠이 들었고 밤새 잤다. 날이 밝아 잠에서 깼으나 어디 누워 있는지 몰랐다. 교수대에는 불쌍한 두 죄인이 매달려 있었는데 저마다 머리 위에 까마귀가 앉아 있었다. 하나가 다른 이에게 말했다. "형

제, 깨어 있나?" "그래, 나 깨어 있어." 하고 둘째가 대답했다. "자네에게 할 말이 있어." 하고 첫째가 다시 말했다. "간밤에 우리 위에서 교수대로 떨어진 이슬은 그걸로 씻는 사람 누구에게나 눈을 다시 주지. 눈먼 사람들이 그걸 안다면 얼마나 많은 사람이 시력을 되찾겠나, 그런 게 가능하다는 걸 믿지 않는 사람들이." 그 말을 듣자 재단사가 손수건을 꺼내어 풀 위에 대고 눌렀다. 손수건이 이슬로 젖자 그는 그것으로 두 눈구멍을 닦았다. 교수형당한 사람이 말한 대로 곧 한 쌍의 생생하고 건강한 눈이 구멍을 채웠다. 오래지 않아 재단사는 산 너머로 해가 떠오르는 것을 보았다. 그 앞 평원에는 화려한 성문과 수백 개의 탑들이 있는 큰 왕도가 펼쳐져 있었고, 꼭대기에선 황금으로 된 둥근 탑과 십자가들이 이글거렸다. 나무들에서 잎 하나하나를 구분할 수 있었고 날아가는 새들과 공중에서 춤추는 모기들도 눈에 들어왔다. 그는 바늘 하나를 주머니에서 꺼냈다. 전처럼 바늘귀에 실을 꿸 수 있게 되자 그의 마음은 기쁨으로 뛰었다. 풀썩 꿇어앉으며 그는 보여 주신 은총에 대해 신에게 감사드리고 아침 축복 기도를 했다. 그는 종 속의 추처럼 매달려 바람에 서로 딱딱 부딪치는 가엾은 죄인들을 위해 기도하는 것도 잊지 않았다. 그다음에 봇짐을 등에 메고 참았던 심한 괴로움을 곧 잊고 노래하고 휘파람을 불며 길을 떠났다.

재단사가 첫 번째로 마주친 것은 벌판을 자유롭게 뛰어 돌아다니는 갈색 망아지였다. 그는 망아지 갈기를 잡고 몸을 날려 올라 그걸 타고 도시로 들어가려 했다. 그런데 망아지가 놓아 달라고 빌었다. "저는 아직 너무 어려요." 하고 망아지가 말했다. "당신 같은 가벼운 재단사도 제 등을 두 동강 내요. 나를 놓아 줘서 내가 튼튼해질 때까지 달리게 해 주세요. 어쩌면 내가 당신께 보답할 시간이 올 거예요." "가거라." 하고 재단사가 말했다. "너도 나같은

184

무작정임을 내가 본다." 그가 가느다란 가지로 등을 치니 망아지가 기뻐 뒷다리로 차며 울타리와 구덩이를 넘어 벌판으로 달려갔다.

작은 재단사는 전날부터 아무것도 먹지 못했다. "해가……." 하고 그가 말했다. "눈을 채우기는 하지만 빵이 입을 채워 주진 않네. 그 때문에 내가 가장 먼저 마주치고 반쯤 먹어도 되는 것이 고통을 겪어야 하네." 얼마 후 황새 한 마리가 아주 장중하게 풀밭을 건너왔다. "멈춰, 멈춰." 하고 재단사가 소리 지르며 그의 다리를 움켜잡았다. "네가 먹을 만한 것인지는 모르겠다만 내 허기가 선택을 오래 끌지 못하게 하는구나. 네 머리를 잘라 구워야겠다." "그러지 마세요." 하고 황새가 대답했다. "나는 인간들에게 큰 이득을 가져오고, 아무도 괴롭히지 않는 신성한 새예요, 내 목숨을 살려 주세요. 그러면 내가 다음번에 당신에게 은혜를 갚을 수 있어요." "그렇다면 떠나거라, 다리 긴 사촌." 하고 재단사가 말했다. 황새는 몸을 일으켜 긴 두 다리를 늘어뜨린 채 유유히 날아 떠났다.

"어떻게 될까?" 하고 재단사는 자기 자신에게 말했다. "내 배고픔은 점점 심해지고 위는 점점 비어 가. 이제 내 길에 들어오는 것, 그건 끝장이야." 그때 연못에서 새끼 오리 두 마리가 헤엄쳐 오는 것이 보였다. "너희가 부른 듯이 오는구나." 하며 그가 한 마리를 움켜잡아 목을 비틀려고 했다. 그때 갈대 속에 박혀 있던 늙은 오리 한 마리가 요란하게 쇳소리를 울리더니 부리를 쩍 벌리고 헤엄쳐 와서 사랑하는 자식들을 불쌍히 여겨 달라고 애타게 빌었다. "생각하지 못하세요……." 하고 오리가 말했다. "누가 당신을 데려가서 아주 없애 버리려 하면 당신 어머니가 얼마나 슬퍼할지." "진정하거라." 하고 사람 좋은 재단사가 말했다. "네 자식들을 데려가거라." 하며 그는 붙잡았던 오리를 다시 물에 놔주었다.

몸을 돌리자 그는 절반쯤 파인 오래된 나무 앞에 서 있었고 그 나무에서 야생 벌들이 들락날락하는 것이 보였다. "이렇게 내가 금방 내 행동에 대한 보답을 받네." 하고 재단사가 말했다. "꿀이 나를 원기 나게 해 줄 거야." 그러나 여왕벌이 나와서 위협하며 말했다. "우리 백성에게 손대고 내 둥지를 망가뜨리면 우리의 가시를 1만 개의 이글이글 달군 바늘처럼 살갗으로 찔러 넣겠어. 그러니 우리를 가만히 놔두고 네 갈 길을 가. 그러면 다음번에는 그 대가로 우리가 봉사를 하겠어." 작은 재단사는 여기서도 아무것도 하지 못했다. "세 접시가 비고……." 하고 그가 말했다. "넷째 접시는 아무것도 없네, 이건 형편없는 식사야." 그는 한껏 굶주린 배로 몸을 질질 끌며 도시로 들어갔고, 마침 점심 종이 울리고 여관에서는 그를 위해 벌써 요리가 되어 있어서 그는 얼른 식탁에 앉았다. 배가 부른 그가 말했다. "이제 일을 해야겠어."

그는 명인을 찾아 도시를 돌아다녔고 머지않아 좋은 자리를 찾아냈다. 자기 일을 철저히 배워 놓았기 때문에 오래 걸리지 않아 그는 유명해졌다. 누구든 새 저고리는 작은 재단사에게 맡기려 했다. 나날이 그의 명망이 더해 갔다. "나는 내 기술에서 더 이상 나아갈 수 없다." 하고 그가 말했다. "그런데도 날마다 형편이 나아지는구나."

드디어 왕이 그를 궁정 재단사로 임명했다. 그러나 세상사가 묘해 같은 날에 그의 옛 동료 구두장이도 궁정 구두장이가 되었다. 구두장이는 재단사가 다시 두 개의 건강한 눈을 가진 것을 알게 되었고 양심이 그를 괴롭혔다. '그가 내게 복수하기 전에…….' 하고 그는 혼자 생각했다. '그가 빠질 구덩이를 내가 파야겠어.' 그러나 남 빠지라고 구덩이를 파는 사람은 스스로 그 안으로 빠지는 법.

저녁에 일을 끝내고 어스름해졌을 때 그는 살금살금 왕에게로 가서 말했다. "폐하, 재단사는 건방진 인간입니다. 주제넘게도 옛날옛적에 사라진 황금 왕관을 되찾겠답니다." "그건 내게 좋겠는데……." 하고 왕이 말하며 다음 날 아침 재단사를 불러 왕관을 찾아오라고, 아니면 영원히 도시를 떠나라고 명했다. '오호.' 하고 재단사는 생각했다. '한 악당이 받아 가진 것 이상으로 주는구나. 퉁명스러운 왕이 내게 어떤 인간도 해낼 수 없는 것을 요구하니 나는 내일까지 기다리지 않고 오늘 다시 도시를 벗어나 방랑해야겠어.' 그래서 그는 보따리를 쌌다. 그러나 성문을 나설 때 자신의 행운을 포기하고 참 잘 지내던 도시를 등져야 하는 것이 안타까웠다.

재단사는 오리들과 만난 연못으로 갔다. 마침 그가 새끼들을 놓아주었던 어미 오리가 물가에서 부리로 몸을 다듬고 있었다. 오리는 곧 그를 알아보고 왜 그렇게 고개를 떨구고 있느냐고 물었다. "내게 닥친 일을 들으면 너도 놀랄 거야." 하고 재단사가 자기 운명 이야기를 들려주었다. "그게 전부라면……." 하고 오리가 말했다. "우리가 방책을 마련할 수 있어요. 왕관은 물에 빠졌고, 아래 바닥에 놓여 있어요. 그거야 우리가 금방 건져 올리죠. 그사이 물가에 가진 손수건이나 펴 놓으세요."

오리는 열두 마리 새끼들과 함께 잠수를 했다 오 분 뒤에 다시 올라오는데 어미 오리가 날개 위에 왕관을 얹고 앉아 있었고 열두 마리 새끼들이 주위를 빙 둘러 헤엄치며 부리들을 그 아래에 놓아 왕관 나르는 걸 도왔다. 오리들은 뭍으로 헤엄쳐 왕관을 손수건 위에 놓았다. 그 왕관이 얼마나 호화로웠는지 너는 믿지 못할 거야. 해가 비치면 왕관은 수십만 개의 홍옥처럼 반짝였어. 재단사는 손수건 네 귀를 한데 묶어 왕관을 들고 왕에게 갔다. 왕은 기뻐서 재단사의 목에 황금 목걸이를 걸어 주었다.

구두장이는 한 가지 꼼수가 실패한 것을 알자 두 번째

를 곰곰 생각하고는 왕 앞으로 가서 말했다. "폐하, 재단사가 다시 참으로 오만해졌습니다. 성 전체를, 그 안에 있는 모든 것과 함께 풀린 것, 단단히 박힌 것, 안의 것, 밖의 것을 몽땅 밀랍으로 똑같이 만들지 못해 아쉬워합니다." 왕은 재단사를 불러 성 전체를 밀랍으로 똑같이 만들라고 명령했다. 만약 그 일을 해내지 못하고 벽에 박힌 못 하나라도 빠뜨리면 평생 지하 감옥에 들어 앉아 있어야 한다고 했다. 재단사는 생각했다. '점점 고약해지네, 그건 어떤 인간도 견뎌 내지 못해.' 하며 그는 봇짐을 등에 메고 방랑을 떠났다.

속이 빈 나무로 왔을 때 그는 주저앉아 고개를 떨구었다. 벌들이 날아왔고, 여왕벌이 그에게 목을 그렇게 삐딱하게 하고 있으니 원래 뻣뻣한 목을 가진 거냐고 물었다. "아, 아니." 하고 재단사가 대답했다. "뭔가 다른 것이 나를 짓눌러." 하며 그는 왕이 요구한 것을 말했다. 벌들이 서로 윙윙거리고 붕붕거리더니 여왕벌이 말했다. "다시 집으로 가. 내일 이 시간에 커다란 보자기 하나를 가지고 다시 와. 그러면 모든 게 잘될 거야." 그는 몸을 돌렸다. 벌들은 성을 향해 날아가 마침 열려 있는 창문 안으로 들어가서 귀퉁이마다 돌며 모든 것을 더없이 정확하게 보았다. 그런 다음 되돌아가서 밀납으로 성을 만들었다. 성채가 눈앞에서 자라나고 있다고 생각될 만한 속도였다. 저녁이 되자 이미 모든 것이 완성되어 있었고, 다음 날 아침에 재단사가 오니 호사스러운 건물 전체가 서 있었으며 벽에 박힌 못 하나, 지붕의 기와 한 장 빠져 있지 않았다. 부드럽고 눈처럼 하얬으며 여전히 꿀처럼 달콤했다. 재단사는 그것을 조심스럽게 보자기에 싸서 왕에게 가져갔다. 왕은 아무리 놀라도 충분치 않아 그 밀납 성을 가장 큰 홀에 세워 놓았고, 그 대가로 재단사에게 돌로 지은 커다란 집 한 채를 선물했다.

구두장이는 굽히지 않고 세 번째로 왕에게 가서 말했다. "폐하, 성 마당에 물이 나오지 않는다는 말이 재단사 귀에 들어갔는데 그가 주제넘게도 마당 한가운데 물이 사람 키로 솟고 그 물은 수정처럼 맑아야 한다고 했습니다." 그러자 왕이 재단사를 불러 말했다. "내일 한 줄기 물이 내 마당에서 솟지 않으면 사형 집행인이 너를 같은 마당에서 머리통 하나만큼 키가 줄어들게 만들겠다." 가엾은 재단사는 오래 생각하지 않고 서둘러 성문을 나갔다. 이번에야말로 목숨이 간당간당했기 때문에 두 뺨 위로 굵은 눈물이 굴러 내렸다. 그렇게 슬픔에 가득 차서 가는데 언젠가 그가 자유를 선물했던 망아지가 뛰어왔다. 망아지는 멋진 갈색 말이 되어 있었다. "때가 되었습니다." 하고 말이 그에게 말했다. "베푸신 선행을 제가 갚을 시간이요.

뭐가 잘못되었는지 벌써 알고 있습니다. 곧 도움을 받을 겁니다. 올라타기만 하세요. 제 등은 이제 당신 같은 사람 둘은 태울 수 있답니다."

재단사에게 용기가 다시 돌아왔다. 그는 펄쩍 뛰어 단번에 말에 올랐고 말은 전력으로 질주해 도시로 들어가 곧장 성 마당으로 향했다. 마당에서는 번개처럼 재빨리 빙빙 돌더니 세 번째 바퀴에서 풀썩 앉았다. 그 순간 무섭게 굉음이 일더니 땅 조각이 마당 한가운데서 공처럼 튀어 올라 성 밖으로 날아갔고, 그 뒤를 이어 한 줄기 물이 말에 탄 사람 높이로 솟는데 물은 수정처럼 맑았으며 햇살이 그 위에서 춤추기 시작했다. 왕이 그것을 보자 놀라 일어나 걸어가서는 모든 사람이 보는 데서 작은 재단사를 포옹했다.

행복은 오래가지 않았다. 왕에겐 딸들이 많았고 하나가 다른 딸보다 예뻤지만 아들이 없었다. 그래서 악랄한 구두장이가 네 번째로 왕에게로 가서 말했다. "폐하, 재단사의 오만이 그지없습니다. 이제는 주제넘게도 자기가 원하면 공중을 가르고 날아 폐하께 아들 하나를 데려다 줄 수 있답니다." 왕은 재단사를 불러 말했다. "네가 구 일 이내에 아들 하나를 내게 데려다주면 내 큰딸을 아내로 주겠다." '보상이야 물론 크다.' 하고 작은 재단사가 생각했다. '하지만 누구도 이런 일을 하진 않을 거야. 내가 따기에는 버찌 열매가 너무 높이 달려 있어. 그걸 향해 올라가면 발 아래에서 가지가 부러지고 나는 떨어지겠지." 집으로 간 그는 작업대 위에 책상다리를 하고 올라앉아 뭘 해야 할지 곰곰 생각했다. "안 될 일이야." 하고 그가 드디어 외쳤다. "나는 떠나겠어, 여기서는 조용히 살 수가 없어."

재단사는 봇짐 끈을 조이고 성문으로 달려 나갔다. 벌판에 다다르자 옛 친구 황새가 보였다. 황새는 거기서 현자 같은 모습으로 오락가락 거닐다 이따금 멈추어 개구리한 마리를 오래 관찰하더니 드디어 꿀꺽 삼켰다. 황새가 다가와 그에게 인사했다. "보아하니……" 하고 그가 말했다. "등에 배낭을 지고 있는데 도시를 떠나려고요?" 재단사가 왕이 자기에게 무엇을 요구했고 자기가 어째서 그것을 할 수 없는지 이야기하고 자신의 불행한 운명을 한탄했다. "그런 일로 머리카락이 세게 두지 마세요." 하고 황새가 말했다. "곤경을 벗어나도록 돕겠어요. 벌써 오랫동안 내가 도시에 갓난아기를 데려다주고 있잖아요.[9] 그러니 어린 왕자도 샘에서 꺼내 올 수 있지요. 집에 돌아가 편안히 있어요. 오늘부터 구 일 뒤 성으로 가세요. 그러면 나도 갈게요."

작은 재단사는 집으로 갔고 정해진 시간에 성안에 갔

---

9   독일에서는 전래적으로 아기는 황새가 물어다 준다고 한다.

다. 오래 지나지 않아 황새가 날아와 창문을 두드렸다. 재단사가 창을 열어 주었고, 다리 긴 친구가 조심스럽게 들어와 무게 있는 걸음걸이로 매끄러운 대리석 바닥 위를 걷는데 부리에는 아기를 물고 있었다. 아기는 천사처럼 예뻤고 그 작은 손을 왕비를 향해 뻗었다. 황새가 아기를 왕비의 무릎 위에 내려놓자 왕비가 아기를 안아 입맞춤했으며 기뻐서 제정신이 아니었다.

황새는 다시 떠나기 전에 어깨에서 여행 가방을 내려 왕비에게 주었다. 그 안에는 색색깔 사탕 봉지들이 들어 있었는데 그 봉지들을 작은 공주들에게 나누어 주었다. 맏이는 아무것도 받지 못했지만 즐거운 재단사를 남편으로 얻었다. "꼭 이런 것 같네요." 하고 재단사가 말했다. "마치 내가 최고의 제비를 뽑은 것 같아요. 우리 어머니가 옳았어요. 늘 그러셨거든요, 신을 믿고 의지하며 행운만 있는 사람은 부족한 게 없다고요."

구두장이는 작은 재단사가 결혼 잔치에서 신고 춤출 구두를 만들어야 했다. 그 뒤 도시를 영영 떠나라는 명령이 내려졌다. 숲으로 가는 길은 그를 교수대로 인도했다. 노여움, 분노, 낮의 더위로 지친 그는 몸을 던져 누웠다. 눈을 감고 잠을 자려는데 까마귀 두 마리가 교수형을 당한 사람들의 머리로부터 요란한 울음소리를 내며 내려와 그의 두 눈을 뽑았다. 제정신을 잃고 그는 숲속으로 달려

194

갔는데 거기서 굶주리고 목말라 죽었음에 틀림없다. 아무도 그를 다시 보거나 그에 관한 이야기를 듣지 못했기 때문이다.

108

우리 고슴도치 한스

옛날에 어떤 농부가 있있는데 돈과 재산이 충분했으나 아무리 부유해도 그의 행복에는 뭔가가 빠져 있었다. 아이가 없었기 때문이다. 종종 그가 다른 농부들과 도시로 가면 그들이 놀리면서 왜 아이가 없느냐고 물었다. 마침내 화가 난 그가 집으로 돌아와서 말했다. "아이가 하나 있어야겠어, 고슴도치라도." 그러자 아내가 아이를 갖게 되었는데 그 아이는 위는 고슴도치이고 아래는 사내아이였다. 아내가 아이를 보자 놀라 말했다. "보세요, 당신이 우리에게 저주를 내린 거예요." 그러자 남편이 말했다. "그런다고 무슨 소용이겠소. 이 아이는 세례를 받아야 하는데 이름 지어 줄 대부를 구할 수가 없네." 아내가 말했다. "우리는 다른 이름으로 세례를 받게 할 수 없네요. '우리 고슴도치 한스'라고 해요." 아이가 세례를 받자 아내가 말했다. "가시 때문에 제대로 된 침대에는 아이를 눕힐 수 없어." 그래서 난로 뒤에 짚을 가지런히 펴고 그 위에 '우리 고슴도치 한스'를 눕혔다. 아이는 어머니 젖도 먹을 수 없었다. 가시로 어머니를 찌를 테니까.

그는 난로 뒤에 팔 년을 누워 있었고, 아버지는 아이가 싫어져서 그저 죽어 버렸으면 했다. 그러나 죽지도 않고 마냥 거기 누워 있었다. 시내에 장이 서 농부가 장에 가려 했다. 그는 아내에게 뭘 사다 줄지 물었다. "집에 필요한 고기 조금과 둥근 빵 조금이요." 하고 아내가 대답했다. 그다음에 하녀에게 물었다. 하녀는 슬리퍼 한 켤레와 자수 장식 달린 양말을 원했다. 마지막으로 "'우리 고슴도치 한스'야, 넌 뭘 가지고 싶으냐?" 하고 물었다. "아버지." 하고 아이가 말했다. "풍적을 사다 주세요." 그리하여 농부가 다시 집에 돌아와 아내에게는 고기와 둥근 빵을, 하녀에게는 슬리퍼와 자수 장식 달린 양말을, 마지막으로 난로 뒤로 가서 '우리 고슴도치 한스'에게 풍적을 주었다. '우리 고슴도치 한스'는 풍적을 받자 말했다. "아버지, 대장장이에게 가서 제 수탉에게 편자를 박아 달라 하세요.

저는 그걸 타고 떠나 다시는 돌아오지 않을게요." 아버지는 그를 떨치는 게 기뻐서 그를 위해 수탉에게 편자를 박았다. 다 되자 '우리 고슴도치 한스'는 수탉을 타고 떠났는데 숲에서 치려고 돼지와 나귀들도 데리고 갔다. 숲속에서는 닭이 그와 함께 높은 나무 위로 날아 올라야 했다. 그곳에서 그는 여러 해 동안 나귀와 돼지들을 쳤고 마침내 가축 떼가 굉장히 불어났는데 아버지는 그의 소식을 전혀 몰랐다. 나무 위에 앉아 있을 동안 그는 풍적을 연주했는데 그 음악이 몹시 아름다웠다.

한번은 왕이 길을 잃고 헤매다 그 음악 소리를 들었다. 왕은 그걸 신기하게 여기고 음악이 어디서 오는지 한번 돌아보라고 신하를 보냈다. 신하가 돌아보니 나무 위에 앉

아 있는 작은 짐승 말고는 아무것도 보이지 않았다. 고슴도치가 그 위에 앉아 있는 수탉처럼 보였고, 그가 음악을 연주하고 있었다. 왕이 왜 그가 거기 앉아 있는지, 자기 왕국으로 가는 길을 아는지 물어보라고 신하에게 명했다. '우리 고슴도치 한스'는 나무에서 내려왔다. 그리고 왕이 궁에 돌아가면 왕궁 뜰에서 제일 먼저 그에게로 오는 것을 자기에게 주겠다고 약속하면 길을 알려 주겠다고 했다. 그러자 왕이 펜과 잉크를 들어 뭔가를 적었고, '우리 고슴도치 한스'가 길을 알려 줘서 왕은 무사히 집에 도착했다.

딸이 멀리에서 왕을 보자 어찌나 기쁨에 가득 찼는지 마주 달려와 그에게 입맞춤을 했다. 그러자 왕은 '우리 고슴도치 한스'가 생각났고, 딸에게 무슨 일이 있었는지 이야기해 주었다. 이상한 짐승에게 집에서 맨 먼저 만나는 것을 주기로 약속했는데 그 짐승은 말에 탄 듯 수탉을 타고 있으며 아름다운 음악을 연주한다고. 하지만 자신이 계약서를 썼어도 '우리 고슴도치 한스'가 그걸 읽을 줄 모르니 얻지 못한다고 했다. 공주는 기뻐하며 그거 잘한 일이라고 말했다. 절대로 자기는 가지 않을 테니까.

'우리 고슴도치 한스'는 나귀와 돼지를 쳤고, 늘 즐거웠으며 나무 위에 앉아 풍적을 불었다. 그러던 어느 날, 다른 왕이 신하와 시종들과 함께 지나다 길을 잃어 집으로 돌아갈 방법을 몰랐다. 숲이 참으로 넓었기 때문이다. 이 왕역시 아름다운 음악을 멀리서 듣고 시종에게 뭔지 살펴보라고 했다. 그러자 시종이 나무 밑으로 가서 수탉이 앉아 있고 '우리 고슴도치 한스'가 그 위에 있는 걸 보았다. 시종이 그에게 거기서 무얼 하느냐고 물었다. "내 나귀와 돼지들을 지키고 있어요. 당신이 바라는 건 뭔가요?" 시종은 길을 잃어 다시 왕국으로 돌아갈 수 없으니 길을 알려 달라고 했다. 그러자 '우리 고슴도치 한스'가 수탉과 함께 나무에서 내려와 늙은 왕에게 말했다. 왕이 성에서 처음 만나는 것을 주면 길을 가르쳐 주겠다고. 왕은 "그러겠다." 말하고 '우리 고슴도치 한스'가 그걸 갖도록 서명했다.

'우리 고슴도치 한스'가 왕에게 길을 알려 줘 왕은 무사히 왕국에 이르렀다. 왕이 왕궁 뜰에 도착했을 때 기쁨이 컸다. 그에게도 하나뿐인 참 예쁜 딸이 있었는데 그 딸이 그를 향해 달려와 목을 껴안고 입맞춤하며 늙은 아버지가 돌아온 것을 기뻐했다. 공주는 왕에게 세상 어디를 그렇게 오래 가 있었냐고 물었다. 그러자 왕이 이야기를 들려주었다. 길을 잃어 돌아오지 못할 뻔했으나 큰 숲을 지나다 절반은 고슴도치, 절반은 사람인 어떤 이가 수탉을 타고 높은 나무에 앉아 아름다운 음악을 연주했고 그가 길을 알려 줘서 떠날 수 있었다고. 다만 그 대가로 왕궁 뜰에서 제일 먼저 만나는 것을 주기로 약속했는데 그게 공주라고, 그래서 참으로 괴롭다고 말했다. 그러나 공주는 그가 오면 자기는 늙은 아버지를 위해 기꺼이 함께 가겠다고 했다.

'우리 고슴도치 한스'는 돼지들을 돌보았고, 돼지들이 다시 돼지를 낳아 돼지 수가 어찌나 많아졌는지 전체 숲이 가득 찼다. 그러자 '우리 고슴도치 한스'는 더 이상 숲 속에서 살지 않으려고 아버지에게 마을에 있는 모든 외양간을 비우라고 했다. 누구든 원하기만 하면 도살할 수 있을 만큼 많은 돼지 떼와 함께 가고 있었기 때문이다. 그 말을 들은 아버지는 침울했다. '우리 고슴도치 한스'가 오래 전에 죽었다고 생각했기 때문이다. 그러나 '우리 고슴도치 한스'는 수탉 위에 앉아 돼지 떼를 마을로 몰아 도살하게 했다. 휴! 돼지를 잡고 난도질하니 그 요란한 소리가 두 시간 거리 밖에서도 들렸다. 그 후 '우리 고슴도치 한스'가 말했다. "아버지, 수탉을 다시 한번 대장장이에게 데려가서 편자를 박아 주세요. 이제 저는 떠나서 평생 다시는 돌아오지 않겠습니다." 그러자 아버지가 수탉의 편자를 박아 주었고, '우리 고슴도치 한스'가 다시 돌아오지 않으려 해서 기뻐했다.

'우리 고슴도치 한스'는 집을 떠나 첫 번째 왕국으로 갔

다. 거기서는 왕의 명령이 내려져 있었다. 어떤 사람이 수탉을 타고 오는데 풍적을 가지고 있으면 성안으로 들어오지 못하게 모두 그를 향해 쏘고 때리고 찌르라고 했다. '우리 고슴도치 한스'가 말을 타고 오자 그들이 창검을 들고 그를 향해 몰려왔다. 그러나 그가 박차를 가하자 수탉이 날아올라 성문을 지나 왕의 창문 앞으로 가서 내려앉아 왕에게 외쳤다. 약속한 걸 달라고, 안 그러면 왕과 그 딸의 생명을 빼앗겠다고. 왕은 딸과 자신의 목숨을 구하기 위해 그와 함께 떠나라고 딸에게 말했다. 그러자 공주가 흰옷을 입었고, 어버지는 딸에게 여섯 필의 말이 끌고 신하들이 따르는 마차와 돈과 재산을 주었다.

공주가 마차에 탔고, '우리 고슴도치 한스'는 닭과 풍적을 가지고 그녀 옆에 앉아 작별을 하고 떠났다. 왕은 그들을 다시는 보지 못할 거라고 생각했다. 그러나 일은 왕의 생각과는 다르게 되었다. 그들이 도시를 조금 벗어났을 때 '우리 고슴도치 한스'가 아름다운 옷을 벗고 고슴도치 살 갗으로 그녀를 피투성이가 될 때까지 찌르며 말했다 "이 건 너희의 거짓에 대한 보답이다. 가거라. 나는 너를 원하 지 않아." 그러고는 공주를 집으로 쫓아 보냈고 그녀는 평 생을 두고 욕을 먹었다.

 '우리 고슴도치 한스'는 풍적을 가지고 수탉을 타고 그 가 길을 가르쳐 준 두 번째 왕에게 향했다. 그런데 이 왕 은 '우리 고슴도치 한스' 같은 누군가가 오면 거수경례 를 하고 그를 호위하여 만세를 부르며 성안으로 안내하라 고 했다. 공주가 그를 보니 참으로 이상하게 생겨서 놀랐 다. 그러나 아버지가 약속하신 것이니 마음을 바꿀 수 없 다고 생각했다. '우리 고슴도치 한스'는 그녀의 환영을 받 았고 그녀와 혼인했으며 함께 왕의 연회석으로 갔다. 그녀 가 그의 옆에 앉았고, 그들은 먹고 마셨다. 저녁이 되어 자 러 갈 때 공주는 그의 가시가 겁이 났다. 그러나 그가 말 했다. 두려워 말라고, 아무런 해도 없을 거라고. 그리고 늙 은 왕에게 사람을 네 명 부탁했다. 그들에게는 방문 앞을 지키며 큰 불을 피우고 그가 방으로 들어가 침대에 누워 고슴도치 가죽을 벗어 침대 앞에 두거든 잽싸게 뛰어 들 어와 그것을 불속에 던져 넣고 불에 다 탈 때까지 있으라고 명했다.

종이 11시를 치자 그가 방으로 들어가 고슴도치 가죽을 벗어 그것을 침대 앞에 놔두었다. 그러자 남자들이 와서 그걸 얼른 집어 불속에 던져 넣었다. 불길이 그걸 다 태우자 그는 구원되어 침대에 완전한 사람의 모습으로 누워 있었다. 그러나 불탄 듯 석탄처럼 새카맸다. 왕이 사람을 보내 의사를 불렀고, 의사가 그를 좋은 유약으로 씻기고 향유를 발라 주었다. 그러자 그가 하얘져서 아름다운 젊은 신사가 되었다. 공주는 그걸 보자 기뻤고, 다음 날 아침 두 사람은 기쁘게 일어나 먹고 마셨으며 혼인 잔치를 제대로 열었다. '우리 고슴도치 한스'는 늙은 왕으로부터 왕국을 받았다.

몇 년이 지나 그는 아내와 함께 아버지에게 가서 자기가 아들이라고 말했다. 그러나 아버지는 아들이 없다고,

다만 전에 있었는데 가시 달린 고슴도치로 태어나서 세상으로 가 버렸다고 말했다. 그러자 그가 자기 신분을 밝혔고, 늙은 아버지는 기뻐하며 함께 그의 왕국으로 갔다.

109

수의

어떤 어머니에게 일곱 살 난 사내아이가 있었는데 어찌나 예쁘고 사랑스러운지 누구든 그 애를 보면 잘해 주지 않을 수 없었다. 어머니 또한 세상 모든 것보다 아이를 사랑했다. 어느 날 아이가 갑자기 병이 나 하느님이 데려가 버렸다. 어머니는 위로받을 길이 없어 밤낮으로 울었다. 그런데 머지않아 아이가 매장된 후 밤에 그 아이가 살았을 때 앉았던 자리, 놀던 자리에서 모습을 나타냈다. 어머니는 울었고 그 애도 울었다. 아침이 오면 아이는 사라졌다.

어머니의 울음이 전혀 그치지 않던 어느 밤 아이가 왔

는데 관에 눕힐 때 입힌 하얀 수의 차림이었다. 머리에 화환을 쓴 아이가 침대 어머니 발치에 와 앉아 말했다. "아, 어머니, 울음을 그치세요. 안 그러면 제가 관 속에서 잠들 수가 없어요. 어머니 눈물로 제 수의가 마르지 않아서요. 어머니 눈물이 죄다 그 위에 떨어지거든요." 그 말을 듣자 어머니는 깜짝 놀라 더는 울지 않았다. 또 다른 밤에 아이가 다시 왔는데 손에 작은 촛불을 들고 말했다. "보세요, 이제 제 옷이 곧 말라요. 그러면 제가 무덤 속에서 평안해져요." 그러자 어머니는 하느님께 자기 괴로움을 맡기고 잠자코 참을성 있게 견뎌 냈다. 아이는 다시 오지 않았고, 그의 땅속 침대에서 잠자고 있었다.

수의

110

가시덤불 속의 유대인

옛날에 어떤 부자가 있었다. 그에게 머슴이 하나 있었는
데 부지런하고 정직하게 그를 섬겼다. 매일 아침 맨 먼저
잠자리에서 일어났고, 저녁에는 맨 마지막으로 잠자리에
들었으며, 아무도 손대려 하지 않는 힘든 일에 언제나 먼
저 나섰다. 불평하지 않았고 모든 것에 만족했으며 늘 유
쾌했다. 한 해가 지났을 때 주인은 임금을 주지 않으며 생
각했다. '이게 제일 똑똑한 거야. 이렇게 내가 좀 아끼지.
쟤는 나를 떠나지 않고 계속 섬길 거야.' 머슴은 잠잠히
말이 없었고, 두 번째 해에도 첫해처럼 할 일을 했다. 두 해
가 끝날 때 또다시 아무런 임금을 받지 못했고 싫은 내색

없이 그대로 있었다. 세 번째 해가 지났을 때 주인은 주저하며 주머니를 뒤졌으나 아무것도 꺼내지 않았다. 그러자 마침내 머슴이 입을 열었다. "주인 어르신, 저는 세 해를 정직하게 섬겼습니다. 부디 합당하게 제 몫을 주십시오. 저는 떠나서 세상을 더 돌아다니고 싶습니다." 그러자 그 인색한이 "그렇게 하지. 이보게, 자네는 꾸준히 내게 봉사했네. 그 대가로 넉넉한 임금을 주겠네." 하며 주머니를 뒤져 머슴에게 세 푼을 하나하나 헤아려 주었다. "여기, 한 해에 한 푼씩일세. 이건 넉넉하고 후한 임금이지, 다른 주인들에게서는 별로 받지 못할 만큼이라네." 돈을 잘 알지 못하는 착한 머슴은 자기 재산을 쓸어 담으며 생각했다. '이제 주머니가 가득하니 뭣 하러 근심하고 힘든 일로 자신을 괴롭히겠어.'

산 위로, 산 아래로, 마음껏 노래 부르고 뛰며 그는 떠났다. 그런데 이런 일이 있었다. 덤불숲 옆을 지나가는데 작은 난쟁이가 나와 그를 불렀다. "어딜 가나, 신명 있는 친구? 자네는 자기 근심을 무겁게 지고 있지 않군." "왜 내가 슬퍼해야 하지요?" 하고 머슴이 대답했다. "가진 게 충분하고, 삼 년 치 임금이 내 호주머니 속에서 쩔렁거리는데." "자네 보물이 대관절 얼마인가?" 하고 난쟁이가 물었다. "얼마냐고요? 현금으로 세 푼이지요. 제대로 헤아렸죠.” “들어 보게.” 하고 난쟁이가 말했다. “나는 궁핍하고 불쌍한 사람일세. 자네 세 푼을 내게 주게. 나는 이제 일을 못 해. 하지만 자네는 젊고 제 밥벌이는 할 수 있지 않나.” 착한 머슴은 난쟁이가 불쌍하게 느껴져서 그에게 세 푼을 건네주며 말했다. “신의 이름으로 내겐 부족함이 없을 거야.” 그러자 난쟁이가 말했다. “네 착한 마음이 보여 내가 세 가지 소원을 들어주지. 한 푼에 하나씩, 그 소원들이 이루어지게 해 주겠다.” “아하.” 하고 머슴이 말했다. “뻥을 칠 수 있는 사람이군요. 좋아요, 그렇다면 첫째로는 겨냥하는 뭐든 맞히는 새총을, 둘째로는 내가 켜면 그 소리를 듣는 모두가 춤을 춰야 하는 바이올린을, 셋째로는 내가 누군가에게 부탁하면 그가 그 부탁을 물리치지 못하게 하는 것을 주세요.” “그 모든 걸 갖게 해 줄게.” 하고 난쟁이가 말하며 덤불 속으로 손을 밀어 넣는데 웬걸, 거기 벌써 바이올린과 새총이 마치 주문이라도 해 놓은 듯 준비되어 있었다. 난쟁이는 그것들을 머슴에게 주며 말했다. “자네가 무얼 청하든 세상 그 누구도 그걸 물리치지 못할 거야.”

“마음아, 네가 이제 뭘 더 바라랴?” 하고 머슴은 혼잣말을 하며 신나게 계속 갔다. 그 후 머지않아 긴 염소수염을 기른 유대인을 만났는데, 그는 멈추어 서서 나무 꼭대기 높은 곳에 앉은 새의 노래에 귀 기울이고 있었다. "하느님의 기적이야!" 하고 그가 소리쳤다. "저렇게 작은 짐승이 저렇게 무섭도록 힘찬 목소리를 가졌다니! 저게 내 것이라면! 누가 저놈 좀 잡을 수 있었으면!" "별일 없으면……." 하고 머슴이 말했다. "새가 곧 떨어지게 하겠어요." 그러고는 조준해 정확히 맞추어 새가 가시나무 울타리 안으로 떨어졌다. "이보게, 가서……." 하고 유대인에게 말했다. "새를 꺼내게." "이런……." 하고 유대인이 말했다. "하느님이 저걸 치우면 개 한 마리가 오겠지. 새를 줍는 건 내가 해야지, 맞히는 건 자네가 했으니까." 그는 땅바닥에 엎드려 덤불 속을 기며 뒤지기 시작했다. 그런데 그가 가시덤불 한가운데 있을 때 '제멋대로'가 착한 머슴을 괴롭혀 바이올린을 켜기 시작했다. 유대인이 두 다리를 쳐들고 높이 뛰기 시작했다. 머슴이 오래 켜면 켤수록 그만큼 춤을 더 잘 추었다. 가시가 초라한 저고리를 짓찢었고, 염소수염을 빗질해 주었으며, 그의 온몸을 찌르고 쑤셨다. "이런……." 하고 유대인이 소리쳤다. "이 깽깽이 켜기가 날 어쩌려는 거야! 그만둬, 난 춤추고 싶지 않아." 그러나 머슴은 귀 기울이지 않고 '너는 사람들을 충분히 벗겨 먹었지. 한데 그런 건 가시울타리도 갚아 주진 못할 거야.' 생각하며 새롭게 켜기 시작해 유대인은 점점 더 높이 튀어 올라야 했고 그의 저고리 조각조각이 가시들에 걸렸다. "으아악!" 하고 유대인이 외쳤다. "원하는 것을 신사분께 드리겠습니다. 깽깽이 켜기만 그치면 금이 든 주머니를 통째로." "자네가 그렇게나 기부를 잘하는 사람인가." 하고 머슴이 말했다. "음악은 그치겠어. 하지만 나중에라도 기려 줘야겠다, 네가 춤을 너무 잘 추니 그게 하나의 예술이 되도록 말이야." 그러고서 그는 주머니를 집어서 갈 길을 갔다.

유대인은 멈추어 서서 머슴이 완전히 시야에서 사라질 때까지 잠자코 그의 뒷모습을 바라보다 있는 힘껏 소리를 질렀다. "이 가엾은 악사야, 이 술 먹은 악사야. 기다려, 내가 널 붙들기만 해 봐! 네 신발 바닥이 다 닳을 때까지 널 추적할 테야. 이 사기꾼, 아가리에 동전 한 푼을 처넣겠어, 네가 여섯 푼어치가 되도록." 그는 그저 터져 나오는 대로 계속 욕을 해 댔다. 조금 분이 풀리고 숨을 돌린 그는 도시의 판사에게로 달려갔다. "판사님, 아아악! 보십시오, 제가 대로에서 극악무도한 인간에게 털리고 욕을 봤습니다. 땅바닥의 돌이라도 불쌍해할 거예요. 옷은 짓찢겼고요! 몸은 있는 대로 찔리고 할퀴어졌습니다! 얼마 안 되는 재산은 주머니째 빼앗겼고요! 온통 금화였는데 한 개는 다른 것보다 더 멋졌고요. 맙소사, 그 인간을 감옥에 처넣으십시오." 유대인이 말했다. "그자가 대검은 가지지 않았습

212

니다만 총 한 자루를 등에 지고 바이올린을 목에 걸고 있습니다. 그 악당은 쉽게 알아볼 수 있어요."

판사는 그 사람을 쫓아 사람들을 보냈고, 사람들은 아주 천천히 가고 있던 그를 찾아냈다. 법정에 선 그가 말했다. "저는 유대인에게 손도 대지 않았고 그에게서 돈을 뺏지도 않았습니다. 그가 자발적으로 줬습니다. 제가 바이올린 켜는 걸 그치라고요. 그가 제 음악을 소화할 수 없었기 때문이지요." "하느님 맙소사!" 하고 유대인이 소리쳤다. "저자는 벽에 붙은 파리를 잡듯이 거짓말을 해요." 판사는 머슴의 말을 믿지 않고 "이건 신통찮은 변명이다. 유대인이 그러진 않아." 하며 착한 머슴에게 노상에서 강도짓을 저질렀다는 판결을 내려 교수형을 언도했다. 끌려 나가는 그를 향해 유대인이 소리쳤다. "이 곰 가죽 쓴 자야, 이 개 악사야, 이제 너는 받아 마땅한 대가를 받는구나."

머슴은 아주 침착하게 교수형 집행인과 함께 사다리에 올랐다. 그러나 마지막 계단에서 몸을 돌리고 판사에게 말했다. "죽기 전에 제 소원 한 가지만 허락하십시오." "그러마." 하고 판사가 말했다. "네 목숨을 청하는 게 아니라면." "목숨을 청하지 않습니다." 하고 머슴이 대답했다. "마지막으로 바이올린을 한번 켜게 해 주십시오." 유대인이 찢어지는 비명을 질렀다. "맙소사, 그건 허락하지 마세요, 그건 허락하지 마세요." 그러나 판사가 말했다.

"왜 그에게 잠깐의 기쁨을 주지 말란 말인가. 그건 그에게 용인되었다. 그것으로 그만이다." 판사는 머슴에게 부여된 재능 때문에라도 그 부탁을 물리칠 수 없었다. 그러나 유대인이 외쳤다. "으아악! 으아악! 저를 묶어 주세요, 단단히 묶어 주세요." 그때 착한 머슴이 목에 건 바이올린을 내려 바로 잡았다. 한번 쓰윽 켜자 판사, 서기, 법정 시종이 모두 흔들흔들 건들건들거리기 시작했다. 그리고 유대인을 단단히 묶으려던 손에서 동아줄이 떨어졌다. 두 번째로 쓰윽 켜자 모두가 다리를 들었고, 형리가 그 착한 머슴을 놓아주고는 춤출 준비를 마쳤다. 세 번째로 쓰윽 켜자 모두가 공중으로 뛰어올라 춤을 추기 시작했다.

판사와 유대인이 앞에 있었고 제일 잘 뛰었다. 곧 호기심에 장터로 나온 모두가 함께 춤을 추었다. 늙은이, 젊은이, 뚱뚱한 사람, 마른 사람이 한데 뒤섞여, 심지어 함께 온 개들도 뒷다리로만 서서 함께 경중경중 뛰었다. 그가 오래 연주하면 할수록 춤추는 사람들은 그만큼 더 높이 뛰어 서로 머리를 부딪치고 가련하게 비명을 터뜨렸다. 드디어 판사가 완전히 숨이 차서 외쳤다. "네 목숨을 살려주마, 켜기를 그치기만 해." 착한 머슴의 마음이 움직여 바이올린을 내려 다시 목에 걸고는 사다리를 내려왔다. 그가 땅바닥에 누워 헐떡이고 있는 유대인에게 다가가서 말했다. "이 녀석, 이제 실토해. 네 돈이 어디서 났는지, 아니

면 내가 바이올린을 목에서 내려 다시 연주를 시작하지."

"제가 훔쳤습니다. 제가 훔쳤어요." 하고 유대인이 소리쳤
다. "당신은 정직하게 받을 걸 받았고요." 그러자 판사가
유대인을 교수대에 데려가 도둑으로 목 매달게 했다.

111

배운 사냥꾼

옛날에 자물쇠 장인에게 일을 배운 젊은이가 있었다. 그는 아버지에게 이제 세상에 나가 자신을 시험해 보겠다고 말했다. "그러렴." 하고 아버지가 말했다. "그것 흡족하구나." 그러고는 그에게 여비를 조금 주었다. 그는 떠돌아다니며 일을 찾았다. 한동안 시간이 흐르자 그는 자물쇠 작업을 더 하고 싶지 않았다. 그 일이 그에게 어울리지 않았고, 이제 사냥을 하고 싶은 마음이 들었다. 그는 떠돌다가 초록색 옷을 입은 사냥꾼을 만나게 되었다. 사냥꾼이 어디서 오며 어디로 가는지 물었다. 청년은 자기는 자물쇠 장인의 견습생이지만 그 일이 마음에 들지 않고 사냥을 하고 싶다고 말했다. "저를 수련자로 받아 주지 않겠습니까?" "오 그러지, 자네가 나와 함께 가겠다면." 그리하여 청년은 사냥꾼 집에서 몇 년 곁방살이를 하며 사냥을 배웠다. 그 뒤 자신을 더 시험해 보려 했는데 사냥꾼이 임금으로 공기총 하나밖에 주지 않았다. 그러나 그 총은 한번 쏘면 틀림없이 맞히는 특성이 있었다.

그는 어떤 큰 숲으로 들어갔다. 하루를 걸어도 끝이 나오지 않았고, 저녁이 되자 그는 들짐승을 피하기 위해 높은 나무 위에 앉았다. 자정 무렵 멀리 작은 불빛이 희미하게 비치는 듯해 나뭇가지들 사이로 그 빛이 어디서 오는지 살폈다. 우선 모자를 벗어 빛을 향해 던졌다. 아래로 내려오면 그걸 표지 삼아 따라가려고 했다. 기어 내려와 모자를 다시 쓴 그는 똑바로 계속 걸었다. 갈수록 빛은 커졌고, 그가 가까이 가자 엄청난 불이 보였는데 거기에 거인 셋이 둘러앉아 황소 한 마리를 꼬챙이에 꿰어 굽고 있었다.

거인 하나가 "고기를 곧 먹어도 될지 맛 좀 봐야겠어." 하며 한 조각을 찢어 입에 넣으려고 했다. 그러자 사냥꾼이 그걸 쏘아 손에서 떨어뜨렸다. "이런, 바람이 불어 고기 조각을 떨어뜨렸군." 하며 거인이 다른 조각을 집었다. 그걸 막 베어 물려는 참에 사냥꾼이 또다시 쏘아 떨어뜨렸다. 그러자 거인이 옆에 앉아 있던 이의 뺨을 갈기며 화가 나 외쳤다. "왜 내 것을 채 가는 거야?" "난 채 가지 않았어." 하고 다른 거인이 말했다. "베어 물려는 걸 입 바로 앞에서 쏘아 떨어뜨리는 건 아주 능숙한 사수임에 틀림없어." 하며 그가 크게 소리쳤다. "이리 오게, 능숙한 사수. 불가에 와 앉아 배불리 먹게. 너에게 아무 짓도 하지 않을 거야. 하지만 네가 안 오면 우리가 완력으로 데려올 거야, 그럼 넌 망한 거고." 그러자 청년이 다가가며 말했다. 자기는 배운 사냥꾼이고, 자기 총으로 겨냥하는 건 확실하게 맞힌다고. 그러자 거인들이 말했다. "우리와 함께 가면 좋을 거야." 그리고 그에게 들려주기를 숲 앞에 큰 물이 있고 그 뒤에 탑이 하나 있는데 그 탑 속에 어여쁜 공주가 앉아 있어서 그들이 그 공주를 데려오려 한다고 했다. "아, 네." 하고 그가 말했다. "공주는 곧 데려올 거야." 하고 거인들이 말했다. "거기에는 또 작은 개 한 마리가 있는데 누가 다가가기만 하면 바로 짖어 대지. 바로 짖으며 왕궁 사람들을 모두 깨워. 그래서 우리가 들어갈 수 없는 거야. 그 개를 쏴 죽여 보겠어?" "그러죠." 하고 그가 말했다. "그런 거야 제게는 그저 작은 재미죠."

그는 배 위에 올라 물을 건넜고, 뭍에 닿자 작은 개가 달려와서 짖으려 했다. 그러자 그가 공기총으로 쏘아 죽였다. 거인들은 그걸 보자 기뻐하며 공주는 자기들이 벌써

확실히 얻었다고 생각했다. 그러나 사냥꾼은 일이 어떻게
된 건지 보려고 거인들에게 자기가 부를 때까지 밖에 있
으라고 말했다. 그러고는 성으로 들어갔는데 안은 쥐 죽
은 듯 고요했고 다들 자고 있었다. 그가 첫 번째 방문을 여
니 벽에 대검이 하나 걸렸는데 순은이었으며, 그 위에 금
별이 달렸고 왕의 이름이 적혀 있었다. 그 곁 탁자 위에는
봉인된 편지가 한 통 놓여 있었다. 그걸 뜯으니 써 있기를
이 대검을 가진 사람은 그의 앞으로 나오는 모두를 죽일

배운 사냥꾼

수 있다고 했다. 그는 그 칼을 벽에서 내려 차고는 계속 가 공주가 누워 잠자고 있는 방으로 들어갔다. 공주가 어찌 나 아름다운지 그는 잠잠히 서서 숨을 멈추고 바라보았 다. 그는 생각했다. '어떻게 내가 죄 없는 소녀를 거친 거 인들의 폭력에 내맡기겠어. 그들은 나쁜 뜻을 가지고 있 는데.'

그는 주변을 돌아보았다. 침대 아래 놓인 실내화는 왼 쪽에 아버지의 이름이 수놓이고 별이 하나 달렸으며, 오 른쪽에는 공주의 이름이 수놓이고 별이 하나 달려 있었 다. 공주는 커다란 목수건을 둘렀는데 비단에 금실이 수 놓여 있었다. 오른편에는 아버지의 이름이, 왼편에는 공주 의 이름이 모두 황금 글자로 적혀 있었다. 사냥꾼은 가위 를 집어 오른쪽 자락을 잘라 배낭에 넣었고, 왕의 이름이 적힌 오른쪽 실내화도 집어 배낭에 넣었다. 소녀는 여전히 누워 잠자고 있었는데 잠옷 속에 완전히 파묻혀 있었다. 그는 그 잠옷도 작게 한 조각 잘라 다른 것과 함께 넣어 두 었다. 모든 일을 그는 공주를 건드리지 않고 한 다음 공주 가 방해받지 않고 잠자게 두고 떠났다.

그가 다시 성문으로 왔을 때 거인들은 바깥에 서서 그 가 공주를 데려오길 기다리고 있었다. 그는 그들에게 소녀 가 이미 자기 손안에 있다며 들어오라고 외쳤다. 문을 열어 줄 수는 없지만 거인들이 기어 들어올 구멍이 하나 있다고 했다. 첫 번째 거인이 다가오자 사냥꾼은 거인의 머리채를 손에 둘둘 감아 머리를 끌어당겨 대검으로 단칼에 베어 버렸다. 그다음 두 번째 거인을 불렀고 마찬가지로 목을 잘랐고, 세 번째도 그렇게 했다. 그는 아름다운 소녀를 적들로부터 해방시킨 것을 기뻐하며 그들의 혀를 잘라 배낭에 넣었다. 그는 생각했다. '아버지에게 가서 내가 이미 한 일을 보여 드리겠어. 그다음에 세상을 돌아다니겠어. 신이 내려 주는 행운이 내게 와닿을 거야.'

성에 있던 왕이 잠에서 깨어 죽어 있는 세 거인을 보았다. 그는 딸의 침실로 가서 딸을 깨워 누가 다녀갔는지 물었다. 그 사람이 거인들을 죽였기 때문이다. 공주가 말했다. "아버지, 저는 모릅니다, 잠을 잤어요." 그런데 공주가 일어나서 실내화를 신으려 하자 오른쪽이 없어졌고, 목수건을 보자 잘려서 오른쪽 자락이 없었다. 잠옷을 보니 한 조각이 떨어져 나갔다. 왕은 온 궁정 사람들을 모이게 해 누가 공주를 구하고 거인을 죽였는지 물었다. 그러자 대위 하나가 나섰다. 애꾸눈에 못생긴 그는 자기가 했다고 했다. 그러자 늙은 왕이 그가 완수했다면 자기 딸과 결혼해야 한다고 말했다. 소녀가 말했다. "아버지, 저 사람과 결혼하느니 저는 차라리 세상으로 나가겠어요. 제 다리가 몸을 지탱하는 만큼 멀리요." 왕은 그와 결혼하지 않겠다면 공주 옷도 벗고 농부 옷을 입고 떠나라고 명했다.

공주는 도공에게 가서 옹기를 한 무더기 외상으로 받았다. 공주는 그걸 팔면 저녁에 돈을 갚겠다고 약속했다. 왕은 길모퉁이에 앉아 옹기를 팔아야 한다고 말했다. 그러고는 농부들에게 한복판으로 수레들을 달려 옹기 전부를 수천 조각으로 박살내라고 했다. 공주가 옹기들을 길거리에 펴자 마차들이 와서 짓부수어 모조리 사금파리가 되었다. 공주가 울음을 터뜨리며 말했다. "아, 하느님, 이제 어떻게 도공에게 돈을 갚나요." 왕은 그렇게 해서 공주를 대위와 억지로 결혼시키려고 했다.

공주는 도공에게 한 번만 더 외상으로 물건을 달라고 청했다. 도공은 안 된다며 앞의 것부터 지불하라고 했다. 그래서 그녀는 아버지에게 가서 탄식하며 말했다. "아버지, 저는 차라리 세상으로 나가겠어요." 그러자 왕이 말

했다. "너를 위해 숲속에 작은 집 한 채를 짓겠다. 그 안에 평생 앉아 누구를 위해서든 요리하거라. 그러나 돈을 받아서는 안 된다." 그 작은 집이 완성되고 문에 팻말이 걸렸는데 "오늘은 무료, 내일은 돈 내고."라고 적혀 있었다. 그녀는 오랫동안 그곳에 앉아 있었고, 세상에 이런 말이 돌았다. 숲속에 어떤 소녀가 앉아 있는데 공짜로 요리를 해 주고, 문 앞에 팻말이 적혀 있다고. 그 말을 들은 사냥꾼은 생각했다. '그건 나를 위한 것이야. 나는 가난하고 돈이 없지.'

사냥꾼은 공기총을 들고 성에서 징표로 가져온 모든 것이 들어 있는 배낭을 메고 숲으로 갔다. 이윽고 "오늘은 무료, 내일은 돈 내고."라는 팻말이 붙은 작은 집을 찾았다. 그는 거인 셋의 머리를 벤 대검을 차고 작은 집으로 들어가 뭔가 먹을 것을 달라고 했다. 소녀를 본 그는 몹시 기뻤다. 그녀가 그림처럼 아름다웠기 때문이다. 어디서 왔으며 어디로 가는지 그녀가 물었다. 그가 말했다. "나는 세상을 떠돌고 있다오." 그러자 그녀가 그 대검은 어디서 났느냐고 물었다. 아버지의 이름이 적혀 있었던 것이다. 그가 물었다. 혹시 왕의 딸이냐고. "네." 하고 그녀가 대답했다. "이 대검으로……." 하고 그가 말했다. "내가 거인 셋의 머리를 벴지요." 하고 징표로 그들의 혀를 배낭에서 꺼냈고, 실내화와 목수건 자락, 잠옷 조각도 보여 주었다. 그러자 그녀가 기쁨에 가득 차 말했다. "당신이 저를 구해 줄 분이고요."

그 후 두 사람은 함께 늙은 왕에게 가 왕을 오두막으로 데려왔다. 그녀는 왕을 방으로 인도하며 이 사냥꾼이 그녀를 거인들로부터 구해 준 사람이라고 말했다. 증거물들을 모두 본 왕도 더는 의심하지 않으며 말했다. "모든 일이 어떻게 벌어졌는지 알아야겠다. 그리고 사냥꾼이 이제 공주를 아내로 맞아야 한다." 그러자 소녀도 진심으로 기뻐했다. 그 후 사람들이 옷을 입혀 주었고 왕은 연회를 열었다.

그들이 식탁으로 갔을 때 대위가 공주 왼편에, 사냥꾼이 오른편에 앉았다. 대위는 낯선 신사가 방문하러 왔으려니 생각했다. 그들이 먹고 마시고 나자 늙은 왕이 대위에게 말했다. "내가 문제를 낼 테니 알아맞혀 보아라. 누가 거인 셋을 죽였다고 말했다. 그런데 그곳에 가 보니 거인들 머리에 혀가 없으면 어떻게 된 것이냐." 그러자 대위가 말했다. "그들은 혀가 없었습니다." "그렇지 않다." 하고 왕이 대답했다. "어떤 짐승이든 혀가 하나 있다." 그런 다음 물었다. "그에게 맞서는 사람은 무슨 값을 치러야 할까?" 대위가 대답했다. "그런 자는 토막토막 찢겨야 마땅합니다." 그러자 왕은 그가 스스로 판결을 내렸다고 말했고, 대위는 감옥에 갇힌 뒤 네 토막으로 찢겼다. 공주는 사냥꾼과 혼인했다. 그 후 그는 아버지 어머니를 모셔왔고 그들은 기쁘게 아들 곁에서 살았으며, 늙은 왕이 죽고 나서 사냥꾼이 왕국을 물려받았다.

112

하늘에서 온 도리깨

옛날에 어떤 농부가 황소 한 쌍을 몰고 밭을 갈러 나섰다. 밭에 왔을 때 두 마리 짐승에게서 뿔이 자라기 시작하더니 계속 커졌고, 집으로 가려 할 때는 어찌나 커졌는지 대문으로 함께 들어갈 수 없었다. 운이 좋게도 마침 푸주한이 와서 소를 맡기고 거래를 매듭지었는데 이런 식이었다. 농부는 푸주한에게 유채 씨 한 되를 주고, 푸주한은 씨앗 하나당 동전 하나씩 헤아려 농부에게 주기로 했다. '그러니까 내가 잘 판 거야!' 생각하며 농부는 집으로 가서 유채 씨앗 한 말을 등에 지고 왔다. 그러나 도중에 자루에서 작은 씨앗 하나를 잃었다. 푸주한은 값을 치렀고, 협상한 대로 맞게 끝났다. 만약 농부가 그 씨앗 하나를 잃어 버리지 않았더라면 그는 동전 하나를 더 가졌으리라.

한편 그가 다시 돌아서 길을 가는데 그 씨앗에서 나무 가 자라나 있었고 그 나무가 하늘까지 닿았다. 그래서 농 부는 생각했다. '기회가 지금 여기 있으니 넌 봐야 해, 천 사들이 저 위에서 뭘 하는지, 그들을 한번 두 눈으로 봐야 지.' 그래서 그는 올라갔다. 위에서는 천사들이 메귀리 타 작을 하고 있어서 그걸 구경했다. 그렇게 보고 있는데 자 기가 올라 서 있는 나무가 흔들리기 시작하는 걸 알아차 리고 내려다보니 누군가가 마침 나무를 베려는 게 보였다. '만약 내가 떨어지면 그건 고약한 일일 거야.' 생각하는데 급하다 보니 더 나은 자구책이 없어 거기 쌓여 있는 메귀 리 짚을 집어 새끼줄을 꼬았다. 그는 하늘 여기저기에 놓

하늘에서 온 도리깨

인 쇠스랑과 도리깨도 하나씩 집어 들고 밧줄에 매달려 내려왔다. 그런데 땅 위에서 마침 깊고 깊은 구멍 속으로 내려가게 되었다. 그가 쇠스랑을 가진 건 정말 행운이었다. 그는 그걸로 계단을 찍어 위로 올라갔고, 도리깨는 그가 하게 될 이야기를 누구도 의심하지 못하도록 징표로 가져갔다.

113

왕자와 공주[10]

옛날에 한 왕이 아들을 얻었다. 그 아이의 별자리에 적혀 있기를 열여섯 살이 되면 사슴 한 마리한테 죽을 거라는 것이었다. 아이가 자라났고 한번은 사냥꾼들과 함께 사냥을 갔다. 숲속에서 왕자는 일행과 떨어지게 되었다. 그런데 갑자기 커다란 사슴 한 마리가 보였고 사슴을 쏘려 했으나 맞힐 수 없었다. 사슴은 오래도록 왕자 앞을 달려가더니 마침내 숲을 완전히 벗어나 버렸다. 그러자 왕자 앞에 사슴 대신 느닷없이 키가 큰 커다란 사람이 서 있었

10 독일 북부 사투리인 파더보른어로 적힌 이야기다.

다. 그가 말했다. "이제, 좋아, 내가 너를 잡았어. 나는 여섯 켤레 유리 구두가 망가지도록 네 뒤를 쫓았지만 너를 잡을 수 없었지."

그는 왕자를 잡아 질질 끌고 큰 호수 하나를 지나 커다란 성으로 갔다. 거기서는 식탁에 함께 앉아 좀 먹어야 했고 먹고 나자 그가 말했다. "나에게 딸이 셋 있는데 너는 첫딸 곁에서 하룻밤을 깨어 파수를 봐야 한다. 밤 9시부터 아침 6시까지야. 내가 종이 칠 때마다 와서 부르겠어. 한 번이라도 대답하지 않으면 너는 아침에 죽어. 하지만 대답을 꼬박꼬박 하면 공주를 아내로 주겠다." 청년이 침실로 들어가 보니 거기에 크리스토프[11] 석상이 서 있었고, 공주가 그것에게 말했다. "우리 아버지가 9시에 오시고, 6시를 칠 때까지 시간마다 오셔. 아버지께서 묻거든 왕자 대신 네가 대답하거라." 그러자 석상이 얼른 고개를 끄덕였다. 그다음에는 점점 천천히, 고개가 마침내 다시 정지할 때까지.

다음 날 아침, 왕이 왕자에게 말했다. "네 일을 잘했다. 하지만 딸을 내줄 수는 없다. 또 하룻밤을 둘째 딸 곁에서

---

11 크리스토프(Christoph)라는 이름의 어원은 '그리스도를 지닌 자'이다.

깨어 파수를 봐야 한다. 그러면 네가 맏딸을 아내로 삼을 수 있는지 내가 다시 한번 곰곰 생각해 보겠다. 하지만 시간마다 내가 직접 갈 거야. 너를 부르거든 대답하거라. 대답하지 않으면 네 피가 흐르게 될 것이다." 그런 다음 두 사람은 침실로 갔다. 거기에는 더 커다란 돌 크리스토프가 서 있었고 그것에게 공주가 말했다. "아버지께서 묻거든 왕자 대신 네가 대답하거라." 그러자 커다란 크리스토프 석상이 얼른 고개를 끄덕였다. 그다음에는 점점 천천

왕자와 공주

231

히, 고개가 마침내 다시 정지할 때까지. 왕자는 문지방에 누워 팔베개를 하고 잠이 들었다.

다음 날 아침 왕이 말했다. "네 일을 잘했다. 그러나 내 딸을 아직 네게 줄 수 없다. 막내 공주 곁에서도 하룻밤을 깨어 파수를 봐야 한다. 그러면 네가 내 둘째 딸을 아내로 삼을 수 있는지 내가 잘 생각해 보겠다. 하지만 시간마다 내가 직접 가니 너를 부르거든 대답하거라. 대답하지 않으면 네 피가 흐르게 될 것이다."

그다음에 그들은 함께 막내 공주의 침실로 갔다. 그 안에는 키가 한층 더 큰 크리스토프가 있었다. 공주가 그것에게 말했다. "아버지께서 묻거든 왕자 대신 네가 대답해!" 커다랗고 키가 큰 크리스토프 석상이 아마 삼십 번은 고개를 끄덕였다, 고개가 다시 정지할 때까지. 그리고 왕자는 문지방에 누워 잠이 들었다.

다음 날 아침 왕이 말했다. "잘 지켰다. 그러나 내 딸을 아직 네게 주지 못하겠다. 저기 커다란 숲이 있는데 그 숲의 나무를 아침 6시부터 저녁 6시까지 다 베어야 한다. 그다음에 생각해 보겠다." 왕은 그에게 유리 도끼 하나, 유리 쐐기 하나, 유리 괭이 하나를 주었다. 그가 숲으로 가서 도끼로 한 번 찍었더니 도끼가 두 동강 나 버렸다. 그다음에는 쐐기를 놓고 쇠스랑으로 한 번 그 위를 치니 쇠스랑이 쪼개져 돌멩이처럼 짤막해졌다. 이제 죽어야 한다는 생각에 침울해진 그는 주저앉아 울었다. 점심때가 되자 왕이 말했다. "너희 중 하나는 그에게 먹을 걸 갖다줘야 한다." "싫어요." 하고 첫째와 둘째가 말했다. "그 사람한테 아무것도 갖다주지 않겠어요. 지난 밤에 그가 깨어 파수를 봐준 아이가 그에게 뭔가를 갖다줄 수 있지요." 그래서 막내가 그에게 먹을 걸 갖다주러 떠났다.

막내 공주는 숲으로 들어가 그에게 어떻게 지내느냐고 물었다. 잘 못 지낸다고 그가 말했다. 그러자 공주는 와서 뭘 좀 먹으라고 그랬다. 좋은 말도 많이 해 주고 한번 맛이라도 보라고 말했다. 드디어 그가 와서 조금 먹자 공주가 말했다. "다른 생각 좀 하도록 머리를 쓸어 주겠어요." 공주가 머리를 쓸어 주니 그는 피곤해져서 잠이 들었다. 그러자 공주가 손수건을 들어 매듭 하나를 묶고 그걸로 땅을 세 번 치며 말했다. "일꾼들아, 나와!" 즉시 많고 많은 땅난쟁이들이 나와서 공주에게 명령이 뭐냐고 물었다. 공주가 말했다. "세 시간 내에 큰 숲을 베어 목재를 켜켜이 쌓아야 한다!" 그러자 땅난쟁이들이 분주히 돌아다니며 일을 도우라고 일가친척 모두를 소집했다. 세 시간이 지나자 작업이 다 끝났고, 그들은 공주에게 돌아가 "명령하신 일을 다 했습니다." 하고 말했다. 그러자 공주가 흰 수건을 들며 말했다.

"일꾼들아, 집으로!" 그러자 모두 즉시 다시 사라졌다. 깨어난 왕자는 충심으로 기뻤다. 공주가 그에게 말했다. "6시를 치면 집으로 돌아오세요!" 왕자는 그 말을 따랐고, 왕이 물었다. "숲의 나무는 다 베었느냐?" "예." 하고 왕자가 말했다. 그런데 다들 식탁에 앉자 왕이 말했다. "아직도 내 딸을 아내로 줄 수 없다. 아내를 얻으려면 또 뭔가를 해야 한다." 그게 대관절 뭐냐고 왕자가 물었다. "나는 커다란 연못이 있는데……." 하고 왕이 말했다. "내일 거기로 가서 연못이 거울처럼 말갛게 되도록 진흙을 치워야 한다. 다만 온갖 물고기는 그 안에 그대로 있어야 한다."

다음 날 아침 왕은 유리 삽 하나를 주며 "6시 정각에는 연못이 완성되어 있어야 한다." 하고 말했다. 왕자는 갔고, 연못에 닿아 삽을 늪에 꽂았더니 삽이 부러졌다. 쇠스랑을 찔러 넣었더니 쇠스랑이 산산조각이 나 튀었다. 왕자는 다시 완전히 침울해졌다. 점심때 공주가 음식을 가져와서 어떻게 지냈느냐고 물었다. 그러자 왕자가 아주 잘 못 지낸다고, 아마 머리를 잃을 거라고 했다. "내 연장들이 또 산산조각이 났소." "오." 하고 공주가 말했다. "뭘 좀 드세요. 다른 생각이 다시 나도록." "아니." 하고 왕자가 말했다. "먹을 수 없소. 음식을 넘기기엔 너무나 슬프니까." 공주는 다시 좋은 말로 위로했다. 왕자가 마침내 와서 좀 먹자 공주가 다시 그의 머리를 쓸어 주었고, 왕자는 잠이 들었다. 공주는 손수건을 가지고 매듭 하나를 맺어 땅을 세 번 치며 말했다. "일꾼들아, 나와!" 그러자 금세 많고 많은 땅난쟁이들이 와서 뭘 원하느냐고 물었다. 공주가 원하는 바를 말하자 땅난쟁이들이 자기들을 돕도록 일가친척을 소집했다. 그리하여 두 시간 안에 모든 것이 완성되었다. 땅난쟁이들은 공주에게로 돌아가 "명령하신 일을 다 했습니다." 하고 말했다. 그러자 공주가 손수건을 들어 다시 땅을 세 번 치며 말했다. "일꾼들아, 집으로!" 그러자 모두 떠났다.

왕자가 잠에서 깨니 연못이 완성되어 있었다. 공주는 떠나며 6시가 되거든 돌아오라고 말했다. 그가 돌아오자 왕이 물었다. "연못을 완성했느냐?" "예." 하고 왕자가 말했다. 다들 식탁에 앉자 왕이 또 이러는 것이었다. "네가 연못을 완성하기는 했으나 아직 내 딸을 줄 수 없다. 우선 뭔가를 해야 한다." "대관절 뭡니까?" 하고 왕자가 물었다. 왕은 큰 산이 하나 있는데 그 산에 가시덤불이 많아 모두 베어야 한다고 했다. 또 그 위 산꼭대기에 큰 성을 한 채 지어야 하고, 그 성은 사람의 생각이 미칠 수 없을 만큼 아름다워야 하며, 모든 집기와 그 밖에 성에 있을 것이 죄다 그 안에 있어야 한다고 했다.

　다음 날 아침 왕자가 일어나니 왕이 6시 정각에 일을 끝내야 한다며 유리 도끼 하나와 유리 착공기 하나를 주었다. 왕자가 첫 가시덤불을 도끼로 치자 도끼가 부러져 몽땅해졌다. 조각조각들이 온 사방에 날렸으며, 착공기도 두 쪽이 났다. 왕자는 완전히 침울해져서 그녀가 와서 자기를 도와 고난에서 벗어나게 해 주기를 바랐다. 점심 무렵 공주가 왔고 먹을 것도 가져왔다. 왕자가 공주에게 모든 이야기를 들려주고 조금 먹었다. 그다음에 공주가 머리를 쓸어 줘 다시 잠이 들었다. 그러자 공주가 다시 손수건 매듭을 짓고 땅을 세 번 치며 말했다. "일꾼들아, 나와!" 다시 많은 땅난쟁이들이 와서 물었다. "뭘 원하십니까?" 공주가 말했다. "세 시간 안에 모든 가시덤불을 베어야 하고, 산 위 높은 곳에 성이 한 채 서 있어야 한다. 그 성은 세상 어떤 성보다 아름다워야 해." 땅난쟁이들은 일가친척을 불러 모아 돕게 했다. 시간이 되자 역시 모든 것이 완성되어 있었다. 땅난쟁들이 공주에게 고했고, 공주는 손수건을 집어 그걸로 땅을 세 번 치며 말했다. "일꾼들아, 집으로!" 그러자 모두 떠났다. 왕자는 잠에서 깨자 공중을 나는 새처럼 기뻐했다.

6시가 되자 왕자와 공주는 함께 집으로 갔고, 왕이 물었다. "성이 완성되었는가?" 왕자가 "예." 하고 대답했다. 다들 식탁에 앉자 왕이 또 이랬다. "두 언니가 혼인하기 전에는 내 막내딸을 내줄 수 없다." 그러자 왕자와 공주는 몹시 침울했고, 왕자는 이제 정말 어쩔 줄을 몰랐다. 밤이 오자 왕자는 공주와 함께 달아났다.

둘이 한참 갔을 때 공주가 돌아보니 뒤에 아버지가 보였다. "아." 하고 공주가 말했다. "우리 이제 어쩌나? 뒤에 아버지가 오시네, 우리를 따라잡으려고 하네. 내가 당신을 가시덤불로 변하게 하고 나는 장미로 변할게요. 덤불 한가운데서 나는 아마 안전하겠지요." 아버지가 그 자리에 오니 가시덤불이 있었고, 그 한가운데 장미 한 송이가 있었다. 왕이 장미를 꺾으려 했지만 가시가 손가락을 찔러서 왕은 다시 집으로 가야 했다. 왕비가 왜 아이들을 데려오지 않았냐고 물었다. 왕이 가시덤불과 장미 한 송이밖에 보지 못했다고 하니 왕비가 말했다. "장미를 꺾기만 했더라면 덤불이야 같이 왔을 텐데." 그래서 왕은 장미를 꺾으려 다시 떠났으나 두 사람은 벌써 벌판 너머로 가 있었다.

왕은 여전히 그들 뒤를 따랐다. 딸이 다시 돌아보니 아버지가 눈에 들어왔다. 딸이 말했다. "아, 우리 이제 어쩌나? 내가 당신을 교회로 변하게 할게요, 나는 신부가 되어 설교대에 서서 설교를 하고요." 그리하여 왕이 그 자리에 왔을 때 거기 교회가 있었고 신부가 설교대에서 설교하고 있었다. 왕은 설교를 듣고 집으로 가서 왕비에게 고했다. "신부를 데려왔어야죠." 하고 아내가 대답했다. "그러면 교회는 저절로 따라왔을 텐데. 당신을 보냈더니 이렇게 되네요. 이제 내가 직접 가야겠어요."

왕비가 한동안 길을 걸으니 멀리 두 사람이 보였다. 공주도 돌아보고 어머니가 오는 게 보여 말했다. "아아, 이제 어머니가 직접 오시네. 당신을 연못으로 변하게 하고 나는 물고기가 되겠어요." 어머니가 왔을 때 커다란 연못이 있고 한가운데서 물고기가 빙빙 돌며 머리를 물 밖으로 내미는데 아주 즐거워 보였다. 왕비는 화가 나 물고기

한 마리 잡겠다고 연못 물을 단숨에 마셔 버렸다. 그러자 속이 안 좋아져서 물을 몽땅 토해야 했다. "잘 알겠다. 여기서는 아무것도 대책이 못 되는구나!" 그리하여 왕비는 딸에게 호두 세 개를 주며 말했다. "이걸 가지고 있으면 어려울 때 도움이 될 거야." 그걸 받아 들고 젊은 둘은 다시 떠났다.

16킬로미터쯤 가니 성에 닿았다. 왕자의 성이었고, 가까이에 마을이 하나 있었다. 그 마을에 도착하자 왕자가 말했다. "여기 머물러요, 내 사랑, 내가 먼저 성으로 간 다음 마차와 하인들을 이끌고 와서 당신을 데려가겠어요." 왕자가 성안으로 들어가자 만인이 기뻐했다. 왕자가 신붓감이 지금 마을에 있는데 마차를 타고 가서 데려와야 한다고 말했다. 사람들이 즉시 말을 맸고, 많은 신하가 마차에 올랐다. 왕자가 말을 타려는데 어머니가 입을 맞추었다. 그 입맞춤은 그사이 있었던 모든 일을 잊게 하고 또 하려는 것을 전부 잊게 했다. 어머니가 다시 말을 풀고 모두 집으로 돌아가라고 명령했다.

한편 공주는 마을에 앉아 귀 기울이고 또 귀 기울였지만 아무도 오지 않았다. 공주는 물방앗간에 고용살이로 들어갔다. 그 물방앗간은 성의 것이었고, 거기서 공주는 매일 오후 물가에 앉아 그릇들을 씻었다. 한번은 성에서 왕비가 물가를 거닐다가 참한 아가씨가 앉아 있는 것을 보고 말했다. "참 참한 아가씨일세! 마음에 드는군!" 그러자 모두 그 아가씨를 자세히 보았지만 아무도 공주를 알아보지 못했다.

오랜 시간이 지났고, 처녀는 물방앗간 주인에게 충직하게 봉사했다. 그사이 왕비는 아들을 위한 여자를 찾았고, 아주 멀리에서 신부가 도착하자 곧바로 혼인하게 되었다. 잔치를 보려고 많은 사람이 모여들었다. 공주도 물방앗간 주인에게 교회에 가게 해 달라고 청했다. 물방앗간 주인이 "가 보거라." 했다. 공주는 떠나기 전에 가지고 있던 세 개의 호두 중 하나를 열었다. 그 안에 아름다운 드레스가 놓여 있었다. 그걸 입고 교회로 간 공주는 제단에 가까이 다가갔다. 신부와 신랑이 나란히 제단 앞에 앉았다. 신부가 신랑 신부를 축복하며 식을 진행하려는데 신부가 옆을 보다가 공주를 발견했다. 신부가 벌떡 일어나 저 숙녀처럼 예쁜 옷을 갖기 전에는 결혼식에 모습을 보이지 않겠다고 했다. 그래서 다들 집으로 돌아갔고 그 숙녀에게 그 옷을 팔지 않겠느냐고 물었다. "아니요, 팔지 않을 거예요. 하지만 받을 자격이 생길지도 모르죠. 신부라면 그럴 수도 있고요." 그러자 사람들이 공주에게 그것이 무슨 뜻인지 물었다. 공주가 말했다. "밤에 왕자의 방문 앞에서 자도

된다면 신부가 그 옷을 가질 수도 있지요." 신부가 "예!"
했다. 신하들은 왕자를 위해 잠드는 음료를 준비했다.

공주는 문 앞에 누워 울면서 왕자에게 밤새 이야기했
다. 자기가 왕자 대신 숲 전체를 베고 연못 흙을 쳐 내고
성을 짓게 했다고. 그다음 왕자를 가시덤불로 변하게 했

고, 두 번째는 교회로, 마지막에는 연못으로 변하게 했다고. 그러나 그가 그녀를 순식간에 잊고 말았다고. 하지만 잠든 왕자는 긴 사연을 하나도 듣지 못했다. 하인들만 잠에서 깨어 모든 사연을 들었으나 무슨 뜻인지 몰랐다. 다음 날 아침 일어나자 신부는 부럽던 그 옷을 입고 신랑과 함께 교회로 갔다.

한편 공주는 두 번째 호두를 열었는데 그 안에는 전날보다 더 아름다운 옷이 들어 있었다. 그 옷을 입고 공주는 교회로 가서 제단에 가까이 다가갔다. 모든 일이 지난번과 똑같았다. 공주는 왕자의 방문 앞에 누웠고, 하인들은 다시 수면 음료를 왕자에게 주어야 했다. 하지만 이번에 왕자가 마실 음료에는 수면제가 들어 있지 않았다. 물방앗간 하녀는 울며 자기가 무슨 일을 했는지 이야기했다. 그걸 왕자가 듣고 참으로 슬퍼했다. 갑자기 과거에 일어난 모든 일이 생각났다. 그녀에게 가려는데 어머니가 문을 잠가 놓았다.

다음 날 아침 왕자는 사랑하는 이에게 달려가 자기에게 있었던 모든 일을 이야기했고, 그가 오랫동안 그녀를 잊은 것에 화내지 말아 달라고 했다. 공주는 세 번째 호두를 열었고, 그 안에는 그저 생각이나 해 볼 뿐인 최고로 아름다운 옷이 들어 있었다. 그 옷을 입고 공주는 신랑과 함께 교회로 갔다. 많은 소녀들이 와서 꽃을 뿌려 주고, 발치에 형형색색 끈들을 늘어놓았으며, 축복받고 즐거운 결혼식을 올려 주었다. 그렇지만 나쁜 어머니와 신부는 떠나야 했다. 그리고 얼마 전에 그 이야기를 들려준 사람, 그의 입은 아직도 따뜻하다.

114

똑똑한 새끼 재단사

옛날에 어떤 공주가 아주 건방졌다. 구혼자가 오면 뭔가 맞히라는 과제를 주고, 그가 알아맞히지 못하면 비웃으며 쫓아냈다. 그러면서 자기가 낸 수수께끼를 푸는 사람과 혼인한다고, 원하는 사람은 오라고 알리게 했다. 마침내 재단사 세 명이 모였다. 그중 나이 많은 둘은 생각했다. 그 많은 섬세한 바느질을 하며 똑바로 콕콕 찔러 왔으니 이 일에서도 바늘로 콕 찌르듯 바로 맞힐 거라고. 셋째 재단사는 작고 쓸모없는 덜렁이였는데 아직 자기가 하는 일조차 제대로 이해하지 못했지만 거기에 분명 행운이 있을 거라고 생각했다. 달리 어디서 행운이 오겠는가. 다른 둘이 말했다. "집에 있어. 얼마 안 되는 네 이해력으로는 멀리 가지 못할 거야." 그러나 작은 재단사는 흔들리지 않으며 한번 생각한 것이니 자구책을 찾아 마치 온 세상이 그의 것인 양 거기로 가겠다고 말했다.

그리하여 셋 모두 공주에게 나서서 수수께끼를 내 보라고 했다. 제대로 된 사람들이 왔다고, 바늘귀에 실을 꿸 만큼 섬세한 이해력을 가지고 있다고 했다. 그러자 공주가 말했다. "나는 머리에 두 가지 머리카락이 있다. 그게 무슨 색일까?" "다른 말씀이 더 없으시다면……." 하고 첫째가 말했다. "검은색과 흰색일 겁니다. '검정깨와 소금'이라고 불리는 천처럼요." 공주가 말했다. "틀렸다, 둘째가 답하거라." 그러자 둘째가 말했다. "검은색과 흰색이 아니라면 갈색과 빨간색입니다. 제 아버지의 외출복처럼요." "틀렸다." 하고 공주가 말했다. "셋째가 대답하거라. 보아하니 그는 확실하게 아는구나." 그러자 작은 재단사가 대담하게 앞으로 나서서 말했다. "하느님은 머리에 은빛과 금빛 머리카락이 있습니다. 그게 두 가지 다른 색입니다." 공주가 그 말을 듣자 창백해지며 놀라 쓰러질 뻔했다. 작은 재단사가 맞혔기 때문이었다. 공주는 세상 누구도 알아내지 못할 거라고 굳게 믿었다.

다시 마음이 진정되자 공주가 말했다. "네가 나를 얻겠다면 한 가지 더 해야 한다. 저 아래 외양간에 곰이 한 마리 있는데 그 곁에서 하룻밤을 보내거라. 내일 아침 내가 일어났을 때 네가 아직 살아 있으면 결혼하겠다." 공주는 그 말로 작은 재단사를 떨치려 했다. 그 곰은 지금껏 억센 앞발 밑으로 들어온 어떤 인간도 살려 두지 않았기 때문 이다. 작은 재단사는 겁먹지 않고 아주 흡족해하며 말했 다. "힘차게 과감하게 용기 내면 절반은 이긴 거죠."

저녁이 오자 우리의 작은 재단사는 곰에게 보내졌다. 곰 역시 곧바로 작은 녀석을 향해 달려들며 억센 앞발로 그를 환영했다. "살살, 살살." 하고 작은 재단사가 말했다. "내 가 곧 너를 조용히 시키겠어." 그러면서 그는 아주 느긋이 마치 아무 근심이 없는 듯 주머니에서 외국 품종 호두를 꺼내 깨물어 열고는 알맹이를 먹었다. 곰이 그걸 보자 자기 도 먹을 마음이 나 호두를 가지려 했다. 작은 재단사는 주 머니를 뒤져 한 줌 가득 건넸는데 그것은 호두가 아니라 큰 돌멩이들이었다. 곰은 그것들을 입에 넣었으나 아무리 힘껏 깨물어도 깰 수 없었다. '이런, 멍청하긴! 호두조차 깨물어 열지 못하다니.' 생각하며 곰이 작은 재단사에게 말했다. "이런, 이 호두들 좀 깨물어서 깨 줘." "이제 네가 어떤 녀석인지 좀 봐." 하고 작은 재단사가 말했다. "그렇 게 큰 입을 가졌으면서 작은 호두도 깨물어 열지 못하네." 그러면서 돌멩이들을 집고 잽싸게 그 대신 호두 하나를 입에 넣어 우드득 씹었고, 호두는 두 쪽이 났다. "나도 다시 한번 시험해 봐야겠어." 곰이 말했다. "네가 하는 걸 보면 나도 할 수 있어." 그러자 작은 재단사가 곰에게 또다시 큰 돌멩이들을 주었고, 곰은 있는 힘을 다해 깨물었다. 그러나 곰이 돌멩이들을 깰 거라고 너도 믿지 않겠지.

그 일이 지나가자 작은 재단사는 저고리 밑에서 바이올린을 꺼내어 연주했다. 곰이 음악을 듣고 가만있을 수가 없

똑똑한 새끼 재단사

어 춤을 추기 시작했다. 한동안 춤을 추자 곰은 그게 참 마음에 들어 재단사에게 말했다. "들어 봐, 그 바이올린 켜는 것 어려워?" "애들 장난이지, 왼손으로 손가락을 위에 놓고 오른손으로 활로 쓰윽 쓸잖아, 그럼 신이 나, 띠리링띠릴 릴이잉!" "그럼 바이올린 켜기." 하고 곰이 말했다. "그것, 나도 알고 싶어. 흥이 날 때마다 춤출 수 있잖아. 어떻게 생각해? 내게 가르쳐 주겠어?" "기꺼이." 하고 작은 재단사가 말했다. "너에게 그럴 재능이 있다면 말야. 하지만 네 앞발을 한번 봐야겠어. 엄청 길잖아, 발톱을 조금 잘라야겠어." 그러면서 나사 죔틀을 가져왔고 곰은 앞발을 그 위에 놓았다. 재단사는 단단히 나사를 죄며 "이제 기다려, 내가 가위를 가져올 때까지." 하고는 곰이 실컷 툴툴거리게 놔두고 구석의 짚단 위에 누워 잠이 들었다.

공주는 저녁에 곰이 참으로 요란하게 툴툴거리는 소리를 듣자 기뻐서 툴툴거리는 거라고, 재단사를 결단 낸 거라고 생각했다. 아침에 공주는 아무 근심 없이 흡족해서 일어났다. 그러나 외양간을 들여다보니 작은 재단사가 아주 명랑하게 그 앞에 서 있는데 물속의 물고기처럼 건강했다. 공주는 한마디도 못했는데 자기가 공공연하게 약속했기 때문이다. 왕이 마차 한 대를 불렀고, 공주는 작은 재단사와 함께 타고 교회로 가서 결혼해야 했다.

작은 재단사의 행복을 그냥 두고 보지 못한 다른 두 재단사들이 외양간으로 들어가서 곰을 죈 나사를 풀어 주었다. 곰은 화가 잔뜩 나서 마차를 뒤따라 달렸다. 공주는 곰이 헐떡이고 투덜거리는 소리를 듣고 겁이 나서 외쳤다. "아, 곰이 우리 뒤에 있어, 널 데려가려 해." 작은 재단사는 아무렇지 않았다. 물구나무를 서서 두 다리를 마차 창밖으로 뻗으며 외쳤다. "나사 죔틀 보이지? 가지 않으면 다시 여기에 집어넣겠어." 그걸 보자 곰이 몸을 돌려 달아났다. 작은 재단사는 느긋이 교회로 갔고, 공주는 그의 손에 넘겨졌으니 그는 그녀와 더불어 들종달새처럼 즐겁게 살았다. 이걸 믿지 못하는 사람은 1탈러를 내야 해.

똑똑한 새끼 재단사

115

밝은 해가 백일하에 드러내다

재단사 도제가 수공일을 해 가며 세상을 떠돌았는데 한
번은 일거리를 찾을 수가 없었고 가난이 어찌나 심해졌는
지 입에 풀칠할 돈 한 푼 없었다. 그는 길에서 유대인을 만
났는데 '유대인은 돈을 많이 가지고 다니지.' 하고 생각
하다 양심이 그만 가슴에서 밀려 나가 유대인에게 덤벼들
며 말했다. "돈 내놔, 안 그러면 때려죽일 테다." 그러자 유
대인이 말했다. "목숨만 살려 주세요, 제가 돈은 없지만,
8파딩밖에 없지만요." 재단사는 "너 돈 있잖아, 그것 내
놔." 하며 그를 거의 죽을 지경까지 팼다. 유대인은 죽을
듯하자 "밝은 해가 이걸 백일하에 드러낼 것이다!"라는

마지막 말을 하고 곧 죽었다. 재단사 도제는 유대인의 주머니를 뒤졌으나 그가 말한 대로 8파딩밖에는 찾지 못했다. 그러자 그는 유대인을 움켜잡아 덤불숲 뒤로 들어다 놓고 일거리를 찾아 계속 갔다. 오래 돌아다닌 끝에 어떤 도시의 명장 집에서 일하게 되었는데 그에게는 예쁜 딸이 하나 있었다. 그는 딸과 사랑에 빠져 결혼을 하고 만족스런 결혼 생활을 했다.

오래 지나 아이가 이미 둘이었을 때 장인과 장모는 죽고 젊은 사람들만 가정을 꾸리고 있었다. 어느 아침 남편이 창가 테이블에 앉아 있는데 아내가 커피를 가져다주었다. 그가 커피를 따르다 찻잔 받침으로 흘러넘쳐 그걸 막 마시려던 참에 찻잔에 내린 햇빛이 벽으로 되비쳐 벽 위쪽에 이리저리 어른거리는 빛 고리들을 만들었다. 그러자 재단사가 쳐다보며 말했다. "그래, 햇빛이 그걸 백일하에 드러내려 하는데 그러지를 못하는구나!" 아내가 말했다. "아이, 여보, 그게 대체 뭔데요? 무슨 말이에요?" 그가 대답했다. "그걸 당신에게 말하면 안 돼." 그러나 아내는 "당신이 나를 좋아한다면 내게 그 말을 해야 해요." 하고 세상 최고 좋은 말들을 늘어놓으면서 어떤 사람도 그 이야길 결코 전해 듣지 않게 하겠다고 졸라 댔다. 그러자 그가 이야기를 들려주었다. 여러 해 전 자기가 어떻게 방

밝은 해가 백일하에 드러내다

랑 중에 돈이라곤 한 푼 없이 완전히 거덜이 나서 유대인을 때려죽였는지, 그리고 어떻게 그 유대인이 마지막에 겁에 질려 "밝은 해가 이걸 백일하에 드러낼 것이다."라고 말했는지. 햇빛이 그걸 백일하에 드러내려는 것 같고, 벽에 어른거리며 빛 고리를 만든 것 같은데 드러내지는 못하는 것 같다고. 말을 끝낸 후 그는 아내에게 특별히 당부했다. 이 일을 누구에게도 발설하지 말라고, 안 그러면 자기가 죽는다고. 그녀도 약속했다. 그러나 그가 일하려고 앉았을 때 아내는 대모에게 가서 그 이야기를 털어놓았다. 아무에게도 그 이야기를 전해서는 안 된다며. 사흘이 지나기도 전에 온 도시가 그걸 알았고, 재단사는 법정에 서게 되어 심판을 받았다. 그렇게 밝은 해는 그걸 백일하에 드러냈다.

116

푸른 등불

옛날에 어떤 군인이 있었는데 여러 해 충직하게 왕을 섬겼다. 전쟁이 끝나고 그 군인이 많은 상처 때문에 더 이상 봉사하지 못하게 되자 왕이 말했다. "너는 집으로 가도 좋다. 이제 네가 필요하지 않고 돈은 더 받지 못한다. 급료란 그만한 봉사를 해 주는 사람만 받기 때문이다." 그러자 군인은 무엇으로 연명해야 할지 몰랐다. 근심에 차서 그는 떠났고, 종일 걸어 마침내 저녁에 어떤 숲속으로 들어갔다. 어둠이 내릴 때 그는 한 점 빛을 보았고, 그 빛으로 다가가 어떤 집에 다다랐다. 그 집에는 마녀가 살고 있었다. "하룻밤 잠자리와 먹고 마실 걸 조금 주십시오." 하고 그

가 마녀에게 말했다. "배고프고 목말라 죽겠습니다." "오호!" 하고 마녀가 대답했다. "길 잃은 군인에게 누가 뭘 주겠나? 하지만 나는 온정이 있어서 너를 받아들이겠다. 내가 요구하는 것을 네가 한다면." "뭘 원하는데요?" 하고 군인이 물었다. "내일 뜰 주위에 구덩이를 파 주거라." 군인은 동의하고 다음 날 온 힘을 다해 일했으나 저녁 전에 완성할 수 없었다. "보아하니……." 하고 마녀가 말했다. "오늘은 일을 더 할 수 없겠다. 하룻밤 더 머물게 해 줄 테니 대신 내일은 장작 한 마차를 잘게 패거라." 그러느라 하루가 걸렸고, 저녁에 마녀는 그에게 또 하룻밤 머물라고 제안했다. "내일은 별것 아닌 일만 하면 된다. 집 뒤 물이 마른 오래된 우물 안으로 내 등불이 떨어졌다. 파랗게 타고 있고 꺼지지 않는데 네가 그걸 다시 꺼내 줘야겠다."

다음 날 할멈은 그를 우물로 데려가서 바구니에 담아 우물 속으로 내려보냈다. 그는 푸른 등불을 찾고 다시 올라가겠다는 신호를 보냈다. 마녀는 그를 위로 끌어 올렸다. 그러나 그가 가장자리 가까이 오자 마녀가 손을 내밀어 그에게서 푸른 등불을 빼앗으려 했다. "안 돼요." 하고 그가 마녀의 나쁜 생각을 알아차리고 말했다. "등불은 내가 땅에 두 발을 디디기 전에는 안 드려요." 그러자 마녀는 화가 나 그를 다시 우물 속으로 떨어뜨리고 떠나 버렸다.

가엾은 군인은 떨어져서 다치지 않고 축축한 바닥에 닿았고 푸른 등불은 계속 타올랐다. 그러나 그게 무슨 도움이 되겠는가? 그는 자기가 죽음을 향해 가지 않으리라는 것만 잘 알고 있었다. 한동안 그는 아주 슬프게 앉아 있었다. 그러다 우연히 호주머니를 뒤져 담배 파이프를 찾았는데 절반쯤 담배가 채워져 있었다. '이것이 내 마지막 즐거움이겠구나.' 생각한 그는 파이프를 꺼내 푸른 등불에 대어 불을 붙이고 담배를 피우기 시작했다. 연기가 위로 이리저리 오르는데 그 앞에 갑자기 작고 검은 난쟁이 하나가 서서 물었다. "주인님, 무슨 명령을 내리실 건가요?"

"내가 뭘 명령해야 하지?" 하고 군인이 완전히 어리둥절해져서 대꾸했다. "저는 뭐든 다 합니다." 하고 난쟁이가 말했다. "주인님이 원하시는 건요." "좋아." 하고 군인이 말했다. "그렇다면 우선 나를 우물에서 나가게 해 다오."

난쟁이는 손을 잡고 어떤 지하 통로로 그를 인도했고 그는 푸른 등불을 들고 오는 걸 잊지 않았다. 난쟁이는 가는 도중에 마녀가 숨겨 놓은 보물들을 그에게 알려 주었고, 군인은 자기가 나를 수 있는 만큼 황금을 챙겼다. 땅위로 오자 그가 난쟁이에게 말했다. "이제 가서 늙은 마녀를 묶어 법정으로 인도해." 오래지 않아 마녀가 야생 고양이를 타고 끔찍한 고함을 지르며 바람처럼 빠르게 지나갔고, 또다시 오래 지나지 않아 난쟁이가 돌아와 "모든 것이 처리되었습니다." 했다. "마녀는 이미 교수대에 매달려 있습니다. 주인님, 뭘 더 명령하시겠습니까?" 하고 난쟁이가 물었다. "이 순간에는 아무것도 없다." 하고 군인이 대답했다. "집으로 돌아가도 돼. 내가 부르거든 곧장 오거라." "아무것도 더 필요 없습니다." 하고 난쟁이가 말했다. "파이프를 푸른 등불에 대고 불을 붙이는 것밖에는요. 그러면 제가 금방 앞에 서 있을 겁니다." 그런 다음 난쟁이는 그의 눈앞에서 사라졌다.

군인은 도시로 돌아갔다. 최고급 여관에 들어가 멋진 옷을 만들게 했으며, 주인에게 한껏 호사스럽게 방을 마련해 달라고 주문했다. 방이 준비되자 군인은 검은 작은 사람을 불러 말했다. "나는 충직하게 왕을 섬겼다. 그러나 왕은 나를 쫓아내서 굶주리게 했다. 그걸 이제 갚아 주겠어." "뭘 하시려는데요?" 하고 난쟁이가 물었다. "늦은 밤 왕의 딸이 침대에 누워 있으면 그녀를 잠든 채로 데려오거라. 내 집에서 하녀로 일하게 하겠다." 난쟁이가 "그런 건 쉬운 일입니다만 주인님에게는 위험한 일입니다. 일이 밝혀지면 안 좋을 겁니다." 하고 말했다.

12시가 되자 문이 홱 열리더니 난쟁이가 공주를 데리고 왔다. "아하, 너냐?" 하고 군인이 외쳤다. "힘차게 일을 시작하거라! 가서 빗자루를 들고 와서 방을 쓸거라." 공주가 일을 다 하자 그는 소파로 오게 해 그녀를 향해 두 다리를 뻗으며 말했다. "내 장화를 벗기거라." 그가 장화를 공주의 얼굴로 던졌고 공주는 그걸 집어 반짝반짝하게 닦았다. 공주는 그가 명령하는 모든 일을 말없이 눈을 절반

푸른 등불

쯤 감고 거역하지 않고 다 했다. 첫닭이 울 때 난쟁이는 그녀를 다시 궁전으로 데려가 그녀의 침대에 내려놓았다.

다음 날 아침 공주는 일어나 아버지에게 가서 이상한 꿈을 꾸었다고 말했다. "제가 길들을 지나 어떤 군인의 방으로 번개같이 실려갔어요. 저는 하녀로서 봉사하고, 시중을 들고, 온갖 천한 일을 해야 했어요. 방을 쓸고 장화를 닦고요. 그건 꿈일 뿐이었어요. 하지만 저는 정말 그 일을 다 한 것처럼 피곤해요." "꿈이 사실일 수도 있지." 하고 왕이 말했다. "한 가지 충고를 하마. 주머니에 완두콩을 가득 채우고 주머니에 작은 구멍을 내거라. 누군가 너를 다시 데려가면 완두콩들이 떨어져 길에 자취를 남길 게다." 왕이 그렇게 말할 때 난쟁이가 보이지 않게 곁에 있어서 모든 것을 들었다. 밤에 난쟁이가 다시 많은 길을 지나 잠든 공주를 데려올 때 콩이 하나씩 주머니에서 떨어지기는 했지만 자취를 남기지는 못했다. 꾀 많은 난쟁이가 그보다 앞서 모든 길에 완두콩을 뿌려 두었기 때문이다. 공주는 다시 닭이 울 때까지 하녀로 일해야 했다.

다음 날 왕은 자취를 찾으러 신하들을 내보냈으나 허사였다. 모든 길에서 가난한 아이들이 콩을 주우며 말했기 때문이다. "간밤에 완두콩 비가 내렸어." "뭔가 다른 것을 생각해 내야겠다.” 하고 왕이 말했다. “침대에 누울 때 신을 그대로 신고 있다가 네가 그곳에서 돌아오기 전에 한 짝을 숨기거라. 내가 그것을 찾아내겠다.” 검은 난쟁이가 그 제안을 들었고, 군인이 저녁에 공주를 다시 데려오라고 하자 그러지 말라고 권하며 이 꾀에 맞설 방도를 모르겠다고 했다. 신발이 발견되면 그의 형편이 좋지 않을 수 있다고. “내 말대로 해.” 하고 군인이 말했고, 공주는 세 번째 밤에도 하녀처럼 일해야 했다. 하지만 공주는 다시 옮겨지기 전에 신발 한 짝을 침대 밑에 감추었다.

다음 날 아침 왕은 도시 전체에서 딸의 신발을 수색하게 했다. 구두는 군인의 방에서 발견되었고, 군인은 난쟁이에게 청해 밖으로 달아났으나 곧 따라잡혀 감옥에 갇혔다. 그는 도망치며 그의 최상의 것, 즉 푸른 등불과 황금을 잊었고, 호주머니에는 금화 한 잎뿐이었다. 그는 사슬에 묶인 채 감옥 창가에 서 있다가 동료 하나가 지나가는 것을 보았다. 그가 창문을 두드렸고, 그 친구가 가까이 오자 말했다. “부디, 내가 여관에 놔둔 작은 보퉁이 좀 가져다주겠나. 그 대가로 금화 한 잎을 주겠네.” 친구는 달려가서 원하던 것을 가져다주었다. 다시 혼자 있게 되자 군인이 파이프에 불을 붙여 검은 난쟁이를 불러 냈다. “두려워 마세요.” 하고 난쟁이가 주인에게 말했다. “주인님을

어디로 데려가든 모든 것을 되는 대로 두고 푸른 등불만
가지고 가세요.”

　다음 날 아침 군인에 대한 재판이 열렸다. 그가 아무런
나쁜 짓을 하지 않았건만 판사는 사형 선고를 내렸다. 바
깥으로 인도될 때 그는 왕에게 마지막 자비를 청했다. “무
얼 원하나?” 하고 왕이 물었다. “가는 길에 파이프를 한
대 태우게 해 주십시오.” “한 대 피울 수 있다.” 하고 왕
이 대답했다. “그러나 내가 목숨을 살려 준다고 믿진 말거
라.” 그러자 군인이 파이프를 꺼내어 푸른 등불에 대고 불
을 붙였고, 연기 동그라미가 몇 개 솟자 벌써 난쟁이가 거
기 서서 작은 곤봉을 손에 들고 말했다. “무엇을 명령하십
니까, 주인님?” “저기 거짓된 판사와 추적자들을 땅바닥
에 때려눕히고, 왕도 아껴 주지 말거라. 나를 참으로 고약

하게 대했다." 난쟁이가 번개처럼 가로세로 이리저리 날쌔게 달렸고, 그의 곤봉으로 건드리기만 하면 사람이 쓰러져 더 이상 꼼짝할 엄두를 못 냈다. 왕은 겁이 나서 성심껏 빌었고, 목숨을 지키기 위해 군인에게 나라를 주고 딸을 아내로 주었다.

117

고집 센 아이

옛날에 어떤 아이가 고집이 세어 어머니가 하길 바라는 건 절대 하지 않았다. 그래서 하느님도 아무런 호의가 없어서 아이를 아프게 했고, 어떤 의사도 그를 도울 수 없어서 오래지 않아 죽음을 맞게 되었다. 그런데 아이가 무덤 속으로 내려지고 흙이 그 위를 덮었을 때 작은 팔이 불쑥 다시 나와 위를 향해 손을 뻗었다. 사람들이 그걸 집어넣고 새 흙을 덮었는데 아무런 소용이 없었다. 작은 팔은 자꾸자꾸 튀어나왔다. 그리하여 어머니가 직접 무덤으로 가서 회초리로 팔을 쳐야 했다. 어머니가 그렇게 하자 팔이 들어갔고, 아이는 제대로 흙 밑에서 쉬게 되었다.

고집 센 아이

세 명의 야전 외과의

배울 기술은 다 배웠다고 생각하는 야전 외과의 셋이 세상을 돌아다니다가 어느 여관에서 하룻밤 묵게 되었다. 여관 주인이 물었다. "어디서 왔으며 어디로 가려는 거요?" "우리의 기술을 쓰려고 세상을 돌아다니고 있죠." "당신들이 할 수 있는 것을 한번 보여 줘요." 하고 여관 주인이 말했다. 그러자 첫째가 자기 손을 잘라 다음 날 아침 일찍 다시 붙여 놓겠다고 했다. 둘째가 자기 심장을 꺼냈다가 다음 날 아침 일찍 다시 붙여 놓겠다고 했다. 셋째가 자기 눈알을 빼냈다가 다음 날 아침 일찍 다시 집어넣겠다고 했다. "당신들이 그런 걸 할 수 있으면……." 하고 여관 주인이 말했다. "배울 걸 다 배운 거지."

그들에겐 연고도 있었는데 그 연고를 발라 주면 어디든 아물어 붙었다. 이 연고가 든 작은 병을 그들은 늘 지니고 다녔다. 그들은 손, 심장, 눈을 말한 대로 몸에서 잘라 접시 하나에 모아 여관 주인에게 주었다. 여관 주인은 그걸 하녀에게 주었고, 하녀는 그걸 찬장에 넣어 잘 간수했다. 하녀에게는 남모르는 애인이 있었는데 군인이었다. 여관 주인과 세 야전 외과의와 집 안 모든 사람이 자고 있을 때 군인이 와서 먹을 걸 원했다. 하녀가 찬장을 열어 그를 위해 뭔가 꺼냈는데, 사랑이 커서 찬장 문 닫는 걸 잊고 식탁에 앉은 연인에게로 가 앉아 수다를 떨었다. 아가씨가 그렇게 즐겁게 앉아 불행은 생각지도 않는 동안 고양이가 살금살금 들어와 찬장이 열린 걸 보고 세 야전 외과의의 손, 심장, 두 눈을 가지고 나가 버렸다.

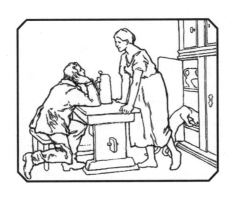

세 명의 야전 외과의

군인이 식사를 마치자 하녀가 식기를 치우고 찬장을 닫으려다 주인이 간수해 두라고 준 접시가 빈 것을 보았다. 깜짝 놀란 하녀가 애인에게 말했다. "아, 가엾은 나, 어찌하면 좋을까! 손이 없어져 버렸어, 심장과 두 눈도 없어졌어. 내일 아침 일찍 내게 무슨 일이 벌어질까!" "진정해." 하고 애인이 말했다. "당신이 어려움에서 벗어나도록 도와줄게. 도둑 하나가 바깥 교수대에 매달려 있어. 그에게서 손을 잘라 올게. 어느 쪽 손이지?" "오른손." 아가씨가 날카로운 칼을 주었고 그는 가서 가엾은 죄인의 오른손을 잘라 가져왔다. 다음에는 고양이를 움켜잡아 두 눈알을 빼냈다. 이제 심장만 없었다. "이 집에선 가축을 안 잡나, 지하실에 돼지고기 있지?" "그래." 하고 아가씨가 말했다. "그럼, 그거 좋군." 하며 군인은 지하실로 내려가 돼지 심장을 가져왔다. 하녀는 모든 것을 모아 담아 접시를 찬장 속에 넣어 두었다. 그런 뒤 애인과 작별한 다음 안심하고 잠자리에 누웠다.

아침에 일어나자 야전 외과의들은 하녀에게 손, 심장, 두 눈이 담긴 접시를 가져오라고 했다. 하녀가 그걸 찬장에서 꺼내 왔는데 첫째가 도둑의 손을 자기 몸에 붙이고 연고를 바르니 곧 손이 붙었다. 둘째가 고양이 눈알을 받아 자기 눈에 박아 넣었고, 셋째가 돼지 심장을 자기 심장

266

에 단단히 붙였다. 여관 주인이 곁에 서서 그들의 기술을 보고 놀라워하며 그런 비슷한 것을 아직 본 적 없다고 누구에게나 그들을 추켜세웠다. 그 후 그들은 먹고 마신 것을 지불하고 계속 여행했다.

그렇게 가는데 돼지 심장을 가진 사람이 친구들 곁에 있질 않고 돼지들이 그러듯 어디 구석만 보이면 달려가 코를 처박고 킁킁거리며 맴돌았다. 다른 친구들이 저고리 자락을 당겨 돌아오게 하려 했으나 아무런 소용이 없었다. 그는 몸을 빼내어 가장 더러운 쓰레기가 놓인 곳으로 달려갔다. 둘째도 행동이 기이했다. 눈을 문지르며 다른 사람들에게 말했다. "친구, 이게 뭐지? 이건 내 눈이 아니야. 나는 아무것도 안 보여. 누가 날 이끌어 줘, 쓰러지지 않게." 그리하여 그들은 힘들게 저녁까지 여행을 계속하다 저녁에 다른 숙소에 들었다.

여관방으로 들어서자 한 귀퉁이에 부유한 신사가 식탁에서 돈을 셈하고 있었다. 도둑의 손을 가진 이가 그 주위를 맴돌다 몇 번 팔로 찔러 마침내 신사가 몸을 돌리자 돈무더기 속으로 손을 넣어 한 줌 가득 돈을 집어 들었다. 하나가 그걸 보고 말했다. "친구, 자네 뭐 하는 거야, 훔치면 안 돼, 부끄러운 줄 알게!" "에이." 하고 그가 말했다. "난들 어쩌겠나! 내 손이 움찔움찔해. 손 내밀어 집을 수밖에 없어, 내가 그러는 게 아니야." 그다음에 그들은 자려고 누웠다. 누워 있는데 캄캄해서 눈앞에 쳐든 손도 보이지 않았다. 갑자기 고양이 눈을 가진 사람이 잠에서 깨어 다른 둘을 깨우며 말했다. "형제들, 한번 올려다봐, 저기 이리저리 달리고 있는 하얀 생쥐들 보이지?" 두 사람은 몸을 일으켰으나 아무것도 볼 수 없었다. 그러자 그가 말했다. "우리 제대로가 아니야. 우리 것을 되찾지 못했어. 여관 주인에게로 돌아가야 해. 그가 우리를 속였어."

그들은 다음 날 아침 여관 주인에게 갔다. 그리고 맞는 신체 부위를 찾지 못했다고, 첫째는 도둑의 손을, 둘째는 고양이의 눈을, 셋째는 돼지의 심장을 가진 것 같다고 말했다. 여관 주인은 하녀의 잘못이 틀림없으니 하녀를 부르겠다고 말했다. 그러나 하녀는 세 사람이 오는 것을 보고 이미 뒷문으로 도망쳐서 영영 돌아오지 않았다. 그러자 세 사람이 여관 주인에게 많은 돈을 주어야 한다고, 그러지 않으면 동네방네 소문을 내겠다고 말했다. 여관 주인은 그가 가진 것, 또 조달할 수 있는 건 모두 주었고 세 사람은 그걸 가지고 떠났다. 그건 그들이 평생 살기에 충분했다. 그렇지만 진짜 신체 부위를 가지는 편이 그들에겐 더 좋았으리라.

119

일곱 슈바벤 사람

옛날에 일곱 슈바벤 사람[12]이 모였는데, 첫째는 슐츠 씨, 둘째는 야클리, 셋째는 마르리, 넷째는 예르글리, 다섯째는 미헬, 여섯째는 한스, 일곱째는 바이틀리 씨였다. 그들 일곱은 세상을 두루 돌아다니며 모험을 하고 위업을 완수할 작정이었다. 그리고 무장한 손으로 안전하게 가기 위해 그들은 창을 하나, 하나뿐이기는 해도 제대로 강하고 긴 창을 만드는 게 좋다고 생각했다. 이 창을 그들 일곱

---

12 슈바벤 지방은 특유의 사투리가 심하고 사람들의 말과 행동이 좀 느릿느릿하다.

이 함께 들었다. 선두에는 가장 대담하고 남자다운 사람이 서서 들고 갔는데 그건 슐츠 씨여야 했다. 다른 사람들이 차례로 뒤따랐고 바이틀리 씨가 맨 마지막이었다.

한번은 이런 일이 있었다. 건초 만드는 달[13]의 어느 날 그들이 먼 길을 가는데 밤을 보내야 할 마을에 닿으려면 상당히 더 가야 했다. 어스름 속에서 풀밭 위에 커다란 쇠똥구리인지 말벌 한 마리가 먼 관목 뒤에서 날아 지나가며 위협적으로 윙윙거렸다. 슐츠 씨는 너무 놀라 거의 창을 떨어뜨릴 뻔했고 온몸에서 식은땀이 났다. "귀 기울여, 귀 귀울여 봐." 하고 그가 동무들에게 외쳤다. "이런, 내겐 북소리가 들리는데!" 그 뒤에서 창을 들고 있던 야클리가 대체 무슨 냄새가 코로 들어왔는지 모르겠지만 이렇게 말했다. "의심할 여지 없이 뭔가가 있어. 폭약과 도화선 냄새가 나거든." 이 말에 슐츠 씨가 도망치려고 잽싸게 울타

---

13 건초는 보통 7월에 만든다.

리 너머로 뛰었다. 그러다 하필 건초를 만들다 놓아둔 갈 퀴의 쇠 부분으로 떨어지는 바람에 자루가 얼굴로 날아와 그에게 씻을 수 없는 타격을 주었다. "아 아앗, 아 아앗!" 하고 슐츠 씨가 소리쳤다. "그래, 날 사로잡아, 항복해, 항 복한다!" 다른 여섯 명도 모두 다른 사람 위로 연달아 엎 어지며 소리쳤다. "네가 항복하면 나도 항복해! 네가 항 복하면 나도 항복해!" 그러나 그들을 묶어 잡아가려는 어 떤 적도 보이지 않자 마침내 자기들이 속았다는 걸 알아 차렸다. 그 이야기가 사람들 사이에 돌지 않도록, 자기들 이 바보 취급당하고 조롱당하지 않도록 그들은 입을 다물 기로 맹세했다. 누군가 본의 아니게 입을 열 때까지는 말 이다.

그들은 계속 갔다. 그들이 겪은 두 번째 위험은 첫 번째 위험과는 비교할 수 없었다. 며칠 후 그들이 어떤 휴경지 를 지나 길을 가는데 토끼 한 마리가 햇볕을 쬐며 자고 있 었다. 두 귀를 쫑긋 세웠고 커다란 유리 같은 두 눈은 움 직이지 않았다. 그 무서운 야생동물을 보고 모두 놀라 어 떻게 하는 게 가장 위험이 적을지 상의했다. 도망치면 괴 물이 뒤쫓아와 모두 통째로 삼켜 버리지 않을까 걱정되기 때문이었다. 그리하여 그들이 말했다. "우리는 위험한 큰 전투를 감내해야만 해, 씩씩하게 용기 내면 벌써 절반 이

긴 거야!" 하며 일곱 모두 창을 잡았다. 슐츠 씨는 앞에서 바이틀리 씨는 뒤에서. 슐츠 씨는 계속 창을 붙들고 있으려고 했으나 바이틀리 씨가 뒤에 있는 동안 아주 용감해져서 출발하며 외쳤다.

"찔러라, 모든 슈바벤인의 이름으로
안 그러면 내가 빌 거야. 너희 전부 마비되라고."
그러자 한스가 화답했다
"하늘의 신을 걸고, 너 입 한번 잘 놀리는구나.
연 쫓아 달리기에서는 노상 꼴등이면서."
미헬이 외쳤다
"하마터면 놓칠 뻔했다고,
암만해도 악마 같은데 말이지."
예르글리 차례가 되어 말했다.
"그거 아니면 그 어미일 거야.
아니면 악마의 이복 형제일 거라고."
마를리는 그때 좋은 생각이 나 바이틀리에게 말했다
"가, 바이틀리, 가, 자네가 앞서가.
난 저 뒤에서 자네 앞에 서 있겠네."
그러나 바이틀리는 그 말에 귀 기울이지 않았고 야클리가 말했다.
"슐츠, 그가 첫 번째여야지.
영광은 몽땅 그에게 돌아가야 마땅해."

일곱 슈바벤 사람

그러자 슐츠 씨가 마음을 다잡아 무게 있게 말했다.

"이렇게 씩씩하게 싸우러 간다네.

이런 데서 용감한 사람들을 알아보지."

그들은 함께 괴룡에게 달려들었다. 슐츠 씨는 스스로에게 축복을 내리고 부르짖으며 신에게 도움을 청했다. 그러나 그 모든 것이 소용없고 적이 점점 더 다가오자 크게 겁에 사로잡혀 소리쳤다. "으악! 으아아아악! 으악 으악으악!" 그 소리에 토끼가 놀라 잠에서 깨어 급히 달아났다. 그렇게 전장에서 적이 도망치는 것을 보자 슐츠 씨가 기쁨에 가득 차 외쳤다

"이런, 바이틀리, 이게 뭐야?

괴물이 토끼 한 마리야."

슈바벤 동맹은 계속해서 모험을 찾았고 모젤강으로 나아갔다. 이끼 끼고 고요하고 깊은 물로. 그 위에는 다리가 그리 많지 않아 여러 곳에서 배로 건너야 했다. 그걸 알지 못한 일곱 슈바벤 사람은 강물을 다 건너 건너편에 가 있는 어떤 사람을 향해 어떻게 건널 수 있느냐고 소리쳤다. 그 사람은 멀기도 하고 또 그들의 사투리 때문에 그들이 원하는 게 뭔지 이해하지 못하고 트리어 사투리로 "뭐래? 뭐래?" 물었다. 그러자 슐츠 씨는 다름 아니라 "물로, 물로, 철벙철벙 걸어와."라고 말한 것으로 생각했다. 자신이

맨 앞이라 썩 나선 슐츠 씨는 모젤강으로 걸어 들어가기 시작했다. 오래지 않아 그는 뻘과 밀려오는 깊은 파도 속으로 가라앉았다. 그러나 그의 모자는 바람이 건너편 강둑으로 날렸다. 개구리 한 마리가 거기 앉아 개굴개굴거렸다. "뭐래, 뭐래, 뭐래." 다른 여섯이 건너편에서 그 소리를 듣고 말했다. "우리 친구 슐츠 씨가 우리를 부르는구나. 물로, 물로, 물로. 그가 철벙철벙 물을 건너갈 수 있다면 우리라고 못 하겠어?" 그래서 서둘러 일제히 물속으로 뛰어들어 다 빠져 죽었다. 개구리 한 마리가 사람 여섯을 죽게 한 것이다. 그리하여 슈바벤 동맹원은 그 누구도 다시 집으로 돌아가지 못했다.

120

세 명의 수공업 도제

세 명의 수공업 도제가 있었는데 그들은 떠돌아다니는 와중에도 늘 함께하고 같은 도시에서 일하기로 약속했다. 그러나 더 이상 일을 얻지 못해 그들은 마침내 누더기를 걸쳤고 아무런 살 방도가 없었다. 한 사람이 말했다. "이제 어떻게 하지? 더는 여기 머물 수 없어. 우리 다시 떠돌자. 우리가 가는 도시에서 일자리를 찾지 못하면 숙소 주인과 의논해서 우리가 어디에 있는지 그에게 편지를 쓰자. 그래서 서로에 대한 소식을 알게 하자." 다른 둘이 보기에도 그게 최선이었다.

그들은 떠났고, 길에서 부유한 옷차림을 한 사람을 만났다. 그가 그들에게 누구냐고 물었다. "저희는 수공업 도제들인데 일을 찾고 있습니다. 지금까진 함께했지만 일을 찾을 수 없으면 헤어지려고 합니다." "그건 어려움도 아니군." 하고 그가 말했다. "내가 시키는 대로 한다면 돈과 일이 부족하지 않게 해 주겠어. 실로 자네들은 지체 높은 신사들이 되어 마차를 타고 다닐 거야." 한 도제가 말했다. "우리 영혼과 천상의 축복을 해치는 것이 아니라면 하겠습니다." "아닐세." 하고 그 사람이 대답했다. "난 자네들

세 명의 수공업 도제

277

에게는 관심이 없어." 다른 한 도제가 그의 두 발을 보았는데 말발굽 하나와 사람 발 하나였다. 그들은 그와 엮이고 싶지 않았다. 악마가 "만족하게, 이건 자네들이 아니라 벌써 절반은 내 것인 어떤 다른 영혼을 노리는 거야. 다만 갈 데까지 가야 하거든." 했다.

걱정이 사라진 그들은 동의했고 악마가 그들에게 자기가 요구하는 바를 말했다. 첫째는 어떤 질문을 받든 "우리 셋 모두."라고 대답해야 하고, 둘째는 "돈 때문에." 셋째는 "그리고 이게 옳았어."라고 말해야 했다. 늘 하나가 다른 하나를 뒤이어 차례차례 말해야 하고, 그 외 한마디도 더 하면 안 되었다. 만약 그들이 이 계명을 어기면 즉시 모든 돈이 사라진다. 그러나 이 계명을 잘 따르는 한 그들의 주머니는 늘 가득 찬다는 것이었다.

악마는 즉시 그들이 들고 갈 수 있을 만큼 돈을 주며 도시로 가서 이런이런 여관에 들라고 했다. 그들은 거기로 갔다. 여관 주인이 그들을 맞이하며 물었다. "뭘 좀 드시렵니까?" 첫째가 대답했다. "우리 셋 모두." "네." 하고 여관 주인 말했다. "제 말이 그 말입니다." 둘째가 "돈 때문에." "그거야 물론이죠." 하고 주인이 말했다. 셋째는 "그리고 이게 옳았어." "그럼요, 옳죠." 하고 여관 주인이 말했다. 그들에게 좋은 음식과 마실 것이 왔고 시중도 잘 받았다.

식사를 한 후 지불을 해야 했는데 주인이 하나에게 계산서를 내미니 그 사람이 "우리 셋 모두."라고 말했다. 둘째는 "돈 때문에." 셋째는 "그리고 이게 옳았어."라고 했다. "물론 이게 옳죠." 하고 주인이 말했다. "세 분 모두 지불하시고요. 돈 없이야 아무것도 있을 수 없죠." 그러나 그들은 요구받은 것보다 더 많이 지불했다. 다른 손님들이 보고 있다가 말했다. "저 사람들 제정신이 아닌 게 틀림없어." "그래, 정말 그렇지." 하고 주인이 말했다. "저들은 그다지 똑똑하질 않아."

그들은 한동안 여관에 머물렀고 "우리 셋 모두." "돈 때문에." "그리고 이게 옳았어." 외에는 아무 말도 하지 않았다. 그러나 그들은 여관 안에서 일어나는 모든 일을 알았다. 이런 일이 있었다. 어떤 큰 상인이 많은 돈을 가지고 왔다. 그가 말했다. "주인장, 내 돈을 간수해 주시오. 여기 멍청한 수공업 도제 셋이 있는데 그들이 훔칠지도 몰라요." 주인은 그렇게 했다. 그가 돈 자루를 자기 방으로 나르는데 황금처럼 무겁게 느껴졌다. 주인은 세 수공업자들에게는 아래층에, 상인에게는 위층 특실에 잠자리를 주었다. 자정에 여관 주인은 다들 자고 있다 생각하고 아내와 함께 나무 베는 도끼로 그 부유한 상인을 쳐 죽였다. 살인을 다 마친 그들은 다시 잠자러 누웠다.

날이 밝자 큰 소란이 벌어졌다. 상인이 피투성이가 되

어 침대에 죽어 누워 있었기 때문이다. 모든 손님이 몰려왔고, 주인이 말했다. "이건 제정신이 아닌 세 명의 수공업자들 짓이야." 손님들도 지지하며 말했다. "달리 그 누구도 아니었을 거야." 그리하여 주인이 그들을 불러 말했다. "자네들이 상인을 죽였나?" "우리 셋 모두."라고 첫째가 대답했다. "돈 때문에."라고 둘째가, "그리고 이게 옳았어."라고 셋째가 말했다. "다들 들었지요." 하고 주인이 말했다. "이들이 스스로 자백했어요."

결국 그들은 감옥으로 보내졌고 심판받았다. 일이 심각하게 되어 가자 셋은 겁이 났다. 그런데 밤에 악마가 와서 말했다. "하루만 더 견뎌. 너희의 행운을 경솔하게 놓치지 마. 너희는 머리카락 한 올 다치지 않게 하겠다." 다음 날 아침 그들은 법정으로 인도되었다. 판사가 말했다. "너희가 살인자인가?" "우리 셋 모두." "왜 상인을 죽였나?" "돈 때문에." "이 악당들." 하고 판사가 말했다. "너희는

죄를 두려워하지 않았느냐?" "그리고 이게 옳았어." "이들은 자백을 했고 게다가 여전히 번뻔하구나." 하고 판사가 말했다. "이들을 즉시 사형대로 데려가라." 그리하여 그들은 바깥으로 내보내졌고, 여관 주인도 함께 무리 속에 있었다. 형 집행 보조자들이 세 사람을 붙들고 사형 집행인이 번쩍이는 칼을 빼 높은 처형대 위로 인도했다. 그때 느닷없이 피처럼 붉은 여우 네 마리가 끄는 마차 한 대가 왔는데 돌에서 불똥이 튀었다. 마차 창문으로 한 사람이 흰 수건을 흔들었다. 그러자 사형 집행인이 "특사가 온다." 했고, 마차에서도 "특사다! 특사!" 하는 외침이 나왔다. 이어 악마가 호화로운 옷차림을 한 아주 품위 있는 신사의 모습으로 내리면서 말했다. "너희 셋은 죄가 없다. 너희는 이제 말해도 된다. 무엇을 보고 들었는지 털어놓고 말해 보거라." 그러자 맏이가 "우리는 상인을 죽이지 않았습니다. 살인자는 여기 이 무리 안에 있습니다." 하며 여관 주인을 가리켰다. "징표를 보려면 그의 지하실로 가십시오, 거기 그가 죽인 다른 많은 사람이 매달려 있습니다." 그러자 판사가 형 집행 보조인들을 보냈고, 그들은 사정이 말한 바와 같은 걸 확인했다. 판사는 여관 주인을 위로 데려가 머리를 베게 했다. 그러자 악마가 세 사람에게 말했다. "이제 나는 내가 가지려던 영혼을 가졌다. 너희는 자유다. 평생 돈도 있다."

세 명의 수공업 도제

121

겁나는 게 없는 왕자

옛날에 어떤 왕자가 있었는데 아버지 집에 있는 게 싫어졌다. 그는 자기가 겁나는 게 없는 사람이라고 생각했다. '넓은 세상으로 가겠어. 거기서는 어떤 시간도 지루하지 않을 거야. 나는 놀라운 일들을 충분히 보겠어.' 그리하여 그는 부모와 작별하고 아침부터 저녁까지 계속해서 갔다. 길이 그를 어디로 인도하든 그에게는 매한가지였다. 이런 일이 있었다. 어떤 거인의 집에 다다랐는데 그는 피곤해서 문 앞에 앉아 쉬었다. 눈을 이리저리 굴리자 거인의 마당에 놀이 기구가 놓여 있는 게 보였다. 그건 한 세트의 막강한 공과 볼링 핀이었고 사람만큼 컸다. 잠시 후 흥이 나서 왕자는 볼링 핀들을 세우고 공을 굴렸다. 핀이 쓰러지면 환호성을 질러 대며 즐거운 시간을 보냈다. 그 소란을 듣고 거인이 창밖으로 머리를 내밀어 보니 다른 사람보다 크지 않은 사람이 자기 볼링 세트를 가지고 놀고 있었다. "어이, 버러지." 하고 거인이 외쳤다. "왜 내 볼링을 가지고 노는 거야. 누가 네게 그런 힘을 주었어?" 왕자가 거인을 보고 말했다. "오, 이 멍청아, 넌 아마 너만 강한 팔이 있는 줄 아나 본데? 나는 내키는 건 뭐든 할 수 있어." 거인이 내려와 이상해하며 볼링을 바라보고 말했다. "네가 그런 인간이라면 생명의 나무에서 사과를 하나 따다 주겠어?" "그걸로 뭘 하려고?" 하고 왕자가 물었다. "나를 위해 사과를 원하는 게 아니야." 하고 거인이 대답했다. "나와 결혼할 신부가 그걸 원해. 세상을 멀리 돌아다녀 봤으나 나는 그 나무를 찾을 수 없었어." "내가 찾아보지 뭐." 하고 왕자가 말했다. "그 사과 따는 걸 막는 게 뭔지 알면." 거인이 말했다. "너 혹시 그 일이 쉽다고 생각하는 거야? 그 나무가 서 있는 뜰은 쇠창살에 둘러싸였고 창살 앞에는 사나운 짐승들이 하나씩 줄지어 누워 누구도 들어가지 못하게 망을 보지." "나는 들여보내 줄 거야." 하고 왕자가 말했다. "그래, 하지만 네가 뜰 안으로 들어가 나무에 달린 사과를 본다 해도 아직 네 것은 아니야. 그 앞에 고리 하나가 걸렸는데 사과에 손을 뻗어 따려면 고리에 손을 넣

어야 하지. 그런데 그건 아직 아무도 못 해냈어.” “나는 해
낼 거야.” 하고 왕자가 말했다.

거인과 작별한 왕자는 산과 골짜기를 넘어 들과 숲을
지나고 또 지나 마침내 기적의 정원을 찾아냈다. 짐승들이
빙 둘러 누워 있었으나 고개를 떨어뜨리고 자고 있었다.
다가가도 짐승들이 깨지 않아 왕자는 그들을 넘어갔고, 창
살을 기어올라 무사히 뜰로 들어갔다. 거기 한가운데 생명
의 나무가 서 있었고 빨간 사과들이 가지에서 빛을 뿜었
다. 그는 나무를 타고 높이 올라갔고, 사과를 잡으려 할 때
그 앞에 걸린 고리가 보였다. 별 수고 없이 그는 손을 그 가
운데로 뻗어 사과를 땄다. 그런데 고리가 닫히며 팔을 조
여 갑자기 세찬 힘이 혈관 속으로 밀려들었다. 하지만 왕
자는 결국 사과는 땄고 나무에서 창살을 넘지 않고 큰 대
문을 잡아 한 번 흔들었다. 삐걱 소리와 함께 창살문이 활
짝 열렸다. 밖으로 나오니 문 앞에 누워 있던 사자가 깨어
왕자를 뒤따라 뛰어왔으나 사납기는커녕 주인을 따르듯
다소곳했다.

왕자는 거인에게 약속한 사과를 갖다주며 말했다. “봐,
내가 큰 수고 없이 이걸 가져왔어.” 거인은 소원이 그렇
게 금방 이루어진 것을 기뻐하며 신부에게로 달려가 원하
던 사과를 주었다. 아름답고 똑똑한 처녀는 그의 팔에 고

리가 보이지 않자 말했다. "당신 팔에서 고리를 보기 전엔 그 사과인 걸 믿을 수 없어요." "집에 가서 가져오면 돼." 하며 거인은 그 약한 사람이 선선히 주지 않으면 힘으로 뺏으면 된다고 생각했다. 거인은 왕자에게 고리를 달라고 요구했다. 그러나 왕자가 거절했다. "사과가 있는 곳에 고리도 있겠지." 하고 거인이 말했다. "선선히 내놓지 않으면 너는 나와 싸워야 해."

거인과 왕자는 오래 씨름했다. 그러나 거인은 고리의 마력이 튼튼하게 해 주는 왕자에게 아무런 해도 끼칠 수 없었다. 그러자 꾀를 하나 생각해서 말했다. "싸우느라 나는 몸이 더워졌다. 너도 그렇지. 다시 시작하기 전에 우리 강에 들어가 몸 좀 씻고 식히자." 거짓이라고는 전혀 모르는

겁나는 게 없는 왕자

왕자가 거인과 물로 들어갔고 옷과 함께 고리도 팔에서 벗어 놓았다. 거인이 재빨리 고리를 집어 들고 달아났다. 그러나 도둑질을 알아차린 사자가 거인을 뒤쫓아 그의 손에서 고리를 낚아채어 주인에게 되돌려 주었다. 거인은 참나무 뒤에 서 있다가 왕자가 다시 옷을 입느라 바쁜 동안 왕자를 덮쳐 두 눈알을 빼냈다.

가엾은 왕자는 눈이 먼 채 거기 서서 어쩔 줄 몰랐다. 그때 거인이 다시 와서 마치 인도해 주려는 사람인 양 손을 붙들고 그를 높은 바위 꼭대기로 이끌었다. 그러고는 그를 거기 세워 두고 생각했다. '몇 걸음만 더 가면 추락해 죽고 나는 그에게서 고리를 빼낼 수 있어.' 그러나 충직한 사자가 주인을 떠나지 않고 왕자의 옷을 단단히 물고 차츰차츰 뒤로 끌었다. 죽은 사람을 털려고 다시 온 거인은 자기 꾀가 허사가 된 것을 보았다. 거인은 화가 나서 "이렇게 약한 인간 자식을 죽이지 못하다니!" 하며 왕자를 붙들어 다른 길로 해서 다시 낭떠러지로 인도했다. 그러나 거인의 악의를 알아챈 사자가 또 주인을 도와 위험에서 구했다. 낭떠러지 가장자리에 가까이 왔을 때 거인은 눈먼 사람의 손을 놓고 그를 혼자 내버려 두었다. 그런데 사자가 밀쳐서 거인이 추락해 바닥에 떨어져 으스러졌다.

충직한 짐승은 주인을 다시 벼랑 끝에서 뒤로 당겨 어떤 나무로 인도했다. 그 나무 가까이 맑은 개울이 흐르고

있었다. 왕자는 주저앉았고 사자는 엎드려 앞발로 그의 얼굴에 물을 튕겼다. 몇 방울이 눈구멍을 적시자 다시 뭔가가 보이더니 그는 작은 새 한 마리를 알아보게 되었다. 새는 아주 가까이 날아가다 나무에 부딪쳤다. 그러고는 물속으로 들어가 몸을 씻은 다음 날아오르더니 두 나무 사이를 부딪치지 않고 휙 스치며 날아갔다. 마치 시각을 되찾은 듯했다. 왕자는 신의 신호를 알아보고 몸을 숙여 그물에 얼굴을 담가 씻었다. 몸을 일으키자 그의 두 눈은 한 번도 그랬던 적 없을 만큼 다시 밝고 맑아졌다.

왕자는 큰 자비를 베푼 신에게 감사하고 사자와 함께 세상을 더 돌아다녔다. 그런데 이런 일이 있었다. 어떤 마법에 걸린 성 앞으로 가게 되었는데 성문에 아름다운 자태와 고운 얼굴의 한 소녀가 서 있었다. 그러나 완전히 새카맸다. 여자가 그에게 말했다. "아, 고약한 마법에서 저를 구해 주시겠어요?" "내가 뭘 해야 하죠?" 하고 왕자가 말했다. 소녀가 대답했다. "이 마법에 걸린 성의 큰 홀에서 사흘 밤을 보내야 해요. 그러나 당신 마음속으로 어떤 두려움도 들어와서는 안 됩니다. 저들이 몹시 괴롭혀도 당신이 소리 하나 내지 않고 견뎌 내면 제가 구원돼요. 저들이 당신의 목숨을 뺏지는 못해요." 그러자 왕자가 말했다. "나는 겁이 없어요. 신의 도움으로 그 일을 해 보겠소."

왕자는 즐겁게 성안으로 들어갔고, 어두워지자 커다란 홀에 앉아 기다렸다. 자정까지는 고요했다. 자정이 되자 갑자기 큰 소란이 시작되었다. 온갖 구석, 온갖 모퉁이에서 작은 악마들이 나왔다. 그들은 왕자를 보지 못한 듯방 한가운데 들어앉아 불을 피우고 놀이를 시작했다. 하나가 지면 말했다. "이건 옳지 않아, 우리 중 하나가 아닌 하나가 저기 있어. 내가 지는 건 그자 잘못이야." "기다려, 내 차례야. 넌 난로 뒤에." 하고 다른 자가 말했다. 소리가 점점 더 커져 아무도 놀라지 않고는 들을 수 없었다. 왕자는 아주 침착하게 앉아 있었고 두려워하지 않았다. 하지만 마침내 악마들이 바닥에서 튀어 오르더니 왕자를 덮치며 떨어지는데 그 수가 얼마나 많은지 벼텨 낼 수 없었다. 그들은 왕자를 바닥에서 이리저리 당기고 꼬집고 찌르고 때리며 괴롭혔다. 그러나 왕자는 아무런 소리도 내지 않았다. 새벽녘에 그들은 사라졌는데 왕자는 어찌나 기운이 빠졌는지 몸을 꼼짝할 수 없었다.

날이 밝자 검은 소녀가 그에게 왔다. 그녀는 생명의 물이 든 작은 병 하나를 손에 들고 있었다. 그녀가 그걸로 씻기자 곧 그는 모든 고통이 사라지고 신선한 힘이 혈관 속으로 스미는 것을 느꼈다. 소녀가 말했다. "하룻밤을 무사히 견뎌 냈습니다만 아직 두 밤이 더 남았습니다." 그녀는 다시 떠났다. 그녀가 떠날 때 왕자는 그녀의 두 발이 하얘진 것을 보았다.

다음 날 밤 악마들이 와서 그들의 놀이가 새롭게 시작되었다. 그들이 달려들어 전날 밤보다 더 세게 패서 왕자의 몸이 상처로 뒤덮였다. 하지만 왕자가 모든 것을 잠잠히 견뎠기에 악마들은 떠났다. 동이 트자 소녀가 나타나 생명수로 그를 치유해 주었다. 그녀가 떠날 때 그는 그녀가 손가락 끝까지 하얘진 것을 보며 기뻐했다. 이제 그는 하룻밤만 더 버티면 되었는데 그것은 가장 고약한 밤이었

다. 악마 유령이 다시 왔다. "어, 아직 거기 있어?" 하고 그
들이 소리쳤다. "너 숨이 멈추도록 괴롭힘을 당해야겠구
나." 그들은 그를 찌르고 치고 이리저리 내던지고 마치 갈
갈이 찢으려는 듯 팔다리를 잡아당겼다. 그러나 그는 모든
것을 견뎠고 아무런 소리도 내지 않았다. 마침내 악마들
이 사라졌다. 그는 정신을 잃고 누워 꼼짝도 하지 않았다.

눈조차 뜰 수 없어 들어온 소녀를 보지도 못했다. 소녀는
생명의 물을 부어 그를 적셔 주었다. 그러자 왕자는 단번
에 모든 고통으로부터 해방되어 마치 잠에서 깬 듯 생생하
고 건강한 느낌이었다. 눈을 뜨자 소녀가 곁에 서 있는 것

이 보였는데 눈처럼 희고 환한 대낮처럼 아름다웠다. "일어나세요." 하고 그녀가 말했다. "칼을 계단 위로 세 번 휘두르세요. 그러면 모두 구원받아요." 그가 그렇게 하자 온 성이 마법에서 풀렸고 소녀는 부유한 공주가 되었다. 신하들이 와서 큰 홀에 벌써 음식이 준비되어 있다고 말했다. 그리하여 그들은 함께 앉아 먹고 마셨으며, 저녁에는 큰 기쁨 속에서 결혼 잔치가 열렸다.

122

약초 먹은 당나귀

옛날에 한 젊은 사냥꾼이 망을 보러 숲으로 갔다. 씩씩하고 쾌활한 마음을 가진 그는 가다 나뭇잎으로 풀피리를 불었다. 그러자 못생긴 할머니가 나타나 그에게 말을 걸었다. "안녕하시오, 사냥꾼 양반. 자네는 신나고 즐거워 보이는데 나는 허기와 갈증에 시달리고 있다네. 내게 동냥 좀 해 주게." 사냥꾼은 가엾은 할머니가 불쌍해서 주머니를 뒤져 재산의 얼마간을 건넸다. 그러고는 떠나려는데 할머니가 그를 멈춰 세우며 말했다. "내가 하는 말을 들어 보게, 사냥꾼. 자네 마음씨가 좋아서 내가 선물을 하나 줄게. 갈 길은 그냥 가. 조금 가면 그 위에 아홉 마리 새가 앉아 있는 나무에 닿을 거야. 그 새들이 발로 외투 하나를 붙잡고 드잡이를 하고 있는 한가운데를 총으로 쏴. 그 외투를 새들이 떨어뜨릴 거야. 그리고 새들 중 하나도 맞아 떨어져 죽을 거야. 그 외투를 챙기게. 소망이 이루어지는 외투야. 그걸 어깨에 두르면 자네는 어디를 소망하든 순식간에 그곳에 가 있을 거야. 죽은 새의 심장도 꺼내어 꿀꺽 삼켜. 그러면 자네는 매일 아침 일찍 일어날 때마다 베개 밑에서 금화 한 닢씩 찾을 거야." 사냥꾼은 점쟁이 여인에게 감사

약초 먹은 당나귀

하며 속으로 생각했다. '이분이 내게 멋진 것들을 약속했네. 그 말이 모두 맞기만 하다면.'

그가 100걸음쯤 가자 머리 위 나뭇가지들 속에서 지저 귐 소리가 들렸다. 올려다보니 거기 한 무리의 새들이 보였다. 새들은 부리와 두 발로 천 하나의 가장자리를 찢으면서 요란한 소리를 내며 싸우고 있었다. 마치 어느 새든 그걸 독차지하려는 듯이. 사냥꾼이 "이거 이상하군. 바로 할머니가 말한 그대로잖아." 하고는 메고 있던 총을 장전해 그 한가운데로 쏘자 깃털들이 온 사방으로 날렸다. 금방 새들은 큰 비명을 지르며 도망쳤다. 그러나 하나가 죽어 떨어졌고 외투 역시 떨어졌다. 사냥꾼은 할머니가 말한 대로 새를 베어 그 심장을 찾아 삼키고는 외투를 가지고 집으로 돌아왔다.

다음 날 아침 잠에서 깬 그는 약속이 정말인지 확인해 보고 싶었다. 사냥꾼이 베개를 들어 올리니 거기 금 한 닢이 반짝였고, 다음 날 아침에도 다시 하나를 찾았으며, 그렇게 일어날 때마다 계속되었다. 그는 금 더미를 모았지만 마침내 생각했다. '집에만 있으면 황금이 다 내게 무슨 소용이 있어? 나는 밖으로 나가 세상을 돌아보겠어.' 그는 부모와 작별하고 사냥 배낭과 엽총을 메고 세상으로 나아 갔다.

이런 일이 있었다. 어느 날 그가 울창한 숲을 지나는데 숲이 끝나자 그 앞 평원에 위풍당당한 성이 있었다. 한 창문에서 어떤 할머니가 놀랍게 아름다운 소녀와 함께 서서 내려다보고 있었다. 할머니는 마녀였는데 소녀에게 말했다. "저기 누가 숲에서 나오고 있다. 그 사람은 몸속에 놀라운 보물을 지니고 있는데 우리가 사로잡아 그걸 뺏어야 해. 내 사랑하는 딸아, 그건 저 사람보다 우리에게 더 잘 어울려. 그는 새의 심장을 지녔고, 그 때문에 아침마다 금화 한 닢이 그의 베개 밑에 놓여 있단다."

마녀는 소녀에게 그가 어떻게 그걸 마련했는지, 또 소녀가 어떻게 그걸 빼앗아야 하는지 말했다. 그러고는 그녀를 위협하며 화난 눈으로 말했다. "내 말을 듣지 않으면 너를 불행하게 만들 거야." 성 가까이 온 사냥꾼은 소녀를 보게 되었고 혼잣말을 했다. "이렇게 오래 떠돌았으니 한 번은 쉬어야지. 돈은 잔뜩 있으니 이 아름다운 성에 들어가야겠어." 실은 그녀의 아름다운 모습에 한눈을 판 것이다.

성에 들어선 사냥꾼은 친절하게 맞아졌으며 정중한 대접을 받았다. 오래 지나지 않아 그는 소녀와 사랑에 빠졌다. 그는 다른 아무것도 생각하지 않고 그녀의 눈만 바라보았고 그녀가 요구하는 것은 기꺼이 했다. 노파가 말했다. "이제 우리는 새의 심장을 가져야 해. 그게 없어져도 그는 아무것도 느끼지 못할 거야." 둘은 음료 한 가지를 준비했고, 그 음료가 만들어지자 마녀가 그걸 잔에 담았다. 소녀가 사냥꾼에게 그 잔을 건네며 말했다. "자, 사랑하는 분. 저를 위해 축배를 들어요." 그가 잔을 들어 음료를 마시니 새의 심장이 몸에서 빠져나왔다. 소녀는 그걸 몰래 가져가 삼켰다. 그러기를 노파가 바랐기 때문이다. 사냥꾼은 더 이상 베개 밑에서 금화를 찾을 수 없었다. 금화는 이제 소녀의 베개 밑에 놓여 있었고, 노파가 매일 아침 그걸 가져갔다. 그러나 그는 어찌나 사랑에 빠진 바보가 되었는지 그녀와 시간을 보내는 것 외에는 아무 생각이 없었다.

늙은 마녀가 말했다. "새의 심장은 우리가 가졌지만 소망을 이루어 주는 외투도 그에게서 뺏어야 해." 소녀가 대답했다. "그건 놔두세요. 그는 이미 자기 재산을 잃어버렸잖아요." 노파가 화가 나서 말했다. "그 외투는 놀라운 물건이야. 세상에서 언제든 찾을 수 있는 게 아니야. 내가 가져야 마땅하고 반드시 갖겠어." 마녀는 소녀에게 음모를 알려 주며 자기 말을 듣지 않으면 좋지 않을 거라고 말했다. 소녀는 노파의 명령에 따를 수밖에 없었다. 소녀는 아주 슬픈 사람처럼 창가에 서서 멀리 넓은 지역을 내다보았다. 사냥꾼이 물었다. "왜 그렇게 슬프게 서 있나요?" "아, 내 사랑." 하고 그녀가 대답했다. "저기 건너편에 귀한 보석들이 자라는 화강암 산이 있어요. 그곳을 향하는 갈망이 참으로 커서 그 생각만 하면 아주 슬퍼요. 하지만 누가 그걸 가져올 수 있겠어요! 날아가는 새들이나 가죠, 인간은 절대 못 가요." "그것 말고는 더 한탄할 게 없소?" 하고 사냥꾼이 물었다. "그 근심은 내가 곧 충심으로 덜어 주리다." 그러면서 사냥꾼이 그녀를 외투로 감싸며 저 너머 화강암 산으로 가기를 원했고, 순식간에 두 사람은 그 산 위에 앉아 있었다. 그곳은 온 사방에서 보석들이 빛나 바라보기만 해도 기쁨이 넘쳤다. 그들은 가장 아름답고 가장 귀한 것들을 주워 모았다. 그런데 마녀가 마술을 부려 사냥꾼의 눈꺼풀이 무거워졌다. 사냥꾼이 소녀에게 말했다. "우리 조금 앉아서 쉽시다. 피곤해서 더는 두 발로 서 있을 수가 없어요." 두 사람은 앉았고, 사냥꾼은 머리를 그녀의 무릎에 놓고 잠이 들었다. 그가 잠에 빠지자 소녀는 외투를 그의 어깨에서 벗겨 자기가 두르고 화강암과 돌을 주워 들고는 집으로 돌아가기를 빌었다.

잠에서 깬 사냥꾼은 사랑하는 그녀가 자기를 속이고 거친 산에 혼자 내버려 둔 걸 알았다. "오, 세상에 이토록 심한 배신이라니!" 하며 그는 근심과 마음의 고통에 휩싸여 어찌해야 할지 몰랐다. 이 산은 그 산 위에 살며 온갖 횡포를 부리는 무시무시하고 거친 거인들의 것이었다. 오래지 않아 거인 셋이 성큼성큼 걸어오는 것이 보였다. 그는 드러누워 마치 깊은 잠에 빠진 척했다. 거인들이 오더니 첫째가 발로 그를 툭툭 차며 말했다. "여기 무슨 땅 버러지가 누워서 명상을 하고 있어?" 둘째가 말했다. "밟아 죽여." 셋째가 경멸하며 말했다. "이건 그럴 가치도 없어. 그냥 살아 있게 둬. 머물 수야 없지. 산꼭대기까지 높이 올라가면 구름이 움켜잡아 멀리 실어 가 버리잖아." 이렇게 말하며 거인들이 지나갔다. 사냥꾼은 거인들의 말을 잘 들었고, 그들이 떠나자 곧바로 일어나 산꼭대기까지 기어 올라갔다. 잠깐 앉자 구름 한 조각이 그를 들어 올려 멀리 실어 가 한동안 하늘가를 떠다니다 내려앉았는데 사방으로 담장에 둘러싸인 커다란 채마밭 위였다. 그는 양배추와 채소들 사이로 부드럽게 내려앉았다.

사냥꾼은 돌아보며 말했다. "먹을 것만 있으면 좋을 텐데. 배가 너무 고파, 허기는 갈수록 더할 거야. 여기엔 사과도 없고 배도 없고 어떤 종류의 과일도 없어. 온 사방에 약초 외엔 아무것도 없어." 마침내 그는 생각했다. '궁하니 풀도 먹을 수 있지. 맛은 별로 없지만 내게 생기를 주겠지.' 그리하여 그는 풀의 좋은 끄트머리를 골라 먹었다. 몇 잎 삼키자 이상한 기분이 들고 자기가 완전히 변한 것을 느꼈다. 다리 넷, 커다란 머리, 길다란 두 귀가 몸에서 자라났다. 놀란 그는 자신이 당나귀로 변한 것을 알았다. 그런데도 여전히 배고픔이 느껴지고 즙 많은 잎들이 본성에 어울리게 맛좋았기 때문에 그는 크게 욕심내며 계속 먹었다. 마침내 그는 다른 종류의 풀을 먹게 되었는데 그걸 조금 삼키자 새롭게 변화가 느껴졌다. 본디 인간의 모습으로 되돌아온 것이었다. 사냥꾼은 누워서 피로를 잠으로 달랬다.

다음 날 아침 잠에서 깬 그는 나쁜 약초와 좋은 약초 끄트머리를 따며 생각했다. '내가 돌아갔을 때 이것이 그들의 기만을 벌하는 데 도움이 될 거야.' 그는 두 가지 약초를 지니고 장벽을 넘어 애인의 성을 찾으러 출발했다. 며칠 이리저리 헤매다 다행히 성을 찾았다. 그는 어머니라도 못 알아볼 만큼 서둘러 얼굴을 갈색으로 칠하고 성에 들어가 잠자리를 청했다. "저는 너무나 피곤해서 더는 갈 수 없습니다." 마녀가 물었다. "이보시오, 자네는 누구인가? 하는 일은 뭔가?" 그가 대답했다. "저는 왕의 사신인데 태양 아래 자라는 가장 귀한 풀을 찾기 위해 파견되었습니다. 또한 저는 참 운이 좋아 그걸 발견해서 가지고 있지요. 하지만 태양의 열기가 어찌나 강하게 불타는지 제 연한 약초가 시들려고 해서 제가 더 갈 수 있을지 모르겠습니다."

할멈은 귀한 약초 이야기를 듣자 식욕이 동해 말했다. "이보게, 그 놀라운 약초를 나도 좀 맛보자고." "왜 안 그러겠어요?” 하고 그가 대답했다. “두 끝머리를 따 왔는데 하나를 드리겠습니다.” 그는 자루를 열어 나쁜 약초를 내밀었다. 마녀는 어떤 악의도 생각하지 못했고 입 안에서는 새로운 음식이 먹고 싶어 어찌나 군침이 도는지 직접 부엌으로 가서 준비했다. 마녀는 식탁에 오를 때까지 기다리지 못하고 금방 몇 잎을 집어 입에 넣었다. 그러자 삼키자마자 인간의 모습이 사라져 버렸다. 마녀는 암당나귀가 되어 마당으로 달려 내려갔다. 하녀가 부엌으로 들어와 준비된 샐러드를 보고는 오랜 습관에 따라 먹어 보고 싶은 마음에 몇 잎을 먹었다. 곧 기적의 힘이 나타나 그녀 역시 암당나귀가 되어 노파에게로 달려 나갔고 야채가 담긴 그릇은 땅바닥으로 떨어졌다.

왕의 사신으로 칭한 사냥꾼은 그사이 아름다운 소녀 옆자리에 앉아 있었다. 아무도 샐러드를 내오지 않자 그걸 먹고 싶은 마음이 커진 소녀가 말했다. “샐러드가 어디 있는지 모르겠네.” 그러자 “약초가 벌써 효과를 냈군.” 하고 사냥꾼이 말했다. “제가 부엌에 가서 알아보겠습니다.” 그가 내려가자 암당나귀 두 마리가 마당을 빙빙 돌고 있었고 샐러드가 땅바닥에 놓여 있었다. “제대로 됐군. 이 둘이 그들의 몫을 먹어치웠어.” 그는 남은 잎들을 거두어 그릇에 담아 소녀에게로 가져왔다. “제가 직접 맛있는 음식을 가져왔습니다. 당신이 더 오래 기다릴 필요가 없도록

요." 그녀가 그걸 먹자 곧 인간의 모습이 사라지고 한 마리 암당나귀가 되어 마당으로 달려갔다. 그가 말했다. "너희는 기만에 대한 대가를 치러야 한다."

사냥꾼은 그들 셋을 한 동아줄에 묶어 물방앗간까지 몰고 갔다. 그가 창문을 두드리자 물방앗간 주인이 고개를 내밀며 뭘 원하느냐고 물었다. "저에게 고약한 짐승 세 마리가 있습니다. 이 짐승들을 더는 데리고 있고 싶지 않습니다. 이들을 여기 두고 사료와 잠자리를 준 다음, 내가 원하는 대로 다룬다면 그 대가로 원하는 걸 지불하겠습니다." 물방앗간 주인이 말했다. "왜 안 그러겠어요? 어떻게 해야 하죠?" 그러자 사냥꾼이 지시했다. 마녀였던 늙은 암당나귀는 물방앗간 주인이 날마다 세 번 때리고 먹이는 한 번만 주어야 했다. 하녀였던 좀 더 어린 암당나귀는 한 번 때리고 세 번 먹이를 주고, 소녀였던 가장 어린 암당나귀는 때리지 말고 세 번 먹이를 주라고 했다. 소녀가 얻어맞는 건 마음이 쓰일 수밖에 없는 일이었다. 그 후 사냥군

약초 먹은 당나귀

은 성으로 돌아갔고, 필요한 건 모두 그 안에서 찾았다.

며칠 후 물방앗간 주인이 와서 세 번 맞고 한 번 먹은 늙은 암당나귀가 죽었다고 했다. "다른 둘은……." 하고 그가 말했다. "죽지 않았고 세 번 먹지만 참으로 슬퍼해서 오래 가지 못할 것 같습니다." 그러자 사냥꾼은 측은한 생각이 들어 화를 떨치고 물방앗간 주인에게 그들을 다시 몰아 오라고 했다. 사냥꾼이 좋은 약초를 먹이자 그들은 다시 사람이 되었다. 아름다운 소녀가 털썩 무릎을 꿇으며 말했다. "아, 사랑하는 분, 제가 한 나쁜 짓을 용서해 주세요. 어머니가 억지로 시켰어요. 그건 제 뜻과는 어

굿나게 일어난 일이었어요. 저는 당신을 진심으로 사랑해요. 당신의 소망이 이루어지는 외투는 장롱 안에 걸려 있어요. 새의 심장을 꺼내기 위해 토하는 음료를 먹겠어요." 그는 생각이 달라져서 말했다. "간수하고 있어요. 그런 건 아무래도 괜찮아요, 내가 당신을 내 성실한 배우자로 여길 테니까." 결혼식이 열렸고, 그들은 죽을 때까지 행복하게 함께 살았다.

123

숲속 할머니

옛날에 한 가난한 소녀가 주인들과 함께 마차를 타고 큰 숲을 지나갔다. 숲 한가운데 왔을 때 빽빽한 수풀에서 강도들이 나와 만난 사람들을 살해했다. 겁이 나 마차에서 뛰어내려 나무 뒤에 숨었던 소녀만 빼고 한꺼번에 모두 죽었다. 강도들이 노획물을 가지고 떠나자 소녀가 나와 그 큰 불행을 보고 격하게 울음을 터뜨리며 말했다. "나 가엾은 애는 이제 뭘 어떻게 하지? 숲에서 나갈 길도 모르는데, 이 숲에는 인적도 없고. 나는 분명 굶어 죽을 거야."

소녀는 길을 찾아보았으나 찾을 수 없었다. 저녁이 되자 나무 아래 앉아 신에게 모든 걸 맡기고 체념하며 그 자

리에 앉아 기다리기로 마음먹었다. 한동안 앉아 있는데 작고 하얀 비둘기 한 마리가 소녀에게 날아왔다. 부리에는 작은 황금 열쇠를 물고 있었다. 소녀의 손에 열쇠를 놓아 주며 비둘기가 말했다. "저기 큰 나무 보이지, 거기에 작은 자물쇠가 달렸고, 그 자물쇠는 이 열쇠로 열려. 그러니 음식은 충분히 찾을 거고 더 이상 굶주려 괴롭지 않을 거야." 소녀는 나무로 가서 그것을 열고 작은 그릇에 든 우유와 부스러뜨려 넣을 흰 빵을 찾아 배불리 먹었다. 배가 부르자 소녀가 말했다. "집에서는 닭들이 날아오를 시간인데 나는 참 지쳤어. 내 침대에 누울 수 있다면 좋으련만." 그러자 작은 비둘기가 또 다른 작은 황금 열쇠를 부리에 물고 날아와서 말했다. "저기 저 나무를 열어. 그러면 침대를 찾을 거야." 소녀는 그것을 열었고 아름답고 푹신한 작은 침대를 발견했다. 밤이 되자 소녀는 자신을 지켜 달라고 하느님께 기도하고 누워 잠이 들었다.

아침이 되자 작은 비둘기가 세 번째로 와서 다시 작은

열쇠를 가져다주며 말했다. "저기 저 나무를 열어, 거기서 옷을 찾을 거야." 나무를 열자 금과 보석이 박힌 옷들이 있었는데 어떤 공주도 갖지 못할 만큼 찬란했다. 그렇게 소녀는 한동안 살았고, 작은 비둘기가 날마다 그녀가 필요로 하는 모든 것을 마련해 주었다. 조용하고 좋은 삶이었다.

한번은 작은 비둘기가 와서 말했다. "날 위해 뭘 좀 해 주지 않겠니?" "충심으로 기꺼이." 하고 소녀가 대답했다. 비둘기가 말했다. "나는 너를 작은 집으로 인도할 거야. 거기 들어가면 가운데 화덕에 할머니가 앉아 '안녕.' 할 거야. 하지만 할머니가 뭐라 하든 절대 어떤 대답도 하지 말고 할머니 오른편으로 계속 가. 거기에 문이 하나 있는데 그걸 열어. 그러면 온갖 종류의 반지들이 탁자 위에 놓여 있는 방에 들어갈 거야. 번쩍이는 보석이 박힌 화려한 것들은 다 놔두고 그중에서 가장 소박한 걸 하나 골라서 재빨리 나에게 가져다줘."

소녀는 작은 집으로 가 문에 들어섰다. 할머니가 앉아 있었는데 소녀를 보자 눈을 크게 뜨며 말했다. "안녕, 얘야." 소녀는 할머니에게 어떤 대답도 하지 않고 문으로 갔다. "어디 가?" 하고 할머니가 외치며 소녀의 치마를 잡아 꽉 붙들려 했다. "이건 내 집이야. 내가 원하지 않는 한

누구도 들어가선 안 돼." 소녀는 잠잠히 할머니를 떨치고 방으로 들어갔다. 탁자 위에 놓인 엄청난 더미의 반지들이 그녀의 눈앞에서 번쩍이고 은은한 빛을 냈다. 소녀는 더미를 헤집으며 소박한 반지를 찾았으나 찾을 수 없었다. 그때 할머니가 살금살금 들어와 새장 하나를 들고 떠나려고 했다. 소녀가 쫓아가 새장을 빼앗아 들여다보니 새 한 마리가 소박한 반지를 부리에 물고 있었다. 소녀는 그 반지를 들고 기쁘게 집 밖으로 달려가며 생각했다. '작은 하얀 비둘기가 와서 반지를 가져갈 거야.' 그러나 비둘기는 오지 않았다. 소녀는 비둘기를 기다리며 나무에 기대어 있었다. 그렇게 서 있는데 마치 나무가 물렁물렁하고 휘어지기라도 하듯 가지들이 그녀를 휘감더니 두 팔이 되었다. 돌아보니 나무는 멋진 남자였다. 그가 소녀를 안고 충심으로 입맞춤하며 말했다. "당신이 나를 구했어요, 나쁜 마녀인 할멈의 힘에서 해방시켜 주었어요. 그 할멈이 나를 한 그루 나무로 변하게 했고, 날마다 몇 시간씩 나는 흰 비둘기가 되었죠. 할멈이 그 반지를 가지고 있는 한 내가 인간의 모습을 되찾을 수는 없었어요." 역시 나무들로 변했던 그의 신하와 말들도 마법에서 풀려 그의 곁에 섰다. 그리하여 두 사람은 그의 나라를 향해 떠났다. 그가 어떤 왕의 아들이었기 때문이다. 두 사람은 결혼해서 행복하게 살았다.

124

세 형제

구연 동화 듣기

아들이 셋이고 사는 집 외에 아무런 재산이 없는 어떤 남자가 있었다. 아들들은 아버지가 죽은 다음에 그 집을 자기가 갖고 싶어 했다. 그러나 아버지는 어느 아들이나 똑같이 사랑스러워 누구도 마음 상하게 하고 싶지 않았다. 그는 어떻게 해야 할지 몰랐고 집을 팔고 싶지도 않았다. 조상들로부터 물려받은 집이었기 때문이다. 집을 팔았더라면 아들들에게 그 돈을 나누어 주었으리라. 그때 드디어 한 가지 방도가 생각나 아들들에게 말했다. "세상으로 가서 자신을 시험하며 각자 수공을 익히거라. 그런 다음 너희가 돌아왔을 때 최상의 명품을 만드는 사람이 집을 가져라." 그 말에 아들들은 만족해서 첫째는 말편자를 만드는 대장장이가, 둘째는 이발사가, 셋째는 검술 사범이 되기로 했다. 그들은 다시 집으로 모일 시간을 정하고 각자 떠났다.

저마다 제대로 뭘 배울 수 있는 유능한 명장들을 찾았다. 대장장이는 왕의 말에 편자를 박았고 '이제 의심할 여지 없이 집은 내 거지.' 하고 생각했다. 이발사는 온통 고상한 신사들만 면도해 주며 집은 이미 자기 것이라고 생각했다. 검술 사범은 갖가지 타격을 받았으나 이를 악물고 기분 나쁘지 않게 견뎌 냈다. 그러면서 '타격이 두려우면 절대 집을 얻지 못하지.' 하고 생각했다.

정해진 시간이 되자 형제들은 아버지 집에 다시 모였다. 그들은 자기 기술을 보여 줄 최상의 기회를 찾을 방법을 몰라 함께 의논했다. 그때 어디선가 토끼 한 마리가 벌판을 건너 달려왔다. "이런, 쟤가 부른 듯이 오네." 하며 이발사가 대야와 비누를 꺼내 토끼가 가까이 올 때까지 한참 거품을 냈다. 그런 다음 전속력으로 달리고 있는 토끼에게 흠뻑 비누칠을 해 전속력으로 달리고 있는 토끼의 짧은 수염을 면도했다. 이발사는 토끼를 조금도 베지 않고 털 하나 건드리지 않았다. "이거 마음에 드는구나." 하고 아버지가 말했다. "다른 애들이 거세게 공격하지 않는다

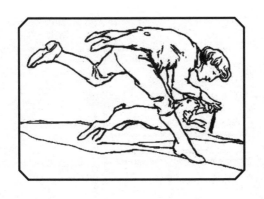

면 집은 네 것이다."

오래 지나지 않아 어떤 신사가 마차를 타고 힘껏 질주해 오고 있었다. "아버지, 이제 제가 뭘 할 수 있는지 보세요." 하고 편자 만드는 대장장이가 마차를 따라 뛰어갔다. 대장장이는 하나가 되어 질주하고 있는 말의 편자 넷을 뽑아 말이 질주하는 동안 새 걸로 다시 박아 주었다. "너 엄청난 녀석이로구나." 하고 아버지가 말했다. "너는 네 일을 동생만큼 잘하는구나. 나는 누구에게 집을 주어야 할지 모르겠다." 그러자 셋째가 말했다. "아버지, 저도 한번 해 보겠어요." 비가 오기 시작했기 때문에 그는 대검을 꺼내어 자기 머리 위에서 십자로 휘둘렀는데 그에게는 빗방울이 떨어지지 않았다. 비가 더 거세어졌고 마침내 하늘에 구멍이 나 들이붓듯 쏟아졌다. 그는 대검을 점점 더 빠르게 휘둘러 마치 안전하게 있기라도 한 듯 하나도 젖지 않

앗다. 그걸 보자 아버지가 놀라서 말했다. "네가 익힌 게 최상의 명품이구나, 집은 네 것이다." 다른 두 형제도 앞서 칭찬받은 데 만족했다.

그들은 서로 참 좋아했기 때문에 셋이 함께 집에 머물며 자신들의 수공을 익혀 나갔다. 다들 어찌나 잘 배우고 능숙했는지 그들은 많은 돈을 벌었다. 그리하여 만족하게 노년까지 함께 살았다. 마침내 한 명이 병이 나서 죽었을 때 다른 둘도 몹시 상심해 머지않아 병이 들어 죽었다. 그 형제들은 참으로 노련하고 서로를 사랑했기에 모두 한 무덤에 함께 묻혔다.

125

악마와 그 할머니

큰 전쟁이 있었다. 왕에게는 많은 군인이 있었으나 그들에게 적은 급료를 줘 군인들이 먹고살 수 없었다. 그래서 세 명이 모여 달아나기로 했다. 한 사람이 다른 사람에게 말했다. "붙잡히면 우리는 교수대에 매달려. 어찌할까?" 다른 하나가 말했다. "저길 봐, 넓은 옥수수밭. 저기 숨어 있으면 아무도 우릴 못 찾아. 군대는 그 밭에 들어가면 안되고 내일은 떠나야 해." 그들은 옥수수 속으로 기어 들어갔다. 그런데 군대가 떠나질 않고 사방에 그대로 진을 치고 있었다. 그들은 이틀 낮 이틀 밤을 옥수수 속에 앉아 있었는데 어찌나 배가 고팠던지 거의 죽을 지경이었다. 그러나 만약 나오면 그들에게는 죽음이 확실했다. 그들이 말했다. "우리가 도망친 것이 무슨 소용이야. 여기서 비참하게 죽어야 하는데." 그때 불을 뿜는 괴룡 한 마리가 공중을 가르며 날아왔다. 용은 그들에게로 내려앉아 왜 거기 숨어 있느냐고 물었다. 그들이 대답했다. "우리 셋은 군인인데

악마와 그 할머니

315

도망쳤어. 우리의 급료가 너무 적었기 때문이야. 그런데 여기 그대로 누워 있으면 굶어 죽어야 해. 여기서 나가면 교수대에 매달려야 하고.” “너희가 나를 칠 년 동안 섬기겠느냐?” 하고 용이 물었다. “그러면 내가 누구도 너희를 붙잡지 못하도록 군대 한가운데를 뚫고 데려가겠어.” “우리는 선택의 여지가 없어. 그걸 받아들이지.” 하고 그들이 대답했다. 용이 두 앞발로 그들을 움켜잡아 군대 위 공중을 가르며 지나가 멀리 떨어진 땅에 그들을 다시 내려놓았다. 그러나 용은 다름 아닌 악마였다. 용은 그들에게 작은 회초리를 주며 말했다. “채찍을 소리 나게 휘둘러. 너희 앞으로 사방에 원하는 만큼 돈이 튀어나올 거야. 너희는 큰 귀족처럼 살며 말을 소유하고 마차를 타고 다닐 수 있어. 그러나 칠 년이 지나면 너희는 내 것이야.” 그러고 나서 용은 그들에게 책을 한 권 내밀었고, 거기에 그들 셋은 모두 서명했다. “하지만 그때가 되면 우선 수수께끼 하나를 내겠어.” 하고 용이 말했다. “너희가 그걸 풀 수 있다면 내 힘에서 벗어나 자유롭게 해 주겠어.” 그러고는 용이 떠났다.

그들은 채찍을 가지고 여행을 했고, 돈이 잔뜩 있었기 때문에 신사의 옷을 지어 입고 세상을 떠돌았다. 어디에 있든 기쁨과 영화에 싸여 지냈고, 말과 마차를 몰며 먹고 마셨다. 그러나 나쁜 짓은 전혀 하지 않았다. 시간이 빨리 지나갔다. 일곱 해가 지났을 때 둘은 대단히 겁나고 두려워했으나 다른 한 명은 그 짐을 가볍게 여기며 말했다. "형제들, 두려워 마. 나는 거꾸로 떨어지지 않았어.[14] 내가 그 수수께끼를 맞힐게." 그들은 들판에 나가 앉았고 둘은 침울한 얼굴이었다. 그때 할머니가 와서 왜 그렇게 슬퍼하냐고 물었다. "아, 그게 무슨 상관이세요, 도와주지도 못하면서." "누가 알아?" 하고 할머니가 대답했다. "근심을 내게 말해 봐." 그러자 그들이 할머니에게 자기들이 근 칠년 동안 악마의 하인이었다고 말했다. 악마가 그들에게 건초처럼 돈을 마련해 주었고, 악마에게 자신들을 양도했는데 칠 년 후 수수께끼를 풀지 못하면 악마의 수중에 떨어진다고 털어놓았다. 할머니가 말했다. "내 도움을 바란다면 너희 중 하나가 숲으로 들어가야 하고, 거기서 집처럼 생긴 깎아지른 바위에 닿게 될 것이다. 그 안으로 들어가면 방도를 찾을 거야." 우울한 두 사람은 '그게 우리를 구하진 못해.' 하며 그대로 앉아 있었다. 그러나 명랑한 세 번째는 일어나 숲으로 멀리 바위 오두막을 찾아낼 때까지 들어갔다.

작은 집에 들어가자 늙은 할머니가 앉아 있었는데 악마

---

14 거꾸로 태어난 사람은 바보를 가리킨다.

의 할머니였다. 할멈이 그에게 어디서 왔으며 여기서 뭘 하냐고 물었다. 그는 할머니에게 모든 일을 이야기했다. 그가 마음에 든 할머니는 불쌍히 여겨 그를 돕겠다고 말했다. 할머니는 지하실 위를 덮은 커다란 돌 하나를 들어 올리며 말했다. "여기 숨어 있어. 여기서 하는 이야기를 모두 듣거라. 하지만 꼼짝도 하면 안 돼. 용이 오면 수수께끼에 대해 물어보겠다. 그 애는 나한테 뭐든 말하지. 그다음에는 그가 대답하는 말을 기억하거라."

12시가 되자 용이 날아와 밥을 달라고 했다. 할머니가 용이 흡족하도록 음료와 음식을 갖다놓았고 둘은 함께 먹고 마셨다. 할머니가 대화 중 그날 어떻게 지냈는지, 얼마나 많은 영혼을 얻었는지 물었다. "오늘은 잘되질 않았어요." 하고 용이 대답했다. "하지만 군인 셋은 붙들었어요. 이들은 확실하죠." "아, 군인 셋." 하고 할머니가 말했다. "그건 뭐, 그들은 아직 너를 벗어날 수 있어." 그러자 악마가 비웃으며 말했다. "그들은 내 꺼예요. 그들에게 수수께끼를 하나 낼 건데 그건 절대로 맞힐 수 없거든요." "무슨 수수께끼인데?" 하고 할머니가 물었다. "말씀드리죠. 거대한 북해 바다 속에 죽은 긴꼬리원숭이가 누워 있는데, 그게 고기 구이가 되어야 하고요. 어떤 고래의 갈비뼈, 그게 숟가락이 되어야 하고요. 늙은 말의 파인 발굽, 그게 걔네들 술잔이 되어야 하거든요." 악마가 잠자리에 들자 늙은 할머니는 돌을 들어 군인을 나오게 했다. "모든 것을 유의해서 들었나?" "예." 하고 그가 말했다. "충분히 알았어요. 벌써 도움이 되는걸요."

그 후 그는 다른 길로 해서 창문을 통해 몰래, 최대한 서둘러 친구들에게 돌아갔다. 그는 어떻게 악마가 늙은 할머니의 꾀에 넘어갔으며, 수수께끼 풀이를 그로부터 들었는지 친구들에게 들려주었다. 그러자 그들 모두 즐겁고 기분이 좋아 채찍을 들어 어찌나 휘둘렀는지 온 사방에서 돈이 마구 튀었다.

칠 년이 지나자 악마가 책을 들고 와서 서명을 보여 주며 말했다. "너희를 지옥으로 데려가겠다. 너희는 내가 주는 밥을 먹는다. 너희가 무슨 고기 구이를 받을지 알아맞힌다면 채찍을 가지고 있어도 된다." 그러자 첫째 군인이 말했다. "거대한 북해 바다 속에 죽은 긴꼬리원숭이가 누워 있습니다. 그게 아마 고기 구이일 겁니다." 악마는 화가 나서 "흠! 흠! 흠!" 하며 둘째에게 물었다. "그런데 숟가락은 무엇이지?" "어떤 고래의 갈비뼈, 그게 은수저가 될 겁니다." 악마가 얼굴을 찌푸리며 다시 세 번 "흠! 흠! 흠!" 하고는 셋째에게 말했다. "너희 술잔이 무엇일지도 아느냐?" "늙은 말의 발굽, 그게 술잔이 될 겁니다." 그러자 악마가 요란한 비명을 지르며 날아가 버렸다. 그에게는 이제 어떤 힘도 없었다. 그리하여 세 사람은 작은 채찍을 계속 가지고 있으면서 그들이 원하는 만큼 돈을 쳐 냈다. 그리고 죽을 때까지 즐겁게 살았다.

126

충직한 페르디난드와 불충한 페르디난드[15]

옛날에 어떤 남편과 아내가 있었는데 돈이 많을 때는 아이가 없다가 가난해지자 작은 사내아이를 얻었다. 그러나 아기를 위한 대부를 구할 수 없자 남편이 이곳저곳 가서 구하겠다고 나섰다. 그렇게 가다 가난한 사람과 마주치게 되었다. 그 사람이 어디 가느냐고 묻자 남편이 대부를 구하러 다닌다고, 돈이 없어서 누구도 대부가 되려 하지 않는다고 말했다. "오," 그 가난한 남자가 말했다. "당신도 돈이 없고 나도 돈이 없으니 내가 대부가 되겠어요. 하

---

15 독일 북부 사투리인 파러보른어로 적힌 이야기다.

지만 아이에게 아무것도 주진 못해요. 산모에게 아기를 데리고 교회로 가라고 말하세요." 산모와 아기가 교회에 들어가니 거지가 벌써 와 있었다. 그는 아기에게 '충직한 페르디난드'라는 이름을 지어 주었다. 교회를 나오면서 거지가 말했다. "이제 집으로 가세요. 내가 아무것도 드릴 수 없으니 당신들도 나에게 아무것도 주지 마세요." 그러고는 산모에게 열쇠 하나를 주며 말했다. "집에 가거든 열쇠를 남편에게 주고 아이가 열네 살이 될 때까지 잘 간직하라고 하세요. 그 후 아이가 벌판에 가면 성이 한 채 있을 텐데 그 열쇠가 맞을 거예요. 그 성안에 든 모든 게 그 아이 것입니다."

아이는 건강하게 자라 일곱 살이 되었다. 한번은 다른 사내아이들과 놀러 갔는데 다들 대부에게 받은 걸 이야기하고 한 아이 한 아이 더 받은 게 많다고 자랑했다. 아이는 아무 말도 할 수 없었고, 울며 집으로 가서 아버지한테 말했다. "아버지, 저는 대부에게 받은 게 아무것도 없어요?" "아…….." 하고 아버지가 말했다. "너는 열쇠를 하나 받았지. 벌판에 서 있는 성을 여는 열쇠란다. 네가 가면 성이 열릴 거야." 그래서 아이가 갔는데 어떤 성도 보이지 않았고 어떤 소리도 들리지 않았다.

다시 일곱 해가 지나 열네 살이 되자 또 갔는데 벌판에 정말 성 한 채가 서 있었다. 성문을 여니 말 한 마리가 있었는데 백마였다. 말을 얻은 아이는 너무나 기뻐하며 올라타고 아버지에게 가서 말했다. "이제 저도 백마 한 마리가 있으니 여행을 하겠어요." 그러고는 출발했는데 가는 길에 글 쓰는 깃털 펜이 놓여 있었다. 그걸 주울까 하다 생각했다. '놔둬도 돼. 필요하면 도착한 곳에서 깃털 펜 하나야 찾겠지.' 그가 떠나려는데 뒤에서 부르는 소리가 들렸다. "충직한 페르디난드, 그거 가지고 가." 돌아보니 아무도 보이지 않았다. 그는 다시 돌아가 깃털 펜을 주워 들었다.

한참 말을 달려 물가를 지나는데 물고기 한 마리가 물가 뻘에 누워 숨을 헐떡이고 있었다. 그가 "기다려, 물고기야. 네가 물속으로 들어가도록 내가 도와줄게." 하며 꼬리를 잡아 물에 던졌다. 물로 들어간 물고기가 밖으로 고개를 쑥 내밀고 말했다. "저를 뻘에서 건져 주었으니 피리 하나를 드리겠어요. 곤경에 처하거든 부세요, 그러면 내가 도와줄게요. 언제든 물에 빠지면 불기만 하세요, 내가 다시 건져 줄게요." 그는 말을 타고 떠났다. 가는 도중 어떤 사람이 오더니 그에게 어디로 가느냐고 물었다. "오, 다음 장소로 가죠." "그곳 이름이 뭔데? 네 이름이 뭐지?" "'충직한 페르디난드'입니다." "내 이름도 거의 비슷한데." 하고 그가 말했다. "내 이름은 '불충한 페르디난드'야." 둘은 함께 다음 장소로 떠나 여관에 들어갔다.

'불충한 페르디난드'는 다른 사람이 생각하는 걸 전부 알았는데 그게 탈이었다. 온갖 나쁜 수단을 통해 알아냈기 때문이다. 여관에는 견실한 아가씨가 있었는데 맑은 얼굴에 참으로 예뻤다. 그 아가씨는 '충직한 페르디난드'에게 반했다. 그가 참으로 잘생긴 청년이었기 때문이다. 아가씨가 그에게 어디로 가느냐고 물었다. "그냥 이렇게 다니죠." 하고 '충직한 페르디난드'가 대답했다. 그러자 아가씨가 그에게 여기 머물라고 했다. 이 나라에 왕이 있는데 하인이나 기사가 필요하다며 왕의 하인이 되라고 했다. 그가 대답했다. "제가 가서 저를 써 달라고는 못 하겠어요." 그러자 아가씨가 말했다. "오, 그건 당신을 위해 제가 하겠어요." 그러고는 곧장 왕에게 가 왕궁에 맞는 잘생긴 하인감을 안다고 말했다. 왕은 흡족해서 그를 오게 했고, 하인으로 고용하려 했다. 그러나 그는 선도 기사가 되고 싶었다. 말이 있는 곳에 자기도 있어야 하기 때문이었다. 왕이 그를 선도 기사로 임명했다.

'불충한 페르디난드'가 그걸 알자 아가씨에게 말했다. "저 친구는 도와주고 나는 안 도와줘요?" "오……." 하고 아가씨가 말했다. "당신도 돕겠어요." 아가씨는 생각했다. '이 남자는 친구로 지내야 해, 믿을 수 없는 사람이니까.' 아가씨가 왕에게 가서 '불충한 페르디난드'를 신하로 제안했다. 왕이 흡족해했다.

　한번은 '불충한 페르디난드'가 아침에 옷을 입혀 줄 때
왕이 탄식했다. "오, 내 애인이 곁에 있었으면." '불충한
페르디난드'는 '충직한 페르디난드'에게 늘 적대적이었다.
왕이 다시 탄식하자 '불충한 페르디난드'가 말했다. "폐하
께는 선도 기사가 있잖습니까, 그를 보내십시오. 그가 분
명 그녀를 모셔올 겁니다. 그렇게 하지 않으면 그의 머리
가 발 앞에 놓일 테니까요." 그러자 왕이 '충직한 페르디
난드'를 불러 말했다. "어디 어디에 가서 내 애인을 데려오
거라. 만약 그러지 못하면 너는 죽어야 한다."

　'충직한 페르디난드'는 마구간에 있는 백마에게 가서
울며 탄식했다. "오, 이 무슨 불행한 인간인가." 그러자 뒤
에서 외침이 들렸다. "'충직한 페르디난드', 왜 울어요?"
돌아보았으나 아무도 보이지 않자 그가 계속해서 탄식했
다. "오, 사랑하는 백마야, 나는 너를 떠나야 한다. 이제
나는 죽어야 해." 그러자 다시 소리가 들렸다. "'충직한

충직한 페르디난드와 불충한 페르디난드

325

페르디난드', 왜 울어요?" 그러자 그는 백마가 말한 걸 알
아차렸다. "너였어, 내 백마야? 네가 말을 할 수 있어?" 그
가 말했다. "나는 어디 어디로 가서 신부를 데려와야 해.
내가 그 일을 어떻게 시작해야 할지 알려 주겠니?" 그러
자 백마가 대답했다. "왕에게 말하세요. 당신이 꼭 가져야
할 걸 주면 신부를 데려오겠다고요. 고기를 가득 실은 배
한 척과 빵을 가득 실은 배 한 척이 필요해요. 고기를 가
져가지 않으면 물 위의 거대한 거인들이 짓찢을 테니까요.
그리고 빵이 없으면 거대한 새들이 머리를 찍어 뽑을 테니
까요."

　　그리하여 왕은 나라의 모든 푸주한에게 도살을 하게 하
고 모든 제빵사에게 빵을 굽게 해 배를 가득 채웠다. 배가
가득 차자 백마가 '충직한 페르디난드'에게 말했다. "이제
나를 타고 함께 배로 가요. 그런 다음 거인들이 오면 이렇
게 말해요.

　'조용, 조용, 우리 사랑하는 거인님들,

　　여러분들 생각해서

　　뭘 가져왔답니다.'

　그리고 새들이 울거든 다시 말해요.

　'조용, 조용, 우리 사랑하는 새님들,

　　여러분을 생각해서

　　뭘 가져왔답니다.'

그러면 그들은 아무 짓도 하지 않을 것이고, 성에 가면 거인들이 도와줄 거예요. 성으로 올라갈 때 거인 몇을 데려가세요. 거기 공주가 누워서 자고 있어요. 그러나 깨우면 안 되고 거인들이 공주를 침대와 한꺼번에 배로 날라야 해요."

모든 것이 백마가 말한 대로 일어났다. '충직한 페르디난드'가 그들을 위해 가져온 것을 거인과 새들에게 주었고, 거인들이 기껍게 공주를 배로 날랐으며, 배는 즉시 왕에게로 갔다. 그러나 왕에게 온 공주가 말했다. 자기는 살 수가 없다고, 성에 두고 온 자기 글들이 있어야 한다고. 그러자 '불충한 페르디난드'가 부추겼고, 왕은 '충직한 페르디난드'에게 성에 가서 글들을 가져오라고, 안 그러면 죽어야 한다고 했다. 그는 다시 외양간으로 가서 울며 말했다. "오, 내 사랑하는 백마야, 이제 나는 또 한 번 떠나야 해. 어떻게 해야 할까?" 그러자 백마가 말했다. 배들을 다시 가득 채우라고. 그러자 다시 지난번처럼 되었고, 거인과 새들은 고기로 배를 채우고 진정되었다.

그들이 다시 성으로 갔을 때 백마가 말했다. 공주의 침실에 글들이 놓여 있다고. 그러자 '충직한 페르디난드'가 가서 글들을 가져왔다. 다시 바다 위에 있을 때 그가 펜을 물에 빠뜨렸다. 그러자 백마가 말했다. "이제는 내가 당신

을 돕지 못해요." 그는 피리가 생각나서 불기 시작했다. 그
러자 물고기가 입에 펜을 물어 그를 향해 내밀었다. 그는
글들을 성으로 가져갔고, 그곳에서 결혼식이 열렸다.

왕비는 왕이 냄새를 못 맡아 좋아하지 않았고 '충직한
페르디난드'를 좋아했다. 궁정의 모든 신사가 모여 있는데
왕비가 말했다. 자기에게 좋은 기술이 있다고, 머리를 자
르고 다시 붙일 수 있는데 누가 한번 시험해 보라고. 누구
도 첫 사람이 되려 하지 않았다. 결국 다시 '불충한 페르

디난드'의 부추김으로 '충직한 페르디난드'가 나서야 했다. 왕비가 '충직한 페르디난드'의 목을 쳤다가 다시 올려놓았다. 금방 낫기는 했다. 그러나 마치 빨간 줄 하나가 목에 둘린 듯 보였다. 그러자 왕이 말했다. "이런, 어디서 그런 걸 배웠소?" "아, 네……." 하고 왕비가 말했다. "그냥 알아요, 당신도 한번 시험해 볼래요?" "아, 그러지." 하고 왕이 말했다. 왕비는 왕의 머리를 잘라 다시 올려놓지 않았으며 마치 못 하는 것처럼 굴었다. 그러고는 머리가 제자리에 단단히 들어맞지 않는다는 시늉을 했다. 왕은 묻혔고 왕비는 '충직한 페르디난드'와 결혼했다. '충직한 페르디난드'는 늘 자기 말을 탔는데, 한번은 그 위에 앉자 말이 말했다. 자기가 알려 주는 다른 벌판으로 말을 달리라고, 그 벌판을 자기와 함께 세 번 돌라고. 그가 그렇게 하자 백마가 뒷다리를 딛고 서더니 왕자로 변했다.

127

무쇠 난로

소망하면 아직 도움이 오던 시절, 어떤 왕자가 숲속 늙은 마녀의 마법에 걸려 커다란 무쇠 난로에 갇혔다. 무쇠 난로 속에서 여러 해를 보냈지만 누구도 그를 구할 수 없었다. 한번은 어떤 공주가 숲에 왔다가 길을 잃어 아버지의 왕국으로 가는 길을 찾을 수 없었다. 아홉 날을 돌아다니다 마침내 공주가 그 무쇠 난로 앞에 섰다. 거기서 목소리가 들리더니 그녀에게 말했다. "어디서 와서 어디로 가나요?" 공주가 말했다. "나는 아버지의 왕국으로 가는 길을 잃어 다시 집으로 돌아갈 수 없어요." 그러자 무쇠 난로에서 말소리가 나왔다. "당신이 집으로 돌아가도록 돕겠어요. 그것도 당장, 내가 요구하는 것에 당신이 서명하면요. 나는 당신 아버지보다 더 위대한 왕의 아들이고 당신과 결혼하겠어요." 그러자 공주가 놀라 생각했다. '하느님, 이 무쇠 난로를 어떻게 해야 하죠!' 아버지에게 돌아가고 싶은 공주는 요구대로 서명했다. 하지만 그가 말했다. "당신은 다시 와서 칼로 무쇠를 긁어 구멍을 내야 해요." 그러고는 공주에게 동행을 붙여 주었는데 그가 곁에서 걸었으나 말은 하지 않았다.

무쇠 난로

두 시간 만에 공주는 집으로 갔다. 공주가 돌아오자 성에는 큰 기쁨이 있었고 늙은 왕이 공주의 목을 껴안고 입맞춤했다. 그러나 공주가 몹시 침울하게 말했다. "아버지, 저에게 어떤 일이 있었는지! 어떤 무쇠 난로에 다다르지 않았더라면 저는 큰 야생의 숲을 나와 집으로 돌아오지 못했을 거예요. 저는 다시 돌아가 그를 구하고 그와 결혼하겠다고 서약했어요." 늙은 왕은 몹시 놀라 기절할 뻔했다. 하나뿐인 딸이었기 때문이다. 의논 끝에 아름다운 물방앗간 딸이 공주를 대신하기로 했다. 물방앗간 딸을 데리고 가서 칼을 주고 무쇠 난로를 긁으라고 했다. 물방앗간 딸이 스물네 시간을 긁었지만 눈곱만큼도 부스러뜨릴 수 없었다.

날이 밝아 오자 무쇠 난로에서 소리가 났다. "내 생각에 바깥은 낮인 것 같은데." 그러자 물방앗간 딸이 대답했다. "제 생각도 그래요. 우리 아버지 물방아가 덜그덕거리는 소리가 들려요." "너는 물방앗간 딸이로구나. 곧장 가서 공주를 오라고 하거라." 그녀가 가서 늙은 왕에게 무쇠 난로가 자기가 아닌 공주를 원한다고 말했다. 그러자 늙은 왕이 놀랐고 공주가 울었다. 그들에게는 물방앗간 딸보다 더 예쁜 돼지치기의 딸이 있었다. 돼지치기 딸에게 공주 대신 무쇠 난로로 가라고 돈 한 푼을 주었다. 돼지치기 딸이 그곳으로 가 역시 스물네 시간을 긁었지만 한 조각도 떼어 내지 못했다.

날이 밝아 오자 난로에서 소리가 났다. "내 생각에 바깥은 낮인 것 같은데." 그러자 돼지치기 딸이 대답했다. "제 생각도 그래요. 우리 아버지가 뿔피리 부는 소리가 들려요." "너는 돼지치기 딸이로구나. 곧장 가서 공주를 오라고 하거라. 그리고 공주에게 말하거라. 나와 한 약속을 지켜야 하고, 만약 공주가 오지 않으면 온 나라의 모든 것이 죄다 무너질 것이며 어떤 돌도 그대로 다른 돌 위에 놓여 있지 않을 거라고." 공주가 그 말을 듣자 울기 시작했다. 이제 약속을 지키는 수밖에는 다른 방법이 없었다.

그리하여 공주는 아버지와 작별하고 칼 하나를 집어넣고 집을 나서서 숲속 무쇠 난로로 갔다. 도착하자 긁기 시작했는데 무쇠가 굴복했다. 두 시간이 지나자 벌써 작은 구멍이 하나 났다. 들여다보니 잘생긴 젊은이가 보였다. 아, 그가 황금과 보석에 감싸여 번쩍번쩍하는데 속속들이 정말 마음에 들었다. 공주가 계속 긁자 구멍이 커졌고 그가 나올 수 있었다. 그가 말했다. "당신은 내 것이고 나는 당신 것이오. 당신은 내 신부이고 당신은 나를 구했소." 그는 공주를 자기의 왕국으로 인도하려 했다. 그러나 공주가 아버지에게 들르게 해 달라 청했고 왕자가 허락했다. 하지만 공주는 아버지와 세 마디 이상 말하면 안 되었고 다시 돌아와야 했다. 공주가 집으로 갔는데 그만 세 마디 이상의 말을 해 버렸다. 그러자 느닷없이 무쇠 난로가 유리 산들과 날카로운 창들 너머로 멀리 끌려가 사라져 버렸다. 하지만 왕자는 풀려났고 더 이상 그 안에 갇혀 있지 않았다.

공주는 아버지와 작별하고 약간의 돈을 받아 큰 숲으로 다시 들어갔다. 그리고 무쇠 난로를 찾았으나 찾을 수 없었다. 아홉 날을 찾다 너무나 배가 고파진 공주는 어찌할 바를 몰랐다. 더 살아갈 방도가 전혀 없었다. 저녁이 되자 공주는 작은 나무 위에 앉아 밤을 보내기로 했다. 들짐승들이 겁났기 때문이다. 자정이 될 무렵 멀리 작은 불빛 하나가 보여 공주는 생각했다. '아, 저기로 가면 내가 구원되겠구나.' 공주는 나무에서 내려와 기도하며 불빛을 향해 나아갔다. 그리하여 낡은 작은 집에 닿았는데 집 주변에 풀이 많이 자라고 그 앞에 조그만 장작 더미가 쌓여 있었다. '아, 나는 여기서 어디로 가지!' 생각하며 공주가 창문을 들여다보니 그 안에 작고 퉁퉁한 두꺼비들 외에는 아무것도 보이지 않았다. 식탁에 포도주와 구운 고기가 멋지게 차려져 있었고, 접시와 잔은 은이었다. 공주는 마음을 다잡고 문을 두드렸다. 곧 그 퉁퉁한 것이 외쳤다.

"풋내기 작은 처자야,

쪼그랑다리야,

쪼그랑다리 작은 개야

쪼그랑쪼그랑 이리저리

얼른 누가 밖에 있는지 보거라."

그러자 작은 두꺼비가 와서 문을 열어 주었다. 공주가
들어서니 모두 환영했고, 공주는 앉아야 했다. 두꺼비들
이 물었다. "어디서 오니? 어디로 가니?" 공주는 어떻게
되었는지 죄다 이야기했다. 그리고 자기가 세 마디 이상
말하면 안 된다는 계명을 지키지 못해 난로가 왕자와 함
께 사라져 버렸으며, 이제 왕자를 찾을 때까지 오랫동안
산과 골짜기 너머로 돌아다닐 거라고 했다. 그러자 늙은
퉁퉁이가 말했다.

"풋내기 작은 처자야,

쪼그랑다리야,

쪼그랑다리 작은 개야

쪼그랑쪼그랑 이리저리

얼른 커다란 상자를 가져오너라."

그러자 작은 두꺼비가 상자를 지고 왔다. 그들은 공주
에게 먹을 것과 마실 것을 주고 준비된 멋진 침대로 데려
다주었는데 침대는 비단과 빌로드였다. 공주는 그 속에 누
워 더할 나위 없이 편안히 잤다.

무쇠 난로

아침이 되어 공주가 일어나자 늙은 두꺼비가 필요할 거라며 상자에서 커다란 바늘 세 개를 꺼내 주었다. 공주는 높은 유리 산을 넘고 날카로운 세 개의 창을 넘고 큰 호수를 건너야 했다. 공주가 그걸 해내면 애인을 되찾을 거라고 했다. 늙은 두꺼비는 조심해서 지녀야 할 세 가지, 커다란 바늘 세 개, 쟁기 끝에 다는 바퀴 하나, 호두 세 알을 주었다. 그걸 가지고 공주는 떠났다.

참으로 매끄러운 유리 산 앞으로 오자 공주는 바늘 세 개를 발 뒤에 박고 다시 앞으로 발을 내디디며 산을 넘었다. 산을 넘자 공주는 바늘들을 숨기고 조심스럽게 표시해 두었다. 그다음 세 개의 날카로운 창 앞으로 왔고, 거기서는 쟁기에 다는 바퀴에 앉아 그 위를 굴러 넘어갔다. 마지막으로 큰 호수 앞에 왔고, 그걸 건너자 크고 아름다운 성이 보였다. 성으로 간 공주는 가난한 하녀라며 일을 시

켜 달라고 했다. 공주는 큰 숲속 무쇠 난로에서 구한 왕자가 그 성에 있는 걸 알았다. 그래서 공주는 미미한 급료를 받고 부엌 하녀로 들어갔다.

왕자에겐 이미 다른 여자가 곁에 있었고 그 여자와 결혼하려고 했다. 공주가 이미 오래전에 죽었다고 생각했기 때문이었다. 저녁에 공주가 설거지를 마치고 주머니를 더듬다 늙은 두꺼비가 준 호두 세 개를 찾았다. 하나를 깨물어 먹으려는데 보아라, 거기 당당한 왕녀의 옷이 들어 있었다. 그 말을 듣고 신부가 와서 그 옷을 사겠다며 말했다. "이건 하녀가 입을 옷이 아닌 것 같아." 공주는 팔지 않고 한 가지를 허락하면 주겠다고 했다. 그러고는 그녀의 신랑 방에서 하룻밤 자는 걸 허락해 달라고 했다. 신부는 옷이 워낙 아름답고 자기에게는 그런 옷이 없었기 때문에 허락했다.

저녁이 되자 여자가 왕자에게 말했다. "멍청한 하녀가 당신 방에서 잠을 자려 해요." "당신이 괜찮다면 나도 괜찮소." 하고 왕자가 말했다. 여자는 왕자에게 술을 한 잔 주었는데 그 안에 수면제가 들어 있었다. 두 사람은 자러 들어갔고, 그가 어찌나 쿨쿨 자는지 공주는 그를 깨울 수가 없었다. 공주는 밤새 울며 외쳤다. "내가 당신을 거친 숲에서, 또 무쇠 난로에서 구해 주었어요. 나는 당신을 찾아 유리 산을 넘고 세 개의 날카로운 창을 넘고 큰 호수를 건너 마침내 당신을 찾아냈어요. 그런데 당신은 내 말을 들으려고 하지 않는군요." 하인들이 방문 앞에 앉아 그녀가 밤새 우는 소리를 듣고 다음 날 아침 주인에게 그 말을 전했다.

다음 날 저녁 설거지를 마친 공주는 두 번째 호두를 깨물어 열었다. 그 안에는 훨씬 더 아름다운 옷이 들어 있었다. 신부가 그걸 보자 또 사려고 했다. 소녀는 돈을 바라지 않고 한 번 더 신랑의 방에서 자기를 청했다. 그러나 신부가 수면 음료를 신랑에게 주었고, 그가 어찌나 깊이 잠들었는지 아무 말도 들을 수 없었다. 부엌 하녀는 밤새 울며 외쳤다. "내가 당신을 숲의 난로에서 구했어요. 나는 당신을 찾아 유리 산을 넘고 세 개의 날카로운 창을 넘고 큰 호수를 건너 마침내 당신을 찾아냈어요. 그런데 당신은 내 말을 들으려고 하지 않는군요." 하인들이 방문 앞에 앉아 그녀가 밤새 우는 소리를 듣고 다음 날 아침 주인에게 그 말을 전했다.

세 번째 저녁 설거지를 마친 공주가 세 번째 호두를 깨물어 열자 그 안에 순금으로 빳빳한 아름다운 옷이 들어 있었다. 신부가 그걸 보자 가지려 했고 하녀는 세 번째로 신랑 방에서 자게 해 달라고 했다. 이번에 왕자는 수면 음료를 입에 대는 시늉만 했을 뿐 마시지 않았다. "내 사랑, 나는 당신을 무섭고 거친 숲에서 또 무쇠 난로에서 구했어요." 하고 공주가 울며 외치자 왕자가 펄쩍 뛰어오르며 말했다. "당신이 내게 맞는 여자요. 나는 당신 것이고 당신은 내 것이오."

그 후 왕자는 날이 새기 전에 공주와 함께 마차에 올랐고, 가짜 신부에게 옷을 빼앗아 그 여자는 일어날 수 없었다. 커다란 호수로 온 그들은 배를 타고 건넜고, 세 개의 날카로운 창 앞에서는 쟁기에 다는 바퀴에 올랐고, 유리 산 앞에서는 세 개의 바늘을 꽂아 넣었다. 그들은 마침내 조그만 낡은 집에 닿았다. 그들이 들어서니 그건 커다란 성이 되었다. 두꺼비들이 모두 마법에서 풀려나 온통 왕자와 공주들이었으며 기쁨에 가득 찼다. 결혼식이 열렸고, 그들은 성안에 머물렀다. 그 성은 공주 아버지의 성보다 훨씬 컸다. 그러나 노인이 혼자 남는 것을 탄식했기 때문에 두 사람은 아버지를 모셔와 두 왕국을 가지게 되었으며, 행복한 결혼 생활을 하며 살았다.

"저기 생쥐 한 마리 오네,
이야기 끝났네."

무쇠 난로

128

게으른 실 잣는 여인

어떤 마을에 한 남자와 한 여자가 살았다. 여자는 어찌나 게으른지 늘 아무 일도 하지 않았다. 남편이 실을 자으라고 주는 것을 잣지 않았고, 자은 것도 물레질해서 가지런히 감지 않고 뭉텅이 더미로 버려두었다. 남편이 비난하면 그녀는 말발로 앞서며 말했다. "에이, 물레가 없는데 어떻게 실을 물레에 가지런히 감아. 당신이 숲에 가서 물레부터 하나 마련해 와요." "그게 문제라면……." 하고 남편이 말했다. "그럼 내가 숲에 가서 물레 만들 나무를 해 오겠소." 아내는 남편이 나무를 가져와 물레를 만들면 자기가 물레질을 하고 다시 새롭게 실을 자아야 하는 게 겁났다. 잠깐 생각한 아내는 좋은 수가 떠올라 몰래 남편을 뒤따라 숲으로 갔다.

남편이 목재를 고르고 베기 위해 나무에 올라갔는데 아내가 남편이 볼 수 없는 덤불 속에서 위를 보며 외쳤다.

"물레 만들 나무를 베는 사람, 죽어.

그걸로 물레질하는 사람, 망해."

남편은 귀 기울였고, 한동안 도끼를 내려놓고 그게 무슨 뜻인지 생각했다. "에이, 이런." 하고 그가 마침내 말했다. "그게 뭐였겠나! 귀에서 울린 것에 쓸데없이 겁먹지 말자." 그는 새롭게 도끼를 들고 내려치려 했다. 그때 다시 아래쪽에서 들려왔다.

"물레 만들 나무를 베는 사람, 죽어.

그걸로 물레질하는 사람, 망해."

그는 멈추었고 겁나고 두려워 그 일을 곰곰 생각했다. 그러고는 다시 마음이 돌아와 세 번째로 도끼를 잡아 내려치려 했다. 그런데 세 번째로 그 소리가 들렸는데 소리가 컸다.

"물레 만들 나무를 베는 사람, 죽어.

그걸로 물레질하는 사람, 망해."

그러자 그는 더는 참을 수 없었고 모든 흥이 다 사라져 서둘러 나무에서 내려와 집으로 가려 했다. 아내는 먼저

집에 도착하려고 있는 힘껏 샛길을 달렸다. 남편이 방으로 들어서자 아내는 마치 아무 일 없었다는 듯 천연덕스럽게 말했다. "자, 당신, 좋은 물레 만들 나무를 가져왔어요?" "아니." 하고 남편이 말했다. "물레질은 안 되겠어." 하고 아내에게 숲에서 닥친 일을 들려주었고 더는 물레질하라고 아내를 들볶지 않았다.

머지않아 남편은 다시 집 안의 무질서에 화가 나기 시작했다. "여보." 하고 남편이 말했다. "자은 실이 뭉텅이째 버려져 있는 건 수치잖아." "있잖아요……." 하고 아내가 말했다. "우린 물레가 없으니 당신이 다락에 서고 나는 아래에 서요. 내가 실 뭉텅이를 위로 당신에게 던지고, 당신은 그걸 아래로 던져요. 그러면 실타래가 만들어지겠죠." "그러면 되겠네." 그리하여 그들은 그렇게 했고 다 되자 남편이 말했다. "실가닥이 실타래가 되었으니 이제 삶아야지." 아내는 다시 겁이 나서 "네, 우리 내일 아침 일찍 바로 해요." 하면서도 속으로는 새로운 장난을 꾸며 낼 생각을 했다.

이른 아침 그녀는 불을 피우고 솥을 얹었다. 그러나 자아 놓은 실 대신 한 뭉텅이 아마 부스러기를 솥에 넣고 계속 삶았다. 그런 다음 아직 잠자리에 누워 있는 남편에게 가서 말했다. "잠깐 외출을 해야겠으니 그사이 일어나서 솥에 담아 불 위에 얹어 놓은 실 좀 봐 줘요. 때 늦지 않게 주의하세요. 시간이 지나 당신이 살펴보지 않으면 자은 실이 부스러기가 되니까요." 남편은 소홀히 하지 않으려고 주의했고 급히 일어나 부엌으로 갔다. 그러나 그가 솥을 들여다보니 놀랍게도 부스러기 덩어리밖에 없었다. 가엾은 남편은 자기가 잘못했고 다 자기 죄라고 생각해 쥐 죽은 듯 잠잠히 말이 없었고, 그 후로는 실과 실 잣기에 대해 더 이상 말하지 않았다. 하지만 넌 밉살스러운 아내였다고 말하지 않을 수 없을 거야.

129

재주 많은 형제들

어떤 가난한 남자에게 아들이 넷 있었다. 아이들이 자라자 그가 말했다. "얘들아, 너희는 이제 세상으로 나가거라. 나는 너희에게 줄 게 아무것도 없어. 집을 떠나 낯선 곳으로 가서 수공을 하나씩 익히고 너희가 어떻게 세상을 헤쳐 나갈지 보거라." 네 형제는 지팡이를 들고 아버지와 작별하고 함께 대문을 나섰다. 한동안 가다 보니 갈림길에 왔는데 서로 다른 네 지역으로 가는 길이었다. 맏이가 말했다. "여기서 우리 헤어지자. 사 년 후 오늘 이 자리에서 다시 만나. 그사이 우리의 운을 시험해 보자." 그들은 각자 자기 길을 갔다.

맏이는 어떤 남자를 만났는데 그가 어디를 가며 무얼 하려는지 물었다. 맏이가 말했다. "저는 수공을 한 가지 익히려고 합니다." 그러자 그가 말했다. "나와 함께 가서 도둑이 되자." "싫어요." 하고 맏이가 대답했다. "그건 명예로운 수공이 아니고 끝은 괴로움이라 교수대에 매달려 대롱거리게 되지요." "아……." 하고 그가 말했다. "교수대를 겁낼 필요는 없단다. 내가 어떤 인간도 가질 수 없는 것을 누구도 눈치채지 못하게 가져오는 법을 알려 줄게." 그러자 그는 설득당해 뛰어난 도둑이 되었고, 얼마나 노련

재주 많은 형제들

한지 한번 가지려고 마음먹은 건 무엇이든 그 앞에서 안전하지 않았다.

둘째도 어떤 사람을 만났는데 세상에서 뭘 배우려 하느냐고 물었다. "아직 모르겠습니다." 하고 둘째가 말했다. "그럼 나와 같이 가서 별 보는 사람이 되자. 그보다 나은 건 없어. 아무것도 감출 수가 없거든." 둘째는 그게 좋게 여겨져 노련한 성학가가 되었다. 그가 다 배우고 떠나려 하자 스승이 망원경 하나를 주며 말했다. "이걸로 너는 땅 위에서 또 하늘에서 무엇이 일어나는지 볼 수 있고, 그 무엇도 너에게는 감출 수가 없다."

셋째는 어떤 사냥꾼이 가르치게 되었고, 사냥에 필요한 모든 것을 배워 그는 경험이 풍부한 사냥꾼이 되었다. 작별할 때 스승이 총 한 자루를 주며 말했다. "이 총은 빗나가지 않아. 네가 무엇을 겨냥하든 확실하게 맞힐 거다."

막내 역시 어떤 사람을 만났는데 그가 말을 걸며 무슨 계획이 있는지 물었다. "재단사가 될 마음이 없나?" "모르겠어요." 하고 막내가 말했다. "아침부터 저녁까지 꾸부정하게 앉아 있고, 바늘을 들고 이리저리 꿰매고, 게다가 다리미는 제 취미에 맞질 않아요." "에이 이런……." 하고 그가 말했다. "넌 네가 아는 대로만 말하는데 나는 전혀 다른 기술을 가르쳐. 점잖고 품위 있고 부분적으로는 매우 명예로운 기술이지." 그는 설득당해 함께 가서 그 사람의 기술을 바탕에서부터 배웠다. 떠날 때 재단사가 바늘 하나를 주며 말했다. "이걸로 너는 그게 계란처럼 연하든 강철처럼 강하든 너에게 주어진 걸 꿰맬 수 있어. 그리고 꿰매 놓은 건 어떤 이음새도 보이지 않는 온전한 하나가 되지."

정해진 사 년이 지나자 네 형제는 같은 시간에 갈림길에서 만나 서로 포옹하고 입맞춤하고 아버지에게 돌아갔다. "그런데……." 하고 아버지가 아주 흡족해서 말했다. "바람이 너희를 다시 내게로 불어 보냈느냐?" 아들들은 어떻게 지냈는지, 또 각자 배운 수공을 아버지에게 말했다. 그들은 마침 집 앞 커다란 나무 밑에 앉아 있었다. 아버지가 말했다. "이제 너희가 뭘 할 수 있는지 시험해 봐야겠다." 그러고는 하늘을 쳐다보며 둘째 아들에게 말했다. "저 나무 꼭대기 두 개의 가지 사이에 너도밤나무 방울새 둥지가 있다. 저 안에 새알이 몇 개 있는지 말해 보렴." 별 보는 사람이 망원경을 들어 올려다보며 말했다. "다섯 개입니다." 아버지가 맏이에게 말했다. "그 새알들을 내려오너라. 그 위에 앉아 품고 있는 새가 모르게." 능숙한 도둑이 올라가 평안히 그대로 앉아 있는 새가 품던 새알 다섯 개를 감쪽같이 내려와 아버지에게 주었다. 아버지는 그걸 받아 식탁 네 귀퉁이마다 하나씩 놓고 다섯 번째 새알은 한가운데에 놓고 사냥꾼에게 말했다. "넌 총 한 발로 이 다섯 개 새알의 한가운데를 두 쪽 내거라." 사냥 꾼이 총을 장전해 아버지가 요구한 대로 새알 다섯 개를 한 방에 쏘았다. 한 방은 분명 귀퉁이를 돌아 튀는 총알이 었다. "이제 네 차례구나." 하며 아버지가 넷째 아들에게 말했다. "너는 새알들과 그 안에 있는 어린 새끼들을 다시 꿰매렴. 총격이 아무것도 해치지 않게끔." 재단사는 바늘 을 가져와 아버지가 요구한 대로 꿰맸다. 다 되자 도둑은 어미 새가 아무것도 눈치채지 못하게 새알들을 나무 위 둥지 속에 놓아 주었다. 새알들은 완전하게 부화해 며칠 뒤에는 새끼들이 기어 나왔고, 재단사가 꿰맨 곳에 작은 붉은 줄 하나가 목 둘레에 나 있었다.

"그래……." 하고 노인이 아들들에게 말했다. "푸르른 토끼풀 같은 너희를 칭찬해야겠구나. 너희는 시간을 잘 이용하고 뭔가 제대로 된 걸 배웠다. 나는 너희 중 누구에 게 우선권을 줄 수 없다. 너희가 재주를 쓸 기회가 머지않 아 올 것이다."

그 후 오래지 않아 나라에 큰 소동이 났다. 공주가 괴룡 에게 납치당한 것이다. 밤낮으로 시름에 잠긴 왕은 공주 를 되찾아 오는 사람을 사위로 삼겠다는 공고를 냈다. "이 건 우리를 내보일 기회 같아." 하고 네 형제는 이야기하며

공주를 구하러 함께 집을 떠났다. "공주가 어디에 있는지 알아야겠어." 하고 별 보는 사람이 말하며 망원경으로 보고 말했다. "벌써 보이네. 공주는 멀리 바다 한가운데 바위 위에 앉아 있고, 그 곁에 괴룡이 앉아 공주를 지켜."

형제들은 왕에게로 가 배를 청했고, 함께 바다를 건너 마침내 바위까지 갔다. 공주는 거기 앉아 있었고 괴룡이 그녀의 품 안에서 자고 있었다. 샤냥꾼이 말했다. "내가 총을 쏘아서는 안 돼. 아름다운 소녀도 함께 죽을 테니까." "그럼 내가 구해 보겠어." 하고 도둑이 살금살금 다가가 괴룡에 깔린 공주를 빼냈다. 어찌나 살짝 잽싸게 빼냈는지 괴룡은 아무것도 알아채지 못하고 계속 코를 골았다. 그들은 기쁨에 가득 차 공주와 함께 배에 올라 넓은 바다를 항해했다. 그러나 잠이 깨어 공주가 없어진 것을 안 괴룡이 화가 나 헐떡이며 공중을 가르고 그들을 뒤따라왔다. 괴룡이 배 위를 떠돌며 내려앉으려 할 때 사냥꾼이 총을 장전해 심장 한가운데를 쏘았다. 괴룡이 죽어 떨어졌는데 어찌나 크고 센지 떨어지면서 배 전체를 박살 냈다. 그들은 다행히 판장 몇 개를 붙들어 넓은 바다 위에서 둥둥 떠돌았다. 그건 다시금 큰 어려움이었다. 그러나 재단사가 지체 없이 놀라운 바늘을 잡고 판장들을 급히 몇 번 듬성듬성 꿰매고 그 위에 앉아 배의 다른 조각들을 모았다. 그런 다음 모은 조각들도 어찌나 노련하게 꿰맸는지 단시간에 배가 다시 준비가 되어 그들은 무사히 집으로 돌아왔다.

왕은 딸을 다시 보자 크게 기뻐했다. 왕은 네 형제에게 말했다. "너희 중 하나가 공주를 아내로 삼게 하겠다. 그게 누구인지 너희끼리 정하거라." 그러자 그들 사이에서 격렬한 싸움이 일어났다. 저마다 요구했기 때문이다. 별보는 사람이 말했다. "내가 공주를 보지 못했더라면 너희의 재주가 아무 소용이 없었을 거야. 그러니 공주는 내 것이지." 도둑이 말했다. "내가 공주를 괴룡 밑에서 빼 오지 못했더라면 보는 게 무슨 소용이겠어. 그러니 공주는 내 것이야." 사냥꾼이 말했다. "내 총알이 맞히지 않았더라면 너희는 공주와 함께 괴룡에게 짓찢겼을 거야. 그러니 공주는 내 것이야." 재단사가 말했다. "내 재주로 배를 다시 꿰매지 않았더라면 모두 비참하게 익사했을 거야. 그러니 공주는 내 것이야." 그러자 왕이 판정했다. "너희 각자가 똑같은 권리가 있다. 모두 공주를 가질 수 없으니 공주는 너희 중 누구도 가질 수 없다. 그러나 나는 너희에게 보상으로 나라의 절반을 주겠다." 형제는 이 결정이 마음에 들어 말했다. "저희가 한마음이 되지 못하는 것보다 그편이 좋습니다." 그래서 왕국의 절반을 받았고, 그들은 아버지와 함께 더없이 행복하게 살았다. 하느님 마음에 드시는 만큼 오래.

재주 많은 형제들

130

한 작은 눈, 두 작은 눈, 세 작은 눈

어떤 엄마에게 딸이 셋 있었고 그중 맏이는 이름이 '한 작은 눈'이었다. 눈 한 개가 이마 위에 달렸기 때문이다. 둘째는 '두 작은 눈'이었다. 다른 인간들처럼 눈이 둘이었기 때문이다. 막내는 '세 작은 눈'이었다. 눈이 셋이었기 때문이다. 그런데 세 번째 눈은 첫째와 마찬가지로 이마 위에 있었다. '두 작은 눈'은 다른 사람과 달라 보이지 않아 자매들과 엄마가 미워했다. 그들은 둘째에게 말했다. "네 두 눈은 다른 이들보다 나을 게 없어. 넌 우리 가족이 아니야." 그들은 둘째를 이리저리 밀쳤고, 나쁜 옷을 던져 주었다. 먹을 것도 자기들이 남긴 것만 주었으며 마음의 상처를 주기 위해 할 수 있는 모든 것을 했다.

이런 일이 있었다. '두 작은 눈'이 들판으로 가 염소를 지켰는데 아주 배가 고팠다. 자매들이 먹을 것을 참 조금 주었기 때문이다. 아이는 밭둑에 앉아 울기 시작했는데 어찌나 울었는지 눈에서 두 줄기 작은 개울이 흘러내렸다. 비통함에 싸여 눈길을 드니 어떤 여자가 곁에 서 있다가 물었다. "'두 작은 눈'아, 왜 우니?" '두 작은 눈'이 대답했다. "울 수밖에요. 제가 다른 사람들처럼 두 눈을 가졌다고 자매들과 엄마가 저를 싫어하니까요. 이 구석에서 저 구석으로 밀치고, 낡은 옷을 던져 주고, 그들이 남긴 것밖에는 먹을 걸 주지 않으니. 오늘은 어찌나 조금 주었는지 지금도 너무나 배가 고파요." 마녀가 말했다. "'두 작은 눈'아, 눈물을 훔쳐라. 네가 더는 배고프지 않게 알려 주겠다. 네 염소를 보고 이렇게만 말하거라.

'작은 염소야, 울어라,

작은 식탁아, 차려져라.'

그러면 깨끗하게 차려진 작은 식탁이 네 앞에 서 있을 거고, 아주 근사한 음식이 그 위에 있을 거야. 네가 마음껏 먹을 수 있도록. 배가 불러 그 작은 식탁이 더는 필요 없거든 이렇게만 말하거라.

'작은 염소야, 울어라,

　작은 식탁아, 사라져라.'

　그러면 식탁이 다시 네 눈앞에서 사라질 거야." 그러고
는 마녀가 떠났다. '두 작은 눈'은 '정말인지 한번 시험해
봐야지. 너무나도 심하게 배가 고프니까.'라고 생각하며
말했다.

　"작은 염소야, 울어라,

　　작은 식탁아, 차려져라."

　그 말을 입 밖에 내자 하얀 식탁보가 덮인 작은 식탁이
서 있었고, 그 위에 포크와 나이프와 은 숟가락, 더없이 근
사한 음식들이 두루 차려져 김을 뿜었다. 음식은 마치 방
금 부엌에서 나온 듯 아직 따뜻했다. '두 작은 눈'은 자기
가 아는 가장 짧은 기도인 "주여, 언제나 저희의 손님이 되
소서, 아멘."을 읊조리고 숟가락을 들어 맛있게 먹었다. 배

가 부르자 '두 작은 눈'은 마녀가 가르쳐 준 대로 말했다.

"작은 염소야, 울어라,

작은 식탁아, 사라져라."

곧 작은 식탁이며 그 위에 있던 모든 것이 사라졌다. '이거 멋진 살림이군.' 하고 생각하며 '두 작은 눈'은 아주 흡족하고 기분이 좋았다.

저녁이 되어 염소를 데리고 집으로 오자 자매들이 그를 위해 내놓은 음식이 담긴 작은 옹기 접시가 있었지만 그 애는 아무것도 건드리지 않았다. 다른 날 '두 작은 눈'은 염소를 데리고 다시 나갔고, 그에게 준 음식 부스러기 몇 개를 그대로 놓아두었다. 맏이와 셋째는 신경 쓰지 않았다. 그러나 번번이 그런 일이 있자 그들이 말했다. "'두 작은 눈'이 정상이 아니야. 여느 때는 모두 먹어 치웠는데 먹을 걸 번번이 그대로 두잖아. 다른 길을 찾아낸 게 틀림없어."

진실을 알기 위해 '한 작은 눈'은 '두 작은 눈'이 염소를 풀밭으로 몰고 갈 때 함께 갔다. 그러고는 둘째가 거기서 뭘 하는지 혹시 누군가가 먹고 마실 걸 가져다주는지 살폈다. 다음번에도 '두 작은 눈'이 출발하자 '한 작은 눈'이 말했다. "염소를 제대로 지키는지, 먹이 있는 곳으로 모는지 내가 함께 들판으로 가겠어." 그러나 '두 작은 눈'은 '한 작은 눈'이 품고 있는 생각을 알아차리고 염소를 키 큰 풀 속으로 몰며 말했다. "자, '한 작은 눈'아, 우리 앉자. 노래를 불러 줄게." '한 작은 눈'이 익숙지 않은 길과 뜨거운 햇볕에 지쳐 앉자 '두 작은 눈'이 노래했다.

"한 작은 눈, 깨어 있니?

한 작은 눈, 자고 있니?"

'두 작은 눈'은 '한 작은 눈'이 한 눈을 감고 잠이 들 때까지 노래하다 '한 작은 눈'이 쿨쿨 자며 아무것도 알아채지 못하자 말했다.

"작은 염소야, 울어라,

작은 식탁아, 차려져라."

'두 작은 눈'은 작은 식탁에 앉아 배불리 먹고 마신 다음 다시 외쳤다.

"작은 염소야, 울어라,

작은 식탁아, 사라져라."

그러자 모든 것이 순식간에 사라졌다. '두 작은 눈'이 이제 '한 작은 눈'을 깨우며 말했다. "한 작은 눈, 언니는 지키려다 잠이 들었네. 그사이 염소가 세상으로 달아날 수도 있어. 자, 집으로 가자." 그들은 집으로 갔고, '두 작은 눈'은 또 자신의 작은 접시에 손도 안 댔다. '한 작은 눈'은 '두 작은 눈'이 왜 먹지 않는지 밝힐 수 없어서 변명을 했다. "바깥에서 잠이 들었어요."

다음 날 엄마가 '세 작은 눈'에게 말했다. "이번에는 네가 가서 지켜보거라. '두 작은 눈'이 바깥에서 먹는지, 누가 먹을 것과 마실 걸 가져오는지. 걔는 남몰래 먹고 마시는 게 틀림없어." '세 작은 눈'이 '두 작은 눈'에게 가서 말했다. "염소를 제대로 지키고 먹이 있는 곳으로 모는지 내가 같이 가겠어." '두 작은 눈'은 '세 작은 눈'의 속내를 알아차리고 염소를 키 큰 풀 속으로 몰며 말했다. "자, '세 작은 눈'아, 우리 앉자. 노래를 불러 줄게." '세 작은 눈'이 걷기와 뜨거운 햇볕에 지쳐 앉자, '두 작은 눈'이 이전처럼 노래했다.

"세 작은 눈, 깨어 있니?"

그런데 그다음으로

"세 작은 눈, 자고 있니?"

하고 노래하는 대신 부주의하게

"두 작은 눈, 자고 있니?"

했고 내내 이렇게 노래했다

"세 작은 눈, 깨어 있니?

두 작은 눈, 자고 있니?"

그러자 '세 작은 눈'의 두 눈이 감기고 잠들었는데 '세 번째 눈'은 노래로 이름을 불러 주지 않아 깨어 있었다. '세 작은 눈'이 그 눈도 감기는 했으나 자는 것처럼 그저 꾀를 부렸다. 하지만 깜박이며 모든 것을 잘 볼 수 있었다.

'두 작은 눈'은 '세 작은 눈'이 쿨쿨 잔다고 생각하고 말했다.

"작은 염소야, 울어라,

작은 식탁아, 차려져라."

'두 작은 눈'은 실컷 먹고 마신 다음 작은 식탁을 다시 사라지게 했다.

"작은 염소야, 울어라,

작은 식탁아, 사라져라."

'세 작은 눈'은 모든 것을 함께 보았다. 잠시 후 '두 작은 눈'이 '세 작은 눈'을 깨우며 말했다. "에이, '세 작은 눈', 너 잠들었구나? 잘 지킬 수 있는데! 자, 집으로 가자." 그들이 집에 오자 '두 작은 눈'이 또다시 먹지 않았다. '세 작은 눈'이 엄마에게 말했다. "이제 알아요, 왜 저 건방진 것이 먹지 않는지. 바깥에서 저애가 염소에게

'작은 염소야, 울어라,

작은 식탁아, 차려져라.'

하면 작은 식탁이 앞에 서 있어요. 거기엔 최고의 음식이 올려져 있고요. 우리가 먹는 것보다 훨씬 더 좋아요. 배부르면 이렇게 말해요.

'작은 염소야, 울어라,

작은 식탁아, 사라져라.'

그러면 모든 것이 다시 사라져요. 모든 걸 내가 똑똑히

봤어요. 내 두 눈은 주문으로 잠재웠지만 이마 위의 한 눈, 그건 다행히 계속 깨어 있었어요." 그러자 샘이 난 엄마가 "우리보다 더 나은 게 있다고? 그 즐거움이 사라지게 해 주겠어!" 하고 소리치더니 도살용 칼을 가져와 염소의 심장을 찔렀고, 염소가 죽어 쓰러졌다.

'두 작은 눈'이 그걸 보고 슬픔에 가득 차 바깥으로 나가 밭둑 위에 앉아 쓰디쓴 눈물을 흘렸다. 그러자 마녀가 다시 곁에 서서 "'두 작은 눈'아, 왜 우니?" 하고 물었다. "저더러 울지 말라고요!" 하고 '두 작은 눈'이 대답했다. "제게 알려 준 주문만 말하면 날마다 식탁을 멋지게 차려 주던 염소를 엄마가 찔러 죽였어요. 이제 다시 배고픔과 근심에 시달려야 해요." 마녀가 말했다. "'두 작은 눈'아, 너에게 좋은 충고를 하겠다. 자매들에게 도살당한 염소의 내장을 달라고 부탁하거라. 그걸 집 앞 땅에 묻어. 그러면 그게 네 행운이 될 거다." 마녀는 사라졌고, '두 작은 눈'은 집으로 가 자매들에게 말했다. "언니야, 동생아, 내 염소에게서 뭘 좀 다오. 나는 좋은 건 아무것도 바라지 않아. 그저 내장만 줘." 그러자 둘이 웃으며 말했다. "그건 네가 가질 수 있지. 더 바라는 게 없다면." 그리하여 두 작은 눈은 내장을 받아 저녁에 아무도 모르게 마녀의 충고대로 집 앞에 묻었다.

다음 날 아침 모두 잠에서 깨어 문을 나서자 은으로 된 잎들과 금으로 된 열매들이 사이사이 매달린 화려한 나무가 한 그루 서 있었다. 넓은 세상에서 그보다 더 아름답고 귀한 것은 아마 없을 것이다. 그들은 그 나무가 어떻게 밤에 거기로 왔는지 몰랐다. '두 작은 눈'만 그것이 염소의 내장에서 자라났다는 사실을 알아차렸다. 염소 내장을 파묻은 자리에 나무가 서 있었기 때문이다. 엄마가 '한 작은 눈'에게 말했다. "올라가거라, 얘야, 나무에서 열매들을 따 오렴." '한 작은 눈'이 올라갔으나 황금 사과들 중 하나를 잡으려 하자 가지가 두 손을 빠져나갔다. 번번이 그래서 단 하나도 딸 수 없었다. 엄마가 말했다. "'세 작은 눈'아, 네가 올라가거라, 너는 세 개의 눈으로 '한 작은 눈'보다 더 잘 둘러볼 수 있지." '한 작은 눈'이 미끄러져 내려오고 '세 작은 눈'이 올라갔다. 그러나 '세 작은 눈'이 더 능숙하지 않았고 원하는 대로 봐도 황금 사과가 자꾸 뒤로 물러났다. 엄마가 초조해져서 직접 올라갔으나 '한 작은 눈'이나 '세 작은 눈'과 마찬가지로 열매를 잡을 수 없어 번번이 허공을 휘저었다. 그러자 '두 작은 눈'이 말했다. "제가 올라갈게요. 어쩌면 저는 좀 더 빨리 될지 몰라요." "네 두 개의 눈으로 뭘 하겠다는 거야!" 하고 자매들이 말했으나 '두 작은 눈'은 올라갔고, 황금 사과가 물러나지 않고 저절로 손안으로 내려왔다. 그래서 하나하나 따서 앞치마를 가득 채워 내려왔다. 엄마는 아이에게서 사과를 빼앗았다. 그 대가로 '한 작은 눈'과 '세 작은 눈'이 가엾은 '두 작은 눈'에게 잘 대했어야 하지만 그러는 대신 혼자 열매들을 따 온 걸 시샘하며 더 무정하게 대했다.

한번은 그들이 함께 나무 옆에 서 있는데 젊은 기사가 왔다. "'두 작은 눈'아, 얼른 기어들어 가." 하고 두 자매가 외쳤다. "우리가 너를 부끄러워하지 않도록." 그러고는 서둘러 마침 나무 곁에 서 있던 커다란 빈 술통을 두 작은 눈에게 덮어씌웠고, 그 애가 딴 황금 사과들도 밀어 넣

한 작은 눈, 두 작은 눈, 세 작은 눈

었다. 기사가 가까이 왔는데 그는 잘생긴 신사였다. 그가 멈추어 서서 금과 은으로 된 호화로운 나무에 감탄하며 두 자매에게 말했다. "이 아름다운 나무는 누구의 것입니까? 가지 하나를 주신다면 원하는 것을 값으로 드리겠습니다." 그러자 '한 작은 눈'과 '세 작은 눈'이 나무는 자기들 것이고 자기들이 가지 하나를 꺾어 주겠다고 말했다. 그러나 둘은 큰 고생을 했지만 가지와 열매들이 번번이 뒤로 물러나 꺾지 못했다. 그러자 기사가 말했다. "참 이상한데요. 나무가 당신네들 것인데 그걸 조금 꺾을 힘도 없다니요?" 그들은 나무가 그들의 것인 양 그 곁에 서 있었다.

'한 작은 눈'과 '세 작은 눈'이 진실을 말하지 않는 것에 화가 난 '두 작은 눈'이 통 속에서 굴려 기사의 발치로 황금 사과 몇 개를 보냈다. 기사가 그 사과들을 보자 놀라며 이것들이 어디에서 왔느냐고 물었다. '한 작은 눈'과 '세 작은 눈'은 자매가 하나 더 있는데 다른 천한 인간들처럼 눈이 두 개라 모습을 보이지 않는다고 대답했다. 기사가 그 자매를 보고 싶어 외쳤다. "'두 작은 눈', 나오너라." 그러자 '두 작은 눈'이 안심하고 통 밑에서 나왔고, 기사는 아름다움에 어리둥절해서 말했다. "'두 작은 눈', 당신은 나무의 가지 하나를 꺾을 수 있지요?" "예." 하고 '두 작은 눈'이 대답했다. "그건 제가 잘해요. 나무는 제 것이니까요." 그러고는 기어 올라가 가벼운 수고로 은잎들과 금 열매들이 달린 가지 하나를 꺾어 기사에게 내밀었다. 기사가 말했다. "'두 작은 눈', 내가 대가로 뭘 주면 되겠소?" "아……." 하고 '두 작은 눈'이 대답했다. "저는 이른 아침부터 늦은 저녁까지 배고픔과 목마름에, 근심과 궁핍에 시달리고 있어요. 만약 저를 데려가신다면 행복할 거예요." 기사는 두 작은 눈을 들어 자기 말에 태우고 아버지의 성으로 데려갔다. 그는 '두 작은 눈'에게 아름다운 옷, 음식과 마실 것을 실컷 주었다. 그리고 '두 작은 눈'을 참 좋아했기 때문에 결혼식이 큰 축복 속에서 열렸다.

멋진 기사 남편이 '두 작은 눈'을 데려가자 자매는 그 행복에 제대로 샘이 났다. '놀라운 나무는 우리에게 남아 있잖아.' 하고 그들은 생각했다. '우리가 열매를 따지 못하더라도 누구든 그 앞에 멈춰 설 테고 우리에게 와서 그 나무를 찬양하겠지. 누가 알아, 어디서 우리 밀도 꽃필지!' 그러나 다음 날 아침 나무는 사라졌고 그들의 희망도 사라졌다. '두 작은 눈'이 자기 방에서 바깥을 내다보는데 기쁘게도 나무가 거기 서 있었다. 나무가 따라온 것이었다. '두 작은 눈'은 오랫동안 즐겁게 살았다.

한번은 가난한 여자들이 성으로 와서 구걸을 했다. '두 작은 눈'은 그들의 얼굴을 들여다보고, '한 작은 눈'과 '세 작은 눈'을 알아보았다. 그들은 가난에 빠져 이리저리 떠돌며 이 문 앞 저 문 앞에서 빵을 구해야 했다. '두 작은 눈'은 그들을 환영하고 선을 베풀며 보살폈다. 그래서 둘은 젊은 날 자매에게 나쁜 짓을 한 것을 충심으로 뉘우쳤다.

131

아름다운 카트리넬예와 빵빵 탕탕 야단법석

구연 동화 듣기

"안녕하세요, 아버지 홀렌테." "참 고맙네, 빵빵 탕탕 야
단법석." "제가 댁의 따님을 얻을 수 있을까요?" "아, 좋
지, 어머니 말호, 오빠 호엔슈톨츠, 언니 케제트라우트, 그
리고 아름다운 카트리넬예가 원하면 그럴 수 있지."[16]

"그럼 어머니 말호는 어디 있나요?"

"외양간에서 소젖을 짜고 있지."

---

16 말호는 '소젖-짜', 호엔슈톨츠는 '높은 콧대', 케제트라우트
는 '치즈 트라우데'라는 뜻이다.

"안녕하세요, 어머니 말호." "참 고맙네, 빵빵 탕탕 야단법석." "제가 댁의 따님을 얻을 수 있을까요?" "아, 좋지, 아버지 홀렌테, 오빠 호엔슈톨츠, 언니 케제트라우트, 그리고 아름다운 카트리넬예가 원하면 그럴 수 있지."

"그럼 오빠 호엔슈톨츠는 어디 있나요?"

"광에 있지, 장작을 패고 있지."

"안녕하세요, 오빠 호엔슈톨츠." "참 고맙네, 빵빵 탕탕 야단법석." "제가 댁의 자매를 얻을 수 있을까요?" "아, 좋지, 아버지 홀렌테, 어머니 말호, 언니 케제트라우트, 그리고 아름다운 카트리넬예가 원하면 그럴 수 있지."

"그럼 언니 케제트라우트는 어디 있나요?"

"뜰에 있지, 채소를 뜯고 있지."

"안녕하세요, 언니 케제트라우트." "참 고마워요, 빵빵 탕탕 야단법석." "제가 댁의 자매를 얻을 수 있을까요?" "아, 좋지, 아버지 홀렌테, 어머니 말호, 오빠 호엔슈톨츠, 그리고 아름다운 카트리넬예가 원하면 그럴 수 있지."

"그럼 아름다운 카트리넬예는 어디 있지요?"

"방에 있지, 가진 돈을 헤아리고 있지."

"안녕하세요, 아름다운 카트리넬예." "참 고마워요, 빵빵 탕탕 야단법석.” “저의 사랑이 되어 줄 수 있을까요?” “아, 좋지요, 아버지 홀렌테, 어머니 말호, 오빠 호엔슈톨츠, 그리고 언니 케제트라우트가 원하면 그럴 수 있지요.”

“아름다운 카트리넬예. 신부 지참금으로 얼마나 가지고 있어요?”

“현금 14파딩, 빌려준 돈 3.5그로셴, 사과 말린 거 230그램, 빵 튀긴 거 한 줌, 양념 한 줌.

그만큼이에요.

이만하면 신부 지참금으로 안 좋아요?

빵빵 탕탕 야단법석, 무슨 손기술이 있나요? 재단사인가요?” “훨씬 더 나은 거.” “구두장이인가요? “훨씬 더 나은 거.” “농부인가요?” “훨씬 더 나은 거.” “물방앗간 주인인가요?” “훨씬 더 나은 거.” “어쩌면 빗자루 엮는 사람인가요?” “그래요, 그게 나예요. 그거 멋들어진 손기술 아닌가요?”

아름다운 카트리넬예와 빵빵 탕탕 야단법석

132

여우와 말

농부에게 충성스러운 말이 한 필 있었는데 그 말이 늙어 더 이상 봉사를 할 수 없었다. 주인은 더 이상 먹을 걸 주지 않고 "이제 너는 당연히 쓸모가 없다. 너를 좋게 생각하고 있으니 네가 사자 한 마리를 데려올 만큼 강하다는 걸 보여 주면 데리고 있겠다. 그러나 지금은 내 마구간을 떠나거라." 하고는 말을 넓은 벌판으로 쫓아냈다. 말은 슬펐고, 비바람이나마 피할 데를 찾으려고 숲을 향해 갔다. 거기서 여우를 만나게 되었는데 여우가 말했다. "왜 그렇게 고개를 떨어뜨리고 혼자 빙빙 도니?" "아······." 하고 말이 대답했다. "인색과 충성은 한집에 같이 살지 못하는구나. 내 주인은 그 많은 세월 내가 그를 위해 어떤 봉사를 했는지 잊었어. 내가 제대로 밭을 갈 수 없다고 더 이상 먹이도 주지 않고 나를 내쫓았어." "아무런 기회도 주지 않고?" 하고 여우가 물었다. "기회는 있는데 부당해. 만약 내가 아직 사자 한 마리를 데려올 만큼 강하다면 데리고 있겠대. 그러나 주인은 내가 그럴 수 없다는 걸 알아." 여우가 말했다. "내가 도와줄게. 마치 죽은 듯이. 드러눕기만 해, 몸을 한껏 뻗고 꼼짝하지 마." 말은 여우가 시키는 대로 했다.

여우는 거기서 멀지 않은 굴에 있는 사자에게 가서 말했다. "바깥에 죽은 말 한 마리가 누워 있으니 같이 나가요. 거기서 기름지게 식사할 수 있을 거예요." 사자가 같이 갔고, 말 옆에 서자 여우가 말했다. "여기는 늘 그러던 대로 편안하지 않네요. 무슨 말인지 알겠어요? 제가 말 꼬리를 묶어 드릴 테니 말을 굴로 끌어다 한껏 느긋이 드세요." 그 충고가 사자 마음에 들었다. 사자는 몸을 누이고 여우가 말을 단단히 묶어 줄 수 있도록 가만히 있었다. 그러나 여우가 말 꼬리를 사자 다리에 칭칭 감아 어찌나 단단하게 잘 묶었는지 어떤 힘으로도 끊어지지 않았다. 일을 마치자 여우가 말의 어깨를 툭툭 치며 말했다. "끌어, 백마야, 끌어." 말이 갑자기 뛰어올라 사자를 끌고 갔다.

여우와 말

369

사자는 전체 숲의 새들이 놀라 날아오를 만큼 으르렁거리기 시작했다. 그러나 말은 사자가 으르렁거리게 둔 채 벌판 너머로 당기고 끌어 주인집 문 앞으로 갔다. 주인이 그걸 보자 흡족해져서 말에게 말했다. "내 집에 머물거라. 잘 지내게 하마." 하며 그에게 죽을 때까지 먹을 걸 배불리 주었다.

133

춤추어 다 닳은 신

옛날에 어떤 왕에게 딸이 열둘 있었는데 하나하나가 다른 하나보다 점점 더 예뻤다. 그들은 커다란 방에서 함께 잤고 거기에는 침대가 나란히 놓여 있었다. 저녁에 딸들이 누우면 왕이 문을 닫고 빗장을 질렀다. 그러나 다음 날 아침에 문을 열면 딸들의 신이 춤을 추어 다 닳아 있었다. 어떻게 그런 일이 있는지 누구도 밝혀낼 수 없었다. 왕은 공주들이 밤에 어디에서 춤을 추는지 알아내는 사람은 공주 중 하나를 아내로 택할 수 있고 그가 죽은 후 왕이 된다고 선포했다. 그러나 사흘 밤낮이 지나도 밝혀내지 못하는 자는 목숨을 잃을 거라고 말했다.

오래 지나지 않아 어떤 왕자가 모험을 해 보겠다고 나섰다. 왕자는 저녁에 넓은 침실과 접한 방으로 인도되었다. 그는 공주들이 어디로 가서 춤추는지 살펴봐야 했고, 그들이 아무 짓도 할 수 없도록, 또 다른 곳으로 가지 않도록 방문을 열어 두었다. 그러나 눈꺼풀이 납덩이처럼 무겁게 내려 왕자는 잠이 들었고, 아침에 깨어 보니 열두 공주가 모두 춤추러 다녀왔다. 그들의 신 바닥에는 구멍이 나 있었다. 둘째 저녁과 셋째 저녁에도 다르지 않았다. 그리하여 그의 머리가 인정사정없이 잘렸다.

그 뒤 많은 사람이 모험을 하겠다고 나섰으나 모두 목숨을 잃어야 했다. 이런 일이 있었다. 부상을 당해 더는 복무할 수 없는 가난한 군인이 왕이 사는 도시로 오는 도중 한 할머니를 만났다. 할머니가 어디로 가는지 묻자 그는 "잘 모르겠어요." 하고는 농담으로 덧붙였다. "어쩌면 공주들이 어디서 신발이 다 닳도록 춤추는지 알아낼 마음이 내게 있을지." "그건 그리 어렵지 않아." 하고 할머니가 말했다. "저녁에 가져다주는 포도주를 먹으면 안 돼. 마치 깊이 잠이 든 척해." 할머니는 작은 외투 하나를 주며 말했다. "이걸 두르면 너는 보이지 않게 돼. 그러면 그 열둘을 살금살금 뒤따라갈 수 있어."

그런 좋은 충고를 받자 군인은 마음을 다잡고 왕에게

가 구혼자로 나섰다. 그는 다른 사람들과 마찬가지로 환영
받았고 왕실 옷을 입었다. 저녁에 잘 시간이 되니 방으로
인도받았다. 그가 잠자리에 들려 하자 맏딸이 포도주 한
잔을 가져다주었다. 그는 스펀지 하나를 턱 밑에 묶어 술
이 거기로 흘러들게 해 한 방울도 마시지 않았다. 그런 다
음 드러누웠고, 한참 지나자 깊은 잠 속인 듯 코를 골기 시
작했다. 그 소리를 열두 공주가 듣고 웃었다. 맏이가 말했
다. "이 사람 역시 목숨을 아낄 수도 있었는데."

공주들은 옷장, 서랍장, 궤짝을 열고 화려한 옷을 꺼내어 거울 앞에서 치장을 하고 빙빙 뛰어다니며 춤출 생각에 기뻐했다. 막내 공주가 말했다. "나는 모르겠어. 언니들이 기뻐하는데 나는 마음이 이상해. 분명 우리에게 불운이 닥칠 거야." "너는 겁 많은 흰 기러기야." 하고 맏이가 말했다. "얼마나 많은 왕자가 헛되이 왔는지 잊었어? 저 군인에게는 수면 음료을 한 잔 줄 필요도 없어. 저 바보는 깨지 않을 거야." 모두 준비되자 군인을 바라보았는데 그는 두 눈을 감고 꼼짝달싹하지 않았다. 공주들은 이제 완전히 안전하다고 생각했다. 그러자 맏이가 자기 침대를 두드렸다. 곧 침대가 땅속으로 가라앉았고, 그들은 차례로 구멍을 통해 내려갔다. 맏이가 앞장을 섰다.

　모든 것을 지켜본 군인은 오래 망설이지 않고 그의 작은 외투를 두르고 막내 뒤에서 함께 내려갔다. 계단 한가운데에서 군인이 막내의 옷을 조금 밟자 공주가 놀라서 말했다. "뭐지? 누가 내 옷을 잡아?" "그렇게 모자라게 굴지 말아." 하고 맏이가 말했다. "넌 고리에 걸렸던 거야." 완전히 내려가자 그들은 잎들이 모두 은으로 은은하게 반짝반짝 빛나는 놀랍도록 화려한 가로수 길 가운데서 있었다. '징표를 하나 가져가야지.' 생각하며 군인이 가지 하나를 꺾었다. 그러자 나무에서 요란한 우드득 소리가났다. 막내가 다시 소리쳤다. "뭔가 이상해, 언니들 저 요란한 소리 들었어?" 맏이가 대답했다. "우리가 왕자님들을 곧 구하기 때문에 울리는 축포야."

그 후 그들은 모든 나뭇잎이 황금인 가로수 길에 다다랐고, 마침내 세 번째 길로 왔는데 거기에는 나뭇잎들이 맑은 금강석이었다. 두 곳에서 그는 가지 하나씩 꺾었고, 그럴 때마다 번번이 우드득 소리가 나서 막내가 놀라 몸을 움츠렸다. 그러나 맏이는 줄곧 예포라고 했다. 그들은 더가 열두 척의 작은 배가 있는 큰 호수에 이르렀다. 모든 배에 아름다운 왕자가 앉아 있었다. 그들은 열두 공주를 기다렸고, 각자 한 명씩 맞이했다. 군인은 막내 공주와 함께 탔다. 왕자가 말했다. "왠지 오늘은 배가 훨씬 무겁네. 온 힘을 다해 노를 저어야겠어." "왜 그럴까." 하고 막내 공주가 말했다. "물이 따뜻해서 그럴까요, 저도 참 더워요."

호수 건너편에는 환히 불 밝혀진 아름다운 성이 서 있었고, 팀파니와 트럼펫들이 내는 신나는 음악이 울려 나왔다. 그들은 노를 저어 들어갔고, 왕자들이 저마다 좋아하는 공주와 춤을 추었다. 군인도 보이지 않게 함께 춤을 추었다. 한 공주가 포도주 잔을 들고 있을 때 그가 그걸 마셔 그녀가 잔을 입으로 가져가면 잔이 비어 있었다. 막내는 겁이 났으나 맏이가 막내를 안심시켰다.

그들은 다음 날 새벽 3시까지 춤을 추었다. 아침에 춤으로 모든 신이 구멍이 나서 그쳐야 했다. 왕자들이 그들

을 다시 호수 건너로 데려다주었고, 이번에 군인은 맏이
곁에 앉았다. 물가에서 공주들은 왕자들과 작별하고 다
음 날 밤에 다시 오겠다고 약속했다. 열둘이 다들 지쳐 천
천히 터벅터벅 계단을 오를 때 군인은 앞서 달려가 침대에
누웠다. 그러고는 다시 어찌나 요란하게 코를 고는지 공주
들 모두 그 소리를 들을 수 있었다. 공주들이 말했다. "이
사람으로부터 우리는 안전해." 그러고는 아름다운 옷을
벗어 치워 두었으며, 춤을 추어 닳은 신은 침대 밑에 놔두
고 각자 잠자리에 누웠다.

다음 날 아침 군인은 아무 말 하지 않고 그 놀라운 일
을 다시 한번 지켜보았고, 둘째 밤도 셋째 밤도 함께 갔다.
그때도 모든 것이 처음과 같았다. 공주들은 번번이 신이 두 쪽이 나도록 춤을 추었다. 세 번째 밤에 그는 징표로 잔을 하나 가지고 왔다. 대답을 해야 할 시간이 되자 그는 나뭇가지 세 개와 잔을 품에 넣고 왕 앞으로 갔다. 열두 공주는 문 뒤에 서서 그가 무슨 말을 할지 귀 기울였다. 왕이 "내 열두 딸이 어디에서 밤에 그 신이 다 닳도록 춤을 추었느냐?" 하고 묻자 "열두 왕자와 어떤 지하 성에서 춤추지요." 하고는 징표들을 꺼냈다. 그러자 왕은 딸들을 불러 군인이 진실을 말했는지 물었다. 그들은 부인해 봐야 아무 소용이 없다는 걸 알고 모든 것을 시인했다. 그 후 왕이 누구를 아내로 삼고 싶으냐고 묻자 그가 대답했다. "저는 이제 젊지 않습니다. 그러니 맏이를 주십시오." 그리하여 같은 날 결혼식이 열렸고, 왕이 죽은 뒤에는 나라가 그에게 약속되었다. 그러나 왕자들은 그들이 열두 공주와 춤추었던 밤만큼이나 많은 날을 다시 마법에 걸렸다.

134

여섯 하인

옛날에 마녀인 늙은 왕비가 살았는데 그 딸은 태양 아래 가장 아름다운 소녀였다. 늙은 왕비는 어떻게 하면 인간을 파멸로 이끌지 궁리할 뿐이었다. 그래서 구혼자가 오면 과제를 풀어야 하고 못 맞히면 죽어야 한다고 말했다. 많은 사람이 소녀의 아름다움에 눈이 멀어 용기를 냈으나 할멈이 주는 과제를 완수하지 못했고 그때 자비란 없었다. 그들은 무릎을 꿇었고 목이 잘렸다.

어떤 왕자가 소녀의 아름다움에 관한 이야기를 듣고 아버지에게 말했다. "저를 가게 해 주십시오. 그녀에게 청혼하겠습니다." "절대로 안 된다." 하고 왕이 말했다. "네가 가면 죽음 속으로 가는 거다.” 그러자 왕자가 죽을병에 걸려 여러 해 누웠고 어떤 의사도 그를 도울 수 없었다. 아무 희망이 없자 아버지는 깊은 슬픔에 잠겨 말했다. “가서 네 행운을 시험해 보거라. 달리 너를 도울 수가 없구나.” 아들은 그 말을 듣자 자리에서 일어나 건강해졌고 즐겁게 길을 떠났다.

이런 일이 있었다. 그는 황야 너머로 말을 타고 갔다. 멀리 땅 위에 커다란 건초 더미 같은 것이 놓여 있었는데 가까이 가자 몸을 쭉 뻗은 사람의 배였다. 배는 작은 산처럼 보였다. 그 뚱보가 여행자를 보자 몸을 일으키며 말했다. “누가 필요하거든 당신을 섬기도록 나를 데려가시죠.” 왕자가 대답했다. “이렇게 덩치 큰 사람을 내가 어떻게 하라고?” “오…….” 하고 뚱보가 말했다. “이건 아무것도 아니지요. 내가 제대로 몸을 펴면 3000배 더 뚱뚱해집니다.” “그렇다면…….” 하고 왕자가 말했다. “너를 쓸 수 있겠다. 나와 함께 가자.” 그리하여 뚱보가 왕자의 뒤를 따라갔다. 얼마 후 그들은 땅에 누워 귀를 풀밭 위에 댄 사람을 발견했다. 왕자가 물었다. “거기서 뭘 하는가?” “듣고 있지요.” 하고 그가 말했다. “뭘 듣겠다고 그리 주의 깊게 귀기울이나?” “저는 방금 세상에서 일어나고 있는 일에 귀기울이고 있습니다. 제 귀를 벗어나는 건 아무것도 없지요. 풀이 자라는 소리까지 듣는답니다." 왕자가 물었다. "말해 다오. 아름다운 딸을 가진 늙은 왕비의 뜰에서 무슨 소리를 들었지?" 그가 대답했다. "어떤 구혼자의 목을 베는 칼이 씽 하는 소리가 들립니다." 왕자가 말했다. "넌 쓸모 있겠다. 나와 같이 가자."

그들은 계속 갔다. 한번은 발 한 쌍이 놓여 있는데 다리는 보였지만 그 끝은 볼 수 없었다. 그들이 한동안 계속 가자 몸에 이르렀고 마침내 머리에 이르렀다. "에이……." 하고 왕자가 말했다. "이 무슨 긴 줄이냐!" "오……." 하고 키다리가 말했다. "이건 아무것도 아니지요. 내가 제대로 온몸을 펴면 3000배 더 길어집니다. 땅 위 가장 높은 산보다 크죠. 나를 받아들이겠다면 기꺼이 섬기겠습니다." "함께 가자." 하고 왕자가 말했다.

그들은 계속 가다 길가에 앉아 있는 사람을 봤는데 그는 눈에 띠를 메고 있었다. 왕자가 말했다. "눈이 좋지 않아 빛을 보지 못하는가?" "아닙니다." 하고 그 사람이 말했다. "묶은 걸 풀어선 안 됩니다. 제 두 눈으로 자세히 보는 건 산산조각으로 터져 버리거든요. 그렇게나 내 눈 힘이 세지요. 그게 쓸모 있으면 기꺼이 섬기겠습니다."

그들은 계속 갔고, 뜨거운 햇빛 한가운데에 누워 덜덜 떠는 사람을 보았는데 온몸이 얼어 어느 팔다리도 가만히 있지 못했다. "어째서 그렇게 추워하는가?" 하고 왕자가 물었다. "햇빛이 이렇게 따뜻하게 비치는데." "아⋯⋯." 하고 그가 대답했다. "내 본성은 완전히 다른 성질입니다. 더우면 더울수록 그만큼 더 춥고, 서리가 온 뼈마디를 뚫고 들어온답니다. 추우면 추울수록 그만큼 더 덥고요. 얼음 한가운데서는 열기로, 불 속에서는 추위로 견딜 수가 없지요." "정말 이상한 녀석이군." 하고 왕자가 말했다. "하지만 자네가 나를 섬기겠다면 함께 가자."

그들은 계속 갔고, 어떤 사람이 목을 쭉 빼고 두리번거리며 모든 산 너머를 내다보는 걸 보았다. 왕자가 말했다. "뭘 그리 열심히 보고 있나?" 그 남자가 대답했다. "나는 눈이 하도 밝아서 모든 숲과 벌판 너머, 골짜기와 산 너머를 내다본답니다. 전체 세상을 꿰뚫어 볼 수 있지요." 왕자가 말했다. "원한다면 나와 함께 가자. 그런 사람이 내게는 아직 없다."

왕자는 여섯 하인들과 함께 늙은 왕비가 사는 도시로 갔다. 왕자는 자신이 누구인지 말하지 않고 이렇게 말했다. "아름다운 따님을 제게 주시겠다면 과제를 완수하겠습니다." 왕비인 마녀는 아름다운 젊은이가 또 자기가 친 그물 속으로 걸어 들어오는 것을 보고 기뻐하며 말했다. "과제를 세 번 주겠어. 그걸 다 풀면 자네가 내 딸의 주인이자 남편이 되는 거야." "처음은 무엇이죠?" 하고 그가 물었다. "내가 홍해 바다에 빠뜨린 반지 하나를 건져와."

왕자가 하인들에게 돌아와 말했다. "첫 과제가 쉽지 않다. 홍해에서 반지 하나를 건져와야 해. 방도를 마련해 보아라." 그러자 "어디에 반지가 있는지 보겠어요." 하며 눈 밝은 이가 바다를 내려다보며 말했다. "저기 뾰족한 바위에 걸려 있군." 키다리가 그들을 데려가며 말했다. "제가 반지를 꺼내 오겠습니다. 반지를 볼 수 있기만 하면요." "그게 다라면!" 하고 뚱보가 외치며 엎드려 입을 물에 갖다 댔다. 그러자 파도들이 뱃구렁 심연으로 쏟아져 들어갔고, 그가 바다를 통째로 다 마셔서 바다가 풀밭처럼 말랐다. 키다리가 몸을 조금 굽혀 손으로 반지를 꺼냈다. 반지를 받은 왕자는 기뻐하며 왕비에게 가져갔다. 왕비가 놀라서 말했다. "그래, 그 반지가 맞다. 첫 과제는 네가 운 좋게 풀었는데 이제 두 번째가 돌아왔다. 보이지, 저기 내 성 앞 풀밭 위에 살찐 황소 300마리가 풀을 뜯고 있다. 네가 그 황소들을 살갗과 털째로, 뼈와 뿔째로 먹어야 한다. 아래 지하실에는 포도주가 담긴 커다란 술통 300개가 있는데 그걸 다 마셔야 한다. 황소들의 털 한 올, 술의 작은 방울 하나라도 남으면 네 목숨은 내 것이다." 왕자가 말했다. "손님을 초대하면 안 될까요? 동무 없이는 어떤 식사도 맛나지 않거든요." 할멈이 심술궂게 웃으며 대답했다. "한 사람은 초대해도 되지만 더는 안 된다."

왕자는 뚱보에게 말했다. "네가 오늘 내 손님이 되어 한번 배불리 먹거라." 그러자 뚱보가 친구들을 떠나 혼자서 털 하나 남지 않게 황소 300마리를 먹고 아침으로 뭐 더 없느냐고 물었다. 포도주는 잔을 필요로 하지 않고 술통에서 곧바로 마셨는데 술통에 박힌 마지막 방울까지 마셨다. 식사 시간이 끝나자 왕자는 여왕에게 두 번째 과제도 풀었다고 말했다. 늙은 왕비가 의아해서 말했다. "이만큼 해낸 사람은 아무도 없었다. 그러나 과제가 하나 더 남아 있다." 그러고는 생각했다. '네가 내 손을 빠져나가 머리가 제자리에 그대로 달려 있게 두지 않겠다.' "오늘 저녁에……" 하고 왕비가 말했다. "내 딸을 네 방으로 데려갈 테니 그 애를 안고 있거라. 함께 앉아 잠이 들지 않게 조심해라. 12시가 치면 내가 갈 텐데 딸이 더 이상 네 품 안에 있지 않으면 너는 끝장이다." 왕자는 생각했다. '과제가 쉽지 않다. 두 눈을 잘 뜨고 있어야지.' 그는 하인들을 불러 여왕의 말을 전하며 말했다. "무슨 간계가 그 뒤에 숨겨져 있을 거야. 조심하는 게 좋아. 너희가 망을 보고 소녀가 다시 내 방을 나가지 않게 살펴라."

날이 저물자 할멈이 딸과 함께 와 딸을 왕자의 품으로 인도했다. 그러자 키다리가 두 사람 둘레를 둥그렇게 둘러쌌고 뚱보는 어떤 살아 있는 영혼도 들어갈 수 없도록 문 앞에 섰다. 두 사람은 앉아 있었고, 소녀는 아무 말도 하지 않았다. 창문을 통해 달빛이 비추어 그는 그녀의 놀랍도록 아름다운 얼굴을 볼 수 있었다. 왕자는 그녀를 보기만 해도 기쁨과 사랑에 가득 찼고 피로가 그의 눈으로 스며들지 않았다. 그러나 11시가 되자 마녀가 나타나 마법을 걸어 모두 잠들었고, 그 순간 소녀도 사라졌다.

그들은 11시 45분까지 곤히 잤다. 그러자 마법이 힘을 잃었고 모두 잠에서 깼다. "오, 비통하고 불행하구나." 하고 왕자가 소리쳤다. "이제 난 끝장났어!" 충직한 하인들이 탄식을 터뜨렸다. 그러나 귀 밝은 이가 말했다. "조용히 해. 내가 들어 볼게." 그러고는 잠시 귀를 기울이고 말했다. "공주는 여기서 300시간 떨어진 어떤 바위에 앉아 자기 운명을 탄식하고 있어. 너만 도울 수 있어, 키다리야, 네가 몸을 일으켜 세우면 몇 걸음 만에 거기 가 있을 거야." "그래." 하고 키다리가 말했다. "하지만 우리가 바위를 치울 수 있도록 눈 가린 이가 함께 가야 해." 그러고는 눈 가린 이를 등에 업고 순식간에 손을 한 번 뒤집듯 마법에 걸린 바위 앞에 다다랐다. 키다리가 눈 가린 이의 눈에서 안대를 벗겼고, 그가 둘러보자 바위가 수천 조각으로 터져 버렸다. 키다리가 소녀를 한 팔에 올려 순식간에 데려왔고, 동료도 똑같이 빠르게 데려왔다. 그리고 12시가 되기 전에 그들 모두 앞서처럼 쾌활하고 기분 좋게 함께 앉아 있었다.

12시를 치자 늙은 왕비가 살금살금 왔고, 딸이 300시간 떨어진 바위 위에 앉아 있을 거라고 생각해서 "이제 그는 내 것이야." 하고 말하려는 듯 비웃음을 띠었다. 그런데 딸이 왕자의 품 안에 있는 것을 보자 왕비가 놀라서 말했다. "여기 나보다 더 능력 있는 사람이 있구나." 더는 이의가 없었고 소녀를 그에게 줘야 했다. 마녀는 딸의 귀에 대고 말했다. "네게는 치욕이다. 천한 무리의 말을 들어야 하고 네 마음에 든 남편을 택하지 못하니." 그러자 소녀의 자부심 강한 마음이 화로 가득 차 복수를 꾀했다.

　다음 날 아침 그녀는 300개의 수레에 장작을 모으고는 왕자에게 말했다. 세 가지 과제를 풀었지만 누군가가 장작더미에 앉아 불을 견딜 용기를 내기 전에는 배우자가 되지 않겠다고. 공주는 하인들 중 누구도 그를 위해 불타 죽지는 않을 거라고 생각했다. 그녀에 대한 사랑으로 왕자가 불구덩이 속으로 들어갈 테고, 그러면 자신은 자유로워질 것이었다. 그러나 하인들이 말했다. "우리 모두 뭔가 했는데 추운 사람만 아직 아무것도 하지 않았다. 그도 차례가 되었다." 그러면서 그를 장작더미 한가운데 앉히고 마침내 장작이 모두 타 버릴 때까지 사흘간 불태웠다. 사흘 뒤 불길이 가라앉자 추운 사람은 잿더미 한가운데에서 사시나무 잎처럼 떨면서 말했다. "이런 추위는 평생 처음 느껴봐. 만약 좀 더 오래 계속되었더라면 나는 얼어붙고 말았을 거야."

　이제 더 이상 아무런 구실이 없어, 아름다운 소녀는 모르는 젊은이를 배우자로 맞아야 했다. 그러나 그녀가 교회로 갈 때 "나는 이 치욕을 견딜 수 없어." 하며 왕비가 병력을 뒤따라 보냈다. 그들은 막아서는 모든 것을 박살 내고 딸을 왕비에게 데려와야 했다. 하지만 귀 밝은 이가 두 귀를 세워 마녀가 남몰래 하는 말을 들었다. "어떻게 할까?" 하고 그가 뚱보에게 말했다. 뚱보는 방도를 알아 마차 위에서 자기가 마셨던 바닷물을 한두 번 조금 뱉었다. 그러자 큰 호수가 생겨나 전투병들이 그대로 빠져 죽었다. 왕비가 그 말을 듣고 무장한 휘하 기사들을 보냈다. 그러자 귀 밝은 이가 그 무장의 덜그덕거리는 소리를 듣고 눈 가린 이의 안대를 끌렀다. 그는 적들을 꽤나 예리하게 노려보았다. 그러자 그들 모두가 유리처럼 산산조각으로 튀었다. 이제 그들은 아무 방해도 받지 않고 계속 갔다. 교회에서 두 사람이 축복을 받았을 때 여섯 하인이 작별하며 주인에게 말했다. "소망들이 이루어졌습니다. 이제 더는 우리를 필요로 하지 않으니 떠나서 운을 시험하렵니다."

성에서 삼십 분 거리인 마을에서 돼지치기가 돼지 떼를 지키고 있었다. 그들이 거기에 이르자 왕자가 아내에게 말했다. "내가 정말 누구인지 아시오? 나는 왕자가 아니라 돼지치기요. 저기 돼지 떼와 함께 있는 사람, 그가 내 아버지고. 우리 둘도 일을 시작합시다. 아버지를 도와야지요." 그런 다음 그는 함께 여관으로 들어가서 여관 주인에게 밤에 몰래 공주 옷을 치워 버리라고 말했다. 아침에 잠에서 깬 공주는 입을 옷이 없었다. 여관 안주인이 낡은 치마와 낡은 털 양말 한 켤레를 마치 큰 선물인 양 주면서 말했다. "만약 당신 남편이 없었더라면 이걸 주지 않았을 거요." 그러자 공주는 남편이 정말 돼지치기라고 믿었고 그와 함께 돼지 떼를 지키며 생각했다. '이래도 싸지, 그렇게 교만하고 오만했으니.' 여드레 동안 일이 계속되자 공주는 더 이상 견디지 못했다. 몇몇 사람이 와서 남편이 누구인지 아느냐고 물었다. "네." 하고 그녀가 대답했다. "돼지치기인데 띠와 끈을 가지고 장사를 하러 방금 나갔습니다." 그러자 그들이 "남편에게 데려다주지요." 하며 그녀를 성으로 데려갔다. 그녀가 홀로 들어서자 거기 남편이 왕 차림으로 서 있었다. 그러나 그녀는 알아보지 못했다. 마침내 그가 그녀를 안고 입맞춤하며 말했다. "내가 당신을 위

해 워낙 시달려서 당신도 나를 위해 좀 시달리게 했소.”
비로소 결혼 잔치가 열렸고, 그 이야기를 한 사람은 자기
도 거기 참석했더라면 했다.

135

하얀 신부와 검은 신부

어떤 부인이 자기 딸과 의붓딸을 데리고 소의 꼴을 베려고 벌판을 돌아다닐 때 하느님이 가난한 남자의 모습으로 그들에게 가서 물었다. "마을로 가는 길이 어디요?" "그걸 알려거든……." 하고 어머니가 말했다. "직접 찾으세요." 딸이 덧붙였다. "길을 못 찾을까 봐 걱정되거든 길 안내자를 데리고 가세요." 그러나 의붓딸은 이렇게 말했다. "가엾은 분, 제가 안내해 드리겠어요, 같이 가요." 그러자 하느님은 어머니와 딸에게 노해 그들에게 등을 돌리고 밤처럼 까매지고 죄악처럼 미워지도록 마법을 걸었다. 가엾은 의붓딸에게는 자비롭게도 그녀와 함께 갔다. 둘이 마을 가까이 가자 하느님이 의붓딸에게 축복을 내리며 말했다. "세 가지를 고르거라. 그걸 네게 주겠다." 그러자 소녀가 대답했다. "저는 해처럼 아름답고 맑아지고 싶습니다." 그녀는 곧 낮처럼 뽀얗고 아름다워졌다. "다음으로 비지 않는 돈주머니가 있었으면 합니다." 그것도 소녀에게 주며 하느님이 말했다. "최고의 것을 잊지 말아라." 그녀가 말했다. "셋째로 제가 죽은 후 영원한 천국을 소망합니다." 그것 또한 그녀에게 허락되었고 하느님은 떠났다. 새어머니가 딸과 집으로 왔는데 둘은 석탄처럼 까맣고 못생겨졌는데 의붓딸은 하얗고 예쁜 것을 보자 악의가 치솟아 어찌하면 의붓딸을 괴롭힐까 궁리했다. 의붓딸에게는 레기너라는 오빠가 있었고, 소녀가 오빠를 아주 좋아해서 일어난 모든 일을 들려주었다.

한번은 레기너가 말했다. "누이야, 너를 늘 눈앞에서 보기 위해 네 모습을 그릴까 해. 너에 대한 사랑이 워낙 커서

나는 언제나 널 보고 싶어." 그녀가 대답했다. "하지만 그 그림을 아무에게도 보여 주지 말아요." 오빠는 누이의 모습을 그려 자기 방에 걸었다. 오빠는 마부였기 때문에 왕의 성에 살고 있었다. 날마다 그는 그림 앞에 서서 사랑하는 누이가 주는 행복을 신에게 감사했다. 그가 섬기는 왕이 마침 아내를 잃었는데 비슷한 여자를 찾을 수 없을 만큼 왕비가 참으로 아름다웠기에 왕은 깊은 슬픔에 잠겨 있었다. 그런데 궁정 신하들이 마부가 날마다 아름다운 그림 앞에 서 있는 것을 좋게 보지 않아 왕에게 고했다. 왕이 그림을 가져오게 했고, 그림이 모든 점에서 죽은 아내와 닮았을 뿐 아니라 좀 더 아름다워 죽도록 사랑에 빠졌다. 그는 마부를 불러 누구를 그린 것인지 물었다. "제 누이입니다." 하고 마부가 말하자 왕은 이 여자를 아내로 맞아야겠다고 결심했다. 그러고는 그에게 마차와 말과 화려한 황금 옷을 주며 신부를 데려오라고 보냈다.

레기너가 이러한 사명을 받고 도착하자 누이는 기뻐했지만 검은 자매가 그 행운을 시샘해 펄펄 뛰고 화내면서 어머니에게 말했다. "우리의 모든 재주가 무슨 소용이 있어요. 엄마가 내게는 이런 행복을 마련해 줄 수 없는데." "조용히 하거라." 하고 할멈이 말했다. "그런 행복이 네게 오도록 하겠다." 그러고는 사술을 써서 마부의 눈을 절반

멀게 하고 하얀 딸의 두 귀를 절반 귀머거리가 되게 만들었다. 그 후 그들은 마차에 탔으니 우선 찬란한 공주 옷을 입은 신부가, 다음으로 계모와 딸이, 그리고 레기너가 말을 몰기 위해 마부석에 앉았다. 그들이 한동안 길을 갈 때 마부가 외쳤다.

"몸을 가려, 내 작은 누이야,

비가 너를 적시지 않게,

바람이 먼지 묻히지 않게,

네가 곱고 아름답게 왕에게 가도록."

신부가 물었다. "사랑하는 오라버니가 뭐라고 했지?" "아……." 하고 노파가 말했다. "네 황금 옷을 벗어서 네 언니에게 주라고 그랬다." 그러자 소녀가 옷을 벗어 검은 딸에게 입혀 주었고, 검은 딸은 대신 좋지 않은 회색 작업복을 소녀에게 주었다.

그렇게 그들은 계속 갔다. 한참 지나 오빠가 또다시 외쳤다.

"몸을 가려, 내 작은 누이야,

비가 너를 적시지 않게,

바람이 먼지 묻히지 않게,

네가 곱고 아름답게 왕에게 가도록."

신부가 물었다. "사랑하는 오라버니가 뭐라고 했지?" "아……." 하고 할멈이 말했다. "네 황금 모자를 벗어서 언니에게 주라고 그랬다." 그러자 소녀가 모자를 벗어서 검은 딸에게 씌워 주고 맨머리로 앉아 있었다.

그렇게 그들은 계속 갔다. 다시금 한참 지나 오빠가 외쳤다.

"몸을 가려, 내 작은 누이야,

비가 너를 적시지 않게,

바람이 먼지 묻히지 않게,

네가 곱고 아름답게 왕에게로 가도록."

신부가 물었다. "사랑하는 오라버니가 뭐라고 했지?" "아……." 하고 할멈이 말했다. "마차 바깥을 한번 보라고 그랬다." 그들은 마침 깊은 물 위에 놓인 다리를 지나고 있었다. 신부가 일어나 마차 밖으로 몸을 숙이자 두 사람이 밖으로 밀어 소녀가 물 한가운데로 떨어졌다. 소녀가 가라앉는 순간 눈처럼 흰 오리 한 마리가 수면 위로 올라와 강물을 둥둥 떠내려갔다. 오빠는 그걸 전혀 알아채지 못하고 계속 마차를 몰아 마침내 궁정에 도착했다. 오빠는 왕에게 검은 딸을 누이라고 데려다주었는데 정말 그녀라고 생각했다. 눈앞이 흐렸고 황금 옷이 빛을 내는 것만 보였기 때문이었다. 왕은 가짜 신부에게서 바닥도 없는 추함을 보자 몹시 화가 나 마부를 독사와 온갖 뱀들이 있는 구덩이로 던지라고 명령했다. 하지만 늙은 마녀가 왕을 사로잡아 마술로 눈을 멀게 해 왕은 마녀와 그 딸을 받아들였고 정말로 그 딸과 혼인을 했다.

한번은 저녁에 검은 신부가 왕의 무릎 위에 앉아 있는데 하얀 오리가 배수로를 따라 부엌으로 헤엄쳐 와 부엌 심부름하는 소년에게 말했다.

"얘야, 불을 피워,

하얀 신부와 검은 신부

내가 깃털을 따뜻하게 할 수 있도록.”

부엌 심부름하는 소년이 오리를 위해 화덕에 불을 피웠다. 그러자 오리가 와서 그 옆에 앉아 몸을 털고 부리로 깃털을 매만졌다. 그렇게 앉아 즐기는 동안 오리가 물었다.

“내 오빠 레기너는 뭘 하지?”

부엌 심부름하는 소년이 대답했다.

“구덩이 속에 사로잡혀 있어,

독사 곁에 뱀들 곁에.”

오리가 계속 물었다.

“검은 마녀는 집 안에서 뭘 하지?”

부엌 심부름하는 소년이 대답했다.

“그 여자는 따뜻하게 앉아 있어,

왕의 품 안에.”

오리가 말했다.

“하느님, 불쌍히 여기소서!”

그러고는 배수구를 헤엄쳐 나갔다.

다음 날 저녁 오리가 다시 와서 같은 질문을 했고 세 번째 저녁에도 그랬다. 부엌 심부름하는 소년은 그 일을 더 이상 마음에 담고 있을 수가 없어 왕에게 가서 모두 털어놓았다. 왕은 그걸 직접 보려고 다음 날 저녁에 그곳으로 갔고, 오리가 배수구를 지나 머리를 들이밀자 칼을 들어

그 목을 벴다. 그러자 오리가 갑자기 아름다운 소녀가 되었는데 오빠가 그린 그림과 똑같았다. 왕은 기쁨에 가득 찼고, 그녀가 흠뻑 젖어 서 있었기 때문에 값진 옷들을 가져오게 했다. 그 후 그녀는 어떻게 간계와 거짓에 속았으며 마지막으로 강물로 던져졌는지 왕에게 말했다. 그리고 오빠를 뱀 굴에서 꺼내 달라고 부탁했다. 왕은 이 부탁을 들어주고 마녀가 앉아 있는 방으로 들어가서 물었다. "이러저러한 짓을 한 여자는 무슨 벌을 받아 마땅한가?" 그러자 그녀는 어찌나 눈이 멀었는지 아무것도 알아차리지 못하고 말했다. "그런 여자는 벌거벗겨 못이 숭숭한 통에 넣어야 마땅하죠. 통 앞에는 말 한 필을 매어 그 말을 온 세상으로 보내고요." 그 모든 것이 마녀와 검은 신부에게 행해졌다. 왕은 희고 아름다운 신부와 결혼했고, 충성스러운 오빠에게는 상을 주고 그를 부유하고 명망 있는 사람으로 만들어 주었다.

136

아이젠한스

옛날에 성 근처에 큰 숲을 가진 어떤 왕이 있었는데 그 안에는 온갖 들짐승이 돌아다녔다. 한번은 왕이 사냥꾼에게 노루를 쏘아 잡아 오라고 했는데 사냥꾼이 돌아오지 않았다. "어쩌면 그에게 불운이 닥쳤을 거야." 하며 다음 날 왕은 그 사냥꾼을 찾으라고 다른 사냥꾼 둘을 보냈다. 그러나 그들 역시 돌아오지 않았다. 셋째 날 왕은 모든 사냥꾼을 보내며 말했다. "숲 전체를 샅샅이 살피되 셋 모두를 찾을 때까지 멈추지 마라." 그러나 이 중 어느 누구도 집으로 돌아오지 않았고, 그들이 데려간 개 떼 중 어느 개도 다시 보이지 않았다. 그때부터 더 이상 누구도 숲으로 들어가려 하지 않아 숲은 깊은 정적과 고독에 싸였다. 이따금 독수리 한 마리 혹은 매 한 마리가 그 위로 날아가는 게 보였다. 그렇게 여러 해가 갔다.

어느 날 낯선 사냥꾼이 왕에게 일자리를 구하며 그 위험한 숲으로 들어가겠다고 했다. 왕은 허락하지 않고 말

아이젠한스

했다. "그 안은 범상치 않아. 자네도 다른 사람들보다 나은 형편이 되지 않을까 두렵네. 다시 나오지 못할 거야." 사냥꾼이 대답했다. "폐하, 저는 위험을 무릅쓰고 해 보겠습니다. 두려움을 조금도 모르거든요." 사냥꾼은 자기 개를 데리고 숲으로 들어갔다. 오래지 않아 개가 들짐승의 자취를 맡아 따라가려 했다. 개가 몇 발자국 달렸을 때 그 앞에 깊은 웅덩이가 있어 더 갈 수 없었는데 맨 팔 하나가 물속에서 쑥 나와 개를 움켜잡아 끌고 들어갔다. 사냥꾼이 그걸 보고 뒤로 물러나 남자 셋을 데려왔다. 그들은 양동이로 물을 다 퍼내야 했다. 바닥이 보이자 거기 야생의 사람 하나가 누워 있었는데 몸이 녹슨 쇠처럼 갈색이고 머리카락이 얼굴을 뒤덮고 무릎까지 내려와 있었다. 그들은 밧줄로 묶어 그를 성으로 데리고 갔다. 그러자 그 야생인에 대한 놀라움이 컸으며, 왕은 그를 쇠로 된 우리에 넣어 성 마당에 두게 했다. 우리 문을 여는 것은 사형의 벌로 금했고, 열쇠는 왕비가 직접 간수했다. 이제 누구나 다시 안전하게 숲으로 들어갈 수 있었다.

왕에게는 아홉 살 된 아들이 하나 있었다. 한번은 그 애가 성 뜰에서 놀다 황금 공이 우리 안으로 굴러 들어갔다. 소년이 달려가서 말했다. "내 공을 줘요." "더 먼저는 안 돼." 하고 남자가 대답했다. "우선 네가 문을 열어 줘야지." "안 돼요." 하고 왕자가 말했다. "그렇게는 못 해요. 왕이 금하셨어요." 다음 날 소년이 다시 와서 자기 공을 요구하자 야생인이 말했다. "문을 열어." 하지만 왕자는 그러지 않았다. 셋째 날에는 왕이 사냥을 떠났다. 소년이 또다시 와서 말했다. "그러고 싶어도 난 문을 열 수 없어요. 열쇠가 없거든요." 그러자 야생인이 말했다. "열쇠는 네 엄마 베개 밑에 놓여 있어. 베개 밑에서 꺼내 올 수 있어." 공을 되찾고 싶은 왕자는 모든 신중한 생각을 바람에 날리고 열쇠를 가져왔다. 문이 무겁게 열렸고 소년은 손가락이 끼였다. 문이 열리자 야생인이 걸어 나와 소년에게 황금 공을 주고는 서둘러 떠나 버렸다. 왕자가 겁이 나 소리치며 뒤에서 그를 불렀다. "아, 야생인, 가 버리지 말아요. 그러면 내가 매를 맞아요." 야생인이 돌아보고 소년을 들어 올려 목에 앉히고 빠른 걸음으로 숲속으로 들어갔다.

왕이 돌아와 빈 우리를 보고 왕비에게 어찌 된 일인지 물었다. 왕비는 아무것도 몰라 열쇠를 찾았으나 이미 없어진 뒤였다. 왕비가 왕자를 불렀지만 대답이 없었다. 왕은 사람들을 보내 들판에서 왕자를 찾아보게 했으나 찾지 못했다. 그러자 무슨 일이 일어났는지 쉽게 짐작할 수 있었다. 궁정은 슬픔으로 가득 찼다.

야생인은 어두운 숲으로 돌아오자 왕자를 어깨에서 내려놓으며 말했다. "너는 아버지 어머니를 다시 보지 못한다. 너를 내 집에 두겠어. 네가 나를 풀어 주었고, 내가 너를 불쌍히 여기니까. 내가 말하는 모든 것을 하면 잘 지내게 해 주겠다. 나는 보물이며 황금을 충분히 가지고 있다. 세상 그 누구보다 많이." 그는 왕자에게 이끼로 된 잠자리를 만들어 주었고, 그 위에서 소년은 잠이 들었다.

다음 날 아침 남자가 왕자를 샘으로 데려가서 말했다. "보이지, 이 황금 우물은 수정처럼 맑고 투명하다. 너는 이 곁에 앉아서 아무것도 그 안으로 떨어지지 않도록 지켜야 한다. 안 그러면 샘이 더러워져. 저녁마다 내가 와서 내 지시에 따랐는지 보겠다." 왕자는 샘 가장자리에 앉아 가끔은 황금 물고기가 가끔은 황금 뱀이 그 안에서 모습을 나타내는 것을 바라보았고, 아무것도 빠지지 않게 주의했다. 한번은 그렇게 앉아 있다가 손가락이 어찌나 아픈지 자기도 모르게 물에 담갔다. 재빨리 다시 뺐지만 손가락은 완전히 금이 되어 버렸다. 황금을 다시 씻어 내려고 무던히 애썼지만 소용없었다.

저녁에 야생인이 돌아와 왕자를 유심히 살피며 말했다. "샘에 무슨 일이 있었지?" "아무 일도 없었어요." 하고 소년이 대답하며 손가락을 등 뒤에 숨겼다. 남자가 말했다. "손가락을 물에 담갔지? 이번에는 넘어가겠지만 조심하거라. 다시는 뭔가를 빠뜨리지 않도록 해." 다음 날 이른 아침 왕자는 가장자리에 앉아 샘을 지켰다. 다시 손가락이 아파 손가락을 들어 머리를 쓸어 넘겼다. 그러다 불행하게도 머리카락 한 올이 우물에 떨어졌다. 얼른 꺼냈으나 머리카락은 이미 황금이 되어 있었다. 야생인이 왔는데 무슨 일이 있었는지 이미 알고 있었다. "머리카락 한 올을 우

물에 빠뜨렸구나." 하고 그가 말했다. "또 한 번 봐주겠다. 만약 세 번째로 이런 일이 있으면 샘이 더럽혀지고 너는 더 이상 내 집에 머물 수 없다."

셋째 날 왕자는 샘 가장자리에 앉아 있었고, 손가락이 아무리 아파도 움직이지 않았다. 그러나 심심해서 수면에 비친 자기 얼굴을 바라보았다. 그러다 점점 더 몸을 숙이게 되었고 눈을 제대로 들여다보려다 긴 머리가 어깨에서 흘러 물속으로 떨어졌다. 급히 몸을 일으켰지만 머리카락은 이미 금이 되어 태양처럼 반짝였다. 가엾은 왕자가 얼마나 놀랐는지 여러분도 생각할 수 있으리라. 소년은 남자가 보지 못하도록 손수건을 꺼내 머리에 감았다. 그러나 야생인이 이미 모든 것을 알고 말했다. "수건을 풀어라."
그러자 황금빛 머리카락이 넘실거렸고 왕자가 아무리 사
과해도 소용이 없었다. "너는 시험을 견뎌 내지 못했으니
더 이상 이곳에 머물 수 없다. 세상으로 가거라. 거기서 가
난이 어떤지 경험할 거야. 하지만 네 마음씨가 나쁘지 않
고 내가 너를 좋게 생각하니 한 가지는 허락하겠다. 만약
곤경에 처하거든 숲으로 와서 '아이젠한스' 하고 불러라.
그러면 내가 가서 돕겠다. 내 힘은 네가 생각하는 것보다
훨씬 세거든. 금과 은은 내가 넘치게 가지고 있다."

왕자는 숲을 떠나 있는 길 없는 길을 끝없이 갔고, 마침
내 마지막으로 어떤 큰 도시로 들어갔다. 거기서 일을 구
했으나 찾을 수 없었고 또한 익히지 못했다. 그는 성에 들
어가 자기를 머물게 해 주겠냐고 물었다. 궁정 사람들은
그를 어디에 쓸지 알지 못했지만 그가 마음에 들어 머물
라고 했다. 마침내 요리사가 일을 주며 장작과 물을 나르
고 비로 재를 모으라고 말했다.

한번은 마침 다른 사람이 없어서 요리사가 그에게 음식
을 왕의 식탁으로 나르라고 했다. 그는 황금 머리카락을
보이고 싶지 않아 작은 모자를 썼다. 왕 앞에 무엄하게 모
자를 쓰고 나타나는 건 있어 본 적 없는 일이었다. 왕이 말
했다. "왕의 식탁으로 오면 모자를 벗어야 한다." "예." 하

고 왕자가 대답했다. "하지만 그럴 수 없습니다. 머리에 고약한 부스럼이 나서요." 그러자 왕은 요리사를 불러 야단치며 말했다. "어떻게 저런 소년에게 일을 시키느냐. 당장 내보내라." 그러나 요리사는 왕자가 불쌍해서 뜰에서 잡일하는 소년과 바꿔치기했다. 이제 왕자는 뜰에서 꽃을 심고 물을 주고 흙을 부스러뜨리고 파고 바람과 풍상을 겪어야 했다.

한번은 여름에 혼자 뜰에서 일하고 있을 때 날이 어찌나 더운지 공기가 그를 식혀 주도록 모자를 벗었다. 태양이 머리 위를 비추자 머리카락이 반짝반짝 번쩍번쩍 빛이 나 그 빛줄기가 공주의 침실 안으로 떨어졌다. 그게 뭔지 보려고 공주가 튀어 일어났는데 왕자를 보자 그를 불렀다. "소년아, 내게 꽃다발 하나 가져다줘." 왕자는 서둘러 모자를 쓰고 들꽃을 꺾어 한데 묶었다. 그리고 그걸 들고 계단을 올라갈 때 정원사가 말했다. "어떻게 공주에게 흔한 꽃으로 만든 꽃다발을 가져다주니? 얼른 다른 걸 가져와. 가장 아름답고 가장 희귀한 것을 골라." "아니에요." 하고 소년이 말했다. "야생화가 더 강한 향기를 내고 공주님 마음에 들 거예요."

왕자가 방으로 들어가자 공주가 말했다. "모자를 벗어라. 내 앞에서 모자를 쓰는 것은 온당하지 않다." 왕자가 대답했다. "그러면 안 됩니다. 머리에 부스럼이 나서요."
공주가 손을 뻗어 모자를 잡아당겨 벗겼더니 황금 머리카
락이 어깨로 떨어져 내려 보기에 호화로웠다. 왕자가 뛰어
달아나려 했으나 공주가 팔을 잡고 한 줌 가득 금화를 주
었다. 그는 황금을 대수롭지 않게 여기며 정원사에게 주
며 말했다. "이걸 아저씨네 아이들에게 선물하겠어요. 걔
들이 이걸 가지고 놀 수 있죠." 다음 날 공주가 또다시 그
에게 들꽃 다발을 갖다 달라 외쳤고, 그가 꽃다발을 들고
들어서자 곧바로 모자를 움켜잡아 그에게서 뺏으려 했다.
그러나 왕자가 두 손으로 모자를 꽉 잡았다. 공주는 다시
한 줌 가득 금화를 주었다. 왕자는 그걸 갖지 않고 정원사
에게 그 아이들을 위한 장난감으로 주었다. 셋째 날도 다
르지 않았다. 공주는 모자를 뺏을 수 없었고 그는 공주의
황금을 원하지 않았다.

오래 지나지 않아 나라가 전쟁에 휩싸였다. 왕이 군대
를 소집했는데 대군을 가진 막강한 적에 저항할 방법을
알지 못했다. 그러자 정원사 소년이 말했다. "저도 다 자랐
으니 전쟁을 하러 가겠습니다. 말 한 필만 주십시오." 다
른 사람들이 웃으며 말했다. "우리가 떠나거든 한 필 찾아
보렴. 너를 위해 한 마리 마구간에 남겨 두겠다." 그들이
떠나자 왕자는 마구간으로 가서 말을 끌어내 왔다. 그 말

은 한 다리가 마비되어 절뚝절뚝 걸었다. 왕자는 그 말에 올라앉아 어두운 숲을 향해 떠났다. 숲 가장자리에 닿자 왕자는 "아이젠한스." 하고 세 번 아주 크게 외쳤고 그 소리가 나무들을 뚫고 울렸다. 곧 야생인이 나타나 말했다. "뭘 원하나?" "강한 준마 한 필을 원해요. 전쟁에 나가려고요." "그건 주마, 또 네가 원하는 것보다 더 많이 주겠다." 거친 야생인은 숲으로 돌아갔다. 오래지 않아 마구간 하인이 준마 한 필을 이끌고 숲에서 나왔다. 말은 콧김을 뿜으며 헐떡이는데 거의 제어가 되지 않았다. 뒤에는 완전히 철갑으로 무장한 수많은 전투병이 따랐고, 그들의 검이 햇빛 속에서 번쩍였다. 왕자는 마구간 하인에게 세 다리만 쓰는 말을 넘겨주고 다른 말에 올라 무리의 선두에서 달렸다.

전장에 다가가자 벌써 왕의 병정들 대부분이 쓰러지고 나머지도 물러나야 할 판이었다. 그때 왕자가 철갑 무리와 달려가 폭풍처럼 적들을 넘어가며 저항하는 건 죄다 쳐 쓰러뜨렸다. 적들은 도망치려 했으나 왕자가 그들의 덜미에 앉아 한 사람도 더 남지 않을 때까지 그치지 않았다. 그러나 왕에게 돌아가는 대신 그는 무리를 돌려 다시 숲으로 인도해 아이젠한스를 불러냈다. "뭘 원하나?" 하고 야생인이 말했다. "준마와 군사를 돌려받고 세 발로 걷는 내 말을 다시 주세요." 모든 것이 바라는 대로 되었고, 그는 세 다리로 걷는 말에 올랐다.

　다시 성으로 돌아오자 딸이 왕을 마중하며 승리를 거둔 것을 축하했다. "승리를 이끌어 낸 것은 내가 아니라……" 하고 왕이 말했다. "병사를 데리고 나를 도우러 온 낯선 기사다." 딸은 그 낯선 기사가 누구인지 알고 싶었다. 왕은 그걸 알지 못해 "그는 적들을 추적했고 나는 그를 다시 보지 못했다." 하고 말했다.

　공주는 정원사에게 소년에 대해 물었다. 그러자 정원사가 웃으며 말했다. "그 애는 방금 세 발로 걷는 말을 타고 돌아왔고, 다른 사람들이 비웃으며 외쳤습니다. '저기 우리 절뚝절뚝이가 다시 도착한다.'라고요. '그동안 어느 생나무 울타리 뒤에 누워 자다가 왔느냐?'라고 묻기도 했죠. 그러나 그는 말했어요. '나는 최선을 다했고 내가 없었더라면 일이 잘못되었을 겁니다.'라고요. 그래서 더욱 비웃음을 샀지요." 왕이 딸에게 말했다. "큰 잔치를 열겠다, 사흘은 벌여야지. 너는 황금 사과를 던지거라. 어쩌면 그 미지의 기사가 오겠지."

　잔치 소식이 알려지자 왕자가 숲으로 가서 아이젠한스를 불렀다. "뭘 원하느냐?" 하고 그가 물었다. "공주의 황금 사과를 받는 거요." "그야 네가 벌써 받은 거나 다름없지." 하고 아이젠한스가 말했다. "붉은색 무장을 하고 당당한 적마를 타고 가거라." 그날이 오자 왕자가 쏜살같이 달려와 기사들 가운데 섰고 아무도 알아보지 못했다. 공주가 나와 기사들을 향해 황금 사과를 던졌다. 누구도 사과를 받지 못했으나 그는 사과를 받았고 그 즉시 질주해서 떠났다.

다음 날은 아이젠한스가 그를 백색 기사로 무장시키고 백마 한 필을 주었다. 또다시 그 혼자만 사과를 받았다. 그러나 한순간도 머무르지 않고 그걸 들고 질주해 떠났다. 왕이 화가 나서 말했다. "있을 수 없는 일이다. 그는 내 앞에 나타나 자기 이름을 말해야 한다." 왕이 사과를 받은 기사가 다시 떠나면 그를 뒤쫓고, 그가 선선히 돌아오지 않으면 치고 찌르라고 명했다.

셋째 날 그는 아이젠한스로부터 검은 무장과 흑마 한 필을 받고 다시 사과도 잡았다. 그러나 그가 질주해 떠날

때 왕의 신하들이 추적했고, 한 사람이 무척 가까이 가서 칼끝으로 다리에 상처를 냈다. 하지만 그는 그들을 벗어났고 다만 말이 어찌나 세차게 뛰었는지 머리에서 투구가 떨어졌다. 그리하여 그가 황금 머리를 가진 것을 사람들이 볼 수 있었다. 그들은 되돌아와 왕에게 있었던 모든 일을 고했다.

다음 날 공주가 정원사에게 소년에 대해 물었다. "그 애는 뜰에서 일하고 있습니다. 그 괴짜 녀석은 잔치에 가서 저녁에야 돌아왔지요. 제 아이들에게 자기가 얻은 황금 사과 세 개를 보여 줬습니다." 왕은 소년을 불러 오게 했고 그가 나타났는데 머리에 모자를 쓰고 있었다. 공주가 그에게로 가 모자를 벗겼다. 그러자 황금 머리카락이 어깨 너머로 떨어졌고 어찌나 아름다운지 모두 놀랐다. "네가 늘 다른 색 차림으로 날마다 잔치에 온 기사, 황금 사과 셋을 잡은 그 기사인가?" 하고 왕이 물었다. "예, 여기 그 사과들이 있습니다." 하고 왕자가 주머니에서 사과를 꺼내 왕에게 내밀었다. "증거를 더 원하신다면 신하들이 추적할 때 제 몸에 낸 상처를 보셔도 됩니다. 저는 폐하께서 적을 누르고 승리하게 도와준 기사이기도 합니다." "그런 위업을 이룰 수 있다면 너는 뜰에서 일하는 아이가 아니다. 말하거라, 네 아버지가 누구냐?" "제 아버지는 막강

아이젠한스

한 왕이고 황금은 제가 원하는 만큼 많습니다." "잘 알겠다." 하고 왕이 말했다. "너에게 고마운 빚이 있구나. 너를 위해 내가 해 줄 게 있느냐?" "예." 하고 그가 대답했다. "있습니다. 따님을 아내로 주십시오." 그러자 소녀가 웃으며 말했다. "단도직입적이네요. 저는 이미 황금 머리카락을 보고 당신이 뜰에서 일하는 아이가 아닌 줄 알았습니다." 하고 그에게 입맞춤을 했다.

혼인을 위해 왕자의 아버지 어머니가 왔고 크게 기뻐했다. 부모는 사랑하는 아들을 다시 보리라는 희망을 이미 버린 상태였다. 그들이 결혼식 연회 식탁에 앉아 있을 때 갑자기 음악이 그치고 문이 열리더니 당당한 왕이 많은 시종을 이끌고 들어섰다. 그가 왕자를 향해 가서 포옹하며 말했다. "내가 아이젠한스다. 마법에 걸려 야생인이 되었지. 하지만 네가 나를 구했어. 내가 가진 모든 보물은 이제 네 것이다."

137

세 검은 공주[17]

동인도가 적에게 포위당했다. 적은 600탈러를 내놓기 전에는 도시를 떠나지 않겠다고 했다. 사람들은 북을 쳐서 그 돈을 마련할 수 있는 사람이 시장이 되어야 한다고 알렸다. 한 가난한 어부가 아들과 함께 바다에서 고기를 잡고 있는데 적이 와서 아들을 붙잡아 가며 그 대가로 600탈러를 주었다. 아버지는 그 돈을 도시의 높은 이들에게 주었고 적은 물러났다. 그리하여 어부가 시장이 되었다. 그러자 "시장님." 하고 말하지 않는 자는 교수대에서

---

17 독일 북부 사투리인 뮌스터란트어로 적힌 이야기다.

처형된다는 공고가 나갔다.

아들은 적의 손아귀를 벗어나 높은 산에 있는 큰 숲으로 갔다. 산이 저절로 열려 마법에 걸린 큰 성으로 들어갔다. 성안에는 의자, 탁자, 장의자 모든 것에 검은 천이 씌워져 있었다. 세 공주가 왔는데 완전히 검은 옷을 입고 얼굴만 조금 하얬다. 공주들이 그에게 말했다. "겁내지 마세요. 아무 해도 끼치지 않아요. 당신이 우리를 구할 수 있어요." 그러자 그가 말했다. "네, 기꺼이 그렇게 하겠습니다. 어떻게 하면 되는지 알면요." 그러자 공주들은 한 해 동안 자기들을 보지도 말하지도 않아야 한다고 했다. 갖고 싶은 것은 요청하고, 자기들이 대답해도 될 때 말했다.

한동안 머문 그는 아버지에게 한번 다녀오고 싶었다. 공주들이 허락하며 돈이 든 주머니도 가져가라고 했다. 그리고 옷을 주고는 일주일 안으로 다시 돌아오라고 했다.

그는 곧장 동인도로 갔다. 그러나 어부 오두막에 아버지가 없어서 사람들에게 가난한 어부가 어디로 갔는지 물었다. 그러자 사람들이 그에게 가난한 어부라고 말하면 안 되고 그렇게 말하면 교수대로 간다고 했다. 그는 아버지에게 가서 말했다. "어부님, 어떻게 해서 시장이 되셨나요?" 그러자 어부가 말했다. "그렇게 말하면 안 된다. 도시 어르신들이 알면 교수대에 매달린다." 그는 그만두지

414

않았고, 교수대로 보내졌다. 교수대에 오른 그가 말했다. "어르신들, 낡은 어부의 오두막에 다녀오도록 한 번만 허락해 주십시오." 이후 낡은 작업복을 입고 돌아온 그가 말했다. "보이시죠? 제가 가난한 어부의 아들입니다. 이 옷을 입고 저는 제 아버지와 어머니를 위해 밥벌이를 했습니다." 그러자 사람들이 그를 알아보았고 용서를 빌며 그를 집으로 데려갔다. 그는 모두에게 어떤 일이 있었는지 이야기했다. 어떻게 높은 산에 있는 숲으로 갔고, 그 산이 열렸고, 모든 게 검정색인 마법에 걸린 큰 성안으로 들어갔고, 검은 옷을 입고 얼굴만 조금 하얀 세 공주가 왔는지 말했다. 그리고 그들에게 두려워 말라고 하며 자기가 그들을 구하겠다고 말했다. 그러자 어머니가 좋은 일이 아니니 양초를 들고 가서 촛농을 한 방울 그들의 얼굴에 떨어뜨리라고 말했다.

성으로 돌아온 그는 겁이 났지만 공주들이 자고 있을 때 그들의 얼굴에 촛농을 떨어뜨렸다. 그러자 그들 모두가 절반쯤 하얘졌다. 세 공주가 벌떡 일어나 말했다. "이 저주받은 개야, 우리 피가 네 위로 흘러 복수를 외치게 하겠다! 세상에는 우리를 구할 수 있는 어떤 인간도 태어나지 않았고 앞으로도 태어나지 않아! 우리는 일곱 개의 사슬에 매인 오빠가 셋 있어. 그들이 너를 짓찢어 놓을 거야." 그러더니 온 성안에 한 가닥 요란한 비명이 일었다. 그는 창문 밖으로 뛰어내려 다리가 하나 부러졌다. 성은 다시 땅속으로 가라앉았고, 산이 다시 닫혀 아무도 그 성이 어디 있는지 몰랐다.

138

크노이스트와 세 아들[18]

구연 동화 듣기

베렐과 조이스트 중간에 크노이스트라는 이름을 가진 남자가 살았는데 아들이 셋이었다. 맏이는 장님이고, 둘째는 절름발이이고, 셋째는 홀딱 벗었다. 한번은 세 아들이 들판을 돌아다니다가 토끼 한 마리를 보았다. 장님은 토끼를 향해 총을 쏘고, 절름발이는 토끼를 잡고, 홀딱 벗은 놈은 주머니에 토끼를 넣었다. 그러고 난 뒤 엄청 큰 호수에 다다랐는데 물 위에 배가 세 척 있었다. 한 척은 터졌고, 한 척은 가라앉았고, 세 번째 배는 바닥이 없었다. 바

---

18 독일 북부 사투리인 자우어란트어로 적힌 이야기다.

닥이 없는 배 안으로 세 아들이 몽땅 들어갔다. 그리하여 그들은 엄청나게 큰 숲에 이르렀다. 숲에는 엄청 큰 나무 한 그루가 있었다. 나무 속에 엄청 큰 예배당이 하나 있고, 그 예배당에 찔레덤불 교회지기와 회양목 신부가 있었는데 그들이 성수를 몽둥이로 쳐서 나누어 주었다.

"성수를 피할 수 있는 자,

축복 있으라."

브라켈 출신 소녀[19]

어떤 브라켈 출신 소녀가 힌나부르크[20] 기슭의 성 안나 예배당에 갔다. 소녀는 남편이 있었으면 했다. 그래서 예배당에 자기 말고는 아무도 없는 줄 알고 노래를 불렀다.

"오, 거룩하신 성 안나님,

남편을 얻도록 도와주세요.

남편감 잘 아시잖아요,

주트머 성문 앞에 살고

---

19 독일 북부 사투리인 파더보른어로 적힌 이야기다.

20 성 안나는 성모 마리아의 어머니다. 큰 의미 없는 산 이름인 '헨넨(Hennen)'을 '안나'와 운이 맞게 변형했다.

머리는 금발이고요,

남편감 잘 아시잖아요!"

그런데 교회 집사가 제단 뒤에 서서 이 소리를 듣다 쉰 목소리로 소리쳤다. "너는 남편을 못 얻어, 너는 남편을 못 얻어!" 그러자 소녀는 어머니 안나 옆에 있던 딸 마리아가 그 말을 했다고 생각하고 화가 치받쳐 소리쳤다. "바보 같은 소리, 멍청하고 어린 게! 입 닥쳐, 말씀은 어머니께서 하시게!"

140

한집 사람들[21]

구연 동화 듣기

"어디로 가는감?" "발삐로 감." "나 발삐로 감, 너도 발삐로 감, 맞춰, 맞춰, 그럼 우리 발맞춰 가 보세."

"너 남편도 있어? 남편 이름 뭐야?" "편." "내 남편은 편, 너 남편도 편, 나는 발삐로, 너도 발삐로, 맞춰, 맞춰, 그

---

21 독일 북부 저지 독일어계 사투리인 파더보른어로 적힌 이야
기다. 전체가 소리의 소리 울림에 의존하고 있는 우스개 이야기
로 Mann-Cham/ Kind-Grind/ Wiege-Hippodeige/ Knecht-
Machmirsrecht 독일어 이름 일부와 각운을 섞었다. 번역도 유사
한 방법으로 뜻을 따르면서도 소리를 맞추는데 더 많은 비중을
두었다. 아이-부스럼이/히포다오람-요람/종-똑바로하종.

럼 우리 발맞춰 가 보세.”

"너 아이도 있어? 너 아이 이름 뭐야?” "부스럼이.” "내 아이 부스럼이, 너 아이도 부스럼이, 내 남편은 편, 너 남편도 편, 나는 발삐로 감, 너도 발삐로 감, 맞춰, 맞춰, 그럼 우리 발맞춰 가 보세.”

"너 요람도 있어? 네 요람 이름 뭐야?” "히포다오람.” "내 요람 히포다오람, 너 요람 히포다오람, 내 아이 부스럼이, 너 아이도 부스럼이, 내 남편은 편, 너 남편도 편, 나는 발삐로, 너도 발삐로, 맞춰, 맞춰, 그럼 우리 발맞춰 가 보세.”

"너 종도 있어? 네 종 이름 뭐야?” "똑바로하종” "내 종은 똑바로하종, 너 종도 똑바로하종, 내 요람은 히포다오람, 너 요람도 히포다오람, 내 아이 부스럼이, 너 아이도 부스럼이, 내 남편은 편, 너 남편도 편, 나는 발삐로, 너도 발삐로, 맞춰 맞춰 그럼 우리 가 보세.”

141

어린 양과 작은 물고기[22]

옛날에 서로를 진심으로 좋아하는 어린 오빠와 어린 누이가 살았다. 진짜 엄마는 돌아가셨고 그들에게는 새어머니가 있었다. 계모는 그 아들에게 친절하지 않았고 남몰래 온갖 괴로움을 주었다. 이런 일이 있었다. 둘이 다른 아이들과 같이 집 앞에 있는 풀밭에서 놀았는데, 거기에는 집의 한쪽 면까지 닿는 연못이 하나 있었다. 아이들은 그 주위를 달리며 서로 잡고 끝말잇기 놀이를 했다.

---

22 끝말잇기 노래와 양과 물고기의 대화는 독일 북부 사투리인 리페어로 적힌 이야기다.

"에네케, 베네케, 날 살려줘,

내 작은 새를 너에게 줄게.

작은 새가 짚풀을 구해 올 거야,

짚풀은 암소에게 주겠어,

암소가 내게 우유를 주게.

우유는 제빵사에게 주겠어,

제빵사가 케이크를 굽게.

케이크는 고양이에게 주겠어,

고양이가 생쥐를 잡게.

생쥐는 굴뚝 연기 속에 매달겠어,

생쥐는 그렇게 잡아야지."[23]

그러면서 아이들이 둥그렇게 서 있었는데, "잡아야지."
라는 말이 떨어진 아이는 달아나야 했고 다른 아이들이
그를 뒤따라가서 잡았다. 그렇게 즐겁게 뛰어다닐 때 새어
머니가 창문에서 보고 화를 냈다. 그러고는 마법 기술을
쓸 줄 알아 두 아이에게 마법을 걸었다. 어린 오빠는 물고
기가 되고 어린 누이는 양이 되었다. 물고기는 연못 속에
서 왔다 갔다 헤엄치며 매우 슬퍼했고, 어린 양은 풀밭을
왔다 갔다 하며 괴로워서 먹지도 않고 작은 풀 한 포기 하
나 건드리지 않았다.

---

23 이 노래 부분은 심한 사투리로 쓰였다.

그렇게 오랜 시간이 지나 낯선 손님들이 성으로 왔다. 나쁜 새어머니는 '지금 기회가 좋다.' 생각하며 요리사를 불러 말했다. "풀밭에 있는 양을 데려와 잡아라. 손님을 위한 게 달리 없다." 그러자 요리사가 어린 양을 부엌으로 데려와 두 발을 묶었다. 양은 모든 것을 참을성 있게 견뎠다. 그가 양을 죽이기 위해 칼을 꺼내어 숫돌에 가는데 배수구 앞 물에서 물고기 한 마리가 이리저리 헤엄치며 그를 올려다보는 게 보였다. 어린 오빠였다. 요리사가 양을 끌어가는 것을 보자 연못을 따라 집까지 헤엄쳐 온 것이다. 그러자 양이 아래를 향해 외쳤다.

"아, 깊은 연못 속 오빠야,

내 마음이 얼마나 아픈지!

요리사가 칼을 갈고 있어,

어린 양과 작은 물고기

내 심장을 찌르려 해."

물고기가 대답했다.

"아, 높은 곳 누이야,

내 마음이 얼마나 아픈지,

이 깊은 연못 속에서!"

요리사는 양이 말할 수 있고, 그토록 슬픈 말을 물고기에게 하는 것을 듣자 놀라며 이건 분명 평범한 양이 아니고 집안의 고약한 여자가 마법을 건 것이라고 생각했다. 그래서 그가 말했다. "조용히 하거라, 나는 너를 잡지 않겠다." 그러고는 다른 짐승을 잡아 손님들을 위해 준비하고 양은 어떤 선한 농부 아낙에게 데려갔다. 요리사는 그 여자에게 자기가 보고 들은 이야기를 들려주었다. 농부 아낙은 마침 작은 누이의 유모였어서 그게 누구인지 금방 짐작하고 함께 마녀에게 갔다. 그러자 마녀가 어린 양과 어린 물고기에게 축복의 말을 해 주었고, 둘은 사람의 모습을 되찾았다. 그녀는 둘을 커다란 숲에 있는 작은 집으로 데리고 갔다. 거기서 그들은 외롭지만 만족하고 행복하게 살았다.

142

지멜리산

두 형제가 있었는데 하나는 부자이고 하나는 가난했다. 부자가 가난한 형제에게 아무것도 주지 않아 가난한 동생은 곡식 거래로 근근이 입에 풀칠을 했고, 형편이 자주 참으로 나빠 아내와 아이들에게 줄 빵이 없었다. 한번은 동생이 손수레를 끌고 숲을 가다 커다란 민둥산을 보았다. 한 번도 본 적이 없어 그는 멈추어 서서 놀란 눈으로 산을 바라보았다. 그렇게 서 있는데 열두 명의 크고 거친 남자들이 오는 게 보였다. 강도들이라고 생각한 그는 수레를 덤불 속에 밀어 넣고 나무 위로 올라가 무슨 일이 일어날지 지켜보았다. 열두 명의 남자는 산 앞으로 가 외쳤다.

"젬지산아, 젬지산아, 열려라." 곧 그 민둥산 한가운데가 열리더니 열두 사람이 들어갔고, 그들이 들어가자 산이 닫혔다. 그러나 잠깐 뒤 다시 열리더니 그들이 무거운 자루를 등에 지고 나왔다. 그들 모두 다시 환한 밖으로 나오자 말했다. "젬지산아, 젬지산아, 닫혀라." 그러자 산이 빠르게 닫혔고, 더 이상 산으로 들어가는 어떤 입구도 보이지 않았다. 열두 명은 떠났다.

그들이 완전히 눈 밖으로 사라지자 가난한 동생이 나무에서 내려왔다. 그는 그 산에 남모르는 무엇이 숨겨져 있는지 궁금했다. 그래서 산 앞으로 가서 말했다. "젬지산아, 젬지산아, 열려라." 그러자 산이 그에게도 열렸다. 들어가니 산 전체가 금과 은으로 가득 찬 하나의 동굴이었고, 뒤쪽에는 진주와 번쩍이는 보석들이 마치 곡식을 수북이 쏟아부은 듯 큰 더미로 쌓여 있었다. 동생은 어찌해야 할지, 그 보물을 좀 가져도 되는지 알 수 없었다. 마침내 그는 주머니들을 금으로 채웠으나 진주며 보석들은 그냥 놔두었다. 다시 나오자 그 역시 "젬지산아, 젬지산아, 닫혀라." 하고 말했고, 그러자 산이 닫혔다.

그는 손수레를 끌고 집으로 왔다. 이제 그는 더 이상 걱정할 필요가 없었고, 가져온 금으로 아내와 아이들을 위해 빵을 사고 포도주도 곁들여 마실 수 있었다. 그는 즐겁고 정직하게 살았으며 가난한 사람들에게 베풀고 누구에게나 선행을 했다. 돈이 다 떨어지자 그는 형에게 가서 곡식을 되는 말 하나를 빌려서 금을 가져왔다. 하지만 큰 보물들은 그 무엇도 손대지 않았다. 그가 세 번째로 금을 좀 가져오려 했을 때 그는 형에게 또다시 말을 빌렸다. 형은 벌써 오랫동안 그의 재산과 그가 마련한 멋진 살림살이를 시샘하고 있었는데 어디서 그 큰 재산이 오는지, 동생이 말을 어디다 쓰려는 것인지 알고 싶었다. 그래서 형은 꾀를 하나 생각해 말 바닥에 역청을 칠했고, 말을 돌려받자 안에 금 한 조각이 그대로 붙어 있었다. 그는 동생에게 가서 물었다. "너 말로 무엇을 되었느냐?" "곡식과 보리요." 하고 동생이 대답했다. 그러자 형은 금 조각을 보이며 진실을 말하지 않으면 법정에 고발하겠다고 그를 위협했다. 동생은 어떻게 된 일인지 자초지종을 말했다. 그러자 부자는 즉시 마차에 말을 매어 달려 나갔다. 그는 기회를 더 잘 이용해 다른 보물들을 모조리 가져올 생각이었다.

형은 산 앞에 다다라 "젬지산아, 젬지산아, 열려라." 하고 외쳤다. 산이 열리고 그가 들어가 보니 엄청난 보물이 모조리 앞에 있었다. 오랫동안 그는 무엇을 먼저 잡아야 할지 골랐다. 마침내 보물들을 나를 수 있을 만큼 잔뜩 실었다. 그는 짐을 밖으로 나르려고 했으나 마음과 영혼이 완전히 보물로 가득 차 있다 보니 그만 산 이름을 잊어버려 "지멜리산아, 지멜리산아, 열려라." 하고 외쳤다. 그러나 바른 이름이 아니어서 산은 꼼짝도 하지 않고 그대로 닫혀 있었다. 그는 겁이 났다. 그러나 오래 생각하면 할수록 생각이 더욱 혼란스러워 이제 모든 보물이 더 이상 아무런 소용이 없었다. 저녁에 산이 열리고 열두 명의 강도가 들어왔다. 그들은 그를 보자 웃으며 소리 질렀다. "이 녀석, 우리가 드디어 너를 잡았구나. 네가 두 번이나 다녀갔다는 걸 모를 줄 아느냐. 이제껏 너를 잡을 수 없었어. 이번에는 다시 나가게 두지 않겠다." 그러자 그가 외쳤다. "제가 아니었어요, 제 동생이었어요." 그러나 그가 목숨을 살려 달라고 빌고 뭐라고 말하든 그들은 그의 목을 벴다.

지멜리산

143

유람 가다[24]

구연 동화 듣기

옛날에 가난한 아낙이 있었는데 하나뿐인 아들이 유람
을 가고 싶어 했다. 어머니가 말했다. "어떻게 유람을 간단
말이냐? 들고 갈 돈이 있어야 할 텐데 하나도 없구나." 그
러자 아들이 말했다. "알아서 잘할게요. 그리고 꼭 이렇게
말할 거예요, 그저 뭐, 조금만, 조금만, 조금만!" 아들은
한동안 돌아다니며 매일 이렇게 말했다. "조금만, 조금만,
조금만!"

한번은 어부들한테 가게 되었는데 이랬다. "신이 여러

---

24 독일 북부 사투리인 뮌스터란트어로 적힌 이야기다.

분을 돕기를! 조금만, 조금만, 조금만." "뭐라고, 이 녀석아? 조금만?" 어부들이 어망을 당겨 올렸는데 물고기가 통 걸리지 않았다. 그러자 어부 중 하나가 막대기를 들고 소년을 쫓아가서 "너 이제 매타작 맛을 봐야겠어." 하며 흠씬 패 줬다. "그러면 뭐라고 해야 하는데요?" 하고 소년이 물었다. "많이 잡아, 많이 잡아 해야지!"

그 후 한동안 아이는 "많이 잡아, 많이 잡아." 하며 다녔는데, 그러다가 불쌍한 죄인이 목 잘리는 교수대 근처로 갔다. 그 애는 또 "좋은 아침입니다. 많이 잡아, 많이 잡아." 했다. "이 녀석아, 뭐라고? 많이 잡아? 그러면 이 세상에 나쁜 놈이 더 많아져야 한다는 소리야? 지금도 차고 넘치는데?" 아이는 다시 등짝을 한 대 얻어맞았다. "그러면 뭐라고 해야 하는데요?" 하고 소년이 물었다. "신이 불쌍한 영혼을 위로하시리 해야지!"

유람 가다

아이는 다시 한동안 다니면서 말했다. "신이 불쌍한 영혼을 위로하시리!" 그러다가 어떤 구덩이 쪽으로 가게 되었는데 거기서 박피공이 말가죽을 벗기고 있었다. 젊은이가 말했다. "좋은 아침입니다. 신이 불쌍한 영혼을 위로하시리!" "뭐라는 거야, 이 바보 같은 녀석아." 하며 박피공이 눈앞이 캄캄해지도록 아이의 뺨을 쳤다. "그러면 대체 뭐라고 해야 하는데요?" 하고 아이가 물었다. "저기 구덩이에 죽은 짐승이 있습니다 해야지."

그래서 아이는 한동안 다니면서 항상 말했다. "저기 구덩이에 죽은 짐승이 있습니다." 그러다가 사람들이 가득 탄 마차로 가게 되었는데 아이가 말했다. "좋은 아침입니다. 저기 구덩이에 죽은 짐승이 있습니다." 때마침 마차가 구덩이에 빠졌고, 하인은 젊은이가 시퍼렇게 멍들도록 채찍질을 해 결국 어머니에게 돌아갈 때 기어갈 수밖에 없었다. 그 후 아이는 평생 다시는 유람을 가지 않았다.

144

작은 당나귀

옛날에 왕과 왕비가 살았다. 두 사람은 부자였고 원하는 모든 것을 가졌는데 다만 아이가 없었다. 그걸 두고 왕비는 밤낮으로 탄식하며 말했다. "나는 아무것도 자라지 않는 밭과 같아." 마침내 하느님이 그 소망을 들어주었다. 그러나 그 아이는 여느 사람 아이처럼 생기지 않고 새끼 당나귀로 태어났다. 아이를 보자 어머니의 비탄과 절규가 터져 나왔다. 왕비는 당나귀를 낳으니 차라리 아이가 없는 편이 나았다며 당나귀를 물고기들이 먹도록 물에 던지려고 했다. 그러자 왕이 말했다. "아니오, 하느님이 우리에게 주셨으니 내 아들이자 상속자요. 내가 죽고 나면 왕좌에 앉고 왕관을 써야지."

작은 당나귀는 자라서 더 커졌고 두 귀도 예쁘게 높고 똑바로 자랐다. 그는 유쾌한 성격을 지녀 뛰어 돌아다니고 놀았으며, 특히 음악에 흥미를 느껴 유명한 악사에게 가서 말했다. "제게 악사님의 기예를 가르쳐 주세요. 저도 악사님처럼 만돌린을 켤 수 있게요." "아, 아기 주인님." 하고 악사가 말했다. "그건 어려울걸요. 손가락이 그러라고 만들어져 있지 않고 참 너무나도 커요. 줄이 버텨 낼지 걱정입니다." 어떤 설명도 변명도 소용없었다. 아기 당나귀는 만돌린을 타려 했고 집요하고 부지런해 결국 스승처럼 잘 배웠다.

한번은 그 젊은 영주가 생각에 잠겨 산책을 나갔다가 우물로 가게 되었고, 거울처럼 맑은 물을 들여다보다 자신의 당나귀 모습을 보게 되었다. 그는 어찌나 침울한지 충직한 동무 하나만 데리고 넓은 세상으로 나갔다. 두 사람은 이리저리 다니다 마지막으로 놀랍게 아름다운 딸을 가진 늙은 왕의 나라에 가게 되었다. 작은 당나귀가 "우리 여기서 머물자." 하고 성문을 두드리며 외쳤다. "바깥에 손님이 있습니다. 들어갈 수 있도록 열어 주십시오." 문이 열리지 않자 그는 앉아서 만돌린을 들고 두 앞발로 더할 나위 없이 사랑스럽게 탔다. 그러자 문지기가 눈이 둥

그레지더니 왕에게 달려가서 말했다. "저기 바깥에 작은
당나귀가 문 앞에 앉아 있는데 만돌린을 훌륭한 명장처럼
잘 켭니다." "그 악사를 들어오게 하라." 하고 왕이 말했
다. 그러나 나귀가 들어오자 모두 그 만돌린 연주자를 보
고 웃었다. 작은 당나귀는 아래쪽 머슴들 자리에서 식사
를 해야 했다. 그러나 내키지 않아 말했다. "나는 천한 마
구간 당나귀가 아닙니다. 고귀한 당나귀예요." 그러자 사

작은 당나귀

람들이 말했다. "네 생각이 그렇다면 전사들과 함께 앉거라." "아니요." 하고 당나귀가 말했다. "나는 왕 곁에 앉겠습니다." 왕이 좋은 마음으로 웃으며 말했다. "그래, 네가 원하는 대로 해야지. 작은 나귀야, 여기 내게로 오너라." 왕이 물었다. "작은 당나귀야, 내 딸이 마음에 드니?" 작은 당나귀가 고개를 돌려 그녀를 바라보고 고개를 끄덕이며 말했다. "도가 넘게 마음에 듭니다. 제가 아직 본 적 없을 만큼 아름답네요." "그래, 그럼 그 애 곁에도 앉아야지." 하고 왕이 말했다. "좋습니다." 하며 작은 당나귀는 공주 곁에 앉아 먹고 마셨으며 세련되고 깨끗하고 처신할 줄 알았다.

그 고귀한 짐승은 궁정에서 상당 시간 머물렀다. 그러다 '이 모든 게 다 무슨 소용이야, 나는 다시 집으로 돌아가야 해.' 하고 생각하며 슬프게 고개를 떨구고 왕 앞으로 가 작별을 청했다. 그러나 그를 좋아하는 왕이 말했다. "작은 당나귀야, 무슨 일인가? 식초 항아리처럼 언짢아 보이는데. 내 곁에서 머물 거라. 네가 필요로 하는 것을 주마. 황금을 갖겠느냐?" "아니요." 하고 작은 당나귀가 말하며 고개를 저었다. "보물과 장신구를 갖겠느냐?" "아니요." "내 나라 절반을 갖겠느냐? "아, 아뇨." 그러자 왕이 말했다. "뭐가 너를 기쁘게 할 수 있을지 내가 알면 좋으련만. 내 아름다운 딸을 아내로 갖겠느냐?" "아, 네." 하고 작은 당나귀가 말했다. "갖고 싶고말고요." 하며 갑자기 아주 신이 나고 기분이 좋았다. 그가 원하던 것이 바로 공주였기 때문이다. 그래서 성대한 결혼식이 열렸다.

신부와 신랑이 침실로 인도되었을 때 왕은 작은 당나귀가 세련되고 예의 있게 처신하는지 알려고 하인 하나를 숨게 했다. 두 사람이 방 안에 들어가자 신랑이 문에 빗장을 지르고 둘러보았다. 완전히 둘뿐이라고 생각하자 그가 갑자기 당나귀 가죽을 벗어 던지고 아름다운 왕 같은 모습을 한 젊은이가 되었다. "이제 당신도 봐." 하고 그가 말했다. "내가 누구인지, 또 내가 당신에게 걸맞지 않은 사람이 아니라는 것을." 그러자 신부가 기뻐서 입맞춤하고 그를 충심으로 사랑했다.

아침이 오자 그는 벌떡 일어나 짐승 가죽을 다시 뒤집어썼다. 어떤 인간도 그 가죽 뒤에 사람이 들었다고는 생각하지 못했으리라. 곧 늙은 왕이 왔다. "이런." 하고 왕이 외치고는 "작은 당나귀가 명랑하네! 넌 참 슬픈 것 같은데." 하더니 딸에게 "넌 제대로 된 사람을 남편으로 맞지 못했지?" 하고 물었다. 그러자 공주가 대답했다. "아뇨, 아버지, 저는 그를 더없이 멋진 남자로서 사랑해요. 평생 그를 잡아 두겠어요." 왕이 이상하게 생각했으나 숨어 있던 하인이 와서 모두 털어놓았다. 왕이 말했다. "그건 절대 사실이 아니야." "그러면 다음 날은 직접 지키십시오. 두 눈으로 똑똑히 보실 겁니다. 들어 보세요, 임금님. 그에게서 가죽을 빼앗아 불에 던지십시오. 그러면 원래 모습을 보이지 않을 수 없지요." "네 충고가 좋구나." 하고 왕이 말했다.

그들이 잠자는 저녁에 왕은 살금살금 들어갔다. 침대로 가니 달빛 속에 한 당당한 젊은이가 쉬는 것이 보였고 가죽이 바닥에 놓여 있었다. 왕이 그걸 들고 와 바깥에서 세찬 불을 피우게 해 던져 넣었고, 가죽이 완전히 다 타 재가 될 때까지 직접 그 곁을 지켰다. 그러나 빼앗긴 사람이 어떻게 하는지 보려고 왕은 밤새 깨어서 귀 기울였다.

젊은이가 실컷 자고 첫 아침 빛에 일어나 당나귀 가죽을 입으려 했으나 찾을 수 없었다. 그러자 그는 놀라고 슬픔과 불안에 가득 차 말했다. "이제는 내가 도망쳐야 한다는 걸 알겠어." 그가 방을 나서자 왕이 말했다. "내 아들아, 어딜 가려고 이렇게 서두르느냐, 무슨 생각을 하고 있는가? 여기 머물거라. 너는 참으로 아름다운 남자다. 다시는 나를 떠나게 하지 않겠다. 네게 지금 내 왕국의 절반을 주고, 내가 죽은 후에는 다 가지게 될 것이다." "좋은 시작이 또한 좋게 끝나기를 바라겠습니다." 하고 젊은이가 말했다. "저는 곁에 머물겠습니다." 노인은 왕국 절반을 주었고, 한 해 뒤 그가 죽었을 때는 전체 왕국을 가졌다. 그리고 아버지가 죽은 후에는 또 하나의 왕국을 갖게 되었고, 더없이 찬란하게 살았다.

작은 당나귀

145

고마움을 모르는 아들

옛날에 어떤 남자가 아내와 자기 집 문 앞에 앉아 있었다. 구운 닭 한 마리를 앞에 놓고 둘이 같이 먹으려다 남편이 늙은 아버지가 오는 것을 보고는 얼른 닭을 숨겼다. 아버지에게 주지 않으려고. 노인은 와서 물만 한 모금 마시고 갔다. 아들은 구운 닭을 다시 식탁에 올리려고 했다. 그러나 닭을 잡자 그건 커다란 두꺼비가 되어 있었고, 두꺼비가 그의 얼굴로 뛰어올라 앉아서는 비키지 않았다. 누구든 얼굴에서 떼내려 하면 두꺼비가 마치 그 사람 얼굴로 뛰려는 듯이 독기 있게 노려봐서 아무도 두꺼비에 손을 댈 엄두를 못 냈다. 그리하여 고마움을 모르는 아들은 두꺼비에게 날마다 먹이를 주어야 했다. 안 그러면 두꺼비가 그의 얼굴을 파먹었다. 그렇게 그는 쉼 없이 세상을 오락가락했다.

순무

옛날에 형제가 있었는데 두 형제 모두 군인이었다. 형제 중 한 명은 부자였고, 다른 한 명은 가난했다. 가난한 동생은 자신의 가난에서 벗어나려고 군인의 외투를 벗고 농부가 되었다. 가난한 동생은 작은 땅을 파고 갈아 순무씨를 뿌렸다. 씨앗 하나가 싹트며 순무 한 개가 자랐는데 순무가 커지며 쑥쑥 잘 자랐고, 갈수록 더 튼실해지면서 도무지 자라는 것을 멈추지 않을 듯했다. 그 순무는 모든 순무의 여제라 불릴 만했으니, 이전에 한 번도 그런 순무를 본 적이 없고 앞으로도 그런 순무는 볼 수 없을 것이기 때문이다. 결국 너무 커 버린 순무가 수레 한 대를 꽉 채웠고, 수레를 끌려면 황소 두 마리는 필요할 정도였다. 농부는 이 순무로 대체 무엇을 해야 할지, 또 이 일이 행운인지 불행인지 알지 못했다. 끝내 농부는 생각했다. '저 순무를 판다 해도 뭐 얼마나 큰 것을 얻으며, 큰 순무를 먹는 것은 작은 순무 여럿을 먹는 것과 같겠지. 그러니 왕에게 순무를 가져가서 영예를 안기는 편이 가장 좋겠어.'

그리하여 농부는 순무를 수레에 싣고 황소 두 마리를 매어 왕궁으로 가서 왕에게 올렸다. 왕이 말했다. "저 기이한 물건은 무엇이냐? 내 눈앞에 놀라운 일이 많았지만 아직까지 저렇게 괴상한 것은 없었다. 어떤 씨앗에서 자라난 것이냐? 아니면 너에게만 이런 일이 일어나고, 너는 행운을 가져다주는 자인가?" 농부가 말했다. "아아, 아닙니다. 저는 행운을 가져오는 자는 아닙니다. 군인이었던 저는 가난해서 더 이상 먹고살 수 없어 군인의 외투를 벗어 옷걸이에 걸어 놓고 땅을 갈았습니다. 제게는 왕께서도 잘 아시는 부자 형이 있습니다. 하지만 저는 가진 것이 없어서 온 세상에서 잊혔지요." 왕은 그를 불쌍히 여기며 말했다. "네가 가난에서 벗어나 부자인 네 형과 동등해지게 선물을 내리겠다." 그렇게 왕은 농부에게 많은 금과 땅, 초지와 가축을 주었고, 농부는 형과 비교할 수 없을 정도로 엄청난 부자가 되었다.

　형은 동생이 순무 한 개로 무엇을 얻었는지 듣고 동생을 시기했다. 어떻게 하면 그러한 행운을 얻게 될지 형은 이리저리 궁리했다. 그러면서 더 영리하게 금과 말을 가져다주면 왕이 훨씬 더 큰 보답을 줄 것이라고 생각했다. 동생이 순무 한 개로 그렇게 많은 선물을 받았으니 좋은 물건을 가져가면 그 대가로 모든 것을 선물받지 않겠는가. 왕은 형의 선물을 받았는데 커다란 순무보다 더 좋고 더 귀한 것이 없으니 순무 말고는 줄 것이 없다고 했다. 그래서 부자인 형은 동생의 순무를 받아 수레에 실어 집으로 가져와야 했다.

집에 온 형은 누구에게 분노와 노여움을 풀어야 할지 모르다 나쁜 생각이 들어 동생을 죽이기로 결심했다. 형은 암살자들을 구해 매복을 지시하고 동생에게 가서 말했다. "사랑하는 아우야, 비밀스러운 보물을 하나 아는데 그것을 같이 꺼내서 나누어 갖자." 동생은 아무런 의심 없이 형을 따라갔다. 그런데 형제가 밖으로 나오자 암살자들이 동생을 덮치더니 묶어서 나무에 매달려 했다. 그때 멀리서 큰 노랫소리와 말발굽 소리가 들려왔다. 그 소리에 겁에 질린 암살자들이 동생을 서둘러 자루에 넣어 나뭇가지에 매달아 놓고는 달아나 버렸다.

나무에 매달린 동생은 자루에 구멍을 만들어 밖으로 머리를 내밀었다. 길을 따라오던 이는 유랑하며 일을 배우는 젊은 청년이었다. 그는 말을 타고 즐겁게 노래를 흥얼거리고 있었다. 누군가가 아래에서 지나가는 것을 알게 된 동생이 소리쳤다 "인사하지요! 좋은 시간에 오셨소." 도제가 여기저기 둘러보았지만 목소리가 어디서 울려 나오는지 알 수 없어 결국 이렇게 말했다. "누가 나를 부르나요?" 그때 나무 꼭대기에서 대답이 들렸다. "눈을 들어

보게. 나는 여기 지혜의 자루 속에 앉아 있다네. 짧은 시간에 위대한 것을 배웠지. 어떤 학교라도 여기에 비하면 바람일 뿐이지. 조만간 배움을 마치게 될 텐데 아래로 내려가면 나는 모든 인간보다 더 지혜로울 거야. 나는 별과 하늘의 징후, 모든 바람의 울음, 바닷속 모래, 질병 치유와 약초, 새와 돌의 힘을 이해하고 있다네. 자네가 한 번이라도 이 안에 들어와 본다면 지혜의 자루에서 어떤 황홀함이 흘러나오는지 느낄 텐데.” 이 말을 다 들은 도제가 놀라서 말했다. “이 시간이 축복의 시간이군요! 제가 당신을 만났으니까요. 저도 그 자루 속으로 조금 들어가 볼 수 있을까요?” 동생은 마치 달갑지 않다는 듯이 말했다. “좋은 말과 사례의 대가로 아주 잠시 동안 내가 자네를 안으로 들이기는 하겠지만 그래도 한 시간은 기다려야 한다네. 아직 내가 배워야 할 게 조금 남아 있거든.”

도제는 조금 기다리다 기다리는 시간이 너무 길고 지혜에 대한 목마름이 너무 커서 자루 속으로 들어가고 싶다고 다시 청했다. 그러자 위에서 동생이 못 이기는 척하며 겨우 말했다. “내가 지혜의 집에서 나오려면 자네가 자루의 밧줄을 내려야 한다네. 그러면 자네는 자루 속으로 들어갈 수 있지.” 그러자 도제가 자루를 내리고 끈을 풀어 동생을 풀어 주고는 말했다. “이제 저를 빨리 위로 끌어 올려 주세요.” 그러고는 똑바로 서서 자루로 들어가려고 했다. "멈추게!" 하고 동생이 말했다. "그렇게는 안 되지." 하고 그는 머리를 잡아 자루에 거꾸로 넣고 자루를 묶은 다음 지혜의 제자를 밧줄에 달아 나무 위로 끌어 올리고 공중의 자루를 이리저리 흔들며 말했다. "어떤가? 보게, 벌써 지혜가 다가오는 것을 느끼며 좋은 경험을 하고 있지? 얌전히 잘 앉아 있으면 똑똑해질 거야." 그러고 나서 동생은 도제의 말에 올라타고 떠났는데 한 시간 후 사람을 보내 그를 다시 내려 주었다.

순무

147

젊게 달구어진 노인

우리 하느님이 아직 땅 위를 거닐던 시절에 어느 날 저녁 성베드로와 함께 대장간으로 갔다. 대장장이는 하느님과 베드로에게 기꺼이 잠자리를 내주었다. 마침 병들고 나이 들어 심하게 고통받는 불쌍한 거지가 대장간으로 와서 구걸을 했다. 이를 불쌍하게 여긴 베드로가 말했다. "주그리스도여, 괜찮으시면 노인이 양식을 직접 벌 수 있도록 노인의 고통을 낮게 해 주세요." 하느님이 온유하게 말했다. "대장장이야, 나에게 화로를 빌려주고 석탄을 더 넣어다오. 그러면 저 늙고 병든 이를 젊게 만들겠다." 대장장이는 그럴 용의가 충분했고, 성베드로가 풀무질을 해 불이 크고 높게 일었다. 하느님은 노인을 화로 속 시뻘건 불 한가운데로 집어넣었다. 노인은 장미 덤불처럼 이글거리듯 빛났으며 하느님을 큰 소리로 찬양했다. 그러고 나서 하느님은 담금질통으로 가서 달구어진 노인을 그 속에 담그더니 노인 위로 물을 부었고, 조심스럽게 노인을 식힌 후 축복했다. 그러자 부드럽고 곧고 건강해 스무 살쯤 되어 보이는 남자가 통에서 펄쩍 뛰어나왔다. 대장장이는 모든 일을 주의 깊게 지켜보았고, 모두를 저녁 만찬에 초대했다.

대장장이에게는 눈이 반쯤 멀고 등이 굽은 장모가 있었다. 장모는 젊은이에게 다가가 불에 데었는지 세심하게 살펴보았다. 젊은이는 지금보다 더 좋았던 적이 없었다며 불덩이 속에 있을 때 마치 시원한 이슬 속에 앉은 것 같았다고 말했다. 젊은이가 한 말이 밤새 노파의 귀에 울렸다. 하느님과 베드로는 대장장이에게 감사를 표하고 아침 일찍 다시 길을 나섰다.

대장장이는 순서에 따라 주의 깊게 모든 것을 살펴본 데다 대장일이 자신의 기예이기도 하니 장모를 젊게 만들어 줄 수 있다고 생각했다. 대장장이는 장모를 불러 소녀가 되어 펄펄 뛰어다니고 싶은지 물었다. 젊은이가 아무 문제 없는 것을 본 할머니는 "진심으로 그렇게 되고 싶어." 하고 말했다. 그래서 대장장이는 큰 불을 피워 노파를 그 안으로 밀어 넣었고, 노파는 이따금 이리저리 몸부림치면서 죽을 듯 끔찍하게 소리를 질렀다. "가만히 앉아 계세요. 뭐 그렇게 소리를 지르고 팔딱거려요? 우선 크게 바람을 불어 넣어야 해요." 하며 대장장이는 노파의 누더기가 다 탈 때까지 풀무질을 했다. 노파는 쉬지 않고 비명을 질렀고, 대장장이는 '나는 제대로 된 기술이 없는걸.' 하고 생각하며 노파를 불에서 꺼내어 담금질 통에 던져 넣었다. 그때 노파가 너무 크게 소리를 지르는 바람에 대장장이의 아내와 며느리가 비명을 들었다. 아내와 처제가 계단을 뛰어 내려와 보니 노파가 쭈글쭈글하고 주름진 얼굴로 그르렁거리고 마구 울부짖으며 담금질 통에 누워 있었다. 임신 중인 아내와 며느리는 둘 다 너무 놀라 그날 밤 사내아이 둘을 낳았는데 아이들이 인간이 아니라 원숭이처럼 생겨 숲으로 들어가 버렸다. 그리고 그들로부터 유인원이 생겨났다.

148

하느님의 짐승, 악마의 짐승

하느님이 모든 동물을 창조하고 늑대를 하느님의 개로 선택했는데 그만 염소를 깜빡했다. 그때 악마가 생겨났는데 악마도 창조를 원했고, 길고 멋진 꼬리를 가진 염소를 만들었다. 염소들은 목초지에 가면 꼬리가 자주 가시 울타리에 걸려 움직이지 못했고, 그럴 때마다 악마가 가서 힘들여 가시 울타리에서 염소의 꼬리를 풀어내야 했다. 결국 짜증이 난 악마는 모든 염소의 꼬리를 물어뜯어 버렸고, 염소 꼬리는 그래서 여전히 뭉툭하다.

악마는 염소가 홀로 풀을 뜯게 내버려 두었다. 그런데 염소들이 열매 달린 나무를 곧바로 갉아 먹고, 귀한 포도

덩굴을 해치고, 또 다른 연한 식물을 해치는 것을 하느님이 보았다. 하느님은 이 일로 걱정하다 자비와 은총으로 늑대들을 부추겨 지나가던 염소들을 갈가리 찢게 했다. 이를 들은 악마가 하느님에게 와서 말했다. "당신의 피조물이 내 피조물들을 찢어발겼소." 하느님이 대답했다. "너는 대체 왜 해를 끼치는 것을 만들어 냈느냐!" 악마가 말했다. "내 마음이 해를 끼치는 것을 향해 가니 그럴 수밖에. 당연히 내가 만든 것도 같은 본성을 가져야지요. 그리고 하느님, 당신은 내게 비싼 값을 치러야 할 거요." "참나무 잎이 다 떨어지면 너에게 바로 값을 치르겠다. 그때가 되면 오거라, 네 돈은 이미 세어 놓았으니."

참나무 잎이 다 떨어지자 악마가 와서 제 빚을 요구했다. 그러자 하느님이 말했다. "콘스탄티노플 성당에 키가 큰 참나무가 한 그루 있는데 그 나무에는 아직 잎이 다 달려 있단다.” 악마는 펄펄 뛰고 저주하면서 떠났고, 참나무를 찾으러 다녔다. 악마는 여섯 달 동안 황야에서 헤매다 그 참나무를 찾았다. 그런데 악마가 다시 돌아왔을 때는 이미 다른 모든 참나무에 푸른 잎이 무성했다. 악마는 자신의 손해를 그냥 둘 수밖에 없었고, 너무 화가 나 남아 있는 모든 염소의 눈을 파내고는 그 안에 자기 눈을 집어넣었다. 그래서 염소의 눈은 모두 악마의 눈인 데다 꼬리는 물어 뜯긴 모습이며, 또 악마는 염소의 형상을 취하기 좋아한다.

하느님의 짐승, 악마의 짐승

149

수탉 대들보[25]

옛날에 수많은 사람 한가운데서 기적을 행하는 마법사가 있었다. 그는 수탉 한 마리가 깃털처럼 가벼운 것을 들듯 주둥이로 무거운 대들보를 들고 성큼성큼 걷게 했다. 방금 네 잎 클로버 하나를 찾아낸 덕에 현명해진 한 소녀가 있었다. 소녀는 어떤 속임수에도 넘어가지 않았고, 그 대들보가 지푸라기라는 것을 알아챘다. 그래서 소녀는 소리쳤다. "보세요들, 저 수탉이 나르는 것이 대들보가 아니

25 수탉 대들보(Hahnenbalken)는 수탉이 올라가 운다고 붙여진 이름이다. 이야기에서는 수탉이 부리에 물고 있는 지푸라기가 들보로 보인 것을 제목으로 썼다.

라 지푸라기일 뿐인데 안 보이나요?" 그러자 마법이 사라지면서 사람들은 지푸라기를 보았고, 욕설을 하고 창피를 주면서 마법사를 쫓아냈다. 마법사는 속으로 분노가 가득 차 말했다. "반드시 복수하겠어."

얼마 후 소녀는 결혼식을 올리려고 단장을 한 뒤 크게 행렬을 이루어 성당이 있는 마을을 향해 들판을 가로질러 갔다. 행렬이 개울가에 다다르자 갑자기 물이 불어났고 그들은 개울을 건너야 했다. 신부가 그렇게 물속에 서 있을 때 예전에 마법사였던 남자가 소녀 옆에서 비웃으며 소리쳤다. "네 눈은 어디 달린 거냐? 이것이 물이라고 생각해?" 그때 소녀의 눈이 뜨이며 자신이 푸른 꽃이 핀 아마밭 한가운데서 옷을 쳐들고 서 있는 것을 알았다. 사람들이 이를 모두 보고는 꾸짖고 비웃으며 소녀를 쫓아냈다.

150

구걸하는 노파

할머니가 구걸하러 다니는 것을 본 적이 있을 테지? 한 번은 어느 노파가 구걸을 했다. 노파는 뭔가를 받으면 이렇게 말했다. "하느님이 보답하실 거예요." 구걸하는 할머니가 어떤 집 문 앞으로 갔고, 그곳에는 상냥하지만 개구쟁이인 소년이 불가에서 몸을 덥히고 있었다. 소년은 노파가 추위에 떨면서 불쌍하게 문 앞에 서 있자 다정하게 말했다. "이리 오세요 할머니, 몸을 좀 녹이세요." 할머니가 불가에 다가갔는데 너무 가깝게 다가가 누더기 옷이 불에 타기 시작했다. 할머니는 모르는 채 있었고, 소년은 서서 보고만 있었다. 아이가 불을 껐어야지. 안 그래? 껐어

야지. 만약 소년에게 물이 없었다면 몸 안의 물이라도 모두 눈물로 쏟았어야지. 그게 두 줄기 조그만 실개천이 되어 불을 껐을 텐데.

게으른 아들 셋

어떤 왕에게 모두 똑같이 아끼는 아들이 셋 있었는데, 왕은 자신이 죽고 난 뒤 누가 왕이 되어야 할지 결정하지 못했다. 왕이 죽을 때가 되자 세 아들을 침상으로 불러 말했다. "사랑하는 얘들아, 그동안 생각해 두었던 것을 말하겠다. 너희 중 제일 게으른 아들이 다음 왕이 될 것이다." 맏이가 말했다. "아버지, 그러면 이 왕국은 제 것이에요. 잠자려고 누웠는데 눈에 물 한 방울이 떨어져도 저는 아무것도 안 해요. 잠들어야 하니까요." 둘째가 말했다. "아버지, 이 왕국은 제 것이에요. 난롯가에 앉아 몸을 데울 때 차라리 발꿈치가 타더라도 저는 너무 게을러서 다리를 뒤로 빼지 않아요." 셋째가 말했다. "아버지, 이 왕국은 제 것이에요. 제가 교수형에 처해 밧줄이 이미 목에 걸렸는데 누군가 날카로운 칼을 제 손에 쥐여 주며 밧줄을 잘라 내도 된다고 해도 손을 들어 밧줄을 잡지 않고 차라리 교수형을 당할 만큼 저는 게을러요." 아버지가 이 말을 듣고 말했다. "네가 제일 게으르구나. 그러니 왕은 네가 되어야겠다."

게으른 아들 셋

게으른 하인 열둘[26]

종일 아무 일도 하지 않던 하인 열두 명이 저녁이 되어서도 힘들게 일하는 대신 풀밭에 누워 게으름을 자랑하고 있었다. 첫 번째 하인이 말했다. "너희 게으른 것이 나와 무슨 상관이겠어. 나는 내 게으름만으로도 일이 많은데. 몸 걱정이 제일 큰일이지. 나는 먹는 것이 적지 않고 마시는 것은 더 많거든. 밥은 네 끼를 먹고 다시 허기가 질 때까지 잠시 굶는 것이 내 몸에 제일 좋아. 아침 일찍 일어

---

26 1857년 서문에서 15세기 전승 이야기를 151*로 추가했다고 그림 형제가 밝혔다.

나는 것은 나랑 안 맞아. 정오가 가까우면 벌써 쉴 자리를 찾아 드러눕지. 주인이 부르면 못 들은 척하고, 두 번째로 부르면 우선 한참 기다렸다가 몸을 일으키고 아주 천천히 걸어. 그래야만 사는 게 견딜 만하지.”

두 번째가 말했다. “나는 말 한 마리를 보살펴야 하는데, 재갈은 입에 물려 두고 마음이 안 내키면 여물을 안 주고 이미 먹었다고 말해. 여물을 주는 대신 귀리 창고에 누워 네 시간 동안 잠을 자지. 그러고 나서 한쪽 다리를 쭉 뻗어 말 몸통을 몇 번 스치면 그것으로 솔질도 끝내고 말을 깨끗하게 해 주는 거야. 그런 일로 소란스럽게 할 거 뭐 있어? 그래도 그런 일은 여전히 성가시단 말이지.”

세 번째가 말했다. “뭐 하러 일하느라 애쓰지? 그래 봤자 나오는 건 아무것도 없잖아. 나는 누워서 햇볕 쬐며 잠을 자고 있었어. 빗방울이 떨어지기 시작했지만 뭐 하러 일어나겠어? 비야 뭐 하느님 마음대로 계속 내리라고 했지 뭐. 그런데 끝내 폭우가 쏟아지더라. 비가 너무 세차게 내려서 결국 내 머리털이 씻겨 다 빠졌고 머리통에는 구멍이 생겨 버렸지. 그 구멍에 붕대를 감았더니 그걸로 괜찮더라고. 그런 상처는 예전부터 여럿 있었어.”

네 번째가 말했다. “나는 일을 시작할 때 힘을 아껴야 하니까 먼저 한 시간 동안 졸아. 그러고는 아주 서서히 일을 시작하면서 혹시 나를 도와줄 사람이 없는지 물어보

지. 그리고 도와주는 사람들이 주로 일하도록 놔두고 나
는 그냥 바라만 봐. 그런데 그것도 내게는 벅차더라."

다섯 번째가 말했다. "그래서 뭐! 나는 마구간에서 퇴
비를 퍼 수레에 실어야 하는데, 생각해 봐. 천천히 일을 시
작하는데 먼저 갈퀴에 퇴비를 조금 올려놓으면 갈퀴를 반
쯤 들고 다시 완전히 높이 들 때까지 십오 분 정도 쉬어 준
다고. 그리고 말야, 하루에 마차 한 대분만 옮기면 충분해.
과로해서 죽고 싶은 마음은 없거든."

여섯 번째가 말했다. "너희는 창피한 줄 알아야지! 나
는 어떤 일도 두렵지 않아. 하지만 옷도 안 벗고 삼 주 동
안 누워 있지. 신발은 조여서 뭐 하겠어? 어차피 신발이
떨어져 나갈 수도 있고, 그러니 뭐 해가 될 것도 없지. 계
단을 오르려면 한 발씩 천천히 올려 첫 계단을 오른 다음
나머지 계단들을 세어 봐. 다음번에 어디서 쉬어야 할지
알아야 하거든."

일곱 번째가 말했다. "나는 그렇게는 못 해. 주인이 내
가 하는 일을 살피거든. 하지만 주인은 온종일 집에 없지.
느릿느릿 설렁설렁 가는데 움직여야 할 만큼만 겨우 움직
이는 정도로는 내가 안 빠지지. 그런데 계속 움직이려면
건장한 사내 네 명이 있는 힘을 다해 나를 앞으로 밀어야
할걸. 한번은 여섯이 나란히 누워 자는 간이침대로 가서
그들 옆에 누워 잠을 잤어. 아무리 깨워도 일어나지 않으

니까 나를 실어서 집으로 데려가더라."

여덟 번째가 말했다. "내가 보니 나만 혼자 활발한 사
내로군. 앞에 돌이 있으면 나는 다리를 들어 올려 그 돌을
넘어가려고 애쓰지 않고 그냥 땅 위에 누워 버려. 오물과
진흙으로 젖지만 다시 해가 떠서 말려 줄 때까지 기다리
지. 기껏 하는 거라곤 해가 나를 비출 수 있도록 몸을 돌
리는 정도라고."

아홉 번째가 말했다. "그게 옳지! 오늘 빵이 내 앞에 있
었는데 손을 뻗어 잡기에는 너무 게을러서 굶어 죽을 뻔
했다니까. 항아리도 그 옆에 있었는데 너무 크고 무거워서
들어 올리기 싫어서 차라리 갈증을 참았어. 몸 뒤집는 것
도 너무 부담스러워서 종일 막대기처럼 누워 있었지."

열 번째가 말했다. "나는 게을러서 피해를 입었잖아!
다리가 부러지고 종아리가 부어오르지 뭐야. 우리는 셋이
길가에 다리를 쭉 뻗고 누워 있었어. 그때 누군가 마차를
타고 바퀴로 내 다리를 밟고 지나가더라. 당연히 다리를
뒤로 뺄 수도 있겠지만 마차 오는 소리를 듣지 못했어. 모
기들이 귀에서 윙윙거리고 코로 기어 들어갔다 다시 입으
로 나오더라고. 벌레를 뭐 하러 수고스럽게 쫓아?"

열한 번째가 말했다. "나는 어제 일을 관뒀어. 더 이상
주인에게 무거운 책을 가져다주었다가 다시 가져오는 일
을 하고 싶은 마음이 없었거든. 그 일이 온종일 끝도 없는

거야. 사실은 말야. 주인도 나를 안 붙잡더라. 내가 먼지 구덩이 속에 둔 주인 옷을 나방들이 갉아 먹었더라고. 그러길 잘한 거지."

열두 번째는 이렇게 말했다. "오늘 나는 마차를 타고 들판을 달려야 했는데 짚으로 잠자리를 만들어 마차에서 제대로 잠이 들었어. 손에서 고삐가 거의 빠질 뻔했는데, 깼을 때는 말이 마차에서 거의 떨어져 나갈 뻔했지. 등에 달린 줄과 멍에, 고삐, 재갈 등 마구가 다 사라졌더라. 누군가 와서 가져간 거야. 게다가 마차는 웅덩이에 빠져 꼼짝도 하지 않더라고. 마차를 그대로 두고 다시 짚 위에 발을 뻗었지. 결국엔 주인이 직접 와서 마차를 빼냈어. 주인이 오지 않았더라면 나는 여기가 아니라 그곳에 누워 편히 자고 있었을걸."

152

양치기 소년

옛날에 양치기 소년이 있었다. 소년은 모든 질문에 지혜롭게 대답하기로 널리 유명했다. 나라의 왕도 소년에 대해 들었는데 믿기지 않아 소년을 데려오게 했다. 왕이 소년에게 말했다. "내가 하게 될 세 가지 질문에 답하면 너를 내 자식처럼 생각할 것이며, 또 나와 함께 내 왕궁에서 살게 할 것이다." 소년이 말했다. "세 가지 질문은 무엇입니까?" 왕이 말했다. "첫 번째 질문이다. 전 세계 바다의 물방울은 총 몇 개냐?" 양치기 소년이 대답했다. "왕이시여, 아직은 제가 물방울 수를 세지 않았으니 먼저 강물이 바다로 한 방울도 흘러 들어가지 않도록 땅 위의 모든 강물을 틀어막아 주세요. 그러면 바다의 물방울이 몇 개인지 말씀드리겠습니다."

왕이 말했다. "또 다른 질문이다. 하늘에 별은 몇 개나 있느냐?" 어린 목동이 말했다. "제게 큰 백지 한 장을 주세요." 그러더니 소년은 깃펜으로 종이에 거의 보이지도 셀 수도 없을 만큼 수많은 점을 찍었다. 점을 보기만 해도 시력을 잃을 것 같았다. 소년이 말했다. "하늘에는 여기 종이의 점만큼 별이 있습니다. 이제 세어 보시기만 하면 됩니다!" 하지만 누구도 그렇게 할 수 없었다.

왕이 말했다. "세 번째 질문이다. 영원은 몇 초냐?" 그
러자 어린 목동이 말했다. "포메라니아 너머에 다이아몬
드 산이 있습니다. 그 산의 높이가 한 시간, 폭이 한 시간,
깊이가 한 시간입니다. 100년마다 작은 새 한 마리가 와서
작은 부리를 갈고 가는데, 그 산 전체가 다 닳으면 영원의
일 초가 지납니다." 왕이 말했다. "세 가지 질문에 현자와
같은 답을 주었으니 이제부터 나와 함께 내 왕궁에서 지
내도록 해라. 또 너를 내 자식처럼 보살피겠다."

153

금은별 동전

옛날에 어린 소녀가 있었는데 아버지와 어머니는 돌아
가셨다. 소녀는 들어가 살 작은 방 하나, 들어가 잘 작은
침대 하나 없이 너무도 가난했다. 소녀에게 마지막 남은 것
이라곤 몸에 걸친 옷과 동정심 많은 어떤 이가 준 작은 빵
한 쪽이 전부였다. 하지만 소녀는 선하고 경건했다. 온 세
상으로부터 버림받자 소녀는 사랑의 하느님을 믿으며 넓
은 들판으로 향했다. 그때 소녀는 가난한 어떤 이와 마주
쳤는데 남자가 이렇게 말했다. "아, 내게 먹을 것을 좀 줘.
배가 너무 고파." 소녀는 남자에게 빵 한 조각을 다 내주
며 "하느님의 축복이 있기를." 하고 말하고는 계속 길을

갔다. 그때 아이 한 명이 울면서 다가와 말했다 "머리가 너무 시려요, 머리에 덮을 것을 좀 주세요." 그러자 소녀는 모자를 벗어 아이에게 주었다. 한참을 가다 윗옷조차 걸치지 않고 떨고 있는 또 다른 아이를 만났다. 그러자 소녀는 제 것을 주었다. 계속 길을 가는데 이번에는 어떤 아이가 치마를 달라고 해 그 아이에게 자기 치마를 주었다.

금은별 동전

드디어 소녀가 숲에 이르렀는데 날은 이미 어두웠다. 그때 또 아이가 오더니 속치마를 달라고 했다. "어두운 밤이니 아무에게도 안 보이겠지. 그러니 속치마를 줄 수 있겠다." 하고 소녀는 속치마를 벗어 그것마저 아이에게 내주었다. 더 이상 아무것도 입지 않은 채 소녀가 그렇게 서 있는데 하늘에서 갑자기 별이 떨어졌다. 별은 단단하고 반짝거리는 금화 은화였다. 또 속옷을 내주었는데도 어느새 소녀는 가장 좋은 리넨 속옷을 입고 있었다. 소녀는 속옷 주머니에 금화 은화를 모아 넣었고, 평생 풍요롭게 살았다.

154

숨겨 둔 동전

한번은 어떤 아버지가 아내와 아이들과 식사를 했는데 그들을 찾아온 친구도 가족과 함께했다. 그들이 앉아 있을 때 12시가 되자 문이 열리고 눈처럼 희고 창백한 아이가 집 안으로 들어왔다. 아이는 주위를 둘러보지 않고 아무 말 없이 곧장 옆방으로 들어갔다. 아이는 바로 다시 돌아왔고, 또 조용히 문밖으로 나갔다. 둘째 날과 셋째 날에도 아이는 같은 방식으로 들어왔다. 그러자 마침내 손님이 정오마다 방으로 들어가는 저 예쁜 아이가 누구네 아이인지 아버지에게 물었다. "아이를 보지 못했는데? 그러니 누구의 아이인지도 모르지." 하고 아버지가 말했다.

다음 날 아이가 다시 왔을 때 손님은 손짓하며 가리켰지만 아버지는 아이를 보지 못했고, 어머니와 아이들 모두 아무것도 보지 못했다. 손님은 일어나서 방문을 조금 열고 안을 들여다보았다. 손님은 아이가 바닥에 앉아 손가락으로 열심히 판자 틈새를 파며 뒤지는 것을 보았는데, 아이는 손님을 보자마자 사라져 버렸다. 손님이 자신이 본 아이와 상황을 자세히 묘사하자 어머니는 그 아이가 누군지 깨닫고는 말했다. "아, 사 주 전에 죽은 사랑하는 내 아이로군요." 그들이 마룻바닥을 뜯으니 동전 두 개가 나왔는데 가난한 사람에게 주라고 어머니가 아이에게 준 동전이었다. 하지만 '이 돈으로 구운 빵 과자를 살 수 있어.' 하고 생각한 아이가 동전을 마룻바닥 틈에 숨겨 두었다. 그래서 아이는 무덤 속에서도 편하게 누워 있을 수 없어서

정오마다 집으로 와서 동전을 살폈다. 부모는 그 돈을 가
난한 사람에게 주었고, 그 후로는 아이가 다시 나타나지
않았다.

155

신부 선보기

결혼하고 싶은 어떤 양치기가 있었다. 양치기는 세 자매를 알았는데 하나같이 아름다워 고르기 어려웠고, 셋 중 누구를 더 특별하게 대우해야 할지 몰랐다. 양치기가 조언을 구했더니 어머니가 이렇게 말했다. "세 명을 모두 초대해서 그 앞에 치즈를 놓고 어떻게 잘라 먹는지 살펴보거라." 젊은이는 어머니 말대로 했다. 첫째는 치즈를 껍질째 급히 먹어 치웠다. 둘째는 껍질을 잘라 내기는 했지만 너무 서두르는 바람에 치즈가 껍질과 함께 많이 잘려 나갔고, 잘린 치즈를 껍질과 함께 내버렸다. 셋째는 너무 많지도 너무 적지도 않게 치즈 껍질을 벗겼다. 양치기가 이 모든 것을 말했더니 어머니가 말했다. "셋째를 아내로 삼거라." 양치기는 어머니 말대로 했고, 셋째와 행복하게 살았다.

주저리

옛날에 예쁘지만 게으르고 부주의한 소녀가 있었다. 소녀는 물레질을 해야 하면 짜증이 났다. 그래서 아마에 작은 매듭이라도 있으면 한 움큼 뜯어내어 앉은 자리 옆 바닥에 버렸다. 마침 부지런히 일하는 하녀 한 명이 버려진 아마를 주워 모아 말끔하게 만든 뒤 곱게 실을 잣고 천을 짜서 그 천으로 예쁜 드레스를 한 벌 만들었다. 한 젊은이가 게으른 소녀에게 청혼해 결혼식이 열릴 예정이었다. 결혼식 전날 밤 열심히 일한 하녀는 아름다운 원피스를 입고 신나게 춤을 추었는데 신부가 말했다.

"아이, 내 주저리나 걸친 하녀가 얼마나 폴짝거리는지!"

이 말을 들은 신랑은 신부에게 그게 무슨 말인지 물었다. 그러자 신부가 자신이 버린 아마 주저리로 소녀가 드레스를 만들어 입었다고 말했다. 이 말을 듣자 신랑은 신부의 게으름과 가난한 소녀의 부지런함을 알아채고는 신부를 두고 소녀를 아내로 택했다.

주저리

157

아버지 참새와 새끼 네 마리

참새 한 마리가 제비 둥지에 새끼 네 마리를 낳았다. 새끼 참새들이 다 자라날 즈음 짓궂은 사내아이들이 둥지를 밀어 떨어뜨렸다. 다행히 회오리바람에 새끼들이 안전하게 피했지만 아버지 참새는 온갖 위험에 대해 경고하고 좋은 가르침을 전하지 못한 채 자식들이 세상으로 나가게 되어 안타까웠다.

가을이 되어 참새들이 밀밭에 많이 모여들었고, 그곳에서 아버지 참새는 아들 넷을 다시 만나 기쁨에 가득 차 새끼들을 집으로 데려갔다. "오, 사랑하는 아들들아, 내 가르침 없이 너희가 바람을 타고 떠나서 여름 내내 얼마나 걱정했던지. 이제 내 말을 잘 듣고 따르며 조심해야 한다. 작고 어린 새들은 큰 위험을 견뎌 내야 한단다." 그러고 나서 아버지는 첫째에게 여름내 어디 머물렀는지, 어떻게 먹고살았는지 물었다. 첫째가 말했다. "저는 여러 정원에 머물면서 버찌가 익을 때까지 작은 애벌레와 구더기를 찾아다녔어요." 아버지가 말했다. "아, 아들아, 입에 맞는 먹이가 나쁘지는 않지만 거기엔 큰 위험이 있단다. 그러니 이제부터는 조심해야 한다. 사람들이 속이 비고 꼭대기에 작은 구멍이 하나 있는 긴 초록 막대기를 들고 정원 여기저기 돌아다닐 때 특히 조심해야 한단다." "네, 아버지. 그런데 그 작은 구멍에 왁스로 녹색 잎사귀를 붙여 놓았다면요?" 하고 아들이 말했다. "그걸 어디서 봤니?" "장사꾼의 정원에서요." "아들아, 장사꾼들은 약삭빠른 이들이란다! 네가 세상 아이들 주변에서 세상의 노련함을 충분히 배웠구나. 그러니 이제 잘 살펴서 활용하면 된다. 다만 너무 과신하지는 말거라."

다음으로 아버지는 둘째 아들에게 물었다. "너는 어디에 있었느냐?" "궁전에요." 하고 아들이 말했다. "참새와 어리석은 새들은 그런 곳에서는 소용이 없단다. 그곳에는 금, 벨벳, 비단, 무기와 투구, 새매, 올빼미, 송골매가 많기 때문이지. 마구간에서 지내렴. 그곳에서 귀리를 털거나 타작하니 매일 평화롭고 행복하게 곡식 알갱이를 선물로 받을 수 있지." "네, 아버지. 하지만 마구간지기가 마가목 열매로 올가미를 만들고 그물과 덫을 짜서 볏짚에 엮으면 새 몇 마리가 걸려들어요." 하고 아들이 말했다. "그건 어디서 봤니?" "궁전 마부네서요." "아, 내 아들아, 마부들은 못된 녀석들이지. 네가 궁정 나리님들 주변에 있으면서 깃털을 남기지 않았다면 많이 배워 세상에서 빠져나가는 법을 터득한 거야. 하지만 위아래로 주위를 잘 살피거라. 늑대는 종종 작고 영리한 개들까지 잡아먹거든."

아버지는 이번에 셋째를 앞에 두었다. "너는 어디서 숨을 곳을 찾았니?" 셋째가 말했다. "마찻길과 큰길에 큰 통과 밧줄을 던져 놓았더니 가끔씩 곡식이나 알갱이가 들어 있었어요." "그건 좋은 먹이지. 하지만 야외에서 작업하거나 허리를 굽히고 돌 하나를 집어 올리려는 자가 있으면 잘 살피고 너무 오래 머물지 말아야 한다." "진짜 그래요. 그런데 어떤 이가 벽돌이나 암석 표본을 가슴이나 주머니 속에 미리 넣어 가지고 다니면요?" "그걸 어디서 봤니?" "광부들이요, 사랑하는 아버지. 광부들이 갱도에서 위로 올라올 때면 보통 암석 표본을 가지고 다녀요." "광부들은 일하는 사람들, 영리한 사람들이지. 네가 광부들 주변에서 보고 배웠구나. 그곳에 가렴, 그래도 잘 살피거

라. 광부들은 참새 몇 마리쯤 코볼트 광석으로 죽인단다."

　마지막으로 아버지는 막내 아들에게 갔다. "얘야, 내가 사랑하는 삐약아. 너는 항상 가장 어리석고 약했지. 나랑 같이 있자. 이 세상에는 비틀린 부리와 긴 발톱을 가진 거칠고 악한 새가 많단다. 그런 새들은 숨어서 기다리다가 작고 불쌍한 새들을 삼켜 버리지. 네 동족과 함께 있으면서 작은 나무와 작은 집에서 꼬마 거미와 꼬마 애벌레를 찾아 먹으렴. 그러면 계속 만족하며 살 거란다." "아버지, 사랑하는 아버지, 다른 이들을 해치지 않고 자급자족하면 오래 잘살 거예요. 아침저녁으로 모든 숲과 마을 새들의 창조자이자 주인인 사랑의 하느님께 저 자신과 정직한 음식을 충실히 가져다드리면 새매, 보라매, 독수리, 송골매도 해치지 않을 거예요. 숲이나 마을에 사는 새들의 창조자이자 구원자인 그분은 어린 까마귀가 울부짖는 소리와 기도 소리를 들으실 테니까요. 그분의 뜻 없이는 어떤 참새나 굴뚝새도 땅으로 떨어지지 않을 테니까요." "그런 것은 어디서 배웠니?" 아들이 대답했다. "회오리바람이 저를 아버지에게서 떼어 놓았을 때 성당으로 가게 되었어요. 여름에는 창가에서 파리와 거미를 잡아먹으며 그런 말씀을 들었어요. 모든 참새의 아버지가 여름 내내 저를 먹이고 모든 불행과 사나운 새들로부터 지켜 주었지요."

"얘야, 그곳으로 가거라. 거미와 윙윙거리는 파리를 청소하고, 어린 까마귀처럼 하느님께 지저귀며 영원한 창조주를 따르거라. 비록 온 세상이 심술궂은 야생의 새들로 가득 차 있더라도 너는 잘 살아남을 것이다.

하느님의 뜻에 따라,

침묵 속에 고통을 참고, 기다리고, 기도하며,

온화하고 평안하게 믿음을 지키고 양심을 깨끗이 하려

는 자 하느님이 보호하고 도울 것이다."

게으름뱅이 나라 이야기

　게으름뱅이 나라 시절에 나는 걷다가 로마와 교황궁이 작은 비단실에 매달린 것과 발이 없는 사나이가 아주 재빠른 말을 추월하는 것과 날카로운 칼이 교각을 둘로 자르는 것을 보았다. 그때 나는 은빛 코의 어린 당나귀 한 마리가 재빠른 산토끼 두 마리를 쫓는 것을 보았고, 넓적한

보리수나무에서 둥글넓적하고 뜨거운 빵이 자라나는 것을 보았다. 그 시절에 깡마른 할머니를 보았는데 할머니는 마차 100대분의 돼지 비계와 마차 60대분의 소금을 몸에 지고 있었다. 황당한 이야기로 충분하지 않다고? 그때 말과 소가 쟁기 없이 밭을 가는 것을 보았고, 한 살배기 아이가 레겐스부르크에서 트리어로, 트리어에서 스트라스부르크로 맷돌 네 개를 던지는 것을 보았고, 매 한 마리가 라인강을 헤엄쳐 건너는 것을 보았다. 진짜 잘하더라! 나는 물고기들이 함께 떠드는 소리를 들었는데 그 소리가 하늘로 울려 퍼졌고, 달콤한 꿀이 깊은 골짜기에서 높은 산으

게으름뱅이 나라 이야기

로 물처럼 흘렀다. 이상한 이야기였지? 까마귀 두 마리가 초원의 풀을 베고 있었다. 나는 모기 두 마리가 다리를 건설하는 것과 비둘기 두 마리가 늑대 털을 잡아 뽑는 것, 아이들 둘이 작은 산양 두 마리를 던져 버리고, 개구리 두 마리가 같이 곡식 타작하는 것을 보았다. 그때 나는 쥐 두 마리가 주교에게 서품하는 것을 보았고, 고양이 두 마리가 곰의 혓바닥을 긁는 것을 보았다. 그때 달팽이 한 마리가 달려와 야생 사자 두 마리를 때려죽였다. 수염 깎는 사람이 서서 여자의 수염을 깎았고, 젖을 빠는 아이 둘이 어머니에게 조용히 하라고 말했다. 그때 그레이하운드 두 마리가 물속에서 물방아를 가지고 나오는 것을 보았고, 오래된 풍차가 옆에 서서 그것이 옳다고 말했다. 마당에서는 수말 네 마리가 있는 힘을 다해 곡식을 타작했고, 염소 두 마리가 화덕을 데웠으며, 붉은 소 한 마리가 화덕에 빵을 던져 넣었다. 그러자 암탉 한 마리가 울부짖었다. "꼬끼오, 이야기 끝났다, 꼬끼오."

159

디트마르셴의 황당무계한 이야기

이야기 하나 해 줄게. 구운 통닭 두 마리가 날아다니는 것을 보았는데 통구이는 아주 빨리 날면서 배는 하늘을, 등은 지옥을 향했어. 대장간 모루와 맷돌 하나가 라인강 위로 부드럽고 천천히 조용히 헤엄쳐 갔고, 오순절에는 개구리 한 마리가 얼음 위에 앉아 쟁기날을 먹더라. 목발을 짚고 죽마를 타고 다니는 세 녀석이 토끼 한 마리를 잡으러 갔는데 첫째 녀석은 귀가 안 들렸고, 둘째 녀석은 눈이 안 보였고, 셋째 녀석은 말을 못했고, 넷째 녀석은 한 발짝도 못 움직였지. 어떻게 됐는지 알고 싶어? 토끼가 들판을 가로질러 뛰어가는 것을 장님이 먼저 보았고, 말 못하

는 이는 절름발이에게 소리쳤고, 절름발이는 토끼 멱살을
잡았어. 많은 사람이 육지를 항해하려 했는데 그들은 바
람을 타고 돛을 팽팽히 올리고 넓은 대지 위를 항해했지.
사람들이 높은 산 너머로 배를 몰았고 그곳에서 비참하게
익사해야 했단다. 게 한 마리가 토끼 한 마리랑 싸워 이겨
토기를 내쫓았고, 소 한 마리는 높은 지붕 위로 올라가 누
웠지. 그 나라에서는 파리가 이곳의 염소만큼 크다. 창문
좀 열어, 거짓말이 날아가 버리게.

160

수수께끼 이야기

들판에 핀 꽃으로 변한 세 여인이 있었다. 그런데 그들
중 한 명에게는 밤이 되면 제 집에 머물도록 허락되었다.
아침이 가까워지자 동무들이 있는 들판으로 가서 다시 꽃
이 되어야 했던 여인은 어느 날 남편에게 말했다. "오늘 오

전에 와서 나를 꺾으면 나는 마법에서 풀려 언제나 당신 곁에 머물게 될 거예요." 그리고 그렇게 되었다. 그런데 꽃들이 다르지 않고 똑같을 텐데 남편은 부인을 어떻게 알아보았을까. 답은 이렇다. 밤에 들판이 아닌 집 안에 머물렀으니 아내에게는 다른 두 꽃처럼 이슬이 내리지 않아 남편이 아내를 알아보았다.

눈하얀과 장미붉은

가난한 과부가 있었다. 살고 있는 작은 오두막 앞뜰에 장미나무 두 그루가 있었는데 그중 하나에는 하얀 장미가, 다른 하나에는 빨간 장미가 피었다. 과부에게는 장미나무 두 그루를 닮은 아이가 둘 있었으니 한 아이는 '눈하얀', 다른 아이는 '장미붉은'이라 불렸다. '눈하얀'과 '장미붉은'은 세상에 없을 만큼 경건하고 착했으며 근면하고 성실했다. '눈하얀'은 '장미붉은'보다 조용하고 온순했다. '장미붉은'은 초원과 들판을 뛰어다니며 꽃을 찾고 여름 새 잡기를 좋아했다. 하지만 '눈하얀'은 집에서 어머니와 함께 집안일을 하거나 할 일이 없을 때에는 어머니에게

책을 읽어 주었다. 두 아이는 서로 아껴서 함께 외출할 때
면 항상 손을 잡고 다녔고, "우리는 서로를 떠나지 않을
거야." 하고 '눈하얀'이 말하면 "떠나지 않아, 살아 있는
한."이라고' 장미붉은'이 대답했다. 그러면 어머니가 더해
서 말했다. "한 명이 어떤 것을 얻으면 다른 한 명과 나누
어야 한다."

　둘은 종종 붉은 열매를 따며 둘이서만 숲속을 돌아다
녔는데 어떤 동물도 '눈하얀'과 '장미붉은'을 해치지 않
았고 둘에게 친밀하게 다가갔다. '눈하얀'과 '장미붉은'의
손바닥에 배춧잎을 놓아두면 작은 토끼가 와서 먹었고,
노루는 그들 곁에서 풀을 뜯었고, 사슴은 신이 나 여기저
기 뛰어다녔으며, 새들은 나뭇가지에 앉아 아는 노래를 모
두 불렀다. '눈하얀'과 '장미붉은'은 숲에서 머물다 밤이
되면 이끼 위에 나란히 누워 아침이 올 때까지 잤다. 아이

들의 어머니는 그런 줄 알고 걱정하지 않았다.

한번은 '눈하얀'과 '장미붉은'이 숲에서 밤을 보내고 아침의 붉은빛에 깨어났을 때 하얗게 반짝이는 옷을 입은 어여쁜 아이가 그들 잠자리 옆에 앉아 있는 것을 보았다. 아이는 서서 '눈하얀'과' 장미붉은'을 아주 다정하게 바라보더니 아무 말 없이 숲속으로 들어갔다. 그러고 나서 주위를 둘러보았더니 '눈하얀'과 '장미붉은'이 낭떠러지 바로 옆에서 잠을 잤고, 어둠 속에서 몇 발자국만 더 나아갔다면 틀림없이 아래로 떨어졌을 것이다. 어머니는 "아마도 착한 아이들을 지켜 주는 천사였나 보다." 하고 '눈하얀'과 '장미붉은'에게 말했다.

'눈하얀'과 '장미붉은'은 어머니의 작은 오두막을 항상 깨끗이 치웠기에 오두막 안을 보는 것은 즐거운 일이었다. 여름이면 '장미붉은'이 집을 돌보았고, 아침마다 어머니가 깨기 전에 꽃다발을 침대 앞에 가져다 두었는데 두 그루 장미 나무에서 한 송이씩 가져왔다. 겨울이면 '눈하얀'이 불을 피우고 주전자를 고리에 걸어 놓았다. 주전자는 놋쇠였지만 아주 깨끗하게 문질러서 금빛으로 빛났다. 저녁에 눈송이가 내리면 어머니가 말했다. "'눈하얀'아, 가서 빗장을 잠그렴." 그러고 나서 어머니와 아이들은 난롯가에 앉았고, 어머니가 안경을 꺼내 큰 책에서 이야기를 읽어 주면 아이들은 귀 기울여 들었다. 그들 옆에는 어린 양

한 마리가 누워 있었고, 그들 뒤 횃대에는 작은 비둘기 한 마리가 제 머리를 날개 속에 집어넣은 채 앉아 있었다.

어느 날 저녁 어머니와 딸들이 다정하게 함께 앉아 있는데 누군가가 오두막 안으로 들어오고 싶다는 듯이 문을 두드렸다. "서둘러라, '장미붉은'아. 문을 열어 주렴. 쉴 곳을 찾는 방랑자인가 보다." 하고 어머니가 말했다. '장미붉은'은 가엾은 사람일 거라 생각하고 문으로 가 빗장을 열었지만 그렇지 않았다. 크고 검은 머리를 문 쪽으로 쭉 내민 곰 한마리였다. '장미붉은'은 크게 소리치며 뛰듯이 뒤로 물러났다. 어린 양은 울부짖고, 비둘기는 날개를 퍼덕대고, '눈하얀'은 어머니의 침대 뒤로 숨었다. 그런데 곰이 말하기 시작했다. "두려워하지 말아. 너희를 해치지 않아. 거의 얼어죽을 지경이라 너희 집에서 몸을 좀 녹이고 싶을 뿐이야." 어머니가 말했다. "안되었구나, 곰아. 불가에 누우렴, 네 털이 타지 않도록 조심하고." 그러고서 어머니가 큰 소리로 말했다. "'눈하얀'아, '장미붉은'아, 나오렴. 해치지 않을 거야. 진심인 것 같구나." 그러자 '눈하얀'과 '장미붉은'이 가까이 다가왔고, 어린 양과 어린 비둘기 또한 곰을 두려워하지 않고 점점 다가왔다. 곰이 말했다. "얘들아, 내 털옷에서 눈을 좀 털어 다오." '눈하얀'과 '장미붉은'이 빗자루를 가져와 곰의 털을 깨끗이 쓸어내렸다. 곰이 불가로 가 몸을 쭉 펴고는 기분 좋고 편안해지자 그르렁 소리를 냈다.

얼마 지나지 않아 그들은 서로 꽤 친해졌고 서툰 손님과 장난을 치기도 했다. '눈하얀'과 '장미붉은'은 손으로 곰의 털을 헝클어뜨리고, 발을 곰의 등 위에 얹거나 곰을 이리저리 굴리고, 개암나무 막대기로 때리기도 했다. 곰이 그르렁거리면 '눈하얀'과 '장미붉은'은 웃었다. 하지만 곰은 그런 장난을 그대로 두었는데 둘이 너무 심하게 장난을 치면 그때서야 이렇게 말했다.

"살려 줘라, 애들아,

눈하얀아, 장미붉은아,

그렇게 때리면 구혼자가 죽겠다."

잘잘 시간이 되어 '눈하얀'과 '장미붉은'이 침대로 가자 어머니가 곰에게 말했다. "하느님의 이름으로 말하마. 여기 불가에 누워 자렴. 추위와 나쁜 날씨에서 보호받을 수 있으니." 날이 밝자마자 두 아이는 곰을 내보냈고, 곰은 눈을 밟으며 숲속으로 걸어 들어갔다. 그때부터 곰은 매일 저녁 정해진 시간에 와서 난로 옆에 누워 아이들이 원하는 만큼 함께 놀아 주었고, 아이들은 곰과 아주 친해져서 검은 곰 친구가 도착하기 전까지는 문의 빗장을 걸어 잠그지 않았다.

봄이 오고 바깥이 온통 푸르른 어느 날 아침 곰이 '눈
하얀'에게 말했다. "이제 나는 떠나서 여름 동안엔 다시
오지 않는단다." '눈하얀'이 물었다. "사랑하는 곰아, 어
디로 가는데?" "숲으로 들어가서 나쁜 난쟁이들에게서
내 보물을 지켜야 해. 겨울이 되면 땅이 꽁꽁 얼어서 길을
뚫고 나갈 수 없으니 난쟁이들은 지하에 머물 수밖에 없
지. 그런데 이제 해가 땅을 데우고 녹이면 난쟁이들이 땅
위로 올라와 보물을 찾아내 훔친단다. 난쟁이들 손에 한
번 들어간 물건은, 그리고 땅굴 속으로 가지고 들어간 것
은 바깥으로 쉽게 나올 수 없거든." '눈하얀'은 작별 인
사를 하는 것이 매우 슬펐다. '눈하얀'이 빗장을 열자 곰
이 문밖으로 나가다 문고리에 걸려 살갗이 조금 찢어졌다.
'눈하얀'은 금빛이 반짝이는 것을 본 것 같았지만 확실하지 않았다. 곰은 황급히 달려 나가 나무들 뒤로 사라졌다.

얼마 후 어머니는 아이들을 숲으로 보내 나뭇가지를 모아 오게 했다. 아이들은 땅에 쓰러진 커다란 나무 한 그루를 발견했다. 그런데 그 나무 줄기 사이로 뭔가 펄쩍펄쩍 뛰고 있었고 그것이 무엇인지 알 수 없었다. '눈하얀'과 '장미붉은'이 가까이 다가가 보니 팔뚝만큼 긴 흰 수염이 달린 노쇠한 난쟁이가 보였다. 수염 끄트머리가 나무 틈새에 끼여 난쟁이는 줄에 묶인 강아지처럼 이리저리 팔짝팔짝 뛰며 어떻게 해야 할지 몰랐다. 난쟁이는 벌겋게 타는 듯한 눈으로 소녀들을 노려보며 소리쳤다. "뭘 그렇게 거기 서 있는 거야! 이리 와서 나 좀 못 도와주냐?" "뭘 한 거야, 난쟁이야?" 하고 '장미붉은'이 물었다. 난쟁이가 대답했다. "멍청하고 호기심 많은 거위 같으니라고. 부엌에 작은 나무를 두려고 저 나무를 쪼개려 했지. 나무 조각이 너무 크면 우리 같은 작은 사람들의 음식은 다 타 버리거든. 우리는 거칠고 탐욕스러운 너희처럼 그렇게 많이 삼키지 않으니까. 다행히 나무에 쐐기를 박았으니 내가 원하는 대로 다 할 수 있었는데 저 저주받은 나무가 너무 미끄러워 갑자기 튀어나오듯 순식간에 쓰러졌고, 그때 내 아름다운 흰 수염을 빼내지 못했어. 수염이 끼었으니 갈 수가 없잖아. 그런데 너희는 반드러운 우윳빛 얼굴을 하며 철없이 웃고 있구나, 이런 고약한 것들!" 아이들은 힘껏 노력

했지만 수염이 아주 단단히 끼여 수염을 빼낼 수 없었다. "가서 사람들을 불러와야겠어," 하고 '장미붉은'이 말했다. "제정신이 아닌 양 대가리들. 너희 둘만으로도 이미 너무 많은데 누구를 더 불러온단 말이야? 더 좋은 생각은 없어?" 하고 난쟁이가 투덜댔다. "조급해하지 말아." '눈하얀'이 말했다. "방법을 찾아볼 테니까." 눈하얀은 주머니에서 작은 가위를 꺼내더니 수염 끝자락을 잘라 냈다. 난쟁이는 자유를 얻자마자 나무뿌리 사이에 있던 금이 가득 찬 자루를 집어 들고는 혼자 중얼거렸다. "버릇없는 인간들 같으니라고, 내 자랑인 턱수염을 한 줌이나 잘라 버렸네. 뻐꾸기가 잡아가 버려라!" 이렇게 말하고 난쟁이는 자루를 둘러메고는 아이들을 쳐다보지도 않고 그냥 가 버렸다.

얼마 뒤 '눈하얀'과 '장미붉은'은 물고기를 잡으러 갔다. '눈하얀'과 '장미붉은'이 개울가에 가까이 가자 무언가가 큰 메뚜기처럼 팔딱팔딱 뛰어와 물로 뛰어들려는 것이 보였다. 둘은 더 가까이 갔고 난쟁이를 알아보았다. "어디 가려는 거야? 물속으로 들어가려는 건 아니겠지?" '장미붉은'이 물었다. "나 그런 바보 아니거든. 안 보여? 저 저주받은 물고기가 나를 끌어당기고 있잖아!" 난쟁이는 개울가에 앉아 낚시를 하고 있었는데 불행하게도 바람이 불어 수염이 낚싯줄에 얽혔다. 그러자마자 큰 물고기가 낚시를 물었는데 약한 피조물인 난쟁이는 물고기를 밖으로 잡아당길 힘이 부족했다. 물고기가 더 힘이 세어 난쟁이를 제 쪽으로 끌어당겼다. 난쟁이는 갈대며 부들이며 뭐든 붙잡았지만 큰 도움이 되지 않았다. 난쟁이는 물고기가 움직이는 대로 따라야 했고, 끊임없이 물속으로 끌려 들어갈 위험에 처했다. 때마침 소녀들이 와서 난쟁이의 수염을 낚싯줄에서 풀어 보려 했지만 허사였다. 가위를 꺼내 수염을 자르는 것 외에는 방법이 없었고, 그래서 수염을 조금 잘라 냈다. 난쟁이가 이를 보고 아이들에게 소리를 질러 댔다. "버릇없는 두꺼비 같은 녀석들, 이렇게 사람 얼굴을 망가뜨리는 것이 너희 품행이야? 내 수염 아랫부분을 조금 잘라 낸 것으로도 모자라 제일 멋진 부분까지 잘라? 주위 사람들에게 보여 줄 수가 없잖아. 달리다가 신발 밑창이나 나가 버려라!" 그러고 나서 난쟁이는 갈대밭에 있던 진주가 가득한 자루 하나를 들고는 아무 말도 없이 바위 뒤로 사라져 버렸다.

그 뒤 어머니는 실, 바늘, 끈과 리본을 사 오라고 두 소녀를 시내로 보냈다. 가는 길에 거친 들판을 가로지르게 되었는데 들판 여기저기에 거대한 바위 조각들이 흩어져 있었다. 그곳에서 '눈하얀'과 '장미붉은'은 공중에서 맴

돌고 있는 커다란 새 한 마리를 보았다. 그 새는 처음에 두 아이 위에서 천천히 돌더니 점점 아래로 내려왔고, 마침 내 어떤 바위 근처로 덮치듯 급강하했다. 곧바로 '눈하얀' 과 '장미붉은'은 비참하고 찢어지는 듯한 비명을 들었다. 달려가 보니 놀랍게도 독수리가 둘이 익히 아는 난쟁이를 잡아채어 날아가려고 했다. 아이들은 동정심으로 독수리가 먹이를 놓아줄 때까지 난쟁이를 꽉 잡고 계속 끌어당겼다. 난쟁이가 당장의 공포에서 정신을 차리고서 째지는 소리로 크게 말했다. "좀 더 잘 다룰 수 없는 거야? 너희가 내 외투를 잡아당겨서 여기저기 찢어지고 구멍 났잖아. 너희는 서툴고 어설픈 무뢰한들이야." 그러더니 귀중한 보석 자루를 들고 바위 아래 제 동굴 속으로 쏙 들어가 버렸다. 난쟁이의 배은망덕에 이미 익숙한 소녀들은 길을 떠나 시내에서 일을 다 보았다.

'눈하얀'과 '장미붉은'이 다시 거친 들판을 지날 때 그들은 이렇게 늦은 시간에는 아무도 오지 않을 거라 생각하고 깨끗한 곳에 자루의 보석을 쏟아 놓은 난쟁이를 놀라게 했다. 저녁 햇살이 눈부신 돌들을 비추어 온갖 빛깔로 화려하게 빛나자 아이들은 걸음을 멈추고 그것들을 바라보았다. "왜 거기서 멍하게 입 벌린 채로 구경하고 있는 거야?" 하고 난쟁이가 소리쳤고, 그의 잿빛 얼굴이 분노로 시뻘겋게 변했다. 난쟁이가 계속 꾸짖으려는데 크게 으르렁거리는 소리가 들리더니 검은 곰 한 마리가 숲에서 튀어나왔다. 깜짝 놀란 난쟁이가 벌떡 일어섰지만 곰이 가까이 다가와 더 이상 제 은신처로 갈 수 없었다. 난쟁이는 두려운 마음이 가득해서 외쳤다. "예쁜 곰님, 살려 주세요. 저기 아름다운 내 보물을 모두 드릴게요. 살려 주세요. 나처럼 약한 녀석이 뭐 볼 게 있겠어요. 이빨 사이에 끼여도 못 느낄 거예요. 저기 불경스러운 소녀들을 잡아가요. 어린 메추라기처럼 살이 쩌서 부드럽게 씹힐 거예요. 하느님의 이름으로 저 애들을 잡아먹어요." 곰이 그의 말에 귀 기울이지 않고 사악한 생명체를 발로 한 대 치자 난쟁이는 더 이상 꿈쩍도 하지 않았다. 소녀들이 도망가는데 곰이 뒤에서 큰 소리로 말했다. "'눈하얀'아, '장미붉은'아, 두려워하지 마. 기다려, 나랑 같이 가자." 그때 '눈하얀'과 '장미붉은'이 곰의 목소리를 알아채고 멈춰 섰다. 곰이 그들에게 다가갔고, 갑자기 가죽이 벗겨지더니 황금 옷을 입은 잘생긴 남자가 그곳에 서 있었다. 남자가 말했다. "나는 왕자야. 그 사악한 난쟁이가 내 보물을 훔쳐 갔고, 나는 숲에서 사는 야생 곰으로 변하는 마법에 걸렸지. 난쟁이

가 죽어야만 마법이 풀리게 되어 있었어. 이제 드디어 난쟁이는 마땅히 벌을 받은 거란다.”

'눈하얀'은 왕자와 '장미붉은'은 그의 동생과 결혼해서 난쟁이가 동굴에 모아 두었던 굉장한 보물들을 나누어 가졌다. 어머니는 여러 해 더 아이들 집에서 함께 평안하고 행복하게 살았다. 작은 장미나무 두 그루를 가져왔고 나무는 매년 어머니의 창가에서 가장 아름다운 흰 장미와 붉은 장미를 피웠다.

162

영리한 하인

주인의 말을 잘 듣기는 하지만 시키는 대로 하지 않고 자신의 지혜를 따르는 것을 더 좋아하는 하인이 있다면 그의 주인은 얼마나 기쁠 것이며, 또 주인의 집에는 얼마나 좋은 일일까. 한번은 주인이 잃어버린 소를 찾도록 영리한 한스를 내보냈다. 한스가 한동안 돌아오지 않자 주인은 생각했다. '성실한 한스는 어떤 노력도 헛되이 하지 않는구나.' 하지만 한스가 아예 돌아오지 않자 주인은 한스에게 무슨 일이 생긴 건 아닌지 걱정이 되어 직접 길을 나서 한스를 찾아다녔다. 오래 찾아다니다가 드디어 넓은 들판에서 여기저기 뛰어다니는 한스를 발견했다. "아끼는 한스야, 내가 찾으라고 보냈던 그 소를 찾았느냐?" 한스를 따라잡은 주인이 물었다. "아닙니다, 나리." 하고 한스가 대답했다. "소를 못 찾았습니다. 하지만 찾아다니지도 않았습니다." "그럼 무엇을 찾아다녔느냐?" "그보다 더 나은 것을요. 그리고 다행히 발견했습니다." "무엇인데?" "지빠귀 세 마리입니다." 하고 한스가 대답했다. "어디에 있느냐?" 하고 주인이 물었다. 그러자 영리한 하인이 대답했

영리한 하인

다. "한 마리는 보고 있고, 다른 한 마리는 듣고 있고, 그리고 세 번째는 잡을 겁니다." 이를 본받아 너희도 주인이 시키는 일은 신경 쓰지 말고 생각나는 대로, 마음이 내키는 대로 행동해. 그러면 영리한 한스만큼 현명한 행동을 할 거야.

163

유리관

가난한 재단사는 성공하지 못한다거나 높은 영예에 다다를 수 없다고 누구에게도 말하지 마. 재단사가 자신을 제대로 벼려 줄 좋은 대장장이를 만나기만 하면 더 필요한 게 없거든. 그렇게 참하고 기민한 어떤 풋내기 재단사가 한번은 뜨내기 벌이에 나섰는데 길을 몰라 헤매다 큰 숲으로 들어가게 되었다. 으스스한 외딴 숲에서 밤이 되니 노숙할 자리를 찾는 것 말고는 재단사에게 남은 일이 없었다. 재단사는 부드러운 이끼 위 좋은 잠자리를 찾아냈지만 들짐승이 두려워 편히 누울 수 없었고, 결국 나무 위에 올라가 밤을 보내기로 결심했다. 그는 키가 큰 떡갈나무를 찾아 나무 꼭대기까지 올라갔고, 자신에게 다리미가 있는 것에 하느님에게 감사했다. 다리미가 없었다면 나무 꼭대기에서 세차게 부는 바람에 날아가 버릴 거라고 생각했기 때문이었다.

어둠 속에서 몇 시간 동안 덜덜 떨며 깜짝깜짝 놀라던 재단사는 그리 멀지 않은 곳에서 새어 나오는 불빛을 보았다. 그는 사람이 사는 집이면 나뭇가지 위보다 편하게 잘 수 있으리라 생각하고 조심스럽게 내려와 빛을 향해 갔다. 빛을 따라가자 갈대와 짚으로 엮은 작은 집 한 채가 있었고, 재단사가 용기 내어 두드리자 문이 열렸다. 천장에 드리워진 불빛으로 재단사는 나이 든 어느 백발 난쟁이를 보았는데 헝겊을 기워 알록달록한 옷을 입고 있었다. "누구지? 뭘 원하는 거요?" 하고 난쟁이가 그르렁거리는 목소리로 물었다. "저는 가난한 재단사입니다. 이 광활한 숲에서 갑자기 어둠이 덮쳤지요. 내일 아침까지 댁의 오두막에서 지낼 수 있게 해 주세요." 하고 재단사가 말했다. 백발 난쟁이가 시무룩한 어조로 대답했다. "네 길을 가. 나는 부랑자들과 아무것도 얽히고 싶지 않아. 다른 데서 잘 곳을 찾아." 이 말을 하고 난쟁이가 다시 집으로 쏙 들어가려 했는데 재단사가 옷자락을 꽉 붙잡고 마음을 움직일 만큼 간청했다. 원래 그렇게 나쁜 사람이 아닌 노인은 결국 마음을 눅이고 재단사를 오두막으로 받아들였다. 노인은 재단사에게 먹을 것을 주고 밤에 잘 수 있는 구석 자리를 알려 주었다.

피곤했던 재단사는 요람도 필요 없이 다음 날 아침까지 곤하게 잤다. 갑자기 아주 소란한 소리에 깜짝 놀라 깨지만 않았다면 일어날 생각도 하지 않았을 것이다. 사나운 비명과 고함 소리가 그 집의 얇은 벽을 통해 들려왔다. 갑자기 용기가 솟아오른 재단사는 벌떡 일어나 급하게 옷을 입고 서둘러 밖으로 나갔다. 그때 재단사는 오두막 근처에서 아주 크고 검은 황소와 아름다운 수사슴이 치열한 싸움을 벌이는 것을 목격했다. 황소와 사슴은 화가 잔뜩 나서 서로를 향해 돌진했고, 그들의 발짓에 땅이 전율했으며, 포효로 대기가 진동했다. 둘 중 어느 쪽이 승리할지는 한참 동안 확실하지 않았다. 마침내 사슴이 뿔로 상대의 몸통을 받았고, 황소가 무시무시한 굉음과 함께 땅으로

유리관

주저앉더니 사슴이 여러 번 더 치받자 완전히 죽었다.

놀라서 싸움을 지켜보던 재단사는 여전히 꼼짝 않고 서 있었는데 재단사가 채 도망가기도 전에 사슴이 전속력으로 달려들어 거대한 뿔로 재단사를 들어 올렸다. 사슴은 그루터기와 돌, 산과 협곡, 초원과 숲 너머로 잽싸게 달렸다. 재단사는 두 손으로 사슴의 뿔 끝을 꽉 잡고 자기 운명에 몸을 맡겼다. 재단사는 마치 나는 것 같았다. 마침내 수사슴이 암벽 앞에 멈춰 서더니 재단사를 조심스럽게 내려놓았다. 살았다기보다는 죽음에 더 가까웠던 재단사가 정신을 차리는 데는 오래 걸렸다. 정신이 조금 들었을 때 옆에 있던 사슴이 암벽에 있는 문을 뿔로 세차게 밀자 문이 열렸다. 불꽃이 확 일더니 그 뒤로 엄청난 증기가 솟았고, 증기로 인해 재단사는 눈앞에서 사슴을 잃어버렸다.

재단사는 이런 적막한 곳에서 사람을 다시 만나려면 무엇을 해야 할지 또 어디로 가야 할지 몰랐다. 아무 결정을 내리지 못하고 서 있는데 바위 쪽에서 부르는 소리가 들려왔다. "두려워하지 말고 들어와라. 어떤 해도 끼치지 않을 테니." 재단사는 머뭇거렸지만 어떤 비밀스러운 힘에 이끌려 목소리를 따라갔고, 철문을 통과해 크고 넓은 방 안으로 들어갔다. 방 천장과 벽, 바닥이 화려하고 찬란하고 매끈한 네모난 돌로 가득했는데 돌에는 재단사가 모르는 표시가 새겨져 있었다. 재단사가 모든 것을 감탄하며 바라보다 다시 밖으로 나가려던 참에 말소리가 다시 들렸다. "방 한가운데 있는 돌에 발을 디뎌라. 큰 행복이 너를 기다린다." 재단사는 용기가 커져 시키는 대로 했다. 돌이 발아래서 주저앉으며 서서히 깊숙이 내려갔다. 돌이 단단한 바닥에서 멈추고 재단사가 주위를 둘러보았을 때 그는 이전의 방과 규모가 같은 다른 방에 와 있었다. 그런데 이 방에 볼거리와 놀랄 거리가 더 많았다. 벽에는 오목하게 파인 곳들이 있었고, 그 안에 다채로운 알코올이나 푸른 연기가 가득 찬 투명한 유리병들이 들어 있었다. 방 바닥에는 유리로 된 상자 두 개가 서로 마주 보도록 놓여 있었는데 그 상자들이 재단사의 호기심을 자극했다. 상자 한쪽으로 다가가니 그 안에 부속 건물, 축사, 헛간 그리고 여러 가지 다른 물건들에 둘러싸인 궁전같이 아름다운 건물이 보였다. 모든 것이 작았지만 아주 섬세하고 앙증맞게 작업이 되었고, 최고 예술가의 손놀림으로 정교하게 깎아 놓은 듯했다.

만약 목소리가 다시 들리지 않았다면 재단사는 이렇듯 희귀한 물건들을 살피느라 눈을 떼지 못했을 것이다. 목소리는 재단사에게 뒤로 돌아 서로 마주 보는 다른 유리 상자를 살피라고 했다. 유리 상자에서 빼어나게 아름다운 소녀를 본 재단사는 얼마나 놀랐는지! 소녀는 잠자듯 누워 있었고, 마치 귀한 외투에 덮인 듯 금빛의 긴 머리에 감싸여 있었다. 두 눈은 꼭 감았지만 선명한 얼굴색과 숨을 들이쉬고 내쉴 때마다 움직이는 리본으로 소녀가 살아 있다는 데는 전혀 의심이 없었다. 아름다운 소녀를 두근거리는 가슴으로 바라보는데 소녀가 갑자기 눈을 뜨더니 재단사를 보고 놀람과 기쁨에 흠칫했다. "하늘도 공정하시지." 소녀가 외쳤다. "내 자유가 가까웠구나! 어서, 어서 나를 내 감옥에서 나가도록 도와줘요. 여기 이 유리관의 빗장을 밀면 벗어날 수 있어요." 재단사는 망설임 없이 그 말에 따랐고, 곧 소녀가 유리 뚜껑을 밀고 빠져나와 복도 모퉁이로 서둘러 가 큰 망토로 몸을 가렸다. 그러고 나서 돌 위에 앉은 소녀가 재단사에게 가까이 오도록 했다. 젊은이에게 다정하게 입맞춤한 소녀가 말했다.

"오랫동안 기다려 온 내 구원자, 인자하신 하늘이 당신을 내게 인도해 고난을 끝내 주었군요. 고난이 끝나는 이 날 당신의 행복이 시작될 거예요. 당신은 하늘이 정해 준 배우자입니다. 당신은 내게서 사랑을 얻고, 세상의 온갖 재물을 가득 갖고 방해 없이 기쁜 삶을 살게 될 거예요. 이리 와서 내 운명의 이야기를 들어 보세요.

나는 부유한 백작의 딸입니다. 부모님은 내가 어릴 때 돌아가셨고, 마지막 유언으로 나를 오빠에게 맡겼어요. 그래서 오빠가 나를 키웠죠. 우리는 서로를 참 아끼며 사

랑했고, 생각이나 좋아하는 것이 아주 잘 맞아 절대로 다른 이와 결혼하지 않고 삶이 끝날 때까지 둘이 함께하기로 결심했지요. 우리 집에는 항상 손님이 넘쳐 났어요. 이웃과 친구들이 자주 찾아왔고 우리는 그들 모두를 최고로 환대했답니다. 어느 날 저녁 우리 성에 어떤 낯선 이가 왔어요. 그 사람은 말을 타고 왔는데 다음 마을까지 가지 못할 것 같다며 하룻밤 지낼 곳을 청했지요. 우리는 그를 배려하는 마음으로 정중하게 부탁을 들어주었고, 낯선 이는 저녁 식사 동안 여러 이야기를 들려주면서 우리를 즐겁게 해 주었어요. 오빠는 그 사람이 아주 마음에 들어 며칠 더함께 지내자고 청했고, 그는 얼마간의 거절 끝에 승낙했지요. 우리는 밤이 늦어서야 자리에서 일어났고 낯선 이에게 방을 알려 줬어요. 나는 너무 피곤해 빨리 몸을 부드러운 깃털 이불 속에 누이고 싶었어요. 살짝 잠이 들었는데 부드럽고 기분 좋은 음악 소리가 바로 저를 깨우더군요. 소리가 어디서 나는지 알 수 없어 옆방에서 자던 하녀를 부르려 했지만 꼭 어떤 요정이 내 가슴을 짓누르는 것 같고 알지 못하는 힘이 말을 앗아간 듯 아주 작은 소리도 낼 수 없었답니다. 그때 침실의 흐릿한 불빛으로 낯선 사람이 두 겹 이중 문으로 굳게 닫혀 있던 내 방에 들어오는 것이 보였어요. 낯선 이는 내게 다가오더니 말하더군요. 마법으로 나를 깨우기 위해 기분 좋은 음악 소리를 울리게 했고 자기 심장과 손을 내게 바치기 위해 모든 자물쇠를 통과해 들어왔다고요. 하지만 나는 그자의 마법이 너무 싫어 그에게 아무런 대답도 하지 않았어요. 그자는 아마도 자기 마음에 들 대답을 기대했던 모양인지 한동안 꼼짝하지 않고 서 있었죠. 내가 계속 침묵을 지키자 화를 내며 내 오만함을 처벌할 방법을 찾아 복수하겠다 다짐하고 바로 방을 나가더군요.

그날 나는 아주 불안하게 밤을 보냈, 아침 녘에야 살짝 잠이 들었답니다. 깨어나자마자 무슨 일이 일어났는지 알리려고 오빠에게 급히 달려갔어요. 그런데 오빠 방에는 나 말고 아무도 없더군요. 오빠가 새벽 녘에 그 낯선 이와 함께 사냥을 갔다고 하인이 말해 주었지요. 좋지 않은 예감이 들었어요. 재빨리 옷을 입고 내 말에 안장을 얹게 한 뒤 하인 한 명만 데리고 전속력으로 숲으로 말을 달렸어요. 그런데 하인이 타던 말이 넘어지면서 다리가 부러지는 바람에 하인은 더 이상 나를 따라올 수 없었어요. 나는 멈추지 않고 계속 길을 달렸고, 몇 분 만에 낯선 이가 아름다운 수사슴 한 마리를 줄에 매어 내 쪽으로 오는 것을 보았답니다. 나는 낯선 이에게 내 오빠를 어디에 두고 왔는지, 그리고 커다란 눈에서 눈물을 흘리고 있는 그 수사슴을 어떻게 얻었는지 물었어요. 그는 대답 대신 큰 소리로 웃기 시작했지요. 그 때문에 너무 화가 나 나는 총을 뽑아 괴물을 향해 쏘았지만 총알은 그의 가슴에서 튕겨 나와 내 말의 머리에 박히더군요. 나는 땅바닥으로 떨어졌고, 낯선 이가 몇 마디 중얼거려 내 의식을 앗아가 버렸답니다.

다시 정신을 차리고 보니 나는 지하 동굴 속 유리관 안에 있었어요. 그 흑마법사가 다시 나타나 자기가 내 오빠를 사슴으로 변신시켰고, 내 성은 성의 모든 것과 함께 작게 만들어 유리 상자에 넣어 잠갔으며, 내 사람들을 연기로 만들어 유리병에 가두었다고 말하더군요. 이제 그의 뜻대로 따르기만 한다면 모든 것을 이전 상태로 아주 간단히 되돌릴 수 있다면서요. 마술사가 유리 용기를 열기만 하면 모든 것이 자연 그대로의 모습으로 돌아간다는 것이었어요. 나는 처음처럼 마술사에게 아무 대답도 하지 않았어요. 마술사는 나를 감옥에 눕혀 깊은 잠에 빠뜨리더니 사라져 버렸어요. 내 영혼을 스쳐 간 장면 중에 어떤 청년이 나를 찾아와 구해 주는 장면이 있었답니다. 가장 위로받은 장면이었는데 오늘 눈을 뜨니 내 꿈이 이루어졌고 당신이 보였어요. 내가 본 장면대로 하도록 도와줘요. 먼저 내 성이 담긴 유리관을 저 크고 넓은 바위에 올려놓아야 해요."

유리관을 돌 위에 올리자 그것이 소녀와 젊은이와 함께 위로 올라갔다. 바위는 천장 입구를 통해 위층 홀로 올라갔고, 그들은 밖으로 쉽게 빠져나올 수 있었다. 그곳에서 아가씨가 유리관의 덮개를 열자 성과 집, 농장 건물들이 팽창해 매우 빠르게 원래 크기로 커졌다. 이 모든 일은 아주 멋졌다. 아가씨와 청년은 지하 동굴로 돌아가 연기가 가득한 항아리를 돌에 날랐다. 아가씨가 병을 열자 푸른 연기가 병 밖으로 나오더니 살아 있는 사람으로 변했고, 아가씨는 자신의 하인과 사람들을 알아보았다. 황소 모습을 한 마법사를 죽이고 오빠가 인간 모습으로 숲에서 나왔을 때 더욱 기뻤고, 같은 날 아가씨는 약속에 따라 예식의 제단에서 운 좋은 재단사에게 자신의 손을 내밀었다.

164

게으른 하인츠

하인츠는 게을렀다. 매일 염소 한 마리를 목초지로 몰아가는 것 말고는 하는 일이 없었지만 일과를 마치고 저녁에 집에 돌아오면 한숨을 내쉬었다. "진짜 일이 힘들어. 매년 늦가을까지 저런 염소 한 마리를 풀 먹이러 가는 건 정말 힘든 일이야. 일을 하면서 눕거나 잘 수만 있다면! 하지만 그럴 수는 없잖아, 염소가 어린 나무를 망가뜨리지 않게 해야 하고, 울타리를 뚫고 정원으로 들어가거나 심지어 도망가는지도 살펴야 하니 눈을 뜨고 있어야 하지. 어떻게 평온을 찾고 기쁘게 살 수 있을까?" 하인츠는 앉아서 어떻게 하면 제 어깨의 짐을 벗을지 생각을 모으고 고민했다. 오랫동안 곰곰이 생각했지만 모든 것이 헛수고였는데 눈에서 갑자기 비늘이 떨어져 버린 것처럼 퍼뜩 생각이 났다. "뭘 할지 알겠어. 뚱보 트리네랑 결혼해야겠다. 트리네도 염소 한 마리가 있으니 내 염소도 같이 데리고 나갈 수 있고, 그러면 더 이상 내가 성가실 필요가 없잖아." 하고 하인츠는 소리쳤다.

하인츠는 일어나서 피곤한 팔다리를 움직여 길을 건너갔다. 뚱보 트리네의 부모가 사는 집까지는 멀지 않아 길을 건너기만 하면 되었다. 하인츠는 부지런하고 덕이 높은 그 집 딸에게 구애를 했다. 부모는 "유유상종이네." 하더니 오래 생각하지 않고 허락했다. 이제 뚱보 트리네는 하인츠의 아내가 되었고, 트리네는 염소 두 마리를 데리고 나갔다. 하인츠는 좋은 날들을 보냈고, 단지 제 게으름으로부터 쉬는 일 말고는 어떤 다른 일로 휴식이 필요하지 않았다. 하인츠는 가끔 밖으로 나가서 말했다. "이렇게 나와야 내 평온이 다음에 더 맛이 나지. 그러지 않으면 모든 감을 잃게 되잖아."

뚱보 트리네라고 덜 게으르지 않다. "하인츠, 우리가 왜 최고의 젊음을 낭비하면서 쓸데없이 괴로운 삶을 살아야 해? 아침마다 음멤메 소리로 최상의 숙면을 방해하는 저 염소를 우리 이웃에게 줘 버리고 그 대신 벌집을 받는 게 낫지 않을까? 벌집을 햇볕이 잘 드는 집 뒤편에 놓아두면 더 이상 신경 쓸 일이 없잖아. 벌을 돌봐야 한다거나 들판으로 내몰 필요가 없지. 벌들은 밖으로 날아가서 집으로 돌아오는 길을 스스로 찾고, 우리는 전혀 힘들이지 않고 꿀을 모으니 말이야." 하인츠가 대답했다. "분별 있는 여자처럼 말하네. 망설이지 말고 당신의 제안을 실행하자고. 게다가 꿀의 맛과 영양이 염소 젖보다 낫고 또 더 오래 보관할 수 있으니까." 이웃은 염소 두 마리의 대가로 기꺼이 벌집 하나를 주었다. 벌들은 이른 아침부터 저녁 늦게까지 지칠 줄 모르고 날아다니며 가장 좋은 꿀로 벌집을 가득 채웠고, 하인츠는 가을에 꿀이 가득 찬 단지를 꺼낼 수 있었다.

하인츠와 트리네는 침실 벽 위에 고정해 둔 판자에 꿀단지를 올려놓았다. 꿀단지를 도둑맞거나 쥐들이 단지에 들어갈까 봐 걱정이 되어 트리네는 두꺼운 개암나무 막대기를 침대 옆에 두었다. 그러면 불필요하게 일어나지 않고도 침대에 누운 채 손으로 불청객을 쫓아낼 수 있기 때문이었다. 게으른 하인츠는 정오 전에 침대를 떠나는 것을 좋아하지 않았다. 하인츠는 말했다. "일찍 일어나는 자는 자기 재물을 먹어 치우지."

아침 해가 그렇게 밝던 어느 날 아직 솜털 이불 속에 누워 긴 잠으로부터 휴식을 취하던 하인츠가 아내에게 말했다. "여자들은 단것을 좋아하고 당신은 꿀로 군것질을 하

잖아. 당신이 꿀을 혼자 다 먹어 버리기 전에 꿀을 거위 한 마리와 어린 새끼 거위 한 마리랑 바꾸면 어떨까?" "하지만 우리가 거위들을 돌볼 아이를 얻기 전에는 안 되지. 아니면 내가 거위 새끼들 때문에 들볶이고 쓸데없이 힘을 더 써야 한다는 거야?" "당신 생각에 우리 애가 거위를 돌볼 것 같아? 요즘 아이들은 더 이상 순종을 안 하잖아. 자기들이 하고 싶은 대로 하고 부모보다 더 똑똑하다고 생각하니까. 소를 찾아와야 하는 하인이 지빠귀 세 마리를 찾아오는 것처럼 말이지." 하고 하인츠가 말했다. "아, 내가 시키는 대로 하지 않으면 혼나야지. 회초리로 셀 수도 없이 살갗이 상하도록 팰 거야. 봐 봐, 하인츠." 하고 트리네가 소리치더니 흥분해서 쥐를 쫓아내려던 막대기를 잡으며 말했다. "봐, 이렇게 그 녀석을 때려 줄 거야."

트리네는 그렇게 막대기를 휘두르다 안타깝게도 침대

522

위에 있던 꿀단지를 쳤다. 꿀단지가 벽에 부딪쳐 아래로 떨어지면서 산산조각이 났고, 맛있는 꿀이 바닥에 쏟아졌다. "여기 엄마 거위랑 어린 거위 새끼가 떨어져 버렸네. 더 이상 돌봐 줄 필요가 없어졌어. 그래도 단지가 머리 위로 떨어지지 않아 다행이야. 우리 운명에 만족해야 하는 데는 어떤 이유든 있는 거지." 그러고는 항아리 조각에 꿀이 있는 걸 알고 기분이 좋아 말했다. "여보, 남은 것은 맛있게 먹자고. 놀랐으니 조금 쉬어 줘야지. 평소보다 조금 늦게 일어난다고 무슨 일이 있겠어. 어차피 낮은 길잖아." "그래. 도착하면 언제나 제시간이 되는 거야. 그거 알아? 느림보 달팽이가 한번은 결혼식에 초대를 받아 길을 나섰는데 그 집 아이 세례식 때 도착했대. 집 앞 울타리를 넘다 넘어져서는 말하기를 '서둘러서 좋을 게 없어.' 하더래."

게으른 하인츠

165

그라이프 새[27]

옛날에 어떤 왕이 있었는데 그 왕이 어디서 통치했는 지, 어떻게 불렸는지 나는 모른다. 왕에게 아들은 없고 딸 만 하나 있었는데 언제나 아팠고, 어떤 의사도 딸을 낫게 하지 못했다. 그때 왕에게 예언이 내리기를 딸이 사과를 먹으면 건강해진다고 했다. 그래서 왕은 온 나라에 포고령 을 내려 누구든 사과를 가져와 공주가 사과를 먹고 건강 해지면 그 사람은 공주를 아내로 맞아 왕이 될 거라고 했 다. 아들을 셋 둔 어떤 농부가 이 포고령을 들었다. 농부

---

27 독일 남서부 및 스위스 사투리인 알레만어로 적힌 이야기다.

는 큰아들에게 말했다. "창고에 가서 알이 빨간 제일 좋은 사과를 가득 골라 왕궁으로 가져가거라. 공주가 그 사과를 먹고 건강해지면 너는 공주와 결혼할 수 있고 왕이 될 거야." 아들은 그렇게 해서 길을 나섰다. 한동안 가다 작고 서리 내린 듯한 백발의 난쟁이와 길에서 마주쳤다. 난쟁이가 큰아들의 바구니에 무엇이 들었는지 물었다. 이름이 울리히인 큰아들이 아무렇게나 "개구리 뒷다리."라고 대답했다. 그러자 난쟁이가 말했다. "그렇다면 그렇겠지. 또 그렇게 되어야겠지."

울리히가 성 앞에 도착해 알현을 청하며 자신이 사과를 가지고 있고, 왕의 딸이 그 사과를 먹으면 건강해질 것이라고 말했다. 왕은 아주 기뻐서 울리히를 들이라 했다. 그러나 아아! 울리히가 바구니 덮개를 열자 안에는 사과 대신 개구리 뒷다리가 여전히 꿈틀거리고 있었다. 이에 왕은 매우 화가 나 울리히를 성 밖으로 내쫓았다. 울리히는 집에 도착해 아버지에게 일어난 일을 말했다. 그 뒤 아버지는 사무엘이라 불리는, 다음으로 나이 많은 아들을 보냈는데 사무엘도 울리히와 같은 일을 겪었다. 난쟁이와 마주쳤고 난쟁이는 바구니 속에 무엇이 들어 있는지 물었다. 그래서 사무엘이 말했다. "돼지털." 그러자 서리 내린 듯한 백발의 난쟁이가 말했다. "그렇다면 그렇겠지. 또 그렇게 되어야겠지."

사무엘이 성 앞에 도착해 알현을 청하며 자신이 사과를 가지고 있고 왕의 딸이 그 사과를 먹으면 건강해질 거라고 했지만 보초들은 들여보내지 않으려 했다. 그러고는 어떤 자가 와서 보초들을 우롱한 적이 있다고 말했다. 사무엘은 분명히 사과를 가져왔으니 들여보내기만 하면 된다고 간곡히 청했다. 결국 보초들은 사무엘을 믿고 왕 앞

으로 데려갔다. 하지만 그가 바구니를 열자 안에 돼지털만 들어 있었다. 왕은 이 일로 매우 화가 나 사무엘을 채찍질해 성 밖으로 내쫓았다. 사무엘은 집에 도착해서 일어난 일을 말했다. 그때 바보 한스라 불리던 막내아들이 아버지에게 와서 자기도 사과를 가져가도 되겠냐고 물었다. 아버지가 대답했다. "그래. 네가 이 일에 딱 맞는 녀석이겠지. 똑똑한 녀석들이 아무것도 못했는데 네가 뭘 하겠어?" 그러나 소년은 주저하지 않았다. "네, 아버지, 저도 가고 싶어요." "멍청한 녀석, 저리 가거라. 너는 더 똑똑해질 때까지 기다려야 해." 하고 아버지는 한스에게서 등을 돌렸다. 한스는 아버지 뒤에서 작업복 옷자락을 잡아당겼다. "아버지, 저도 갈 거예요!" "정 그러면 가라. 그러나 다시 돌아오게 될 거야." 하고 아버지가 역정을 내며 대답했다. 소년은 매우 행복해서 공중으로 펄쩍 뛰어올랐다. "자, 그런데 광대처럼 굴지 좀 말아라. 너는 날이 갈수록 더 바보가 되는구나." 하고 아버지가 다시 말했다. 한스는 신경 쓰지 않았고, 좋은 기분이 상하도록 두지도 않았다. 다만 날이 이미 저물어 오늘 내로 왕궁에 도착할 수 없으니 아침이 될 때까지 기다려야지 생각했다. 밤이 되어 침대에 누워서도 한스는 잠들지 못하다 나중에는 아름다운 소녀들과 여러 왕궁, 금은 그리고 그런 온갖 것들에 대한 꿈을 꾸었다.

아침 일찍 한스는 길을 나섰고, 곧 망토를 걸친 서리 백발의 작고 초라해 보이는 난쟁이가 와서 바구니에 무엇이 있는지 물었다. 한스는 왕의 딸이 먹으면 건강해지는 사과를 가지고 있다고 말했다. "그렇다면 그렇겠지. 또 그렇게 되어야겠지." 하고 난쟁이가 말했다. 그러나 성에서는 한스를 들여보내려 하지 않았다. 이미 두 명이 와서 사과를 가져왔다고 말했는데 한 명은 개구리 뒷다리를, 다른 한 명은 돼지털을 가지고 왔기 때문이었다. 한스는 포기하지 않고 자기가 가져온 것은 개구리 뒷다리가 아니라 분명히 왕국에서 가장 좋은 사과라고 말했다. 한스가 이처럼 당당하게 말하자 문지기는 거짓말이 아닌 것 같으니 들여보내야겠다고 생각했다. 그게 잘한 일이었던 것이 한스가 왕 앞에서 바구니 덮개를 열자 그 안에 황금빛 사과가 들어 있었다. 왕은 매우 기뻐서 사과를 딸에게 보내 결과가 어떤지 보고를 들을 때까지 초초하게 기다렸다.

오래 지나지 않아 누군가 왕에게 보고하러 왔다. 그런데 누구였을까? 공주가 직접 온 거야! 사과를 먹자마자 공주는 건강해졌고, 침대에서 벌떡 일어났다. 왕이 얼마나 기뻐했는지는 이루 말할 수 없지. 다만 왕은 딸을 아내로 주고 싶지 않아 한스에게 물이 아닌 마른땅에서 훨씬 더 잘 가는 나룻배를 만들어야 한다고 말했다. 한스는 그 조건을 받아들였고 집으로 가서 일어난 일을 설명했다.

아버지는 울리히를 숲으로 보내 그런 배를 만들게 했다. 울리히는 부지런히 일하며 휘파람을 불었다. 태양이 가장 높이 떠오른 정오에 서리 백발의 난쟁이가 와서 울리히가 무엇을 만들고 있는지 물었다. 울리히가 대답했다. "빨래통." 그 서리 백발의 난쟁이가 말했다. "그렇다면 그렇겠지. 또 그렇게 되어야겠지." 저녁에 울리히는 이제 배를 다 만들었다고 생각했지만 그 안에 들어앉으려 하자 그건 그냥 빨래통이었다. 다음 날 사무엘이 숲에 갔는데 사무엘에게도 울리히와 똑같은 일이 벌어졌다.

셋째 날에는 바보 한스가 갔다. 한스는 열심히 일했고, 그래서 숲 전체에 나무 베는 소리가 울려 퍼졌다. 한스는 휘파람을 불고 노래를 부르며 즐겁게 일했다. 그때 서리 백발의 난쟁이가 제일 더운 때인 정오에 와서 한스가 무엇을 만들고 있는지 물었다. "물보다 마른땅에서 더 잘 나아가는 나룻배를 만들고 있어요." 하고 한스가 말했고, 이 배를 완성하면 공주를 아내로 맞이하게 된다고 했다. "그래, 그렇다면 그런 사람이 되고 그렇게 되어야겠지." 하고 난쟁이가 말했다. 해가 완전히 황금빛이 된 저녁이 되자 한스는 나룻배에 필요한 모든 것과 함께 배를 완성했다.

한스는 배를 타고 왕궁을 향해 노를 저었다. 나룻배는 바람처럼 빠르게 움직였다. 왕은 이를 멀리서부터 보았지만 아직은 한스에게 딸을 주고 싶지 않았다. 왕은 우선 한스가 아침 일찍부터 저녁 늦게까지 산토끼 100마리를 돌봐야 하고, 토끼가 한 마리라도 도망가면 딸을 얻지 못할 거라고 말했다. 한스는 동의했고, 바로 다음 날 토끼 떼와 초지로 가서 단 한 마리도 도망가지 않도록 토끼 무리를 잘 살폈다. 잠시 뒤 성에서 일하는 여자아이가 한스에게 와서 갑자기 손님이 왔으니 어서 토끼 한 마리를 달라고 했다. 한스는 이 일이 어떻게 될지 알아채고는 토끼를 주지 않을 것이며, 왕은 내일 토끼찜으로 방문객을 대접할 수 있을 거라고 여자아이에게 말했다. 그러나 하녀는 그 말에 만족하지 못하고 결국에는 욕을 하기 시작했다. 한스는 왕의 딸이 직접 오면 토끼를 주겠다고 말했다. 이 일을 하녀가 성에 말하자 공주가 직접 찾아왔다. 그사이 서리 백발의 난쟁이가 다시 한스에게 와서 무엇을 하고 있는지 물었다. 한스가 말했다. "아, 토끼 100마리를 잘 보살펴야 해요. 100마리에서 한 마리도 도망치지 않으면 나는 공주와 결혼해서 왕이 될 수 있답니다." 그러자 난쟁이가 말했다. "좋아. 여기 작은 호루라기가 있으니 한 마리가 도망가면 호루라기를 불어라. 그럼 토끼가 다시 돌아올 거야."

공주가 찾아오자 한스는 공주의 앞치마에 토끼 한 마리를 넣어 주었다. 하지만 공주가 100걸음 떨어지자 한스가 호루라기를 불었고, 토끼가 공주의 앞치마에서 잽싸게 튀어나와 다시 무리로 돌아왔다. 저녁때가 되어 토끼 치는 이는 호루라기를 다시 한번 불어 토끼가 다 있는지 확인하고 토끼들을 몰고 성으로 갔다. 왕은 한스가 단 한 마리도 잃지 않고 100마리 토끼를 모두 돌봐 꽤나 놀랐다. 하지만 여전히 왕은 딸을 한스에게 주고 싶지 않아 한스가 그라이프 새의 꼬리에서 깃털 한 개를 뽑아 와야 한다고 말했다. 한스는 길을 떠나 진군하듯 기운차게 앞으로 나아갔다.

저녁이 되어도 여관이 보이지 않아 한스는 어떤 성으로 가서 하룻밤 묵기를 청했다. 그곳 성주가 기꺼이 응하며 한스에게 어디로 가는지 물었다. 한스가 말했다. "그라이프에게로요." "그래, 그라이프에게? 흠 사람들이 그러는데 그라이프는 뭐든 다 알고 있다고 하더군. 나는 쇠로 된 돈궤를 잃어버렸다네. 자네가 그라이프에게 내 돈궤가 어디 있는지 마음씨 좋게 물어봐 줄 수 있겠나?" "물론이지요. 그렇게 하겠습니다." 하고 한스가 말했다.

이른 아침에 한스는 계속 길을 갔고, 그러다 또 다른 성에 가 그곳에서 하룻밤을 묵었다. 한스가 그라이프에게 가려 한다는 것을 들은 그곳 사람들은 딸이 아픈데 무슨 수단을 다 써도 지금까지 아무런 도움이 되지 않았다고 말했다. 그러면서 어떻게 하면 딸이 다시 건강해질지 한스가 마음씨 좋게 그라이프에게 물어봐 달라고 했다. 한스는 기꺼이 그렇게 하겠다고 말하고 계속 길을 갔다.

한스는 물가에 갔는데 배가 아니라 아주 큰 남자가 모두를 다른 쪽으로 실어 날랐다. 그 남자는 한스에게 여행지가 어디인지 물었다. "그라이프에게." 하고 한스가 말했다. "그럼 그라이프에게 가거든 왜 내가 사람들을 물 건너편으로 실어 날라야 하는지 좀 물어봐 줘요." 하고 남자가 말했다. 그러자 한스가 말했다. "오, 세상에! 그렇게 할게요." 그러자 남자가 한스를 어깨에 메고 맞은편으로 건너갔다.

드디어 한스는 그라이프의 집에 도착했는데 아내만 있고 그라이프는 없었다. 그러자 그라이프의 아내가 한스에게 무엇을 원하는지 물었다. 한스는 그라이프의 아내에게

그라이프의 꼬리에서 깃털을 얻어야 하고, 어떤 성에서 돈궤의 열쇠를 잃었다고 해 그 열쇠가 어디 있는지 물어봐야 하고, 다른 성에서는 딸이 아프다는데 무엇이 그 딸을 낫게 할지 알아야 하고, 이곳에서 멀지 않은 곳 물가에 사람들을 맞은편으로 실어 나르는 남자가 있는데 그 남자가 왜 모두를 건너편으로 실어 날라야 하는지 이유를 알아야 한다고 말했다. 그러자 부인이 말했다. "이봐요 착한 친구. 어떤 기독교인도 그라이프에게 말을 걸 수 없다오. 그라이프는 그런 사람들을 모두 잡아먹거든. 하지만 원한다면 침대 밑에 누워 있다가 그라이프가 깊이 잠들었을 때 그 꼬리에서 깃털 하나를 뽑을 수 있을 거요. 알고 싶어 하는 것은 내가 직접 물어봐 주지." 한스는 이에 만족해 그라이프의 침대 아래에 몸을 뉘었다.

저녁에 그라이프가 방으로 들어오면서 말했다. "여보, 기독교인의 냄새가 나는걸!" 부인이 "맞아요, 오늘 여기 한 놈이 있었는데 다시 가 버렸어요." 했다. 그라이프는 더는 아무 말 하지 않았다. 한밤중에 그라이프가 제대로 코를 골 때 한스가 손을 뻗어 꼬리 깃털 하나를 뽑았다. 그러자 그라이프가 벌떡 일어나며 말했다. "여보, 사람 냄새가 나. 누가 꼭 내 꼬리를 잡아당긴 것 같아!" 그러자 부인이 말했다. "꿈을 꿨나 보네요. 오늘 사람이 한 명 있었는데 가 버렸다니까요. 그 사람이 이런저런 이야기를 해 주었어요. 어떤 성에서 돈궤 열쇠를 잃어버렸다는데 열쇠를 다시 찾지 못했다고요." "아, 바보들." 하고 그라이프가 말했다. "열쇠는 나무 창고에 있지. 창고 문 뒤 나무 더미 아래에." "그리고 어떤 성에서는 딸이 아픈데 그 애를 낫게 해 줄 방법을 전혀 모른다더군요." "아, 바보들." 하고 그라이프가 말했다. "지하실 계단에 두꺼비가 그 딸의 머리카락으로 집을 지었는데 그 머리칼을 다시 찾으면 좋아질 텐데." "또 그 사람이 말하기를 물가에 어떤 남자가 있는데 사람들을 모두 물 건너로 실어 날라야 된다고 하더군요." "아, 바보." 하고 그라이프가 말했다. "만약 한 사람을 물 한가운데 내려놔 두면 더 이상 아무도 실어 나르지 않아도 될 텐데." 다음 날 아침 그라이프는 일찍 일어나서 나갔다. 그 뒤 한스가 침대 밑에서 나왔는데 예쁜 깃털 하나를 갖고 있었고, 그라이프가 열쇠와 딸, 남자에 대해 한 말도 들었다. 그라이프의 부인은 한스가 잊지 않도록 다시 한번 모든 이야기를 해 주었고, 한스는 다시 집으로 향했다.

먼저 한스는 물가에 있는 사람에게 갔다. 남자가 그라이프가 뭐라고 했는지 묻자 한스는 자기를 먼저 건너게 해 주면 맞은편 기슭에서 말해 주겠다고 했다. 남자는 한스를 건너편으로 실어다 주었다. 건너편에 도착하자 한스는 남자에게 한 사람을 강 한가운데 내려놔 두면 더 이상 누구도 실어 나를 필요가 없다고 말해 주었다. 물가의 남자는 매우 행복해서 한스에게 감사의 마음으로 한 번 더 건너편으로 데리고 갔다가 다시 데려다주겠다고 말했다. 그러나 한스는 자기는 이미 만족했으니 수고를 아끼라고 하고는 계속 길을 갔다.

한스는 딸이 아픈 성으로 왔고 그 딸이 걸을 수 없으니 딸을 어깨에 메고 지하실로 데려가 제일 아래 계단에서 두꺼비 집을 들어 딸에게 주었다. 딸은 갑자기 어깨에서 내리더니 계단을 뛰어 올라갔고 다시 아주 건강해졌다. 아버지와 어머니는 너무 기뻐서 한스에게 금과 은을 주었고, 한스가 원하는 것이라면 무엇이든 주었다.

또 다른 성에 도착한 한스는 곧장 나무 창고로 갔고, 그래 그렇지! 문 뒤 나무 더미 아래에서 열쇠를 찾아 성주에게 가져다주었다. 성주는 크게 기뻐했고 보상으로 돈궤에

그라이프 새

들어 있던 금 외에도 소나 양과 염소 같은 온갖 것들을 주었다. 한스가 돈과 금, 소, 양, 염소 등 이 모든 것을 가지고 가니 왕이 한스에게 이 모든 것을 대체 어디에서 얻었느냐고 물었다. 한스는 그라이프 새가 사람들이 원하는 만큼 준다고 말했다. 그러자 왕은 자신도 할 수 있다고 생각해 길을 나섰다. 왕이 물가로 갔는데 마침 한스가 다녀간 뒤 온 첫 사람이었다. 남자는 왕을 물 한가운데에 내려 놓고 떠나 버렸고 왕은 물에 빠져 죽었다. 하지만 한스는 공주와 결혼하여 왕이 되었다.

166

힘센 한스

옛날에 아이 하나를 둔 남편과 아내가 살았는데 이들
은 외딴 계곡에서 다른 이들과 떨어져 살았다. 아내가 전
나무 가지를 모으러 숲으로 가면서 두 살 된 한스를 데리
고 갔다. 때는 봄이었고, 한스가 알록달록한 꽃을 좋아해
어머니는 한스와 함께 숲속으로 점점 더 깊이 들어갔다.
갑자기 강도 두 명이 덤불에서 튀어나오더니 어머니와 아
이를 잡아 여러 해 동안 사람이 다니지 않는 깊고 검은 숲
속으로 데려갔다. 가엾은 여인이 아이와 자신을 풀어 달라
고 간청했지만 강도들의 마음은 돌처럼 굳어 여인의 애원
과 간청을 듣지 않고 강제로 끌고 갔다. 두 시간 정도 관목

과 가시덤불을 헤치고 가니 큰 바위가 나타났다. 큰 바위에는 문이 있었고, 강도들이 문을 두드리자 바로 열렸다. 그들은 길고 어두운 통로를 통과해야 했고, 마침내 아궁이에서 타오르는 불이 안을 밝히고 있는 커다란 은신처로 들어갔다. 벽에는 긴 칼, 휜 칼과 그 외에도 사람을 해치는 무기가 걸려 번쩍였다. 굴 한가운데 검은 탁자에 강도 넷이 앉아 놀이를 하고 윗자리에는 대장이 앉아 있었다. 대장은 여인에게 가까이 다가가서는 얌전히 굴고 겁내지 않으며 살림과 정리정돈을 잘하면 어떤 해도 끼치지 않고 어떤 끔찍한 일도 일어나지 않을 거라고 말했다. 강도들이 여인에게 먹을 것을 조금 주었고, 여인이 아이와 함께 잘 수 있는 침대를 보여 주었다.

여인이 강도들과 함께 여러 해를 지내는 동안 한스는 크고 튼튼하게 자랐다. 어머니는 동굴에서 기사책을 찾아내어 오래된 기사 이야기를 아들에게 들려주며 읽기를 가르쳤다. 아홉 살이 된 한스는 전나무 가지 하나로 강력한 몽둥이를 만들어 침대 뒤에 숨겼다. 그러고는 어머니에게 말했다. "사랑하는 어머니, 이제 제 아버지가 누구인지 알려 주세요. 알고 싶고 알아야겠어요." 어머니는 아들이 고향을 그리워할 것 같아 알려 주지 않고 입을 다물었다. 사악한 강도들이 한스가 떠나도록 내버려 두지 않을 것이기 때문이었다. 하지만 아들이 제 아버지에게 가지 못한다는 사실에 가슴이 터질 지경이었다.

밤에 강도들이 강도짓을 하고 돌아오자 한스는 몽둥이를 꺼내 들고 대장 앞에 서서 말했다. "이제 내 아버지가 누구인지 알고 싶으니 당장 말하지 않으면 너를 때려눕히겠다." 그러자 대장이 웃으며 한스의 뺨을 한 대 쳤고 한스는 곧 탁자 아래로 굴렀다. 한스는 다시 일어났지만 속으로 생각했다. '일 년을 더 기다렸다가 다시 해볼 테야. 더 잘될 거야.' 일 년이 지나자 한스는 몽둥이를 다시 꺼내어 먼지를 떨어내고 그것을 살피면서 말했다. "쓸 만하고 단단한 몽둥이로군."

강도들이 밤에 집으로 돌아와 포도주 항아리를 계속 비워 대더니 고개를 떨구기 시작했다. 한스는 몽둥이를 들고 다시 대장 앞에 서서 자기 아버지가 누구냐고 물었다. 대장이 또다시 뺨을 세게 때리자 한스는 탁자 밑으로 굴렀지만 곧 다시 일어났고, 대장과 강도들이 팔과 다리를 더 이상 움직일 수 없을 만큼 세게 쳤다. 구석에 서 있던 어머니는 한스의 용기와 힘에 매우 놀랐다. 한스가 일을 마치고 어머니에게 가서 말했다. "이제는 정말 진지합니다. 아버지가 누구인지 알아야겠어요." 어머니가 대답했다. "사랑하는 한스야, 아버지를 찾을 때까지 가 보자." 어머니는 대장에게서 출입문 열쇠를 빼내 왔고 한스는 큰 밀가루 포대에 금은 외에도 좋은 물건을 보는 대로 모두 집어넣고 등에 짊어졌다.

어머니와 한스는 동굴 밖으로 나왔다. 어둠에서 나와 대낮의 빛을 보자 한스의 눈이 번쩍 뜨였다. 하늘에 걸린 아침 해와 푸른 숲, 꽃과 새 등 한스는 그 자리에 서서 바라보아도 된 듯 놀라 모든 것을 바라보았다. 어머니는 집으로 가는 길을 찾았고, 몇 시간을 걸으니 다행히 예전의 고즈넉한 골짜기와 그들이 살던 작은 집으로 가게 되었다. 아버지가 문 앞에 앉아 있었다. 그는 아내와 아들이 이미 오래전에 죽었다고 생각했다. 아버지는 아내를 알아보고 한스가 자기 아들이라는 소리를 듣자 눈물을 흘렸다. 한스는 이제 겨우 열두 살밖에 되지 않았지만 아버지보다 머리 하나가 더 컸다.

그들은 함께 집 안으로 들어갔는데 한스가 들고 온 자

루를 난로 의자에 놓자 온 집에 금이 가고 난로 옆의 의자가 부서지면서 바닥도 무너져 버려 무거운 자루가 지하실로 떨어졌다. "하느님, 우리를 보호하소서." 아버지가 소리쳤다. "이게 무슨 일이냐, 네가 이 작은 우리 집을 부쉈구나." 한스가 대답했다. "사랑하는 아버지, 이 일로 하얗게 머리가 샐 일은 없을 거예요. 자루에는 집을 새로 짓는 데 필요한 것보다 더 많이 들었답니다." 아버지와 한스는 바로 새집을 짓고 소와 땅을 사서 농사를 짓기 시작했다. 한스는 밭을 갈았다. 한스가 뒤에서 쟁기를 땅속에 넣고 밀면 황소는 쟁기를 끌 필요가 없었다.

이듬해 봄이 되자 한스가 말했다. "아버지, 이 돈은 모두 갖고 제게 50킬로그램짜리 지팡이 하나만 만들어 주세요. 지팡이를 가지고 낯선 곳으로 가겠습니다." 부탁한 지팡이가 준비되자 한스는 아버지의 집을 떠나 깊고 어두운 숲속으로 들어갔다. 숲속에서 한스는 부스럭 바스락거리는 소리를 듣고 주변을 돌아보았는데 밑동부터 꼭대기까지 밧줄처럼 꼬여 있는 전나무 하나가 보였다. 한스가 올려다보니 웬 커다란 사나이가 전나무를 잡아 버드나무 가지 엮듯 꼬고 있었다. "이봐! 그 위에서 뭐 하는 거야?" 하고 한스가 외쳤다. 사나이가 대답했다. "내가 어제 나무 묶음을 날랐는데 묶는 데 쓸 밧줄 하나를 꼬아 보려고." 한스는 생각했다. '저 녀석, 마음에 드는데! 힘이 있어!' 한스가 그에게 소리쳤다. "그건 그냥 두고 나와 함께 가자." 녀석이 나무에서 기어 내려왔는데 한스보다 머리 하나가 더 컸다. "너는 이제부터 전나무휘개라고 불리는 거야." 하고 한스가 말했다.

둘이 길을 계속 가는데 뭔가 치고 두드리는 소리가 들렸고, 내리칠 때마다 너무도 강력해서 대지가 벌벌 떠는 듯했다. 한스와 전나무휘개가 커다란 바위에 이르렀을 때 거인 한 명이 자기 앞의 바위를 주먹으로 내리쳐서 큰 덩어리로 부수고 있었다. 한스가 무엇을 하느냐고 묻자 거인이 대답했다. "밤에 잠을 자려는데 곰, 늑대, 뭐 그런 종류의 해충들이 와서 코를 벌렁벌렁 킁·킁거리며 잠을 못 자게 하잖아. 그래서 집을 한 채 지어 그 안에 들어가 몸을 누이고 평안을 얻으려고." 그러자 한스는 생각했다. '그래, 좋아. 저 녀석도 쓸모가 있을 거야.' 한스가 말했다. "집 짓는 것은 그냥 두고 나와 함께 가자. 너는 큰바위부스개라고 불릴 거야." 거인은 동의했다.

그들 셋은 함께 숲속 여기저기를 다녔고, 가는 곳마다 야수들이 놀라 도망쳤다. 저녁이 되자 그들은 낡고 버려진 어떤 성으로 올라가 넓은 홀에 몸을 누이고 잠들었다. 다음 날 아침 한스가 정원으로 내려갔다. 정원은 가시덤불과 수풀이 우거져 매우 황폐했다. 한스가 돌아다니는데 멧돼지 한 마리가 달려들어 지팡이로 내리쳤고, 멧돼지는 바로 쓰러졌다. 한스는 멧돼지를 어깨에 둘러메고 성으로 들어갔다. 멧돼지를 꼬치에 끼워 구워 먹을 수 있게 준비했고, 모든 것이 좋았다.

이제 그들은 매일 번갈아 두 사람은 사냥을 가고 한 사람은 남아 한 사람당 고기 열 근은 먹을 수 있게 식사 준비를 하기로 약속했다. 첫째 날 전나무휘개가 성에 남고 한스와 큰바위부스개가 사냥을 갔다. 전나무휘개가 음식을 만드느라 바쁠 때 웬 작고 나이 들고 쪼그라든 난쟁이가 성으로 와 전나무휘개에게 다가와 고기를 달라고 했다. "꺼져, 이 음흉한 놈아, 네가 무슨 고기냐." 하고 전나무휘개가 대답했다. 그러나 작고 초라하던 난쟁이가 달려들어 주먹을 마구 날려 막지도 못하고 땅에 쓰러져 숨을 헐떡여야 했으니 전나무휘개는 얼마나 깜짝 놀랐겠는가? 늙은 난쟁이는 전나무휘개에게 제 화를 완전히 다 풀 때까지 떠나지 않았다. 다른 둘이 사냥을 마치고 집으로 돌아왔을 때 전나무휘개는 얻어맞은 일과 난쟁이에 대해 말하지 않고 '집에 있으면서 다혈질 땅딸보랑 한번 맞서 보라지.' 하고 생각했는데 그 생각만 해도 즐거웠다.

이튿날에는 큰바위부스개가 집에 남았는데 전나무휘개와 똑같은 일을 당했다. 큰바위부스개는 땅딸보에게 고기를 주지 않으려다 심하게 얻어맞았다. 저녁에 다른 둘이 집에 왔을 때 전나무휘개는 큰바위부스개를 보고 그가 어떤 일을 당했는지 알았지만 둘은 모두 입을 다물고 생각하기를 '한스도 똑같이 국물 맛을 좀 봐야지.' 했다. 다음 날 집에 남은 한스가 마땅히 부엌에서 할 일을 하고 서서 냄비의 거품을 걷어 내고 있었는데 땅딸보가 오더니 갑자기 고기 한 조각을 달라고 했다. 한스는 '불쌍한 놈이니 다른 이들 몫이 모자라지 않게 내 몫에서 줘야겠다.' 생각하고 고기 한 덩어리를 건넸다. 땅딸보가 고기를 먹더니 더 달라고 요구했고, 마음씨 좋은 한스는 고기를 주면서 큰 덩어리니 이제 이걸로 만족하라고 말했다. 그러나 땅딸보가 세 번째로 고기를 요구하자 한스는 "뻔뻔스러워지는구나." 하고는 아무것도 주지 않았다. 그러자 못된 땅딸보가 한스에게 달려들어 전나무휘개나 큰나무부스개에게 했던 대로 하려 했지만 잘못 건드렸다. 한스는 힘도 들이지 않고 땅딸보를 몇 대 쳤고 난쟁이는 궁전 계단을 훌쩍 뛰어 내려갔다. 한스는 땅딸보를 뒤쫓으려다 난쟁이 위로 넘어졌다. 키가 컸기 때문이다. 한스가 다시 일어났을 때는 난쟁이가 앞서 있었다. 한스는 서둘러 난쟁이를 쫓아 숲으로 들어갔고, 난쟁이가 바위 동굴 속으로 쏙 들어가는 것이 보였다. 한스는 집으로 돌아갔지만 그 장소를 기억해 두었다. 다른 둘이 돌아와 잘 있는 한스를 보고 놀랐다. 한스가 무슨 일이 있었는지 둘에게 말하자 그들도 더 이상 일어난 일을 숨기지 않았다. 한스가 웃으며 말했다. "너희가 고기를 탐하니까 그런 일이 일어날 만해. 하지만 그렇게 큰데 난쟁이한테 얻어맞았다는 건 창피한 일이야."

그리하여 셋은 바구니와 밧줄을 가지고 난쟁이가 미끄러져 들어간 바위굴로 함께 갔다. 둘이 지팡이와 한스가 들어앉은 바구니를 굴속으로 내려 주었다. 바닥에 다다른 한스는 문 하나를 발견했다. 그 문을 열자 그림처럼 아름다운, 아니 말도 못 할 만큼 아름다운 소녀가 앉아 있었다. 그 옆에 앉았던 땅딸보가 한스를 보더니 긴꼬리원숭이처럼 추하게 히죽거렸다. 소녀는 쇠사슬에 묶인 채 슬프게 한스를 바라보았다. 한스는 너무 측은해서 '저 여자를 악한 난쟁이의 속박에서 구해야 한다.' 생각하고는 지팡이로 한 대 쳤더니 땅딸보가 죽어서 바닥에 쓰러졌다. 곧 소녀의 쇠사슬이 풀렸고, 한스는 소녀의 아름다움에 넋을 잃었다. 소녀는 자신이 왕의 딸이며, 어떤 야만적인 백작이 붙잡아 왔는데 공주가 백작에 대해 어떠한 것도 알고 싶어 하지 않자 동굴 속에 가두었다고 말했다. 백작은 공주를 감시하도록 땅딸보를 두었고, 땅딸보는 소녀를 몹시 괴롭히고 고통스럽게 했다.

한스는 소녀를 바구니에 태운 뒤 위에서 끌어당기도록 했다. 바구니가 다시 내려왔지만 한스는 두 동료를 믿지 않고 생각했다. '저들이 땅딸보에 대해 아무 말도 하지 않았고 거짓됨이 이미 드러났다. 또 내게 무슨 속셈을 가졌는지 어떻게 알아?' 그래서 한스는 지팡이를 바구니에 넣었는데, 그러기를 잘한 것이 바구니가 반쯤 올라가자 둘이 바구니를 떨어뜨렸다. 한스가 정말 그 속에 들어앉아 있었더라면 죽었을 것이다. 한스는 어떻게 이 깊은 곳에서 빠져나가야 할지 이리저리 생각해도 방법을 찾을 수 없었다. 한스는 '여기서 갈증과 허기에 시달리다 죽어야 한다니 슬픈걸.' 하고 생각했다. 주변을 왔다 갔다 하다 한스는 소녀가 있던 방으로 다시 돌아왔고, 땅딸보의 손가락에 있던 반지가 빛나고 반짝이는 것이 보였다. 한스가 그 반지를 빼서 손가락에 끼고 돌리자 갑자기 머리 위에서 바스락거리는 소리가 들렸다. 한스가 고개를 들어 위를 바라보니 공기의 정령들이 떠다니면서 한스를 그들의 주인이라고 말하며 무엇을 원하는지 물었다. 한스는 처음에 말문이 막혔지만 나중에는 자기를 위로 올려 달라고 말했다. 정령들은 곧바로 명령에 따랐고, 한스는 마치 위로 날아오르는 것 같았다.

한스가 위로 올라오니 아무도 보이지 않았고 궁전에 아무도 없었다. 전나무휘개와 큰바위부스개는 아름다운 소녀를 데리고 이미 서둘러 도망쳤다. 한스가 반지를 돌리자 공기의 정령들이 왔고, 그 둘이 바다에 있다고 말해 주었다. 한스는 바닷가에 도착할 때까지 달리고 또 달렸다. 바닷가에 닿으니 의리 없는 동료들이 탄 물 위의 작은 배 한 척이 보였다. 그러자 격렬한 분노에 싸여 한스는 아무 생각도 하지 않고 지팡이를 들고 물속으로 뛰어들었다. 한스는 헤엄치기 시작했지만 지팡이가 너무 무거워 바닥으로 가라앉는 바람에 거의 익사할 뻔했다. 하지만 늦지 않게 반지를 돌렸고, 곧 공기의 정령들이 와서 번개처럼 빨리 그를 구해 작은 배에 태웠다. 한스는 지팡이를 휘둘러 고약한 동료들이 마땅히 받아야 할 값을 치르게 하고 물속에 던져 버렸다. 한스는 큰 두려움에 빠져 있던 아름다운 소녀를 두 번째로 구한 뒤 소녀의 아버지와 어머니가 사는 집으로 데려다주었고, 소녀와 결혼했으며 모두가 굉장히 기뻐했다.

167

천국에 간 촌사람[28]

　한번은 가난하고 독실한 촌사람이 죽어서 하늘 문 앞으로 갔다. 같은 시간에 돈 많고 유복한 어떤 신사도 그 문 앞에 있었는데 신사 또한 천국으로 들어가기를 원했다. 그때 베드로 성인이 열쇠를 들고 나와 문을 열고 신사를 들여보냈다. 하지만 촌사람을 보지 못했는지 문을 다시 닫아 버렸다. 촌사람은 안에서 모두가 기뻐하며 신사를 환영하고 연주하며 노래하는 소리를 문밖에서 들었다. 드디어 문안이 조용해졌고, 베드로 성인이 나와 문을 열어 촌

28　독일 남서부 및 스위스 사투리인 알레만어로 적힌 이야기다.

사람을 들여보냈다. 촌사람은 자지가 들어가면 곧 노래와 음악이 울리겠지 생각했지만 모두 조용하기만 했다. 물론 천사들이 농부를 맞이하러 나왔고, 가득한 사랑으로 맞아 주었지만 누구도 노래를 불러 주지 않았다. 그러자 촌사람이 부자를 맞을 때는 노래를 불러 주었는데 왜 똑같이 해 주지 않느냐고 베드로 성인에게 물었고, 지상에서처럼 하늘에서도 불공평하다고 말했다. 그러자 베드로 성인이 말했다. "아니다. 너는 우리 모두에게 다른 모든 이와 같이 소중하다. 부유한 신사처럼 천상의 기쁨을 누려도 된다. 하지만 봐라, 너처럼 가난한 촌사람은 매일 하늘로 온다. 하지만 부유한 신사는 100년 가 봐야 한 명뿐이다."

168

깡마른 리제

그 무엇으로도 평온을 잃지 않는 게으른 하인츠와 뚱보 트리네와는 아주 다르게 깡마른 리제는 다른 방식으로 생각하며 살았다. 리제는 아침부터 저녁까지 녹초가 되도록 일했고, 꺽다리 남편 렌츠에게는 자루 세 개를 짊어진 당나귀보다 더 무거운 짐을 지게 했다. 하지만 모든 일이 헛수고일 뿐이어서 리제와 렌츠는 가진 것도 얻을 것도 없었다. 어느 날 밤 리제는 몸을 꼼짝하지 못할 만큼 피곤해서 침대에 겨우 누웠는데 여러 생각에 잠이 들 수 없었다. 리제는 팔꿈치로 남편의 옆구리를 쿡쿡 찌르며 말했다. "있잖아, 여보. 내가 무슨 생각을 하고 있었는지 들어

볼래? 만약 내가 금화 한 잎을 발견했다 치고, 누군가 내게 한 잎을 더 선물해. 그리고 한 잎을 빌릴 수 있고, 거기에 당신이 내게 한 잎을 더 주면 나는 금화 네 잎으로 어린 암소 한 마리를 살 거야." 리제의 말이 남편 마음에 꽤나 들었다. "내가 선물할 거라는 금화 한 잎을 어디서 얻어와야 하는지 모르겠지만 돈을 다 모아 소 한 마리 살 수 있다면 당신이 계획한 대로 해." 하고 남편이 말했다. "암소가 송아지를 낳으면 아주 좋을 테고, 또 건강에도 좋은 우유를 내가 가끔 마실 수 있을 테니 얼마나 좋아." "우유는 당신 것이 아니지. 송아지가 젖을 빨아 크고 통통해지면 팔 수 있을 테니까." 하고 아내가 말했다. "당연하지. 하지만 우유를 조금은 마셔도 되겠지. 해가 되지는 않을 거야." 하고 남편이 말했다. "누가 당신한테 소 돌보는 일을 가르쳐 주었어? 해가 되든 안 되든 그렇게는 안 할 거야. 그리고 당신이 뒤죽박죽으로 만들면 우유는 한 방울도 없어. 꺽다리 양반, 당신은 무엇으로도 배가 안 차니까. 내가 힘들게 얻어 온 것을 먹어 치울 수 있다고 생각하는 거야?" 하고 아내가 말했다. "이 마누라야, 조용히 하지 않으면 그 입을 한 대 칠 줄 알아." 하고 남편이 말했다. 아내가 소리 질렀다 "뭐야, 만족을 모르는 못되고 게으른 하인츠 같으니라고." 아내가 머리를 잡아채려 했지만 남편은 이미 몸을 일으켜 한 손으로는 수척한 리제의 양팔을 잡고 다른 한 손으로는 머리를 베게에 눌렀는데 리제가 투덜거려도 아랑곳없이 너무 피곤해 잠이 들 때까지 누르고 있었다. 다음 날 아침 깨어나 리제와 렌츠가 계속 다투었는지 아니면 금화를 찾으러 나갔는지 나도 모르겠다.

깡마른 리제

숲속의 집

가난한 나무꾼이 외진 숲 언저리 작은 오두막에서 아내와 딸 셋과 함께 살았다. 어느 날 아침 나무꾼이 다시 일하러 가기 전 아내에게 "큰애를 시켜 점심을 숲으로 가져다줘요. 안 그러면 일을 못 끝내겠어. 아이가 길을 잃지 않도록⋯⋯." 하고는 덧붙였다. "내가 기장 한 봉지를 가져가서 길에 뿌려 두겠소." 태양이 숲 한가운데 떠 있을 때 소녀는 수프가 가득 담긴 냄비를 들고 길을 나섰다. 하지만 밭참새, 숲참새, 종달새, 되새, 지빠귀, 검은방울새가 이미 오래전에 기장을 쪼아 먹어 소녀는 그 흔적을 찾을 수 없었다. 소녀는 해가 지고 밤이 닥쳐올 때까지 운에 맡

기며 계속 걸었다. 나무가 어둠 속에서 바스락거리고 올빼미들이 우후후 소리를 내자 소녀는 두려워지기 시작했다. 그때 저 멀리 나무들 사이로 깜박이는 불빛을 보았다. '저곳에 하룻밤 묵게 해 줄 사람들이 살겠지.' 생각하고 소녀는 빛을 향해 갔다.

얼마 지나지 않아 소녀는 창문에 불이 켜져 있는 집에 다다랐다. 소녀가 문을 두드리자 안에서 거친 목소리로 "들어와요." 하는 소리가 들렸다. 소녀는 어두운 복도에 들어서서 방문을 두드렸다. "그냥 들어와요." 하는 목소리가 들렸고, 소녀가 문을 열자 나이 든 백발의 남자가 두 손으로 얼굴을 받치고 탁자에 앉아 있었는데 흰 수염이 탁자를 지나 거의 바닥에 닿도록 길게 흘러내렸다. 화덕 주변에 암탉 한 마리, 수탉 한 마리, 얼룩소 한 마리가 있었

숲속의 집

다. 소녀는 자신에게 벌어진 일들을 말하고 노인에게 하룻밤 잠자리를 부탁했다. 남자가 말했다.

"어여쁜 암탉아,

어여쁜 수탉아,

그리고 너, 어여쁜 얼룩소야,

어떻게 생각해?"

"덕!" 하고 동물들이 대답했는데 아마도 "우리는 좋아요." 하는 대답이었나 보다. "여기는 이것저것 잔뜩 있으니 화덕에서 저녁밥을 짓거라." 하고 노인이 말했기 때문이다. 부엌에 무엇이든 넉넉한 것을 보고 소녀가 맛있는 음식을 만들었지만 동물들 생각은 하지 않았다. 소녀는 가득 채운 대접을 탁자로 가져가 노인 옆에 앉아 먹으며 제 허기를 채웠다. 배가 다 차자 소녀가 말했다 "이제 졸려요. 내가 누워 잠을 잘 수 있는 침대는 어디에 있나요?" 동물들이 대답했다.

"너는 노인과 함께 먹고

너는 노인과 함께 마셨어.

하지만 우리 생각은 하나도 안 했잖아.

그러니 밤을 지낼 곳은 네가 알아봐."

그러자 노인이 말했다. "계단으로 올라가면 침대가 두 개 놓인 방이 있단다. 이불을 털고 흰 침대보를 깔으렴. 그러고 나면 나도 잠자리에 들러 가마." 소녀는 올라가서 침대를 털고 이불을 새로 펴고는 노인을 기다리지도 않고 침대로 들어가 누웠다. 얼마 후 노인이 와서 소녀에게 등불을 비추어 보더니 고개를 저었다. 노인은 소녀가 깊이 잠든 것을 보자 뚜껑문을 열고 소녀를 지하실로 떨어뜨렸다.

나무꾼은 저녁 늦게 집에 돌아와 자신을 종일 굶게 했다며 아내를 나무랐다. "내 탓이 아니에요." 하고 아내가 말했다. "큰 애가 점심을 들고 나갔는데 길을 잃었나 봐요. 내일은 돌아오겠죠." 나무꾼은 해가 뜨기 전에 숲으로 가려고 일어나 둘째 딸에게 점심을 가져다 달라고 했다. "이번에는 납작완두 한 봉지를 가져가겠소. 알갱이가 기장보다 크니 더 잘 볼 것이고, 길을 잃지 않겠지." 하고 나무꾼이 말했다. 점심때가 되어 둘째도 음식을 가지고 나갔으나 납작완두는 이미 사라지고 없었다. 숲속 새들이 어제와 마찬가지로 다 쪼아 먹고 하나도 남기지 않았다. 소녀는 밤까지 숲속을 헤매다 또 노인의 집으로 갔고, 안으로 들어오라는 말을 듣고 음식과 잠자리를 청했다. 흰 수염의 노인이 동물들에게 다시 물었다.

"어여쁜 암탉아,

어여쁜 수탉아,

그리고 너, 어여쁜 얼룩소야,

어떻게 생각해?"

동물들이 다시 "덕!" 하고 대답했고, 전날과 고스란히 같은 일이 일어났다. 소녀는 맛있는 음식을 만들어 노인과 먹고 마셨지만 동물들에 대해서는 신경을 쓰지 않았다. 그리고 소녀가 잠자리를 묻자 동물들이 대답했다.

"너는 노인과 함께 먹고

너는 노인과 함께 마셨어.

하지만 우리 생각은 하나도 안 했잖아.

그러니 밤을 지낼 곳은 네가 알아봐."

소녀가 잠들었을 때 노인이 와서 보고 고개를 젓더니 소녀를 지하실로 떨어뜨렸다.

셋째 날 아침 나무꾼은 아내에게 "오늘은 우리 막내 아이를 보내요. 항상 착하고 말을 잘 들으니 바른길을 가고, 제 언니들이 그랬듯 야생 호박벌들처럼 이리저리 들떠 돌아다니지 않을 테지." 하고 말했다. 어머니는 그러기를 원하지 않아 말했다. "내가 제일 사랑하는 아이마저 잃으라고요?" "걱정 말아요. 막내는 길을 잃지 않을 거요. 막내는 아주 똑똑하고 분별 있잖소. 그럴 필요는 없겠지만 완두콩을 가지고 가서 뿌릴게. 완두는 납작완두보다 더 크니 아이에게 길을 잘 보여 줄 테고." 하지만 막내가 바구니를 팔에 끼고 밖으로 나왔을 때 숲비둘기들이 이미 저희 모이주머니 속으로 완두를 집어 넣어 소녀는 방향을 어디로 잡아야 할지 몰랐다. 소녀는 계속 배가 고플 불쌍한 아버지를 생각하니 걱정이 가득했고, 자신이 돌아가지 않으면 어머니가 얼마나 걱정할지 생각했다. 결국 어둠이 내렸고, 소녀는 불빛을 보고 숲속 집으로 갔다. 소녀가 공손하게 하룻밤 재워 달라고 부탁하니 흰 수염의 남자가 제 동물들에게 다시 한번 물었다.

"어여쁜 암탉아,

어여쁜 수탉아,

그리고 너, 어여쁜 얼룩소야,

어떻게 생각해?"

"덕!" 하고 동물들이 말했다. 소녀는 동물들이 누워 있는 난로로 가 암탉과 수탉의 매끄러운 깃털을 쓰다듬으며 어루만지고 얼룩소의 뿔 사이를 긁어 주었다. 그러고 나서 노인이 시키는 대로 맛있는 수프를 준비한 뒤 그릇을 탁자 위에 놓고 말했다. "나는 배불리 먹고 저 착한 동물들은 먹지 말라고? 밖에는 차고 넘치니 저 동물들을 먼저 챙겨야겠다." 소녀는 보리를 가져와 암탉과 수탉 앞에 뿌려 주고, 소에게는 향긋한 건초를 한아름 가져다주었다. "맛있게 먹어, 예쁜 동물들아! 목이 마르면 시원하게 마실 것도 가져다줄게." 하고 소녀가 말했다. 그러고 나서 양동이에 물을 가득 채워 가져오니 암탉과 수탉이 가장자리로 팔짝 뛰어 부리를 담갔다가 새들이 그러듯 다시 하늘로 머리를

쳐들어 물을 마셨고, 얼룩소는 흡족하게 한 번에 쭉 들이
켰다.

동물들에게 먹이를 다 주고 나서 소녀는 노인이 앉은
탁자로 가 앉아 노인이 남겨 둔 음식을 먹었다. 얼마 지나
지 않아 암탉과 수탉이 날개 사이에 머리를 밀어 넣었고,
얼룩소가 눈을 꿈벅거렸다. 그러자 소녀가 말했다. "우리
쉬러 가지 않을래?"

"어여쁜 암탉아,

어여쁜 수탉아,
그리고 너, 어여쁜 얼룩소야,
어떻게 생각해?"
동물들이 대답했다.
"덕,
같이 먹었고,
함께 마셨지.

우리 모두 편하게 해 줬으니

우리는 잘 자라고 말하지."

소녀는 계단을 올라가 깃털 베개를 털고 새 침대보를 깔았다. 소녀가 일을 마쳤을 때 노인이 와서 한쪽 침대에 누웠는데 흰 수염이 발까지 닿았다. 소녀는 다른 침대에 누워서 기도를 하고 잠이 들었다.

소녀는 한밤중까지 조용히 잠을 잤는데 자정에 집 안이 너무 소란해서 잠에서 깼다. 문들이 벌컥벌컥 열리면서 벽에 부딪쳤고 네 모퉁이가 삐걱거리고 덜컹거렸다. 기둥이 박힌 자리에서 뜯겨 나갈 것처럼 흔들리고 계단이 내려앉는 것 같더니 마침내 지붕 전체가 무너지는 듯한 소리가 났다. 그러나 다시 잠잠해지고 아무 일 없기에 소녀는 얌전히 누워 있다가 다시 잠들었다.

다음 날 아침 밝은 햇살 속에서 일어났을 때 소녀의 눈은 무엇을 보았던가? 주변의 모든 것이 왕실처럼 화려하게 빛나는 커다란 방이었다. 벽에는 푸른 비단을 배경으로 황금 꽃이 높이 자라고 상아 침대 위 천장에는 붉은 벨벳이, 침대 옆 의자에는 진주를 단 슬리퍼 한 켤레가 놓여 있었다. 소녀는 꿈이라고 생각했는데 화려하게 차려입은 세 명의 하인이 들어와서 무엇을 원하는지 물었다. "나가 주세요." 하고 소녀가 대답했다. "나는 바로 일어나 노인에게 수프를 만들어 드리고 예쁜 암탉과 수탉, 얼룩소에게 먹이를 줄 거예요.” 소녀는 노인이 이미 일어났다고 생각하고 침대를 둘러보았다. 그런데 침대 안에는 노인이 아니라 낯선 남자가 누워 있었다. 소녀가 남자를 보면서 젊고 아름답다고 생각하는 사이 그가 깨어나더니 말했다. “나는 왕자인데 사악한 마녀의 저주를 받아 늙은 백발의 남자로 숲에서 살게 되었습니다. 암탉, 수탉, 얼룩소의 모습을 한 세 신하들 말고는 누구도 내 주변에 머물러서는 안 되었지요. 마음씨 좋은 소녀가 와서 인간뿐 아니라 동물에게도 사랑 가득함을 보여 주기 전까지는 저주가 풀리

지 않았어요. 그런데 당신이 왔지요. 지난 밤 한밤중에 우리는 당신 덕분에 마법에서 풀려났으며 낡은 숲의 집이 내 왕궁으로 다시 변했습니다." 그들이 일어났을 때 왕자는 세 신하에게 소녀의 아버지와 어머니를 결혼 잔치에 모셔 오도록 했다. "하지만 언니 둘은 어디에 있나요?" 하고 소녀가 물었다. "내가 지하실에 가두었습니다. 불쌍한 짐승들도 굶주리지 않게 하고 마음을 선하게 고쳐먹도록 내일은 숲으로 데리고 가서 숯쟁이의 하녀 일을 시킬 겁니다."

170

사랑과 고통을 나누다

옛날에 성미가 고약한 재단사가 있었다. 착하고 진실하고 근면한 재단사의 아내는 무엇으로도 남편을 만족시킬수 없었다. 아내가 무엇을 하든 재단사는 불만이었고, 투덜거리며 흠잡고 쥐어뜯고 두들겨 팼다. 결국 관청에서 그런 일을 알고 재단사를 소환해 개과천선하도록 감옥에 가두었다. 재단사는 빵과 물을 먹으며 감옥에 한동안 갇혔다가 풀려났는데 다시는 아내를 때리지 않고 부부라면 그러듯이 사랑과 고통을 나누며 아내와 평화롭게 살겠다고 맹세해야 했다. 한동안 잘 지냈지만 얼마 뒤 재단사는 다시 예전으로 돌아가 투덜거리며 시비를 걸었다. 아내를 때려서는 안 되었으므로 재단사는 아내의 머리를 잡아끌었다. 아내가 남편에게서 도망쳐 마당으로 뛰쳐나갔지만 재단사는 자와 가위뿐 아니라 손에 잡히는 것은 무엇이든 아내를 향해 집어 던졌다. 던져서 아내를 맞히면 웃었고, 맞히지 못하면 펄펄 뛰며 저주를 퍼부었다. 이웃들이 아내를 도와주러 올 때까지 재단사는 계속 아내를 몰았다.

　재단사는 다시 관청으로 불려 갔고, 관청에서 재단사에게 약속을 상기시켰다. 재단사가 대답했다. "나리님들, 저는 맹세한 것을 지켰습니다. 아내를 때리지 않고 그 대신 사랑과 고통을 나누었습니다." 재판관이 말했다. "그렇다면 네 아내가 왜 또다시 크게 분통해하는가?" 재단사가 말했다. "저는 아내를 때리지 않았습니다. 단지 아내가 너무 괴상해 보여서 제 손으로 머리를 빗겨 주려고 했을 뿐입니다. 그런데 아내는 제 손에서 빠져나가 극악스럽게 도망쳤지요. 그래서 저는 아내가 제 본분으로 돌아오도록 서둘러 쫓아갔고 의무를 일깨워 주기 위한 선한 의도로 손에 잡히는 것을 던졌습니다. 게다가 던진 것이 아내를 맞히면 저는 좋았으나 아내는 슬펐고, 제가 맞히지 못하면 아내는 좋았느나 저는 슬펐으니 이 또한 아내와 좋은 일과 고통스러운 일을 나눈 겁니다." 그러나 재판관들에게는 그 대답이 불만족스러워 재단사가 번 죄만큼 대가를 치르도록 했다.

566

171

울타리왕 굴뚝새

옛날에는 소리마다 뜻과 의미가 있었다. 대장장이가 망치를 치면 그 소리는 "장, 장, 대장, 대장이!" 하고 울렸다. 목공이 대패를 밀면 "너 했스! 너, 너 했스." 방앗간 물레바퀴가 달그락거리기 시작하면 그 소리는 "살려줘요, 하느님! 살려줘요, 하느님!" 하고 말하고, 방앗간 주인이 사기꾼이면 사기꾼이 물방아를 돌릴 때 물방아가 표준말로 "누우구우야? 누우구우야?" 하며 처음에는 천천히 묻다가 "방앗꾼! 방앗꾼!" 하고 빠르게 말하고, 마지막에는 "담 크게 훔쳐, 담 크게 훔쳐, 네 말 중 세 말을!" 하고 재빨리 대답했다.

지금이야 새들이 짹짹이고 꽥꽥이며 휘휘 소리를 내거나 어떤 새들은 말 없이 음악 소리를 내는 듯하지만 그 옛날에는 새들에게도 저희끼리 누구나 이해하는 고유한 언어가 있었다. 새들은 더 이상 군주 없이 살지 않고 자기들 가운데 하나를 왕으로 삼아야겠다고 생각했다. 새들 중 오직 댕기물떼새만 여기에 반대했다. 댕기물떼새는 자유롭게 살고 자유롭게 죽기를 원했으니 겁을 가득 먹고 이

리저리 날아다니면서 "내 어데 살아, 내 어데 살아?" 하고 소리쳤다. 댕기물떼새는 고적하고 외딴 늪으로 들어가 버린 후 다시는 자기 종족에게 모습을 드러내지 않았다.

새들은 이제 이 일을 논의하기 위해 어느 화창한 5월 아침 숲과 들에서 나와 모두 모였다. 독수리, 푸른머리되새, 올빼미와 까마귀, 종달새와 참새, 또 이름이 뭐더라? 심지어 뻐꾸기도 오고, 뻐꾸기보다 항상 며칠 먼저 울어서 뻐꾸기 집사로 알려진 후투티도 왔다. 아직 이름조차 없는 아주 작은 새도 무리에 어울렸다. 이 모든 일에 대해 우연히 아무것도 듣지 못했던 암탉은 새들의 모임이 이상했다. "꼬, 꼬, 꼬, 머 하는 거꼬?" 하고 암탉이 꽥꽥거렸다. 하지만 수탉이 사랑하는 암탉을 진정시키고 "끼리끼리." 하고 말하며 그 새들이 무엇을 하려는지 암탉에게 말해 주었다.

새들은 가장 높이 날 수 있는 새가 왕이 되어야 한다고 결정했다. 덤불 속에 앉아 있던 청개구리가 이 소리를 듣고 경고하듯 외쳤다. "꺼억, 꺼억, 꺼억, 꺼억, 꺼억!" 청개구리는 이 일 때문에 눈물이 많이 쏟아질 것이라고 생각했기 때문이었다. 그러나 까마귀는 "까아오 케이!" 하며 모든 일이 평화롭게 진행될 것이라고 했다. 나중에 "나는 더 높이 날았을 텐데, 저녁이 되어 더 이상 날 수가 없었어." 하고 말하는 새가 없도록 날씨 좋은 그날 아침에 바로 모두 날아오르기로 결정했다.

신호가 주어지자 새 떼는 모두 하늘로 날아올랐다. 들판에서 먼지가 피어오르며 쉬이익 쏴아아 엄청난 소리가 났고, 날갯짓 때문에 검은 구름이 재빨리 이동하는 것처럼 보였다. 하지만 작은 새들은 곧 뒤처졌고 더 이상 날지 못해 다시 땅으로 떨어졌다. 어떤 새도 독수리에 필적할 수 없었으니, 독수리는 태양이 눈을 파낼 수 있을 만큼 높이 치솟았다. 다른 새들이 자기만큼 높이 날아오를 수 없는 걸 보자 '더 높이 날아 뭐하겠어. 이제 왕인데.' 하고 생각한 독수리는 다시 하강을 시작했다. 독수리 아래 있던 새들이 모두 한꺼번에 소리쳤다. "당신은 우리의 왕이 틀림없소. 누구도 당신보다 더 높이 날지 못했소." 독수리의 가슴털에 기어들어 가 있던 이름 없는 작은 녀석이 "나 빼고." 하고 소리쳤다. 그 작은 녀석은 이때까지는 제 힘을 들이지 않았으니 더 날아올랐고, 의자에 앉아 있는 하느님을 볼 정도로 높이 치솟았다. 그 새는 그렇게까지 멀리 가 날개를 접고 아래를 내려다보며 파고드는 고운 소리로 아래를 향해 외쳤다. "짜짜짜짱은 나, 짜짜짜짱은 나!" "네가 우리 왕이라고? 속임수와 꾀로 거기까지 간 거잖아." 하고 새들이 성이 나 소리쳤다.

새들은 다른 조건을 새롭게 걸었고, 이번에는 땅으로 가장 깊이 떨어지는 새가 왕이 되기로 했다. 거위가 제 넓은 가슴으로 얼마나 바닥에서 퍼덕였던지! 수탉은 또 구멍을 얼마나 빨리 긁어 파던지! 오리는 최악으로 떨어졌는데 도랑에 뛰어들었다가 다리를 삐끗해 뒤뚱거리면서 근처 연못으로 들어가며 말했다. "뽐 나게 성과 뽐 나게 성과!" 하지만 이름 없는 작은 녀석은 쥐구멍을 찾아서 그 안으로 쏙 들어가 고운 소리를 내며 "짜짜짜짱은 나, 짜짜짜짱은 나!" 하고 소리쳤다. "네가 우리 왕이라고? 네 꾀가 유효하다고 생각해?" 새들이 더욱 화가 나 소리쳤다.

새들은 이름 없는 작은 녀석을 그 구멍 속에 가두어 굶겨 죽이기로 결정했다. 보초로 올빼미를 구멍 앞에 세워두기로 했으며, 올빼미가 생명을 소중하게 여긴다 하더라도 그 사기꾼만은 내보내지 못하게 했다. 그러나 나로 너무 지쳤던 새들은 저녁이 되자 암컷과 새끼와 함께 잠자리에 들었다. 올빼미는 홀로 쥐구멍 옆에 서서 눈을 크게 뜨고 꼼짝도 하지 않고 살폈다. 그사이 올빼미도 피곤해져 '눈 한쪽은 감아도 되겠지. 저 말썽쟁이가 제 구멍에서 안 나오면 되는 것이니. 감시는 다른 쪽 눈으로 하면 되지.' 하고 생각했다. 그래서 올빼미는 한쪽 눈을 감고 다른 쪽 눈에 힘을 주어 쥐구멍을 바라보았다. 작은 녀석은 머리를 내밀어 밖을 내다보고는 몰래 빠져나가려 했지만 즉시 올빼미가 앞으로 발을 내디뎠고, 작은 녀석은 머리를 다시 집어넣었다. 올빼미는 감았던 눈을 뜨고 떴던 눈은 감으며 그렇게 밤새 눈을 번갈아 붙이려 했다. 그런데 한쪽 눈을 감은 올빼미가 다른 쪽 눈 뜨는 것을 잊어버렸고, 두 눈이 모두 감기자 올빼미는 바로 잠들었다. 작은 녀석은 이를 곧 알아차리고 쥐구멍에서 빠져나와 달아나 버렸다.

그날 이후 다른 새들이 쫓아다니면서 깃털을 헝클어 놓는 바람에 올빼미는 낮에는 나다닐 수가 없었다. 올빼미는 밤에만 날아다니는데, 그렇게 못생긴 구멍은 쥐들이 만들어 놓은 것이라 쥐들을 미워하며 쫓아다닌다. 작은 새 녀석도 잡히면 덜미를 잡히게 될까 봐 잘 모습을 보이지 않는다. 작은 녀석은 울타리 사이로 몰래 다니다가 안전하다고 생각하면 "짜짜짜짱은 나!" 하고 소리치는 바람에 다른 새들이 그 녀석을 비웃으며 '울타리왕'이라고 부른다. 그러나 제일 행복한 새는 울타리왕 굴뚝새에게 복종할 필요가 없었던 만큼 종달새였다. 태양이 뜨면 종달새는 하늘로 날아오르며 소리친다. "아, 어디가 좋아, 여기가 좋아, 좋아, 좋아, 아, 어디가 좋아!"

울타리왕 굴뚝새

172

가자미

물고기들은 그들의 왕국에 질서가 없어서 오랫동안 못마땅했다. 어떤 물고기도 다른 물고기를 보고 방향을 바꾸지 않았고, 내키는 대로 왼쪽 오른쪽으로 헤엄치며 다녔다. 같이 다니는 물고기들 사이를 가로질러 헤엄치거나 다른 물고기들의 길을 막기도 했다. 힘센 물고기는 약한 물고기를 꼬리지느러미로 한 대 쳐서 멀리 보내 버리거나 그냥 삼켜 버렸다. "우리 중 법과 정의를 실천하는 왕이 있다면 얼마나 좋을까!" 하고 물고기들은 말했다. 그래서 그들은 파도를 가장 빨리 헤치고 약한 물고기에게 도움을 줄 수 있는 물고기를 군주로 삼기로 의견을 모았다.

그래서 물고기들은 해안가에 줄지어 섰고, 강꼬치고기가 꼬리로 신호를 주자 모두 함께 출발했다. 강꼬치고기는 쏜살같이 헤엄쳐 갔고, 강꼬치고기와 함께 청어, 모샘치, 농어, 잉어, 그리고 또 다른 이름의 물고기들이 모두 헤엄쳤다. 가자미도 목표 지점에 도달하기를 바라며 헤엄쳐 갔다. "청어가 앞선다, 청어가 앞선다." 갑자기 이런 소리가 들려왔다. "누가 아피라고?" 하고 뒤처져 있던 납작하고 샘 많은 가자미가 짜증 내며 소리쳤다. "누가 아피라고?" "청어, 청어."가 그 대답이었다. "비늘 벗은 치영어?" 하고 샘 내는 가자미가 소리쳤다. "비늘 벗은 치영어?" 그때 이후로 가자미는 벌을 받아 입이 비뚤어졌다.

가자미

575

173

알락해오라기와 후투티

"소 떼 풀 뜯는 곳으로 어디가 제일 좋으냐?" 어떤 사
람이 소 치는 나이 든 이에게 물었다. "여기입니다, 나리.
풀이 너무 기름지지 않고 모자라지도 않은 곳이지요. 아
니면 좋지 않습니다." "어째서 그러하냐?" 하고 나리가
물었다. "저 풀밭에서 들려오는 멍한 소리가 들리십니
까?" 소 치는 이가 대답했다. "예전에 소를 치던 알락해
오라기 소리입니다. 후투티도 예전에 소를 쳤고요. 나리께
이야기를 하나 해 드리지요."

알락해오라기는 꽃이 만발한 푸른 들판에 소 떼를 풀

어놓았는데 풀을 먹은 소들은 힘이 세고 거칠었다. 후투티는 바람이 모래와 장난치듯 부는 높고 건조한 산으로 소떼를 몰아갔는데, 후투티의 소들은 야위었고 힘이 없었다. 저녁이 되어 집으로 소 떼를 몰고 가려는데 알락해오라기는 소들이 너무 기운차고 활기가 넘쳐 뛰어 도망다니는 바람에 집으로 몰고 가지 못했다. "덤벙이들아, 들어가, 덤벙이 소들아, 돌아가!" 하고 알락해오라기가 소리쳤지만 소들은 말을 듣지 않았다. 쇠약하고 힘이 없는 후투티의 소들은 일어나지 못했다. "일라, 일라 일라!" 하고 후투티가 외쳤으나 도움이 되지 않았고, 소 떼는 모래 위에 누워 버렸다. 적정함을 지키지 않으면 그렇게 된다. 그래서 이제는 소 치는 일을 더 이상 안 하거만 알락해오라기는 오늘날에도 "덤벙이들아, 들어가, 덤벙이 소들아, 돌아가!" 하고 소리치고, 후투티는 "일라, 일라!" 하고 외친다.

알락해오라기와 후투티

174

올빼미

구연 동화 듣기

수백 년 전, 사람들이 오늘날처럼 영리하지도 약지도 않았을 때 어떤 작은 마을에서 이상한 일이 일어났다. 수리부엉이라고 불리는 엄청 덩치 큰 부엉이 한 마리가 어느 날 밤 근처 숲에서 어떤 사람의 헛간으로 들어가게 되었다. 수리부엉이는 날이 밝으면 다른 새들이 자기를 보고 놀라 지독하게 소리칠 것이 두려워 제 은신처 밖으로 나가지 못하고 있었다. 아침이 되어 하인이 짚을 가지러 헛간에 들어갔다가 구석에 앉은 수리부엉이를 보고 화들짝 놀랐다. 하인은 주인에게 달려가 지금까지 한 번도 본 적 없는 괴물이 헛간에 앉아 눈동자를 마구 굴려 대는데 사람

을 쉽게 꿀꺽하고 잡아먹을 것 같다고 말했다. "내 너를
잘 알지." 하고 주인이 말했다. "너는 벌판에서 검은지빠
귀 큰 놈을 쫓을 용기는 있어도 닭이 죽은 것을 보면 그 근
처에 가기도 전에 막대기부터 찾지 않느냐? 어떤 괴물인
지 우선 직접 봐야겠다." 하고 주인은 용감하게 헛간으로
들어가 주위를 살폈다. 그런데 이상하고 무서운 짐승을

올빼미

제 눈으로 직접 확인하니 주인도 하인 못지않게 두려웠다. 주인은 몇 발짝 만에 헛간을 뛰쳐나와 이웃에게 달려가 정체 모를 위험한 동물에 맞서도록 간절히 도움을 요청했다. 괴물이 헛간 밖으로 나오면 온 마을이 위험에 빠질 수도 있을 터였다.

거리 곳곳에서 큰 소리와 함성이 울렸다. 사람들은 적에게 대항해 행군이라도 하려는 듯 창, 건초용 쇠스랑, 낫과 도끼로 무장하고 왔다. 마지막으로 시 의원들이 시장을 선두로 해서 나타났다. 그들은 장마당에서 정렬한 다음 헛간으로 갔고 사방에서 헛간을 에워쌌다. 그때 가장 용기 있는 자가 나서서 뾰족한 투창을 들고 들어갔으나 곧 비명을 지르며 송장처럼 창백한 얼굴로 뛰쳐나오더니 한마디도 하지 못했다. 다시 다른 두 사람이 용기를 내어 들어갔지만 그들이라고 더 나을 것이 없었다. 마침내 전쟁에서 활약해 유명한 크고 힘이 센 사람이 앞으로 나서더니 말했다. "그냥 보고만 있다고 괴물을 쫓아낼 수는 없지요. 단호하게 대처해야 합니다. 하지만 내가 보니 여러분 모두 아녀자가 되어 버려 여우를 잡으려는 사람은 아무도 없군요." 그는 갑옷, 칼, 창을 가져오게 해 무장을 했다. 많은 이가 그의 목숨을 걱정하면서도 그의 용기를 칭찬했다.

양쪽 헛간 문이 열리자 부엉이가 보였다. 그사이 부엉이는 커다란 대들보 한가운데에 올라 앉아 있었다. 남자가 사다리를 가져다 타고 올라갈 준비를 하자 모두 용과 맞서 싸워 죽인 성 게오르그를 좇아 남자답게 행동하도록 그를 향해 소리쳤다. 남자가 막 사다리 위에 다다랐을 때 부엉이는 남자가 자기를 노린다는 것을 알아차렸다. 엄청난 무리와 사람들의 고함 소리가 더해지니 부엉이는 당황하여 어디로 가야 할지 몰라 두 눈을 마구 굴리고, 깃털을 곤두세우고, 날개를 활짝 펼치며 부리를 딱딱 부딪치고 거친 소리로 "수리수리"라고 외쳤다. "찔러 버려, 찔러 버려!" 하고 헛간 밖에 있던 사람들이 용감한 영웅에게 소리쳤다. "누구든 지금 내 자리에 서 있으면 '찔러 버려!'라고 소리치지 못할걸." 하고 영웅이 대답했다. 영웅은 사다리 위로 한 칸 더 발을 올리기는 했지만 곧 덜덜 떨기 시작하더니 반쯤 정신을 잃고 되돌아 내려왔다.

이제 위험 속으로 들어갈 사람은 더 이상 남아 있지 않았다. "괴물이 우리 중 가장 힘센 사람에게 부리로 딱딱거리면서 독이 든 입김을 불어넣어 치명상을 입혔다. 우리가 굳이 목숨을 걸어야 할까?" 하고 사람들이 말했다. 그들은 도시 전체가 파멸하지 않으려면 무엇을 해야 할지 의논했다. 한동안 모든 의논이 헛된 것처럼 보였는데 마침내 시장이 돌파구를 찾았다. "내 생각에는 우리 공동의 지갑에서 이 헛간과 그 안에 있는 짚과 건초를 포함한 모든 값을 주인에게 치러 손해를 보지 않게 하고, 건물 전체와 저 끔찍한 동물을 불태워 아무도 목숨을 걸지 않도록 하는 편이 좋겠소. 지금은 돈을 아낄 때가 아니니 인색하게 구는 것은 잘못이오." 모두가 시장의 뜻에 동의했다. 그래서 헛간 네 모퉁이에 불을 붙였고 헛간과 함께 부엉이는 비참하게 불타 버렸다. 믿기지 않거든 직접 가서 물어봐.

175

달

옛날에 단 한 번도 달이 뜨지 않고 깊은 어둠 속에서 별 하나도 빛나지 않아, 밤이면 항상 어둡고 하늘에 검은 장막을 펼쳐 놓은 듯한 나라가 있었다. 세상을 창조할 때는 밤에 빛이 충분했다. 한번은 그 나라에서 소년 네 명이 여행을 떠나 어떤 왕국에 도착했는데 저녁에 해가 산 너머로 지자 떡갈나무 위로 공 하나가 빛을 내며 먼 곳까지 환하고 부드러운 빛을 쏟아냈다. 그래서 태양만큼 찬란하지는 않아도 모든 것을 잘 보고 차이를 가릴 수 있었다. 나그네들은 가던 길을 멈추고 마차를 타고 지나가던 농부에게 그것이 무슨 빛인지 물었다. 농부가 대답했다. "달이지요.

우리 시장이 3탈러를 주고 사서 떡갈나무에 달아 놓았답니다. 시장은 저 달이 항상 밝게 타도록 매일 기름을 붓고 깨끗하게 유지해야 합니다. 그리고 우리는 일주일마다 은화 하나를 시장에게 주지요."

농부가 떠나자 그들 중 한 명이 말했다. "저 등불을 우리가 쓸 수 있겠어. 우리도 고향에 저만큼 큰 떡갈나무가 한 그루 있으니 그 나무 위에 걸면 되잖아! 밤의 어둠 속을 더듬지 않고 다닐 수 있다면 얼마나 기쁘겠어!" "있잖아!" 하고 두 번째 나그네가 말했다. "마차와 말을 구해서 달을 빼내 가자. 여기 사람들은 다른 달을 하나 더 사면 되지 뭐." "나무를 잘 타니까 내가 가지고 내려올게." 하고 세 번째가 말했다. 네 번째는 말과 마차를 끌고 왔고, 세 번째가 나무에 올라가 달에 구멍을 뚫어 구멍 속으로 밧줄을 넣어 달을 끌어내렸다. 아무도 도둑질을 알아채지 못하도록 마차에 실은 빛나는 원반을 천으로 덮었다. 소년들은 신이 나 그 달을 제 나라로 가져가서 큰 떡갈나무에 걸었다. 새 등불이 온 들판을 비추고 방과 집을 빛으로 채우자 노인과 젊은이들이 모두 기뻐했다. 난쟁이들은 바위 동굴 밖으로 나왔고, 꼬마 요정들도 목초지에서 빨간 망토를 두르고 원을 그리며 춤을 추었다.

그들 네 명은 달에 기름을 붓고 심지를 깨끗이 정리하

여 매주 은화를 하나씩 받았다. 하지만 그들은 노인이 되었고, 그들 중 한 사람이 병에 걸려 곧 죽을 것을 알았을 때 자기 몫으로 달의 4분의 1을 무덤에 함께 넣기로 했다. 노인이 죽자 시장은 나무를 타고 올라가 가지치기 가위로 달의 4분의 1을 잘라 무덤에 넣었다. 달빛은 희미해졌지만 눈에 띌 정도는 아니었다. 두 번째 사람이 죽으면서 달의 두 번째 4분의 1이 함께 묻히자 달빛은 약해졌다. 제 몫을 역시 가져간 세 번째 사람이 죽은 이후 빛은 더욱 흐려졌고, 네 번째 사람이 무덤에 묻히자 과거의 옛 어둠이 다시 찾아와 저녁에 사람들이 등불 없이 외출하면 서로 머리를 부딪쳤다.

그런데 암흑이 지배하던 지하 세계에서 달의 조각들이 다시 합쳐지자 죽은 자들이 안절부절못하며 잠에서 깨어났다. 죽은 자들은 다시 볼 수 있게 되자 놀랐다. 시력이 너무 약해져 태양의 눈부심을 견딜 수 없었으므로 죽은 자들에게는 달빛으로 충분했다. 죽은 자들은 다시 일어났고 기뻐하며 다시 옛날처럼 살기 시작했다. 그중 몇몇은 놀러 가거나 춤을 추러 갔고, 어떤 이들은 술집으로 가서 포도주를 주문해 취하도록 마시며 화를 내고 말다툼을 하다 마침내 몽둥이로 서로를 때렸다. 그 소란이 점점 커져 결국에는 하늘까지 이르게 되었다.

하늘 문을 지키던 베드로 성인이 지하 세계에서 봉기가

일어났다고 믿고 천상의 군대를 모았다. 악한 자를 따르는 녀석들이 성자들이 머무는 천상을 함께 습격하면 쫓아내기 위해서였다. 하지만 적들은 오지 않았고 베드로 성인은 말을 타고 하늘 문을 나가 지하 세계로 내려갔다. 베드로 성인은 죽은 자들에게 다시 무덤에 눕도록 명하고 그들에게 안식을 주었으며, 달은 가져다가 높은 하늘에 매달았다.

176

수명

하느님이 세상을 창조하고 모든 생명체의 수명을 결정하려는데 나귀가 와서 물었다. "하느님, 제가 얼마나 오래 살까요?" 하느님이 대답했다. "삼십 년." 나귀가 대답했다. "하느님, 그 시간은 깁니다. 제 고된 삶을 생각해 주세요. 저는 아침부터 밤까지 무거운 짐을 날라야 하고, 다른 사람들이 빵을 먹을 수 있도록 곡식 자루를 방앗간으로 끌고 가야 하는데 제게 주먹질과 발길질을 해 대며 힘내고 기운 내라고 하잖아요. 긴 시간을 조금이라도 줄여 주십시오." 하느님은 자비를 베풀어 나귀에게 십팔 년을 선물했다. 나귀는 위로를 얻어 돌아갔고, 개가 나타났다. "저는 얼마나 오래 살겠습니까?" 하느님이 개에게 말했다. "나귀에게 삼십 년은 과하지만 너는 그것으로 만족할 테지." 개가 대답했다. "하느님, 그것이 당신의 뜻입니까? 제 다리가 그렇게는 버티지 못해요. 제가 짖지 못하고 물어뜯을 이빨이 없어지면 이 구석에서 저 구석으로 돌아다니며 그르렁거리는 것 외에 무얼 더 하겠습니까?" 하느님은 개가 옳다고 보고 개에게 십이 년을 줄여 주었다. 이어 원숭이가 왔다. 하느님이 원숭이에게 말했다. "너는 기꺼이 삼십 년을 살겠지? 나귀나 개처럼 일하지 않아도 되고 또 항상 낙관적이니까." 원숭이가 대답했다. "하느님, 그렇게 보이지만 사실은 다릅니다. 기장으로 만든 죽이 비로 내려도 제게는 숟가락이 없지요. 항상 재미난 장난을 쳐야 하고 사람들이 웃도록 표정을 지어야 합니다. 게다가 사람들이 주는 사과를 깨물어 보면 그 사과는 시답니다. 그런 재미 뒤에는 얼마나 슬픔이 숨어 있던지! 삼십 년을 버텨 낼 수는 없습니다." 하느님은 은혜를 베풀어 원숭이에게 십 년을 선물했다.

드디어 인간이 등장해 기쁘고 건강하고 팔팔하게 하느님에게 수명을 정해 달라고 간청했다. 하느님이 말했다. "삼십 년을 살아라. 그것으로 충분하겠느냐?" 인간이 외쳤다. "너무 짧습니다! 집을 짓고 이제 막 아궁이에 불을

피우려 할 때, 나무를 심고 이제 꽃이 피고 열매가 맺으려 할 때, 삶을 즐겁게 살려고 하는 바로 그때 죽으라 하시는 군요. 아, 하느님, 제 수명을 늘려 주세요." 하느님이 대답했다. "너에게 나귀의 십팔 년을 더 주겠다." 그러자 인간이 대답했다. "그것으로는 충분하지 않습니다." "그럼 개의 십이 년도 갖도록 해라." "여전히 부족합니다." 하느님이 말했다. "좋다, 네게 원숭이의 십 년을 더 주겠다. 더는 안 된다." 인간은 떠났으나 만족하지는 않았다.

그래서 인간은 칠십 년을 산다. 처음 삼십 년은 빨리 지나가는데 그 시간은 인간다운 세월이며, 쾌활하고 즐겁게 일하면서 자기 존재를 즐긴다. 그다음으로 짐을 하나씩 둘씩 짊어져야 하는 나귀의 십팔 년이 따른다. 나귀는 다른 사람이 먹을 곡식을 나르고 충실한 섬김에 대한 보답으로 구타와 발길질을 당한다. 그러고 나서 개의 십이 년이 오는데 그 시간에 인간은 구석에 누워 그르렁거리며 더 이상 씹어 먹을 이조차 없다. 이 시간이 지나가면 마지막으로 원숭이의 십 년이 온다. 이때 인간은 우둔하고 광대 같고 이상한 짓거리로 아이들의 조롱거리가 된다.

177

죽음의 전령

옛날에 어떤 거인이 큰길을 따라 걷고 있는데 갑자기 모르는 남자가 달려들며 "그만! 한 발짝도 더 나아가지 마라!" 했다. "뭐야, 난쟁이! 손가락으로 찌부러뜨릴까 보다. 내 길을 막겠다고? 그렇게 무모하게 말해도 된다고 생각하는 너는 누구냐?" 하고 거인이 말했다. 다른 이가 대답했다. "나는 죽음이다. 아무도 나를 거역하지 않는다. 너도 내 명령을 따라야 해." 그러나 거인은 따르기를 거부하고 죽음과 씨름하기 시작했다. 길고 격렬한 싸움이었지만 결국 거인이 우세해 죽음을 주먹으로 내리쳤고, 죽음은 바위 옆에 쓰러졌다. 거인은 제 길을 갔고, 죽음은 패한 채로 그 자리에 널브러졌는데 너무나 힘이 빠져 다시 일어날 수가 없었다. 죽음이 말했다. "내가 이렇게 구석에 누워 있으면 어떻게 될 것인가? 이 세상에서 아무도 죽지 않을 테고, 그러면 세상은 인간으로 가득 차 더 이상 서로 옆에 설 자리도 없겠지." 그때 마침 팔팔하고 건강한 젊은이가 두 눈을 이리저리 굴리며 노래를 부르면서 오고 있었다. 젊은이는 반쯤 기절해 있는 자를 보고는 불쌍히 여겨다가가 그를 일으켜 준 뒤 자기 병에서 원기를 돋우는 물

약을 입 안으로 흘려 넣어 주고 다시 기운을 차릴 때까지 기다렸다. 낯선 이가 일어나더니 물었다. "두 발로 다시 설 수 있도록 나를 도왔는데 그런 내가 누구인지 너는 알고 있느냐?" 젊은이가 대답했다. "아니, 모르지요." 그러자 그자가 대답했다. "나는 죽음이다. 나는 누구도 살려 주지 않는다. 너라고 예외로 둘 수는 없지. 하지만 내가 얼마나 감사한지 보여 주기 위해 약속을 하나 하겠다. 너에게는 갑자기 달려들지 않으마. 데리러 가기 전에 먼저 내 사신들을 보내겠다." 그러자 젊은이가 말했다. "좋아요. 죽음이 오는 때를 알게 된다면 그전까지는 내가 안전하다는 뜻이니 득이겠군요."

그 후 젊은이는 길을 계속 갔고, 즐겁고 기분 좋게 되는 대로 살았다. 그러나 젊음과 건강은 오래가지 못해 낮에는 통증과 병으로 괴로워하고 밤에는 편히 쉬지 못했다. "나는 죽지는 않을 거야. 죽음이 먼저 전령을 보내겠다고 했잖아. 다만 병으로 아픈 날들이 끝났으면 좋겠다." 하고 그가 말했다. 건강해졌다고 느껴지자마자 남자는 다시 쾌락에 젖어 살기 시작했다. 하루는 어떤 이가 어깨를 두드렸다. 그가 주위를 둘러보니 죽음이 그의 뒤에 서서 말했다. "나를 따르라. 이제 이 세상을 떠날 때가 왔다." 그러자 인간이 말했다. "뭐라고? 네 말을 어기는 거야? 직접 오기 전에 먼저 전령을 보내겠다고 약속하지 않았어? 나는 아무도 보지 못했단 말이야." 그러자 죽음이 대답했다. "조용해라. 이미 너에게 전령을 하나씩 보내지 않았더냐? 열이 나며 찌르듯 아프고, 몸이 떨리고, 병상에 눕지 않았더냐? 어지러움에 머리가 마비되는 듯하지 않았더냐? 통풍이 네 사지를 꽉 조이지 않았더란 말이냐? 귀가 웅웅거리지 않았더냐? 치통에 볼이 갉히는 듯하지 않았더냐? 눈이 어두침침해지지 않았더냐? 그걸 다 두고서라도 내 형제인 잠이 매일 찾아가 죽음인 나를 일깨우지 않았더냐? 밤이면 이미 죽은 것처럼 눕지 않았더냐?" 남자는 무슨 말로 대답해야 할지 몰랐고, 제 운명에 항복해 죽음과 함께 떠났다.

178

돗바늘 장인

돗바늘 장인은 작고 깡말랐지만 팔팔한 사내여서 한순간도 가만있지 않았다. 들창코만 두드러지는 그의 얽은 얼굴은 시체처럼 창백했고, 머리는 세고 부스스했으며, 두 눈은 작지만 오른쪽 왼쪽으로 쉴 새 없이 번득이며 움직였다. 돗바늘 장인은 뭐든 알아차리고, 모든 것을 질책하고, 다 잘 알고, 언제나 옳았다. 길을 걸을 때는 노를 젓듯 사납게 양팔을 휘저었는데, 한번은 물을 나르던 여자아이의 양동이를 쳐서 높이 날리는 바람에 물을 흠뻑 뒤집어쓰기도 했다. "이 양 대가리야! 내가 뒤에서 오는 것도 못 보니?" 하고 그가 몸을 털며 여자아이에게 소리쳤다.

돗바늘 장인의 직업은 구두장이인데 일할 때면 바늘을 엄청나게 쭉 뽑는 바람에 아주 멀리 떨어져 있지 않으면 누구든 주먹으로 칠 정도였다. 최고로 일을 잘해도 바늘땀이 고르지 않다, 신발 한 짝이 다른 짝보다 더 크다, 한쪽 신발 굽이 다른 짝 굽보다 더 높다, 아니면 무두질이 충분하지 않다는 둥 돗바늘 장인이 항상 트집을 잡는 바람에 한 달 이상 버텨 내는 견습생이 없었다. 돗바늘 장인은 "기다려 봐. 가죽을 부드럽게 무두질하는 방법을 내가 보여 줄 테니." 하고는 가죽끈을 가져와 견습생의 등짝을 여러 대 내리쳤다. 돗바늘 장인은 견습생들을 모두 게으름뱅이라고 불렀다.

정작 장인 자신도 일을 많이 해내지는 못했는데 한 시간의 4분의 1도 가만히 앉아 있지 않았기 때문이었다. 아내가 아침 일찍 일어나 불을 피우면 침대에서 벌떡 일어나 맨발로 부엌에 뛰어들어 소리쳤다. "집에 불을 낼 작정이야? 그 정도 불이면 황소도 한 마리 구울 수 있겠어! 나무는 돈이 안 드는 줄 알아?" 하녀들이 빨래통 옆에서 웃으며 서로 이야기를 나누면 못하게 막으며 말했다. "거위들이 꽥꽥거리고 수다 떠느라 할 일을 잊었군. 새 비누는 뭐 하러? 형편없이 게으른 데다 헤프기가 구제 불능이야. 빨래를 제대로 비비지 않고 손을 아끼려니 그러잖아!" 하고는 벌떡이며 뛰어가다 잿물이 가득 찬 양동이를 넘어뜨려 부엌에 잿물이 흥건하게 했다. 집을 새로 지으면 돗바늘 장인은 창가로 달려가 지켜보았다. "절대 마르지 않을 붉은 사암으로 벽을 치고 있네. 저런 집에서는 누구도 건강하게 못 살지. 저기 견습생들이 돌을 얼마나 삐뚤게 쌓는지 좀 봐! 회반죽도 아무 소용이 없지. 모래 말고 자갈을 넣어야지. 내가 죽기 전에 저 집 사람들 머리 위로 집이 무너지는 걸 보게 되겠군." 돗바늘 장인은 자리에 앉아 바느질을 몇 번 하더니 다시 벌떡 일어나 가죽 앞치마를 풀어 고리에 걸며 소리쳤다. "나가서 사람들에게 양심적으로 일하라고 경고해야겠어." 그러나 돗바늘 장인은 벽돌공 대신 목수들을 만났다. 장인이 소리쳤다. "이게 뭡니까? 나무를 결대로 잘라야지요. 기둥이 곧게 선다고 생각해요? 이음새가 한꺼번에 빠져 버릴 거요." 돗바늘 장인은 목수의 손에서 도끼를 낚아채어 어떻게 자르는지 보여 주려 했는데, 점토를 실은 마차가 다가오자 도끼를 내던지고는 그 마차 옆을 걷던 농부에게로 뛰어갔다. "정말 제정신이 아니군요. 대체 누가 이렇게 어린 말들에게 무거운 짐마차를 끌게 하는 거요? 저 불쌍한 동물들은 광장에서 쓰러질 거요." 농부는 아무 대답도 하지 않았고, 돗바늘 장인은 화를 내며 제 작업장으로 돌아갔다.

장인이 다시 앉아 일을 시작하려는데 견습생 소년이 돗바늘 장인에게 신발 한 짝을 건넸다. 돗바늘 장인이 소리

쳤다. "이건 또 뭐야? 내가 신발 가죽을 그렇게 많이 잘라 내지 말라고 하지 않았어? 밑창밖에 안 남은 그런 신발을 누가 사겠어? 하라는 대로만 하면 된다고 했잖아." 견습 생이 대답했다 "스승님, 신발이 아무 쓸모 없다는 말씀이 맞기는 하지만 이 신발은 스승님께서 직접 재단해 작업하신 거예요. 방금 뛰어 들어오시면서 탁자에서 떨어뜨리셨길래 저는 그저 신발을 주웠을 뿐입니다. 하늘에서 천사가 내려와도 스승님 마음에는 못 들겠네요."

어느 날 밤 돗바늘 장인은 죽어서 하늘나라로 가는 꿈을 꾸었다. 그는 하늘나라에 도착해 문을 세게 두드렸다. "문에 고리가 없어서 손가락 마디뼈가 상하도록 두드려야 한다니 이상하군." 하고 장인이 말했다. 베드로 성인은 대체 누가 그렇게 사납게 들여보내 달라고 하는지 보려고 문을 열었다. 베드로가 말햇다. "아, 당신이군, 돗바늘 장인. 당신을 들여보내 주지요. 하지만 경고하는데 버릇을 버리고 하늘에서 보는 것에 대해 흠잡지 마시오. 나쁜 일이 생길 수도 있어요." 돗바늘 장인이 말했다. "무엇이 적절한지는 이미 알고 있으니 그런 경고는 하실 필요가 없습니다. 게다가 이곳은 하느님께 감사하게도 모든 것이 완벽하니 지상에서처럼 흠잡을 것이 없지요."

장인은 천국에 들어가 넓은 공간들을 오르락내리락 돌아다녔다. 그는 오른쪽 왼쪽을 둘러보며 이따금 고개를 젓거나 혼잣말로 중얼거렸다. 그때 천사 두 명이 들보 하나를 운반하는 것을 보았다. 제 눈의 들보는 두고 다른 이의 눈에서 티를 찾으려던 자의 들보였다.[29] 그런데 두 천사는 들보를 높이 세우지 않고 가로로 운반했다. '저렇게 어리석은 것을 본 사람이 있을까?' 하고 생각했지만 그는 말없이 만족한 척했다. "들보를 세워 운반하든 가로로 운반하든 지나가기만 하면 어쨌든 매한가지 아니겠어? 진짜로 어디에도 부딪치지 않는데 말이야."

곧이어 돗바늘 장인은 천사 두 명이 우물에서 물을 퍼 물통에 담는데 구멍이 송송 뚫려 있어 통 여기저기에서 물이 흘러나오는 것을 보았다. 천사들은 비로 땅을 적시

---

29 「마태복음」 7장 4절. "네 눈 속에 들보가 있는데 어떻게 형제에게 '네 눈 속에 있는 티를 빼내 주겠다.' 하고 말할 수 있느냐?"

고 있었다. "맙소사."라는 말이 불쑥 튀어나왔지만 그는
다행히 정신을 차리고 생각했다. '어쩌면 그냥 시간을 보
내는지도. 재미가 있으니 저렇게 쓸데없는 일을 하겠지.
게다가 여기는 이미 내가 간파한 대로 모두 게으르게 지내
는 하늘 나라잖아.'

돗바늘 장인은 계속 가다 깊은 구렁텅이에 빠진 마차를
보았다. 장인은 마차 옆에 서 있는 이에게 말했다. "놀랍지
도 않네요. 누가 그렇게 터무니없이 짐을 쌓아 올렸나요?
저게 뭐요?" 그 사람이 대답했다. "경건한 소망들이지요.
소망만으로 바른길을 갈 수는 없었지만 그래도 다행히 마
차를 밀어 올리긴 했으니 이곳에서는 구렁텅이에 꼼짝없
이 빠진 채로 내버려 두지 않겠지요." 정말로 천사 한 명
이 와서 말 두 마리를 마차에 맸다. "아주 좋아." 하고 돗
바늘 장인이 말했다. "하지만 말 두 마리로는 마차를 꺼내
지 못할 테니 적어도 네 마리는 매야 하는데." 또 다른 천
사가 말 두 마리를 더 데리고 왔는데 마차 앞이 아니라 뒤
에 맸다. 장인이 보기에는 너무한 일이라 흥분해서 말
했다. "저런 무지렁이! 뭘 하는 거야? 세상에 지금까지 이
런 방법으로 마차를 끌어낸 적이 있어? 그런데도 저 천사
들은 주제넘게도 자기들이 더 잘 안다고 생각하는군." 돗
바늘 장인은 계속 말하고 싶었지만 하늘나라 주민 한 명

이 멱살을 잡고 저항할 수 없는 힘으로 장인을 밖으로 밀어 버렸다. 하늘나라 대문 아래에서 돗바늘 장인이 다시 한번 마차 쪽으로 고개를 돌리니 날개 달린 말 네 마리가 마차를 공중으로 들어 올리고 있었다. 그 순간 장인은 잠에서 깨어 혼잣말을 했다. "당연히 하늘나라는 지상과 다르니 어떤 일들은 눈감아 줄 수 있지만 마차의 앞뒤로 동시에 말을 매는 걸 대체 누가 느긋하게 보겠어? 물론 말에 날개가 달리긴 했어도 그럴 줄 누가 알겠어? 게다가 다리가 네 개나 달린 말에 날개를 한 쌍씩 붙여 주는 건 굉장히 바보 같은 짓이지. 하지만 난 일어나야지, 안 그러면 내 집에서 온갖 이상한 짓들을 할 거야. 진짜 죽지 않은 게 얼마나 다행인지!"

돗바늘 장인

179

우물가 거위 치는 소녀

옛날에 나이가 많이 든 할머니가 산속 인적 드문 어느 작은 집에서 거위 떼와 살았다. 인적이 드문 그곳은 큰 숲에 둘러싸여 있었고, 아침마다 할머니는 지팡이를 짚고 절뚝거리며 숲속으로 들어갔다. 할머니는 나이를 고려할 때 사람들이 생각하는 것보다 훨씬 더 부지런히 숲을 다니며 거위 먹일 풀을 모으고 손이 닿는 모든 야생 열매를 따서 모든 것을 등에 지고 집으로 돌아왔다. 무거운 짐이 할머니를 땅으로 내리눌러 버릴 거라고 사람들은 생각했지만 할머니는 항상 집까지 짐을 무사히 가져왔다. 길에서 누군가와 마주치면 할머니는 아주 정겹게 인사했다. "안녕하신가, 동네 양반. 오늘 날이 좋구려. 그렇지, 내가 풀을 힘겹게 지고 다니는 것이 이상하겠지. 하지만 누구나 제 짐은 제 등에 짊어져야 한다오." 사람들은 노파와 마주치는 것이 달갑지 않아 오히려 길을 돌아서 갔고, 아버지가 어린 아들을 데리고 노파를 지나쳐 가게 되면 작은 목소리로 아들에게 말했다. "저 노파를 조심해라, 아주 교활하단다. 마녀거든."

어느 날 아침 잘생긴 청년이 숲을 가로질러 갔다. 태양은 밝게 빛나고 새들은 지저귀고 시원한 바람이 나뭇잎 사이로 불어왔으며, 그는 기쁨과 의욕이 가득했다. 그는 여태 한 사람도 마주치치 않다 땅에 무릎을 꿇고 낫으로 풀을 베고 있는 늙은 마녀의 모습을 보게 되었다. 노파는 이미 자루에 한 짐을 밀어 넣었고, 옆에는 돌배와 들사과가 가득 찬 바구니 두 개가 놓여 있었다. "아이, 할머니, 이 짐을 모두 어떻게 들고 가세요?" 하고 그가 말했다. "들고 가야지요, 친절한 나리." 하고 노파가 대답했다. "부잣집 자제분들은 그럴 필요가 없지만 농부네서는 말하죠.

'뒤돌아 보지 마라,

네 등은 굽었단다.'

도와주시려고요?" 하며 할머니가 옆에 선 청년에게 물

었다. "등이 곧고 다리는 젊으니 나리에겐 쉬운 일이겠지
요. 게다가 우리 집은 여기서 그리 멀지 않답니다. 산 너
머 벌판이에요. 한번 훌쩍 뛰듯이 가면 금세 우리 집에 도
착할 거예요." 청년은 노파에게 동정심이 생겨 "내 아버
지는 농민이 아니라 부유한 백작입니다. 하지만 모든 짐을
농민들이 져야 하는 게 아니라는 걸 보여주기 위해 짐을

들어 드리지요." "그래 주시겠어요? 그렇다면 저야 좋지요. 한 시간은 족히 걸어야 하겠지만 문제없지요! 저기 사과와 배도 들어야 한답니다."

젊은 백작은 한 시간을 걸어야 한다는 말에 약간 걱정스러웠지만 노파가 그의 등에 자루를 지우고 팔에 광주리 두 개를 걸었다. "보세요, 아주 가볍지요." 하고 노파가 말했다. "아니요, 안 가벼운데요." 하며 청년이 애처로운 표정을 지었다. "큰 돌멩이가 여럿 든 것처럼 자루가 너무 무겁게 내리누르고, 사과와 배는 납으로 만든 것처럼 무거워 숨도 제대로 못 쉬겠어요." 젊은이는 모든 것을 다시 내려놓고 싶었지만 노파가 그렇게 두지 않았다. 노파가 비웃듯 말했다. "봐요, 나 같은 노파가 예전에 종종 짊어지고 다니던 것을 젊은 나리가 안 들려고 하네. 말은 참 쉽게 하는데 심각해지면 바로 먼지 날리며 도망치려고 든단 말이지. 뭐 하느라 거기에 서 있나?" 노파는 이어 말했다. "그러면서 머뭇거리는군. 다리를 움직여요. 누구도 다시 나리의 짐을 덜어 주지 않을 테니까."

평평한 땅을 걷는 동안은 그나마 견딜 만했는데 산 가까이 오르막길을 가니 마치 살아 있는 돌이 발밑에서 굴러떨어지려는 듯해 힘에 겨웠다. 이마에 땀방울이 맺히고 등에서는 땀이 흘러내려 차갑게 식었다. 청년이 말했다. "할머니, 더 이상 못 가겠어요. 좀 쉬어야겠어요." "여기선 아니지요." 하고 노파가 말했다. "도착하면 쉴 수 있지만 지금은 계속 가야 해요. 그게 나리에게 어떤 도움이 될지 누가 알겠어요?" "할머니는 염치가 없어지는군요." 하고 말하면서 그는 자루를 던져 버리고 싶었지만 부질없었다. 자루는 등에서 자라난 것처럼 그의 등에 꼭 달라붙었다. 청년은 몸을 비비 꼬고 비틀어 보았지만 자루를 떼어 낼 수 없었다. 노파가 이를 보고 좋아서 웃으며 지팡이를 짚고 걸었다. "화내지 마세요, 나리." 하고 노파가 말했다. "나리 얼굴이 수탉의 붉은 볏처럼 벌게지는군요. 인내심을 가지고 나리의 짐을 지세요. 집에 도착하면 수고비를 충분히 드릴 테니까." 그가 무엇을 할 수 있었겠어?

그는 자기 운명에 순응하며 기어가듯 노파의 뒤를 따랐다. 그런데 노파는 더 민첩해지고 청년의 짐은 더욱 무거워지는 것 같았다. 갑자기 노파가 번쩍 뛰어오르더니 자루 위에 올라앉았다. 노파는 젓가락처럼 아주 말랐는데도 제일 뚱뚱한 시골 여자아이보다 무게가 더 나갔다. 그의 무릎이 후들거렸지만 계속 나아가지 않으면 노파가 쐐기풀과 회초리로 다리를 쳤다. 그는 계속 끙끙거리며 언덕을 올랐고, 쓰러지기 직전에 드디어 노파의 집에 도착했다. 거위들이 노파를 보자 날개를 높이 쳐들고 목을 내밀며 꿱꿱거렸다. 거위 떼 뒤에서 힘 좋고 덩치가 큰 한밤처럼 새까만 나이 든 소녀가 막대를 들고 걸어왔다. "어머니." 하고 소녀가 노파에게 말했다. "무슨 일이 있었어요? 오래 나가 계셨어요." "아니란다, 딸아. 나쁜 일은 없었어. 저 친절한 나리가 내 짐을 들어 주었지. 힘들었는데 나를 업어 주었단다. 함께 재미나고 즐겁게 오느라 길이 멀지 않았구나."

마침내 노파는 청년의 등에서 내려와 등에 진 짐과 그의 팔에 있는 바구니를 받고 그를 바라보며 다정하게 말했다. "이제 문 앞 의자에 앉아 쉬세요. 나리는 충분히 대가를 받을 만하니 보상을 줘야죠." 그러고는 거위 치는 소녀에게 말했다. "딸아, 젊은 나리와 너만 단둘이 있는 것은 마땅치 않다. 나리가 너를 사랑하게 될지도 모르는데 불에 기름을 부을 필요는 없겠지." 청년은 울어야 할지 웃어야 할지 몰랐다. '저런 보물이라니! 저 보물이 서른 살이 더 젊다 해도 내 마음을 움직이지 못할걸' 하고 그는 생각했다.

노파는 거위들을 안고 아이처럼 쓰다듬고는 딸과 함께 집 안으로 들어갔다. 청년은 들사과나무 아래 긴 의자에 몸을 뉘었다. 공기가 따스하고 포근했다. 주위에 푸른 초원이 펼쳐졌는데 온통 노란 앵초꽃과 백리향, 수천의 여러 꽃들이 가득했다. 그 한가운데 맑은 시냇물이 졸졸 흐르고 햇살에 반짝였으며, 하얀 거위들이 위아래로 돌아다니

거나 물속에서 첨벙거렸다. "이곳은 참 아름답다. 하지만
너무 피곤해서 눈을 붙여야겠어. 다리가 불쏘시개처럼 바
스러질 것 같아. 돌풍 때문에 내 두 다리가 몸통에서 날아
가지만 않는다면 잠시 잠을 자야겠어."

  잠시 후 잠든 그를 노파가 흔들어 깨우며 말했다. "일어
나. 여기 있을 수는 없지. 물론 내가 쉰내 나게 힘들게 했지
만 그래도 목숨이 걸린 일은 아니었잖아. 이제 보상을 주
마. 돈과 재산은 필요하지 않을 테니 다른 것을 받아라."
노파는 에메랄드로 만든 작은 상자를 젊은이의 손에 쥐여
주며 말했다. "잘 간직하거라, 네게 행운을 가져다줄 테
니." 젊은 백작은 벌떡 일어났는데 기운이 생생해 다시 힘
이 생긴 듯했고, 노파의 선물에 감사하며 아름다운 딸은
돌아보지도 않고 길을 나섰다. 젊은이가 한참을 갔는데도
저 멀리 거위들의 울음소리가 들려왔다.

  청년은 사흘 동안 깊은 숲을 헤매고서야 빠져나오는 길
을 찾았다. 그 후 큰 도시로 갔고, 그를 아는 이가 아무도
없어 왕궁으로 인도되었는데 거기에는 왕과 왕비가 왕좌
에 앉아 있었다. 그는 한쪽 무릎을 꿇고 주머니에서 에메
랄드 상자를 꺼내 왕비의 발 앞에 놓았다. 왕비는 백작에
게 일어나서 작은 상자를 직접 건네라고 명했다. 그런데
왕비가 상자를 열어 들여다보자마자 마치 죽은 듯 바닥에

쓰러졌다. 젊은 백작이 왕의 신하들에게 잡혀 감옥으로 갈 때 왕비가 눈을 뜨더니 그를 풀어 주게 했다. 모두 나가고 난 뒤 홀로 남은 왕비가 몹시 울면서 그에게 말했다.

"나를 둘러싸고 있는 화려함과 영광이 무슨 소용이겠느냐? 나는 매일 아침 근심과 슬픔 속에 잠에서 깬다. 내게 딸이 셋 있었는데 그중 막내는 너무나 아름다워 세상은 그 아이를 기적이라고 생각했다. 그 아이는 눈처럼 하얗고, 사과꽃처럼 빨갛고, 머리카락은 햇살처럼 빛났다. 그 아이가 울면 눈에서 눈물이 아니라 진주와 보석이 떨어졌지. 그 아이가 열다섯 살이 되었을 때 왕은 세 자매를 모두 불러 모았다. 막내가 들어왔을 때 마치 태양이 떠오르는 것 같았다. 네가 사람들의 눈을 봤어야 했는데. 왕이 말했다. "딸들아, 내 마지막 날이 언제가 될지 모르니 내가 죽은 뒤 너희가 각자 무엇을 받을지 오늘 결정하겠다. 너희는 모두 나를 사랑하지만 나를 가장 사랑하는 딸이 최고를 가질 것이다." 딸들은 저마다 왕을 제일 사랑한다고 말했다. 왕이 대답하기를 "나를 얼마나 사랑하는지 표현할 수 없겠느냐? 그것으로 너희가 나를 어찌 생각하는지 보겠다." "제일 달콤한 설탕만큼 아버지를 사랑합니다." 하고 맏이가 말했다. 둘째는 "제 가장 아름다운 드레스만큼 아버지를 사랑합니다."라고 했다. 하지만 막내는 말이 없었다. 그러자 아버지가 물었다. "내가 가장 사랑하는 딸, 너는 나를 얼마나 사랑하느냐?" 그러자 막내가 대답했다. "모르겠습니다. 저는 제 사랑을 무엇과도 비교할 수 없답니다." 하지만 아버지는 막내가 꼭 무슨 말이라도 해야 한다고 고집했다. 마침내 막내가 "최고의 음식이라도 소금이 없으면 맛이 없지요. 저는 아버지를 소금만큼 사랑합니다." 하고 말했다. 왕은 이 말을 듣고 분에 차서 말했다. "네가 나를 소금처럼 사랑한다면 너의 사랑도 소금으로 보상받을 것이다." 그러고는 왕국을 두 언니들에게 나누어 주고 막내의 등에 소금 자루를 묶게 한 뒤 하인 둘을 시켜 깊은 숲으로 끌고 나가도록 했다.

우리 모두 그 아이를 위해 간청하고 애원했지만 왕의 노여움은 누그러지지 않았다. 우리 곁을 떠나야 했을 때 그 아이가 얼마나 울었던지! 길에는 온통 막내의 눈에서 흐른 진주가 흩뿌려져 있었어. 그리고 얼마 지나지 않아 왕은 자신의 가혹한 처사를 후회해 숲을 다 뒤져 그 불쌍한 아이를 찾으려 했지만 아무도 찾을 수 없었지. 야수들이 잡아먹었다고 생각하면 슬픔을 억누를 수 없구나. 때로는 아직 그 아이가 동굴에 숨어 살거나 동정심 많은 이에게 보호받고 있을까 하는 희망으로 위로를 삼는다. 내가 네 에메랄드 상자를 열었을 때 진주가 하나 들어 있었는데 그 진주는 내 딸의 눈에서 흘러내린 진주였다. 그것을 보고 내 마음이 얼마나 요동쳤는지 상상이 가겠지. 어떻게 그 진주를 얻었는지 말하거라."

그는 숲의 노파에게서 상자를 받았다고 말했다. 그 노파는 스산한 것이 마녀임에 틀림없으나 왕비의 아이에 대해서는 아무것도 보거나 들은 바가 없었다고 그가 말했다. 왕과 왕비는 노파를 찾아가기로 했다. 그들은 진주가 있었던 곳이라면 딸의 소식도 들을 수 있을 것이라고 생각했다.

노파는 저 밖 외딴집에서 물레에 앉아 실을 잣고 있었다. 날은 이미 어두웠고 난로에서는 타고 있는 나뭇조각 하나만 희미한 빛을 발했다. 바깥에서 갑자기 소란한 소리가 들리더니 거위들이 풀밭에서 집으로 돌아와 쉰 소리로 꽥꽥거렸다. 곧 딸이 들어왔지만 노파는 딸에게 고맙다는 말도 없이 고개를 조금 저을 뿐이었다. 딸은 노파 쪽으로 앉아 물레를 잡고 어린 소녀처럼 민첩하게 실을 자았다. 그들은 서로 한마디 말도 없이 두 시간 동안 앉아 있었다. 불현듯 창가에서 뭔가 바스락거리더니 불타는 두 눈이 집 안을 들여다보았다. 늙은 밤부엉이가 부엉 부엉 세 번 소리를 냈다. 노파는 고개를 조금 들어 위를 보더니 "딸아, 이제 나가서 네 일을 할 시간이다." 하고 말했다. 딸은 일어나서 밖으로 나갔다. "부엉이가 어디로 갔지?" 딸은 초원을 가로질러 계곡으로 점점 더 깊숙이 들어갔다. 마침내 오래된 참나무 세 그루가 있는 우물가로 갔다. 그사이 크고 둥근 달이 산 위로 떠올랐고, 바늘이라도 찾을 수 있을 것처럼 달빛이 밝았다. 딸은 얼굴을 덮고 있던 살갗을 벗고 샘물 쪽으로 몸을 숙여 씻기 시작했다. 다 씻자 살갗을 물에 담갔다 달빛에 하얘지고 마르도록 펼쳐 놓았다. 그런데 달라진 모습이라니! 너희는 그런 걸 본 적도 없을 거야! 땋아 올린 회색 머리를 늘어뜨리자 금빛 머리카락이 햇살처럼 쏟아지더니 외투인 양 몸 전체로 퍼졌다. 두 눈은 반짝반짝 빛이 났는데 하늘의 별처럼 눈부셨고, 뺨은 사과꽃처럼 부드럽고 발그스레해 일렁이듯 빛났다.

아름다운 소녀는 자리에 앉아 몹시 슬프게 울었다. 눈에서 연달아 눈물이 흘러내려 긴 머리카락 사이를 구르다 땅바닥으로 떨어졌다. 근처에서 나뭇가지가 스치고 바스락거리는 소리가 들리지 않았더라면 소녀는 그곳에 더 오래 앉아 있었을 것이다. 소녀는 사냥꾼의 총소리를 들은 사슴처럼 벌떡 일어났다. 달은 금세 검은 구름에 가려졌고, 소녀는 순식간에 다시 늙은 피부 속으로 미끄러지듯 쑥 들어가 바람에 꺼지는 빛처럼 사라졌다.

소녀는 사시나무 잎처럼 덜덜 떨면서 집으로 달려갔다. 노파가 문 앞에 서 있었고, 소녀가 방금 겪은 일을 말하려 하자 다정하게 웃으며 "이미 다 알고 있다." 하고 말했다. 노파는 소녀를 집 안으로 데리고 들어가 새 나무에 불을 붙였다. 그러나 다시 물레에 앉지 않고 빗자루를 가져와 쓸고 문지르기 시작했다. 그러고는 소녀에게 말했다. "모든 것이 정갈하고 깨끗해야 한단다." "하지만 어머니……." 하고 소녀가 말했다. "이렇게 늦은 시간에 왜 일을 시작하세요? 무얼 하시려고요?" 노파가 말했다. "지금이 몇 시지?" 소녀가 대답했다. "아직 자정은 되지 않았어요. 하지만 벌써 11시는 지났어요." "기억나지 않니?" 노파가 말을 이었다. "네가 삼 년 전 오늘 내게 왔단다. 너의 시간이 이제 다 되어 우리는 더 이상 같이 있을 수 없구나." 소녀가 깜짝 놀라 말했다. "아, 사랑하는 어머니, 저를 쫓아내시려고요? 저는 어디로 가라고요? 제게는 친구도 고향도 없고 찾아갈 곳도 없어요. 원하시는 대로 다 했고 항상 제게 만족하셨잖아요. 저를 내보내지 마세요." 노파는 무슨 일이 일어날지 말해 주지 않고 소녀에게 말했다. "이곳은 더 이상 내가 머물 곳이 아니란다. 하지만 떠날 때는 집과 방을 단장해야지. 내 일을 지체시키지 말거라. 네 걱정은 하지 않아도 된다. 너는 머물 곳을 찾게 될 테고, 또 내가 주는 보상에 만족할 거야." "하지만 앞으로 어떻게 될지 말씀해 주세요." 하고 소녀가 계속 물었다. "다시 말하지만 내 일을 방해하지 말거라. 더 이상 말하지 말고 네 방에 가 있으렴. 얼굴 살갗을 벗고 네가 나에게 왔을 때 입었던 비단 드레스를 입어라. 그리고 부를 때까지 방에서 기다려라."

이제 청년과 함께 황무지에 있는 노파를 찾아 나선 왕과 왕비에 대해 이야기해야겠다. 그는 밤에 숲에서 왕과 왕비와 떨어져 혼자 계속 걸었다. 다음 날 그는 길을 제대로 가고 있다고 생각했다. 어둠이 내릴 때까지 계속 걷다 나무에 올라가 밤을 보내기로 했다. 달이 주변을 비추고 있었고, 그는 어떤 사람이 산을 내려오는 것을 보았다. 손에 회초리를 들지는 않았지만 일찍이 노파의 집에서 본 거위 치는 소녀인 걸 알아볼 수 있었다. 청년이 말했다. "오호! 저기 오는군. 마녀 한 명이 먼저 오니 다른 마녀도 놓치지 않겠는걸." 그런데 그 거위 치는 소녀가 샘가에서 살갗을 벗고 몸을 씻고 또 황금빛 머리카락이 풀리며 몸을 덮었을 때 그가 얼마나 놀랐던지. 게다가 지금껏 이 세상에서 단 한 번도 보지 못했던 그 아름다움에 얼마나 놀랐는지! 젊은 백작은 숨이 막힐 듯했지만 나뭇잎 사이로 최대한 목을 내밀어 눈도 깜박이지 않고 소녀를 바라보았다. 그가 너무 몸을 내밀었던지 아니면 다른 이유였던지 갑자기 나뭇가지가 툭 부러졌고, 그 순간 소녀는 예전 살갗으로 미끄러져 들어가 사슴처럼 달아났고, 구름이 달을 가리면서 소녀는 백작의 시야에서 벗어났다.

소녀가 사라지자마자 백작은 나무에서 내려와 잰걸음으로 뒤쫓았다. 오래지 않아 그는 황혼 녘에 초원을 가로질러 걸어가는 두 사람의 형상을 보았다. 멀리 노파의 오두막 불빛을 보고 걸어가고 있는 왕과 왕비였다. 백작은 자신이 우물가에서 어떤 기적을 보았는지 이야기했고, 왕과 왕비는 그 소녀가 잃어버린 딸이라는 것을 의심하지 않

우물가 거위 치는 소녀

았다. 한껏 기쁨에 가득 찬 그들은 곧 그 작은 집에 이르렀다. 거위들이 사방에 앉아 날개에 머리를 박고 자고 있었다. 일행이 창문으로 들여다보았는데 노파가 조용히 앉아 물레를 돌리며 고개를 끄덕였지만 주변을 살피지는 않았다. 집 안은 마치 발에 먼지를 묻히지 않는 숲속 작은 안개 난쟁이들이 사는 것처럼 아주 깨끗했다.

왕과 왕비는 딸을 보지 못했다. 그들은 한참 동안 살피다 마침내 마음을 다잡고 조심스럽게 창문을 두드렸다. 예상하고 있었던 듯 노파가 일어나 아주 다정하게 말했다. "들어오세요, 당신들을 이미 알고 있어요." 그들이 들어오자 노파가 말했다. "그렇게 착하고 사랑스러운 아이를 삼 년 전에 부당하게 내치지만 않았어도 당신들이 이렇게 먼 길을 올 필요가 없었겠지요. 아이는 삼 년이나 거위들을 돌봐야 했지만 그 일이 해가 되지는 않았답니다. 아이는 악한 것을 배우지 않고 순수한 마음을 그대로 간직했지요. 그러나 당신들은 두려움에 싸여 살았으니 충분히 벌받은 셈이지요." 노파가 방으로 가서 말했다. "나와라, 내 딸아." 그때 문이 열리면서 왕의 딸이 눈을 반짝이며 황금빛 머리카락에 비단옷을 입고 나왔는데 마치 하늘에서 천사가 내려온 것 같았다. 소녀는 아버지와 어머니에게로 가 목을 얼싸안고 입을 맞추었다. 모두 기쁨의 눈물을 흘렸다. 젊은 백작이 그들 옆에 서 있었고, 소녀는 그를 보자 까닭은 알 수 없지만 이끼 장미처럼 붉어졌다. 왕이 말했다. "얘야, 내가 왕국을 이미 다 줘 버렸으니 너에게 뭘 줘야 할까?" 노파가 말했다. "그 아이는 아무것도 필요 없다오. 당신들 때문에 흘린 진주 눈물을 내가 주지요. 그 진주는 바다에서 나온 것보다 더 아름답고 그대의 왕국 전체보다 더 값지다오. 그리고 아이의 봉사에 대한 보답으로 내 작은 집을 줄 겁니다." 노파는 이렇게 말하고 그들의 눈앞에서 사라졌다. 벽에서 조금 덜컹거리는 소리가 나서 주위를 둘러보니 그 작은 집이 웅장한 궁전으로 변했고, 왕실의 식탁이 마련되어 있었고, 하인들이 이리저리 뛰어다녔다.

이야기는 그러고도 계속 이어지는데, 내게 이 이야기를 들려준 우리 할머니 기억이 쇠해져서 나머지는 잊어버리셨대. 나는 여전히 왕의 아름다운 딸이 백작과 결혼해 성에서 함께 하느님 뜻대로 모든 행복을 누리면서 살았다고 믿어. 그 작은 집 근처에서 보살핌받던 눈처럼 하얀 거위들이 노파가 데리고 있던 소녀들이었는지 모르지만, 그렇다고 나쁘게 생각할 필요는 없어. 그들은 이제 인간의 모습을 되찾아 젊은 왕비의 시녀로 머물렀을 거야. 한 가지 분명한 사실은 노파가 사람들이 생각한 것처럼 나쁜 마녀가 아니라 좋은 마음을 가진 마법사였다는 거야. 또 태어

날 때부터 공주에게 눈물 대신 울음 진주를 선물한 것은 아마도 그 여인이었을 거야. 더 이상 그런 일이 없는데 만약 일어난다면 가난한 사람들이 금방 부자가 될 텐데.

180

다채로운 에바의 아이들

아담과 에바는 낙원에서 쫓겨난 뒤 척박한 땅에 집을 짓고 얼굴에 땀을 흘리며 먹고살아야 했다. 아담은 땅을 갈고 에바는 털실을 짰다. 에바는 매년 아이를 낳았는데 아이들은 서로 달라 몇몇은 예뻤고 다른 몇몇은 못났다. 시간이 조금 흐른 뒤 하느님이 보낸 천사가 하느님께서 그들의 가정을 살피러 온다는 말씀을 전했다. 에바는 하느님이 은혜를 베푼 것이 기뻐 분주히 집을 청소하고 바닥에 비질을 하고 꽃으로 집을 장식했다. 그러고 나서 아이들을 불렀는데 예쁜 아이들만 불렀다. 그 아이들을 씻기고 머리 빗기고 깨끗한 옷을 입히고 하느님 앞에서 점잖고 행실 바르게 행동하도록 주의를 주었다. 아이들은 예의 바르게 손을 내밀며 고개 숙이고 하느님이 질문을 하면 겸손하고 총명하게 대답해야 했다. 그러나 못난 아이들은 눈에 띄지 않게 했다. 못난이 하나는 건초 밑에, 다른 하나는 지붕 밑에, 셋째는 짚풀 속에, 넷째는 화덕에, 다섯째는 지하실에, 여섯째는 큰 통 아래에, 일곱째는 포도주 통 아래에, 여덟째는 에바의 낡은 모피 속에, 아홉째와 열째는 아이들 옷을 만들 때 쓰는 천 아래에, 열한째와 열두째는 신발 만드는 가죽 밑에 숨겼다. 아이들을 다 숨긴 바로 그때 문 두드리는 소리가 났다. 아담이 틈새로 살피니 하느님이었다. 공손히 문을 열자 하늘의 아버지가 들어왔다. 어여쁜 아이들이 줄지어 서서 고개 숙이고 그분께 손을 내밀며 무릎을 꿇었다. 그러자 하느님이 첫째 아이에게 두 손을 올리고 말했다. "너는 강력한 군주가 될 것이다." 둘째에게 "너는 영주." 셋째에게 "너는 백작." 넷째에게 "너는 기사." 다섯째에게 "너는 귀족." 여섯째에게 "너는 시민." 일곱째에게 "너는 상인." 여덟째에게 "너는 스승." 하느님이 그들 모두에게 많은 축복을 내렸다.

에바는 하느님이 매우 온화하고 인자하신 것을 보고 '내 못난 아이들도 데려와야겠다. 어쩌면 그들에게도 축복을 주실 거야.' 하고 생각했다. 그래서 달려가 건초, 짚,

화덕, 그리고 숨긴 곳에서 아이들을 데리고 나왔다. 거칠고 지저분하고 부스럼 딱지 앉고 그을린 아이들 무리가 왔다. 하느님이 미소 지으며 그들 모두를 살피고 말했다. "이들 또한 내가 축복하겠다." 하느님은 첫째에게 손을 얹고 말했다. "너는 농부가 될 것이다." 둘째에게 "너는 어부." 셋째에게 "너는 대장장이." 넷째에게 "너는 무두장이." 다섯째에게 "너는 직조공." 여섯째에게 "너는 신발장이." 일곱째에게 "너는 재단사." 여덟째에게 "너는 도공." 아홉째에게 "너는 짐꾼." 열째에게 "너는 뱃사람." 열한째에게 "너는 전령." 열두째에게 "너는 평생 하인." 에바가 모두 듣고 말했다. "하느님, 어찌하여 이렇게 차이 나게 축복을 내리십니까? 이들은 모두 제가 낳은 제 아이들입니다. 하느님의 은총이 모두에게 똑같이 내려야 하지 않습니까?" 그러자 하느님이 대답했다. "에바야, 너는 이해하지

다채로운 에바의 아이들

못하는구나. 나는 네 자식들로 이 세상을 만들어야 한다. 모두 영주와 주인이 된다면 누가 곡식을 기르고, 탈곡하고, 곡물을 갈고, 빵을 굽느냐? 누가 쇠를 두드리고, 천을 짜고, 목공을 하고, 집을 짓고, 땅을 파고, 천을 재단하고 바느질을 하겠느냐? 각각 자기 자리를 가지고, 한 이가 다른 이를 받치고, 모두 몸통에 달린 팔과 다리처럼 먹여살릴 수 있어야 한다." 그러자 에바가 대답했다. "하느님, 용서하십시오. 제가 너무 성급히 참견했습니다. 하느님의 뜻이 제 아이들에게 이루어지기를 빕니다."

181

연못 속 정령

옛날에 아내와 함께 행복한 삶을 꾸려 가던 방앗간 주인이 있었다. 그들에게는 돈과 재물이 있었고, 더욱이 부가 해마다 늘어났다. 그러나 불행은 하룻밤에 찾아온다. 그들의 부가 해가 갈수록 늘어났던 것처럼 해가 갈수록 재산이 줄더니 결국 방앗간 주인은 자기가 들어앉은 방앗간을 제 것이라고 할 수 없을 정도가 되었다. 방앗간 주인은 수심이 가득했고, 하루 일과를 마치고 자리에 누워도 걱정이 가득해 뒤척이느라 평화를 얻지 못했다. 어느 날 아침 그는 동이 트기 전에 일어나 마음이 가벼워질까 하여 밖으로, 자연으로 나갔다. 방앗간 둑을 따라 걷고 있는데 첫 햇살이 드리웠고 연못에서 어떤 소리가 들렸다. 뒤를 돌아보니 아름다운 여인이 물에서 서서히 떠올랐다. 여인은 부드러운 두 손으로 어깨 위 긴 머리를 잡았고, 여인의 긴 머리가 양쪽으로 흐르듯 하얀 몸을 감쌌다. 그는 여인이 곧 연못의 정령임을 알았는데 도망가야 할지 가만히 서 있어야 할지 두려워서 어쩔 줄 몰랐다. 그런데 물의 정령이 목소리를 내어 그의 이름을 부르더니 왜 그리 슬퍼하는지 물었다. 방앗간 주인은 처음에 주저하다 정령이 친근하게 말하는 소리에 마음을 가다듬고 과거에는 부유하

고 행복하게 살다 지금은 너무 가난해서 어떻게 해야 할지 모르겠다고 말했다. "진정하세요." 하고 정령이 말했다. "내가 당신을 어느 때보다 부유하고 행복하게 만들어 줄게요. 대신 지금 당신 집에서 갓 태어난 것을 내게 주겠다고 약속해 주세요." '어린 개나 어린 새끼 고양이 말고 다른 게 뭐가 있겠어?' 하고 생각한 방앗간 주인은 정령의 요구에 응했다.

정령은 다시 물속으로 들어갔고 방앗간 주인은 위로를 얻은 데다 기분이 좋아 방앗간으로 서둘러 돌아갔다. 아직 그가 방앗간에 채 도착하기도 전에 하녀가 문밖으로 나와 아내가 아들을 낳았으니 기뻐하라며 주인을 향해 크게 외쳤다. 방앗간 주인은 번개 맞은 듯 멈추어 섰다. 음흉한 물의 정령이 그 사실을 알고 속인 것이다. 주인이 고개를 숙인 채 아내의 침상으로 가자 아내가 물었다 "이 어여쁜 사내아이가 달갑지 않은가요?" 그는 물의 정령을 만나 어떤 약속을 했는지 아내에게 말했다. 그가 탄식하며 말했다. "아이를 잃는다면 재물과 재산이 무슨 소용이겠소? 하지만 내가 무엇을 할 수 있겠어?" 행운을 빌어 주러 온 친척들조차 해 줄 말을 몰랐다.

그러는 사이 방앗간 주인의 집에 행복이 다시 돌아왔다. 주인이 무엇을 하든 성공했고 상자와 돈궤가 저절로 채워졌으며 장롱 속 돈이 하루아침에 불어나는 것 같았다. 이윽고 얼마 지나지 않아 재산은 어느 때보다 불었다. 하지만 불안한 주인은 그저 기뻐할 수만은 없었다. 정령에게 한 약속이 마음을 괴롭혔기 때문이다. 연못을 지나갈 때마다 정령이 물에서 올라와 빚을 상기시킬까 봐 두려웠다. 방앗간 주인은 아들을 물 가까이 가지 못하게 했다. "조심하거라. 네가 물에 손을 대면 물속에서 손 하나가 나와 너를 잡아채 물속으로 끌고 들어갈 거다." 그러나 해가 거듭되고 정령이 다시 나타나지 않자 방앗간 주인은 안정을 찾기 시작했다.

소년은 자라 청년으로 성장했고 어떤 사냥꾼의 견습생으로 들어갔다. 청년이 배움을 마치고 유능한 사냥꾼이 되자 마을의 영주가 그를 고용했다. 마을에는 아름답고 착실한 소녀가 있었는데 그 소녀가 사냥꾼 마음에 들었고, 이 사실을 영주가 알아차리고는 사냥꾼에게 작은 집을 주었다. 두 사람은 결혼식을 올리고 평온하고 행복하게 살면서 서로를 마음 깊이 사랑했다.

한번은 사냥꾼이 사슴 한 마리를 쫓고 있었다. 사슴이 숲에서 벌판으로 빠져나왔을 때 그 뒤를 쫓던 사냥꾼이 마침내 총 한 발로 사슴을 쓰러뜨렸다. 사냥꾼은 자신이 위험한 연못 근처에 있다는 것을 알지 못했고, 동물 내장을 털어낸 뒤 피로 얼룩진 손을 씻기 위해 물가로 갔다. 그런데 그가 손을 물에 담그자마자 물의 정령이 웃으며 수면 위로 떠올라 젖은 팔로 사냥꾼을 휘감아 재빨리 끌어당겼고, 너울이 사냥꾼을 덮쳤다.

저녁이 되었는데 남편이 집으로 돌아오지 않자 아내는 두려웠다. 아내는 남편을 찾아 나섰고, 남편이 물의 정령이 뒤쫓는 것을 조심해야 하고 연못 근처로는 가려고도 하지 말아야 한다고 여러 번 말했기 때문에 이미 무슨 일이 일어났을지 어렴풋이 알아챘다. 아내는 서둘러 물가로 갔고, 사냥꾼의 가방이 둑에 놓여 있는 것을 발견하자 더 이상 불행을 의심할 수 없었다. 아내가 두 손으로 빌며 비통하게 사랑하는 이의 이름을 불렀지만 허사였다. 아내는 서둘러 연못의 다른 편으로 가서 남편을 다시 불러 보았다. 거친 말로 물의 정령을 꾸짖어도 보았지만 대답이 없었다. 수면은 고요했고 달의 반쪽 얼굴만 움직이지 않고 아내를 내려다보았다.

가여운 아내는 연못을 떠나지 않았다. 불안하고 빠른 발걸음으로 쉬지 않고 때로는 조용히, 때로는 격렬하게 소리 지르다가 때로는 작게 웅얼거리며 몇 번이고 다시 연못가를 돌았다. 결국 아내도 힘이 다 빠져 버렸다. 아내는 바닥에 쓰러져 깊은 잠에 빠졌다. 곧 꿈이 덮쳐 왔다. 아내는 겁에 질려 커다란 바위들 사이에서 앞으로 나아가고 있

었다. 가시와 덩굴이 발을 찔렀고 비가 얼굴에 내리쳤으며 바람이 긴 머리카락을 헝클어뜨렸다. 언덕 꼭대기에 다다르자 전혀 다른 광경이 펼쳐졌다. 하늘이 푸르고 공기가 온화했으며 땅은 완만하게 아래로 향했고 알록달록한 꽃이 핀 푸른 들판에는 깔끔한 오두막이 있었다. 그곳으로 가서 문을 여니 백발의 할머니가 앉아 있다가 친절하게 손짓했다. 그 순간 가여운 아내는 꿈에서 깨어났다.

날은 이미 밝았고 아내는 그 꿈 그대로 따라가 보기로 했다. 아내가 힘겹게 산에 오르자 모든 것이 꿈에서 본 그대로였다. 노파는 아내를 반갑게 맞아 주었고 앉을 의자를 가리켰다. "이렇게 내 외딴 오두막으로 찾아온 것을 보니 불행을 겪은 모양이군." 하고 노파가 말했다. 아내는 울면서 자신이 겪은 일을 노파에게 말했다. "진정해라." 하고 노파가 말했다. "내가 도와줄게. 저기 황금 빗이 있어. 보름달이 뜰 때까지 참고 기다렸다가 연못으로 가서 못 가장자리에 앉아 이 빗으로 너의 길고 검은 머리를 빗어. 다 빗고 나서 빗을 내려놓으면 어떤 일이 일어나는지 보게 될 거야."

아내는 집으로 돌아왔다. 보름달이 뜰 때까지 시간이 느리게 지나갔고 마침내 하늘에 빛나는 원반이 나타났다. 아내는 연못으로 나가 앉아 황금 빗으로 검고 긴 머리를 빗은 다음 물가에 빗을 두었다. 얼마 지나지 않아 연못 깊은 곳에서 물이 부글부글하더니 한 차례 너울이 일어 연못가로 구르듯 밀려와 빗을 가지고 사라졌다. 빗이 바닥으로 가라앉고 얼마 지나지 않아 수면이 갈라지면서 사냥꾼의 머리가 떠올랐다. 사냥꾼은 아무 말 없이 슬픈 표정으로 아내를 바라보았다. 그때 두 번째 파도가 밀려와 남자의 머리를 덮었다. 모든 것이 사라지고 연못은 예전처럼 고요했으며 보름달의 얼굴만 빛났다.

아내는 위안을 얻지 못하고 돌아왔지만 꿈이 다시 노파의 오두막을 보여 주었다. 아내는 다음 날 아침 다시 길을 나서 지혜로운 노파에게 괴로움을 털어놓았다. 노파는 황금빛 피리를 주며 말했다. "보름달이 다시 뜰 때까지 기다렸다가 이 피리를 들고 연못가에 앉아 못을 향해 아름다운 노래를 한 곡 연주해. 그 곡이 끝나면 피리를 모래 위에 두고. 그러면 어떤 일이 일어날지 보게 될 거야."

아내는 노파가 말한 대로 했다. 피리를 모래 위에 두자 연못 깊은 곳에서 물이 부글부글하고 너울이 밀려와 피리를 가지고 가 버렸다. 이윽고 물이 갈라지며 남편의 머리뿐 아니라 몸통의 반이 솟아올랐다. 사냥꾼은 간절한 마음이 가득해 아내를 향해 두 팔을 뻗었지만 두 번째 너울이 밀려들며 사냥꾼을 뒤덮어 다시 끌고 내려갔다.

"아, 이것이 무슨 도움이 되겠어?" 하고 가여운 여인이 말했다. "내 사랑하는 이를 잠시 보기만 할 뿐 다시 잃는데." 슬픔이 다시 마음에 가득했으나 꿈이 세 번째로 아내를 노파의 집으로 이끌었다. 아내는 다시 길을 나섰고 지혜로운 노파가 아내에게 황금 물레를 주고 위로하며 말했다. "아직은 다 끝난 것이 아니니 보름달이 뜰 때까지 기다려. 물가에 앉아 실패를 다 감은 뒤 물가에 그 물레를 둬. 무슨 일이 일어날지 보게 될 거야."

아내는 모든 것을 정확히 따랐다. 보름달이 뜨자마자 황금 물레를 들고 물가로 가 아마가 다 떨어지고 실패가 가득 찰 때까지 부지런히 돌렸다. 물레가 물가에 놓이자마자 물속 깊은 곳에서 평소보다 더 심하게 부글부글하며 거센 너울이 밀려와 물레를 가져갔다. 그러자 곧 물보라가 일며 남편의 머리와 온몸이 떠올랐다. 남편은 재빨리 물가로 껑충 뛰어 아내의 손을 잡고 달아났다. 그러나 얼마 가지 않아 연못 전체가 엄청나게 무서운 소리와 함께 달려들듯 세차게 먼 들판까지 물을 쏟아 냈다. 도망가던 두 사람에게 코앞에 닥친 죽음이 보였을 때 두려움에 가득 찬 아내가 노파에게 구원을 청했고, 그 순간 노파가 부인을 두꺼비로, 남편은 개구리로 변신시켰다. 밀려온 홍수는 그들을 죽일 수 없었지만 둘을 갈라 멀리 보내 버렸다.

물이 빠지고 나서 다시 마른땅에 닿자 둘은 인간의 모습으로 되돌아왔다. 그러나 서로 어디로 갔는지 몰랐고, 그들의 고향이 어디인지 알지 못하는 낯선 사람들 사이에 있었다. 높은 산과 깊은 계곡이 그들 사이에 놓였다. 둘은 살아남기 위해 양 떼를 돌봐야 했다. 여러 해 동안 그들은 슬픔과 그리움이 가득한 채 양 떼를 몰고 들과 숲을 돌아다녔다.

땅에 다시 한번 봄이 찾아온 어느 날 남편과 아내는 양 떼를 몰고 길을 나섰고, 우연은 서로를 향하고 있었다. 남편은 저 멀리 산비탈에 있는 양 떼를 보고 그쪽으로 양들을 몰았다. 계곡에서 만났을 때 그들은 서로를 알아보지 못해도 더 이상 외롭지 않아 기뻤다. 그때부터 그들은 날마다 나란히 양 떼를 몰고 다녔다. 그들은 말을 많이 하지는 않았지만 위로를 받았다. 어느 날 밤 하늘에 보름달이 빛나고 양들이 쉬고 있을 때 양치기가 주머니에서 피리를 꺼내 아름답지만 슬픈 노래를 불었다. 그가 그 곡을 끝냈을 때 양치기 여자가 서럽게 울고 있음을 알아차렸다. "왜 울어요?" 하고 그가 물었다. "아⋯⋯." 하고 여자가 대답했다. "그때도 이렇게 보름달이 떠 있었어요. 예전에 피리로 이 곡을 연주해 내 사랑하는 이의 머리가 물 밖으로 나왔을 때요." 그는 여자를 바라보았고 마치 눈에서 꺼풀이 떨어진 것처럼 사랑하는 아내를 알아보았다. 여자가 그를 바라보았을 때 달이 그의 얼굴을 비추었고 여자 역시 남편을 알아보았다. 그들은 부둥켜안고 입을 맞추었으며, 얼마나 행복했는지 누구에게 물어볼 필요도 없다.

182

난쟁이들의 선물

재단사와 금세공사가 함께 길을 가고 있었다. 해가 산 뒤로 넘어간 어느 날 저녁 멀리서 음악 소리가 들렸고, 소리는 점점 더 분명해졌다. 음악은 특이하면서 매우 고상해 재단사와 세공사는 모든 피로를 잊고 빠르게 계속 걸었다. 달이 이미 하늘에 떠올랐을 때 그들은 언덕에 다다랐는데 거기서 작은 남녀 여러 명이 손을 잡고 빙글빙글 돌면서 신나고 흥겹게 춤을 추며 가장 사랑스러운 노래를 부르고 있었다. 그 노래를 두 나그네가 들은 것이다. 난쟁이들 한가운데에 다소 키가 큰 노인 한 명이 앉아 있었는데 밝은색 외투를 걸쳤고 흰 수염이 가슴까지 닿았다. 경이로움에 두 사람은 멈춰 서서 춤을 바라보았다. 노인이 그들에게 들어오라고 손짓하자 난쟁이들이 기꺼이 그들의 원을 열었다. 곱사등이들이 으레 그러하듯 곱사등이 금세공사가 대담하게 원 안으로 들어갔다. 재단사는 처음에 조금 수줍어 뒤로 물러났지만 사람들이 즐겁게 도는 것을 보고 마음을 다잡고 뒤를 따랐다. 곧바로 원이 다시 닫히고 난쟁이들이 노래를 부르고 격렬하게 뛰면서 춤을 추었다. 그런데 노인이 날이 선 넓적한 칼을 허리띠에서 빼내어 날카롭게 갈고는 이방인들을 살폈다. 그들은 두려웠으나 오래 생각할 겨를이 없었다. 노인이 금세공사를 붙잡고 매우 빠른 속도로 그의 머리칼과 수염을 깨끗하게 밀

어 버렸다. 같은 일이 재단사에게도 일어났다. 그러나 아무 저항 없이 모든 일을 그대로 받아들인 것이 잘한 일이라고 말해 주려는 듯 노인이 일을 다 마친 후 세공사와 재단사의 어깨를 친근하게 토닥여 주자 그들의 두려움도 사라졌다. 노인은 한쪽에 놓인 석탄 더미를 손가락으로 가리키며 주머니를 채우라고 했다. 두 사람은 석탄이 무슨 도움이 될지 모르지만 시키는 대로 하고 밤을 지낼 곳을 찾아 나섰다. 그들이 골짜기에 다다랐을 때 이웃 수도원의 종이 12시를 쳤다. 곧 노랫소리가 그치고 모든 것이 사라졌으며 언덕만이 달빛 속에 쓸쓸히 있었다.

두 방랑자는 잠자리를 찾아 짚단 위에서 제 외투를 덮고 누웠다. 너무 피곤한 나머지 잠들기 전에 외투 주머니에서 석탄 꺼내는 것을 잊었다. 두 사람은 평소보다 일찍 잠에서 깨어났다. 몸이 무겁게 눌리는 것 같아서였다. 주머니에 손을 넣어 보니 석탄이 아니라 순금이 가득했다. 그들은 자기 눈을 믿을 수가 없었다. 또 머리며 수염도 다행히 모두 다시 덥수룩했다. 이제 그들은 부자가 되었는데 원래 탐욕스러운 성격이라 주머니를 더 가득 채워 온 금세공사는 재단사보다 두 배나 두둑했다. 욕심이 많은 자는 가진 것이 많으면 더 많은 것을 원하게 되는 법. 금세공사는 재단사에게 하루 더 머물면서 산에 있는 노인에게 다시 가서 더 큰 보물을 얻어 내자고 제안했다. 재단사는 거절하며 말했다. "나는 충분히 만족한다네. 이제 장인이 될 거고, 마음에 드는 상대와 결혼도 할 거고. 난 행복한 남자야." 그래도 재단사는 금세공사의 기분을 맞춰 주려고 하루 더 머물기로 했다.

저녁이 되자 금세공사는 꽤나 챙기려고 자루 몇 개를 어깨에 걸고 언덕을 향해 길을 나섰다. 그는 어제처럼 춤추며 노래하는 난쟁이들을 발견했고, 노인이 금세공사의 머리와 수염을 다시 다 밀고는 석탄을 가져가라고 손짓했다. 그는 주머니에 들어가는 만큼 많이 집어넣기를 주저하지 않았고, 행복에 가득 차 돌아와 외투로 몸을 덮었다. "금이 아무리 내리눌러도 나는 잘 참을 거야." 하고 그가 말했다. 그러면서 내일이면 금 덩어리 부자가 될 거라는 달콤한 기대를 품고 잠들었다. 눈을 뜨자마자 일어나 주머니를 뒤졌는데 금세공사가 꺼낸 것은 시커먼 석탄뿐이어서 경악했고, 아무리 다시 만져 봐도 석탄뿐이었다. '전날 얻은 금이 아직 남아 있어.' 생각하며 그것을 가져왔지만 그 또한 석탄으로 변해 있어 그는 다시 경악했다. 금세공사는 시커멓게 먼지를 뒤집어쓴 손으로 제 이마를 탁 쳤는데 머리는 대머리이고 수염도 매끈하게 면도되어 있었다. 그러나 그의 불행은 아직 끝나지 않았다. 그는 등에 달린 혹에 더해 가슴에 더 큰 두 번째 혹이 생긴 것을 알아차렸다. 그제야 자기 욕심 때문에 받은 벌임을 깨닫고 금세공사는 큰 소리로 울기 시작했다. 방금 잠에서 깬 착한 재단사는 불행한 이를 한껏 위로하며 말했다. "자네는 내 방랑길에 동행이 되어 주었으니 나와 함께 살며 내 보물을 나누자고." 재단사는 약속을 지켰고, 불쌍한 금세공사는 평생 혹 두 개를 단 채 대머리는 모자로 감추고 살아야 했다.

183

거인과 재단사

허풍은 잘 치지만 셈은 잘 할 줄 모르는 재단사가 밖으로 나가 숲을 둘러보기로 했다. 작업장을 떠날 수 있을 때가 오자마자 그는

"길을 갔다네,

큰 다리 작은 다리 건너,

여기로 저기로

계속 계속."

밖으로 나오자 어스름 푸르게 먼 곳에서 가파른 산이 보였고, 그 뒤에 하늘만큼 높은 탑이 어두운 야생의 숲 위로 솟아 있었다. "아이고." 하고 재단사가 외쳤다. "저게

뭐지?" 엄청난 호기심이 재단사를 자극해 그는 곧장 그곳을 향해 내달렸다. 그런데 가까이 가자 입과 눈이 떡 벌어졌다. 탑에는 다리가 달렸고, 엄청난 거인이 가파른 산을 단번에 뛰어넘어 재단사 앞에 떡 버티고 서 있었다. "여기서 뭐 하는 거냐, 쬐끄만 파리 다리 같은 녀석아." 거인이 큰 목소리로 사방이 울리도록 우레같이 소리쳤다. 재단사가 속삭이듯 말했다. "숲에서 밥벌이를 할까 해서 좀 둘러보려고요." "그럼 나를 위해 일하면 되겠구나." 하고 거인이 말했다. 그러자 재단사가 말했다. "안 될 건 없지요. 그런데 보수는 얼마나 주시는데요?" 거인이 말했다 "보수가 얼마냐고? 들어 봐, 일 년에 삼백육십오 일, 윤년이면 거기에 하루 더. 괜찮으냐?" "좋으실 대로요." 재단사는 마음속으로 생각했다. '분수에 맞게 누울 자리를 보고 다리를 뻗어야지. 다시 떠날 방법을 찾아야겠어.'

거인이 재단사에게 말했다. "가라 잡놈아, 가서 물 한 동이 가져와." "아예 샘이랑 우물도 다 가져오라고 하죠?" 하고 허풍쟁이 재단사가 묻긴 했지만 그래도 물동이를 들고 물가로 갔다. "뭐? 샘이랑 우물까지 다?" 조금 어설프고 바보 같은 거인이 겁을 먹기 시작하더니 수염 속으로 으르렁거렸다. "저 녀석은 사과 굽는 일보다 더 많은 일을 할 수 있나 봐. 몸 안에 요망한 마귀가 들었나 봐. 조심해야겠다, 한스 영감, 네 시중드는 하인 일을 할 놈이 아닌

거야.”

재단사가 물을 가져오자 거인은 숲에서 장작을 패 집으로 가져오라고 했다.

“아예 한번 후려쳐서

숲을 통째로 가져오라고 하죠?

갓 자랐건 오래되었건

마디투성이건 매끈하건

숲에 있는 전부를.”

재단사가 이렇게 묻긴 했지만 그래도 장작을 패러 갔다.

“뭐라고?

숲을 통째로 다 가져오라고 하죠?

갓 자랐건 오래되었건

마디투성이건 매끈하건

숲에 있는 전부를

게다가 샘이랑 우물까지?"

쉽게 속는 거인의 두려움은 더욱 커졌고 수염 속으로 웅얼거렸다. '저 녀석은 사과 굽는 일보다 더 많은 일을 할 수 있나 봐. 몸 안에 요망한 마귀가 들었나 봐. 조심해야겠다, 한스 영감, 네 시중드는 하인 일을 할 놈이 아닌 거야.'

재단사가 나무를 해 오자 거인은 저녁 식사감으로 멧돼지 두세 마리를 잡아 오라고 했다. "아예 한 방으로 수천을 쏘아 여기로 가져오라고 하죠?" 하고 오만한 재단사가 말했다. "뭐라고?" 겁쟁이 토끼발 거인이 겁을 먹고 말했다. "오늘은 됐고, 자러 가라." 거인은 너무 무서워서 밤새 눈을 못 붙이고 하인이라는 저주받은 마법사를 어떻게 하면 떼어 낼지 곰곰 생각했다. 때가 되면 묘안이 찾아오는 법이야.

다음 날 아침 거인과 재단사는 버드나무가 늘어선 늪으로 갔다. 거인이 말했다. "잘 들어라, 재단사. 네가 버드나무를 구부릴 수 있는지 내 목숨을 걸고라도 보고 싶으니 가지 위에 앉아라." 휘리릭, 재단사는 가지 위에 앉아 숨을 참으며 가지가 아래로 휘도록 몸을 무겁게 만들었다. 그러나 다시 숨을 내쉬어야 했을 때 운이 없게도 호주머니에 묵직한 다리미라도 넣어 두지 못했던 재단사는 아주 높이 솟아올라 더 이상 보이지 않았다. 거인에게는 큰 기쁨이었다. 재단사가 다시 아래로 떨어지지 않았다면 아직도 공중 어딘가에서 떠다니고 있을 거야.

184

못

어떤 상인이 박람회에서 장사를 잘해 물건을 모두 팔고 고양이 모양 돈주머니에 금과 은을 두둑하게 채웠다. 그는 해가 지기 전에 집에 도착하고 싶어서 돈주머니를 넣은 보따리를 싣고 말을 달렸다. 정오에 어느 마을에서 쉬었다가 다시 출발하려고 할 때 상인의 하인이 말을 끌고 와서 말했다. "나리, 말 왼쪽 뒷발굽 편자에 못이 하나 빠졌습니다." 상인이 대답했다. "그냥 두어라. 여섯 시간만 가면 되는데 그 정도면 말굽이 단단히 박혀 있겠지. 급하다."

오후가 되어 상인이 다시 말에서 내린 후 말에게 먹이를 주게 했는데 하인이 안으로 들어와서 말했다. "나리,

말 왼쪽 뒷발굽의 편자가 빠졌습니다. 대장장이에게 데리고 갈까요?" "그냥 두어라." 주인이 대답했다. "몇 시간 남지 않았는데 그 정도면 말이 참을 수 있겠지. 급하다." 말을 타고 출발한 지 얼마 되지 않아 말이 절뚝이기 시작했다. 또 절뚝거린 지 얼마 되지 않아 비틀거리기 시작했다. 또 비틀거린 지 얼마 되지 않아 다리가 부러져 넘어졌다. 상인은 말을 두고 봇짐을 풀어 어깨에 메고 집으로 걸어가야 했고 밤늦게 도착했다. "이 모든 불행이 그놈의 저주받은 못 하나 때문이다." 하고 상인은 중얼거렸다. 급할수록 천천히!

185

무덤 속 불쌍한 소년

옛날에 가난한 목동이 있었는데 아버지와 어머니가 죽어 관청에서 어느 부잣집으로 보냈다. 부자가 소년을 먹이고 가르치기로 되어 있었다. 그러나 부자 남편과 아내는 마음이 나빴고, 가진 재산이 많은데도 인색하고 자비가 없어 빵 한 쪽이라도 다른 이의 입으로 들어가면 화를 냈다. 소년은 무엇을 하든 먹을 것은 더 조금 매는 더 많이 맞았다.

어느 날 소년은 암탉과 병아리들을 지켜야 했다. 그런데 암탉과 병아리들이 길을 잘못 들어 덤불 울타리를 넘어갔고, 그때 매 한 마리가 총알처럼 날아와 암탉을 공중으로 낚아채 갔다. 소년은 온 힘을 다해 소리쳤다. "도둑, 도둑,

도둑놈이야." 하지만 무슨 소용이 있겠는가. 매는 제 약탈물을 돌려주지 않았다. 부자 남편이 소란한 소리를 듣고 달려와 자기 암탉이 없어졌다는 말을 듣고 화가 나 소년을 며칠 동안 움직일 수도 없을 만큼 흠씬 두들겨 팼다. 이제 소년은 병아리들을 돌봐야 했는데 어미가 없다 보니 어떤 병아리는 이쪽으로, 다른 한 마리는 저쪽으로 가 버리는 통에 형편이 더욱 어려워졌다. 매가 병아리 한 마리도 훔쳐 갈 수 없게 모두 한 줄로 묶어 두는 것이 현명하다고 생각해서 소년은 그렇게 했다.

예상은 완전히 빗나갔다. 며칠 후 소년이 여기저기 다닌 데다 배가 고파 지쳐 잠이 들었는데 맹금류 매가 날아와 병아리 한 마리를 낚아챘다. 그런데 다른 병아리들이 줄에 묶여 있는 바람에 결국 모두 딸려 갔고, 나무에 앉은 매가 병아리들을 삼켜 버렸다. 마침 집에 돌아오다 그 불행한 상황을 본 농부가 화가 나 아주 무자비하게 때려 소년은 며칠간 자리에 누워 있어야 했다. 소년이 다시 일어나자 농부가 말했다. "너는 너무 어리석어 목동으로는 쓸모가 없다. 그러니 심부름꾼이 되어라." 농부는 바구니에 포도를 가득 담고 편지도 한 통 넣어 재판관에게 전달하도록 소년을 보냈다.

가는 길에 소년은 허기와 갈증에 너무 괴로워 포도 두 송이를 먹었다. 바구니를 재판관에게 전달했는데 재판관이 편지를 읽고 포도알을 세더니 말했다 "포도 두 송이가 모자라는걸." 소년은 허기와 갈증으로 포도 두 송이를 먹었다고 솔직하게 고백했다. 판사는 농부에게 편지를 썼고, 그만큼의 포도를 한 번 더 요구했다. 이번에도 소년은 편지를 같이 가져가야 했다. 배가 너무 고프고 목이 말라 소년은 이번에도 포도 두 송이를 먹었다. 다만 먼저 편지를 광주리에서 꺼내 돌 아래 놓고 그 위에 앉았다. 편지가 아무것도 보지 못하고 비밀을 말하지 못하도록. 그런데 판사가 다시 모자란 포도에 대해 소년을 문책했다. "어떻게 아셨어요? 편지는 돌 밑에 두었는데." 판사는 소년의 우둔함에 웃을 수밖에 없었지만 농부에게 편지를 써서 불쌍한 소년을 더 잘 키우고 먹을 것과 마실 것이 부족하지 않도록 충분히 제공하며 옳고 그름을 가르치라고 했다. "그 차이가 무엇인지 분명히 보여 주마." 하고 가혹한 농부가 말

무덤 속 불쌍한 소년

했다. "먹고 싶으면 일을 해야 하고, 나쁜 짓을 저지르면 맞아서 충분히 교훈을 얻어야지."

다음 날 농부는 소년에게 힘든 일을 시켰다. 말에게 먹일 짚을 자르라며 "다섯 시간 뒤에 돌아올 테니 여물로 짚을 잘게 잘라라. 그러지 않으면 사지를 움직이지 못할 때까지 패 줄 거야." 하고 으름장을 놓았다. 농부는 아내, 일꾼, 하녀와 함께 대목장에 갔고, 소년에게는 작은 빵 한 쪽 말고는 남겨 두지 않았다. 소년은 짚풀 의자에 기대어 힘껏 일하기 시작했고, 일하다 더워 겉옷을 벗어 짚풀 위로 던졌다. 시간에 맞춰 일을 끝내지 못할까 봐 소년은 계속 잘랐고, 너무 열심히 일하는 바람에 짚풀을 자르면서 자기도 모르게 겉옷까지 잘라 버렸다. 소년은 뒤늦게야 그런 불행한 사태를 깨닫고 울부짖었다. "아, 이제 나는 끝이다. 악독한 농부가 괜히 으름장을 놓은 게 아니었어. 돌아와서 내가 한 일을 보면 나를 때려죽일 거야. 차라리 죽어야겠다."

소년은 농부의 아내가 "침대 밑에 독이 든 단지를 두었어요." 하고 말하는 것을 들은 적이 있었다. 하지만 그건 부인이 군것질 좋아하는 이들을 멀리하려고 한 말이었을 뿐 단지 안에는 꿀이 들어 있었다. 소년은 침대 밑으로 기어 들어가 단지를 꺼내 다 비웠다. "사람들은 죽음이 쓰다고 했는데 나는 모르겠네. 달콤하니 말이야. 농부 아내가 왜 그렇게 죽고 싶다고 했는지 놀랄 일도 아닌걸." 소년은 작은 의자에 앉아 죽음을 맞으려 했다. 하지만 쇠약해지는 대신 영양가 있는 꿀로 힘이 났다. 소년이 말했다. "분명 독이 아니었던 거야. 하지만 농부가 언젠가 자기 옷장에 파리 독이 한 병 있다고 말한 적이 있으니 어쩌면 그게 진짜 독일지도. 그럼 그 독으로 죽을 수 있을 거야." 하지만 그것은 독약이 아니라 달콤한 헝가리 포도주였다. 소년은 병을 꺼내 다 마셔 버렸다. "이 죽음도 달콤하구나." 술이 머리까지 오르면서 감각이 무뎌지니 소년은 자신의 종말이 다가오고 있다고 느꼈다. 소년이 말했다. "죽을 것 같다. 나가서 성당 묘지로 가야겠어. 거기서 무덤을 하나 찾아야지." 소년은 비틀거리며 성당 묘지에 이르러 방금 파놓은 무덤에 드러누웠다. 소년의 감각은 점점 더 사라졌다. 근처 식당에서 결혼식 피로연이 열리고 있었다. 소년은 의식을 완전히 잃기 전까지 피로연 음악 소리를 듣고 천당이라고 생각했다. 포도주의 뜨거운 열과 차가운 밤이슬이 목숨을 앗아 가, 가엾은 소년은 다시 깨어나지 않았다. 그는 자신이 스스로 들어간 무덤 속에 그대로 있게 되었다.

농부는 소년이 죽었다는 소식을 듣고 겁에 질렸고, 법정에 서게 될 것이 두려웠다. 실제로 농부는 두려움이 너무 커서 정신을 잃고 바닥에 쓰러졌다. 돼지기름이 가득한 냄비를 들고 화덕에 있던 부인이 남편을 도우려고 달려갔다.

그런데 불이 냄비 안으로 옮겨붙었고, 그 불이 집 전체로 번져 몇 시간 후 집은 잿더미로 변했다. 부부는 그들이 살아야 하는 세월 동안 가난과 불행 속에서 회한으로 괴로워했다.

186

진짜 신부

옛날에 젊고 예쁜 소녀가 있었는데 어머니를 일찍 잃었다. 새어머니는 소녀의 마음에 타는 듯한 고통을 주는 일이라면 뭐든지 했다. 소녀는 새어머니가 시키는 일이 아무리 힘들어도 힘닿는 데까지 꿋꿋하게 일했다. 하지만 사악한 여인의 마음을 감동시키지 못했고 새어머니는 언제나 불만족스러워했다. 소녀가 열심히 일할수록 새어머니는 어떻게 하면 더 많은 짐을 지우고 삶을 더 고달프게 할지 골몰했다.

하루는 새어머니가 소녀에게 말했다. "여기 깃털 열두 근이 있으니 깃대를 떼어 놓아라. 오늘 일을 다 마쳐야 한다. 오늘 밤에 다 끝내지 못하면 흠씬 얻어맞을 일이 너를 기다리고 있을 거야. 종일 빈둥거릴 수 있다고 생각했겠지?" 가엾은 소녀가 일을 하려고 앉았는데 눈물이 볼을 타고 흘렀다. 하루 만에 그 일을 끝내기가 불가능하다는 걸 알았기 때문이었다. 소녀가 깃털 뭉치 앞에서 두려움에 두 손으로 얼굴을 가리며 한숨을 쉬면 깃털이 흩날려 다시 정리해야 했다. 소녀는 탁자에 팔꿈치를 괴고 두 손에 얼굴을 파묻으며 부르짖었다. "하느님의 땅에서 나를 불쌍히 여기는 이는 아무도 없는 걸까?" 그때 소녀는 온화한 말소리를 들었다. "아이야, 진정하거라. 내가 너를 도우러 왔단다." 소녀가 고개를 들어 올려다보니 어떤 노파가 옆에 있었다. 노파는 다정하게 소녀의 손을 잡고 말했다. "네 마음을 짓누르는 일이 무엇인지 내게 털어놓으렴." 노파가 인자하게 말하자 소녀는 짐 하나를 덜면 다른 짐을 또 떠맡고 주어진 일을 다 마치치 못하는 자신의 서글픈 삶에 대해 말했다. "오늘 밤까지 이 깃털을 다 정리하지 못하면 저를 때릴 거예요. 새어머니가 그렇게 을렀고, 자기가 한 말은 지키거든요." 소녀의 눈에서 다시 눈물이 흐르자 마음씨 좋은 노파가 말했다. "걱정하지 말아라, 아이야. 쉬고 있으렴. 그사이 내가 일을 해 놓을 테니." 소녀는 침대에 누워 바로 잠이 들었다. 노파는 깃털이 놓인 탁자에 앉았다. 세상에, 노파의 깡마른 손이 깃대를 건드리지도 않았는데 깃털이 깃대에서 떨어져 나갔다. 노파는 금세 깃털 열두 근을 처리했다. 소녀가 깨어나자 노파는 사라지고 눈처럼 하얀 깃털 송이들이 한가득 쌓여 있었고 방 안이 깔끔히 정리되어 있었다. 소녀는 하느님에게 감사하며 저녁이 될 때까지 차분하게 앉아 있었다. 그때 새어머니가 들어와 일이 다 된 것을 보더니 놀랐다. 계모가 말했다. "봐라, 부지런히 하니 다 하잖아. 다른 일도 더 할 수 있었을 텐데 두 손을 다리 위에 두고 앉아만 있구나." 새어머니가 나가며 말했다. "저 미물이 빵만 축내는 줄 알았더니 아니었어. 더 어려운 일을 시켜야겠네."

다음 날 아침 새어머니가 소녀를 불러 말했다. "여기 이 숟가락으로 저기 정원 옆 큰 연못의 물을 다 퍼내거라. 저녁까지 끝내지 못하면 어떻게 되는지 알지?" 소녀는 숟가락을 받았는데 구멍이 크게 나 있었고, 구멍이 없더라도 숟가락으로는 절대 연못의 물을 다 퍼낼 수 없었다. 소녀는 물가에 무릎을 꿇고 앉아 바로 일을 시작해 눈물이 흘러 떨어지는 연못을 계속 퍼냈다. 그때 마음씨 좋은 노파가 다시 나타나 소녀가 슬퍼하는 이유를 듣고 말했다. "안심해라, 아이야. 수풀로 들어가 누워 자렴. 네 일은 내가 해 놓으마." 홀로 남은 노파가 손으로 연못을 건드리자 물이 안개처럼 피어올라 구름과 섞였다. 연못은 점점 비어

갔고, 해가 지기 전 소녀가 일어나 연못가에 왔을 때는 진흙 속에서 꿈틀거리는 물고기만 보였다. 소녀는 새어머니에게 일이 다 된 것을 보여 주었다. "이미 오래전에 끝냈어야지!" 하고 말하며 새어머니는 분해서 낯빛이 새하얗게 변했지만 새로운 일을 생각해 냈다.

셋째 날 아침 새어머니는 소녀에게 말했다. "저기 평원에 나를 위한 아름다운 성을 하나 쌓거라. 저녁에는 완성해 놓아야 한다." 소녀가 화들짝 놀라 "어떻게 제가 그렇게 큰 일을 해내겠어요?" 하자 "말대답은 안 참는다." 하고 새어머니가 소리쳤다. "구멍 뚫린 숟가락으로 연못을 퍼냈으니 성도 쌓을 수 있겠지. 오늘 안에 그 성으로 들어갈 테니 부엌이든 지하실에서든 아주 사소한 것이라도 부족함이 있으면 어떤 일이 일어날지 잘 알지?" 새어머니는 소녀를 내쫓았다.

소녀가 골짜기에 와 보니 바위들이 겹겹이 쌓여 있었고, 아무리 힘을 써도 가장 작은 바윗돌 하나 꼼짝하지 않았다. 소녀는 앉아 울면서 마음씨 좋은 노파가 도와주기를 바랐다. 소녀를 오래 기다리게 하지 않고 노파가 나타나 위로했다. "저 그늘에 가서 누워 자렴. 네게 성을 지어 주마. 네게 기쁨이 된다면 성에서 살 수도 있단다." 소녀가 잠들자 노파가 회색빛 바위를 건드렸다. 그러자 바위들이 일어나더니 마치 거인이 성벽을 쌓듯 함께 움직였다. 그 위로 성채가 세워졌고, 보이지 않게 일하는 수많은 손이 돌을 하나둘 쌓는 것처럼 보였다. 땅이 요란하게 울리고 큰 기둥들이 일제히 솟아올라 나란히 정렬했다. 지붕 위에는 기와가 가지런히 놓였고, 정오 무렵에는 탑 꼭대기에 날개

진짜 신부

같은 망토를 걸친 황금 소녀 모양의 풍향계가 돌았다. 성의 내부는 저녁 무렵에 완성되었다. 노파가 어떻게 했는지 나는 모르지만 벽에는 비단과 벨벳 벽지를 발랐고, 의자에는 자수가 화려했으며, 대리석 테이블에는 장식이 화려한 안락의자가 놓였다. 천장에는 크리스털 샹들리에가 달려 반들거리는 바닥에 반사되었다. 이국적인 초록빛 앵무새들이 황금빛 새장에 앉아 감미롭게 노래해 마치 왕이 사는 듯 모든 것이 화려했다.

해가 막 지려 할 때 깨어난 소녀를 수많은 불빛의 광채가 맞아 주었다. 소녀는 서둘러 다가가 열린 문을 통해 성 안으로 들어갔다. 계단은 붉은 천으로 덮여 있었고 꽃을 피운 나무들이 황금 난간을 장식했다. 소녀는 방의 화려함에 돌처럼 굳은 듯 서 있었다. 새어머니를 떠올리지 않았다면 얼마나 오랫동안 그렇게 서 있었을지 누가 알겠는가. "아, 어머니가 드디어 만족해서 더 이상 내 삶을 비참하게 만들지 않았으면." 하고 소녀는 혼잣말을 했다.

소녀는 새어머니에게 가서 성이 완성되었다고 했다. "바로 들어가야겠다." 하고 말하며 새어머니가 자리에서 일어났다. 성으로 들어가자 새어머니는 눈부신 빛 때문에 손으로 두 눈을 가려야 했다. "봐라, 네 일이 얼마나 쉬웠는지. 더 어려운 일을 시킬 걸 그랬잖아." 하고 새어머니가 소녀에게 말했다. 새어머니는 방마다 다니며 구석구석 부족하거나 빠뜨린 것이 있나 살펴보았지만 찾아낼 수 없었다. "이제 지하로 가 보자. 부엌과 지하실을 살펴봐야지. 혹시 네가 뭐라도 잊었으면 벌을 면할 수 없을 거야." 하고 새어머니가 악의에 찬 눈빛으로 소녀를 바라보며 말했다. 하지만 화덕 위에는 불이 타오르고, 솥에서 음식이 끓고 있었으며, 부젓가락과 쓰레받기가 벽에 기대어 있고, 반짝반짝 빛나는 황동 접시가 잘 보이게 놓여 있었다. 부족한 것이라곤 없고 심지어 석탄통과 물통도 빠뜨리지 않았다. 새어머니는 "지하실 입구가 어디냐? 포도주 통이 가득 차 있지 않으면 네게 끔찍한 일이 일어날 거야." 하고 소리쳤다. 새어머니는 지하실로 내려가는 뚜껑 문을 들어 올리고 내려갔다. 그런데 두 걸음을 채 내딛기도 전에 뒤로 젖혀 놓은 문이 떨어지며 닫혀 버렸다. 비명 소리를 들은 소녀가 재빨리 문을 들어 올리려고 했지만 새어머니는 이미 계단 아래로 떨어져 영혼이 빠져나가 죽은 채 바닥에 엎어져 있었다.

이제 이 화려한 성은 오롯이 소녀의 소유가 되었다. 처음에 소녀는 행복해 어쩔 줄을 몰랐다. 옷장에는 아름다운 드레스가 걸려 있었고, 보석함에는 금과 은, 진주와 보석이 가득했으며, 이룰 수 없는 소원이라곤 어떤 것도 없

었다. 곧 소녀의 아름다움과 부에 대한 평판이 온 세상으로 퍼졌다. 매일 구혼자들이 찾아왔지만 누구도 마음에 들지 않았다. 드디어 어떤 왕자가 왔고, 소녀의 마음을 움직일 줄 아는 그와 소녀는 정혼을 했다. 하루는 둘이 성 정원의 푸른 보리수나무 아래 다정하게 앉았는데 왕자가 소녀에게 말했다. "집에 가서 우리 혼인에 대해 아버지의 허락을 받아 오겠어요. 이 보리수나무 아래에서 나를 기다려 줘요. 몇 시간이면 다시 돌아올 테니." 소녀는 그의 왼쪽 뺨에 입을 맞추며 말했다. "마음 변하면 안 돼요. 이쪽 뺨에는 누구도 입 맞추지 못하게 하세요. 나는 당신이 돌아올 때까지 보리수나무 아래에서 기다리겠어요." 소녀는 해가 질 때까지 보리수나무 아래에 앉아 있었지만 왕자는 돌아오지 않았다. 아침부터 저녁까지 사흘 내내 왕자를 기다렸지만 허사였다. 나흘째 되던 날 여전히 그가 오지 않자 소녀가 말했다. "분명히 어떤 불운이 닥쳤을 거야. 가서 그를 찾아봐야겠어. 찾기 전까지는 돌아오지 않을 거야."

소녀는 가장 아름다운 드레스 세 벌을 챙겼는데 하나는 빛나는 별들로, 두 번째는 은빛 달로, 세 번째는 태양 황금빛으로 수놓은 드레스였다. 귀한 보석 한 움큼도 보자기에 묶어 길을 나섰다. 여기저기서 신랑에 대해 물었지만 아무도 그를 본 적이 없고 알지 못했다. 소녀는 온 세계를 떠돌았으나 왕자를 찾을 수 없었다. 결국 소녀는 어느 농부에게 목동으로 고용되었고 옷과 보석은 바위 아래 묻어 두었다.

소녀는 목동으로 살면서 사랑하는 이를 그리워하며 슬픔 속에서 가축을 돌보았다. 소녀에게는 송아지 한 마리가 있었는데 손으로 먹이를 먹이면서

"송아지야, 송아지야, 무릎을 꿇어라.

너는 네 목동을 잊지 말아라,

왕자가 제 신부를 잊은 것처럼,

청보리수 아래 앉아 기다리던 제 신부를.”

하고 말하면 송아지가 무릎을 꿇었고, 소녀는 송아지의 등을 쓰다듬었다.

소녀가 외롭고 슬프게 몇 년을 보냈을 때 공주가 곧 결혼한다는 소식이 온 나라에 퍼졌다. 성으로 가려면 소녀가 사는 마을을 지나야 했고, 가축 떼를 몰고 가던 어느 날 소녀는 지나가는 신랑의 행렬과 마주치게 되었다. 신랑은 도도한 모습으로 말에 앉아 소녀를 쳐다보지 않았지만, 소녀는 그가 자신이 사랑하는 사람임을 바로 알아보았다. 마치 날카로운 칼이 소녀의 심장을 베는 듯했다. 소녀가 말했다. “아, 변하지 않을 줄 알았는데 나를 잊었구나.”

다음 날 소녀는 길에서 다시 왕자와 마주쳤다. 왕자가 가까이 오자 소녀가 송아지에게 말했다.

“송아지야, 송아지야, 무릎을 꿇어라.

너는 네 목동을 잊지 말아라,

왕자가 제 신부를 잊은 것처럼,

청보리수 아래 앉아 기다리던 제 신부를.”

그 목소리를 듣고 왕자가 말을 멈추고 내려다보았다. 왕자는 목동의 얼굴을 바라보았고, 뭔가 떠올리려는 듯 손으로 두 눈을 가렸지만 다시 말을 달려 금세 사라져 버렸다. “아, 더 이상 나를 알아보지 못하는구나.” 하고 소녀가 말했고 슬픔은 더욱 커져만 갔다.

얼마 지나지 않아 왕의 궁정에서 사흘 동안 큰 잔치를 베풀 것이라 했고, 나라 전체를 잔치에 초대했다. '이제 마지막으로 시도해 봐야겠어.' 하고 생각한 소녀는 저녁이 되자 보물을 묻어 둔 바위로 가 황금빛 햇살의 드레스를 꺼내 입고 보석으로 장식했다. 두건 아래 묶어 감추었던 머리를 풀자 소녀의 긴 곱슬머리가 늘어졌다. 그런 모습으로 소녀는 아무에게도 들키지 않고 어둠 속에서 성으로 갔다. 소녀가 환히 빛나는 홀에 들어가자 모두 놀라 뒤로 물러났지만 그녀가 누구인지 누구도 알지 못했다. 왕자는 소녀를 향해 다가갔지만 알아보지 못했다. 왕자는 소녀를 춤으로 이끌었고 소녀의 아름다움에 매혹되어 더 이상 다른 신부를 생각하지 않았다. 잔치가 끝나자 소녀는 군중 속으로 사라져 날이 밝기 전에 서둘러 마을로 가 다시 목동의 옷을 입었다.

다음 날 저녁 소녀는 은빛 달의 드레스를 꺼내고 머리에는 반달 모양의 보석을 꽂았다. 소녀가 잔치에 나타나자 모든 시선이 쏠렸고, 왕자는 서둘러 소녀를 향해 갔다. 사랑에 가득 찬 왕자는 소녀하고만 춤을 추고 다른 이는 쳐다보지 않았다. 소녀는 떠나기 전 왕자에게 마지막 날 다시 오겠다고 약속해야 했다.

진짜 신부

세 번째로 나타났을 때 소녀는 별빛 드레스를 입었다. 걸을 때마다 드레스가 반짝반짝 빛났고 별 모양의 보석으로 머리띠와 허리띠를 장식했다. 이미 오랫동안 소녀를 기다렸던 왕자는 다른 이들을 밀치며 소녀에게 다가갔다. "당신이 누구인지 말해 줘요. 마치 당신을 오랫동안 알고 있었던 것 같소." 하고 왕자가 말했다. 소녀가 "모르시나요? 당신이 나를 떠날 때 내가 어떻게 했었는지?" 하고 왕자에게 가까이 다가가 왼쪽 뺨에 입을 맞추었다. 그 순간 왕자의 눈에서 비늘이 떨어지더니 진정한 신부를 알아보았다. "갑시다." 하고 왕자가 소녀에게 말했다. "여기는 더이상 내가 머물 곳이 아니오." 왕자는 손을 내밀어 마차가 있는 밖으로 소녀를 데리고 나갔다. 바람이 이끌 듯 맑은 마법의 성으로 빠르게 달렸다. 저 멀리에서도 창문 불빛이 반짝이는 것이 보였다. 그들이 보리수나무를 지나갈 때 수많은 벌레가 나뭇가지를 흔들며 향기를 내려보냈다. 계단에 꽃이 피고 방에서 이국 새들의 노랫소리가 들려왔다. 궁정 사람이 모두 홀에 모였고, 신랑이 진짜 신부와 예식을 올릴 수 있도록 사제가 기다리고 있었다.

187

토끼와 고슴도치[30]

구연 동화 듣기

이 이야기는 꽤나 거짓처럼 들리겠지만 젊은이들, 진짜야. 할아버지가 들려준 이야기인데, 할아버지는 재미나게 이야기해 주실 때면 항상 이렇게 말씀하셨어. "이야기는 진실해야 한단다, 아이야. 그렇지 않으면 들려줄 수 없겠지." 그리고 그 이야기는 이렇지.

메밀꽃이 피기 시작한 가을, 어느 일요일 아침이었다. 하늘에 뜬 태양이 밝게 빛나며 따사로운 아침 바람이 나

---

30 독일 북부 사투리인 동베스트팔렌어로 적힌 이야기다.

무 그루터기 위로 지나가고, 종달새가 하늘에서 노래하고, 벌들이 메밀 사이에서 붕붕, 사람들은 일요일이라 잘 차려 입고 성당으로 향했고, 피조물이 모두 유쾌했으며 고슴도 치 또한 마찬가지였다. 고슴도치는 팔짱을 끼고 동쪽에서 불어오는 아침 바람을 향해 문 앞에서 짧은 노래를 흥얼 거렸는데 잘하기도 하고 못하기도 하는, 어느 좋은 일요일 아침 고슴도치 한 마리가 노래를 하는 그런 정도의 흥얼거 림이었다. 그렇게 혼자 흥얼거리다 문득 아내가 아이들을 씻기고 옷을 입히는 동안 들판으로 잠시 산책을 가 자신 의 순무를 살펴보는 게 좋겠다고 생각했다. 사실 순무는 그의 집 옆에 가까이 있었고, 고슴도치와 그의 가족이 순 무를 자주 먹어 그 순무를 제 것인 양 여겼다.

말이 나오자마자 바로 행동에 옮겼다. 고슴도치는 문을 닫고 들판으로 길을 나섰다. 고슴도치가 집에서 그리 멀 지 않은 들판 앞에 선 가시덤불을 돌아 순무밭 쪽으로 꺾 으려 할 때 자신과 비슷한 용무로 나온 토끼와 마주쳤는 데, 토끼는 자신의 양배추를 보러 가는 길이었다. 고슴도 치는 토끼를 보고 상냥하게 아침 인사를 했다. 그러나 토 끼는 제 생각에 자신이 귀한 신사인지라 거칠고 교만한 태 도로 고슴도치의 인사에 답하지 않고 몹시 비웃는 표정 으로 말했다. "어쩌다 네가 이렇게 이른 아침 들판을 돌 아다녀?" "산책 가." 고슴도치가 말했다. "산책?" 토끼가 웃으며 말했다. "내 생각에 네 다리를 더 나은 일에 쓸 수 있을 것 같은데." 고슴도치는 이 말이 대단히 불쾌했는데 다리가 날 때부터 휜 터라 다른 건 다 참아도 다리에 관해 이야기하는 건 그대로 둘 수 없었기 때문이다. 그래서 이번에는 고슴도치가 토끼에게 말했다. "너는 네 다리로 뭘 더 많이 할 수 있다고 멋대로 생각하는 모양이지." "그렇게 생각하지." 하고 토끼가 말했다. "해 보면 알겠지. 경주를 하면 내가 너를 앞지른다는 데 건다." 하고 고슴도치가 말했다. "너 웃긴다, 다리도 휘었으면서. 하지만 네가 정 원한다면 경주를 할 수야 있지. 내기는 뭘로 걸래?" 토끼가 물었다. "프랑스 금화 한 잎이랑 브랜디 한 병." 고슴도치가 말했다. "받아들이지." 하고 토끼가 말했다. "그럼 악수와 함께 바로 시작하면 되겠네." "아니, 그렇게 서두

토끼와 고슴도치

665

를 필요 없어! 나는 아직 속이 비었거든. 먼저 집에 가서 아침을 조금 먹어야겠어. 삼십 분 뒤 이리로 다시 올게." 고슴도치가 말했다. 토끼가 동의했고 고슴도치는 집으로 갔다. 집에 가는 길에 고슴도치는 생각했다. '토끼는 제 긴 다리를 믿고 있지만 나는 이길 수 있어. 녀석은 고귀한 신사일지 몰라도 아주 멍청한 놈이잖아. 그러니 값을 치르게 될 거야.'

　고슴도치는 집에 도착해서 아내에게 말했다. "여보, 어서 옷을 입어. 나와 함께 들판으로 나가야 해." "무슨 일인데?" 아내가 말했다. "프랑스 금화 하나와 브랜디 한 병을 걸고 토끼와 내기를 했다오. 달리기를 할 건데 당신이 있어야겠어." "하느님! 여보!" 아내가 남편을 타박하기 시작했다. "아니 정신이 나갔어? 어떻게 토끼와 경주를 하려는 거야?" "입 닫지, 여편네!" 고슴도치가 말했다. "그건 내 일이야. 남자들의 문제에 끼어들지 말고 서둘러 옷이나 입고 같이 가자." 고슴도치의 아내가 무엇을 할 수 있었겠는가? 아내는 좋든 싫든 남편을 따라가야 했다.

　함께 가는 길에 고슴도치가 아내에게 말했다. "이제 내가 하는 말을 잘 들어. 보여? 저기 긴 전답이 있는 곳에서 경주를 할 거야. 토끼는 저쪽 이랑에서, 나는 이쪽 다른 이랑에서 달리지. 그리고 시작은 저 위쪽에서 할 거야. 당신

은 내 쪽 이랑 아래에 서 있는 것 말고는 달리 할 일이 없
어. 토끼가 반대편에서 아래쪽에 도착하면 그를 향해 이
렇게만 말하면 돼. '나는 벌써 왔지.'"

  그러는 사이 그들은 밭에 도착했다. 고슴도치는 아내
가 서 있을 자리를 알려 주고 밭 위쪽으로 걸어 올라갔
다. 고슴도치가 도착했을 때 토끼는 벌써 와 있었다. "시작
할까?" 토끼가 말했다. "물론이지." 고슴도치가 말했다.
"자, 그럼 시작!" 하면서 각자 자기 이랑에 섰다. 토끼가
숫자를 세기 시작했다. "하나, 둘, 셋!" 그러고 나서 토끼
가 회오리바람처럼 밭 아래로 내달렸다. 하지만 고슴도치
는 겨우 세 걸음 정도만 뛰었고, 그러고 나서 이랑 쪽으로
몸을 숙이고 조용히 앉았다.
  토끼가 전속력으로 달려 밭 아래쪽에 도착했을 때 고슴
도치의 아내가 토끼에게 소리쳤다. "나는 벌써 왔지!" 토

끼는 많이 놀라 주춤했다. 토끼는 소리친 이가 고슴도치라고 생각했는데 잘 알려진 대로 고슴도치 아내는 남편과 똑같이 생겼기 때문이다. 토끼는 속으로 '뭔가 이상해.' 하고 생각했다. 그래서 소리쳤다. "한 번 더 달리자, 다시 반대로." 토끼는 다시 한번 머리통 주위로 귀가 펄럭거리며 휘오리바람에 날아가 버릴 것처럼 휭하니 내달렸다. 하지만 고슴도치의 아내는 제자리에 가만히 서 있었다. 토끼가 들판 꼭대기에 다다랐을 때 고슴도치가 토끼에게 소리쳤다, "나는 벌써 왔지!" 그러자 토끼가 어쩔 줄 몰라 하다 화가 나 소리쳤다. "한 번 더 달리자, 다시 반대로." "그러지 뭐, 나는 상관없으니까. 네가 원한다면 원하는 만큼." 하고 고슴도치가 대답했다. 그래서 토끼는 일흔세 번이나 더 뛰었고, 그때마다 고슴도치는 매번 토끼를 이겼다. 토끼가 위쪽이나 아래쪽에 도착할 때마다 고슴도치와 고슴도치의 아내가 말했다. "나는 벌써 왔지!"

그러나 일흔네 번째에 토끼는 더 이상 끝까지 달릴 수 없었다. 토끼는 밭 한가운데에서 쓰러졌고, 목에서 피를 쏟으며 그 자리에 뻗어 죽었다. 고슴도치는 이겨서 얻은 프랑스 금화 하나와 브랜디 한 병을 가지고 이랑에서 아내를 불렀고, 둘은 매우 신이 나서 집으로 돌아갔다. 만약 그들이 죽지 않았다면 여전히 그곳에 살고 있을 것이다.

이것이 고슴도치가 북스테후데 벌판에서 토끼를 죽도

록 달리게 했던 일이야. 이후 어떤 토끼도 북스테후데 고슴도치에게 내기를 걸며 달리자고 하지 않았지. 하지만 이 이야기의 교훈은 첫째, 아무리 자신을 귀하다 생각해도 자기보다 부족한 사람에게는 설령 그가 고슴도치라도 웃음거리로 만들면 안 된다는 것. 둘째, 남자는 결혼할 때 자신과 같은 처지의 아내, 자신과 똑같이 생긴 아내를 얻어야 한다는 것. 그러니까 자기가 고슴도치면 아내도 역시 고슴도치인 걸 알아야 해.

188

물렛가락, 베틀북, 바늘

옛날에 어려서 아버지와 어머니를 잃은 어떤 소녀가 있었다. 마을 끝 오두막에는 소녀의 대모가 실을 잣고 천을 짜고 바느질을 하며 홀로 살고 있었다. 대모 할머니는 남겨진 아이에게 일을 가르치며 착실하게 키웠다. 소녀가 열다섯 살이 되었을 때 대모는 병이 들어 소녀를 침대맡으로 불러 말했다. "사랑하는 딸아, 내 마지막이 다가오고 있다. 네가 비바람으로부터 보호받을 수 있도록 오두막을 물려주고, 또 네가 양식을 살 수 있도록 물렛가락과 바늘을 남기마." 대모는 소녀의 머리에 두 손을 얹고 축복하며 말했다. "하느님만을 마음속에 간직하면 편히 살게 될 것이다.” 그러고 나서 대모는 바로 눈을 감았고, 소녀는 대모가 땅에 묻히던 날 관 뒤를 따르며 몹시 울면서 마지막 작별을 했다.

소녀는 오두막에서 홀로 살며 부지런히 실을 잣고 직물을 짜고 바느질을 했고, 소녀가 하는 모든 일에 마음씨 좋은 대모의 축복이 깃들었다. 방에서는 아마가 저절로 늘어나는 것 같았고, 소녀가 천이나 양탄자를 짜거나 셔츠를 만들면 값을 충분히 치르려는 구매자가 바로 나타나 소녀

물렛가락, 베틀북, 바늘

는 곤궁함을 느끼지 않고 다른 사람들과 나눌 수 있었다.

이 무렵 왕의 아들이 신부를 찾아 전국을 돌아다니고 있었다. 가난한 신부는 얻으면 안 되었고, 부유한 신부는 그가 원하지 않았다. 왕자는 말했다. "가장 가난하면서도 가장 부유한 여인이 내 아내가 될 것이다." 소녀가 사는 마을에 온 왕자는 어디서나 그랬던 것처럼 마을에서 누가 가장 부유하고 또 가장 가난한지 물었다. 사람들은 가장 부유한 여인을 먼저 언급했다. 그리고 가장 가난한 여인은 마을 끝 오두막에 사는 소녀라고 했다.

부유한 여인은 얼굴에 회칠을 잔뜩 하고 집 문 앞에 앉아 있었다. 왕자가 가까이 다가오자 그를 향해 고개 숙여 인사했는데, 왕자는 그녀를 쳐다보고는 아무 말 없이 말을 타고 계속 나아갔다. 왕자가 가난한 소녀의 집에 도착했을 때 소녀는 문 앞에 서 있지 않고 작은 오두막 안에 앉아 있었다. 왕자는 말을 멈추었고, 밝은 태양빛이 들이치는 창문을 통해 물레바퀴 앞에 앉아 열심히 물레질하는 소녀를 보았다. 고개를 들고 왕자가 창문으로 들여다보는 것을 알아챈 소녀가 얼굴을 붉히고 눈을 내리깐 채 물레를 계속 돌렸다. 이번에 자은 실이 아주 고르게 나왔는지 나는 모르지만 왕자가 말을 타고 돌아갈 때까지 소녀는 계속 물레를 돌렸다. 그 뒤 소녀는 "아, 집이 너무 덥

네.” 하면서 창가로 가 창문을 열었고, 왕자의 모자에 달린 하얀 깃털이 보이지 않을 때까지 뒷모습을 바라보았다.

소녀는 방에 다시 앉아 물레를 계속 돌렸다. 그때 대모가 일할 때 가끔 소리 내어 말하던 구절이 떠올랐다.

“물렛가락, 물렛가락, 밖으로 나가렴.

내 집으로 구혼자를 데려오렴.”

무슨 일이 일어났을까? 물렛가락이 순식간에 손에서 튕기듯 빠져나가 문밖으로 나갔고, 소녀가 깜짝 놀라 자리에서 일어나 보니 그것이 평야에서 재미나게 춤추며 반짝이는 금실을 끌고 가고 있었다. 얼마 지나지 않아 물렛가락은 소녀의 시야에서 사라져 버렸다. 물렛가락이 없어져 소녀는 이제 베틀에 앉아 천을 짜기 시작했다. 그런데 물렛가락은 춤을 추며 계속 앞으로 나아갔고, 실이 끝나는 순간 왕자에게 닿았다. “내가 보는 저것이 무엇이지?” 하고 왕자가 소리쳤다. “물렛가락이 내게 길을 안내하려는 것인가?” 하고 왕자는 말을 돌려 금실을 따라 돌아갔다. 소녀는 그저 일을 계속하면서 노래를 불렀다.

“북아, 북아, 정교하게 짜 보렴.

구혼자를 내게로 데리고 오렴.”

그러자 북이 소녀의 손에서 빠져나와 문을 향해 튀어나갔다. 그러더니 문턱 앞에서 카펫을 짜기 시작했는데 사람들이 본 어떤 것보다 아름다웠다. 카펫 양쪽으로 장미와 백합꽃이 피어났고, 한가운데 황금빛 대지 위에 푸르른 덩굴손이 자랐고, 그 안에서 토끼와 산토끼가 뛰어놀았고, 사슴과 노루가 그 사이로 머리를 내밀었고, 나뭇가지 위에 알록달록한 새들이 앉아 있었고, 그들이 노래했더라면 하는 것 말고는 부족함이 없었다. 북은 이리저리 튀어 올랐고, 마치 모든 것이 저절로 자라는 것 같았다.

북이 멀리 가 버리자 소녀는 바느질을 하려고 앉았다. 소녀는 바늘을 손에 쥐고 노래를 불렀다.

"바늘아, 바늘아, 뾰족하고 섬세한 바늘아.
구혼자를 위해 내 집을 깨끗이 해 주렴."

그러자 소녀의 손가락 사이에서 바늘이 튕겨 나가 번개처럼 빠르게 집 안을 오갔는데, 눈에 보이지 않는 영혼들이 일하는 것과 다름없었다. 곧 테이블과 긴 의자에 초록 천을 덮고 의자에 벨벳을 씌우고 창에는 실크 커튼을 드리웠다. 바늘이 마지막 땀을 끝냈을 때 소녀는 금실 달린 물렛가락이 데려온 왕자의 하얀 깃털을 창문으로 보았다. 왕자는 말에서 내려 카펫을 밟고 집 안으로 들어왔다. 왕자가 응접실에 들어섰을 때 소녀는 허름한 옷을 입었지만 마치 덤불 속 장미처럼 빛을 발하고 있었다. "당신은 가장 가난하면서도 가장 부유한 사람이군요." 하고 왕자가 소녀에게 말했다. "나와 함께 갑시다. 당신이 내 아내가 되어야겠습니다." 소녀는 아무 말 없이 왕자에게 손을 내밀었다. 왕자는 입을 맞추고 소녀를 밖으로 데리고 나가 말에 태워 성으로 가서 큰 기쁨 속에서 결혼식을 치렀다. 물렛가락과 북과 바늘은 보물 창고에 보관되었고 매우 귀하게 여겨졌다.

물렛가락, 베틀북, 바늘

189

농부와 악마

옛날에 영악하고 짓궂은 농사꾼이 있었다. 농사꾼의 짓궂은 장난에 관해 해 줄 이야기가 많지만, 그중 농사꾼이 악마를 놀려 바보로 만든 이야기가 가장 재미나다.

어느 날 땅거미가 질 무렵 농사꾼이 밭을 갈고 집으로 돌아갈 준비를 하고 있었다. 그때 농사꾼은 밭 한가운데서 불타는 석탄 더미를 보았다. 놀라서 다가가니 잉걸불 위에 작고 검은 악마가 앉아 있었다. 농사꾼이 말했다. "보물 위에 앉아 있나 보네요?" "그래." 하고 악마가 말했다. "네가 살면서 보았던 것보다 더 많은 금과 은이 든 보물 위에 앉아 있지." "그 보물이 내 밭에 있으니 내 보물이

군요." "네 것이지." 하고 악마가 말했다. "이 년 동안 네 밭에서 나는 작물의 절반을 내게 준다면 말이야. 나는 돈은 충분히 있지만 지상에서 나는 열매를 원하거든." 농사꾼은 그 거래에 동의했다. "나눌 때 다툼이 없어야 하니까……." 하고 농부가 말했다 "땅 위에 있는 것은 당신 것이고 땅 아래 있는 것은 내 것이에요." 그 제안이 악마의 마음에 들었다.

꾀 많은 농사꾼은 순무씨를 뿌렸다. 수확 때가 되자 악마가 나타나 열매를 가져가려 했다. 하지만 그는 누렇게 시든 잎사귀만 보게 되었고, 농사꾼은 매우 고소해하며 순무를 캤다. "이번에는 네가 좋은 것을 가졌구나." 하고 악마가 말했다. "다음번에도 같을 수는 없지. 너는 땅 위에서 자라는 것을 갖고 나는 땅 아래서 나는 것을 갖겠다." "좋아요." 하고 농사꾼이 대답했다. 그러나 씨 뿌릴 때가 되자 농사꾼은 순무 대신 밀을 뿌렸다. 밀알이 익자 농부는 밭으로 가 곡식이 가득 달린 줄기를 땅 언저리까지 잘라 냈다. 악마가 왔을 때는 그루터기 말고 아무것도 발견하지 못해 격분해서 바위산 협곡으로 내려가 버렸다. "여우들은 이렇게 물리치면 되지." 하고 말하며 농사꾼은 보물을 가져갔다.

190

탁자 위 빵 부스러기[31]

수탉이 제 암탉들에게 말했다. "어서들 집 안으로 들어갑시다. 식탁 위로 올라가 빵부스러기를 쪼아 먹어야지. 우리 안주인은 마실 나갔어요." 그러자 암탉들이 말했다. "아니에요. 우리는 가지 않을 거예요. 안주인이 호통을 칠 텐데요." 그러자 수탉이 말했다. "안주인은 아무것도 모를 거야. 갑시다, 평소에는 좋은 먹을거리를 안 주잖아!" 그러자 암탉들이 다시 말했다. "아니에요, 아니에요. 끝났어요, 지났어요. 우리는 거기 안 올라가요." 하지만 수탉

---

31 스위스 독일어로 적힌 이야기다.

이 가만히 내버려 두지 않아 마침내 암탉들은 모두 식탁 위로 올라가 아주 신속하고 말끔하게 빵 부스러기를 먹어 치웠다. 그때 안주인이 오더니 잽싸게 막대기를 들고 닭들을 심하게 벌주어 쫓아냈다. 암탉들이 집 앞으로 왔을 때 수탉에게 말했다. "꼬, 꼬, 꼬, 꼬, 꼬, 꼬, 꼬, 우리가 그럴 거라고 했잖아요." 그러자 수탉이 웃으며 말했다 "그, 그, 그, 그, 그, 그, 그럴 줄 알았지!" 그러고서 수탉은 암탉들을 놓아주었다.

191

바다 토끼 달팽이

옛날에 어떤 공주가 있었는데 공주의 성에는 높은 첨탑 아래 열두 개의 창이 딸린 큰 방이 하나 있었다. 창들은 하늘 아래 모든 방향으로 트였고, 그 방으로 올라가 주변을 둘러보면 공주는 자기 왕국 전체를 살필 수 있었다. 첫 번째 창에서 공주는 다른 이들보다 선명하게 보았고, 두 번째 창에서 더 선명하게 보았고, 세 번째 창에서 훨씬 더 선명하게 보았고, 계속 가다 열두 번째 창에서는 땅 위와 아래에 있는 모든 것을 봐 어떤 것도 공주의 눈에서 숨을 수 없었다. 공주는 오만했고 누구에게도 속하려 하지 않았으며 홀로 지배권을 가지려 했기 때문에 자기 앞에서 몸을 숨길 수 없는 자는 누구도 남편이 되어서는 안 되었다. 그녀가 남편을 얻는 것은 불가능한 일이었다. 하지만 이를 시도하는 사람들이 있었고, 공주에게 발각된 자는 목이 잘려 말뚝 위에 꽂혔다. 성 앞에는 죽은 이의 머리통이 꽂힌 말뚝이 이미 아흔일곱 개나 되어 한동안 아무도 나서지 않았다. 공주는 기뻐하며 생각했다. '나는 이제 자유롭게 살 거야.'

한번은 세 형제가 공주 앞에 나타나 운을 시험해 보고 싶다고 했다. 맏이는 석회 동굴에 들어가 있으면 안전할 거라고 믿었지만 공주가 이미 첫 번째 창문에서 맏이를 보고 끌어내 머리를 내리치게 했다. 둘째는 성안 지하실로 기어 들어갔으나 이 또한 공주가 첫 번째 창문에서 보고 둘째 역시 끝장나 아흔아홉 번째 말뚝에 꽂혔다. 막내는 공주에게 가서 하루만 생각할 시간을 달라고, 또 공주가 그를 발견하면 자비의 선물로 두 번의 기회를 달라고 간청했다. 그러나 세 번째에도 실패하면 자기 목숨을 위해 더 이상 무엇도 하지 않겠다고 말했다. 매우 아름다운 막내가 진심으로 청하자 공주가 말했다. "그래, 원하는 대로 해 주겠다. 하지만 너는 성공하지 못할 것이다."

이튿날 막내는 어떻게 몸을 숨길지 한참 고민했지만 허사였다. 그는 총을 들고 사냥을 나갔다가 까마귀를 보고

총구를 겨누었다. 그가 막 쏘려고 할 때 까마귀가 소리쳤
다. "쏘지 말아요, 보답할게요." 막내는 총을 거두고 계속

걸어 호숫가에 다다랐다. 그가 호수 깊은 곳에서 수면으로 떠오르던 큰 물고기를 보고 총을 겨누자 물고기가 소리쳤다. "쏘지 말아요, 보답할게요." 막내는 물고기가 물속으로 모습을 감추도록 놔두고 계속 가다 절뚝거리는 여우와 마주쳤다. 막내가 총을 쏘았지만 여우를 맞히지 못했다. 여우가 말했다. "그러지 말고 이리로 와서 내 발의 가시를 빼 줘요." 막내는 가시를 빼 주었고, 그러고 나서 여우를 죽여 가죽을 벗기려고 했다. 여우가 말했다. "쏘지 말아요, 보답할게요!" 막내는 여우를 풀어주고 저녁이 되어 집으로 돌아왔다.

다음 날 막내는 몸을 숨겨야 했지만 아무리 머리를 짜내도 어디로 가야 할지 몰랐다. 그는 숲속 까마귀에게 가서 말했다. "너를 살려 주었으니 공주가 나를 보지 못하는 곳에 숨겨 줘." 까마귀는 고개를 숙이고 오랫동안 생각하더니 마침내 까아까악 "알겠다!" 했다. 까마귀는 제 둥지에서 알 하나를 꺼내 둘로 쪼개더니 그 속에 청년을 들여보냈다. 그러고는 알을 다시 하나로 만들고 그 위에 앉았다. 공주는 첫 번째 창으로 갔을 때 청년을 찾지 못했고, 그다음 창들에서도 찾지 못하자 당황했다. 그러나 열한 번째 창에서 청년을 발견했다. 공주가 까마귀를 향해 총을 쏘고 그 알을 가져와 깨도록 명령해 그는 알에서 나와야 했다. 공주가 말했다. "한 번의 기회였다. 더 잘 해내지 못하면 너는 지는 거야."

이튿날 막내는 호숫가로 가서 물고기를 불러 말했다. "너를 살려 주었으니 공주가 나를 보지 못하는 곳에 숨겨 줘." 물고기가 곰곰 생각하더니 결국 소리쳤다. "알겠다! 내 배 속에 숨겨 줄게요." 물고기는 그를 삼키고 호수 바닥으로 헤엄쳐 내려갔다. 공주는 자신의 창을 통해 살펴보았으나 열한 번째 창에서도 그가 보이지 않자 경악했다. 그러나 결국 열두 번째 창에서 그를 발견했다. 공주가 물고기를 잡아 죽이게 하자 그가 보였다. 청년의 심정이 어땠을지 누구라도 상상할 수 있을 것이다. 공주가 말했다. "두 번째 기회였어. 하지만 네 머리는 이제 100번째로 말뚝에 꽂히게 될 거야."

마지막 날 막내는 무거운 마음으로 들판으로 나갔다가 여우와 마주쳤다. 그가 말했다. "너는 어떤 은신처든 찾을 줄 알지. 너를 살려 주었으니 공주가 찾지 못하는 곳에 숨겨 줘." "아주 어려운 문제예요." 하고 여우가 걱정스러운 표정을 지었다. 마침내 여우가 소리쳤다, "알았다!" 여우는 샘으로 그를 데려가 샘에 몸을 담그더니 상인이 되어 나왔다. 청년도 샘에 몸을 담가 바다 토끼 달팽이로 변신했다. 상인은 시내로 가서 그 작고 귀여운 바다 토끼 달팽이를 사람들에게 구경시켰다. 많은 사람이 구경하러 몰려왔다. 마침내 공주도 왔는데 아주 마음에 들어 상인에게 돈을 많이 주고 바다 토끼 달팽이를 샀다. 상인은 공주에게 건네기 전에 바다 토끼 달팽이에게 말했다. "공주가 창가로 가거든 서둘러 공주의 땋은 머리 속으로 기어들어가." 이제 공주가 그를 찾아야 할 때가 왔다. 공주는 첫 번째부터 열한 번째까지 차례차례 창가로 갔지만 그를 보지 못했다. 열두 번째 창에서도 그를 보지 못하자 공주는 불안과 분노로 가득 차 창문의 유리가 수천 조각으로 부서지고 성 전체가 벌벌 떠는 듯 흔들릴 만큼 세게 창문을 닫았다.

공주가 드디어 땋은 머리 속에 있던 바다 토끼 달팽이를 알아채고 그것을 잡아 바닥에 내던지며 소리쳤다. "내 눈앞에서 사라져!" 바다 토끼 달팽이는 서둘러 상인에게 갔고, 둘은 급히 샘으로 가 물에 뛰어들어 진짜 모습을 되찾았다. 청년이 여우에게 감사하며 말했다. "까마귀와 물고기는 너에 비하면 지독하게 멍청한 번개 멍청이야. 여우 너는 정말 약삭빠르게 제대로 아는구나!"

청년은 곧장 성으로 갔다. 공주가 이미 그를 기다리고 있었고, 자신의 운명에 따랐다. 결혼식 축하연이 열렸고, 이제 그가 왕이자 모든 왕국의 군주가 되었다. 왕은 세 번째로 숨은 곳과 자신을 도운 이가 누구인지 공주에게 절대 말하지 않았고, 그래서 공주는 모든 것이 청년의 기예라고 생각해 남편을 존경했다. '그가 나보다 낫다.'라고 생각했기 때문이다.

192

훔치기 고수

옛날에 어떤 노인과 아내가 일을 멈추고 그들의 허름한 집 앞에 앉아 잠시 쉬고 있었다. 그때 네 마리의 검은 말이 끄는 화려한 마차가 다가왔고 화려한 옷차림을 한 신사가 마차에서 내렸다. 농부는 자리에서 일어나 신사에게 다가가 원하는 것이 무엇인지, 뭘 도울지 물었다. 낯선 이는 노인에게 손을 내밀며 말했다. "시골 음식 한번 먹어 보는 것 이상은 바라지 않습니다. 두 분이 드시는 감자 요리를 해 주시면 식탁에 앉아 즐겁게 먹겠습니다." 농부가 웃으며 말했다. "나리는 백작이나 후작, 심지어 공작일 수도 있는데 높은 분들께서 때로 그런 것을 원할 때가 종종

있지요. 원하시는 대로 하겠습니다." 부인은 부엌으로 가서 감자를 씻어 갈기 시작했고, 농부들이 먹는 대로 동그랗게 빚었다. 부인이 음식을 만드는 동안 농부가 낯선 이에게 말했다. "그사이 저와 함께 정원으로 가시지요. 아직 일이 좀 남았으니." 농부는 정원에 구덩이를 파고 나무를 심으려고 했다. "일을 도와줄 만한 자식이 없나요?" 하고 낯선 이가 물었다. 농부가 "아니요. 물론 아들이 하나 있었지요." 하고 덧붙여 말했다. "하지만 그 녀석은 이미 오래전 더 넓은 세상으로 나갔답니다. 잘못 컸지요. 영리하고 약았지만 배우려고는 하지 않고 온갖 못된 짓을 하고 다녔어요. 그러고는 나를 두고 가 버렸답니다. 그 이후 아들에게서 아무 소식을 듣지 못했지요."

노인은 작은 나무 한 그루를 가져와 구덩이에 심고 그 옆에 말뚝을 박았다. 삽으로 흙을 구덩이에 떠 넣고는 발을 굴러 단단히 밟아 주고 나무 줄기의 위와 아래, 가운데를 새끼줄로 말뚝에 단단히 묶었다. 낯선 이가 물었다.

"그런데 저기 구석에 마디가 많고 거의 바닥까지 닿을 정도로 휜 저 나무는 왜 말뚝에 묶어 곧게 기르지 않지요?" 노인이 미소를 지으며 말했다. "나리, 나리께서 생각나는 대로 말씀하시는 걸 보니 정원 관리에 손을 안 댄 것을 알겠습니다. 저 나무는 이미 늙고 뒤틀려서 누구도 반듯하게 세울 수 없답니다. 나무는 그 수령이 어릴 때만 이끌어 키울 수 있지요." 낯선 이가 말했다. "아드님과 같군요. 아드님이 아직 어릴 때 이끌어 키우셨다면 멀리 가지 않았겠지요. 이제는 그도 가혹하고 뒤틀려 있겠지만요." 노인이 말했다. "물론입니다. 아들이 떠난 지 오래되었으니 변했겠지요." "그가 앞에 나타난다면 두 분은 아들을 알아보실까요?" 낯선 이가 물었다. "얼굴로는 힘들겠지만 몸에 표식이 있으니 가능합니다. 어깨에 콩처럼 생긴 점이 하나 있답니다." 하고 노인이 말하자 낯선 이가 외투를 벗어 어깨를 드러내 점을 보여 주었다. "하느님 맙소사!" 노인이 외쳤다. "네가 진정 내 아들이구나." 노인의 마음속에서 자식에 대한 사랑이 일었다. 노인이 말했다. "네가 어떻게 내 아들일 수 있단 말이냐. 대단한 나리가 되어 재산이 넘치게 살고 있느냐? 어떤 길을 갔기에 그 자리에 이른 것이냐?" 아들이 대답했다. "아버지, 어린 나무는 어떤 지지대에도 묶이지 않고 뒤틀려 자랐답니다. 이제는 너무 늙어 다시 곧아질 수 없지요. 제가 이런 것들을 어떻게 다 얻었냐고요? 저는 도둑이 되었습니다. 그렇다고 놀라지 마세요, 저는 대가랍니다. 제게는 열쇠도 자물쇠도 존재하지 않습니다. 제가 탐하기만 하면 바로 제 것이 됩니다. 평범한 도둑처럼 훔친다고 생각하지 마세요, 오직 부자들이 넘치게 가진 것만 취하니까요. 가난한 사람들은 안전합니다. 그들에게 줬으면 줬지 빼앗지는 않습니다. 또 수고로움, 계책과 노련함 없이 가질 수 있는 것에는 손도 대지 않는답니다." 그러자 아버지가 말했다. "아, 내 아들아, 도둑은 그래도 도둑이니 마음에 들지 않구나. 끝이 좋지 않을 게다." 노인은 아들을 어머니에게 데리고 갔고, 아들이라는 말에 어머니는 기뻐서 울었다. 그러나 아들이 대도가 되었다고 하자 얼굴에 눈물이 강물처럼 쏟아져 내렸다. 결국 어머니가 말했다. "도둑이라도 여전히 내 자식이지. 내 눈으로 내 아들을 다시 한번 보게 되는구나."

그들은 식탁에 앉았고, 아들은 오랫동안 먹지 않았던 보잘것없는 음식을 부모와 함께 먹었다. 아버지가 말했다. "성에 사는 우리 백작 나리가 네가 누구인지, 무엇을 하고 돌아다니는지 알면 너를 세례반 앞에서 안아 준 것처럼 안아 어르지 않고 교수대 올가미에 매달아 이리저리 흔들리게 할 거다." "걱정하지 마세요, 아버지. 저를 어쩌지는 못할 거예요. 저는 기술이 좋거든요. 오늘 직접 찾아가 보겠어요."

저녁 시간이 되자 대도는 마차에 올라 성으로 향했다. 백작은 대도를 귀한 사람으로 여겨 정중하게 맞이했다. 하지만 낯선 이가 정체를 밝히자 백작의 얼굴빛이 창백해지더니 한동안 말이 없었다. 마침내 백작이 말했다 "너는 내 대자이니 법 대신 자비를 베풀며 너그럽게 대하겠다. 또 대가라 자부하니 네 기예를 시험하겠다. 그 시험을 통과하지 못하면 밧줄쟁이의 딸과 결혼해야 할 것이고, 까마귀가 까악까악대는 소리가 네 결혼식 축가가 될 것이다." 대도가 말했다. "백작님, 원하시는 대로 어려운 과제 세 가지를 내주십시오. 제가 과제를 풀지 못하면 원하는 대로 판결하십시오." 백작은 잠시 고민하다 말했다. "좋다. 먼저 너는 마구간에서 내 전용마를 훔치고, 둘째로 아내와 내가 잠들면 눈치채치 못하게 우리가 깔고 자는 침대보와 내 아내 손가락에 낀 결혼 반지를 가져가거라. 셋째로 성당 신부와 성당지기를 빼내 가거라. 네 목이 달렸으니 이 모든 것을 잘 새기거라."

대도는 가장 가까운 도시로 갔다. 그곳에서 그는 농사 짓는 늙은 여인에게 옷을 사서 입었다. 그런 뒤 얼굴을 갈색으로 칠하고 주름을 그려 넣어 아무도 알아보지 못하게

만들었다. 마지막으로 오래된 헝가리 포도주로 술통 하나를 채우고 강력한 수면제를 섞었다. 그는 술통을 광주리에 담아 등에 지고 조심스러우면서도 비틀거리는 걸음으로 백작의 성으로 갔다. 대도가 성에 도착했을 때는 이미 어두웠다. 그는 궁정 안뜰 바위에 앉아 가슴이 아픈 노파처럼 기침을 하기 시작했고, 추워서 떠는 듯 두 손을 비볐다. 마구간 앞에는 군인들이 불가에 누워 있었다. 그들 중 한 사람이 노파를 보더니 말했다. "할머니, 가까이 와서 우리와 함께 몸을 녹여요. 잘 곳이 없을 때는 뭐라도 찾으면 바로 잡아야죠." 노파는 종종걸음으로 다가가 등에 진 광주리를 받아 달라고 부탁하고는 군인들이 있는 불가에 앉았다. "할멈, 그 통에는 무엇이 들었소?" 한 사람이 물었다. 그러자 노파가 대답했다. "좋은 포도주가 들었지요. 나는 장사로 먹고사는 사람인데 돈이나 말을 잘하면 댁들에게도 한잔 주리다." "당장 내놔 보세요." 병사가 말하고 한잔 마셔 보더니 큰 소리로 "좋은 술이니 그 김에 한 잔 더 마셔야겠다." 하고 다시 술을 따르게 했고, 다른 병 사들도 그의 모범을 따랐다. "여기, 이보게들." 하고 한 병 사가 마구간에 앉아 있는 동료들을 향해 말했다. "여기 할멈이 포도주를 가져왔는데 술이 할멈만큼이나 오래되 었어. 한 잔씩들 마셔 보게. 여기 이 불보다 위장을 더 데 워 줄 테니."

노파는 술통을 마구간 안으로 가지고 들어갔다. 한 사 람은 안장을 얹은 백작의 전용마에 올라타 있었고, 한 사 람은 그 말의 고삐를 잡고 있었고, 세 번째 사람은 말꼬리 를 잡고 있었다. 노파는 술독이 바닥날 때까지 그들이 원 하는 만큼 술을 따라 주었다. 얼마 지나지 않아 병사 한 사람이 손에 쥐고 있던 고삐를 떨어뜨리더니 털썩 주저앉 아 코를 골기 시작했고, 다른 한 사람이 꼬리를 놓고 누 워 더 크게 코를 골았다. 안장에 앉은 병사는 앉아 있었지 만 거의 말 목까지 고개를 떨구고 대장장이의 풀무처럼 입으로 호각을 불었다. 바깥에 있던 군인들은 벌써 오래 전에 깊이 잠들어 바닥에 누워 바위처럼 꿈쩍도 하지 않 았다.

대도는 자신이 성공한 것을 보고 고삐를 쥐고 있던 병 사에게는 밧줄을, 꼬리를 잡고 있던 병사에게는 빗자루를 손에 쥐여 주었다. 그런데 말 등에 앉아 있던 병사는 어떻게 할 것인가? 아래로 내던지면 깨어나 소리칠지 모르니 그렇게는 할 수 없었다. 대도는 묘안을 써 우선 안장의 조임쇠를 고정한 뒤 벽에 동그랗게 걸려 있는 밧줄 몇 개로 안장을 단단히 묶었다. 그러고는 안장과 함께 그 위에서 자고 있는 기수를 위로 들어 올리고 밧줄을 말뚝에 단단히 휘감아 묶었다. 대도는 말을 묶은 쇠사슬을 풀었지만 돌로 포장된 궁정 안마당에서 말을 타면 성안에서 소리를 듣게 될 터였다. 그래서 말발굽을 먼저 낡은 헝겊으로 감싸 조심스럽게 끌고 나간 다음 말 위에 올라타 횡하니 달아났다.

날이 밝자 대도는 훔친 말을 타고 성으로 내달렸다. 백작은 이제 막 일어나 창밖을 내다보고 있었다. "안녕하세요, 백작님." 하고 대도가 외쳤다. "여기 제가 마구간에서 성공적으로 빼내 온 말이 있습니다. 병사들이 얼마나 곤히 누워 자는지, 또 마구간 안에서 파수꾼들이 얼마나 편하게 있는지 보시게 될 겁니다." 백작은 웃을 수밖에 없었다. 백작이 말했다. "네가 한 번은 성공했지만 두 번째는 그렇게 성공적이지 않을 것이다. 경고하는데 도둑으로 나와 마주치게 되면 나는 너를 도둑으로 취급할 것이다."

백작 부인은 그날 밤 잠자리에 들 때 결혼 반지를 낀 손을 꼭 쥐었다. 백작이 말했다. "문은 모두 굳게 잠겼고 빗장을 걸었소. 나는 깨어서 도둑을 기다렸다가 그가 창문으로 들어오면 총으로 쏘아 죽일 거요." 도둑은 어둠 속에서 교수대로 가 밧줄에 매달린 불쌍한 죄인 한 명의 목줄을 자르고 그를 등에 짊어지고 성으로 갔다. 대도는 성의 침실 쪽으로 사다리를 놓고 죽은 자를 어깨에 메고 오르기 시작했다. 대도가 높이 올라가니 죽은 이의 머리가 백작의 침실 창문에 보였다. 침대에서 잠복하던 백작은 그 머리를 향해 총을 쏘았고, 그러자 대도가 불쌍한 죄인을 바로 떨어뜨렸다. 자신은 사다리를 타고 아래로 내려가 구석에 몸을 숨겼다.

그날 밤은 달빛이 멀리까지 비추어 대도는 백작이 창문으로 나와 사다리를 타고 내려와 죽은 이를 뜰로 나르는 것을 분명히 볼 수 있었다. 백작은 죽은 이를 묻을 구덩이를 파기 시작했다. '지금이야.' 하고 생각한 도둑이 재빨리 모퉁이에서 나와 사다리를 타고 올라가 곧장 백작 부인의 침실로 들어갔다. "부인." 하고 그는 백작의 목소리로 말했다. "도둑은 죽었지만 그는 내 대자였고, 말썽꾼 정도이지 악한은 아니었다오. 나는 그를 공공연하게 치욕에 노출시키고 싶지 않소. 게다가 불쌍한 그의 부모에게도 연민을 느낀다오. 날이 밝기 전에 내가 직접 그를 뜰에 매장해 이 일이 소문 나지 않게 해야겠소. 개를 묻듯 흙만 덮어 두지 않도록 침대보를 주면 그의 시체를 싸겠소." 그

러자 백작 부인이 그에게 침대보를 주었다. 도둑이 계속해서 말했다. "아시오, 아량을 베풀어야겠다는 생각이 드는구려. 반지도 내게 주시오. 불행한 사람이 목숨을 건 것이니 무덤에라도 반지를 가져가게 하겠소." 부인은 백작의 뜻에 반하고 싶지 않아 마지못해 손가락에서 반지를 빼 그에게 주었다. 도둑은 백작이 뜰에서 무덤 파는 일을 끝내기 전에 성공적으로 반지와 침대보를 가지고 집에 도착했다.

다음 날 아침 대도가 침대보와 반지를 가져왔을 때 백작이 얼마나 침통한 얼굴을 했던지. "마법을 부릴 줄 아느냐?" 하고 백작이 물었다. "내가 너를 무덤에 누였는데 누가 너를 무덤에서 꺼내 다시 살려 놓았더냐?" "백작께서 묻은 사람은 제가 아니라 교수대에 매달려 있던 불쌍한 죄인이었지요." 도둑은 이렇게 말하고 어떻게 된 일인지

훔치기 고수

설명했다. 백작은 그가 약삭빠르고 술수가 뛰어난 도둑이라는 걸 인정해야 했다. "하지만 아직 끝나지 않았다." 하고 백작이 말했다. "너는 아직 풀어야 할 세 번째 과제가있다. 만약 성공하지 못하면 이 모든 것이 아무 도움도 안될 것이다." 대도는 미소를 지을 뿐 아무 대답도 하지 않았다.

밤이 되자 대도는 등에는 긴 자루를, 겨드랑이에는 보따리를, 손에는 등불을 들고 마을 성당으로 갔다. 자루에는 게가, 보따리에는 짧은 밀랍 초가 들어 있었다. 대도는성당 묘지에 앉아 게 한 마리를 꺼내 등에 밀랍 초를 얹고불을 붙인 뒤 땅에 내려놓고 기어가게 했다. 자루에서 두번째 게를 꺼내어 똑같이 했고, 그렇게 자루의 마지막 게까지 모두 마쳤다. 그러고 나서 그는 수도복처럼 생긴 길고 검은 옷을 입고 턱에 회색 수염을 붙였다. 대도는 아무도 알아볼 수 없는 모습을 하고 게들이 들어 있던 자루를들고 성당으로 들어가 설교단에 올랐다. 탑의 시계가 막12시를 알렸다. 마지막 종소리가 울리고 나서 대도가 크고 째지는 목소리로 외쳤다. "들어라, 죄 많은 이들아. 모든 것의 끝이 왔다. 최후 심판의 날이 다가왔도다. 들어라, 들어라. 누구든 나와 함께 천국에 가려는 자는 이 자루 속으로 들어와라. 나는 하늘의 문을 열고 닫는 베드로다. 저 바깥 묘지에 죽은 이들이 출몰해 자신들의 뼈를 거두고 있다. 오너라, 오너라, 자루 속으로 기어 들어오너라, 세상이 멸망하고 있다."

고함 소리가 온 마을에 울려 퍼졌다. 성당 바로 옆에 사는 신부와 성당지기가 성당 묘지에 불빛이 출몰해 이리저리 움직이는 것을 제일 먼저 보았다. 그들은 뭔가 이상한 일이 벌어지고 있는 것을 알고 가장 먼저 성당 안으로 들어왔다. 한참 설교를 듣던 성당지기가 신부를 슬쩍 찌르며 말했다. "최후 심판의 날이 오기 전에 이렇게 쉽게 하늘로 갈 수 있다면 나쁘지 않겠어요." "물론이지요. 나도 그렇게 생각합니다. 생각 있으면 바로 길을 나섭시다." 하고 신부가 말했다. "그러지요." 하고 성당지기가 대답했다. "하지만 신부님, 신부님께서 먼저 가시면 제가 뒤따르겠습니

훔치기 고수

다." 신부는 성큼성큼 앞으로 가 대도가 자루를 열어 둔 설교단으로 올라갔다. 신부가 먼저 자루 속으로 기어 들어가고 다음으로 성당지기가 들어갔다. 그러자 대도가 자루를 꼭 묶고 질질 끌며 설교단 계단을 내려갔다. 두 바보의 머리가 계단에 부딪칠 때마다 대도는 "이제 벌써 산을 넘는다." 하고 외쳤다. 그러고 나서 같은 방식으로 자루를 끌면서 마을을 가로질렀고, 웅덩이를 지나갈 때면 "이제 벌써 젖은 구름을 가르며 간다." 하고 외쳤다. 마침내 그들을 성의 계단으로 끌고 올라갈 때는 "이제 우리는 천국으로 가는 계단에 있고, 곧 천국의 앞뜰에 다다를 것이다." 하고 외쳤다. 대도는 계단 위에 이르러 자루를 비둘기장 속으로 밀어 넣었고, 비둘기들이 푸드덕거리자 "천사들이 기뻐하며 날개 치는 소리가 들리는가." 하고 말했다. 그러고 나서 빗장을 닫고 가 버렸다.

다음 날 아침 대도는 백작에게 가서 세 번째 과제도 해결했으며 신부와 성당지기를 성당 밖으로 데리고 왔다고 말했다. "그들을 어디에 두었느냐?" 하고 백작이 물었다. "그들은 저 위 비둘기집에 넣어 둔 자루 속에 누워 자신들이 천국에 있다고 생각하고 있습니다." 백작은 직접 위로 올라가 도둑의 말이 사실임을 확인했다. 백작이 신부와 성당지기를 감옥에서 풀어 주고 말했다. "너는 훔치기 대가이고 과제에서 이겼다. 이번에는 다치지 않고 무사할 수 있었지만 다음번에 내 땅에 발을 들이면 교수대에 오르게 될 것이다." 대도는 부모를 떠나 다시 넓은 세상으로 나갔고, 누구도 다시는 대도의 소식을 듣지 못했다.

193

북 치는 청년

어느 날 저녁 북 치는 청년이 들판을 홀로 걷다 호숫가로 가게 되었는데 거기서 하얀 리넨 세 장을 발견했다. "고급스러운 리넨이네." 하고 그는 한 장을 주머니에 넣었다. 청년은 집으로 돌아와 주워 온 물건은 더 이상 생각하지 않고 잠자리에 들었다. 막 잠이 들려고 할 때 누군가 자기 이름을 부르는 것 같았다. 귀 기울여 보니 작은 목소리가 들렸다. "북 치는 이여, 북 치는 이여, 잠에서 깨어라." 어두운 밤이라 아무도 볼 수 없었지만 침대 주변에서 어떤 형체가 공중을 맴돌고 있는 것 같았다. "원하는 것이 무엇이냐?" 하고 그가 물었다. "내 옷을 돌려줘." 하고 목소

리가 답했다. "어젯밤 호숫가에서 가져간 내 옷 말이야."
"정체를 밝히면 돌려줄게." 하고 북 치는 청년이 말했다.
"아." 하며 목소리가 대답했다. "나는 위대한 왕의 딸인데
어떤 마녀의 손아귀에 걸려들어 유리산에 사로잡혀 있어.
매일 언니 둘과 함께 호수에서 목욕을 해야 하는데 옷이
없으면 날아서 돌아가지 못해. 둘은 떠났는데 나는 남아
야 했지. 부탁이니 내 옷을 돌려줘." "진정해, 가여운 이."
하고 북 치는 청년이 말했다. "기꺼이 돌려줄게." 그는 주
머니에서 옷을 꺼내 어둠 속 여인에게 건네주었다. 여인이
서둘러 옷을 집어 들고 떠나려 할 때 "잠깐 기다려 봐. 어
쩌면 내가 도와줄 수 있잖아." 하고 그가 말했다. 그러자
여인이 말했다. "나를 도우려면 유리산에 오른 후 마녀의
세력에서 나를 구해 내야 해. 하지만 그 유리산에 올 수 없

을 테고, 설령 아주 가까이 온다 해도 산에 오르지 못할 거야." 북 치는 청년이 말했다. "나는 원하는 것은 다 할 수 있어. 나는 네가 가엾고 무서울 것이 없어. 하지만 유리 산으로 가는 길을 몰라." "사람을 잡아먹는 자들이 사는 큰 숲을 통과해야 해. 더 이상은 말할 수 없어." 하고 여인이 대답했다. 그러고 나서 젊은이는 여인이 웅웅거리며 사라지는 소리를 들었다.

날이 밝자 북 치는 청년은 북을 둘러메고 길을 나섰고, 아무런 두려움 없이 숲으로 곧장 걸어 들어갔다. 한참을 걸어도 거인이 보이지 않자 "긴 잠 자는 이들을 깨워야겠다." 하고 북을 들어 올려 회오리치듯 북을 쳐 댔고, 새들이 소란을 떨며 나무에서 날아올랐다. 얼마 지나지 않아 풀밭에 누워 자던 거인이 몸을 일으켰는데 그 키가 전나무만큼 컸다. "이 꼬마 녀석." 하고 거인이 그를 향해 소리쳤다 "왜 여기서 북을 쳐서 나를 곤한 잠에서 깨우느냐?" 젊은이가 말했다. "내 뒤에 따라오는 수천의 사람들에게 길을 알려 주려고 북을 치고 있지요." 거인이 말했다. "여기는 내 숲인데 뭘 하려고?" "그들은 당신을 끝장내고 숲에서 당신 같은 괴물을 말끔히 없애려고 하지요." "오호라, 너희를 개미처럼 밟아 죽이겠어." 하고 거인이 말했다. "그들에게 맞서 뭔가 할 수 있을 거라고 생각해요?" 하고 북 치는 청년이 말했다. "그들 중 한 명을 잡으려고 몸을 숙이면 그자는 도망쳐 몸을 숨기겠지요. 그러다 당신이 누워서 잠이 들면 모두 덤불에서 나와 당신에게 다가가서는 위로 기어 올라간답니다. 저마다 허리띠에 쇠망치를 하나씩 차고 다니는데 그 망치로 당신 머리통을 박살 낼 거예요." 거인은 언짢아하며 생각했다. '교활한 놈들과 엮이면 결과적으로 내가 손해지. 늑대나 곰이야 숨구멍을 눌러 버리면 되지만 땅벌레들한테서는 나를 지킬 수가 없잖아.' "애야, 잘 들어라." 하고 거인이 말했다. "너나 네 동료들을 앞으로 건드리지 않겠다고 약속할 테니 돌아가거라. 그리고 호의를 베풀 테니 소원이 있으면 말해 보아라." "당신은 다리가 길지요." 하고 북 치는 청년이 말했다. "그러니 나보다 더 빨리 걸을 수 있잖아요. 나를 유리산으로 데려다주세요. 그러면 이번에는 당신을 내버려 두고 돌아가라고 사람들에게 신호를 보낼게요." 거인이 대답했다. "내게로 와, 벌레야. 원하는 곳으로 데려다줄 테니 내 어깨에 앉아라." 거인이 들어 올리자 북 치는 청년은 마음 내키는 대로 회오리처럼 북을 쳐 대기 시작했다. '다른 사람들더러 돌아가라는 신호인가 보다.' 하고 거인은 생각했다.

잠시 후 두 번째 거인이 길가에 있었고, 그는 첫 번째 거인으로부터 북 치는 청년을 넘겨받아 자기 단추 구멍 속으로 집어 넣었다. 북 치는 청년이 단추를 움켜쥐었는데 단추가 사발만큼이나 커서 꼭 붙들고는 신이 나 주위를 둘러보았다. 그러고 나서 세 번째 거인에게 갔고, 세 번째 거인은 북 치는 청년을 단추 구멍에서 빼내어 자신의 모자챙에 얹었다. 이번에는 북 치는 청년이 위아래로 움직이며 나무들 너머로 내다보았는데, 멀리 푸른 산이 보이자 '저것이 분명히 유리산이구나.' 생각했고 유리산이 맞았다. 거인이 몇 발자국 뗀 것이 다인데 이미 그들은 산기슭에 다다라 북 치는 청년을 그곳에 내려놓았다. 청년이 유리산 꼭대기까지 데려다 달라고 부탁했으나 거인은 고개를 내젓고 수염을 들썩이며 혼자 웅얼거리더니 숲으로 돌아갔다.

이제 북 치는 청년은 딱하게도 세 개의 산을 쌓아 올린 것처럼 높고 또 거울처럼 매끄러운 산 앞에 서서 어떻게 올라가야 할지 몰랐다. 청년이 기어오르기 시작했으나 허사였다. '만약 새라면……' 하고 생각했지만 그에게서 날개가 자라나지는 않았다. 소원을 빈다고 무슨 도움이 되겠는가. 청년은 그 자리에서 어찌할 바를 몰랐는데 멀지 않은 곳에서 남자 두 명이 매우 격하게 다투는 것을 보았다. 북 치는 청년이 다가가 보니 두 사람이 앞에 놓인 안장을 두고 서로 가지려고 하는데 의견이 달랐다. "두 분 다 바보로군요." 하고 북 치는 청년이 말했다. "말도 없으면서 안장을 두고 다투잖아요." "이 안장은 두고 싸울 만한 가치가 있는 물건이야." 둘 중 하나가 말했다. "안장 위에 앉아 어딘가를 바라기만 하면 그곳이 세상 끝이더라도 그 순간 거기 닿거든. 이 안장은 우리 공동 소유이고 내가 탈 차례인데 저지가 그렇게 두지 않는구나." "그 다툼을 제가 바로 해결하지요." 하고 청년이 말했다. 그는 한동안 앞으로 걸어가 땅바닥에 흰 막대기 하나를 꽂았고 돌아와서 말했다. "이제 목표 지점을 향해 달려 먼저 도착하는 사람이 안장에 올라타는 거예요." 둘 다 빠른 걸음으로 출발했지만 그들이 몇 발자국 채 떼기도 전에 북 치는 청년이 몸을 날려 안장에 올라타 유리산으로 올라가기를 빌었고, 손바닥을 뒤집기도 전에 이미 청년은 그곳에 도착해 있었다.

산꼭대기는 평평했다. 오래된 돌집이 한 채 있었는데 집 앞에는 양어지였고 집 뒤는 어두운 숲이었다. 청년은 사람도 동물도 보지 못했다. 모든 것이 고요했으며, 바람만 나무 사이에서 부스럭거리는 소리를 내고 구름이 그의 머리 가까이에서 흘러갔다. 북 치는 청년이 문을 두드렸다. 세 번째로 문을 두드리자 얼굴빛은 갈색에 눈은 벌건 노파가 문을 열었다. 긴 코에 안경을 걸친 노파는 북 치는 청년을 매섭게 살피더니 원하는 것을 물었다. "입장, 음식, 숙박."이라고 북 치는 청년이 대답했다. "네가 세 가지를 하겠다면 그렇게 하마." 하고 노파가 말했다. "왜 안 하겠어요! 나는 아무리 일이 힘들어도 피하지 않아요."

노파는 청년을 안으로 들였고, 약간의 음식과 좋은 잠자리를 주었다. 청년이 잠을 충분히 자고 아침이 되었을 때 노파가 앙상한 손가락에 끼웠던 골무를 빼서 북 치는 청년에게 주며 말했다. "이제 일하러 가거라. 이 골무로 바깥에 있는 양어지의 물을 퍼내라. 밤이 되기 전에 일을 끝내야 하고, 물속에 있는 물고기를 모두 종류와 크기별로 가지런히 놓아야 한다." "이상한 일이군." 하고 북 치는 청년은 양어지로 가 물을 퍼내기 시작했다. 오전 내내 물을 퍼냈지만 1000년을 퍼낸다 한들 골무로 그렇게 많은 물을 어찌할 수 있겠는가?

정오가 되자 그는 '소용도 없고, 일을 하든 말든 같은데 뭐.' 하고 생각하며 주저앉았다. 그때 어떤 소녀가 집에서 나오더니 청년 앞에 음식 바구니를 놓으며 말했다. "슬프게 앉아 있는데 무슨 일이에요?" 청년이 소녀를 바라보았는데 매우 아름다웠다. "아." 그가 말했다. "첫 번째 일도 하지 못하는데 다른 두 가지 일은 어떻게 되겠어요? 나는 이곳에 사는 공주를 찾으러 왔는데 찾지 못했으니 계속 가야겠어요." 소녀가 말했다. "내가 곤경에서 벗어나게 해 줄 테니 여기 있어요. 피곤할 텐데 내 다리를 베고 자요. 깨어나면 일이 다 되어 있을 거예요." 북 치는 청년에게 이 말을 두 번 할 필요도 없었다. 청년의 눈이 감기는 순간 소녀가 소원 반지를 돌리며 말했다. "물은 위로, 물고기는 밖으로." 그러자 물이 하얀 안개처럼 허공으로 솟아 여느 구름들과 함께 흘러가고, 물고기들이 팔딱팔딱 소리를 내며 물가로 튀어 오르더니 크기와 종류에 따라 나란히 누웠다.

북 치는 청년이 깨어나 일이 다 된 것을 보고 놀랐다. 그러자 소녀가 말했다. "물고기 중 한 마리는 제 동류와 함께하지 않고 따로 있어요. 오늘 저녁에 노파가 와서 자기가 하라고 한 일이 다 된 것을 보면 이렇게 물어볼 거예요. '이 물고기는 왜 따로 있어?' 그러면 물고기를 노파의 얼굴에 던지며 '너를 위한 것이다. 이 늙은 마녀야.' 하고 말하세요." 저녁이 되자 노파가 와서 그 질문을 했고, 청년은 노파의 얼굴에 물고기를 던졌다. 마녀는 모르는 척하며 가만히 서 있었지만 화난 눈으로 청년을 쏘아보았다.

다음 날 아침 노파가 말했다. "어제 일은 너무 쉬웠으니 오늘은 더 어려운 일을 주겠다. 오늘은 숲 전체를 벌목하고 나무를 장작으로 쪼개 장정 키 높이로 쌓아라. 저녁까지는 마쳐야 한다." 노파는 그에게 도끼 한 자루와 몽둥이 하나와 벌목용 쐐기 두 개를 주었다. 그러나 도끼는 납으로, 몽둥이와 쐐기는 양철로 되어 있었다. 청년이 도끼질을 시작하자 날이 구부러졌고 몽둥이와 쐐기는 짜부러졌다. 어찌할 바를 모르는데 정오에 소녀가 다시 음식을 가지고 와서 청년을 위로했다. "내 다리를 베고 자요." 그러고는 소녀가 말했다. "깨어나면 일이 다 되어 있을 거예요." 소녀가 소원 반지를 돌리자 그 순간 숲 전체가 우지끈 소리와 함께 무너지더니 나무가 스스로 쪼개지면서 장정 키 높이로 쌓였다. 마치 보이지 않는 거인이 일을 다 해낸 것 같았다.

청년이 깨어나자 소녀가 말했다. "봐요, 장작이 장정 키 높이로 다 쌓였지요. 가지 하나만 남았는데 오늘 저녁 노파가 와서 저 가지는 뭐냐고 물어볼 거예요. 그럼 그 가지로 노파를 한 대 치고 '너를 위한 것이다, 이 늙은 마녀야.' 하고 말하세요." 노파가 오더니 "그것 봐라, 일이 얼마나 쉽더냐! 그런데 저 가지는 누구를 위한 것이냐?" 하고 말했다. "너를 위한 것이다, 이 늙은 마녀야." 하고 청년이 대답하고 가지로 노파를 한 대 쳤다. 하지만 노파는 아무것도 느끼지 못한 척하면서 비웃으며 말했다. "내일 아침 이 나무를 한데 쌓아 불태워 버려라."

청년은 동이 틀 때 일어나 나무를 옮기기 시작했는데

어떻게 한 사람이 숲 하나를 다 운반할 수 있겠는가? 그 일은 전혀 진전이 없었다. 그러나 소녀가 청년을 곤궁에 내 버려 두지 않았다. 소녀가 점심에 음식을 가져다주었고, 청년은 음식을 다 먹고 소녀의 다리를 베고 잠들었다. 청 년이 깨어났을 때 나무 더미 전체가 무시무시한 불길로 타 오르고 있었고, 불의 혀가 하늘을 향해 날름거렸다. "잘 들어요." 하고 소녀가 말했다. "마녀가 오면 당신에게 온 갖 것을 시킬 거예요. 두려워하지 말고 시키는 대로만 하 면 그 마녀는 당신을 해칠 수 없어요. 하지만 두려워하면 저 불이 당신을 사로잡아 삼켜 버릴 거예요. 마지막으로 시킨 일을 다 하면 그때 마녀를 양손으로 부여잡고 이글거 리는 불 한가운데로 던져 버려요."

소녀가 가고 나서 노파가 슬며시 다가왔다. "어휴! 춥 다." 하고 마녀가 말했다. "하지만 여기 불이 타고 있어 내 늙은 뼈를 데워 주니 기분이 좋군. 그런데 저기 타지 않는 장작이 하나 있으니 꺼내야겠다. 그 일을 하고 나면 너는 자유이니 가고 싶은 곳으로 가거라. 자, 어서 들어가거라." 북 치는 청년은 오래 생각하지 않고 불 한가운데로 뛰어 들었지만 그 불은 아무런 해도 끼치지 않았고, 심지어 머 리카락 하나 태우지 않았다. 청년은 장작을 들고 나와 내 려놓았다. 장작이 땅에 닿자마자 모습이 바뀌더니 청년을 곤궁에서 도왔던 아름다운 소녀가 앞에 나타났다. 소녀가 금빛 반짝이는 비단옷을 입은 것을 보고 공주임을 알았다. 그러나 노파가 독살스럽게 웃으며 말했다. "너는 그 애를 가졌다고 생각하겠지. 하지만 아직은 아니야." 마녀가 소녀를 향해 달려드는 순간 북 치는 청년이 마녀를 양손으로 부여잡아 이글거리는 불구덩이 속에 던졌고, 마녀를 잡아먹어 신이 난다는 듯 화염이 마녀를 삼켰다. 공주가 북 치는 청년을 보고 그가 잘생겼고, 또 목숨을 걸고 자신을 구한 것을 생각하고 손을 내밀어 말했다. "당신이 나를 위해 모든 것을 감수했으니 나도 당신을 위해 모든 것을 하겠어요. 내게 충실하겠다고 약속한다면 당신은 내 남편이 될 거예요. 마녀가 여기에 모아 둔 것으로 충분하니 우리에게는 재물이 부족하지 않아요."

공주는 보물로 가득 찬 함과 궤가 있는 집으로 청년을 이끌었다. 그들은 금과 은을 두고 보석만 챙겼다. 공주는 더 이상 유리산에 머물지 않아도 되었다. 그가 공주에게 말했다. "내 안장에 같이 앉아요. 그럼 우리는 새처럼 날아갈 수 있어요." 그러자 공주가 말했다. "낡은 안장은 맘에 들지 않아요. 내 소원 반지를 돌리기만 하면 우리는 바로 집에 가지요." "그래요." 북 치는 청년이 말했다. "그럼 성문 앞으로 가겠다고 소원을 빌어요." 순간 그들은 성문 앞에 도착했으나 북 치는 청년이 말했다. "먼저 부모님께 가서 소식을 전하겠어요. 금방 돌아올 테니 여기 평야에서 나를 기다려요." 공주가 말했다. "아, 부탁이 있어요. 도착하면 부모님의 오른쪽 볼에 입맞춤을 하지 마세요. 꼭 기억해야 해요. 그러지 않으면 당신은 모든 것을 잊고 나는 여기 평야에 홀로 남게 될 거예요." 청년이 말했다. "어떻게 내가 당신을 잊겠어요?" 그는 금세 다시 돌아오겠다고 손가락을 걸어 약속했다.

청년이 아버지 집으로 들어갔을 때 그는 아무도 알아보지 못할 만큼 많이 변해 있었다. 청년이 유리산에서 보낸 삼 일이 삼 년이라는 긴 시간이었기 때문이다. 청년이 누구인지 밝히니 부모가 너무나 기뻐 그를 감싸 안았다. 그는 마음속 깊이 감격해서 소녀의 말을 잊고 부모의 양쪽 볼에 입을 맞추었다. 그가 부모의 오른쪽 볼에 입을 맞추자 공주에 대한 모든 기억은 사라져 버렸다. 청년은 주머니를 털어 두 손 가득한 보석을 탁자에 올려놓았다. 부모는 이 재물로 대체 무엇을 해야 할지 알지 못했다. 그래서 아버지는 영주가 살 것처럼 정원과 숲, 초원으로 둘러싸인 웅장한 성을 지었고, 공사가 다 끝나자 어머니가 말했다. "너를 위해 소녀 한 명을 골랐다. 결혼식은 사흘 뒤에 열린다." 아들은 부모가 바라는 모든 것에 동의했다.

가련한 공주는 청년이 돌아오기를 기다리며 오랫동안

성 밖에 서 있었다. 저녁이 되자 공주가 말했다. '틀림없이 부모님의 오른쪽 볼에 입을 맞추었구나. 그래서 나를 잊은 거야.' 공주의 마음에는 슬픔이 가득했고, 아버지의 궁정으로 다시 돌아가고 싶지 않아 외딴 숲속 오두막으로 가겠다고 소원을 빌었다. 매일 저녁 공주는 도시로 가서 청년의 집 앞을 지나갔다. 청년은 가끔 공주를 보았지만 이제는 그녀를 알아보지 못했다. 끝내 공주는 사람들이 "내일 그의 결혼식 축하연이 열립니다." 하는 말을 들었다. 그러자 공주가 말했다. "그의 마음을 다시 얻어 볼 테야."

축하연 첫날, 공주는 소원 반지를 돌리며 "태양처럼 반짝이는 드레스." 하고 말했다. 그러자 마치 햇빛을 받아 짠 듯 빛나는 드레스가 공주 앞에 놓였다. 하객들이 모두 모이자 빛나는 공주는 연회장으로 갔다. 누구나 아름다운 드레스에 놀랐지만 특히 신부가 경탄했다. 아름다운 드레스는 신부의 가장 큰 기쁨이어서 신부가 낯선 여인에게 드레스를 팔라고 했다. 그러자 여인이 대답했다. "돈을 받고 팔지는 않아요. 하지만 내가 첫날 밤 신랑의 침실 문 앞에 머물러도 된다면 드레스를 드리지요." 신부는 욕망을 억누르지 못하고 동의했다. 하지만 신랑이 깊이 잠들도록 저녁에 마시는 포도주에 수면제를 섞었다.

모두 조용해지자 왕의 딸이 침실 문 앞에 웅크리고 앉

아 문을 조금 열고는 방 안을 향해 외쳤다.

"북 치는 이여, 북 치는 이여, 내 말을 들어 봐요.

벌써 나를 다 잊었나요?

유리산에서 내 곁에 앉지 않았나요?

내가 마녀에게서 당신의 생명을 구하지 않았나요?

내게 충실하겠다며 당신의 손을 내밀지 않았나요?

북 치는 이여, 북 치는 이여, 내 말을 들어 봐요."

그러나 모든 것이 헛되어 북 치는 청년은 깨어나지 않았다. 아침이 되자 공주는 아무것도 얻지 못한 채 다시 되돌아가야 했다.

둘째 날 저녁, 공주는 소원 반지를 돌리며 "달 같은 은백색의 드레스." 하고 말했다. 공주가 달빛처럼 은은한 드레스를 입고 잔치에 나타나자 신부의 욕망이 다시 깨어났다. 공주는 침실 문밖에서 이틀째 밤을 보내도록 허락받는 대가로 신부에게 드레스를 주었다. 공주는 밤의 고요 속에서 외쳤다.

"북 치는 이여, 북 치는 이여, 내 말을 들어 봐요.

벌써 나를 다 잊었나요?

유리산에서 내 곁에 앉지 않았나요?

내가 마녀에게서 당신의 생명을 구하지 않았나요?

내게 충실하겠다며 당신의 손을 내밀지 않았나요?

북 치는 이여, 북 치는 이여, 내 말을 들어 봐요.”

하지만 청년은 수면제에 취해 깨어나지 못했다. 공주는 슬퍼하며 아침에 숲속 자기 집으로 다시 돌아갔다. 그러나 그 집 사람들이 낯선 아가씨의 한탄을 듣고 신랑에게 그 이야기를 들려주었다. 또 신부가 신랑의 포도주에 수면제를 넣어 아무 소리도 듣지 못했을 것이라고 말해 주었다.

셋째 날 저녁 공주는 소원 반지를 돌리며 "별처럼 반짝이는 드레스." 하고 말했다. 공주가 드레스를 입고 잔치에 나타나자 신부는 다른 드레스를 훨씬 능가하는 옷의 화려함에 정신이 나가 말했다. "저 옷을 가질 테야, 반드시 가져야겠어." 다른 드레스들처럼 소녀는 그 드레스도 신부에게 주며 신랑의 방문 앞에서 하룻밤을 보내도록 허락받았다. 신랑은 자기 전 포도주를 마시지 않고 침대 뒤로 부었다. 집 안이 모두 조용해지자 그는 자기를 부르는 부드러운 목소리를 들었다.

"북 치는 이여, 북 치는 이여, 내 말을 들어 봐요.

벌써 나를 다 잊었나요?

유리산에서 내 곁에 앉지 않았나요?

내가 마녀에게서 당신의 생명을 구하지 않았나요?

내게 충실하겠다며 당신의 손을 내밀지 않았나요?

북 치는 이여, 북 치는 이여, 내 말을 들어 봐요."

갑자기 청년의 기억이 다시 돌아왔다. "아아, 나는 어쩌면 그리도 충실하지 못했을까? 하지만 내 잘못은 기쁜 마음에 부모의 오른쪽 볼에 입을 맞춘 거야. 그 입맞춤이 나를 몽롱하게 한 거야." 하고 청년이 외쳤다. 그는 벌떡 일어나 공주의 손을 잡고 부모의 침상으로 가 말했다. "이사람이 제 진정한 신부입니다. 다른 사람과 결혼한다면 큰 잘못을 저지르는 거예요." 부모는 일어난 모든 일을 듣고 허락했다. 그리하여 연회장에 불이 다시 켜지고, 북과 나팔을 다시 들여오고, 친구와 친척들이 다시 초대받았으며, 진짜 결혼식에 크게 기뻐하며 축하했다. 첫 번째 신부는 보상으로 아름다운 드레스들을 가졌고, 그것으로 만족했다.

194

곡식 이삭

하느님이 여전히 땅 위를 거닐던 옛적에는 땅이 지금보다 훨씬 비옥했다. 그때는 곡식 낟알이 이삭에서 50배, 60배가 아니라 400배, 500배까지 더 많이 열렸다. 그때는 줄기 맨 아래부터 윗부분까지 곡식이 자라났다. 줄기 길이만큼 이삭 길이도 길었다. 그러나 인간이 그렇듯, 풍요롭다보니 하느님에게서 오는 축복에 더 이상 주의를 기울이지 않고 무관심하고 부주의했다. 하루는 한 여인이 곡식밭을 지나가는데 옆에서 폴짝폴짝 뛰던 어린아이가 웅덩이에 빠져 아이의 작은 옷을 더럽혔다. 그러자 어머니가 곡식 이삭을 한 움큼 끊어 내어 아이의 옷을 닦았다. 마침

지나가던 하느님이 이를 보고 화가 나서 말했다. "앞으로 저 곡식 줄기에서는 더 이상 이삭이 나지 않을 것이다. 인간은 더 이상 하늘의 선물을 받을 자격이 없다." 이 말을 들은 주변 사람들이 겁에 질려 무릎을 꿇고 줄기에 이삭을 조금이라도 남겨 달라고 하느님에게 간청했다. 비록 그

들은 자격이 없더라도 굶어 죽을 죄 없는 닭들을 위해서였다. 하느님이 닭의 고난을 미리 보시고 불쌍히 여겨 인간의 청을 들어주었다. 그래서 곡식 이삭이 지금처럼 위에만 남아 자라게 되었다.

195

봉분

하루는 어떤 부유한 농부가 마당에 나가 밭과 뜰을 살폈다. 곡식이 튼실하게 자라고 과수에 열매가 가득 달려 있었다. 전년의 곡식이 바닥에 아직 엄청나게 쌓여 있어 통나무에 매달아 운반할 수 없을 정도였다. 농부가 마구간에 가니 황소와 암소들이 튼실하게 살이 올랐고, 말들도 거울처럼 매끈하게 윤기를 띠었다. 마지막으로 농부는 방으로 돌아와 돈이 든 철제 궤짝을 살펴보았다. 농부가 자기 재산을 살피고 있을 때 갑자기 문을 세게 두드리는 소리가 들려왔다. 그런데 농부의 집 문이 아니라 마음의 문을 두드리는 소리였다. 마음의 문이 열리고 농부에게 말을 건네는 목소리가 들렸다. "너는 재물로 네 사람들에게 잘해 주었느냐? 너는 가난한 이의 곤궁을 살피었느냐? 너는 배고픈 이들과 네 빵을 나누었느냐? 네가 가진 것이 충분하였느냐, 아니면 여전히 더 많은 것을 원하느냐?" 그의 마음이 주저 없이 말했다. "저는 가혹하고 가차 없었으며 제 사람들에게 단 한 번도 어떤 선함을 나눈 적이 없습니다. 가난한 이가 찾아오면 저는 다른 곳으로 눈을 돌렸습니다. 하느님은 신경 쓰지 않고 오직 재산 불리는 일만 생각했습니다. 설령 재산이 하늘을 뒤덮을 정도라 하더라도 제게는 그 또한 충분하지 못했을 것입니다."

마음의 대답을 듣자 농부는 덜컥 겁이 났다. 무릎이 덜덜 떨려 자리에 앉아야 했다. 그때 다시 문 두드리는 소리가 났는데 이번에는 집 현관문에서 나는 소리였다. 문을 두드린 사람은 매우 가난한 이웃 농부였다. 그는 자식을 많이 두었지만 더 이상 자식들의 배를 채워 줄 수 없었다. '나도 알아. 저 이웃은 부자인 만큼 가혹한 사람이라 도와줄 거라고 믿지 않아. 그래도 내 아이들이 빵을 달라고 아우성이니 물어는 봐야지.' 하고 가난한 이웃은 생각했다. 가난한 이웃이 부자에게 말했다. "당신이 가진 것을 쉽게 내주지 않는 것을 잘 압니다. 하지만 물이 제 목까지 차오른 것 같습니다. 아이들이 굶고 있어요. 곡식 네 말만 꿔 주세요." 부자 농부는 이웃을 한참 바라보았다. 그러자 자선의 한 줄기 따스한 첫 햇살이 탐욕으로 덮인 얼음을 조금 녹였다. "곡식 네 말을 꿔 주지 않겠어요. 그 대신 여덟 말을 선물로 주지요. 다만 한 가지 조건이 있습니다." "제가 무엇을 해야 하나요?" 하고 가난한 이웃이 말했다. "내가 죽으면 사흘 동안 내 무덤을 지켜 주시오." 그런 청에 가난한 농부는 으스스한 기분이 들었지만 곤궁한 상황에서는 무엇에든 동의했을 것이다. 그래서 이웃은 조건에 동의하고 곡식을 집으로 가져갔다.

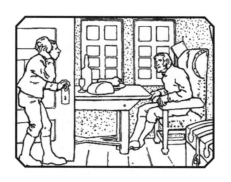

부자는 마치 일어날 일을 예견이나 한 듯 사흘 뒤 갑자기 쓰러져 죽었다. 사람들은 부자가 어떻게 죽음을 맞았는지 몰랐으나 아무도 그를 애도하지 않았다. 부자가 묻혔을 때 가난한 농부는 자신의 약속을 떠올렸다. 농부는 기꺼이 그 약속을 떨치고 싶었지만 '그래도 그 사람이 내게 자선을 베풀어 그 곡식으로 아이들의 배를 채웠잖아. 그게 아니라도 한번 약속한 일은 지켜야지 않겠어?' 하고 생각했다.

밤이 되자 농부는 성당 묘지로 가서 봉분 위에 앉았다. 적막이 가득했지만 달빛이 봉분 위를 비추었고, 때때로 부엉이가 날아가며 우는 소리가 들려왔다. 해가 뜨자 가난한 농부는 무사히 집으로 돌아갔고, 둘째 밤도 고요히 지나갔다. 사흘째 되는 날 저녁 농부는 특히 두려웠는데 마치 무슨 일이 일어날 것만 같았다. 농부가 밖으로 나왔을 때 성당 무덤 벽에서 한 번도 본 적 없는 남자를 보았다. 남자는 젊지 않았고 얼굴에 흉터가 있었으며 불처럼 활활 타오르는 날카로운 눈으로 주위를 살피고 있었다. 낡은 외투를 푹 뒤집어써서 커다란 승마용 장화만 보였다. "여기서 무엇을 찾고 있나요?" 농부가 남자에게 말했다. "아무도 없는 성당 무덤이 오싹하지 않아요?" 그러자 그가 "뭔가를 찾는 게 아니랍니다." 하고 말했다. "그리고 나는 무서운 게 없답니다. 두려움을 배우러 나섰다가 고난을 겪었으나 나중에 공주를 아내로 맞고 재산도 크게 얻은 소년처럼 겁은 없지만 나는 항상 가난했지요. 퇴역한 군인인데 달리 어디 가서 머물 곳이 없어 오늘 밤을 이곳에서 보내려고 한답니다." "두려움이 없다면……." 하고 농부가 말했다 "나와 함께 있어 주시오. 그리고 저 묘지에서 보초서는 것을 도와주세요." "보초는 군인의 업무이지요." 하고 군인이 말했다. "여기서 마주치는 것이 선이든 악이든 함께 견뎌 봅시다." 농부는 손을 내밀어 동의했고, 그들은 함께 묘지 위에 앉았다.

자정까지 적막이 가득했는데 갑자기 공중에서 날카로운 휘파람 소리가 들렸다. 보초를 서던 두 사람은 어떤 악의 화신이 그들 앞에 서 있는 것을 보았다. "이 잡놈들아, 물러가라." 악의 화신이 그들에게 소리쳤다. "저 무덤 속에 누운 놈은 내 것이다. 그놈을 데려가려는데 네놈들이 사라지지 않으면 너희 목을 비틀어 버릴 테다." "붉은 깃털을 가진 자여……" 하고 군인이 말했다. "당신은 내 지휘관이 아니니 당신에게 복종할 필요는 없지. 게다가 나는 두려움은 배우지 않았다오. 그러니 당신이 가시오. 우리는 여기 앉아 있을 거요." '금이라면 저런 누더기 가난 뱅이들이 걸려들겠지.'라고 생각한 악마는 날 선 태도를 누그러뜨렸다. 그러고는 그들에게 금 주머니를 하나 받아 들고 집으로 가지 않겠냐고 넌지시 물었다. "그 말은 들을 만하군." 하고 군인이 말했다. "하지만 금 주머니 하나로 는 모자라지. 만약 내 장화 중 한쪽만이라도 가득 찰 만큼 금을 준다면 우리가 이 자리를 비우고 물러나지." "그만 큼은 지금 없어." 하고 악마가 말했다. "하지만 가져오지. 이 근처 도시에 환전상이 있는데 내 좋은 친구야. 그 정도 는 나한테 기꺼이 빌려줄 거야." 악마가 사라지자 군인은 왼쪽 장화를 벗으며 "숯쟁이처럼 시커먼 녀석, 코를 납작 하게 만들어야겠어요. 이봐요, 친구, 내게 칼을 좀 줘요." 군인은 밑창을 자르더니 풀이 높이 자라 구덩이를 반쯤 덮 고 있는 둔덕 옆에 장화를 세워 두었다. "이제 다 되었군." 하고 그가 말했다. "이제 그 굴뚝 청소부 같은 시커먼 녀 석이 오기만 하면 됩니다."

둘이 앉아 기다리는데 오래지 않아 악마가 금이 든 작 은 주머니를 들고 왔다. "저 안에 쏟아 넣어요." 하고 군 인이 말하고는 장화를 조금 들어 올렸다. "하지만 충분 하지 않을 거요." 검은 악마는 주머니를 모두 비웠다. 금 이 들어갔는데 장화는 여전히 빈 채였다. "바보 같은 악 마야." 하고 군인이 외쳤다. "모자라잖아. 내가 말했잖아.

다시 가서 금을 더 가져와." 악마는 고개를 갸웃거리더니 한 시간이 지나자 훨씬 더 큰 자루를 겨드랑이에 끼고 돌아왔다. "채워 봐." 하고 군인이 외쳤다. "하지만 장화에 가득 찰지는 의문이군." 금이 떨어지며 부딪치는 소리를 냈지만 장화는 비어 있었다. 악마는 타오르는 눈으로 직접 장화를 들여다보고 정말 비어 있는 것을 확인했다. "네 종아리는 뻔뻔스럽게도 두껍구나!" 하고 악마가 말하며 입을 삐죽였다. "그렇게 생각해?" 하고 군인이 말했다. "당신처럼 내 발이 말발굽인 것 같아? 당신은 언제부터 그렇게 인색했지? 금을 더 가져오지 않으면 우리 거래는 없던 거야."

악마는 다시 터덜터덜 떠났다. 이번에는 더 오래 걸렸는데 마침내 돌아왔을 때 악마는 어깨에 메고 온 자루가 무거워 숨을 헐떡거렸다. 악마는 금을 장화 안으로 쏟아부었지만 그전처럼 아주 조금만 찰 뿐이었다. 화가 크게 난 악마가 군인의 손에서 장화를 낚아채려 했다. 그 순간 하늘에 해가 뜨며 첫 햇살이 밀려왔고, 나쁜 악령은 크게 소리 지르며 달아났다. 불쌍한 영혼은 구원을 받았다. 농부가 금을 나누려 했지만 군인이 말했다. "내 몫을 가난한 이들에게 나눠 주세요. 나는 당신이 사는 오두막에 들어가 함께 살겠어요. 남은 금으로 하느님이 원하시는 날까지 평화롭고 조용히 살아갑시다."

봉분

196

링크랑크 할아범[32]

옛날에 어떤 왕에게 딸이 하나 있었다. 왕은 유리산을 만들게 하고 그 유리산을 넘어지지 않고 넘을 수 있는 자가 공주를 아내로 맞을 것이라고 했다. 마침 공주를 마음 깊이 좋아하던 청년이 자기가 공주를 얻고 싶다고 왕에게 말했다. "그래, 만약 넘어지지 않고 산을 넘어가면 공주를 얻을 수 있다." 하고 왕이 말했다. 그러자 공주가 함께 산으로 가 그가 넘어질 때 잡아 주겠다고 말했다. 그들은 함께 길을 나섰고 산을 반쯤 올랐을 때 공주가 미끄러졌는

---

32 독일 북부 사투리인 프리슬란트어로 적힌 이야기다.

데, 유리산이 열리면서 그 속으로 떨어졌다. 정혼자는 유리산이 닫히는 바람에 공주가 어디로 갔는지 알 수 없었다. 그는 한탄하며 크게 울었다. 왕 또한 매우 슬퍼 그 유리산을 깨고 공주를 다시 데리고 나오려 했지만 공주가 떨어진 자리를 찾지 못했다.

그사이 공주는 어느 커다란 동굴의 깊숙한 바닥에 떨어졌다. 그때 회색 수염을 길게 늘어뜨린 나이 든 사내가 공주에게 다가왔다. 사내가 말하기를 하녀로 일하며 무엇이든 시키는 대로 하면 목숨을 유지할 것이며, 그러지 않으면 죽이겠다고 했다. 공주는 그가 시키는 일은 무엇이든 다 했다. 아침이면 노인은 제 주머니에서 사다리 하나를 꺼내 산에 기대어 놓고 그 사다리를 타고 올라 산 바깥으로 나갔다. 그러고는 사다리를 자기 쪽으로 다시 끌어 올렸다. 노인이 나가면 공주는 노인의 식사를 준비하고 침상을 정리해야 했다. 노인이 다시 집으로 돌아올 때면 항상 금과 은을 하나 가득 가져왔다.

노인과 함께 산 지 수년이 지나고 어느새 나이가 꽤 들자 노인은 공주를 "만스로트 부인"이라 불렀고 부인은 노인을 "링크랑크 할아범"이라 불렀다. 어느 날 링크랑크 할아범이 다시 밖으로 나갔다. 공주는 할아범의 침대를 정리하고 그의 식기를 닦고 나서 문과 창을 모두 꼭꼭 닫아 걸었다. 그런데 빛이 새어 들어오는 개구멍 하나를 열어 두었다. 링크랑크 할아범이 다시 돌아와 문을 두드리며 크게 소리쳤다. "만스로트 부인, 문을 열어 주시오."

"안 열어요, 링크랑크 할아범, 열지 않을 거예요." 하고 부인이 말했다. 그러자 할아범이 말했다.

"불쌍한 나 링크랑크, 이곳에 서 있다오.

열일곱 내 다리에 지탱해서,

금 입힌 한 다리로 지탱하며,

만스로트 부인, 내 그릇을 닦아 주시오."

"그릇은 벌써 닦아 놓았죠." 하고 만스로트 부인이 말했다. 그러자 링크랑크 할아범이 말했다.

"불쌍한 나 링크랑크, 이곳에 서 있다오.

열일곱 내 다리에 지탱해서,

금 입힌 한 다리로 지탱하며,

만스로트 부인, 내 침대를 정리해 주시오."

"침대는 이미 정리해 두었죠." 하고 만스로트 부인이 말했다. 그러자 링크랑크 할아범이 다시 말했다.

"불쌍한 나 링크랑크, 이곳에 서 있다오.

열일곱 내 다리에 지탱해서,

금 입힌 한 다리로 지탱하며,

만스로트 부인, 내게 문을 열어 주시오."

그러고 나서 링크랑크는 집 주변을 둘러보다 작은 창이

열려 있는 것을 보고 '뭘 하길래 문을 안 열어 주는지 살펴봐야겠다.' 하고 생각했다.

링크랑크 노인이 창을 통해 안을 들여다보려고 했는데 수염이 너무 길어 머리통이 창으로 들어가지 않았다. 링크랑크 노인은 수염을 먼저 창문 안으로 끼워 넣었고, 다 넣었더니 만스로트 부인이 나타나 미리 달아 두었던 끈을 잡아당겨 창을 닫아 버렸다. 링크랑크 노인의 수염은 꼼짝없이 창틈에 끼였다. 그러자 링크랑크 노인이 너무 아프다고 한탄하며 소리를 질러 대기 시작했다. 링크랑크 노인은 만스로트 부인에게 수염을 놓아 달라고 청했다. 그러자 부인이 링크랑크가 산으로 올라갈 때 쓰는 사다리를 내놓기 전까지 놓아주지 않겠다고 말했다. 링크랑크 노인은 원하든 원하지 않든 이제 사다리가 어디 있는지 말해야 했다.

링크랑크 할아범

그러자 만스로트 부인은 긴 끈을 창문에 묶고 사다리를 대 산을 올라가 바깥으로 나갔다. 위로 올라온 만스로트 부인은 창문을 다시 열었다. 공주는 아버지에게 가서 그동안 어떻게 지냈는지 말해 주었다. 왕은 매우 기뻐했고, 공주의 신랑도 아직 살아 있었다. 그들은 가서 산을 갈아 엎었고, 그곳에서 늙은 링크랑크와 링크랑크의 금과 은을 찾았다. 그리하여 왕은 늙은 링크랑크를 없애고 금과 은을 자신이 챙겼다. 공주는 옛 정혼자와 결혼했고 기쁨 속에서 즐겁고 행복하게 살았다.

197

수정 구슬

옛날에 마법사가 있었는데 아주 우애 있는 세 아들을 두었다. 그러나 마법사인 어머니는 자식들을 믿지 않고 그들이 어미의 힘을 빼앗으려 한다고 생각했다. 어머니는 큰아들을 바위산에서 사는 독수리로 둔갑시켰다. 이따금 독수리가 하늘에서 크게 원을 그리며 맴도는 것이 보였다. 어머니는 둘째를 깊은 바다에 사는 고래로 둔갑시켰다. 이따금 고래가 엄청난 물줄기를 공중으로 뿜어내는 것이 보였다. 두 아들은 하루에 겨우 두 시간 동안만 인간의 모습을 했다. 셋째 아들은 자기 또한 어머니가 곰이나 늑대 같은 맹수로 둔갑시킬까 두려워 몰래 멀리 달아났다. 셋째는

황금 태양의 성에 저주받은 왕의 딸이 갇혀 마법이 풀리기를 기다린다는 말을 들었다. 마법을 풀려면 목숨을 걸어야 했다. 이미 스물세 명의 젊은이들이 비참한 죽음을 맞았고, 이제 한 명만 시도할 수 있으며 다음에는 누구도 더이상 갈 수 없었다. 두려움이 없는 셋째는 황금 태양의 성을 찾기로 결심했다.

셋째는 한참을 헤맸지만 성을 찾지 못했고, 그러다 어느 큰 숲속으로 빠져들었는데 나가는 길을 찾을 수가 없었다. 셋째는 저 멀리 거인 두 명이 손을 흔들며 신호를 보내는 것을 보고 다가갔다. 거인들이 말했다. "우리는 모자 하나를 두고 누가 가져야 할지 다투는 중인데 둘 다 똑같이 힘이 세어서 누구도 상대를 제압할 수 없다. 너희 작은 인간들이 우리보다 현명하니 그 결정을 너에게 맡기려고 해." "어떻게 낡은 모자 하나를 두고 다툴 수가 있지?" 하고 셋째가 말했다. "이 모자가 얼마나 특별한지 몰라서 그래. 이건 소원 모자야. 모자를 쓰고 원하는 곳에 가고 싶다고 빌면 그 순간 바로 거기에 있거든." "그 모자를 내게 줘 봐." 하고 막내가 말했다. "내가 조금 걸어가서 너희를 부르면 경주를 하는 거야. 제일 먼저 나한테 오는 사람이 모자를 갖는 거지." 셋째는 모자를 쓰고 거인들은 잊은 채 공주만 생각하며 계속 걸었다. 마침내 셋째가 마음 깊은 곳에서 한숨을 내쉬며 외쳤다. "아, 내가 황금 태양 성에 있다면!" 그 말이 입 밖으로 나오자마자 그는 어느 높은 산 위 성문 앞에 서 있었다.

셋째는 성안으로 들어가 모든 방을 살피다 마지막 방에서 공주를 발견했다. 그러나 셋째가 공주를 쳐다보았을 때 얼마나 놀랐던지! 공주의 얼굴은 주름이 가득한 잿빛에 눈은 흐릿하고 머리칼은 붉은색이었다. 셋째는 "당신이 세계에서 아름다움으로 칭송받는 그 공주인가요?" 하고 물었다. 공주가 대답했다. "아, 이 모습은 내가 아니랍니다. 인간의 눈은 나를 이렇게 추악한 모습으로 보겠지만 내 진짜 모습이 알고 싶으면 거울을 들여다보세요. 거울은 현혹되지 않으니 당신에게 내 진짜 모습을 보여 줄 거예요." 공주가 셋째의 손에 거울을 건네었다. 그는 그 속에서 세상에서 가장 아름다운 아가씨의 모습을 보았고, 구슬픈 눈물이 공주의 볼을 타고 흐르는 것도 보았다. 셋째가 말했다. "어떻게 하면 당신의 마법이 풀리나요? 나는 어떤 위험도 꺼리지 않는답니다." "수정 구슬을 얻은 자가 마법사에게 구슬을 내밀면 그것이 마법사의 힘을 꺾고, 내 진짜 모습으로 돌아간답니다." 하고 공주가 말했다. "아, 이 일로 이미 많은 사람이 죽음을 향해 갔고, 젊은 피의 당신, 당신이 큰 위험에 빠지면 나는 당신이 애처로울 거예요." "그 무엇도 나를 막을 수는 없어요." 하고 그가 말했다. "하지만 내가 무엇을 해야 하는지 말해 줘요." "모두 다 알아야지요." 하고 공주가 말했다. "성이 세워진 이 산을 내려가면 샘물가에 들소 한 마리가 있을 거예요. 그 오록스와 붙어 싸워야 해요. 다행히 들소를 죽이는 데 성공하면 들소 몸에서 불새 한 마리가 솟아오를 거예요. 그 불새는 몸속에 이글거리는 알을 하나 품고 있는데 그 알의 노른자 속에 수정 구슬이 들었어요. 불새는 알을 떨구도록 내몰리지 않는 이상 그것을 떨어뜨리지 않지만 만약 그 알이 땅에 떨어지면 주변의 모든 것을 태우고, 알이 녹으면서 수정 구슬도 함께 녹아 버려요. 그러면 당신의 노력은 모두 허사가 될 거예요."

청년은 산을 내려가 샘가로 갔다. 그곳에서 들소가 코로 바람을 씩씩 뿜으며 청년을 향해 거칠게 울부짖었다. 긴 싸움 끝에 청년이 제 검을 들소의 몸통에 찔러 넣었고

들소가 고꾸라졌다. 그 순간 들소에게서 불새가 솟아오르
더니 날아가려고 했는데, 청년의 형인 독수리가 구름 사이
에서 나타나 불새를 향해 하강하며 달려들어 바다 쪽으
로 몰고 갔다. 독수리가 부리로 공격하자 불새가 밀리면서
알을 떨어뜨렸다. 그러나 알이 바다가 아니라 어떤 어부의
오두막 위로 떨어져 해변에 있던 오두막에서 연기가 나더
니 화염에 휩싸였다. 그때 바다에서 집채만 한 파도가 일
어 오두막을 바닷물로 덮치고 불을 제압했다. 고래인 형이
근처로 헤엄쳐 와서는 바닷물을 일으킨 것이다.

　불이 꺼지자 청년은 알을 찾아다녔고 다행히 알을 발견
했다. 알은 아직 녹지 않았지만 차가운 물로 순식간에 식
으면서 껍질이 깨졌고, 청년은 무사히 수정 구슬을 꺼낼
수 있었다. 청년이 마법사에게 가서 구슬을 내밀자 그가
말했다. "내 힘은 꺾였다. 그리고 이제부터 네가 황금 태양

성의 왕이다. 형들 또한 네가 그 구슬로 다시 인간의 모습
으로 되돌릴 수 있다." 그러자 청년이 달려가 공주의 방으
로 들어갔고, 공주는 그 아름다움을 한껏 빛내며 서 있었
다. 둘은 기쁨에 가득 차 서로 반지를 바꿔 끼었다.

198

말렌 아가씨[33]

옛날에 어떤 왕에게 아들이 있었다. 아들은 어떤 막강한 왕의 딸에게 구애를 했는데, 딸은 말렌 아가씨라고 불렸으며 매우 아름다웠다. 말렌의 아버지가 딸을 그 왕자가 아닌 다른 이에게 주려 해 왕자는 결혼을 허락받지 못했다. 그러나 두 사람은 진심으로 사랑하여 서로를 놓지 않으려 했고, 말렌 아가씨는 아버지에게 이렇게 말했다. "저는 다른 사람을 남편으로 삼을 수 없고 받아들이지도

---

33 주문과 노래는 독일 북부 지방 사투리인 남디트마르셴어로 적힌 이야기다.

않을 거예요.” 그러자 아버지는 노여움이 치밀어 한 줄기 햇빛도 달빛도 들지 않는 어두운 탑을 쌓게 했다. 그 탑이 완성되자 아버지가 말했다. “이 안에서 너는 칠 년 동안 갇혀 있어야 한다. 뒤에 네 고집이 꺾였는지 보러 오겠다.” 칠 년간 먹고 마실 것이 탑으로 운반되었고, 말렌과 시녀 는 탑으로 끌려 들어가 감금되어 하늘과 땅으로부터 격리 되었다. 말렌과 시녀는 낮이 언제이고 밤이 언제 시작되는

지 모른 채 어둠 속에 앉아 있었다. 왕자는 종종 탑 주변을 돌며 말렌을 불렀지만 외부의 어떤 소리도 두꺼운 벽을 뚫고 들어가지 못했다. 애통해하며 탄식하는 것 말고 그들이 무엇을 할 수 있었으랴?

그러는 사이 시간은 흘러 공주와 하녀는 먹을 것과 마실 것이 줄어드는 것으로 칠 년의 끝이 다가오고 있음을 알았다. 그들은 구원의 순간이 왔다고 생각했다. 하지만 망치 두드리는 소리는 들리지 않았고, 벽에서 돌 하나 떨어져 나가지 않았다. 말렌의 아버지가 그들을 잊은 것 같았다. 남은 양식이 아주 조금뿐이어서 비참한 죽음을 예감했을 때 말렌 아가씨가 말했다. "우리가 벽을 부술 수 있는지 마지막으로 시도해 봐야겠다." 말렌은 돌에 바른 회반죽을 조금씩 쪼아 빵칼로 구멍을 뚫었고, 아가씨가 지치면 시녀가 교대했다.

오랜 노력 끝에 그들은 돌 하나를 빼내는 데 성공했고, 그다음엔 두 번째, 세 번째 돌을, 사흘 뒤에는 어둠 속으로 한 줄기 햇빛이 들어 드디어 밖을 내다볼 만큼 구멍이 커졌다. 하늘이 파랗고 신선한 공기가 불어 들어왔지만 주변의 모든 것이 얼마나 서글퍼 보였던지! 아버지의 성은 폐허가 되었고, 도시와 마을들은 눈이 닿는 곳까지 모두 타 버렸으며, 들판은 저 멀리까지 황폐해졌다. 사람이라고는 자취도 보이지 않았다. 빠져나갈 만큼 벽의 구멍이 커지자 시녀가 먼저 뛰어내렸고, 그 뒤를 말렌 아가씨가 따랐다. 하지만 그들이 어디로 향해야 한단 말인가? 적들은 왕국을 모두 초토화하고 왕을 쫓아냈으며 그곳에 살던 모든이를 죽여 버렸다.

두 사람은 또 다른 땅을 찾아 헤맸지만 빵 한 조각을 구할 피신처나 사람을 찾지 못했고, 배고픔이 너무 커 쐐기풀 덤불로 허기를 달래야 했다. 말렌과 시녀는 오랫동안 떠돌다 다른 나라에 가서 어디서든 일자리를 구해 보려 했다. 그러나 문을 두드리는 곳마다 거절당했고, 아무도 그들에게 자비를 베풀려 하지 않았다.

마침내 그들은 큰 도시에 이르러 왕궁으로 갔다. 그곳에서도 떠나라고 했는데 드디어 궁의 요리사가 부엌에 머물면서 재 치우는 일을 해도 된다고 말해 주었다. 그들이 머무는 왕국을 다스리는 왕의 아들이 바로 말렌 아가씨의 약혼자였다. 왕은 왕자를 위해 다른 신부를 정해 두었는데 그 신부의 얼굴은 나쁜 마음씨만큼이나 흉측했다. 혼인날이 정해졌고 신부는 이미 도착해 있었다. 하지만 지독히 못생겨서 방에 틀어박혀 누구에게도 모습을 보이지 않았고 말렌 아가씨가 부엌에서 음식을 날라야 했다.

신부와 신랑이 함께 성당에 가는 날이 되자 신부는 자

신의 흉측함이 부끄러운 데다 거리에 나섰을 때 사람들이 조롱하고 비웃을까 봐 두려웠다. 그때 신부가 말렌 아가씨에게 말했다. "네게 큰 행운이 찾아왔다. 내가 다리를 삐어 길을 걸을 수 없으니 내 결혼식 예복을 입고 내 자리에 대신 서거라. 이보다 더한 영예가 없을 것이다." 말렌 아가씨는 이 제안을 거절했다 "제게 당연히 주어지는 영예가 아니라면 저는 원하지 않습니다." 신부가 금을 주겠다고 했지만 그 역시 소용없었다. 마침내 신부가 노여움에 차 말했다 "복종하지 않으면 네 목숨으로 값을 치를 것이다. 내가 한마디만 하면 네 머리가 발 앞으로 떨어질걸." 말렌은 복종해야 했고, 신부의 화려한 예복을 입고 보석을 달게 되었다.

　　말렌이 왕궁에 들어서자 모든 이가 말렌의 빼어난 아름다움에 놀랐다. 왕이 아들에게 말했다. "널 위해 내가 신부를 택했으니 신부를 성당으로 데리고 가야 한다." 왕자는 놀라며 생각했다 '신부가 나의 말렌 아가씨를 닮았는걸. 정말 말렌이라고 생각할 수도 있겠지만 말렌은 이미 오래전에 탑에 갇혀 아직 그곳에 있거나 죽었겠지.' 왕자는 그녀의 손을 잡고 성당으로 이끌었다. 성당으로 가는 길에 쐐기풀이 있었는데 그때 말렌이 말했다

　　"쐐기풀아,

　　쐐기풀아, 이리 작은데

왜 홀로 이곳에 있느냐?

나 그때를 기억한단다,

너를 삶지도 않고

굽지도 않고 먹었던 때를.”

"뭐라고 했습니까?" 왕의 아들이 물었다. "아무것도 아니에요.” 하고 그녀가 말했다. "그저 말렌 아가씨를 떠올렸어요.” 왕자는 그녀가 말렌에 대해 안다는 사실에 의아했지만 아무 말도 하지 않았다.

그들이 성당 뜰로 들어가는 다리 앞에 섰을 때 그녀가 말했다.

"성당 다리야, 무너지지 말아 다오,

나는 진짜 신부가 아니란다.”

"뭐라고 했습니까?" 왕의 아들이 물었다. "아! 그저 말렌 아가씨를 떠올렸어요.” 하고 그녀가 말했다. "말렌 아가씨를 알고 있소?” "아니요.” 하고 그녀가 대답했다. "제가 그 아가씨를 어떻게 알겠어요. 그냥 그분 이야기를 들었을 뿐이지요.”

그들이 성당 문 앞에 다다르자 그녀가 다시 말했다.

"성당 문아, 부서지지 말아 다오,

나는 진짜 신부가 아니란다”

"뭐라고 했습니까?" 하고 그가 물었다. "아, 말렌 아가씨를 떠올렸어요.” 하고 그녀가 말했다. 왕자는 귀중한 보

석 하나를 꺼내 그녀의 목에 걸어 주고 고리를 채웠다. 둘
은 성당으로 들어갔고, 신부가 제단 앞에서 두 사람의 손
을 한데 모으고 결혼식을 올렸다. 왕자가 그녀를 데리고
돌아왔지만 그녀는 내내 한마디도 하지 않았다. 그들이 성
으로 돌아왔을 때 그녀는 서둘러 신부의 방으로 들어가
화려한 드레스와 보석을 벗고 회색 작업복을 입었는데 신
랑에게서 받은 보석 목걸이만은 간직했다.

밤이 되어 신부가 왕자의 방으로 안내되자 신부는 얼
굴에 베일을 내려 왕자가 속임수를 눈치채지 못하게 했다.
모든 이가 방에서 나가자 왕자가 신부에게 말했다. "아까
길가에 있던 쐐기풀에게 뭐라고 했습니까?" "어떤 쐐기풀
이요?" 하고 신부가 말했다. "나는 쐐기풀과 말하지 않아
요." "그렇다면 당신은 진짜 신부가 아니오." 하고 왕자가
말했다. 그러자 신부가 궁리 끝에 말했다.

"나는 내 시녀에게 가 봐야 해요,
내 생각을 말해 주는 시녀에게."

신부는 나가서 말렌 아가씨를 닦달했다 "시녀야, 쐐기
풀에게 뭐라고 한 거냐?" "제가 한 말이라고는 그저……

쐐기풀아,
쐐기풀아, 이리 작은데
왜 홀로 이곳에 있느냐?

나 그때를 기억한단다,

너를 삶지도 않고

굽지도 않고 먹었던 때를.”

신부는 서둘러 다시 방으로 들어가 “이제 내가 쐐기풀에게 무슨 말을 했는지 알아요.” 하고 자신이 방금 들은 말을 되풀이했다.

“우리가 성당 다리를 건널 때 뭐라고 했습니까?” 하고

왕자가 물었다. "성당 다리요?" 하고 신부가 말했다. "나는 성당 다리하고 말하지 않아요." "그렇다면 당신은 진짜 신부가 아니오." 하고 왕자가 말했다. 신부가 다시 말했다.

"나는 내 시녀에게 가 봐야 해요,

내 생각을 말해 주는 시녀에게"

신부는 달려 나가 말렌 아가씨를 닦달했다. "시녀야, 성당 다리에게 뭐라고 한 거냐?" "제가 한 말이라고는 그저……

성당 다리야, 무너지지 말아 다오,

나는 진짜 신부가 아니란다."

"네 목숨으로 값을 치를 것이다." 하고 신부가 소리쳤다. 그러고는 서둘러 다시 방으로 돌아가 "이제 내가 성당 다리에게 무슨 말을 했는지 알아요." 하고 그 말을 되풀이했다.

"성당 문에게는 뭐라고 했습니까?" "성당 문이요?" 하고 신부가 말했다. "나는 성당 문과 말하지 않아요." "그렇다면 당신은 진짜 신부가 아니오." 하고 왕자가 말했다. 그러자 신부가 밖으로 나가 말렌 아가씨를 닦달했다 "시녀야, 성당 문에게 뭐라고 한 거냐?" "제가 한 말이라고는 그저……

"성당의 문아, 부서지지 말아 다오,

나는 진짜 신부가 아니란다."

말렌 아가씨

"이 일로 네 목이 부러질 것이다." 하고 신부가 소리쳤다. 분노가 최고조에 다다랐지만 신부는 급히 방으로 돌아와 "이제 내가 성당 문에게 무슨 말을 했는지 알아요." 하고 들은 말을 되풀이했다.

"그런데 내가 아까 성당 문 앞에서 준 보석은 어디에 두었지요?" "무슨 보석이요?" 하고 신부가 말했다. "당신은 내게 보석을 주지 않았어요." "내가 직접 당신 목에 걸고 고리를 끼웠소. 당신이 그걸 모른다면 당신은 진짜 신부가 아니오." 왕자는 신부의 얼굴에서 베일을 걷고 끝없이 못생긴 신부의 모습을 보았다. 왕자가 겁에 질려 벌떡 일어나 "여기에 어떻게 왔느냐? 너는 누구냐?" 하고 말했다. "나는 당신과 정혼한 신부이지만 사람들이 나를 보면 비웃을까 봐 재닭이에게 내 옷을 입히고 나 대신 성당에 가도록 했어요." 하고 신부가 말했다. 그러자 왕자가 "그 시녀는 어디 있소? 내가 봐야겠으니 어서 가서 데려오시오." 하고 말했다.

신부는 나가서 신하들에게 재닭이가 사기꾼이니 뜰로 데려가 목을 치라고 말했다. 신하들은 재닭이를 붙잡아 끌고 가려 했지만 재닭이가 크게 소리치며 도움을 청했다. 왕자가 그 소리를 듣고 방에서 급히 뛰쳐나와 당장 시녀를 놓아주라고 명했다. 불을 밝히자 왕자는 성당 문 앞에서 자신이 준 보석이 재닭이의 목에 걸린 것을 알아보았다. "당신이 나와 함께 성당에 간 진짜 신부로군요. 자, 이제 함께 내 방으로 갑시다." 하고 왕자가 말했다.

두 사람만 남자 왕자가 말했다. "당신은 성당으로 가는 길에 말렌 아가씨를 언급했소. 말렌 아가씨는 내 정혼녀였소. 그런 일이 가능하다면 말렌 아가씨가 내 앞에 있다고 믿어야 할 만큼 당신은 말렌 아가씨와 모든 면에서 닮았소." 그녀가 대답했다. "제가 말렌입니다. 당신을 위해 칠 년 동안 어둠 속에 갇혀 굶주림과 갈증을 견디며 오랫동안 고통과 굶주림 속에서 살았지요. 하지만 오늘은 햇빛이 나를 다시 비춰요. 당신과 성당에서 결혼했으니 나는 이제 당신의 합법적인 아내예요." 그들은 서로 입을 맞추었고 사는 동안 행복했다. 가짜 신부는 죄값을 받아 머리가 잘렸다.

말렌 아가씨가 갇혀 있던 탑은 그 후로도 오랫동안 서 있었는데 탑 근처를 지나가는 아이들은 이렇게 노래했다.

"클링 클랑 글로리아,

탑 속에 갇힌 건 누구야?

그 안엔 공주가 있단다.

그런데 보이지 않는걸.

탑 벽이 안 무너져,

탑 돌이 안 깨져,

알록달록 옷 입은 꼬마 한스야,

쫓아와 쫓아와, 할 수만 있으면."

199

물소 가죽 장화

두려울 것 없는 군인은 걱정도 없다. 두려움도 걱정도 없는 어떤 군인이 제대를 했는데, 배운 것이 없고 돈을 벌 줄도 몰라 여기저기 마음 좋은 사람들에게 동냥을 하며 다녔다. 남은 것이라곤 어깨에 두른 낡은 비옷 한 벌과 말 타기용 물소 가죽 장화 한 켤레뿐이었다. 하루는 군인이 넓은 길 좁은 길 가리지 않고 또 주변도 신경 쓰지 않고 계속 걷다 들판으로 나갔고, 결국에는 어떤 숲으로 들어가게 되었다. 자기가 어디에 있는지도 모르는 채 군인은 초록색 사냥꾼 외투를 잘 차려입은 남자가 나무 밑둥에 앉아 있는 것을 보았다. 군인은 손을 내밀어 남자와 악수

를 하고 남자 옆 풀밭에 앉아 다리를 쭉 뻗었다. "좋은 장화를 신었네요! 광이 나게 닦았는걸요." 하고 군인이 사냥꾼에게 말을 걸었다. "하지만 나처럼 여기저기 떠돌다 보면 그런 장화는 오래 못 갈 겁니다. 내 장화를 봐요. 물소 가죽이라 오래 신고 계속 신어도 빽빽한 숲이든 듬성듬성한 숲이든 쭉 신을 수 있지요." 잠시 후 군인이 일어나며 말했다. "더 오래는 못 앉아 있겠네요. 배를 채우러 계속 가야겠어요. 그런데 장화광내기 형님, 이 길로 가면 어디가 나오나요?" "그건 나도 모른다오. 숲에서 길을 잃었거든." 사냥꾼이 대답했다. "그럼 나랑 처지가 비슷하군요." 군인이 말했다. "유유상종이니 같이 다니면서 길을 찾아봅시다." 사냥꾼은 살짝 미소를 지었다.

그들은 밤이 될 때까지 함께 계속 걸었다. "우리는 숲

을 못 벗어나고 있어요." 하고 군인이 말했다. "저 멀리 불빛이 어슴푸레 비치는데 그곳이라면 먹을 것이 조금은 있겠지요." 그들은 돌집을 하나 발견했고, 문을 두드리자 어떤 노파가 문을 열었다. "우리는 하룻밤 묵을 곳을 찾고 있답니다." 하고 군인이 말했다. "뱃가죽에 넣을 양식도요. 제 배는 군인의 낡은 배낭처럼 텅 비었답니다." "여기서는 묵을 수 없어요." 하고 노파가 대답했다. "이곳은 강도들의 집이니 그들이 돌아오기 전에 빨리 떠나는 것이 현명하다오. 강도들이 와서 당신들을 보면 우리는 다 망하는 거요." "그렇게 나쁘기야 하겠어요." 하고 군인이 말했다. "이틀 동안 한 입도 못 먹었으니 여기서 죽든 숲에서 굶어 죽든 마찬가지예요. 나는 들어갈래요." 사냥꾼은 따라 들어가고 싶지 않았지만 군인이 소매를 잡아끌었다. "형님,

목이 위험하기까지야 하겠어요." 노파는 불쌍한 마음에
이렇게 말했다. "난로 뒤로 기어 들어가 있어요. 그이들이
음식을 남기고 잠들면 먹을 것을 슬쩍 넣어 줄 테니."

군인과 사냥꾼이 구석에 앉자마자 강도 열두 명이 몰려
들어와 식기가 놓인 식탁에 앉아 음식을 내놓으라고 사납
게 말했다. 노파는 큼지막하게 구운 고기 요리를 가져왔
고, 강도들은 맛있게 잘 먹었다. 음식 냄새가 코 속으로 들
어오자 군인이 사냥꾼에게 말했다. "더 이상 못 참겠어요.
식탁에 앉아 같이 먹을래요." "죽을 작정이요?" 하고 사
냥꾼이 말하며 군인의 팔을 잡았다. 그런데 군인이 크게
기침을 하기 시작했다. 강도들이 이 소리를 듣고 칼과 포
크를 내던지며 벌떡 일어났고, 난로 뒤 두 사람을 발견했
다. "아, 이 양반님들." 하고 그들이 소리쳤다. "여기 구석
에 앉아 있네? 여기서 뭘 하는 거지? 염탐하라고 보낸 거
야? 잠깐! 가느다란 나뭇가지에 걸어 놓고 비행 연습이
나 시켜야겠다." "점잖게 좀 합시다." 하고 군인이 말하며
"배가 고프니 우선 먹을 것을 좀 주쇼. 그러고 나서는 원
하는 대로 해도 좋고." 강도들은 이 말에 멈칫했고, 우두
머리가 말했다. "보아하니 겁이 없군. 좋아, 그렇다면 먹어
도 좋다. 그러나 그 뒤에는 반드시 죽일 거다." "그건 두고
보자고." 하더니 군인이 용감하게 식탁에 앉아 구운 고기

요리를 마구 입에 넣기 시작했다. "장화광내기 형님, 와서 들어요." 그가 사냥꾼에게 소리쳤다. "형님도 나만큼 배가 고플 것 아니오. 게다가 이보다 더 맛있는 고기 구이를 집에서는 못 먹을걸요." 그래도 사냥꾼은 먹지 않았다. 강도들은 어안이 벙벙해 군인을 지켜보며 "저놈은 아무 신경도 안 쓰네." 했다.

잠시 후 군인이 말했다. "음식은 이 정도면 괜찮고 쓸 만한 술을 좀 가져다주지." 우두머리는 참아 줄 기분이라 노파에게 "지하실에서 술 한 병 가져와. 제일 좋을 걸로." 하고 크게 외쳤다. 군인은 뻥 하는 소리가 나도록 코르크 마개를 열고 술병을 들어 사냥꾼에게 가서 말했다. "형님, 잘 봐요. 아주 깜짝 놀라게 될 거예요. 이제 저 떼거리의 건강을 위해 축배를 들 거거든요." 그러고는 강도들의 머리 위로 술병을 흔들면서 "모두 살고 싶으면 주둥이를 벌리고 오른손을 위로 쳐들어라." 외치고 과감히 술을 쭉 들이켰다. 이 말을 하자마자 강도들이 주둥이를 벌리고 오른쪽 팔을 모두 치켜올린 채 돌덩이처럼 꼼짝도 하지 않고 앉았다. 사냥꾼이 군인에게 말했다. "자네를 보니 다른 기예도 부릴 수 있겠네. 하지만 이제 돌아가세." "오호, 형님, 퇴군하기에는 너무 이르지요. 적을 무찔렀으니 이제 전리품을 챙겨야죠. 강도 떼가 놀라서 입을 벌린 채 꼼짝없이 앉아 있잖아요. 내 허락 없이는 꼼짝도 못 할 거예요.

이리 와서 먹고 마시자고요.” 노파는 최고로 좋은 술 한 병을 더 가져와야 했고, 군인은 음식을 먹는 사흘 내내 자리를 뜨지 않았다.

마침내 다음 날 군인이 말했다 “이제는 천막을 거둘 때가 되었군요. 행군을 짧게 해야 하니 이제 노파가 시내로 들어가는 길을 알려 줘야겠어.” 그들이 시내에 도착하자 군인이 과거의 동료들에게 가서 말했다. “저기 숲에서 교수형감인 흉악범 놈들의 소굴을 발견했다네. 함께 가서 그것들을 들어내자고.” 군인은 그들을 이끌며 사냥꾼에게 말했다. “나랑 같이 갑시다. 우리가 발을 잡아챌 때 그 놈들이 어떻게 펄럭대는지 같이 봐야죠.”

군인은 강도들 주위로 병사들을 배치한 후 술병을 들어 한 모금 마시고 그들 위로 술병을 흔들며 소리쳤다. “모두 살고 싶으면…….” 곧 강도 떼가 다시 움직였지만 바로 진압되어 손과 발이 밧줄에 묶였다. 그러자 군인이 그들을 자루를 던지듯 수레에 던지라고 명령하고 말했다. “저들을 곧장 감옥으로 보내 버려.” 그런데 사냥꾼이 병사 중 한 명을 따로 곁으로 불러 또 다른 임무를 주었다. “장화 광내기 형님.” 하고 군인이 말했다. “다행히 우리가 적을 기습해 사로잡고 식사도 잘했으니 이제는 저들의 뒤를 따라 조용히 진군하듯 갑시다.”

도시에 가까워지자 사람들이 환희의 함성을 지르며 푸른 나뭇가지를 공중에 휘두르며 성문 밖으로 몰려나왔다. 호위병들도 모두 군인과 사냥꾼 쪽으로 다가왔다. "저게 뭐요?" 하고 군인이 의아해서 물으니 사냥꾼이 "몰랐는가?" 하고 말했다. "이 왕국의 왕이 오랫동안 사라졌다 오늘 돌아와서 모두 왕을 맞는 것이지." "그런데 왕은 어디에 있지요? 안 보이는데요." 하고 군인이 말했. "여기 있다네." 하고 사냥꾼이 말했다. "내가 바로 왕이라네. 그리고 내가 도착을 미리 알렸지." 그러고는 사냥꾼이 입은 외투를 펼치니 왕의 옷이 보였다. 군인은 깜짝 놀라 무릎을 꿇고 왕인지도 모르고 사냥꾼을 비슷한 처지인 듯 대하며 형님이라고 부른 데 대해 용서를 구했다. 그러자 왕이 병사에게 손을 내밀며 말했다. "너는 용감한 군인이며 내 목숨을 구했다. 내 너를 돌볼 것이고, 너는 더 이상 어떤 곤궁도 겪지 않을 것이다. 맛있는 고기 구이를 먹고 싶거든 강도들집에서처럼 왕실 부엌으로 오너라. 하지만 건강을 위해 축배를 들고 싶으면 먼저 내 허락을 받아야 한다."

물소 가죽 장화

200

황금 열쇠

눈이 많이 내린 어느 겨울날, 가난한 한 소년이 나무를 하기 위해 썰매를 타고 나가야 했다. 소년은 나무를 모아 썰매에 실었지만 추위에 몸이 얼어 집으로 가지 않고 우선 불을 지펴 몸을 좀 데우려 했다. 그래서 땅바닥의 눈을 긁어내다 금으로 된 작은 열쇠 하나를 발견했다. 그때 소년은 열쇠가 있는 곳에는 자물쇠도 있겠거니 생각하고 땅을 파 보았고, 작은 철제 상자를 찾아냈다. 소년은 생각했다. '열쇠가 맞기만 하다면 상자 안에는 분명히 귀한 물건들이 들었을 거야!'

소년은 열쇠 구멍을 찾아보았지만 구멍이 없었다. 드디

어 구멍 하나를 발견했는데 너무 작아 눈에도 보이지 않을 정도였다. 소년은 열쇠를 꽂아 보았고, 다행히 열쇠가 잘 맞았다. 그러고 나서 열쇠를 한 바퀴 돌렸다. 이제 우리는 자물쇠가 완전히 풀리고 소년이 뚜껑을 열 때까지 기다려야 해. 그러면 상자 안에 어떤 놀라운 것들이 들어 있는지 알게 될 거야.

황금 열쇠

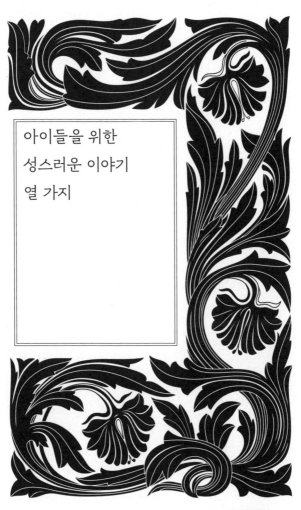

아이들을 위한
성스러운 이야기
열 가지

KINDER–
UND
HAUSMÄRCHEN

1

숲속의 요셉 성인

옛날에 딸 셋을 둔 어머니가 있었다. 첫째는 버릇없고 성질이 고약했으며, 둘째는 첫째보다 나아도 결점이 있었고, 막내는 얌전하고 착한 아이였다. 어머니는 참 이상하게도 고약한 큰딸을 가장 사랑했고 막내를 못 견뎌 했다. 그래서 어머니는 길을 잃고 다시 돌아오지 못하도록 막내를 종종 깊은 숲으로 멀리 내보냈고, 그러면 막내를 떨궈낼 수 있을 것이라고 생각했다. 그러나 착실한 아이라면 언제나 그렇듯이 막내에게는 수호천사가 있었고, 천사는 막내가 항상 바른길로 돌아가도록 했다.

어느 날 막내는 숲속을 빠져나올 길을 찾지 못했고 수

호천사도 옆에 없었다. 막내는 저녁이 될 때까지 계속 걸었고, 저 멀리 작은 불빛이 보여 가 보니 작은 오두막이 있었다. 막내가 문을 두드리자 문이 열렸고, 두 번째 문이 있어 또다시 두드렸다. 눈처럼 흰 수염을 기른 고상해 보이는 노인이 문을 열어 주었다. 그분은 다름 아닌 요셉 성인이었다. 요셉 성인이 아주 다정하게 말했다. "얘야, 이리 오너라. 불 옆 내 의자에 앉아 몸을 데우렴. 목이 마르면 맑은 물을 가져다주마. 하지만 여기 숲에는 몇 가닥 뿌리 말고는 네가 먹을 만한 게 없구나. 그것도 네가 직접 긁어 다듬고 삶아야 한단다." 그러면서 요셉 성인은 아이에게 뿌리를 건넸다.

소녀는 뿌리를 깨끗이 긁어 벗겨 낸 다음 어머니가 준 팬케이크 한 조각과 빵을 가져다 불 옆 작은 솥에 넣고 수프를 끓였다. 수프가 다 준비되자 요셉 성인이 말했다. "배

766

가 많이 고픈데 네 음식을 좀 나누어 주렴." 그러자 아이는 기꺼이 자기 것보다 더 많은 음식을 요셉 성인에게 주었지만 신의 은총으로 배가 불렀다. 식사를 마치자 요셉 성인이 말했다. "이제 자러 가야겠다. 내게는 침대가 하나뿐이구나. 나는 땅바닥 짚 위에 누울 테니 네가 침대에 누우렴." 그러자 아이는 "아니에요." 하고 대답했다. "침대에서 주무세요. 제게는 짚도 충분히 부드러워요." 그러나 요셉 성인은 아이를 품에 안아 작은 침대에 눕혔고, 아이는 기도를 한 뒤 잠들었다.

다음 날 아침 잠에서 깬 아이는 요셉 성인에게 아침 인사를 하려고 했지만 성인이 보이지 않았다. 집 구석구석 어디에서도 그를 찾을 수 없었다. 마침내 아이는 문 뒤에서 겨우 들 정도로 무거운 돈자루를 발견했고, 자루에는 "어젯밤 이곳에서 잠을 잔 아이를 위하여"라고 쓰여 있었다. 아이는 자루를 들고 신이 나서 달려갔고, 어머니에게 돈을 다 주었으니 그 어머니가 달가워하지 않을 수 없었다.

이튿날 둘째 아이도 숲에 들어가기를 원했다. 어머니는 둘째에게 훨씬 큰 팬케이크와 빵을 주었다. 둘째는 먼저 길을 나섰던 막내처럼 계속 나아갔다. 저녁에 둘째도 요셉 성인의 작은 오두막에 다다랐고, 요셉은 둘째에게 죽을 만들 뿌리를 주었다. 음식이 다 준비되자 요셉 성인이 둘째에게 똑같이 말했다. "배가 많이 고픈데 네 음식을 좀 나누어 주렴." 둘째가 대답했다. "같이 먹어요." 그러고 나서 요셉 성인이 아이에게 침대를 권하고 자기는 짚 위에서 자겠다고 하자 아이가 대답했다. "아니에요. 같이 침대에 누워요. 우리 둘 자리가 충분해요." 요셉 성인은 아이를 품에 안아 작은 침대에 누이고 자신은 짚 위에 누웠다. 아침에 아이가 깨어나 요셉 성인을 찾았는데 그는 사라졌고 아이는 문 뒤에서 손바닥만 한 작은 주머니를 발견했다. 거기에는 "어젯밤 이곳에서 잠을 잔 아이를 위하여"라고 적혀 있었다. 그래서 둘째는 주머니를 가지고 집으로 가 어머니에게 주었지만 그중 동전 몇 개를 자신을 위해 몰래 챙겼다.

다음 날 아침에는 큰딸이 호기심에 숲으로 가려고 했다. 어머니는 큰딸이 원하는 만큼 팬케이크에 빵과 치즈도 주었다. 저녁이 되자 다른 두 딸들이 그랬던 것처럼 오두막에서 같은 모양새의 요셉 성인을 찾았다. 죽이 다 준비되자 요셉 성인이 똑같이 이렇게 말했다. "배가 많이 고픈데 네 음식을 좀 나누어 주렴." 그러자 소녀가 대답했다. "제 배가 찰 때까지 기다리세요. 그러고 나서 남으면 드리지요." 하지만 소녀는 음식을 거의 다 먹어 버렸고 요셉 성인은 그릇을 긁어 먹어야 했다. 그 후 선량한 노인은 침대를 권했다. 소녀는 아무런 반대 없이 노인의 제안을 받아들여 자신은 작은 침대에 눕고 노인에게는 딱딱한 짚을 남겼다.

다음 날 아침 깨어났을 때 요셉 성인이 보이지 않았지만 첫째는 아무런 걱정을 하지 않았다. 소녀는 문 뒤에서 돈 가방을 찾았다. 바닥에 뭔가 있는 것처럼 보였지만 분간할 수 없어서 첫째는 몸을 숙이고 가까이 살펴보았다. 그때 무엇인가가 코에 닿더니 달려 버렸다. 몸을 다시 일으키고 보니 끔찍하게도 그것은 자신의 코에 붙은 두 번째 코였다. 첫째는 소리 지르며 울부짖었으나 아무런 도움이 되지 않았다. 소녀는 쭉 뻗어 나간 코를 계속 보고 있을 수밖에 없었다. 그렇게 비명을 지르며 달려 나가다 요셉 성인과 마주쳤고, 첫째는 요셉 성인의 발치에 엎드려 애원했다. 그러자 요셉 성인이 그 아이를 불쌍히 여겨 다시 코를 떼고 동전 두 개를 주었다.

첫째가 집에 도착했을 때 어머니가 문 앞에서 물었다. "선물로 무엇을 받았니?" 그러자 첫째는 "돈이 가득 든 큰 가방이었는데 도중에 잃어버렸어요." 하고 거짓말을 했다. "잃어버렸다고!" 하고 어머니가 소리쳤다. "그래, 그럼 그 돈을 다시 찾아야지." 하고 어머니는 아이의 손을 잡고 돈을 찾으려 했다. 첫째는 울기 시작하더니 결국에는 어머니와 함께 돌아다녔는데 도마뱀과 뱀이 어머니와 첫째에게 덤벼들어 그들은 어찌할 바를 몰랐다. 도마뱀과 뱀은 첫째를 물어 결국에는 죽게 했고, 어머니는 제 아이를 더 잘 키우지 못했다 하여 발을 물었다.

2

열두 사도

그리스도가 태어나기 300년 전 아들 열둘을 낳은 어머니가 있었다. 어머니는 너무 가난해서 무엇으로 아들들을 더 먹여 살릴지 몰랐다. 어머니는 모든 아들이 지상에서 약속의 구세주와 함께하게 해 달라고 하느님에게 매일 기도했다. 곤궁이 더욱 커지자 어머니는 양식을 구하기 위해 아들들을 차례로 세상에 내보냈다. 맏이는 베드로라고 불렸으며, 베드로는 종일 먼 길을 걸어 어느새 큰 숲속으로 들어가게 되었다. 베드로는 빠져나갈 길을 찾았으나 찾지 못하고 점점 길을 잃었고, 배가 너무 고파 똑바로 설 수조차 없었다. 마침내 너무 쇠약해져 누울 수밖에 없었고,

이제 죽음이 가까웠구나 생각했다. 그런데 갑자기 빛으로 반짝이는 작은 아이가 나타났는데 천사처럼 아름답고 다정했다. 아이가 손뼉을 치자 베드로가 고개를 들어 바라보았다. 아이가 물었다. "왜 그렇게 슬프게 앉아 있어요?" 베드로가 대답했다. "나는 양식을 구하며 세상을 떠돌고 있어. 또 약속의 구세주를 만나려고 해. 그분을 만나는 것이 제일 큰 소망이거든." 아이가 말했다. "나와 함께 가요. 그럼 소원이 이루어질 거예요."

아이는 불쌍한 베드로의 손을 잡고 절벽 사이 큰 동굴로 데려갔다. 그들이 동굴 안에 들어서니 모든 것이 금, 은, 수정으로 반짝였고, 그 가운데에 열두 개의 요람이 나란히 놓여 있었다. 그때 꼬마 천사가 말했다. "첫 번째 침대에 누워서 조금 자요. 잠이 들도록 침대를 살살 흔들어 줄게요." 베드로는 시키는 대로 했고, 천사가 노래를 불러

772

줘 잠이 들었다. 베드로가 자고 있을 때 둘째도 수호천사의 안내를 받아 그곳에 왔고, 첫째처럼 흔들어 주는 요람에서 잠이 들었다. 다른 형제들도 차례로 와서 열두 명이 모두 황금 요람에 누워 잠들었다. 그들은 세상의 구세주가 태어나던 그날 밤까지 300년 동안 잤다. 그때 그들이 깨어나 구세주와 함께 땅에 있었고, 그들을 열두 사도라고 불렀다.

3

장미[34]

옛날에 두 아이를 둔 가난한 여인이 있었다. 막내는 매일 나무를 하러 숲으로 가야 했다. 한번은 막내가 멀리까지 나무를 하러 갔을 때 작지만 아주 야무진 아이가 와서 부지런히 도와 집까지 나무를 가져다주고는 눈 깜짝할 사이 사라져 버렸다. 막내가 그 이야기를 했지만 어머니는 믿으려 하지 않았다. 하루는 그 아이가 장미 한 송이를 주며 장미가 피면 다시 오겠다고 했다. 막내는 이 이야기를 전했고, 어머니는 장미를 물에 담갔다. 어느 날 아침 막내

---

34   독일 북부 독일어계 사투리인 파더보른어로 적힌 이야기다.

가 침대에서 일어나지 않자 어머니가 침대로 가 보았더니 죽어 있었다. 아이는 매우 평온하게 누워 있었고, 그날 장 미가 활짝 꽃을 피웠다.

가난과 겸손이 천국으로 이끈다

옛날에 왕자가 있었는데 왕자는 슬펐고, 생각에 가득 차 들판으로 나갔다. 왕자는 아주 맑고 파란 아름다운 하늘을 올려다보고 한숨을 쉬며 말했다 "저 위 하늘나라로 올라가면 얼마나 좋을까!" 왕자는 마침 길을 따라 걸어오는 가난한 노인을 보고 말을 건넸다. "어떻게 하면 천국에 갈 수 있을까요?" 노인이 말하기를 "가난과 겸손을 통해서지요. 너덜너덜한 내 옷을 입고 칠 년 동안 세상을 떠돌며 비참함이 무엇인지 보세요. 돈 하나 없이 다니면서 배가 고프면 동정심 많은 사람들에게 빵 한 조각을 구걸하세요. 그러면 천국에 가까워질 겁니다." 왕자는 화려한 겉

옷을 벗고 그 대신 거지의 옷을 걸치고는 넓은 세계로 나가 큰 곤궁을 경험했다. 왕자는 아주 조금만 음식을 얻고, 아무 말도 하지 않았으며, 언젠가는 자신을 하느님의 왕국에서 받아 주십사 기도했다.

칠 년의 시간이 다 되자 왕자는 다시 아버지의 성으로 돌아왔지만 아무도 왕자를 알아보지 못했다. "가서 부모님께 내가 돌아왔다고 전해라." 하고 말했으나 하인들은 왕자의 말을 믿지 않고 비웃으며 그를 세워 두었다. 그러자 왕자가 다시 말했다. "내 형제들에게 가서 내려오라 이르거라. 그들을 다시 보고 싶구나." 하인들은 이 말도 전하지 않으려 했지만 결국 한 명이 왕의 자녀들에게 말을 전했는데 그들도 이 말을 믿지 않고 신경도 쓰지 않았다.

그러자 왕자는 어머니에게 자신의 온갖 비참함을 알리는 편지를 한 통 썼는데 자신이 아들이라는 말은 하지 않았다. 왕비는 동정심에 왕자에게 계단 밑에 자리를 내주고 하인 두 명을 시켜 날마다 음식을 가져다주도록 했다. 그런데 하인 중 한 명이 악한 사람이어서 "거지가 뭐 그리 좋은 음식을 먹어?" 하면서 자기가 음식을 먹거나 개에게 주고 그 약하고 수척한 왕자에게는 물만 가져다주었다. 그러나 다른 한 명은 정직하여 왕자에게 음식을 모두 가져다주었다. 음식은 적었으나 한동안 그 음식으로 연명할 수 있었고, 왕자는 잘 참고 견뎠지만 점점 더 쇠약해졌다. 병이 깊어지자 왕자는 병자성사를 간절히 바랐다. 성찬식이 절반이 지나자 도시와 주변의 모든 종이 울리기 시작했다. 미사가 끝난 뒤 신부가 계단 밑 불쌍한 남자에게 갔는데 불쌍한 이는 이미 누워 죽어 있었다. 한 손에는 장미를 다른 한 손에는 백합 한 송이를 쥐고 있었으며, 그 옆에 자기 이야기가 적힌 종이가 한 장 놓여 있었다. 그가 땅에 묻히고 나서 무덤 한쪽에는 장미가, 다른 한쪽에는 백합이 자랐다.

5

하느님의 양식

옛날에 어떤 자매가 있었는데 그중 한 명은 자식이 없고 부자였다. 과부인 다른 한 명은 아이가 다섯이었는데 너무나 가난해 자식들과 자신의 배를 채울 빵이 부족했다. 곤경에 빠져 있던 과부는 언니에게 가서 말했다. "나와 아이들이 너무 배가 고파 고통스러워요. 언니는 부자이니 식량을 조금만 줘요!" 돈이 돌덩이처럼 많은 부자 언니는 마음도 돌덩이처럼 단단해서 "나도 집에 먹을 것이 하나도 없어." 하고는 불쌍하고 가난한 동생을 쫓아 보냈다. 얼마 후 부자 언니의 남편이 집에 와 빵 한 조각을 자르는데 빵에서 붉은 피가 흘러나왔다. 언니는 이를 보고 깜짝 놀라 남편에게 지난 일을 말했다. 남편은 과부와 아이들을 도우려고 서둘러 갔는데 집에 들어섰을 때 처제는 기도 중이었다. 과부는 아이 둘을 품에 안고 있었고, 큰 아이들 셋은 이미 죽어 바닥에 누워 있었다. 형부가 음식을 권하니 과부가 답했다. "우리는 더 이상 지상의 양식을 바라지 않아요. 하느님께서 이미 세 아이의 배를 채워 주셨으니 우리의 간절한 기도도 들어주시겠지요." 과부가 이 말을 뱉자마자 두 아이가 마지막 숨을 거두었고, 어머니인 과부의 마음도 무너지고 찢겨 쓰러져 죽었다.

6

초록 나뭇가지 세 개

옛날에 산기슭 숲속에 살면서 기도와 선행으로 시간을 보내고 저녁마다 하느님을 기리기 위해 양동이 두 통에 물을 길어 산으로 지고 올라가는 은둔자가 있었다. 언덕 높은 곳에는 항상 바람이 세게 불어 공기와 대지가 말라붙었고, 인간을 꺼리는 들새들이 높이 날아올라 맴돌며 매서운 눈으로 마실 것을 찾아다녔다. 여러 동물이 그 물로 목을 축였고, 풀과 나무가 생기를 찾았다. 은둔자는 독실하여 하느님의 천사가 보였고, 천사가 함께 산에 오르며 그의 발걸음을 헤아리고, 하느님의 명령에 따라 까마귀가 양식을 주듯 은둔자에게 양식을 가져다주었다.

　은둔자가 독실함 속에서 노년에 이른 어느 날, 멀리 불쌍한 죄인이 교수대로 끌려가는 것을 보고 혼잣말을 했다. "저자에게 마땅한 일이 일어나는구나." 저녁이 되어 산으로 물을 나르는데 평소 동행하던 천사가 나타나지 않았고, 양식을 주러 오지도 않았다. 은둔자는 깜짝 놀라 자신이 무슨 죄를 지어 하느님이 노여워하는지 곰곰이 생각해 보았으나 이유를 알지 못했다. 그리하여 먹지도 마시지도 않고 땅에 엎드려 밤낮으로 기도했다.

　한번은 숲속에서 매우 슬피 울고 있는데 작은 새의 지저귐이 들려왔다. 아름답고 멋진 새의 노랫소리를 들으니 더욱 슬퍼서 그가 말했다. "어찌하여 너는 그리 즐겁게 노래하느냐! 하느님께서 네게는 노여움이 없으시구나! 오, 내가 무엇으로 하느님을 노엽게 했는지 네가 말해 줄 수만 있다면, 그러면 속죄하여 내 마음도 다시 기쁠 텐데!" 그때 작은 새가 말했다. "너는 잘못을 저질렀지. 교수대로 끌려가는 가여운 죄인을 저주해 하느님께서 노하셨어. 하느님만이 심판하신다. 그러나 뉘우치고 죄를 후회한다면 하느님께서는 너를 용서할 거야." 그때 옆에서 마른 나뭇가지를 손에 들고 있던 천사가 말했다. "이 마른 나뭇가지에서 푸른 가지가 세 개 돋아날 때까지 가지고 다니되, 밤에 잠을 잘 때는 줄기를 머리 아래에 두어라. 빵은 집집마다 청하고, 한 집에서 하룻밤 이상 머물러서는 안 된다. 이것이 하느님이 너에게 내리는 속죄이니라."

그리하여 은둔자는 나뭇가지를 받고 오랫동안 살피지 않았던 세상으로 돌아갔다. 노인은 문 앞에서 건네받은 것 외에는 먹거나 마시지 않았다. 때로는 노인의 청에 아무런 응답이 없었고, 많은 문이 그대로 닫혀 있어 노인은 종종 여러 날 동안 빵 한 조각도 얻지 못했다. 하루는 아침부터 저녁까지 집집마다 다녀도 누구 한 사람 노인에게 무엇도 내어 주지 않고 하룻밤 잠자리를 허락하지 않아 노인은 숲으로 갔다. 마침내 노인은 숲에서 움막을 발견했는데, 움막 안에 어떤 노파가 앉아 있었다. 노인이 말했다. "마음씨 좋은 분, 오늘 밤 제가 부인 집에 묵을 수 있게 허락해 주세요." 그러자 노파가 대답했다. "안 됩니다. 설령 내가 원한다 해도 말이지요. 내게는 아들이 셋 있는데 악하고 사납답니다. 만약 아이들이 약탈에서 돌아와 당신을

발견하면 우리 둘 다 죽일 거예요." 노인이 말했다. "머물게만 해 주세요. 부인이나 저를 해치지 않을 겁니다." 노파는 동정심에 마음이 움직였다.

은둔자는 계단 밑에 누웠고, 제 머리 밑에 나뭇가지를 두었다. 이를 본 노파가 이유를 묻자 노인은 속죄를 위해 나뭇가지를 가지고 다니며 밤이면 베개로 쓴다고 말해 주었다. 불쌍한 죄인이 재판 뒤에 제 길을 가는 것을 보고 마땅한 일이라고 말하여 하느님을 모독했기 때문이라고 말했다. 그러자 노파가 울면서 외쳤다. "아, 하느님께서 말

한마디에 그런 벌을 내리신다면 내 아들들이 그분의 심판 앞에 설 때 그 아이들에게는 어떤 일이 벌어질까요?"

자정이 되자 강도들이 집으로 돌아와 떠들썩하게 소란을 피웠다. 강도들은 불을 밝혔고, 움막이 밝아지자 계단 아래에 누운 남자를 보고 광분해서 어머니에게 고함을 치며 물었다 "저자는 누구예요? 우리가 아무도 들이지 말라고 했잖아요." 그러자 어머니가 말했다. "그냥 두어라. 자기 죄를 속죄하고 있는 가엾은 죄인이란다." 강도들이 "저 사람이 무슨 짓을 했는데요?" 하고 물었다. "형씨, 당신 죄가 뭔지 말해 봐요." 노인이 일어나 자신이 말 한마디로 죄를 지어 하느님께서 노하셨고, 지금 그 죄를 속죄하고 있다고 말했다. 강도들은 그의 이야기에 마음 깊이 감동받아 지금까지 자신들의 삶을 겁내며 용기를 내어 진심으로 후회하고 속죄하기 시작했다. 죄인 세 명을 교화한 은둔자는 잠을 청하기 위해 다시 계단 아래 누웠다. 그러나 다음 날 아침 노인은 죽은 채 발견되었고, 머리를 누인 마른 나뭇가지에서 초록 가지 세 개가 높이 자라나 있었다. 이리하여 하느님은 은둔자를 다시 은혜로 품으셨다.

7

성모님의 꼬마 술잔

옛날에 포도주를 가득 실은 무거운 수레가 길을 가다 멈춰 섰는데 짐꾼이 갖은 애를 써도 움직이지 않았다. 성모 마리아가 길 저쪽에서 오다가 그 불쌍한 짐꾼의 곤경을 보고 말했다. "피곤하고 목이 마르니 포도주를 한잔 주시오. 그러면 내가 그대의 길을 열어 주리다." "좋습니다." 하고 짐꾼이 대답했다. "하지만 잔이 없어 술을 드릴 수가 없답니다." 그러자 성모님이 붉은 줄무늬가 있는 흰 꽃을 한 송이 꺾어 짐꾼에게 주었다. 잔처럼 생긴 나팔꽃이었다. 짐꾼이 꽃에 포도주를 채웠고, 성모님은 포도주를 마셨다. 그때 수레가 움직이기 시작했고, 마차꾼은 수

레를 끌 수 있었다. 그 작은 꽃은 여전히 성모님의 꼬마 술

잔이라고 불린다.

성모님의 꼬마 술잔

할머니

어느 도시에 할머니가 있었다. 어느 날 저녁 할머니는 홀로 방에 앉아 처음에는 할아버지를, 다음에는 두 아이를, 그다음에는 친척을 하나둘 모두, 마침내 그날 마지막 남은 친구 한 명을 어떻게 잃었는지 생각했다. 이제 완전히 혼자가 된 할머니는 외롭고 적막했다. 할머니는 마음 깊이 너무 슬펐고, 무엇보다 두 아들을 잃은 것이 힘들어 그 슬픔 속에서 하느님을 원망했다. 그렇게 조용히 앉아 생각에 잠겨 있었는데 문득 이른 새벽의 성당 종소리가 들려왔다. 할머니는 고통 속에서 밤새 깨어 있었던 것에 놀라 등을 켜고 성당으로 갔다. 할머니가 도착했을 때 성당

할머니

789

은 이미 밝았는데 여느 때처럼 촛불이 아니라 서서히 빛이 밝아 왔다. 성당은 사람들로 가득해서 모든 자리가 이미 차 있었다. 할머니가 평소 앉던 자리로 가니 역시 비어 있지 않고 긴 의자가 빽빽하게 차 있었다. 앉아 있는 이들을 살펴보았는데 모두 옛 옷을 입고 창백한 얼굴로 앉은 죽은 친척들이었다. 친척들은 아무 말도 하지 않고 노래도 부르지 않았다. 그러나 성당 전체에서 낮게 웅얼거리고 탄식하는 소리가 들렸다. 그때 친척 어른이 일어나 걸어 나오며 말했다. "제단 쪽을 살펴봐요. 아들들이 보일 거예요." 노파는 제단을 살폈고, 자신의 두 아들을 보았다. 하나는 교수대에 매달렸고, 다른 아들은 수레바퀴에 꽁꽁 묶여 있었다. 그때 친척이 말했다. "봐요, 그 애들이 아직 살아 있었다면 저런 일이 벌어졌을 거예요. 하느님께서 아이들이 죄가 없을 때 데려가지 않으셨더라면 말이지요." 노파는 덜덜 떨며 집으로 돌아가 무릎을 꿇고 하느님이 그렇게 해 주신 것이 다행이라고, 이제 이해하게 되었다고 감사해했고, 사흘째 되던 날 자리에 눕더니 죽었다.

9

천상의 예식

옛날에 가난한 농군 소년이 성당에서 신부가 말하는 것을 들었다. "하늘나라에 가려는 자는 언제나 곧바르게 나아가야 한다." 그래서 소년은 길을 나섰고, 돌아가는 길 없이 산과 계곡을 넘어 항상 곧바르게 나아갔다. 마침내 그 길은 미사가 열리는 시내 한가운데 성당으로 소년을 이끌었다. 성당의 웅장함을 모두 본 소년은 하늘나라에 이르렀다고 생각하고 자리에 앉아 온 마음으로 기뻐했다. 미사가 끝나고 성당지기가 나가라고 하자 소년이 말했다. "아니요, 다시는 안 나갈 거예요. 드디어 하늘나라에 와서 얼마나 기쁘다고요." 성당지기는 신부에게 가서 성당에 아이 하나가 있는데 자기가 있는 곳이 천국인 줄 알고 다시 나가려 하지 않는다고 전했다. 신부는 "그 애가 그렇게 믿으면 그런 믿음 속에 두지요." 했다. 그러고 나서 소년에게 일해 볼 마음이 있는지 물었다. 아이는 "네." 하고 대답하더니 일하는 것이야 익숙하지만 하늘나라 밖으로는 다시 나가지 않을 거라고 말했다. 아이는 성당에 남았고, 사람들이 아기 예수와 그 어머니의 목조 앞에서 무릎을 꿇고 기도하는 것을 보고 생각했다. '이분이 바로 사랑의 하느님이구나.' 그러면서 말했다. "들어 보세요, 사랑의 하느님. 하느님께서는 너무 야위었어요. 배를 곯게 사람들이 내버려 두는군요! 앞으로 제가 먹을 음식의 반을 가져다 드릴게요." 그때부터 소년은 매일 자기 양식의 반을 목조 앞에 두었고, 목조가 음식을 즐기기 시작했다. 몇 주 지나 조각이 살이 오르면서 조각의 풍채가 좋아지고 튼튼해지는 것을 사람들이 눈치챘고, 이를 매우 의아해했다. 신부도 이해할 수 없는 일이어서 성당에 남아 아이의 뒤를 쫓았고, 어떻게 소년이 제 빵을 예수의 어머니와 나누고, 그 어머니가 빵을 받는지 보았다.

얼마 후 소년은 병이 나 여드레 동안 침대 밖으로 나오지 못했다. 다시 일어나자 소년은 가장 먼저 예수의 어머니에게 음식을 가져다 드렸다. 신부는 뒤를 쫓아가 아이가 하는 말을 들었다. "사랑의 하느님, 제가 오랫동안 아무것도 가져다 드리지 않았다고 너무 기분 나빠 마세요. 저는 아파서 일어날 수가 없었답니다." 그러자 조각이 아이에게 답했다. "내 너의 선한 의지를 보았으니 그것으로 충분하다. 다음 주 일요일에 함께 예식에 가자." 소년은 기뻐하

천상의 예식

며 이를 신부에게 말했다. 신부는 자신이 그 길에 함께해도 되는지 조각에게 물어보라고 소년에게 부탁했다. "안된다." 하고 조각이 대답했다. "혼자만 가거라." 신부는 먼저 소년을 준비시킨 다음 아이에게 성찬을 주었고, 이에 소년은 만족했다. 그다음 일요일에 성찬이 소년 앞에 이르렀을 때 소년이 쓰러졌다. 그는 영원의 예식에 가 있었다.

개암나무 가지

어느 날 오후 아기 예수가 요람에 누워 잠이 들었다. 그때 어머니가 침대맡으로 와 아기 예수를 보고 기쁨에 가득 차 말했다. "잠을 자는구나, 아가야! 편히 자거라. 그사이 나는 숲으로 가서 너를 위해 딸기를 한 움큼 가져오마. 네가 깨어나 좋아할 것을 잘 알고 있지." 예수의 어머니는 집 밖 숲에서 최상의 딸기가 있는 곳을 찾았다. 그런데 딸기를 따려고 허리를 굽히는데 풀에서 독사 한 마리가 불쑥 튀어나왔다. 어머니는 깜짝 놀라 딸기를 내버려두고 허둥지둥 도망쳤다. 뱀이 어머니의 뒤를 쫓는데 너희도 그렇게 생각하겠지만 예수님의 어머니이니 묘안을 떠

올렸지. 어머니는 개암나무 덤불 속에 몸을 숨기고 독사가 다시 기어 사라질 때까지 가만히 서 있었다. 그 후 어머니는 딸기를 다시 모아 집으로 가면서 이렇게 말했다. "개암 덤불이 이번에 나를 지켜 주었으니 다음번에는 다른 사람들을 수호하리라." 그래서 초록 개암나무 가지는 아주 먼 옛날부터 독사나 뱀이나 땅 위에 기어 다니는 것들로부터 보호해 주는 가장 안전한 보호물이 되었다.

부록 스물여덟 가지

KINDER–
UND
HAUSMÄRCHEN

1

밤꾀꼬리와 발 없는 도마뱀

옛날에 밤꾀꼬리 한 마리와 발 없는 도마뱀 한 마리가 있었는데 각각 눈이 하나뿐이었다. 둘은 한집에서 오래 평화롭게 또 하나 되어 함께 살았다. 어느 날 밤꾀꼬리가 결혼식에 초대를 받았다. 그러자 밤꾀꼬리가 발 없는 도마뱀에게 말했다. "내가 결혼식 초대를 받았는데 이렇게 한 눈으로 가고 싶진 않아. 부디 내게 네 눈을 빌려줘, 내일 다시 돌려줄게." 발 없는 도마뱀은 기꺼이 그렇게 했다.

그러나 다음 날 집으로 왔을 때 밤꾀꼬리가 머리에 두 눈을 달고 양쪽으로 볼 수 있는 것이 어찌나 마음에 드는지 가엾은 발 없는 도마뱀에게 빌린 눈을 돌려주려 하지 않았다. 그러자 발 없는 도마뱀이 밤꾀꼬리에게, 그 자녀에게, 또 그 자녀의 자녀에게 복수하겠다고 맹세했다. "가봐." 하고 밤꾀꼬리가 말했다.

"그리고 한번 찾아봐.

난 내 둥지를 저 보리수나무 위에 지어,

아주 높게, 아주 높게, 아주 높게, 아주 높게,

그러니 너는 내 둥지를 절대로 못 찾을 거야!"

그때부터 모든 밤꾀꼬리에게는 두 눈이 있고, 모든 발없는 도마뱀에게는 눈이 없다. 그러나 밤꾀꼬리가 둥지를 지은 곳, 그 아래 덤불 나무 속에는 꼭 발 없는 도마뱀도 한 마리 살고 있다. 그리고 늘 기어 올라가 원수가 낳은 알들에 구멍을 뚫거나 속을 빨아 먹으려고 노리고 있다.

2

칼을 쥔 손

작은 소녀가 있었는데 소녀 빼고 아이들 셋은 다 아들
이었다. 어머니에게는 아들 셋이 전부고 소녀는 어디서든
뒷전이라 모질게 야단맞았다. 소녀는 날마다 아침 일찍 집
을 나서서 음식을 하고 메마른 황야 바닥에서 불을 피우
는 데 필요한 이탄을 캐야 했다. 소녀는 뭉툭한 낡은 도구
하나로 그 힘든 일을 해내야 했다. 작은 소녀에겐 좋아하
는 이가 있었다. 그는 산 요정이었고 소녀 어머니 집에서
가까운 언덕에 살았다. 소녀가 언덕 옆을 지나갈 때마다
그가 바위에 손을 뻗었는데 손에는 매우 날카로운 칼이
놓여 있었다. 특별한 힘이 있고 뭐든 자르는 이 칼로 소녀

는 이탄을 금방 도려냈고, 필요한 만큼 가지고 즐겁게 집으로 돌아왔다. 바위 옆을 지날 때 두 번 두드리면 손이 나와 칼을 받아 갔다. 그러나 어머니가 얼마나 재빠르고 쉽게 소녀가 늘 이탄을 집으로 가져오는지 알아차리자 오빠들에게 이야기했다. 누군가 도와주는 게 틀림없다. 그렇지 않다면 있을 수 없는 일이다. 그러자 오빠들이 살금살금 뒤를 밟아 소녀가 마법의 칼을 받는 걸 보고 소녀를 따라 잡아 힘으로 그 칼을 빼앗았다. 그러고는 돌아가면서 소녀가 그러듯이 바위를 쳤다. 그 선한 요정이 손을 내밀자 그들은 그 손을 바로 그 손의 것인 칼로 잘랐다. 피 흐르는 팔이 다시 들어갔다. 요정은 연인이 변심하여 그랬다고 믿고 그때부터 다시는 모습을 보이지 않았다.

3

어떻게 아이들이 함께 도살 놀이를 했는지

이야기 하나

서프리스란트에 있는 프라네커라 불리는 도시에서 이런 일이 있었다. 어린아이들, 대여섯 살짜리, 여자아이들과 남자아이들이 같이 놀고 있었다. 아이들은 남자아이 하나에게 푸주한이 되게 하고, 다른 남자아이에게는 요리사가 되라 하고, 세 번째 남자아이에게는 암퇘지가 되라 했다. 한 여자아이더러 요리사가 되게 하고, 또 다른 여자아이에게 요리사 보조가 되라 했는데 이 요리사 보조가 작은 그릇에 소시지를 만들 암퇘지의 피를 받아야 했다. 푸주한이 약속한 대로 암돼지여야 하는 아이에게 달려들어 쓰러트리고 작은 칼로 목을 땄고, 여자 요리사 보조가 자기 그릇에 피를 받았다. 이 참상을 우연히 지나가던 시 의원이 보았다. 시 의원은 그때부터 '푸주한'을 데리고 시 위원장 집으로 갔고, 시 위원장은 즉시 시 위원회를 소집했다. 시 의원이 모두 이 사건을 앞에 놓고 앉아 있었지만 아이를 어떻게 해야 할지 몰랐다. 일이 아이들식으로 벌어진 것임을 잘 알았기 때문이다. 시 의원 중 한 사람인 현명한 노인이 충고했다. 제일 높은 재판장이 한 손에는 빨갛고 예쁜 사과를, 다른 손에는 라인 금화 하나를 놓고 아이를 불러 두 손을 동시에 아이에게 뻗으라고, 사과를 집으면 무죄로 인정하고, 금화를 집으면 아이를 죽이라고. 이어진 일은 이렇다. 아이는 웃으면서 사과를 집는다. 그래서 모든 벌에서 벗어난다.

이야기 둘

어떤 가장이 돼지 한 마리를 도살했고, 그걸 그의 아이들이 보았다. 그런데 오후에 함께 놀이를 할 때 한 아이가 다른 아이에게 말했다. "넌 돼지 해, 나는 푸주한 할게." 그러고는 칼집에서 번쩍번쩍하는 칼을 뽑아 동생의 목을 찔렀다. 그 비명 소리에 위층 방에 앉아 막내를 목욕시키던 어머니가 급히 달려 내려왔다. 벌어진 일을 보자 어머니는 아이 목에서 칼을 빼어 홧김에 푸주한이던 다른 아이의 심장을 찔렀다. 그러고는 목욕통 속에서 아기가 어쩌고 있는지 보려고 급히 방으로 달려갔다. 그사이 아기는 목욕물에 빠져 죽어 있었다. 여자는 어찌나 겁이 났는지 절망에 빠져 하녀의 위로도 소용없이 스스로 목을 맸다. 남편이 들판에서 돌아와 이 모든 것을 보고는 어찌나 침울했는지 얼마 지나지 않아 죽었다.

4

죽음과 거위 치는 목자

가난한 목자가 어떤 무시무시한 호수의 둑가를 흰 거위
들을 지키며 걷고 있었다. 죽음이 물을 건너 그에게 왔고
목자의 질문을 받았다. 어디에서 오며 어디로 가는가? 죽
음이 대답했다. 자기는 물에서 나왔으며 세상에서 나가려
한다고. 가난한 거위 치는 목자가 또 물었다. 어떻게 세상
에서 나갈 수 있는가? 죽음이 대답했다. 저 물 너머, 건너
편에 있는 새로운 세상으로 가야 한다고. 목자가 이 생에
지쳤다며 죽음에게 자기도 저 너머로 데려가 달라고 부탁
했다. 죽음이 아직은 때가 아니라며 지금은 그 밖에도 처
리할 일이 있다고 했다. 그런데 거기서 멀지 않은 곳에 사

는 구두쇠가 밤에 침상에서 어찌하면 더 많은 돈과 재산을 모을지 궁리하고 있었다. 그 사람을 죽음이 호수로 데려가 물속으로 처넣었다. 헤엄칠 줄 몰랐기 때문에 그 사람은 건너편 물가 언덕에 닿기 전에 바닥으로 가라앉아 버렸다. 뒤따라 달리던 그의 개들과 고양이들도 함께 물에 빠져 죽었다. 며칠 뒤 죽음이 또 거위 치는 목자에게 왔는데 목자가 즐겁게 노래하는 걸 보고 말했다. "이제 함께 가겠나?" 목자가 선선히 응했고 자기가 치는 흰 거위들과 함께 잘 건넜다. 거위들은 모두 하얀 양으로 변했다. 거위 치는 목자는 아름다운 땅을 바라보며 자기가 그곳 목자들의 왕이 된다는 말을 들었다. 제대로 둘러보니 수석 목자 아브라함, 이삭, 야곱이 마주 와서 그에게 왕관을 씌워 주고 목자들의 성으로 인도했다. 거기 어디서든 아직도 그를 찾을 수 있다.

5

장화 신은 고양이

물방앗간 주인이 아들 셋과 물방아 하나, 당나귀 한 마리, 수고양이 한 마리를 데리고 살았다. 아들들은 방아를 돌렸고, 나귀는 곡식과 밀가루를 날랐으며, 고양이는 쥐를 잡았다. 어느 날 방앗간 주인이 죽자 세 아들은 유산을 나누게 되었다. 맏이는 물방아를 받았고, 둘째는 당나귀를 받았고, 막내에게는 고양이가 돌아갔다. 그것밖에 남은 게 없었다. 막내는 슬퍼서 혼잣말을 했다. "내가 제일 형편없게 받았구나. 우리 큰형은 방아를 찧고 둘째 형은 당나귀를 탈 수 있는데 고양이 한 마리 가지고 난 대체 뭘 한다지? 가죽으로 털장갑이나 한 켤레 지으면 끝이겠구나."

"제 말 좀 들어 보세요." 하고 막내의 말을 알아들은 고양이가 말했다. "가죽으로 신통찮은 장갑 한 켤레 만들자고 절 죽일 것까지는 없어요. 밖에 나가 사람들과 어울리도록 저에게 장화 한 켤레만 만들어 주세요. 그러면 주인님을 도울 수 있어요." 물방앗간 막내는 깜짝 놀랐다. 그러나 고양이 말대로 한번 해 보기로 했다. 때마침 구두장이가 지나가자 막내는 고양이가 신을 장화를 짓도록 했다. 장화가 다 만들어지자 고양이는 자루 하나를 찾아 바닥에는 곡식을 담고 위쪽에는 당겨 조일 수 있는 끈을 달았다. 그러고는 자루를 어깨에 둘러메고 사람처럼 두 발로 걸어서 문밖으로 나갔다.

나라를 다스리던 왕은 꿩고기 요리를 무척 좋아했다. 그런데 꿩은 잡기가 매우 어려웠다. 꿩은 겁이 많아 사냥꾼이 오는 기척만 있어도 달아나 버렸기 때문이다. 이 사실을 고양이가 알았다. 고양이는 숲속으로 들어가 자루를 열었다. 자루 바닥에 곡식을 가지런히 편 다음 자루 조이는 끈을 풀 속에 숨겨 생나무 울타리 너머로 늘어뜨려 놓았다. 그러고는 울타리 뒤에 숨어 살금살금 돌아다니고 망을 보며 꿩들이 오기를 기다렸다. 머지않아 꿩들이 왔다. 곡식을 본 꿩들은 한 마리 한 마리 자루 속으로 풀쩍풀쩍 뛰어 들어갔다. 꽤 여러 마리가 들어가자 고양이는 끈을 당겨 자루를 조여 놓고 꿩들의 목을 비틀었다. 그러고는 자루를 등에 메고 곧장 왕이 사는 성으로 갔다. 문지기가 소리쳤다. "멈춰라! 어딜 가는 거냐?" 고양이가 서슴없이 대답했다. "국왕께 갑니다." "너 미쳤니? 고양이가 왕에게 가다니?" "가게 내버려 두자." 하고 다른 문지기가 말했다. "국왕께서는 자주 심심해하시잖아. 저 고양이가 갸르릉거리고 야옹야옹거리면 재밌어하실 거야." 고양이는 왕 앞에 가자 꾸벅 절하고는 "폐하, 제 주인이신 백작께서⋯⋯." 하며 길고 고상한 이름을 댔다. "폐하께 인사 여쭙고자 이 꿩을 보내셨습니다. 방금 덫을 놓아 잡으신 겁니다." 왕은 먹음직스럽게 살진 꿩을 보고는 기뻐 어쩔 줄 몰랐다. 그러고는 보물 창고에서 금화를 꺼내 고양이 자루에 듬뿍 담아 주라고 말했다. "그걸 네 주인에게 갖다주고 내가 선물을 아주 고마워하더라고 여러 번 말하거라."

가엾은 방앗간 막내는 창가에 앉아 턱을 괸 채 생각에 잠겨 있었다. 마지막 남은 돈을 고양이 장화를 맞추느라 써 버렸는데 고양이가 무슨 대단한 걸 가져다줄 수 있을까 하고 말이다. 그때 고양이가 들어와 등에 멘 자루를 털썩 내려놓고 끈을 풀더니 금화를 좌르르 쏟아 놓았다. "이게 장홧값 좀 됩니다. 국왕께서 인사 전하고 아주 고맙다는 말도 전하라 했습니다." 물방앗간 막내는 무슨 영문인지 몰랐지만 아무튼 부자가 되어 기뻤다. 고양이는 장화를 벗으면서 그동안 있었던 이야기를 들려주며 말했다. "주인님은 이제 돈은 충분히 있지만 그것만 가지곤 안 되겠어요. 내일도 다시 장화를 신고 나가 주인님을 더 큰 부자로 만들어 드릴게요. 국왕께는 주인님이 백작이라고 말씀드려 놓았거든요."

다음 날 고양이는 자기가 말한 대로 장화를 신고 또다시 사냥을 나가 사냥한 꿩을 왕에게 잔뜩 갖다주었다. 고양이는 날마다 집에 돈을 가져왔고 왕의 총애를 받아 궁전을 마음대로 돌아다닐 수 있었다. 한번은 궁전 부엌 아궁이 옆에서 불을 쬐는데 마부가 들어와 투덜거렸다. "에이, 임금님이고 하느님이고 없었으면 좋겠네. 모처럼 음식점에 가 술 한번 마시고 카드놀이도 하려고 했는데 그분들을 태우고 호숫가로 마차 산책을 하라니 원." 고양이가 그 말을 듣고 살금살금 부엌을 나와 집으로 가서 주인에게 말했다. "백작이 되고 부자가 되고 싶거든 지금 당장 저하고 호숫가로 나가요. 그리고 호수에서 멱을 감으세요." 물방앗간 막내는 무슨 영문인지 몰랐지만 고양이를 따라 옷을 벗고는 물속으로 뛰어들었다. 그런데 고양이가 옷을 가져다 숨겨 버렸다. 고양이가 일을 마치자마자 왕이 탄 마차가 도착했다. 고양이는 마차로 달려가 우는소리를 했다. "아, 자비로운 임금님! 제 주인이 호수에서 멱을 감는데 물가에 놔두었던 백작님의 옷을 도둑놈이 훔쳐가 버렸답니다. 지금 백작님은 물에서 나오질 못하고 계세요. 저 속에 오래 계시다간 감기가 들어 돌아가시게 될 겁니다." 왕은 즉시 마차를 멈추게 하고는 신하를 시켜 급히 뛰어가 왕의 옷을 가져오게 했다. 화려한 옷을 입으니 물방앗간 막내는 정말 백작처럼 보였다. 왕은 그를 꿩을 보내 준 사람으로 알았기 때문에 고맙게 생각하고 호감을 가졌다. 왕이 그에게 마차에 올라 같이 가자고 말했고 공주도 좋아했다. 백작이 젊고 멋져 공주의 마음에 쏙 들었기 때문이다.

장화 신은 고양이는 앞서가서 100명이 넘는 사람들이 건초를 만들고 있는 넓은 풀밭에 다다랐다. 고양이가 물었다. "이보시오, 이 들판이 누구 것이오?" "마법사의 것입니다." "잘 들으시오. 이제 곧 국왕이 이곳을 지나실 텐데 그때 이 풀밭이 누구 것이냐고 묻거든 '백작님 것입니다.' 하고 대답하시오. 만약 그러지 않으면 모두 때려 죽여 버려." 그다음에 고양이는 그곳을 떠나 밀밭으로 갔다. 밭은 끝이 보이지 않을 만큼 넓었고 200명도 넘는 사람들이 밀을 베고 있었다. "이보시오, 이 밀밭은 누구 것이오?" "마법사의 것입니다." "잘 들으시오. 이제 곧 국왕이 이곳을 지나가실 것이오. 그때 국왕께서 이 밀밭이 누구 것이냐고 묻거든 '백작님 것입니다.' 하고 대답하시오. 만일 그러지 않으면 모두 때려 죽여 버려." 마지막으로 고양이는 멋진 숲에 다다랐다. 그곳에서는 300명도 넘는 사람들이 커다란 참나무를 베어 목재를 만들고 있었다. "이보시오, 이 숲은 누구 것이오?" "마법사의 것입니다." "잘 들으시오. 이제 곧 국왕이 이곳을 지나가실 것이오. 그때 국왕께서 이 숲이 누구 것이냐고 묻거든 '백작님 것입니다.' 하고 대답하시오. 만일 그러지 않으면 모두 때려 죽여 버려."

고양이는 더 갔다. 고양이의 뒷모습을 바라보며 사람들은 고양이가 워낙 이상하게 생긴 데다 사람처럼 장화를 신고 걸어가니 무서웠다. 고양이는 머지않아 마법사가 사는 성으로 다가가 대담하게 안으로 들어가서 마법사 앞으로 갔다. 마법사는 고양이를 우습다는 듯 내려다보며 뭘 원하느냐고 물었다. 고양이는 공손하게 절하고 말했다. "마법사께서는 무슨 짐승으로든 마음대로 변할 수 있다고 들었습니다. 개나 여우, 늑대로 변한다면야 믿겠습니다만 코끼리가 되는 건 제가 보기에 완전히 불가능합니다. 그래서 제가 왔습니다. 확신을 좀 가져 보려고 말입니다."

마법사가 으쓱해서 말했다. "그야 나한테는 사소한 일이지." 그러면서 당장 코끼리로 변했다. "굉장하군요. 하지만 사자로도 변하나요?" "그 역시 아무것도 아니야." 하며 마법사는 사자가 되어 고양이 앞에 서 있었다. 고양이는 놀란 시늉을 하며 외쳤다. "믿을 수 없네요, 전대미문입니다. 이런 건 꿈에도 생각지 못했습니다. 그런데 마술사께서 이를테면 생쥐 같은 조그만 동물로도 변할 수 있다면 그야말로 모든 기술 이상일 겁니다. 마법사께서는 이 세상 어떤 마법사보다 훌륭하시지만 그건 아마 좀 어려울 겁니다." 이 달콤한 말에 마법사는 완전히 다정해져서 "오, 그래, 귀여운 고양이야. 그것도 난 할 수 있단다." 하더니 한 마리 생쥐가 되어 방 안을 빙빙 뛰어 돌아다녔다. 그러자 고양이가 뒤따라가 한 번 펄쩍 뛰어 쥐를 잡아 먹어 버렸다.

왕은 마차를 타고 백작과 공주와 계속 산책을 하다 넓은 풀밭으로 갔다. "이 풀밭의 건초는 누구 것이지?" 하고 왕이 물었다. 모두 고양이가 명령한 대로 "백작님 것입니다." 하고 외쳤다. "멋진 땅을 가지고 있군, 백작." 그다음에 그들은 넓은 밀밭으로 갔다. "이보게들, 곡식은 누구 것인가?" "백작님 것입니다." "이런, 백작! 넓고 멋진 토지를 가졌군!" 그 후 그들은 숲으로 갔다. "이보게들, 목재는 누구 것인가?" "백작님 것입니다." 왕은 더욱 놀라워하며 말했다. "자네가 부자임에 틀림없군, 백작. 이런 멋진 숲은 나도 가지고 있질 않소." 드디어 그들은 성으로 갔다. 고양이가 높은 계단 꼭대기에 서 있었다. 마차가 멈추자 고양이가 뛰어 내려와 문을 열며 말했다. "폐하, 폐하께서는 여기 제 주인이신 백작의 성에 닿으셨습니다. 이 영예는 그분을 평생 동안 행복하게 만들 겁니다." 왕은 호화로운 건물을 보며 놀라워했다. 건물은 그의 성보다 더 크고 더 멋졌다. 백작이 공주를 홀로 인도했고, 홀은 온통 황금과 보석들로 번쩍번쩍했다. 그래서 공주는 백작과 혼인하기로 언약이 되었고, 왕이 죽자 백작은 왕이 되었다. 그리고 장화 신은 고양이는 대신이 되었다.

냅킨, 군인 배낭,
대포 모자, 뿔나팔

'까만 바위' 동네(슈바르첸펠스) 출신 삼형제가 있었는데 몹시 가난했다. 그들은 스페인으로 갔고, 완전히 은으로 둘러싸인 어떤 산에 닿았다. 맏형이 끙끙대며 그 노획물을 가져갈 수 있을 만큼 지고 집으로 돌아갔다. 다른 둘은 계속 나아가 어떤 산으로 갔는데 거기서는 보이는 게 죄다 금이었다. 이제 하나가 다른 이에게 말했다. "우리 이걸 어떻게 해야 할까?" 그러고는 둘째도 지고 갈 만큼 금을 가지고 집으로 갔다. 그러나 셋째는 자신의 행운을 더 시험해 보려고 계속 갔다. 삼 일 후 그는 어떤 엄청난 숲으로 들어갔다. 거기서 그는 걷느라 지쳤고 허기와 갈증이 그를 괴롭혔지만 숲을 빠져나갈 수가 없었다. 그래서 숲의 끝을 보려고 높은 나무에 올라갔다. 그러나 보이는 거라곤 나무 꼭대기들뿐 아무것도 없었다. 그는 그저 육신을 한번 배부르게 하기만 바라며 나무에서 내려왔다. 내려오니 나무 아래 여러 가지 음식이 차려진 식탁이 보였다. 그는 흡족해하며 식탁에 다가가 배불리 먹었다. 다 먹은 뒤 냅킨을 가지고 계속 갔는데 다시 배고프고 목마르면 냅킨을 폈고, 그러면 원하는 것이 그 위에 있었다.

하루를 걸어 그는 어느 숯쟁이에게 갔는데 그는 숯을 피워 감자를 익히고 있었다. 숯쟁이가 그에게 손님이 되라고 했다. 그러나 그가 말했다. "댁에서 먹지 않고 제가 댁을 손님으로 모시겠습니다." 숯쟁이가 말했다. "어떻게 그게 된단 말이오, 뭘 가지고 있지도 않은 것 같은데." "그건 상관없어요. 와 앉기만 하세요." 그가 냅킨을 폈고, 거기에는 원할 수 있는 모든 것이 차려져 있었다. 숯쟁이는 맛있게 먹고 나자 그 냅킨이 마음에 들어 셋째에게 말했다. "나하고 바꿉시다. 냅킨을 받고 낡은 군인 배낭을 주겠소. 손으로 그 위를 툭툭 치면 상사와 여섯 병정이 아래위로 무장을 하고 나오지요. 병정들은 숲속에 있는 내게 아무런 도움이 안 된다오. 하지만 냅킨은 있으면 참 좋겠는데." 교환이 이루어져 숯쟁이는 냅킨을 가지고 그 '까만 바위' 사람은 배낭을 가지고 갔다. 그러나 길을 채 한 구간도 가지 않아 그가 배낭 위를 툭툭 쳤다. 그러자 전쟁 영웅들이 나왔다. "뭘 원하십니까, 주인님?" "행군을 하여 숯쟁이한테서 내 냅킨을 가져와라. 내가 거기 두고 온 거다." 그리하여 병사들이 냅킨을 되찾아 가지고 돌아왔다.

저녁에 셋째는 다른 숯 굽는 사람에게 갔는데 그도 그를 저녁 식사에 초대했고, 똑같이 바를 버터도 없는 감자가 놓여 있었다. 그러자 '까만 바위' 사람이 냅킨을 펴고 그를 손님으로 청했다. 거기엔 소망에 따라 모든 것이 있었다. 식사 시간이 끝나자 이 숯쟁이도 교환을 제안했고, 그에게 냅킨을 받고 모자 하나를 주었다. 그 모자는 머리 위에서 빙 돌리면 마치 그 지점에 포병 중대가 늘어선 듯 대포가 나왔다. 한 구간 더 가자 '까만 바위' 사람이 다시 낡은 배낭을 툭툭 쳤고, 병사 여섯을 거느린 상사가 냅킨을 되찾아 왔다.

이제 같은 숲속을 계속 가 그는 저녁에 세 번째 숯쟁이에게 갔다. 그도 다른 사람들처럼 바를 기름이 없는 감자를 먹으라고 했다. 그는 대접을 받은 뒤 냅킨을 작은 나팔과 바꾸었다. 나팔은 불면 모든 도시와 마을들이, 또 모든 요새가 한꺼번에 무너졌다. 그러나 그 숯쟁이 역시 다른 숯쟁이들처럼 냅킨을 오래 가지고 있지 못했다.

'까만 바위' 사람은 모든 것을 한데 모으자 돌아서서 집으로 향했다. 두 형제를 찾아가려 했던 것이다. 형제들은 그들이 가진 금과 은으로 부자가 되었고, 동생이 다 해진 낡은 저고리를 입고 오자 형제로 인정하지 않으려 했다. 그는 배낭을 툭툭 쳐서 150명의 병사를 행군하게 해 두 형제의 등을 제대로 흠씬 때려 줬다. 온 마을이 도우러 왔으나 그들은 형제들에게 도움이 되지 않았다. 그 일을 왕에게 보고하자 왕이 병정들을 사로잡으라고 군사 특별 기동대를 보냈다. 그러나 '까만 바위' 사람이 배낭을 계속 쳐서 보병과 기병들이 행군하게 해 왕이 보낸 특별 기동대를 퇴각시켰다. 다음 날 왕은 그 늙은 녀석을 진압하기 위해 더 많은 병사를 보냈다. 그는 전체 군대가 다 나올 때까지 배낭을 두드렸고 거기에 모자도 몇 번 돌렸다. 그러자 대포들이 나와 적을 쳐부수어 도망치게끔 쫓았다. 평화 협정이 이루어졌고 그는 부왕이 되었으며 공주도 아내로 맞았다.

공주는 그를 남편으로 맞은 것이 마음에 들지 않아 그를 다시 떨치기만을 바랐다. 공주는 날마다 그의 힘의 원천이 대체 어디에 있는지 살폈고, 그는 아내에게 충실해서 모든 것을 밝혔다. 그러자 공주가 감언이설로 배낭을 얻어 낸 다음 왕의 병사들이 그를 향해 진군하게 했고, 그의 보병이 졌다. 그러나 그에게는 아직 작은 모자가 있었다. 그는 모자를 잡고 대포를 불러 냈다. 그렇게 그는 적을 쳤고 다시 평화를 이루었다. 그러나 그 후 다시 속아 넘어가 공주가 감언이설로 모자를 얻어 냈다. 그리하여 이제 적이 그를 향해 밀고 들어오자 나팔밖에 남은 것이 없었다. 그러자 그가 나팔을 불었고 곧 마을, 도시, 모든 요새가 무너졌다. 그리하여 그는 홀로 왕이 되었고 죽을 때까지 그랬다.

7

이상한 향응

한동안 피소시지 하나와 간소시지 하나가 사이좋게 지냈다. 피소시지가 간소시지를 손님으로 청했다. 식사 시간이 되자 간소시지는 아주 흡족해서 피소시지에게 갔다. 그런데 집 문을 들어섰을 때 온갖 이상한 물건을 보았다. 수많은 층계 발판마다 조금씩 다르게 뭔가가 놓여 있었다. 빗자루와 삽 같은 것도 있었는데 둘이 서로 치고받았다. 커다란 상처가 있는 원숭이와 그 비슷한 것들도 많았다.

간소시지는 몹시 놀라고 당황했다. 하지만 마음을 다잡고 방으로 들어가 피소시지의 우호적인 영접을 받았다. 간소시지는 바깥 계단에 놓인 이상한 것들에 대해 물었다.

그러나 피소시지는 못 들은 척하거나 거기에 대해 말할 수고도 가치도 없는 척하거나 삽과 빗자루 같은 것에 대해서는 "계단 위에서 누군가와 수다를 떨었던 내 하녀들일 거야." 하며 이야기를 뭔가 다른 쪽으로 이끌었다.

피소시지는 밖으로 나가며 식사 후 부엌에서 모든 것이 정돈되는지, 재 속에 던져 넣은 건 없는지 봐야 한다고 말했다. 그사이 간소시지는 방 안을 오락가락하며 여전히 머릿속에서 이상한 물건들을 떨치지 못했다. 누구였는지 나도 모르지만 그때 누군가가 들어와서 말했다. "경고하는데, 간소시지. 당신은 피 동굴, 살인자 동굴 안에 있어. 목숨이 아깝거든 얼른 도망가." 간소시지는 오래 생각하지 않고 살금살금 문밖으로 나가 걸음아 날 살려라 달렸다. 집을 나와 길 한복판에 다다를 때까지 멈추지 않았다. 거기서 돌아보니 위쪽 다락 창구멍 속에 피소시지가 막 숫돌에 간 듯 번쩍번쩍한 긴 칼을 들고 서서 위협하듯 아래를 향해 소리쳤다.

"잡으면, 가만 안 둬!"

8

멍청 한스

옛날에 왕이 하나뿐인 딸과 함께 즐겁게 살고 있었다. 그러던 어느 날 공주가 아기를 낳았는데 아버지가 누구인지 아무도 몰랐다. 오래도록 왕은 어찌해야 할지 고민하다 마침내 공주에게 아기와 함께 교회로 가라고 명했다. 그러면서 아기 손에 레몬 하나를 쥐여 주고는 아기가 그 레몬을 내미는 사람이 아기의 아버지이자 공주의 남편이 될 거라고 했다. 일이 진행되었고 잘생긴 사람들만 교회에 들여보내라는 명령이 내려졌다. 그러나 도시에는 똑똑하지 못해 '멍청 한스'라고 불리는 작고 삐딱한 꼽추 청년이 있었다. 아무도 못 보는 사이 그 녀석도 다른 사람들을 비집고 교회로 들어갔다. 레몬을 나눠 주게 하자 아기가 '멍청 한 스'에게 레몬을 내밀었다. 공주는 경악했고 왕은 어찌나 흥분했는지 공주와 아이를 '멍청 한스'와 함께 드럼통에 집어넣어 바다에 버리게 했다. 통은 둥둥 떠나갔고, 바다 위에 그들만 있게 되자 공주가 탄식하며 말했다. "못생기 고 건방진 꼽추야, 너 때문에 내가 불행하구나. 아기는 너 와 아무 상관이 없는데 어째서 교회로 밀고 들어왔느냐." "오, 네……." 하고 '멍청 한스'가 말했다. "좀 상관이 있 었죠. 나도 아이가 있었으면 하고 소망했거든요. 내가 원 하는 것이 이루어진 거예요." "그 말이 사실이라면 우리 를 위해 먹을 게 이쪽으로 오도록 소망하거라." "그것도 할 수 있어요." 하고 '멍청 한스'가 말하며 감자가 제대로 가득 찬 대접 하나를 소망했다. 공주는 뭔가 더 나은 것이 있으면 했지만 배가 워낙 고파 '멍청 한스'의 감자를 같이 먹었다.

배가 부르자 '멍청 한스'가 말했다. "이제는 우리를 위 해 아름다운 배 한 척을 원하겠어!" 그가 그 말을 하자 그 들은 원하는 모든 것이 가득 찬 화려한 배에 앉아 있었다. 사공은 배를 곧장 육지로 몰았고, 그들이 내렸을 때 '멍청 한스'가 말했다. "이제 성이 한 채 저기 서 있기를!" 그러 자 화려한 성이 서 있었고 황금 옷을 입은 신하들이 와서 공주와 아기를 인도해 들어갔다. 홀 한가운데 이르러 '멍청 한스'가 말했다. "이제 나는 내가 젊고 똑똑한 왕자가 되기를 소망해!" 그러자 곱추 등이 사라졌고, 그는 잘생기고 꼿꼿하고 다정한 왕자가 되었다. 공주 마음에 아주 들어 그는 공주의 남편이 되었다. 그들은 그렇게 오랫동안 즐겁게 살았다.

한번은 늙은 왕이 말을 타고 나왔다가 길을 잃어 이 성으로 오게 되었다. 왕은 아직 한 번도 본 적 없는 성이 보이자 의아해하며 들어갔다. 공주는 아버지를 바로 알아보았으나 아버지는 공주를 알아보지 못했다. 이미 오래전에 바닷물에 빠져 죽었거니 생각했다. 공주는 아버지를 호화롭게 대접했고, 그가 다시 집으로 돌아가려 하자 주머니에 몰래 황금 잔 하나를 넣었다. 왕이 떠나고 난 뒤 공주는 늙은 왕을 붙잡아 그가 황금 잔을 훔치지 않았는지 조사하라고 기사들을 뒤따라 보냈다. 왕의 주머니에서 잔을 찾아내자 기사들이 왕을 데리고 돌아왔다. 늙은 왕은 공주에게 황금 잔을 훔치지 않았다고 맹세하며 그것이 어떻게 주머니에 있는지 모르겠다고 했다. "그래서……." 하고 공주가 말했다. "조심해야 하는 겁니다. 누군가에게 곧바로 죄를 씌우지 않아야 하지요." 그러고는 자신이 딸임을 밝혔다. 왕은 기뻐했고 그들은 즐겁게 함께 살았다. 왕이 죽은 후 '멍청 한스'가 왕이 되었다.

멍청 한스

9

푸른 수염

어떤 숲에 아들 셋과 예쁜 딸 하나를 둔 남자가 살았다. 한번은 말 여섯 필이 끌고 한 무리의 신하가 딸린 마차 한 대가 달려와 집 앞에 멈추더니 왕이 내려 남자에게 청하기를 딸을 아내로 달라는 것이었다. 남자는 딸에게 그런 행운이 닥친 것을 기뻐하며 곧바로 그러겠다고 말했다. 구혼자는 아주 푸른 수염이 있어서 볼 때마다 조금 놀라는 것 말고는 전혀 나무랄 데가 없었다. 소녀도 처음에는 그 수염에 놀라 결혼하기를 주저했으나 아버지의 승낙으로 마침내 그러겠다고 했다. 하지만 소녀는 워낙 겁이 나 세 오빠들에게 가서 남들 모르게 말했다. "오빠들, 오빠들이 어디서든 내가 비명 지르는 소리를 듣거든 하던 일을 모두 놓고 나를 도우러 와 줘." 오빠들은 그러겠다 약속하며 누이에게 입맞춤했다. "잘 살아, 누이야. 우리가 네 목소리를 들으면 뛰어가 말에 오를게. 금방 네 곁에 있을 거야."

그 후 소녀는 마차에 올라 푸른 수염과 함께 떠났다. 그의 성으로 들어가니 모든 것이 화려했고, 왕비가 원하기만 하면 뭐든 이루어졌다. 만약 왕비가 왕의 푸른 수염에 익숙해졌더라면 두 사람은 정말 행복했으리라. 그러나 수염만 보면 왕비는 내심 놀랐다. 얼마 후 그가 말했다. "이제 나는 긴 여행을 해야 하오. 당신은 성 전체의 열쇠들을 가지고 있으니 어디든 열고 모든 것을 볼 수 있어. 다만 이 작은 황금 열쇠로 여는 방만은 내가 금하오. 그 방을 열면 당신 목숨이 다할 거요." 왕비는 열쇠들을 받으며 들은 대로 하겠노라 약속했다.

왕이 떠나자 왕비는 문들을 하나하나 열었고, 어찌나 많은 재물과 찬란한 것들을 보았는지 그것이 온 세계로부터 여기로 와 모였다고 생각했다. 이제 남은 것은 금지된 방뿐이었고 열쇠는 황금으로 되어 있었다. 어쩌면 가장 값진 것이 숨겨져 있을지 모른다고 왕비는 생각했다. 호기심이 그녀를 괴롭혔다. 이 방에 무엇이 있는지 알면 다른 모든 것을 보지 않아도 될 정도였다. 한동안 왕비는 욕망에 맞섰다. 그러나 마침내 욕망이 너무나 커져 열쇠를 들고 그 방으로 갔다. "내가 방을 여는 걸 누가 보겠어?" 하고 왕비는 혼잣말을 했다. "나도 눈길 한 번만 던지려는 건데."

문이 열리자 피의 강물이 흘러나왔고, 사방 벽에는 죽은 여자들이 몇몇은 해골만 남아 매달려 있었다. 왕비는 어찌나 놀랐는지 곧바로 문을 쾅 닫았는데 그러면서 열쇠가 튕겨 나와 피 속에 떨어졌다. 얼른 열쇠를 주워 피를 닦으려 했으나 소용없었다. 한쪽 피를 닦아 내면 다른 쪽에서 다시 나타났다. 종일 주저앉아 문질러 대고 할 수 있는 모든 것을 해 봤으나 아무런 소용 없이 핏자국은 지워지지 않았다. 저녁에 왕비는 밤새 피를 흡수하라고 열쇠를 건초 속에 두었다.

다음 날 푸른 수염이 돌아왔고, 맨 처음으로 왕비에게 열쇠를 달라고 했다. 그녀의 가슴이 쿵쿵 뛰었다. 다른 열쇠들을 가져오며 왕이 황금 열쇠가 없는 것을 알아차리지 않기를 바랐다. 그러나 왕은 모든 열쇠를 헤아렸고, 끝나자 왕비의 얼굴을 들여다보며 말했다. "비밀방 열쇠는 어디 있나?" 왕비는 파래졌다 빨개졌다 하며 대답했다. "위층 어딘가에 있어요. 내일 찾아볼게요." "지금 당장 가시오, 여보. 나는 오늘 그 열쇠가 필요해." "아, 건초 속에 뒀

다 잃어버렸어요. 우선 거길 찾아봐야겠어요." "잃어버린 게 아니지." 하고 푸른 수염이 화가 나서 말했다. "핏자국을 흡수하라고 당신이 열쇠를 거기에 박아 놓았지. 내 명을 어기고 방에 들어갔으니까. 하지만 이제는 원하지 않더라도 들어가야 해." 그리하여 왕비는 열쇠를 가져와야 했고, 열쇠는 아직 피 얼룩이 가득했다. "이제 죽을 준비를 하시오, 오늘 중 죽어야만 해." 하며 푸른 수염이 커다란 칼을 가져와 그녀를 끌고 갔다. "죽기 전에 기도하게 해 줘요." 하고 왕비가 말했다. "그럼 서두르시오. 나는 오래 기다릴 시간이 없으니까."

왕비는 계단을 뛰어올라 힘껏 창문 밖으로 소리쳤다. "오빠들, 사랑하는 오빠들, 와요, 날 도와줘요!" 오빠들은 숲속에서 시원한 포도주를 마시며 앉아 있었다. 그때 막내 오빠가 말했다. "누이의 목소리를 들은 것 같아. 일어나! 우린 누이를 도우러 서둘러 가야 해!" 그러자 그들은 마치 폭풍인 듯 말에 뛰어올라 달렸다. 누이는 겁에 질려 무릎을 꿇고 있었다. 그때 푸른 수염이 밑에서 외쳤다. "자, 곧 끝나나?" 그가 맨 아래 계단에서 칼을 가는 소리가 들렸다. 왕비가 바깥을 바라보았으나 멀리 가축 떼가 달려오기라도 하듯 한 무더기 먼지밖에는 아무것도 보이지 않았다. 그러자 그녀가 한 번 더 외쳤다. "오빠들, 내 사랑하는 오빠들! 와요, 날 도와줘!" 그녀의 두려움은 점점 더 커졌다. 푸른 수염이 소리쳤다. "얼른 내려오지 않으면 내가 직접 데려오겠어. 칼은 갈아 놓았지!" 그러자 그녀는 다시 바깥을 보았고, 세 오빠가 마치 공중의 새들인 양 벌판을 가로질러 달려오는 것이 보였다. 그녀가 세 번째로 힘을 다해 소리쳤다. "오빠들, 내 사랑하는 오빠들! 와요, 나를 도와줘!" 막내 오빠가 벌써 아주 가까이 와 있어 그 목소리를 들었다. "마음을 달래렴, 사랑하는 누이야. 한순간만 더. 그럼 우리가 네 곁에 있어!" 푸른 수염이 외쳤다. "이젠 충분히 기도했지, 더는 기다리지 않겠어. 내려오지 않으면 내가 잡으러 가겠어!" "아! 세 오빠를 위한 기도만 더 하게 해 줘요." 그러나 그는 듣지 않고 계단을 올라 그녀를 끌고 내려갔다. 머리채를 잡고 막 칼을 심장에 꽂으려는데 세 오빠가 문을 두드렸고, 밀고 들어와 누이를 그 손에서 잡아챘다. 그런 다음 그들은 긴 칼을 뽑아 푸른 수염을 벴다. 그리고 푸른 방에 그가 죽인 다른 여자들 옆에 매달았다. 오빠들은 더없이 사랑스러운 누이를 집으로 데려갔고, 푸른 수염의 모든 재산은 그녀의 것이 되었다.

10

후를레부를레부츠

어떤 왕이 사냥을 하다 길을 잃었는데 조그만 백발 난쟁이가 다가왔다. "임금님, 제게 막내딸을 주시면 다시 숲을 벗어나도록 안내하지요." 왕은 겁이 나 그러겠다 했다. 난쟁이는 왕이 길을 가게 해 준 다음 작별 인사를 하며 등 뒤에 대고 외쳤다. "여드레 안에 제 신부를 데려와요." 집에 온 왕은 자기가 한 약속 때문에 슬펐다. 막내딸을 제일 사랑했기 때문이었다. 공주들이 아버지에게 말을 건네며 근심이 뭔지 알려 했다. 마침내 왕은 막내를 숲의 작은 백발 난쟁이에게 주기로 약속했다고 고백했다. 그가 여드레 안에 와서 막내를 데려간다고. 공주들이 말했다. 기운 내라고, 난쟁이는 자기들이 속여 보겠다고.

그날이 오자 공주들은 목동의 딸에게 그들 옷을 입혀 자기들 방에 앉혀 놓고 명령했다. "누가 널 데려가려 하면 같이 가거라!" 공주들은 모두 집을 떠났다. 공주들이 떠나자 여우 한 마리가 성안으로 들어와 소녀에게 말했다. "내 억센 꼬리 위에 앉거라, 후를레부를레부츠! 숲속으로!" 소녀는 여우 꼬리 위에 앉았고, 그렇게 여우는 소녀를 숲속으로 실어 갔다. 해가 환하고 따뜻하게 비치는 아름다운 초록 자리에 오자 여우가 말했다. "내려, 그리고 이를 잡아 줘!" 여우는 머리를 소녀의 무릎에 놓았고 소녀는 시키는 대로 이를 잡아 주었다. 그 일을 하면서 소녀가 말했다. "어제 이 시간에 숲속은 더 아름다웠는데!" "어떻게 숲에 들어왔지?" 하고 여우가 물었다. "에이, 그때 나는 우리 아버지의 암소를 쳤거든." "너는 공주가 아니로구나! 내 억센 꼬리 위에 앉거라, 후를레부를레부츠! 성으로 돌아가!" 여우는 그녀를 다시 성으로 데려갔고 왕에게 말했다. "당신이 나를 속였어. 이 애는 소 치는 목동의 딸이야. 여드레 안에 다시 와서 당신 딸을 데려가겠어."

여덟 번째 날 공주들은 거위 치는 목동의 딸을 호화롭게 입혀 놓고 떠났다. 그러자 여우가 다시 와서 말했다.

"내 억센 꼬리 위에 앉거라, 후를레부를레부츠! 숲속으로!" 숲속 햇살 바른 자리에 오자 여우가 다시 말했다. "내려, 그리고 이를 잡아 줘." 소녀가 이를 잡아 줄 때 한숨을 쉬며 말했다. "지금 내 거위들은 어디에 있을까!" "어떻게 거위 일을 알아?" "에이, 내가 날마다 아버지와 풀밭에서 몰았는걸." "너는 왕의 딸이 아니로구나! 내 억센 꼬리 위에 앉거라, 후를레부를레부츠! 성으로 돌아가!" 여우는 그녀를 다시 성으로 데려가 왕에게 말했다. "나를 또 속였어, 이 아이는 거위 치는 이의 딸이야. 여드레 안에 또 오겠어. 그때도 당신 딸을 주지 않으면 무사하지 못할 거야." 왕은 겁이 났다.

여우가 다시 오자 왕은 공주를 주었다. "내 억센 꼬리 위에 앉거라, 후를레부를레부츠! 숲속으로!" 공주가 여우의 꼬리 위에 앉았고, 그들이 햇살 속 자리에 오자 여우가 그녀에게도 말했다. "내려, 그리고 이를 잡아 줘!" 여우가 머리를 무릎에 얹자 공주가 울음을 터뜨리며 말했다. "나는 공주의 딸인데 여우의 이를 잡아야 하네. 만약 지금 내가 내 방에 앉아 있다면 뜰에 있는 내 꽃들을 바라볼 텐데!" 그 말에 여우는 진짜 신부를 얻었다는 것을 알고 작은 백발 난쟁이로 변했다. 이제 그는 숲속 공주의 남편이었다. 공주는 작은 오두막에 살면서 그를 위해 요리를 하고 바느질을 해야 했다.

후를레부를레부츠

그렇게 상당한 시간이 흘렀다. 난쟁이는 그녀를 위해서는 뭐든 좋은 일은 다 했다. 한번은 난쟁이가 말했다. "내가 떠나야 하는데 머지않아 흰 비둘기 세 마리가 날아올 거요. 그것들이 아주 나직하게 땅 위를 스치듯 날 테니 그 중 중간 것을 잡아요. 잡거든 즉시 대가리를 잘라 내요. 그러나 조심해서 맨 중간 것 말고 다른 비둘기는 잡지 마시오. 그러지 않으면 큰 불행이 생긴다오." 난쟁이는 떠났고, 오래 지나지 않아 흰 비둘기 세 마리가 날아왔다. 공주는 주의해서 맨 중간 것을 잡아 칼을 들어 대가리를 잘라 냈다. 그런데 대가리가 땅바닥에 놓이자 아름다운 왕자가 그녀 앞에 서서 말했다. "요정이 나에게 마법을 걸었소. 칠년이나 나는 내 모습을 잃어야 했고, 그다음에는 비둘기가 되어 다른 둘 사이에서 내 아내를 스쳐 날았소. 그때 아내가 나를 잡아 내 머리를 베어야 했다오. 나를 잡지 못하거나 잘못된 비둘기를 잡아 내가 스쳐 날아가 버리면 모든 것이 끝나고 내 구원은 더 이상 없다 했소. 그래서 당신에게 정말 주의해 달라고 부탁한 거라오. 늙은 난쟁이가 나이고, 당신은 내 아내요." 그러자 공주는 즐거웠고, 그들은 함께 아버지에게 갔다. 아버지가 죽자 그들은 왕국을 물려받았다.

11

오케를로

어떤 왕비가 황금 요람에 든 아이를 바다에 띄워 보냈다. 아이는 가라앉지 않고 둥둥 떠서 온통 식인종들이 사는 어떤 섬으로 갔다. 그렇게 요람이 둥둥 떠오는데 마침 식인종의 아내가 바닷가 둑에 서 있었다. 여자는 놀랍게 예쁜 여자아이를 보자 아들을 위해 그 애를 키우기로 결정했다. 언젠가 아내로 삼으려고. 하지만 그 애를 남편인 늙은 오케를로의 눈에서 조심스레 숨기느라 큰 어려움이 있었다. 남편이 아기를 보았다간 털째 통으로 잡아먹을 테니까.

소녀가 크자 아이는 젊은 오케를로와 결혼해야 했다.

그러나 소녀는 그가 전혀 좋질 않아 온종일 울었다. 한번
은 바닷가에 앉아 있는데 젊고 잘생긴 왕자가 헤엄쳐 왔
다. 그는 소녀가 마음에 들었고 소녀도 그가 마음에 들어
둘은 서로 언약을 했다. 그사이 늙은 식인종 여자가 왔고,
아들의 신부 곁에 있는 왕자를 보고는 단단히 화가 나 즉
시 왕자를 움켜잡았다. "이제 기다려, 넌 내 아들의 결혼
식 때 구울 거야."

젊은 왕자와 소녀, 그리고 오케를로의 세 아이는 모두
한방에서 함께 잤다. 밤이 되자 늙은 오케를로가 인육이
먹고 싶어져서 말했다. "마누라, 나는 결혼식까지 기다릴
마음이 없어. 왕자를 당장 내놔!" 그러나 소녀가 모든 것
을 벽 너머에서 듣고 얼른 일어나 오케를로의 아이들 중
하나에게서 황금 관을 벗겨 왕자에게 씌웠다. 늙은 식인종
아내가 왔다. 어두웠기 때문에 여자는 머리들을 만져 보
고는 관을 쓰지 않은 아이를 갖다주었고, 남편은 그 아이
를 순식간에 먹어 치웠다. 그사이 소녀는 호되게 겁이 나
서 생각했다. '날이 밝으면 모든 게 드러나고 우리 형편은
고약할 거야.' 그래서 몰래 일어나 천리화 한 짝, 소망 지팡
이, 무엇에든 대답해 주는 콩이 든 케이크를 가져왔다.

소녀는 왕자와 함께 떠났다. 천리화를 신어서 한 걸음
한 걸음마다 1.6킬로미터를 갔다. 소녀가 이따금 콩에게

물었다.

"콩아 너 거기 있니?"

"네, 여기 있어요." 하고 콩이 대답했다. "그러나 서둘러요. 늙은 식인종 여자가 거기 남아 있던 다른 한 짝 천리화를 신고 뒤따라와요!" 그러자 소녀가 소망 지팡이를 쥐고 자기는 백조로, 왕자는 연못으로 변하게 해 연못 위에서 백조가 헤엄을 쳤다. 식인종 여자가 와서 백조를 물가로 유인했지만 잘되지 않았다. 그러자 짜증이 나서 집으로 돌아갔다. 소녀와 왕자는 길을 계속 갔다. 소녀가 이따금 콩에게 물었다.

"콩아, 너 거기 있니?"

"네, 여기 있어요. 그러나 서둘러요. 오케를로 부인이 또 오는 게 보여요. 힘찬 걸음을 딛고 있네요." 소녀는 세 번째로 소망 지팡이를 쥐고 자기는 장미로, 왕자는 꿀벌이되게 했다. 늙은 식인종 여자가 와서 모습이 변한 그들을 알아보지 못하고 다시 집으로 돌아갔다. 그렇지만 이제 두 사람은 사람 모습을 되찾을 수 없었다. 소녀가 방금 겁에 질려 요술 지팡이를 너무 멀리 던져 버렸기 때문이다.

그들은 아주 멀리 가서 장미는 어떤 뜰에 서 있었는데 소녀 어머니의 뜰이었다. 꿀벌이 장미 위에 앉아 있었다. 장미를 꺾으려는 사람은 꿀벌이 침으로 쏘았다. 한번은 이

오케를로

837

런 일이 있었다. 왕비가 뜰에서 나와 아름다운 꽃을 보고 참으로 놀라워 꺾으려 했다. 그런데 작은 꿀벌이 와서 손을 어찌나 세게 쏘았는지 왕비가 장미를 놓쳤다. 하지만 장미에 생채기가 조금 났다. 왕비는 장미 가지에 피가 솟는 것을 보고 꽃을 마법에서 풀어 주도록 요정을 불렀다. 왕비는 딸을 다시 알아보았고 충심으로 기쁘고 흡족했다. 성대한 결혼식이 열려 많은 손님을 청했다. 손님들은 화려한 옷을 입고 왔고 수천 개의 불이 홀에서 깜박거렸으며 날이 밝을 때까지 연주하고 춤추었다.

"너도 결혼식에 갔어?"

"그럼 갔지.

내 머리 장식은 버터였어. 그러고서 햇빛으로 갔지.

그래서 버터가 녹아 버렸어.

내 옷은 거미줄이었어. 그러고서 가시덤불을 지났지.

가시덤불이 옷을 찢어 버렸어.

내 신은 유리였어. 그러고서 돌을 디뎠지.

그래서 깨지며 두 쪽이 나 버렸어."

12

생쥐 가죽 공주

어떤 왕에게 딸이 셋 있었다. 왕은 어느 딸이 자기를 제일 좋아하는지 알고 싶어서 딸들을 불러 물었다. 맏이는 왕국 전체보다 아버지를 더 좋아한다고 말했다. 둘째는 세상의 모든 보석과 진주보다 아버지를 더 좋아한다고 했다. 그러나 셋째는 소금보다 아버지를 더 좋아한다고 했다. 막내가 자기에 대한 사랑을 그런 미미한 것과 비교하는 데 노해 왕은 딸을 신하에게 넘겨주고는 숲속으로 데려가 죽이라고 했다. 숲속에 도착하자 공주는 신하에게 살려 달라고 부탁했다. 신하는 공주에게 충직했고, 공주가 죽지 않았으면 했다. 그래서 공주와 함께 가겠으며 무엇이든 공주의 명령에 따르겠다고 말했다. 공주는 생쥐 가죽으로 된 옷 외에는 아무것도 요구하지 않았다. 신하가 가져다주자 공주는 그걸 둘둘 감고 떠났다. 공주는 곧장 이웃 나라 왕의 궁정으로 가서 남자인 척하며 고용해 달라고 부탁했다. 왕은 허락했고 자기 곁에서 시중을 들라고 했다. 저녁에는 왕의 장화를 벗겨 줘야 했다. 왕은 번번이 장화를 공주의 머리에 던졌다. 한번은 왕이 어디서 왔느냐고 물었다. 공주가 말했다. "장화를 사람 머리에 던지지 않는 나라에서 왔습니다." 그러자 왕은 장화를 던지지 않도록 주의했다.

어느 날 다른 하인들이 왕에게 반지를 가져왔다. 그들은 반지가 값진 것이라 '생쥐 가죽'이 훔친 게 틀림없다고 했다. 왕은 '생쥐 가죽'을 불러 반지가 어디서 난 건지 물었다. 그러자 '생쥐 가죽'은 더 이상 자신을 숨길 수가 없어서 생쥐 가죽을 벗었다. 그녀의 황금빛 머리가 출렁출렁 흘러내렸다. 그녀는 참으로 아름답게 나아갔고, 또한 참으로 아름다워 왕은 즉시 왕관을 벗어 그녀에게 씌워 주고 아내로 선포했다.

딸이 이미 오래전에 죽었다고 믿고 있던 '생쥐 가죽'의 아버지도 이 결혼식에 초대받았다. 그는 딸을 알아보지 못했다. 연회 식탁에는 온갖 음식이 있었다. 그의 앞에 놓인 음식은 소금을 치지 않았다. 그러자 그가 화가 나서 말했다. "이런 음식을 먹느니 차라리 살지 않겠다!" 그가 그 말을 입 밖에 내자 왕비가 말했다. "소금 없이는 살지 않겠다고 하셨나요? 그런데 언젠가 제가 아버지를 소금보다 더 사랑한다고 말해서 저를 죽이라 하셨지요!" 그러자 아버지가 딸을 알아보고 입맞춤하며 용서를 빌었다. 그는 왕국보다 세상의 모든 보석보다 딸을 되찾은 것이 더 기뻤다.

13

작은 배가 안 떨어지려는 거야[35]

주인이 작은 배나무를 흔드는데
작은 배가 안 떨어지려는 거야.
주인이 작은 돌쇠를 내보냈어,
작은 배를 흔들어 따라고.
작은 돌쇠는 흔들어도 작은 배를 못 따.
작은 배가 안 떨어지려는 거야.

그러자 주인이 작은 개를 보냈어.

---

35 스위스 독일어 사투리로 적힌 이야기다.

작은 돌쇠를 물라는 거야.

작은 개는 작은 돌쇠를 못 물어.

작은 돌쇠는 흔들어도 작은 배를 못 따.

작은 배가 안 떨어지려는 거야.

그러자 주인이 작은 회초리를 보냈어.

작은 개를 때리라는 거야.

작은 회초리는 작은 개를 못 때려.

작은 개는 작은 돌쇠를 못 물어.

작은 돌쇠는 흔들어도 작은 배를 못 따.

작은 배가 안 떨어지려는 거야.

그러자 주인이 작은 불씨를 보냈어.

작은 회초리를 태우라는 거야.

작은 불씨는 작은 회초리를 못 태워.

작은 회초리는 작은 개를 못 때려.

작은 개는 작은 돌쇠를 못 물어.

작은 돌쇠는 흔들어도 작은 배를 못 따.

작은 배가 안 떨어지려는 거야.

그러자 주인이 작은 물을 보냈어.

작은 불씨를 끄라는 거야.

작은 물은 작은 불씨를 못 꺼.

작은 불씨는 작은 회초리를 못 태워.

작은 회초리는 작은 개를 못 때려.

작은 개는 작은 돌쇠를 못 물어.

작은 돌쇠는 흔들어도 작은 배를 못 따.

작은 배가 안 떨어지려는 거야.

그러자 주인이 작은 송아지를 보냈어.

작은 물을 마셔 버리라는 거야.

작은 송아지는 작은 물을 못 마셔.

작은 물은 작은 불씨를 못 꺼.

작은 불씨는 작은 회초리를 못 태워.

작은 회초리는 작은 개를 못 때려.

작은 개는 작은 돌쇠를 못 물어.

작은 돌쇠는 흔들어도 작은 배를 못 따.

작은 배가 안 떨어지려는 거야.

그러자 주인이 푸주한을 보냈어.

작은 송아지를 잡으라는 거야.

푸주한은 작은 송아지를 못 잡아.

작은 송아지는 작은 물을 못 마셔.

작은 물은 작은 불씨를 못 꺼.

작은 불씨는 작은 회초리를 못 태워.

작은 회초리는 작은 개를 못 때려.

작은 개는 작은 돌쇠를 못 물어.

작은 돌쇠는 흔들어도 작은 배를 못 따.

작은 배가 안 떨어지려는 거야.

그러자 주인이 박피공을 보냈어.

푸주한을 목매달라는 거야.

박피공은 푸주한을 안 매달아.

작은 송아지는 작은 물을 안 마셔.

작은 물은 작은 불씨를 안 꺼.

작은 불씨는 작은 회초리를 안 태워.

작은 회초리는 작은 개를 안 때려.

작은 개는 작은 돌쇠를 안 물어.

작은 돌쇠는 흔들어도 작은 배를 안 따.

작은 배가 떨어지려는 거야.

14

살인의 성

옛날에 딸이 셋인 구두장이가 있었다. 어느 날 그가 외출했을 때 어떤 신사가 찾아왔는데 좋은 옷차림에 호화로운 마차를 가지고 있어서 매우 부자로 보였다. 그는 아름다운 딸들 중 하나와 사랑에 빠졌다. 딸은 그런 부유한 신사와 함께라면 행운이겠다 생각해 주저하지 않고 그와 함께 갔다. 두 사람이 함께 가던 중 저녁이 되자 그가 물었다.

"달은 이리 환하게 밝네.

내 말은 이리 빨리 달리네.

사랑이여, 후회하지 않나?"

"아뇨, 내가 왜 후회하죠? 그대 곁에서 잘 보호받고 있는데." 그러면서도 속으로는 조금 불안해 큰 숲에 들어 서자 물었다. "곧 닿나요?" "그렇소." 하고 그가 말했다. "저기 멀리 불빛이 보이지, 거기가 내 성이오." 드디어 그 들은 성에 닿았고 모든 것이 아름다웠다.

다음 날 그가 피치 못할 중요한 일들이 있어서 며칠 그 녀를 떠난다고 말했다. 그러나 열쇠는 모두 그녀에게 맡겼 다. 그녀가 성채를 전부 보고 얼마나 많은 재산의 주인인 지 볼 수 있도록. 그가 떠나자 그녀는 건물을 두루 돌아다 녔고, 모든 것이 참으로 아름다워 아주 만족했다. 그러다 마침내 지하실로 오게 되었는데 거기에 할머니가 앉아 창 자들을 긁어내고 있었다. "아이, 할머니, 거기서 뭘 하세 요?" "창자를 긁어낸단다. 애야, 내일이면 네 창자도 긁어 내!" 그 말에 어찌나 놀랐는지 그녀는 피를 받아 놓은 곳 에 열쇠를 떨어뜨렸고, 피는 다시 지워지지 않았다. "이 제 네 죽음이 확실하구나." 하고 할머니가 말했다. "주인 과 나 말고 어떤 사람도 들어와서는 안 되는 방에 네가 들 어온 걸 우리 주인이 알 테니 말이야."(앞서 두 자매도 같은 방법으로 죽었다는 것을 알아야 한다.) 그때 건초를 실은 마 차 한 대가 성을 떠나려 하자 할머니가 건초 밑에 몸을 숨 겨 떠나는 것이 목숨을 부지하는 유일한 방법이라고 말했 다. 그녀는 그렇게 했다.

그사이 주인이 집으로 돌아와 아가씨가 어디 있느냐고 물었다. "오……." 하고 할머니가 말했다. "더 할 일이 없고 또 내일은 그녀를 처리해야 하기 때문에 이미 죽였지요. 여기 그녀의 곱슬머리 한 가닥과 심장이 있어요. 따뜻한 피도 있고요. 나머지는 개들이 다 먹어 버렸다오. 창자는 긁어내고 있고요." 주인은 그녀가 죽어서 안심했다.

그동안 그녀는 건초 마차와 함께 가까이 있는 어느 성에 도착했다. 그녀는 건초에서 나와 모든 이야기를 들려주고 한동안 머물게 해 달라고 청했다. 얼마 뒤 성의 주인이 인근 모든 귀족을 큰 잔치에 초대했는데 낯선 아가씨의 얼굴과 옷을 사람들이 알아보지 못하게 바꾸었다. 살인의 성 주인도 초대받았기 때문이다.

모두 모인 자리에서 각자 자기 이야기를 들려주었다. 순서가 돌아오자 아가씨는 우리가 잘 아는 사연을 이야기했다. 그러자 백작이 겁을 먹고 서둘러 떠나려 했다. 그러나 그 귀족가의 선한 주인이 그사이 배려를 해 놓았다. 재판정이 우리 멋진 백작님을 감옥에 넣고, 그의 성채는 뿌리 뽑고, 그의 재산 모두를 아가씨에게 돌아가게 했다. 아가씨는 구혼을 받아 자기를 그렇게나 선하게 맞아 준 가문의 아들과 결혼해 오래오래 살았다.

15

소목장과 선반공

소목장과 선반공이 자신들의 명작을 만들어야 했다. 소목장은 저절로 뜨는 탁자를 만들었고, 선반공은 사람이 달고 날 수 있는 날개를 만들었다. 모두 소목장이 만든 작품이 훨씬 훌륭하다 하자 선반공은 자신이 만든 날개를 달고 아침에 날아올라 단숨에 그 나라를 떠나 밤에 다른 나라에 도착했다.

그 나라에 젊은 왕자가 있었는데 선반공이 나는 것을 보고 충분히 보상할 테니 날개를 빌려 달라고 청했다. 결국 왕자는 날개를 얻었고, 날아서 다른 나라에 도착했다. 수많은 빛으로 반짝이는 탑이 있어 왕자가 지상으로 내려와 탑이 왜 그렇게 빛나는지 이유를 묻자 탑 속에 세상에서 가장 아름다운 공주가 살고 있기 때문이라고 했다. 궁금해진 왕자는 밤이 되자 탑의 열린 창으로 날아 들어갔다. 왕자와 공주가 시간을 같이 보낸 지 얼마 되지 않았는데 그 사실이 새어 나갔고, 왕자는 공주와 함께 장작더미 위에서 화형에 처해지게 되었다. 왕자는 장작더미에 오를 때 날개를 가져갔고, 불길이 왕자와 공주를 향해 타오르자 날개를 달고 공주와 함께 날아 아버지의 나라까지 달아나 지상으로 내려갔다. 왕자는 그동안 왕자가 없어 슬퍼하던 모든 이에게 자신이 왕자임을 알렸고 왕으로 추대되었다. 얼마 후 공주의 아버지는 납치된 딸을 다시 데려오는 이에게 왕국의 절반을 주겠다고 널리 알렸다. 이 이야기를 들은 왕자는 군대를 갖추어 공주를 그 아버지에게 데려갔고 왕이 약속을 지키도록 했다.

16

세 자매

옛날에 재산이 아주 많은 왕이 있었다. 왕은 자신의 부를 탕진할 수 없을 것이라고 생각했다. 그래서 은으로 볼링 핀을 만들어 황금 널빤지 바닥 위에서 칠 만큼 흥청망청 살았다. 한동안 부는 계속 유지되었지만 재산이 점점 줄어 도시와 성을 하나씩 전당잡히다 결국에는 숲속 낡은 성 한 채 말고는 아무것도 남지 않게 되었다. 왕은 왕비와 세 공주와 함께 그곳으로 옮겨 가 매일 감자만 식탁에 오르는 비참한 삶을 살았다.

한번은 왕이 토끼를 쏘아 잡을까 해서 주머니를 감자로 가득 채우고 사냥하러 나갔다. 근처에 커다란 숲이 있었는데 숲속에서 마주치는 끔찍한 것들에 대한 이야기 때문에 누구도 들어가려 하지 않았다. 사람을 잡아먹는 곰, 눈을 쪼아 먹는 독수리, 늑대, 사자, 그리고 잔인한 동물들이 모두 있다고 했다. 하지만 왕은 조금의 두려움도 없이 숲으로 들어갔다. 숲의 나무들은 거대했고 나무 밑은 고요해서 왕은 처음에 아무것도 보지 못했다. 한동안 주변을 돌고 나서 배가 고픈 왕은 가지고 온 감자를 먹으려고 어느 나무 아래 앉았다. 그때 갑자기 우거진 덤불에서 곰 한 마리가 불쑥 나타났다. 곰은 왕을 향해 달려들면서 "네가 감히 내 꿀나무 아래 앉아? 비싼 대가를 치를 것이다!" 하고 으르렁거렸다. 겁에 질린 왕은 곰을 달래려고 먹으려던 감자를 내밀었다. 그러자 곰이 말했다. "네 감자는 싫고 너를 잡아 먹을 테다. 너를 살릴 유일한 방법은 네 큰딸을 내놓는 거야. 그렇게 하면 네 목숨뿐 아니라 커다란 금덩이도 하나 얹어 주마." 잡아먹힐까 두려운 왕이 말했다. "큰딸을 내줄 테니 나는 그냥 내버려 둬." 그러자 곰이 왕에게 길을 가리키고는 중얼거렸다. "일주일 안에 내 신부를 데리러 가겠다." '열쇠 구멍으로는 곰이 기어 들어올 수 없을 테니 어떤 것도 열어 둔 채로 두면 안 되겠다.' 생각하며 왕은 태연하게 집으로 돌아갔다.

왕은 모든 출입구를 잠그고 다리들도 위로 올려 놓도록

했으며, 딸에게 용기를 내라고 격려하면서도 곰 신랑으로 부터 확실하게 보호하기 위해 첨탑 지붕 아래 작은 방을 내어주고 일주일이 지날 때까지 거기 숨어 있도록 했다. 모두 잠들어 있던 일곱째 날 이른 새벽 황금 옷을 입은 기사들에게 둘러싸인 말 여섯 마리가 끄는 화려한 마차가 성으로 향했다. 마차가 앞에 서자 다리가 저절로 내려왔고 열쇠도 없이 자물쇠가 열렸다. 마차는 궁정 뜰로 갔고, 젊고 잘생긴 왕자가 마차에서 내렸다. 소란스러워 잠에서 깬 왕이 창밖을 내다보니 왕자가 이미 잠가 놓은 저 위 방에서 딸을 데리고 나와 마차에 막 태우고 있었다. 왕이 할 수 있는 일이라고는 딸의 뒤에 대고 외치는 것뿐이었다.

"안녕히, 사랑하는 아이야,

가거라, 곰 아내여!"

큰딸은 마차에서 아버지를 향해 하얀 손수건을 흔들어 인사했고, 마치 바람이 이끌듯 마차는 마법의 숲속으로 깊이 들어갔다. 딸을 곰에게 줘 버렸으니 왕은 마음이 정말 무거웠고 삼 일 동안 왕비와 함께 울 만큼 슬펐다.

나흘째 되던 날 다 울고 난 왕은 이미 일어난 일은 바꿀 수 없다고 생각하며 뜰로 내려갔다. 그곳에 엄청나게 무거운 흑단 나무 상자가 하나 있었다. 그때 곰이 한 약속이 떠올라 상자를 열어 보니 커다란 금 한 덩이가 반짝이고 번쩍였다. 왕은 그 금을 보자 위로를 얻고 자신의 도시들과 왕국을 되찾아 다시 예전처럼 호사스럽게 살기 시작했다. 그런 삶은 금덩이가 있는 동안은 유지되었지만 왕은 다시 모든 것을 저당잡혀 숲의 성으로 돌아가 감자를 먹어야 했다. 왕에게는 아직 매 한 마리가 있었는데, 하루는 더 좋은 먹을거리를 구해 보려고 들판으로 사냥을 나갔다. 매는 날아올라 왕이 들어갈 수 없는 어두운 마법의 숲을 향해 날아갔다. 매가 마법의 숲에 들어가자마자 독수리 한 마리가 불쑥 튀어 오르더니 매를 쫓았고 매는 왕 쪽으로 달아났다. 왕이 창으로 막으려 했지만 독수리가 창을 낚아채 갈대처럼 찌그러트렸고, 한쪽 발톱으로는 매를 찌르고 다른 발톱으로는 왕의 어깨를 찍어 내리며 소리쳤다. "왜 내 하늘 왕국을 어지럽히느냐? 그 대가로 네가 죽든가 아니면 둘째 딸을 내 아내로 내놓아라." 왕이 말했다. "그래, 둘째를 가져라. 그 대신 내게는 무엇을 주겠느냐?" 독수리가 말했다. "금 두 덩어리를 주마. 칠 주 뒤 데리러 가겠다." 그러고 나서 독수리는 왕을 놓아주고 숲으로 날아 들어갔다.

왕은 둘째 딸도 야수에게 팔아 버린 것이 침울해 이 일을 조금이라도 딸에게 말할 엄두를 내지 못했다. 육 주가 지나고 칠 주째에 공주는 아마포에 물을 뿌리느라 성곽 앞 풀밭으로 갔는데, 그때 잘생긴 기사들의 화려한 행렬이 갑자기 다가오더니 그중 맨 앞에 있던 제일 멋진 기사가 말에서 뛰어내리며 소리쳐 말했다.

"날아올라, 날아올라, 사랑하는 그대여,

함께 가자, 아름다운 독수리 신부여!"

둘째가 미처 대답하기도 전에 기사는 이미 둘째를 자신의 말에 태워 숲속으로 질주했고, 그 모습은 마치 새가 나는 듯했다. 안녕! 안녕히!

성에서는 오랫동안 공주를 기다렸지만 오지 않았다. 왕은 결국 자신이 궁지에 몰려 독수리에게 공주를 주기로 약속했다고 밝히며 독수리가 공주를 데려갔을 거라고 말했다. 슬픔이 조금 사라지자 왕은 독수리의 약속이 기억났고, 내려가 보니 풀밭에 무게가 50킬로그램씩 나가는 황금 알 두 개가 있었다. '황금을 가진 자 충분히 훌륭하지.' 하고 생각한 왕은 마음의 무거운 생각을 모두 떨쳐 버렸다. 그러자 방탕한 삶이 다시 새롭게 시작되어 금 두 덩이를 다 쓸 때까지 계속되었고, 다시 숲의 성으로 돌아왔으며, 아직 남은 막내 공주는 감자를 삶아야 했다.

왕은 더 이상 숲에서 토끼나 하늘의 새를 사냥하려 하지 않았지만 생선 한 마리가 꼭 먹고 싶었다. 그래서 공주가 그물을 짜야 했다. 왕은 그 그물을 가지고 숲에서 멀지 않은 호수로 갔다. 호수에 쪽배 하나가 있어 왕은 그 안으로 들어가 자리를 잡고 그물을 던져 한 번에 붉은 반점의 큼지막한 송어 여러 마리를 잡았다. 왕은 송어를 가지고 뭍으로 가려 했는데 어떻게 해도 쪽배가 꼼짝하지 않았다. 그때 갑자기 거대한 고래 한 마리가 물을 크게 내뿜으며 다가왔다. "네가 뭔데 내 신하들을 잡아가느냐, 네 목숨으로 그 값을 치러야겠다." 하고 고래는 배와 함께 왕을 삼켜 버리려는 듯 입을 크게 벌렸다. 왕은 무시무시한 목구멍을 보자 용기를 잃었다가 셋째 딸을 떠올리고 외쳤다. "나를 살려 주면 막내딸을 줄게." "뭐, 좋아." 하고 고래가 큰 소리로 으르렁거렸다. "그 대신 네게도 뭔가를 주마. 저급한 금은 없고 내 호수 바닥에 알이 큰 진주가 깔렸으니 진주로 자루 세 개를 가득 채워 주지. 일곱 번째 달에 내 신부를 데리러 가겠다." 그러고 나서 고래는 물속으로 들어갔다. 왕은 뭍으로 떠밀려 와 송어를 가지고 집으로 돌아왔다. 하지만 송어를 구워 와도 한 마리도 먹지 않았다. 딸들 중 제일 예쁘고 소중하며 유일하게 남은 막내를 바라보니 수천 개의 칼이 심장을 도려내는 것 같았다.

그렇게 여섯 달이 지났다. 왕은 늘 즐겁지 않은 표정이었고, 왕비와 공주는 뭐가 문제인지 알지 못한 채 일곱째 달이 되었다. 공주가 분수대 앞뜰에서 잔에 물을 가득 받

고 있을 때 백마 여섯 마리와 은빛의 사람들이 탄 마차가
다가오더니 잘생긴 왕자가 마차에서 내렸다. 공주는 그렇
게 잘생긴 왕자는 살면서 한 번도 본 적이 없었다. 왕자가
공주에게 물 한잔을 청했다. 공주가 손에 들고 있던 물잔
을 건넸더니 왕자가 공주를 안아 마차에 태우고 다시 성
문을 나가 들판을 가로질러 호수로 향했다.

"안녕히, 사랑하는 아이야,

가거라, 어여쁜 고래 아내여!"

창가에 서 있던 왕비는 멀리 마차를 보았고 딸이 보이
지 않자 가슴이 철렁 내려앉아 사방을 찾아 헤맸다. 막내
는 어디에서도 보이지도 들리지도 않았다. 딸이 사라진 것
이 분명하자 왕비는 울기 시작했다. 왕이 고래에게 막내딸
을 주기로 약속해 고래가 데려간 것이고, 그래서 지금까지
슬펐던 것이라고 왕비에게 말했다. 왕비를 위로하고 싶었
던 왕이 보답으로 얻을 엄청난 재산에 대해 말하자 왕비
는 그런 것은 알고 싶지도 않으며, 자신의 유일한 아이가
세상의 보물 전부보다 더 소중하다고 말했다.

고래 왕자가 공주를 빼앗아 가는 동안 왕자의 신하들
은 엄청나게 큰 자루 세 개를 성으로 들고 왔다. 왕은 문
앞에서 자루를 발견했고, 자루를 열자 그 안에 완두콩만
큼이나 크고 아름다운 진주가 가득 들어 있었다. 그 어느
때보다 부자가 된 왕은 자신의 도시들과 성을 되찾았지만

다시 호사스럽게 살지 않고 조용하고 검소하게 지냈다. 야생의 짐승들과 같이 세 딸들이 어떻게 사는지, 게다가 짐승들이 세 딸들을 먹어 치우지는 않을지 생각하면 모든 흥이 사라졌다.

왕비는 어떻게 해도 위로가 되지 않았고, 고래가 준 진주보다 더 많은 눈물을 흘리며 딸들을 걱정했다. 결국 점차 안정을 찾고 시간이 지나자 왕비는 다시 기뻐했는데 어여쁜 사내아이를 낳았기 때문이었다. 하느님이 아이를 뜻밖의 선물로 주어 아이는 기적의 아이 라이날드라고 불렸다. 사내아이는 크고 튼튼하게 자랐다. 왕비는 세 자매가 마법의 숲의 세 짐승들에게 잡혀 있다는 말을 아이에게 종종 해 주었다. 열여섯 살이 된 라이날드는 왕에게 검과 갑옷을 달라고 했다. 그는 모험을 위해 밖으로 나가기를 원했고 성호를 긋고 부모와 작별하고는 떠났다.

라이날드는 곧장 마법의 숲으로 향했다. 누나들을 찾는 것 말고 그는 다른 생각은 하지 않았다. 처음에 한동안은 사람 한 명, 동물 한 마리 마주치는 법 없이 큰 숲에서 길을 잃고 여기저기 헤맸다. 사흘이 지나 어느 동굴 앞에서 라이날드는 젊은 여인을 보았다. 여인은 새끼 곰 한 마리와 놀이를 하고 있었고, 더 어린 새끼 곰 한 마리가 여인의 품에 안겨 있었다. 라이날드는 내 큰누이인가 보다 생각하고는 말을 두고 여인을 향해 다가갔다. "사랑하는 큰 누나, 동생 라이날드예요. 누나를 만나려고 왔어요." 공주는 아버지를 쏙 빼닮은 라이날드를 보며 그 말을 의심하지 않고 깜짝 놀라 말했다. "아, 사랑하는 동생아, 너의 목숨이 소중하니 가능한 한 서둘러 도망치렴. 내 곰 남편이 집에 와서 너를 발견하면 가차 없이 잡아먹을 테니."라이날드가 말했다. "나는 두렵지 않아요. 누나가 어떻게 지내는지 알기 전까지는 떠나지 않을 거예요." 라이날드가 꼼짝도 하지 않을 것을 안 공주는 동생을 동굴로 데리고 들어갔다.

곰의 거처가 그렇듯 동굴 속은 어두웠다. 나뭇잎과 건초가 쌓여 있는 쪽이 남편과 아이들이 자는 곳이었고, 다른 쪽의 화려하고 붉은 금침대가 공주의 잠자리였다. 공주는 라이날드를 침대 밑으로 기어 들어가게 하고 먹을 것을 침대 아래쪽으로 건넸다. 오래지 않아 곰이 집에 돌아와 "사람 고기 냄새가 나는걸, 냄새가 나." 하고 커다란 머리통을 침대 밑으로 들이밀려 했다. 그러자 공주가 소리쳤다. "가만히 있어요, 누가 여길 들어오겠어요!" "숲에서 말 한 마리를 발견해 잡아 먹었다오." 하고 곰이 피범벅이 된 주둥이로 으르렁거리듯 말했다. "말 주인이 있을 테고 사람 냄새가 난단 말이지." 하고 곰이 다시 침대 아래쪽으로 항하려 했다. 그러자 공주가 곰의 몸통을 발로 찼고, 그러는 바람에 곰이 재주를 넘더니 제 잠자리로 가서 발바닥을 입에 물고 잠들었다.

칠 일마다 곰은 자연스러운 모습 그대로 멋진 왕자가 되었고, 그 왕자가 공주를 데려온 것도 그렇게 칠 일째 되는 날이었다. 젊고 아름다운 여인들이 성 앞으로 마중 나왔고, 성대한 잔치를 치르고 난 공주는 행복하게 잠들었다. 그런데 깨어나 보니 어두운 곰의 동굴이었고, 남편은 곰이 되어 그녀의 발치에서 그르렁거리고 있었다. 하지만 침대와 공주가 손댄 물건들은 변하지 않고 그대로였다. 그렇게 공주는 여섯 날 동안 슬픔에 잠겨 살았지만 일곱째 날에는 위로를 얻었다. 단 하루만 헤아리다 보니 늙지 않았으며, 그렇게 자기 삶에 만족했다. 남편에게서 왕자 둘을 얻었는데 아이들 역시 곰으로 육 일을 살다 칠 일째가 되면 인간의 모습이 되었다. 공주는 침대 짚 속에 제일 맛있는 음식과 케이크, 과일 등을 한 주의 식량으로 가득 채워 내내 먹었고, 곰도 말을 잘 들어 공주가 원하는 대로 했다.

라이날드가 깨어나 보니 비단 침대였고 하인들이 시중을 들며 최상의 옷을 입혀 주었는데 그날이 바로 칠 일째 되는 날이었다. 누이와 멋진 두 왕자, 그리고 곰 형님이 방에 들어와 라이날드를 반갑게 맞이했다. 모든 것이 화려하고 멋졌으며 즐거움과 기쁨이 가득한 하루였다. 그런데 저녁이 되자 공주가 말했다. "사랑하는 동생아, 이제 가렴. 날이 새면 남편은 곰의 모습으로 변할 텐데 그때까지 네가 여기 있으면 본능에 저항하지 못하고 너를 잡아먹을 거란다." 그때 곰 왕자가 와서 라이날드에게 곰털 세 개를 주면서 말했다. "어려움에 처하거든 곰털을 문질러, 도우러 갈게." 그들은 서로 입맞춰 작별 인사를 했고, 라이날드는 흑마 여섯 마리가 끄는 마차를 타고 떠났다.

라이날드는 그루터기와 돌부리를 헤치며 산과 산을 오르내리고 사막과 숲을 지나 수풀과 가시덤불을 넘어 쉬지도 멈추지도 않고 계속 갔다. 마침내 하늘이 희끗희끗해지기 시작하는 아침 무렵이 되자, 말과 수레는 다 사라지고 라이날드는 땅바닥에 누워 붉은 아침 노을 속에 개미 여섯 마리를 보았다. 개미들은 호두 껍질을 끌며 내달리고 있었다.

라이날드는 여전히 마법의 숲에 있다는 것을 알고 둘째 누나를 찾았다. 다시 사흘 동안 보람 없이 헤매다 나흘째 되던 날 거대한 독수리 한 마리가 어딘가에서 쏴 하며 날아들더니 어느 둥지에 자리를 잡았다. 라이날드는 덤불에 숨어 독수리가 다시 날아갈 때까지 기다렸다. 일곱 시간이 지나자 독수리가 다시 하늘을 향해 몸을 일으켰다. 라이날드는 밖으로 나와 나무 앞에 가서 큰 소리로 외쳤다.

"사랑하는 누나, 위에 있어요? 목소리를 들려줘요. 동생 라이날드예요. 누나를 찾아왔어요." 그때 라이날드는 아래를 향해 외치는 소리를 들었다. "내가 아직 만나 보지는 못했지만 사랑하는 내 동생 라이날드니? 그렇다면 위로 올라오렴." 라이날드는 올라가고 싶었지만 나무 아름이 너무 크고 미끄러워 세 번이나 시도해도 소용이 없었다. 그때 위에서 비단으로 짠 사다리가 내려와 그 사다리를 타고 독수리 둥지로 올랐고, 보리수나무 위에 발코니처럼 튼튼하고 단단한 둥지가 있었다.

라이날드의 누이는 장미색 비단이 늘어진 왕좌의 장막 덮개 아래 앉아 독수리의 알을 품었는데 따뜻하게 해서 부화시키려고 했다. 그들은 입을 맞추며 기뻐했지만 시간이 조금 지나자 공주가 말했다. "이제 서두르렴, 동생아. 어서 가거라. 내 독수리 남편이 너를 보면 숲에서 너를 찾아다니던 네 하인 세 명에게 그랬던 것처럼 눈을 쪼고 심장을 파먹을 거란다." 그러자 라이날드가 말했다. "아니에요, 누나. 그분이 변신할 때까지 여기 있을래요." "육 주가 지나야 될 텐데 네가 견딜 수만 있다면 속이 빈 나무에 몸을 숨기렴, 매일 음식을 내려다 주마."

라이날드는 나무 속으로 기어 들어갔고 공주는 매일 음식을 내려보냈다. 독수리가 날아가면 라이날드는 다시 누나에게 올라갔다. 육 주가 지나자 변신이 일어났고 라이날드는 곰 형님네서 그랬듯이 깨어나 보니 침대였다. 모든 것이 더 화려했으며 독수리 왕자네서 칠 일 동안 행복하게 지냈다. 이렛날 밤 헤어질 때 독수리가 라이날드에게 깃털 세 개를 주며 말했다. "어려움에 처하거든 깃털을 문지르렴, 도우러 갈 테니." 독수리 왕자는 라이날드에게 길을 가르쳐 줄 하인을 딸려 보냈다. 아침이 오자 하인들은 갑자기 사라졌고 라이날드는 무시무시하고 우거진 숲속 낭떠러지에 홀로 남았다.

라이날드가 주변을 살피니 저 멀리 큰 호수의 수면이 첫 아침 햇살에 반짝이고 있었다. 셋째 누나를 떠올린 라이날드는 누나가 그곳에 있을 것이라고 생각했다. 라이날드는 절벽 아래로 내려가기 시작했고, 덤불과 바위 사이를 헤쳐 나갔다. 삼 일을 가는 동안 때로는 시야에서 호수가 사라졌지만 나흘째 되던 날 아침에는 호수에 도착했다. 라이날드는 물가에 서서 소리쳤다. "사랑하는 누나, 그 안에 있어요? 누나의 목소리를 들려줘요, 동생 라이날드가 누나를 만나러 왔어요." 하지만 아무도 대답하지 않고 고요하기만 했다. 라이날드는 빵 쪼가리를 잘게 부수어 물에 떨어뜨리고 물고기들에게 말을 건넸다. "어여쁜 물고기들아, 누나에게 가서 기적의 아이 라이날드가 왔다고, 누나에게 갈 거라고 전해 주렴." 하지만 붉은 반점 송어들은 빵만 낚아채고 라이날드의 말은 듣지 않았다.

나룻배 한 척을 본 라이날드는 갑옷을 벗어 던지고 반짝거리는 칼 한 자루만 손에 쥔 채 배에 뛰어들어 노를 저어 나갔다. 그렇게 한참을 가자 물 위로 우뚝 솟은 수정 굴뚝이 보였고, 그 굴뚝에서 좋은 냄새가 올라왔다. '저 아래 분명히 누나가 살고 있을 거야.' 생각하며 라이날드는 그쪽을 향해 배를 저어 굴뚝 속으로 들어가서는 미끄러져 내려갔다. 굴뚝에서 갑자기 사람 다리가 버둥거리는 것을 본 공주는 당연히 깜짝 놀랐는데 금세 내려온 어떤 남자가 공주의 동생이라고 밝혔다. 공주는 진심으로 기뻤지만 곧 걱정스러워하며 말했다. "고래는 네가 나를 찾아올 거라는 이야기를 들었어. 네가 왔을 때 자신이 너를 잡아먹고 싶은 욕망을 참을 수 없을 거라고 걱정하더라. 수정으로 된 내 집도 부수게 될 테고, 그러면 나도 밀려드는 파도에 죽을 거라고." "마법이 사라질 때까지 나를 숨겨 줄 수 없어요?" "아니, 어떻게 그럴 수가 있겠니. 벽이 모두 수정으로 만들어져 훤히 들여다보이는데." 그래도 곰곰 생각하고 또 생각한 공주는 마침내 장작 창고를 떠올렸고, 바깥에서 아무것도 보이지 않을 정도로 기교를 부려 그 안에 장작을 쌓아 기적의 아이를 숨겼다. 곧 고래가 왔다. 공주는 사시나무 떨듯 떨었고, 고래는 집 주변을 여러 번 헤엄쳐 돌다 장작더미 밖으로 삐져나온 라이날드의

864

옷을 보더니 콧김을 위력적으로 내뿜으며 꼬리를 내리쳤다. 고래가 뭔가 더 봤더라면 분명히 그 집을 부숴 버렸을 것이다.

일곱째 달이 되어 마법이 멈추기 전까지 고래는 매일 한 번씩 찾아와 집 주변을 돌며 헤엄쳤다. 일곱째 달이 되자 라이날드는 어느새 아름다운 섬 한가운데 성에 있었는데, 그 성은 독수리나 자신의 성의 웅장함을 뛰어넘었다. 이제 라이날드는 누나, 매형과 함께 한 달을 흥에 가득해서 지냈고, 그 시간이 끝나자 고래가 라이날드에게 비늘 세 개를 건네주며 말했다. "네가 위험에 처하면 그 비늘을 비비렴. 너를 도우러 갈 테니." 그러고는 라이날드를 뭍으로 돌려보냈고, 라이날드는 뭍에서 자신의 갑옷을 찾았다.

기적의 아이 라이날드는 그 뒤 칠 일 동안 낮에는 깊은 숲속을 떠돌고 밤에는 하늘 아래에서 잠을 잤다. 어느 날 그는 철문에 강력한 자물쇠가 채워져 있는 성을 발견했다. 성 앞에서는 검은 황소 한 마리가 눈을 번득이며 입구를 지키고 있었다. 라이날드는 황소에게 달려들어 목을 향해 칼을 세게 내려쳤지만 황소의 목이 강철로 되어 있어서 칼이 유리처럼 부서졌다. 라이날드는 창을 쓰려고 했지만 지푸라기처럼 구부러졌고, 황소가 뿔로 받아 공중으로 던져 버리자 나뭇가지에 걸렸다. 그때 라이날드는 위기 속에서 곰털 세 개를 떠올렸다. 털을 손으로 문지르자 그 순간 곰 한 마리가 저쪽에서 달려오더니 황소와 맞붙어 싸워 황소를 갈기갈기 찢어 버렸다. 그러자 황소의 배 속에서 오리새 한 마리가 공중으로 잽싸게 날아올랐다. 그때 라이날드는 독수리 깃털 세 개를 문질렀고, 그러자 공중에서 힘센 독수리 한 마리가 나타나 호수를 향해 도망치던 오리새를 낚아채 갈기갈기 찢어 버렸다. 그런데 라이날드는 오리새가 황금알 하나를 물속으로 떨어뜨리는 것을 보았다. 그때 라이날드가 물고기 비닐 세 개를 비비자 고래가 헤엄쳐 나타나 알을 삼킨 뒤 육지 쪽으로 뱉었다. 라이날드가 그 알을 가져와 돌로 깨뜨리니 작은 열쇠 하나가 들어 있었다. 라이날드가 열쇠로 철문을 건드리기만 했는데 문이 저절로 열렸고, 안으로 들어가니 다른 문에 걸린 빗장들도 저절로 열렸다.

라이날드는 일곱 개의 문을 지나 환하고 화려한 일곱 개의 방으로 들어갔다. 그런데 마지막 방에 어떤 아가씨가 침대에 잠들어 있었다. 너무 아름다운 아가씨의 모습에 라이날드는 눈이 멀 지경이었다. 아가씨를 깨우려고 했지만 죽은 듯 깊이 잠들어서 헛수고였다. 라이날드는 화가 나 침대 옆에 세워진 검은 판을 손으로 내리쳤는데 그 순간 아가씨가 깨어났지만 곧 다시 잠 속으로 빠져들었다.

라이날드가 흑판을 집어 돌바닥을 향해 던지니 흑판이 수천 조각으로 부서졌다. 그러자 아가씨의 눈이 번쩍 뜨였고 마법이 풀렸다. 아가씨는 세 매부의 누이동생이었다. 어느 교활한 마법사의 사랑을 거절하자 마법사가 아가씨를 죽음의 잠에 빠뜨리고 형제들은 짐승으로 만들어 버렸으며, 흑판이 깨지지 않는 한 계속 마법에 걸려 있게 했다.

라이날드가 아가씨를 밖으로 데리고 나왔을 때 각각 세 방향에서 매부들이 말을 타고 성문을 향해 다가왔는데 모두 마법에서 풀린 모습이었다. 아내와 아이들도 함께 왔고 독수리 신부는 알을 부화해 어여쁜 여자아이를 품에 안고 있었다. 그들은 아버지 왕과 어머니 왕비에게 갔고 기적의 아이 라이날드는 누나 셋과 집으로 가서 곧 아름다운 아가씨와 혼인을 했다. 구석구석 기쁨과 행복이 가득했다. 고양이가 집으로 돌아갔으니 이제 내 이야기도 끝이야.

17

이야기 조각들

하나. 눈꽃

왕의 어린 딸은 겨울에 태어난 데다 눈처럼 하얘서 '눈꽃'이라고 불렸다. 어느 날 어머니가 병이 나자 공주는 약초를 꺾으러 숲으로 들어갔다. 어느 큰 나무 옆을 막 지나가려는데 벌들이 날아오더니 머리부터 발끝까지 공주의 온몸을 뒤덮었다. 벌들은 침으로 공주를 쏘지도 해치지도 않고 그 대신 입술에 꿀을 발라 주었다. 공주의 몸 전체가 아름답게 빛났다.

둘. 요한네스 왕자에 대하여

동경과 우수에 잠겨 방랑하고, 환영을 동반하여 비행하고, 붉은 성채와 비장한 수많은 시련을 거쳐 드디어 태양 공주의 비할 데 없이 아름다운 모습을 바라보는 것이 요한네스 왕자에게 허락될 때까지.

셋. 유용한 보자기

삯바느질하는 두 자매가 물려받은 것이라곤 낡은 보자기 한 장뿐이었다. 보자기는 유용해서 어떤 물건이든 감싸기만 하면 금으로 변했고, 자매는 그 덕분에 넉넉히 살았으며, 가외로 조금 더 버느라 삯바느질을 했다. 자매 중 한 명은 아주 영리했지만 다른 한 명은 아주 아둔했다. 언니가 교회에 간 어느 날 유대인 한 명이 길을 걸어오며 크게 외쳤다. "예쁜 새 보자기를 사세요, 아니면 낡은 보자기와 바꾸세요. 뭐 바꿀 것 없어요?" 그 말을 듣자 우둔한 동생이 그리로 달려가 낡았지만 유용한 보자기를 새것과 바꾸었다. 유대인은 낡은 보자기의 효능을 잘 알고 있던 터라바로 그 거래를 원했다. 언니가 집에 돌아와 말했다. "삯바느질로 수입이 좋지 않으니 돈을 조금 만들어야겠어. 우리 보자기는 어디에 있니?" "더 잘되었네!" 하고 우둔한 동생이 말했다. "언니가 외출한 동안 낡은 보자기 대신 산뜻한 새 보자기를 샀어." 후에 그 유대인은 개가 되었고 두 소녀는 닭이 되었다가 그다음에 결국 사람이 되어 그 개를 때려죽였다.

18

충직한 동물들

옛날에 돈이 조금밖에 없는 남자가 있었다. 남자는 자신에게 조금 남은 돈을 가지고 넓은 세상으로 나갔다. 어느 마을로 들어섰는데 남자아이들이 마을에서 소리치고 뛰어다니며 시끄럽게 굴고 있었다. "얘들아, 뭘 하려는 거니?" 하고 남자가 물었다. "아, 쥐 한 마리가 있는데 저 쥐를 춤추게 만들고 있어요. 이리저리 총총거리는 것이 얼마나 재미있는지 한번 보세요!" 남자는 조그마한 동물이 너무 불쌍해서 말했다. "얘들아, 너희에게 돈을 줄 테니 쥐를 풀어 주렴." 남자가 돈을 주자 아이들이 쥐를 풀어 주었고, 그 불쌍한 동물은 힘을 다해 구멍 속으로 달려 들어갔다.

남자는 다시 길을 나서 다른 마을로 들어섰다. 그곳에서는 마을 소년들이 원숭이에게 춤과 재주넘기를 시키고 있었다. 소년들은 웃어 대며 원숭이를 가만히 내버려 두지 않았다. 남자는 아이들에게 또 돈을 주고 원숭이를 풀어 주도록 했다. 다음으로 남자는 세 번째 마을로 갔다. 그곳에서는 남자아이들이 곰을 사슬에 묶어 놓고 두 발로 서서 춤추게 했고, 곰이 으르렁거리면 좋아했다. 남자는 돈으로 곰을 풀어 주게 했고 네 발로 땅을 디딜 수 있게 된 곰은 기뻐하며 서둘러 갔다.

이제 남자는 조금이나마 남아 있던 돈을 모두 써 주머니에 붉은 동전 하나도 남지 않았다. 그러자 남자가 말했다. "왕은 필요도 없는데 보물 창고에 많은 것을 가졌잖아. 굶어 죽을 수는 없으니 거기서 조금 가져다 쓰고 나중에 돈이 생기면 다시 돌려놓으면 되지." 남자가 창고에 들어가 보물을 조금 들고 몰래 빠져나오려는데 그만 왕의 사람들에게 붙잡혔다. 사람들은 남자를 도둑이라며 법정으로 데려갔고, 법정에서는 잘못을 저질렀으니 남자를 상자 안에 가두어 물에 띄워 보내라는 판결을 내렸다. 덮개에는 공기가 통하도록 구멍이 나 있었고, 상자 안에 물 한 항아리와 빵 한 덩이를 같이 넣어 주었다.

몹시 겁에 질린 남자는 그렇게 한동안 물 위를 떠다녔다. 한번은 그때 뭔가가 콧김을 씩씩거리고 자물쇠를 만지작거리며 갉아 대는 소리가 들렸다. 갑자기 자물쇠가 풀리더니 덮개가 열렸고 쥐, 원숭이, 곰이 있었다. 동물들을 도와준 남자를 동물들도 도우려고 한 것이다. 상자를 열었지만 이제 더 무엇을 해야 할지 동물들이 서로 의논했다. 그때 물속에서 흰 돌멩이 하나가 굴러 들어왔는데 마치 동그란 알처럼 보였다. 곰이 말했다. "때마침 저 돌이 굴러오네! 저것은 기적의 돌멩이야. 돌을 가진 사람은 원하는 것을 바라기만 하면 되지." 그래서 남자가 돌멩이를 손에 쥐고 소원으로 정원과 마구간이 있는 성을 바랐다. 그러자 남자는 바로 정원과 마구간이 있는 성안에 앉아 있었고, 모든 것이 너무나 아름답고 화려해 어안이 벙벙했다.

시간이 흘러 상인들이 길을 지나게 되었다. "저기 좀 봐, 웅장한 성이 세워졌는걸! 지난번에 지나갈 때는 질 나쁜 모래만 있었는데!" 궁금해진 상인들이 성으로 들어가 어떻게 그처럼 빨리 이 모두를 만들었는지 남자에게 물었다. 남자가 말했다. "내가 아니라 내 기적의 돌이 했지요." "그게 어떤 돌인데요?" 하고 그들이 물었다. 남자가 돌멩이를 가져와 상인들에게 보여 주었다. 상인들은 돌을 팔지 않겠냐며 자신들이 가진 좋은 물건을 모두 내밀었다. 남자의 눈에 물건들이 쏙 맘에 들었는데 마음이란 변덕스러워 새로운 물건들을 원하기 마련이다. 그렇게 유혹에 빠진 남자는 좋은 물건들이 가치가 있다고 생각해 기적의 돌을 상인들에게 주었다. 그런데 기적의 돌을 건네자마자 행운이 모두 사라져 남자는 다시 자물쇠로 잠긴 상자 속에 갇힌 채 강에 있었고, 상자에는 물 한 항아리와 빵 한 덩이 말고는 아무것도 없었다.

충직한 동물인 쥐, 원숭이, 곰이 남자의 불운을 보고 다시 그를 찾아왔다. 도와주고 싶었지만 이번에는 처음보다 훨씬 더 꽉 잠겨 자물쇠를 열 수조차 없었다. 곰이 말했다. "기적의 돌멩이를 다시 찾아야겠어. 그러지 않으면 모든 게 헛수고야." 상인들은 여전히 성안에 머물며 살고 있었다. 충직한 동물들은 함께 성으로 갔고 성이 가까워지자 곰이 말했다. "쥐야, 가서 열쇠 구멍으로 뭘 할 수 있을지 살펴봐. 너는 작으니까 사람들이 눈치채지 못할 거야." 쥐가 기꺼이 그렇게 했는데 돌아와 말하기를 "안 되겠어. 안을 들여다보았는데 마법의 돌멩이가 빨간 리본에 묶여 거울 아래 걸렸더라. 여기저기 불타는 눈의 커다란 고양이 몇 마리가 지키고 앉아 있어." 그러자 다른 동물들이 말했다. "다시 들어가서 주인이 침대에서 잠들 때까지 기다렸다가 침대 위로 기어 올라 주인의 코를 꼬집고 머리카락을 물어뜯어 버려." 쥐는 다시 들어가 동물들이 말한 대로 했다. 주인은 잠에서 깨어 코를 문지르고 화를 내며 "고양이들은 쓸모가 없어. 쥐들이 들어와 내 머리카락을 물어뜯는 걸 그냥 두다니." 하고 고양이를 모두 쫓아냈다. 그러니 쥐에게는 이미 이긴 게임이 되었다.

다음 날 밤 주인이 다시 잠들자 쥐가 돌멩이가 매달린 빨간 리본을 쏠고 갉았고, 리본이 두 줄로 갈라지며 바닥에 떨어지자 돌멩이를 문 앞까지 끌고 갔다. 가엾은 작은 쥐는 정말로 화가 나 매복하고 있던 원숭이에게 말했다. "이제 네 앞발로 돌멩이를 끌어당겨." 그런 일은 원숭이에게 아주 쉬웠다. 원숭이는 돌을 손에 쥐었으며, 동물들은 함께 강으로 갔다. 원숭이가 말했다. "하지만 이제 어떻게 상자까지 가지?" 곰이 말했다. "금방 갈 수 있어. 내가 물에 들어가서 수영을 할게. 원숭아, 너는 돌멩이를 입에 물고 내 등에 앉아 두 손으로 꽉 잡고 있어. 생쥐야, 너는 내 오른쪽 귓속에 앉으면 되겠다." 그들은 그렇게 했고, 강을 따라 헤엄쳐 내려갔다.

얼마쯤 지나자 곰은 너무 조용하다고 생각해 떠들기 시작하며 말했다. "들어 봐, 원숭아! 우리는 진짜 좋은 동료들이지, 어떻게 생각해?" 원숭이는 대답하지 않고 침묵을 지켰다. "태도가 뭐 그러니? 동료한테 대답도 안 하는 거야? 대답 안 하는 건 나쁜 놈인데!" 하고 곰이 말했다. 더 이상 참을 수 없었던 원숭이가 돌멩이를 물속에 빠지게 두고 외쳤다. "바보 같은 놈. 입에 돌을 물고 어떻게 대답하니? 이제 잃어버렸으니 네 잘못이야!" "실랑이하지 말자, 뭐든 생각해 내야지." 그렇게 동물들이 의논한 뒤 청개구리와 두꺼비, 그리고 물속에 사는 모든 동물을 불러 모아 말했다. "엄청난 적이 너희를 향해 오고 있으니 돌을 많이 모아 오면 우리가 성벽을 쌓아 지켜 줄게." 그러자 겁먹은 동물들이 사방에서 돌을 끌어모아 가져왔다. 마지막으로 늙고 뚱뚱한 수렁개구리 한 마리가 바닥에서 헤엄쳐 올라왔는데 빨간 리본이 달린 마법의 돌을 입에 물고 있었다. 이것을 보고 기뻤던 곰이 개구리에게서 짐을 덜어 주며 이제 모든 게 잘되었으니 동물들은 집으로 가도 좋다고 말했다. 그렇게 그들은 짧게 작별 인사를 하고 헤어졌다.

그 뒤 쥐와 원숭이, 곰이 상자 안에 있는 남자를 향해 강 아래쪽으로 가서 돌멩이의 도움으로 덮개를 부숴 열어 젖혔다. 그들이 제때 도착한 것이 남자는 빵을 벌써 다 먹고 물도 다 마셔서 반쯤 굶어 죽어 가고 있었다. 하지만 소원의 돌을 다시 손에 얻자 남자가 건강이 좋아지기를 바랐고, 정원과 마구간이 있는 아름다운 성으로 돌아가기를 소원했다. 그곳에서 남자는 행복하게 살았고, 세 동물은 그와 함께 지내며 평생 즐거운 시간을 보냈다.

19

까마귀들

성실하고 착실한 군인이 다른 군인들처럼 선술집에서 돈을 쓰지 않고 벌어서 조금 모았다. 그런데 본래 나쁜 마음을 가진 군인의 동료 두 명이 그의 돈을 훔치려 하면서 겉으로는 아주 친절하게 대했다. 한번은 그들이 군인에게 말했다. "들어 봐, 우리가 여기 성안에 주둔해야 할 이유가 뭐야? 포로처럼 성에 갇혀 있잖아. 게다가 자네 같은 사람이면 고향에서 괜찮게 벌어서 행복하게 살 수 있을 텐데." 마침내 군인이 함께 탈영하는 것에 동의할 때까지 그들은 이 말을 계속했다. 하지만 둘에게는 성 밖에서 군인의 돈을 빼앗으려는 것 외에 다른 생각은 전혀 없었다.

길을 한참 떠나왔을 때 둘이 말했다. "국경으로 가려면 오른쪽으로 꺾어야 해." "아니지." 하고 군인이 말했다. "그쪽으로 가면 다시 도시가 나오니까 우리는 계속 왼쪽으로 가야 해." "뭐야, 잘난 척하는 거야?" 하고 두 사람이 소리치더니 달려들어 군인을 쓰러질 때까지 때린 뒤 주머니에서 돈을 챙겼다. 그것으로 충분하지 않았는지 둘은 군인의 두 눈을 찌르고 교수대로 질질 끌고 가서 단단히 묶어 두었다. 그들은 그곳에 군인을 버려두고 훔친 돈을 가지고 도시로 되돌아갔다. 불쌍한 군인은 맹인이 되어 자신이 얼마나 궂은 곳에 있는지 모르는 채 주위를 더듬다 큰 각목 아래 앉은 것을 알게 되었다. 군인은 그 나무가 십자가인 줄 알고 말했다 "그래도 나를 십자가 아래 묶어 두었으니 잘했네. 하느님이 나와 함께 계시는 거야." 그는 하느님께 진심으로 기도하기 시작했다.

밤이 깊어 갈 무렵 무엇인가 펄럭이는 소리가 들렸다. 까마귀 세 마리가 각목 위에 자리를 잡았다. 군인은 어느한 마리가 하는 말을 들었다. "동생아, 좋은 소식 가져왔어? 우리가 아는 걸 인간들은 모를걸! 왕의 딸이 병이 났는데 아버지 왕은 공주를 낫게 하는 사람에게 공주를 주겠대. 하지만 아무도 공주를 고치지 못하지. 연못의 두꺼비를 연못 안에서 태운 다음 그 재를 물에 타서 마셔야 공주가 나을 수 있으니까." 그때 둘째가 말했다. "그래, 우리가 아는 걸 인간들은 모를걸! 오늘 밤 하늘에서 이슬이 떨어지는데 그건 기적을 일으켜 치유해 주는 이슬이야. 그 이슬로 눈먼 사람의 눈을 문지르면 자기 얼굴을 다시 얻게 되지." 그러자 셋째가 말했다. "그래, 우리가 아는 걸 인간들은 모를걸! 두꺼비는 한 사람에게 이슬은 몇 사람에게 도움이 되지만 도시에 우물이 다 말라 버렸으니 큰 고난이잖아. 그런데 시장에 있는 크고 네모난 돌을 치우고 그 아래를 파면 최고의 샘물이 솟아나는 걸 아는 사람이 아무도 없잖아." 까마귀들이 그렇게 말한 뒤 군인은 다시 퍼덕이는 소리를 들었다. 새들이 날아가 버린 것이다.

군인은 어느새 묶인 줄을 풀고 몸을 숙여 풀을 조금 뜯어 풀에 떨어진 이슬로 눈을 문질렀다. 곧 시력을 되찾은 군인은 하늘의 달과 별을 보았고, 자신이 교수대 옆에 있는 것을 알게 되었다. 그 후 군인은 항아리 파편을 구하고 귀한 이슬을 되도록 많이 모아 연못으로 갔다. 그러고는 파편으로 물을 퍼내고 두꺼비를 꺼낸 뒤 불태워 재로 만들었다. 군인은 재를 왕궁으로 가져가 공주에게 마시게 했으며, 공주가 건강해지자 약속대로 왕의 딸을 아내로 요구했다. 하지만 왕은 군인이 좋은 옷을 입지 않았기 때문에 마음에 들지 않았다. 그래서 누구든 공주를 가지려면 먼저 도시에 물을 대야 한다고 말하며 그 일로 군인을 떨줘 내려 했다. 그러자 군인이 시장으로 가서 사람들에게 네모난 돌을 들어 올리고 돌 아래 땅을 파게 했다. 땅을 파기 시작하자마자 세찬 물줄기가 솟아오르는 샘을 바로 찾아냈다. 왕은 공주를 내주는 것을 더 이상 거절할 수 없었고, 군인은 공주와 결혼해서 행복하게 살았다.

어느 날 들판을 가로질러 산책하던 군인은 의리 없이 행동한 예전 두 동료와 마주쳤다. 전우들은 군인을 알아보지 못했지만 그는 알아보고 그들에게 가서 말했다. "보게들, 나는 자네들의 옛 동료라네. 자네들이 파렴치하게 눈을 찔러 버린 그 친구지. 하지만 다행히 사랑의 하느님께서 내가 잘되게 해 주셨어." 그러자 둘은 군인의 발 앞에 엎드려 용서를 빌었고, 마음씨 착한 군인이 그들을 측은히 여겨 데리고 가서 먹을 것과 옷가지를 주었다. 그러고 나서 군인은 어떻게 지냈는지, 어떻게 그런 영예를 얻게 되었는지 말해 주었다. 이 말을 들은 둘은 마음을 가다듬지 못하고 혹시 어떤 유용한 말을 들을까 싶어 교수대 아래 앉아 하룻밤을 보내기로 했다.

그들이 교수대 아래 앉아 있는데 무엇인가 머리 위로 펄럭이더니 까마귀 세 마리가 왔다. 까마귀가 다른 까마귀에게 말했다. "들어 봐 동생들아, 누군가 우리 말을 듣고 있었나 봐. 공주는 나았고, 두꺼비는 연못에서 사라졌고, 맹인은 볼 수 있고, 도시에서는 사람들이 깨끗한 샘을 찾았어. 봐, 누가 우리를 엿들었는지 찾아서 벌주자!" 그러고는 까마귀들이 아래를 향해 펄럭거리며 날아 내려가 둘을 찾아냈다. 그들이 미처 도망치기도 전에 까마귀들이 머리에 앉아 부리로 눈과 얼굴을 계속 쪼아 마침내 죽었다. 그렇게 그들은 교수대 밑에 놓여 있었다. 며칠이 지나도 동료들이 돌아오지 않자 옛 동료인 군인은 '둘이 어디에서 헤매고 있는 거야.' 생각하고 그들을 찾으러 나섰다. 군인은 그들의 유골 말고는 아무것도 더 찾지 못했고, 유골을 교수대에서 옮겨 와 무덤에 묻어 주었다.

20

게으른 이 부지런한 이

옛날에 수공 견습생 두 명이 함께 배움의 유랑을 했고, 앞으로도 함께하자고 약속했다. 둘은 어느 큰 도시로 갔는데 그중 게으른 이는 제가 한 약속을 잊고 다른 한 명을 두고 혼자 여기저기 다녔으며, 광란의 일들이 생기는 곳을 가장 좋아했다. 다른 견습생은 부지런히 일하며 자기 시간을 다 마치고 다른 곳으로 배움의 유랑을 떠났다. 밤에 그 견습생은 교수대 옆인 줄 모르고 지나다 누군가 땅바닥에 누워 자는 것을 보았다. 그는 별빛이 하도 밝아 궁색하고 헐벗은 그 사람이 옛 동료인 것을 알아보았다. 그래서 잠자는 이를 자신의 외투로 덮어 주고 그 옆에 누워 잠들었다. 얼마 지나지 않아 서로 이야기 나누는 소리에 견습생은 잠에서 깼다. 까마귀 두 마리가 교수대 위에 앉아서 말하는 소리였다. 까마귀 한 마리가 "하느님께서 먹여 살리시지!" 하니, 또 다른 한 마리가 "그렇게 해 보셔." 했다. 그러고는 까마귀 한 마리가 맥없이 땅으로 떨어졌고, 다른 한 마리가 그 옆에 앉아 해가 뜰 때까지 기다렸다가 벌레와 물을 가져다 떨어진 까마귀가 원기를 차리도록 도와 죽음에서 깨웠다. 이를 본 두 견습생이 놀라 까마귀에게 다른 까마귀가 왜 그렇게 처량하고 병들어 있느냐고 물었다. 그러자 병든 까마귀가 말했다. "나는 먹이가 하늘에서 떨어진다고 믿으면서 아무것도 안 하려고 했거든."

둘은 두 마리 까마귀와 함께 근처 마을로 향했다. 한 마리는 활기에 넘쳐 먹이를 찾아다니고 매일 아침 몸을 물에 담그고 제 부리로 몸을 닦았지만, 다른 한 마리는 언제나 부스스하고 침울한 채 구석에 쪼그리고 앉아 있었다. 얼마 뒤 집주인 딸인 아름다운 소녀가 부지런한 까마귀가 너무 마음에 들어 땅에서 들어 올려 손으로 쓰다듬다가 마침내 제 얼굴에 대고 신이 나 까마귀에게 입을 맞추었다. 그 까마귀는 땅에 떨어지더니 구르고 펄럭이다 아름다운 청년이 되었다. 청년이 말하기를, 다른 까마귀는 그의 형제인데 둘이 아버지를 모욕하는 바람에 아버지가 마법을 걸며 이렇게 말했다고 한다. "아름다운 소녀가 스스로 입을 맞출 때까지 너희는 까마귀로 이리저리 날아다니리라." 그렇게 형제 중 한 명은 마법에서 풀렸지만 게으른 다른 까마귀에게는 아무도 입을 맞추려 하지 않아 결국 까마귀로 죽었다. 게으른 이는 이를 교훈 삼아 부지런하고 착실해졌으며 견습생 동료와 함께했다.

21

사자와 개구리

옛날에 왕과 왕비가 있었는데 서로를 진심으로 아끼는 아들과 딸을 두었다. 왕자는 사냥을 나가면 종종 오랫동안 숲에 머물렀는데 한번은 아예 돌아오지 않았다. 누이는 거의 눈이 멀 정도로 울다 더는 참을 수 없어 마침내 오빠를 찾으러 숲으로 갔다. 한참 길을 가자 너무 피곤했던 누이는 더 이상 갈 수 없었고, 주위를 둘러보니 다정하고 선해 보이는 사자 한 마리가 옆에 있었다. 그래서 사자의 등에 올라탔고, 사자는 공주를 태우고 가면서 제 꼬리로 계속 공주를 쓰다듬고 공주의 볼을 식혀 주었다. 한참을 간 사자는 어느 동굴 앞에 섰다. 사자가 안으로 데리고 들어가도 공주는 무섭지 않았고, 또 사자가 아주 다정했기 때문에 내리려고도 하지 않았다. 그렇게 동굴을 가로지르는데 들어갈수록 점점 어두워지더니 마지막에는 완전히 시커멓게 어두웠고, 얼마쯤 지나자 다시 햇빛이 비추는 아름다운 정원에 다다랐다. 태양 아래 모든 것이 매우 신선하게 빛났으며 그 한가운데 웅장한 궁전이 있었다. 문 앞에 도착하자 사자가 멈추었고, 공주가 사자의 등에서 내렸다. 사자가 말했다. "너는 이 아름다운 집에서 살며 나를 섬겨야 한다. 내가 요구하는 것을 모두 들어주면 네 오빠를 다시 보게 될 것이다." 공주는 시키는 대로 따르며 사자를 섬겼다.

한번은 공주가 정원에서 산책을 했는데 정원이 아름다웠지만 자기가 세상 모든 것에서 홀로 떨어져 있는 것이 슬펐다. 그러다 공주는 한가운데 장막을 친 작은 섬이 있는 연못을 발견했다. 공주는 풀빛 초록 개구리 한 마리가 장막 아래 앉아 있는 것을 보았는데 머리에 모자 대신 장미 잎을 쓰고 있었다. 개구리가 공주를 보더니 말했다. "왜 그렇게 슬픈 거야?" "아, 왜 안 슬프겠어." 하고 공주가 청개구리에게 괴로움을 털어놓았다. 그러자 개구리가 아주 다정하게 말했다. "필요한 게 있으면 그냥 내게 와. 조언도 주고 도와도 줄게." "그런데 어떻게 보답해야 해?"

개구리가 말했다. "보답할 것 없어. 그냥 머리에 쓰게 매일 신선한 장미 잎을 가져다주기만 하면 돼." 그래서 공주는 약간의 위안을 얻어 다시 돌아갔고, 사자가 뭔가 요구할 때마다 연못으로 달려가면 개구리가 여기저기 팔딱팔딱 뛰어 공주에게 필요한 것들을 바로 가져다주었다.

어느 날 사자가 말했다. "오늘 저녁으로 모기 파이를 먹고 싶어. 하지만 제대로 만들어야 할 거야." 공주는 '그걸 어떻게 만들어, 불가능한 일이야.' 생각하며 개구리에게 가서 한탄했다. "걱정하지 마, 모기 파이는 내가 해 줄게." 개구리는 그렇게 말한 다음 자리를 잡고 앉아 입을 왼쪽 오른쪽으로 쫙 벌려 필요한 만큼 모기를 덥석 물어 낚아챘다. 그러더니 펄쩍펄쩍 이리저리 뛰어다니면서 나뭇조각을 모아 바람을 불어 불을 지폈다. 불이 붙자 개구리는 반죽을 숯 위에 올려놓았고, 두 시간이 채 지나지 않아 더 바랄 나위 없는 파이가 완성되었다. 개구리가 소녀에게 말했다. "파이를 받으려면 내게 약속해. 사자가 잠들자마자 잠자리 뒤에 숨겨 둔 칼로 머리를 베어 버리겠다고." "안 돼. 안 할래. 사자가 항상 얼마나 잘해 주는데." 하고 공주가 말했다. 그러자 개구리가 말했다. "그렇게 안 하면 네 오빠를 다시는 볼 수 없을 거야. 그렇게 한다고 해서 사자에게 해를 끼치는 일도 아니야." 그래서 소녀는 용기를 내어 파이를 가져다 사자에게 주었다. "파이가 정말 맛있어 보이는걸." 하고 사자가 킁킁거리며 냄새를 맡고 한입 물어뜯더니 다 먹어 치웠다. 사자는 다 먹은 뒤 피곤해서 잠을 조금 자려고 공주에게 말했다. "옆에 앉아서 내가 잠들 때까지 귀 뒤를 쓰다듬어 줘." 소녀는 옆에 앉아 왼손으로는 사자를 쓰다듬고 오른손으로는 칼을 더듬어 찾았다. 칼은 사자의 침대 뒤에 있었다. 사자가 잠들자 소녀는 칼을 집어 들어 두 눈을 꼭 감고 사자의 머리를 단번에 잘라 버렸다. 눈을 뜨고 살펴보니 사자는 사라지고 소녀가 아끼는 오빠가 옆에 있었다. 오빠는 소녀에게 따뜻하게 입을 맞추며 말했다. "네가 나를 마법에서 풀어 주었어. 그 사자가 나야. 어느 소녀가 사랑이 가득한 손으로 사자인 내 머리를 치기 전까지 사자로 지내야 하는 저주에 걸렸거든."

그들은 개구리에게 감사를 표하려고 정원으로 갔다. 개구리는 사방으로 팔짝거리며 부스러기를 모아 불을 붙이고 있었다. 불이 꽤 환하게 타오르자 개구리가 불속으로 뛰어들었고, 불이 조금 더 타오르다 다시 꺼지더니 아름다운 소녀가 그 자리에 서 있었다 소녀 또한 저주에 걸렸던 것이다. 소녀는 왕자의 사랑하는 여인이 되었다. 그들은 함께 아버지 왕과 어머니 왕비가 있는 집으로 돌아가 결혼 잔치를 크게 치렀고, 잔치에 있던 사람들은 모두 배불리 먹고 집으로 갔다.

22

군인과 목수

어느 도시에 목수 둘이 살고 있었다. 그들의 집은 맞닿아 있었고 각자 아들을 두었다. 두 아이가 항상 함께하고 같이 노니 식탁 위 언제나 같이 두는 포크와 나이프를 따서 '꼬마 포크와 꼬마 나이프'라고 불렸다. 두 아이는 자라 용감한 아이는 군인이 되었고, 소심한 아이는 수공을 익혔다. 수공을 배우는 이가 견습을 위해 떠날 때가 되자 군인은 친구를 떠나보내고 싶지 않아 함께 길을 나섰다. 두 친구는 어느 도시로 가게 되어 목수는 장인네로 일하러 갔고, 군인도 그곳에 같이 있고 싶어서 같은 장인 집에서 고용살이를 했다. 그렇게 좋았지만 일할 마음은 전혀 없는 군인은 곰 가죽 위에 누워 빈둥거렸고, 얼마 지나지 않아 장인 집에서 쫓겨났다. 부지런하고 의리 있는 목수는 군인을 홀로 두고 싶지 않아 장인에게 그만둔다고 말하고 군인과 함께 떠났다. 그들이 일감을 얻으면 군인이 게으름을 피워 오래지 않아 쫓겨났고, 다른 이는 군인과 함께 지내려 했으니 그런 일이 계속되었다.

한번은 둘이 큰 도시로 갔는데 군인이 손 하나 까딱하지 않는 바람에 저녁에 곧바로 해고되어 그날 밤 다시 나가야 했다. 둘은 낯선 길에 접어들었다. 소심한 친구가 말했다. "나는 안 들어갈래. 숲속에는 마녀와 귀신이 돌아다닐 텐데." 군인이 "에이, 뭐, 나는 그런 것 하나도 안 무서워." 하며 먼저 갔고, 소심한 친구는 군인에게서 떨어지지 않으려고 함께 갔다. 이윽고 그들은 길을 잃었고 나무 사이 어둠 속에서 헤매다 마침내 불빛 하나를 보았다.

둘은 불빛을 찾아 나서다 밝게 빛을 밝히는 어느 아름다운 궁에 이르렀다. 궁 밖에 검은 개 한 마리가 누워 있고 그 옆 연못에 붉은 백조 한 마리가 있었다. 궁 안으로 들어가니 사람은 보이지 않았고, 부엌으로 가자 회색 고양이 한 마리가 화덕 냄비에서 요리를 하고 있었다. 그들은 계속 다니며 방을 보았는데 모두 화려했지만 비었고, 다만 어느 방 탁자에 먹을 것과 마실 것이 가득 차려져 있었다. 둘은 배가 아주 고팠으므로 당장 달려들어 맛있게 먹었다. 그러고 나서 군인이 "먹고 배 부르면 자야지!" 하고 어느 방 문을 여니 화려한 침대가 두 개 놓여 있었다. 침대에 누워 자려던 소심한 친구는 아직 기도를 하지 않은 것이 떠올라 일어나 벽장을 열어 보니 십자가상 하나와 기도서 두 권이 들어 있었다. 소심한 친구는 바로 군인을 깨워 일어나게 했고 둘은 무릎을 꿇고 기도를 한 후 편히 잠들었다.

다음 날 아침 세게 한 대 맞은 군인이 화가 나 펄쩍 뛰었다. "왜 때려?" 다른 이에게 소리를 질렀지만 그 친구역시 세게 한 대 맞고 말했다. "너는 왜 때려? 나는 너 안쳤어." 그러자 군인이 말했다. "그러면 아마도 일어나라는 신호인가 본데." 하고 둘이 밖으로 나가자 탁자 위에 아침식사가 차려져 있었다. 소심한 친구가 말했다. "음식에 손대기 전에 사람이 있는지 먼저 살펴보자." 군인이 말했다. "그래, 나도 그렇게 생각해. 그 고양이가 다듬고 썰어 만들었다고 생각하면 먹고 싶은 마음이 싹 사라지거든."

둘은 성 아래부터 꼭대기까지 샅샅이 다녔지만 한 명도 찾아내지 못했다. 군인이 말했다 "지하실에도 한번 내려가 보자." 계단을 내려가니 첫 번째 창고 앞에 어떤 할머니가 앉아 있었다. 둘은 노파에게 말했다. "안녕하세요! 맛있는 음식을 할머니가 만드셨나요?" "그렇단다, 얘들아. 맛있었니?" 그들은 더 가서 두 번째 창고로 향했다. 창고 앞에 열네 살짜리 남자애가 있었는데 그 아이에게도 인사를 했지만 아무런 대답을 하지 않았다. 마지막으로 세 번째 창고로 가니 그 앞에 열두 살짜리 여자아이가 앉아 있었고 그 아이도 둘의 인사에 대답하지 않았다. 그들은 계속해서 지하 창고를 살펴보았지만 더는 아무도 찾지 못했다. 다시 돌아와 보니 앉아 있던 여자아이가 일어나 있었다. "우리랑 같이 올라갈래?" 아이가 말했다. "붉은 백조가 아직 연못에 있어?" "어, 입구에서 백조를 봤어." "슬프지만 그러면 같이 못 가." 남자아이도 일어나 있었고 그들이 가서 물었다. "우리랑 같이 올라갈래?" 그러자 남자아이가 말했다. "검은 개가 아직 뜰에 있어?" "어, 입구에서 개를 봤어." "슬프지만 그러면 같이 못 가." 둘이 노파에게 가니 노파도 일어나 있었다. "할머니, 우리랑 같이 올라가실래요?" "회색 고양이가 아직 부엌에 있니?" "네, 화롯가 냄비 옆에 앉아서 요리해요." "슬프지만 너희가 붉은 백조와 검은 개, 회색 고양이를 죽이기 전까지 우리는 지하실에서 나갈 수 없단다."

두 친구는 위층 부엌으로 다시 돌아왔다. 고양이를 쓰다듬으려 하자 고양이의 두 눈이 이글거리며 매우 사나워 보였다. 그들이 아직 들어가 보지 않은 방은 작은 방 하나뿐이었다. 문을 열어 보니 텅 비어 있었지만 벽에 활과 화살, 칼과 쇠집게가 걸려 있었다. 활과 화살 위로 "이것은 붉은 백조를 죽이리라."라는 문구가, 칼 위로 "이것은 검은 개의 머리를 내려치리라."라는 문구가, 쇠집게 위로 "이것은 회색 고양이의 머리를 잡아 뽑으리라."라고 쓰여 있었다. 소심한 이가 말했다. "이곳을 떠나자." 그러나 군인이 말했다 "아니, 동물들을 찾아가야지."

그들이 벽에서 무기를 들고 부엌으로 들어가니 백조와 개, 고양이 세 동물들이 뭔가 나쁜 일을 꾸미려는 듯 함께 서 있었다. 이를 본 소심한 친구는 다시 가 버렸고, 군인 친구가 용기를 북돋으니 소심한 친구는 우선 뭐든 좀 먹어야겠다고 하더니 다 먹고 말했다. "어떤 방에서 갑옷을 봤어. 나는 일단 그 갑옷을 입겠어." 그 방으로 간 소심한 이는 다시 도망가기를 원하며 말했다. "창문으로 빠져나가는 게 좋겠어. 동물들을 왜 신경 써야 해!" 그는 창으로 발을 디뎠는데 창문 앞에 두꺼운 쇠창살이 있었다. 더 이상 다른 구실을 댈 수 없어 갑옷을 입으려는데 너무 무거웠다. 군인이 말했다. "에이, 뭐야. 그냥 이대로 가자." "알았어." 하고 다른 이가 말했다. "우리가 세 명만 되어도." 그러자 하얀 비둘기 한 마리가 창밖에서 퍼덕이더니 창문에 부딪혔고, 군인이 창문을 열어 주자 비둘기가 들어오더니 잘생긴 청년이 되어 그들 앞에 서서 "도와줄게요." 하고 활과 화살을 들었다. 소심한 친구가 청년에게 말했다. "활과 화살을 가졌으니 제일 좋겠네. 활은 원하는 곳 어디로든 가서 쏘면 끝이지만 우리 무기로는 마법의 동물들에게 더 가까이 다가가야 해." 그러자 청년이 소심한 친구에게 활과 화살을 주고 자기는 칼을 가졌다.

셋은 함께 동물들이 있는 부엌으로 갔다. 청년은 검은 개의 머리를 베었고, 군인은 집게로 회색 고양이를 잡았고, 소심한 친구는 뒤에서 활을 쏘아 붉은 백조를 죽였다. 세 동물들이 쓰러지자 할머니와 두 아이가 지하실에서 뛰쳐나오더니 말했다. "너희가 내 소중한 친구들을 죽였어, 이 배신자들아." 그들은 소리 지르며 세 청년을 죽이려고 달려들었다. 세 청년이 각자 무기로 그들을 제압해 죽였고, 그들이 죽자 사방에서 웅성이는 이상한 소리가 들려왔다. 소심한 친구가 말했다. "저 시체 셋을 묻어 주자. 십자가로 보아하니 기독교인이었네."

그들은 시체를 뜰로 옮겨 무덤 세 개를 만들어 묻어 주었다. 그들이 일하는 동안 궁 안에서 웅얼거리는 소리가 점점 커지더니 일을 마치자 말소리가 제대로 들렸고, 그중 하나가 말했다. "어디에 있는 거야, 어디에 있는 거야?" 거기에 잘생긴 청년이 더 이상 함께 있지 않아 두 친구는 겁이 나 도망쳤다. 어느 정도 도망갔을 때 군인이 말했다. "아이, 이렇게 도망치는 건 잘못이야. 돌아가서 그곳이 어떤지 살펴보자." "싫어." 하고 소심한 친구가 말했다. "나는 마법과 상관없이 도시에서 성실하게 일하며 사는 법을 찾겠어." 하지만 군인은 함께 돌아갈 때까지 친구를 가만히 내버려 두지 않았다.

그들이 성 앞에 도착했을 때 뜰에서 말들이 뛰어다니고 하인들도 이리저리 뛰어다니며 모든 것에 활기가 넘쳤다. 두 친구는 가난한 수공업자라며 약간의 음식을 청했다. 무리 중 한 사람이 말했다. "그래요, 그냥 들어와요. 오늘은 모두에게 좋은 일이 생기는 날이니." 그들은 좋은 방으로 안내되어 음식과 포도주를 받았다. 그러고 나서 성채로 오는 길에 젊은이 두 명을 보지 못했느냐는 질문을 받았다. "아니요." 하고 그들이 말했다. 그런데 하인 한 명이 그들 손의 피를 보고 어디에서 묻었는지 물었다. 군인이 말했다. "손가락을 베였어요." 하인이 주인에게 말했고 주인이 직접 살피러 왔다. 주인이 그들과 같은 편에 섰던 잘생긴 청년인 걸 확인하고 외쳤다. "성을 구해 주신 분들이다!"

젊은이는 크게 기뻐하며 그들을 환대했고 일이 어떻게 된 것인지 말해 주었다. "성에 아이가 둘인 가정부가 있었는데, 사실 마녀였지만 숨기고 있었죠. 한번은 주인에게 꾸중을 듣자 나쁜 마음에 성안에 사는 모든 것을 돌멩이로 만들었어요. 궁정에는 마법을 아는 못된 하인 셋이 있었는데 마녀는 그들에게 제대로 힘을 쓸 수 없어 겨우 짐승으로 변신시켰고, 그 동물들이 지상에서 제 마음대로 다니니 두려웠던 마녀는 아이들을 데리고 지하실로 도망쳤답니다. 마녀는 저에게도 성 밖에서만 하얀 비둘기로 변신시킬 만큼의 힘만 쓸 수 있었죠. 두 분이 성에 왔을 때 동물들을 죽여 마녀는 다시 자유가 되었고, 그 보답으로 당신들을 죽이려고 했지만 하느님을 모르는 마녀가 아이들과 함께 죽는 그 순간 하느님이 은혜를 베풀어 성이 마법에서 풀렸어요. 두 분이 들었던 웅얼거리는 소리는 돌멩이에서 다시 살아나 자유롭게 된 사람들이 처음으로 말하는 소리였답니다." 그 뒤 청년은 두 친구를 성주에게 데려갔다. 성주에게는 예쁜 딸이 둘 있어 딸들을 두 친구에게 주었으며, 그들은 위대한 기사로 행복하게 살았다.

23

야생의 남자[36]

옛날에 마법에 걸려 야생인이 된 남자가 있었는데 그가 농부들의 밭으로 가 곡식 낟알을 모두 못쓰게 만들었다. 그러자 농부들이 더 이상 소작료를 낼 수 없다고 지주에게 호소했고, 지주는 사냥꾼을 불러모아 그 짐승을 잡아 오는 자는 큰 보상을 받으리라 했다. 어느 늙은 사냥꾼이 그 짐승을 잡아 오겠다고 말했다. 싸구려 독주와 와인 한 병, 맥주 한 병을 늙은 사냥꾼에게 주었고, 사냥꾼은 야생인이 날마다 씻으러 가는 물가에 술병을 두었다. 사냥꾼이

---

36   독일 북부 저지 독일어계 사투리인 베스트팔렌어로 적힌 이야기다.

나무 뒤로 가 있을 때 짐승이 오더니 술을 병째 마시고 입을 다신 뒤 누가 보는지 주변을 살폈다. 그러고는 취해 누워 잠이 들었다. 사냥꾼이 와서 야생인의 손과 발을 묶고 깨우더니 말했다. "야생인아, 같이 가자. 그럼 매일 마실 수 있어." 사냥꾼은 야생인을 성으로 데려가 우리에 가두었고, 영주는 잡아들인 야생인을 모두에게 보여 주었다.

어느 날 영주의 자녀들 중 하나가 공놀이를 하다 공이 우리 안으로 들어갔다. 그가 말했다. "야생인아, 그 공 내게 다시 던져 줘." 그러자 야생인이 말했다. "가지고 싶으면 직접 가져가야지." "아이……." 하고 그가 말했다. "나는 열쇠가 없는걸." "그럼, 네 어머니 주머니에서 열쇠를 훔쳐 와." 그렇게 그가 우리를 열어 야생인이 밖으로 나왔다. 그가 소리쳤다 "아이, 야생인아, 여기 있어. 안 그러면 내가 매를 맞는단 말이야." 그러자 야생인이 그의 목덜미를 잡아 숲으로 데리고 들어갔다. 야생인이 사라지고 그는 실종되었다.

야생인은 그에게 안 좋은 작업복을 주고 황제 정원의 정원사에게 가서 보조가 필요한지 물어보라고 했다. 정원사는 사내의 옷차림이 너무 더러워 다른 이들과 같이 잘 수 없다고 했다. 그는 짚 더미에 몸을 누이겠다고 말했다. 이른 아침에 그는 항상 정원으로 갔고, 야생인도 정원으로 와서 그에게 말했다. "이제 몸을 씻어라. 그리고 이제 머리를 빗어라." 정원사라 해도 그렇게 잘 가꾸지 못할 만큼 야생인은 정원을 아주 아름답게 가꾸었다. 공주는 잘생긴 청년을 아침마다 보았고, 정원사를 시켜 견습 정원사가 꽃다발을 가져오게 했다. 공주가 어디서 왔는지, 출신이 어디인지 묻자 그는 모른다고 대답했다. 공주는 견습생에게 구운 닭고기만큼의 금화를 한가득 주었다. 그는 돌아오자마자 금화를 모두 정원사에게 주며 말했다. "이걸로 제가 뭘 하겠어요? 저는 필요 없답니다." 그는 공주에게 또 꽃 한 다발을 가져다주었고, 이번에는 공주가 오리만큼 금화를 한가득 주었다. 그는 다시 정원사에게 금화를 주었다. 한 번 더 공주가 거위만큼 금화를 한가득 주자 그는 다시 정원사에게 금화를 주었다. 견습생에게 자기가가진 모든 금화를 준 공주는 더 이상 가진 게 없자 그와 몰래 결혼했고, 이에 화가 난 부모가 공주를 양조장으로 보내 직접 물레를 돌려 먹고살도록 했다. 청년은 부엌에서 요리사를 도와 고기를 돌려 구우며 가끔 고기 한 덩이를 훔쳐 아내에게 주었다.

잉글랜드에서 전쟁이 크게 일어나자 황제가 나라의 모든 남자들을 데리고 그곳으로 가야 했다. 청년은 자기도 가기를 원한다며 마구간에서 말 한 마리를 내어 달라고 요구했다. 사람들은 다리 셋을 쓰는 말이 한 마리 있는데 그 정도면 충분할 거라며 그에게 그 말을 내주었다. 청년이 말 위에 올라타자 말이 절뚝거렸다. 그때 야생인이 청년을 향해 다가왔다. 곧 거대한 산이 열리면서 수천의 병사와 장교를 거느린 연대가 나왔고 그는 멋진 옷과 훌륭한 말을 받았다. 그렇게 그는 부하들과 함께 잉글랜드 전쟁에 나갔고, 황제는 그를 매우 우호적으로 영접하고 도움을 요청했다. 그는 전투에서 이기고 모두 몰아냈다. 황제가 매우 고마워하며 어디 출신인지 묻자 그가 말했다. "대답할 수 없으니 묻지 마시지요."

그는 부하들과 함께 잉글랜드를 떠났고, 야생인이 다시 그를 맞이해 부하들을 산속으로 숨겼으며 다시 다리 셋인 말을 타고 갔다. "저기 다리 셋인 말을 타고 우리 절름발이가 돌아온다. 어느 덤불 뒤에 누워 잤느냐?" 하고 사람들이 물었다. "그래요." 하고 그가 말했다. "내가 아니었으면 잉글랜드에서 졌을 거예요." 그러자 사람들이 말했다. "이보게, 조용히 해. 안 그러면 황제께서 등짝을 치실 거야."

그렇게 그는 두 번 더 전투에 나갔고 매번 이겼다. 한번은 팔에 화살을 맞자 황제가 자기 손수건으로 상처를 묶어 주며 머물기를 거듭 권하자 말했다. "아니요, 저는 황제 곁에 머물지 않겠습니다. 그리고 제가 누구인지 모르셔도 됩니다." 곧 그를 다시 맞이한 야생인이 부하들을 산속으로 숨겼고 그는 다시 자기 말을 타고 집으로 갔다. 그러자 사람들이 웃으면서 말했다. "저기 우리 절름발이가 오는군. 이번에는 어디에서 누워 잤어?" 그가 말했다. "정말로 안 잤답니다."

이제 잉글랜드 전체를 얻었고 진정한 평화가 찾아왔다. 황제가 자신을 도운 훌륭한 기사에 대해 이야기하자 그가 말했다. "제가 함께하지 않았다면 졌을 것입니다." 그러자 황제가 등짝을 때리려 하니 그가 말했다. "믿지 않으시겠다면 제 팔을 보여 드리지요." 황제가 그 팔의 상처를 확인하고 매우 놀라 말했다. "자네는 어쩌면 하느님이거나 하느님이 내게 보낸 천사로군!" 황제가 무례하게 굴어 미안하다며 용서를 청하고 그에게 자신의 제국 전체를 주었다. 갑자기 야생인의 마법이 풀리더니 은빛 머리칼의 왕으로 변신해 이야기를 전부 해 주었다. 산은 왕궁이 되었고, 남자는 아내와 함께 성으로 가 죽을 때까지 행복하게 살았다.

24

굶주리는 아이들

옛날에 어느 여인과 여인의 두 딸이 입에 넣을 빵 한 조각조차 없을 만큼 가난했다. 배가 너무 고팠던 어머니는 절망에 빠져 제정신을 잃고 큰딸에게 말했다. "너를 죽여서 먹어야겠다." 그러자 큰 딸이 말했다. "아, 어머니, 제발 살려 주세요. 밖에서 구걸하지 않고 먹을 것을 얻어 올게요." 큰딸이 나가서 빵 한 덩이를 가져와 함께 나눠 먹었다. 그러나 배고픔을 채우기에는 빵이 너무 작았다. 어머니가 다른 딸에게 말했다. "이제는 네 차례다." 그러자 딸이 대답했다. "어머니, 제발 살려 주세요. 밖에서 눈에 띄지 않게 먹을 것을 가져올게요." 둘째 딸이 빵 두 덩이를 가져와 함께 나눠 먹었다. 하지만 배고픔을 채우기에는 빵이 너무 작았다. 여러 시간이 지난 뒤 어머니가 다시 딸들에게 말했다. "너희가 죽어야겠다. 안 그러면 우리는 고통스럽게 굶주리며 죽게 될 거야." 그러자 딸들이 대답했다. "어머니, 우리 누워서 잠을 자요. 최후의 날이 올 때까지 깨어나지 말고 누워서 잠을 자요." 그래서 그들은 누워서 깊은 잠을 잤다. 그중 누구도 잠에서 깨어나지 못했지만 어머니가 도망쳤고, 어머니가 어디 있는지 아무도 알지 못했다.

25

성녀 쿠머니스 빌제포르타

옛날에 독실한 처녀가 있었는데 경탄할 만큼 아름다운 이 처녀는 결혼하지 않겠다고 하느님에게 맹세했다. 아버지는 이를 인정하지 않고 강제로 혼인시키려고 했다. 이런 곤경 속에서 처녀는 하느님에게 수염이 나게 해 달라고 간청했고, 그러자 바로 수염이 났다. 이에 격노한 왕이 처녀를 십자가에 못 박도록 했고 처녀는 성녀가 되었다.

아주 가난한 어느 연주자가 성녀상이 세워진 성당으로 가게 되었다. 연주자는 성녀상 앞에 무릎을 꿇었다. 성녀는 자신의 순결을 가장 먼저 인정해 준 연주자로 인해 기뻐서 신고 있던 황금 슬리퍼 한 짝을 벗어 떨어뜨려 그 순례자에게 도움이 되도록 했다. 그는 몸을 숙이고 감사히 선물을 받았다. 성당에서는 황금 슬리퍼가 사라진 것을 곧 알게 되었고 곳곳에서 의문을 가졌다. 마침내 가난한 바이올린 연주자에게 황금 신이 발견되어 그는 사악한 도둑으로 비난받고 교수형을 받게 되었다. 가는 도중 행렬이 성녀상이 세워진 성당을 지나게 되었다. 바이올린 연주자는 성당에 들어가 은인에게 마음의 곤궁을 털어놓고 바이올린으로 최후의 인사를 할 수 있도록 간절히 허락을 구했다. 허락을 받아 연주자가 첫 현을 연주하자마자, 보라! 성녀상이 다른 쪽 황금 슬리퍼를 떨어뜨려 그가 무죄임을 보여 주었다. 그렇게 연주자는 수갑과 속박에서 풀려나 행복하게 자기 길을 떠났고, 이 성녀는 쿠머니스 빌제포르타라 불렸다.

26

불행

불행이 찾아가는 사람은 한쪽 구석에서 다른 쪽 구석으로 기어가거나 넓은 들판으로 도망친다 해도 불행이 여전히 그를 찾아낸다. 옛날에 아주 가난한 남자가 있었다. 너무 가난했던 남자는 난로에 불을 붙일 장작 한 토막이 없었다. 그래서 숲속에서 나무 한 그루를 베려고 했지만 나무가 하나같이 너무 크고 굵었다. 남자는 숲으로 점점 더 깊이 들어가 마침내 자신이 꺾을 수 있겠다고 생각한 나무 한 그루를 찾았다. 그가 도끼를 들어 올리자 늑대 무리가 덤불에서 튀어 나오더니 그를 향해 짖어 대며 돌진해 왔다. 그는 도끼를 내던지고 도망쳐 다리에 다다랐다. 하지만 물이 깊어 다리가 물에 잠겼고, 남자가 다리를 밟으려고 하자 와지끈하면서 무너져 버렸다. 어찌해야 할까? 가만히 서서 늑대들을 맞으면 늑대가 그를 갈기갈기 찢겠지. 남자는 위기에 처해 과감히 물속으로 뛰어들었지만 수영을 하지 못해 물속으로 가라앉았다. 맞은편 강변에 있던 어부 몇 명이 남자가 물에 뛰어드는 것을 보고 헤엄쳐 그를 뭍으로 데려왔다. 어부들은 남자가 햇볕에 몸을 녹이고 다시 힘을 얻도록 그를 낡은 벽에 기대어 두었다. 그런데 기절했던 남자가 깨어나 어부들에게 감사를 표하고 자기 운명에 대해 이야기하려는 순간 벽이 무너지면서 남자가 깔려 죽었다.

27

완두콩 시험

옛날에 아들만 한 명을 둔 왕이 있었는데 결혼을 원하는 아들이 아버지에게 아내를 얻게 해 달라고 청했다. "아들아, 네 소원은 이루어질 것이다." 하고 왕이 말했다. "하지만 공주가 아닌 신부를 맞는 것은 부적절하고, 당장은 이 근처에 공주가 없으니 널리 알리도록 하마. 어쩌면 멀리서라도 오겠지." 포고문이 공표되자 공주들이 많이 나서기까지 그리 오래 걸리지 않았다. 거의 매일 한 명씩 왔지만 출생과 출신을 물으면 결국 공주가 아니었고, 그들은 이룬 것 없이 물러나야 했다. "이렇게 계속 가다간⋯⋯." 하고 왕자가 말했다. "결국엔 아내를 얻지 못하겠어요." "진정하렴, 내 아들아." 하고 왕비가 말했다. "네가 알기도 전에 이미 와 있을 거란다. 행복은 종종 문 앞에 있어서 문을 열기만 하면 되거든."

그런데 정말 왕비가 말한 대로였다. 얼마 지나지 않아 비와 바람이 창문을 때리는 폭우가 몰아치던 어느 밤에 누군가 왕궁의 성문을 마구 두드렸다. 하인들이 문을 열었더니 아름다운 소녀가 들어와 당장 왕을 만나게 해 달라고 청했다. 늦은 방문에 놀란 왕은 소녀가 어디에서 왔으며 누구이고 또 무엇을 원하는지 물었다. "저는 먼 곳에서 왔답니다." 하고 소녀가 대답했다. "또한 저는 위대한 왕의 딸입니다. 제 아버지의 제국에 아드님 얼굴이 그려진 포고문이 도착했을 때 저는 왕자를 향한 뜨거운 사랑을 느꼈고, 왕자의 아내가 되기 위해 곧장 길을 나섰습니다." "하지만 조금 미심쩍구나." 하고 왕이 말했다. "너는 전혀 공주처럼 보이지 않는다. 언제부터 공주가 그렇게 헌 옷을 입고 수행원도 없이 혼자 길을 나섰느냐?" "수행원들은 저를 지체시키기만 했을 겁니다." 하고 공주가 대답했다. "제 옷은 햇빛에 바래고 비에 씻겨 색이 빠져 버렸습니다. 제가 공주가 아니라고 생각하신다면 아버지께 전갈을 보내시지요." "그건 너무 멀고 번거롭구나." 하고 왕이 말했다. "전령은 너처럼 그렇게 빠르게 움직이지 못한다. 사람들이 이동하려면 충분한 시간이 필요하고 돌아올 때까지 수년은 걸릴 것이다. 네가 공주임을 다른 방법으로 증명할 수 없다면 네 일은 풀리지 않을 것이다. 그러니 아예 집으로 다시 돌아가는 편이 더 나을 것이다." "그냥 머물게 두어요." 하고 왕비가 말했다. "시험해 보면 공주인지 금방 알게 되겠지요."

왕비는 직접 탑으로 올라가 화려한 방에 침대 하나를 준비시켰다. 매트리스를 가져오자 왕비는 그 위에 완두콩 세 개를 올려놓았는데 하나는 매트리스 위쪽에, 다른 하나는 매트리스 가운데에, 다른 하나는 매트리스 아래쪽에 놓았다. 그 위로 부드러운 매트리스 여섯 개가 올라갔으며 침대보와 오리 솜털로 된 담요가 깔렸다. 준비가 모두 끝나자 왕비는 소녀를 침실로 데려가서 말했다. "먼 길을 왔으니 피곤하겠구나, 아이야. 푹 자렴. 내일 다시 이야기하자꾸나."

동이 트자 왕비는 탑에 올라가 침실로 들어갔다. 왕비는 소녀가 깊이 잠들어 있을 거라고 생각했지만 깨어 있었다. "어떻게 잤니, 애야?" 하고 왕비가 물었다. "끔찍했어요." 하고 공주가 대답했다. "밤새 눈 한 번 붙이지 못했답니다." "왜 그랬니, 애야? 침대가 좋지 않았느냐?" "살면서 머리부터 발끝까지 이렇게 딱딱한 침대에 누워 본 적이 없답니다. 꼭 완두콩 위에 누워 있는 것 같았어요."

"알겠다." 하고 왕비가 말했다. "너는 진짜 공주로구나. 네게 왕실의 옷과 진주와 보석을 보내마. 신부처럼 꾸미거라. 오늘 바로 결혼식을 치르자꾸나."

도둑과 그 아들들

옛날에 도둑이 있었는데 큰 산을 집으로 삼아 무리와 함께 여러 계곡과 바위 동굴에 살았다. 그는 성주와 영주, 부유한 상인이 시골길을 따라 이동하면 숨어서 기다렸다가 돈과 물건을 빼앗았다. 나이가 들자 도둑은 더 이상 자신의 손재주가 마음에 들지 않았고 지금까지 한 수많은 나쁜 짓을 후회했다. 그는 좀 더 나은 삶을 살기로 마음먹고 정직하게 살면서 할 수 있는 좋은 일을 하며 살았다. 사람들은 그가 그렇게 빨리 마음을 돌린 데 놀랐지만 기뻐해 주었다. 그에게는 다 자란 아들이 셋 있었다. 어느 날 그가 아들들을 불러 말했다. "사랑하는 아이들아, 어떤 손재주를 골라 정직하게 먹고살지 말해 봐라." 아들들은 서로 의논하고 아버지에게 말했다. "사과는 사과나무에서 떨어지잖아요? 저희도 아버지가 하신 대로 먹고살려고요. 도둑이 되겠어요. 아침부터 밤까지 일만 하고 벌이는 별로인 고생만 하는 손재주는 내키지 않아요." "아, 사랑하는 아이들아." 하고 아버지가 대답했다. "평온하게 살면서 작은 것에도 만족하는 것을 왜 바라지 않느냐. 정직한 것이 가장 오래간단다. 도둑질은 악랄하고 사악한 일이라 나쁜 결과를 가져올 것이다. 너희가 재산을 모아도 그것으로 기쁨을 얻지 못한단다. 내가 예전에 어땠는지 잘 안다. 끝이 좋지 않다는 것을 말해 주마. 깨진 항아리로는 더 이상 물을 길을 수 없어. 너희는 결국엔 잡혀서 교수대에 매달리게 될 거야." 하지만 아들들은 그의 훈계에도 아랑곳하지 않고 결심대로 했다.

젊은이 셋은 연습용 한 탕을 해 보려 했다. 그들은 여왕의 마구간에 훌륭하고 값나가는 말 한 마리가 있다는 걸 알고 그 말을 훔치기로 했다. 그들은 그 말이 축축한 숲에서만 자라는 촉촉한 풀 외에 다른 사료는 먹지 않는 걸 알았다. 그래서 밖으로 나가 풀을 베어 큰 묶음으로 만들고 큰형과 작은 형이 그 묶음 안에 제일 작은 막내를 보이지 않게 잘 숨겨 시장으로 갔다. 여왕의 마구간지기가 그 사료를 사서 말이 있는 마구간에 가져다가 던져 두었다. 한밤중이 되어 모두 잠들자 막내가 풀단에서 빠져나와 말을 풀고 황금 굴레를 씌우고 말 등에 금으로 장식한 마구를 올렸다. 또 소리가 나지 않도록 마구에 달린 방울을 밀랍으로 채워 막았다. 막내는 잠겨 있던 문을 열고 말에 올라타 형들이 오라고 일러 준 곳으로 서둘러 갔다. 그런데 도시의 경비병들이 도둑을 눈치채고 빠르게 그 뒤를 쫓아 바깥에서 도둑이 형들과 함께 있는 것을 발견해 셋을 모두 붙잡아 감옥으로 끌고 갔다.

다음 날 아침 그들은 여왕 앞으로 끌려갔는데 훤칠한 젊은이 셋인 것을 보고 여왕이 그들의 출신을 조사했다. 그리하여 그들이 삶의 방식을 바꾼 뒤 순종적인 신하로 살고 있는 늙은 도둑의 아들들임을 알게 되었다. 왕비는 그들을 다시 감옥에 보내 놓고 몸값을 치러 아들들을 빼내길 원하는지 아버지에게 물었다. 아버지가 말했다. "제 아들들은 돈 한 푼을 주고 빼낼 가치도 없습니다." 그러자 여왕이 말했다. "너는 훨씬 더 알려진 악명 높은 도둑이었으니 도둑 생활을 하던 때의 일 중 가장 기이한 모험담을 말해 보거라. 그러면 네 자식들을 보내 주마." 이 말을 들은 아버지가 이야기를 시작했다.

"여왕님, 들어 보시지요. 불과 물보다 더 저를 놀라게 한 무서운 사건 하나를 말씀드리겠습니다. 사람 사는 곳에서 30킬로미터는 멀리 떨어진 산과 산 사이 무성한 숲의 협곡에 거인 하나가 살고 있었는데 그 거인이 수천 마르크의 금과 은을 가졌다는 겁니다. 그래서 제 무리에서 사람을 골라 100명이 되는 이들을 이끌고 그곳으로 갔지요. 가는 길은 바위와 절벽 사이로 멀고 험했습니다. 거인은 집에 없었고, 우리는 기뻐하며 운반할 수 있을 만큼 금과 은을 챙겼습니다. 그러고는 꽤 안전하다고 생각하며 집으로 가려고 길을 나섰는데 그 거인이 다른 거인 열 명과 함께 어디선가 나타나더니 우리 모두를 사로잡아 버렸지요. 자기들끼리 우리를 나누어 각자 열 명씩 갖기로 했고, 저는 제 무리 아홉 명과 함께 보물 주인이던 거인에게 넘어갔습니다.

거인은 우리 손을 등 뒤로 묶고 양 떼처럼 제 바위굴로 몰아넣더군요. 우리는 돈과 보물로 값을 치르고 떠나려 했지만 거인이 말했습니다. "너희 보물은 필요 없어, 데리고 있다가 살을 베어 먹을래, 그게 더 좋은걸." 그러고 나서 거인이 우리를 모두 만져 본 뒤 한 명을 찍어서 말했습니다. "제일 기름지니 저놈으로 시작해야겠다." 거인은 그를 내려치고 잘라 낸 살점을 물이 든 솥에 던져 불 위에 올려 끓여서 먹더군요. 그렇게 거인은 매일 우리 중 하나를 먹었고, 저는 제일 말라서 마지막이 되었습니다. 무리 아홉

이 먹히고 제 차례가 되자 저는 꾀를 하나 생각해 냈습니다. "보아하니 눈이 아주 나쁘시군요." 하고 제가 거인에게 말했습니다. "얼굴도 아프지요. 저는 의사인 데다 기예와 경험이 풍부하니 저를 살려 주시면 눈을 고쳐 드리지요." 거인은 고쳐 준다면 제 목숨을 보장하겠다고 약속했습니다. 제가 달라는 대로 뭐든 다 주더군요. 저는 솥 안에 기름을 넣고 유황, 피치, 소금, 비소며 그 외 또 다른 치명적인 것들을 섞어 솥을 불 위에 올렸고, 거인의 눈을 위해 붕대를 만드는 시늉을 했습니다. 기름이 끓자 거인을 눕히고 솥에 있던 것을 몽땅 눈, 목, 몸통 위로 쏟아부었더니 거인의 얼굴이 완전히 사라지고 온몸의 피부가 타서 오그라들었답니다. 거인은 무섭게 비명을 지르며 펄쩍펄쩍 뛰고, 다시 바닥으로 몸을 내던져 이리저리 뒹굴며 사자와 황소처럼 포효하고 울부짖었지요. 그러더니 격분해서 벌떡 일어나 큰 몽둥이를 움켜쥐고 집 안을 이리저리 뛰어다니며 저를 내려칠 생각으로 바닥이며 벽이며 마구 쳤습니다. 거인의 집 사방에 담이 높이 둘러쳐지고 문은 모두 철제 자물쇠로 잠겨 저는 도망갈 수 없었습니다.

한쪽 구석에서 다른 쪽 구석으로 뛰어다니던 저는 결국에는 어찌해야 할지 몰라 사다리를 타고 천장으로 올라가 대들보에 두 손으로 매달려 있었습니다. 하루 낮과 하루 밤을 그곳에 매달렸다가 더 이상은 견딜 수 없어 다시 내려와 양 떼 사이로 섞여 들어갔습니다. 양들이 거인의 가랑이 사이를 지나갈 때마다 거인이 눈치채지 못하도록 언제나 날쌔게 움직여야 했지요. 마침내 양들 사이에서 구석에 있던 숫양의 가죽을 발견해 뒤집어썼고, 숫양의 뿔이 제 머리 위에 바로 서도록 했습니다. 거인은 양들이 풀밭으로 나갈 때 자기 다리 사이로 지나가게 하는 버릇이 있었습니다. 그렇게 양의 숫자를 세면서 가장 살이 오른 것을 잡아채 삶아 먹었지요. 그때 도망치려고 양들 속으로 들어가 거인의 다리 사이로 지나갔습니다. 그런 저를 거인이 잡고 이렇게 말하더군요. "살이 통통하니 오늘은 네가 내 배를 채워야겠다." 저는 팔짝 뛰어 거인의 손에서 벗어났지만 거인이 다시 붙잡았습니다. 다시 도망갔지만 또 잡혔고 그러기를 일곱 번은 했지요. 그러자 거인이 화를 내며 말하더군요. "가거라, 나를 충분히 놀렸으니 늑대들이 너를 잡아먹게." 저는 밖으로 나와 가죽을 던져 버리고 거인에게서 도망쳤다며 거인을 조롱하고 약을 올렸지요. 거인이 손가락에서 반지 하나를 빼더니 말하더군요. "이 금반지를 가져라. 받을 만하니 주는 선물이다. 너처럼 꾀가 많고 민첩한 인간을 선물 없이 보내는 것은 그른 일이지."

저는 반지를 받아 제 손가락에 꼈는데 반지에 마법이 걸린 줄 몰랐습니다. 반지를 끼자마자 제가 쉬지 않고 "나 여기, 나 여기!" 하고 원하든 원치 않든 계속 외쳐 대야 했지요. 거인은 그 소리로 제가 어디 있는지 알고 숲으로 따라 들어오더군요. 하지만 눈이 안 보이니 거인은 나뭇가지나 나무 줄기에 부딪히며 달렸고, 거대한 나무마냥 쓰러졌다가 다시 잽싸게 일어났습니다. 다리가 길고 보폭도 크니계속 저를 따라잡는 데다 제가 또 "나 여기, 나 여기!" 하고 멈추지 않고 계속 소리를 지르니 아주 가까이까지 쫓아왔답니다. 반지 때문에 소리를 질러 대는 것을 알고 반지를 빼려 했지만 빠지지 않더군요. 제가 뭘 할 수 있었겠습니까! 제 이로 손가락을 물어뜯는 수밖에요. 그러자 그순간부터 거인을 향해 소리치는 일을 멈췄고, 다행히 거인에게서 도망쳤습니다. 손가락을 잃었지만 그래도 목숨은구할 수 있었지요."

"여왕님." 하고 도둑이 말했다. "아들 한 명을 구하기위해 이야기를 하나 해 드렸습니다. 이제 두 번째 아들이풀려날 수 있도록 그 뒤 무슨 일이 일어났는지 말씀드리겠습니다. 거인의 손에서 벗어났지만 저는 깊은 숲을 헤매며어디로 가야 할지 몰랐습니다. 제일 높은 전나무들에도올라가고 산 꼭대기에도 올라 보았지만 어디를 봐도 인가나 경작지나 사람 사는 흔적은 없고 그냥 지독히 우거진숲뿐이었지요. 하늘 꼭대기처럼 높은 산에서 가장 깊은구렁텅이 같은 계곡으로 내려갔습니다. 사자, 곰, 버펄로,

918

야생 당나귀, 독사, 끔찍한 벌레까지 마주쳤지요. 거칠고 털 많은 숲의 사람들도 만나고 뿔과 부리가 달린 사람들도 봤지요. 그때를 생각하면 너무 끔찍해서 몸서리를 칠 정도랍니다. 배고프고 목말라 너무 괴로웠고, 계속 가면서도 언제든 피곤해 쓰러질 것이 두려웠습니다.

마침 해가 막 지려는 순간 드디어 높은 산에 올랐는데 황폐한 계곡에서 피어오르는 연기가 오븐에서 불을 피우는 것처럼 보였습니다. 가능한 한 빨리 산 아래로 뛰어 내려갔고, 아래에 도착해 보니 남자 셋이 나뭇가지에 매달려 죽어 있었습니다. 저는 다른 거인의 손으로 들어와 버린 것인가 하는 생각에 목숨이 걱정되어 두려웠습니다. 하지만 마음을 다잡고 계속 가 보니 작은 집이 한 채 있었고, 문이 활짝 열려 있었지요. 화로 옆에 어떤 여자가 아이와 앉아 있더군요. 저는 집 안으로 들어가 인사를 하고 왜 그렇게 혼자 앉아 있는지, 남편은 어디에 있는지 물었습니다. 또 사람들이 사는 곳까지 얼마나 먼지도 물어보았지요. 여자는 사람들이 사는 땅은 먼 곳에 있는데 지난밤 야생의 숲 괴물들이 자신과 아이를 남편 곁에서 떼어 내어 이 깊은 숲으로 데려왔다고 울며 말하더군요. 그리고 숲의 괴물들이 아침에 나가면서 명령하길 돌아오면 먹을 테니 아이를 죽여 요리해 두라고 했다고요. 그 말을 들은 저는 아이와 여자에게 큰 연민이 생겼고, 그들을 위기에서 구해야겠다고 결심했습니다. 도둑 세 명이 죽어 매달려 있던 나무로 달려가 그중 통통한 가운데 사람을 끌어 내려 집으로 옮겼습니다. 저는 남자를 토막 내고는 여자에게 그것을 거인들에게 먹을거리로 주라고 말했지요. 아이는 제가 데려가서 움푹 팬 나무 속에 숨겨 놓았습니다. 저는 난폭한 야생인들이 어디에서 오는지 확인하고 문제가 생기면 바로 서둘러 여자를 도울 수 있도록 집 뒤로 몸을 숨겼습니다.

해가 지려 할 때 산에서 내려오는 괴물들을 보았습니다. 원숭이와 비슷하게 생긴 데다 섬뜩하고 끔찍한 모습이더군요. 괴물들은 시체 하나를 끌고 오는 중이었는데 누구인지 볼 수 없었습니다. 괴물들이 집으로 들어가더니 불을 크게 지폈고, 피투성이가 된 시체를 이빨로 뜯어서 먹어 치우더군요. 그다음에는 도둑의 살을 삶은 가마솥을 불에서 내려 저녁 끼니로 자기들끼리 나눠 먹었고요. 다먹고 나자 대장처럼 보이던 한 녀석이 여자에게 자기들이 먹은 것이 아이의 살이냐고 물었습니다. 여자가 "네." 하고 말하자 괴물이 말했습니다. "내 생각에 아이는 숨겨 두고 나뭇가지에 매달렸던 도둑 중 하나를 끓인 것 같은데." 대장은 무리 중 셋을 그곳으로 보내 세 도둑에게서 각각 살 한 점씩 가져오라고 했는데, 그렇게 해서 도둑 셋이 모두 그곳에 있는지 알아보겠다는 것이었지요. 저는 그 말을 듣고 재빨리 달려가 셋 중 한 명을 내렸던 밧줄에 양손을 걸어 두 도둑 사이 나무에 매달렸습니다. 괴물들이 와서는 각각 허리에서 살점을 잘라 냈습니다. 저의 것도 한 덩어리 잘라 갔지만 어떤 소리도 내지 않고 참았습니다. 제 몸에는 아직 그 흉터가 증거로 남아 있답니다.”

여기서 도둑은 잠시 잠잠하더니 말을 이었다. “여왕님, 제 둘째 아들을 위해 이 모험담을 말씀드렸으니 이제 셋째를 위해 이야기의 마지막을 들려드리지요. 야생인들이 살점 세 조각을 가지고 돌아간 뒤 저는 나무에서 다시 내려와 윗옷으로 붕대를 만들어 상처를 동여맸습니다. 하지만 피가 멈추지 않고 철철 흐르더군요. 그래도 신경 쓰지 않고 어떻게 하면 여자에게 한 약속을 지켜 여자와 아이를 구할지만 생각했습니다. 그렇게 다시 그 집으로 서둘러 돌아갔고, 숨어서 무슨 일이 벌어지는지 주의해 살피기는 했지만 애를 써야 겨우 몸을 바로 세울 수 있었습니다. 상처가 너무 아픈 데다 배고프고 목이 말라 완전히 지쳐 있었거든요. 그러는 동안 거인은 가져다준 고기 세 점을 먹었고, 제게서 잘라 내 아직 피가 묻은 살을 먹어 보더니 이렇게 말했습니다. “가서 가운데 도둑을 가져와라. 살이 아직 신선하고 마음에 든다.” 이 말을 듣고 저는 서둘러 교수대로 돌아가 죽은 둘 사이에서 다시 밧줄에 매달렸습니다.

곧 괴물들이 와서 저를 교수대에서 내려 가시덤불과 엉겅
퀴를 지나 집까지 질질 끌고 가더니 바닥에 눕히더군요.
괴물들은 이를 갈고 제 몸 위에서 칼을 갈면서 저를 도살
해 먹을 준비를 하고 있었지요. 제게 막 손을 대려 하는 순
간 갑자기 번개와 함께 천둥이 치고 바람이 불면서 어마
어마한 폭풍이 일었습니다. 괴물들은 겁에 질려 끔찍한 소
리를 지르더니 저를 바닥에 내버려 둔 채 창밖, 문밖, 지붕
밖으로 달려 나갔습니다. 세 시간 뒤 날이 밝기 시작해 찬
란한 태양이 떠올랐습니다. 저는 여자와 아이를 데리고 함
께 길을 나섰습니다. 깊은 숲에서 사십 일 동안 헤매고 다
니며 숲에서 자라는 뿌리, 열매와 약초 말고 다른 것은 먹
지 못했지요. 드디어 사람들 사이로 다시 가게 되었고, 여
자와 아이를 남편에게 데려다주었습니다. 남편이 얼마나
기뻐했는지 누구든 쉽게 상상할 수 있을 겁니다.”

이것으로 도둑의 이야기는 끝이 났다. “네가 저지른 많
은 악행을 여자와 아이를 구해서 갚았구나.” 하고 왕비가
말했다. “너의 세 아들을 풀어 주겠다.”

동화 같은 번역 뒷이야기: 생태찌개 한 접시

『그림 동화』의 해제와 번역 사항은 1권 인트로(「민족의 정신적 뿌리를 찾아가는 여정」)에 실렸으므로 2권 말미에서는 번역의 뒷이야기만 조금 덧붙이고자 한다.

*

옮긴이는 '여백서원'이라는 책의 집을 지어 지키고 있다. 매월 마지막 주 토요일은 일반 공개일이라 많은 분들이 찾아오시는데, 가끔 아주 뜻밖의 분들이 오신다. 재작년 10월에는 스위스 취리히 대학교 교수가 불쑥 대문을 들어서서 많이 놀랐다. 학회에서 한 번 만난 적 있는 분이었다. 그분은 서원에 깊은 인상을 받으신 듯 다음번 유럽에 올 때는 취리히에 꼭 들르라고 간곡히 당부하셨다. 그래서 그 얼마 뒤 독일 본(Bonn)에서 강연을 마치고 오스트리아 인스부르크로 가는 길에, 마침 도중이라 취리히에 들렸다.

그 댁에 사흘씩이나 머물며 놀라운 환대를 받았다. 잠자는 시간 외에는 사흘 꼬박 이야기를 나누었을뿐더러 끼니마다 빵에 곁들여 김치가 나오더니, 급기야 생태 김치찌개가 주요리로 나오는 지경에 이르렀다. 그 교수님 외에 그 댁에서 누가 한국에 와 봤거나 요리에 별난 취미가 있는 게 아니었다. 사모님 역시 취리히 대학교 독문학과 교수로 한국에 와 본 적이 없다. 그런데 그랬다. 받아 본 적 없는 유별난 환대에 송구스러워 몸 둘 바를 모르다시피 했는데 떠나기 전날 밤에야 수수께끼가 풀렸다. 그 메설리 교수가 고운 케이스에 든 두꺼운 책 세 권을 꺼내어 내 앞에 놓는 것이었다. 아름다운 『그림 동화』 완판본이었다.

오래 민속문학, 동화 연구에 매진해 오신 메설리 교수는 『그림 동화』에 대한 애정이 얼마나 지극한지, 그것이 한국에서 원형대로, 좋은 역자의 손을 거쳐, 정본처럼 나와 주기를 바랐고, 그래서 처음부터 나를 지목해 놓고 한껏 공을 들여 설득해 나간 게 아닌가 싶었다. 대단한 작전이었다. 참으로 놀랐다. 그러나 동화 전문가가 아닌 내가 이미 벌여 놓은 일들, 특히 방대한 괴테 전집 번역 일만으로도 벅찬 내 처지를 돌아보지 않을 수 없어 확답할 수는 없었다.

그러나 돌아와서 다시 생각해 보았다. 세상 어디에서 내가 그런 환대를 받을 것인가. 내가 무엇인데…… 그렇다 해도 감사의 마음 하나로 벌일 수 있는 만만한 일이 아니었다. 전공 분야를 보지 않더라도, 분량만도 엄청났다. 그럼에도 생태 김치찌개 접시의 그림이 머리를 떠나지 않아 결국 나는 그 만만찮은 일을 시작하고 말았다

1권 서문에서 밝힌 대로, 1권은 혼자 옮겼으나 2권은 젊은 동료와 함께 옮겼고 좋은 결정이었다.(나는 두 번밖에 본 적 없는 젊은 독문학자에게 2권의 공역을 제안했고, 나중에 알고 보니 메설리 교수도 같은 사람에게 같은 제안을 했다.) 2권 중간쯤에서 만나기로 하고, 1권을 번역한 전영애는 앞에서부터, 김남희는 뒤에서부터 매주 번역을 주고받으며 긴밀하게 검토했다. 2권 끝부분 부록 역시 같은 방식으로 함께 옮겼다.(성실한 공역자 김남희 교수는 현업에 시달리면서도, 매주 꼬박꼬박 한 편을 보내왔고, 그러면 나는 세 편을 보냈다. 김 교수는 단 한 번도 빠뜨린 일이 없다. 나는 두세 번 내 몫을 해내지 못하고 나중에 한꺼번에 보

냈다.) 그럼으로써 일이 매우 규칙적으로 조직적으로 진행될 수 있었다. 그런데 서로 만나는 중간 부분쯤에서는, 서로 자기 쪽에서 좀 더 고생하겠다고 각자 얼마나 열심히 일을 몰래 해 놓았는지, 나중에 보니 만나게 될 중간 부분에서 열 편이나 이중으로 번역되어 있었다.

옮기는 도중에 기회만 있으면 어린이들, 어른들 앞에서 번역문을 낭독했다. 좋은 시간이었다. 내가 지키는 서원 안에 어린이 도서관[여백 어린이 도서관]이 있어 어린이들이 온다. 내가 읽어 주는 동화를 듣고 의견을 준 어린이들에게 감사한다. 그러던 중 원군이 또 나타났다. 20여 년째 동화 모임을 이어 오고 있는 좋은 발도르프 학교[청계자유학교, 동림자유학교] 학부모님들이 한 편 한 편을 함께 읽고 좋은 조언과 제안을 아끼지 않았다. 동화 모임 어머니들께 감사드린다. 무사히 번역을 끝내는 데 결정적인 도움을 준 2권의 공역자 김남희 교수에게 감사한다. 한 주도 빠짐없이 꼬박꼬박 오는 그 번역 덕에 나도 내 번역을 완성할 수 있었다.

지성으로 책을 만들어 주신 민음사 편집부와 미술부, 특히 이정화 씨와 원미선 씨에게 깊이 감사드린다. 취리히에 다녀온 직후 우연한 자리에서 생태 김치찌게 얘기를 하게 되었는데, 그 얘기를 듣던 이정화 씨가 곧바로 반색을 하며 그 책 꼭 내야 한다고 강변하는 바람에 일이 본격적으로 시작되기도 했다. 놀라운 열성과 정성으로 책을 만들어 주었다. 무엇보다 이 모든 일의 원인 제공자인 메설리 교수께 감사드린다.

2023년 8월

전영애

동화 같은 번역 뒷이야기: 메설리 선생과의 인연

2권에는 공역자가 등장하는데 '공역'의 의미란 1권을 오롯이 해내신 전영애 선생이 2권(87번)을 앞에서부터, 공역자 김남희는 뒤에서부터(「아이들을 위한 성스러운 이야기 열 가지」) 번역해 갔음을 뜻한다. 독자들은 『그림 동화』의 1권과 2권 사이, 또 2권 내에서도 번역의 차이를 읽어 낼 것이다. 『그림 동화』(원제는 '아이들과 가정의 동화')는 200여 년 전에도 여러 사람의 입과 손을 통해 시작된 이야기이니, 한국에서 발간되는 책도 하나가 아닌 두 번역자의 손을 거치는 것은 어쩌면 이 책의 운명 같은 것이 아닐는지. 실제 원문 『그림 동화』가 채집되고 편찬되는 과정에 여러 이야기꾼이 있었기 때문이다. 도로테아 피만(Dorothea Viehmann, 1755~1815), 마리 하센플루크(Marie Hassenflug), 또는 마리 할머니(Die Alte Marie, 1788~1856), 프리데리케 마넬(Friederike Mannel, 1783~1833), 빌트 가족(Die Familie Wild, 도로테아 카타리안, 마리아네, 헨리에테 도로테아, 마리 엘리자베트 등), 귀족 가문인 학스트하우젠가(von Haxthausen) 드로스테 휠스호프가(von Droste-Hülshoff) 사람들이 그러하다.

동화 '같은' 번역의 뒷이야기에는 동화 속 이야기와는 달리 구체적인 인물과 시간, 지명이 얽혀 있다. 2017년 경주 독어독문학회의 '설악 심포지엄' 준비가 그 시작이었다. 학회 기조 강연자로 스위스 취리히 대학교의 알프레드 메설리 교수가 초대되었다. 이야기의 이야기꾼을 대구에서도 모시고 싶은 마음에 메설리 교수를 경북대학교로 초청했다. '이야기의 힘'에 관한 강연 뒤 나는 자청해 경주라는 숲으로 길잡이를 했다. 메설리 선생과 함께 간 심포지엄에서 전영애 선생을 처음으로 뵈었다. 여주에 '책의 집(여백서원)'을 만들고 지키며 퇴직 후에도 책과 번역, 가르침을 놓지 않는 선생은 귀감 이상이었다. 시간이 흘러 여주에서 다시 뵌 이후 지금도 학생들과 함께 5월 또는 10월 마지막 토요일에 '책의 집'을 찾아간다.

이야기의 무대는 다시 취리히로 넘어간다. 메설리 선생

과의 인연으로 나는 2018년에 한국, 독일, 스위스 독문학계 학자들과 취리히에서 『그림 동화』와 한국 수용을 주제로 일주일간 워크숍을 했다. 2019년 가을 다시 한국을 찾은 메설리 선생과 함께 서원을 찾아갔다. 두 분은 여주에서 다시 만났고, 그해 취리히에서 세 번째 만남이 있었다고 들었다. 동화에는 세 번의 법칙이 있다고 했던가! 취리히에서 발표하고 공부한 내용을 정리해 논문을 쓰던 중 메설리 선생이 『그림 동화』 번역을 제안했고, 조언을 구하러 전 선생께 연락을 드렸다. 벌여 놓은 일과 벌여야 하는 일들 사이에 『그림 동화』를 번역할 여력이 있을까 하는 고민이었다. 번역을 이미 시작하신 선생께서 같이 해 보자 선뜻 제안하셨다. 선생의 긴 번역 목록에 함께 이름을 올리는 — 쉽게 오지 않는 — 기회를 그렇게 덥석 잡았다. 잠시 번역의 길을 같이 걷기만 한 것으로도 감사의 인사를 전해 주시니 선생께 그저 감사할 따름이다.

엄청난 속도와 추진력으로 번역과 출판을 진행하시는 선생 옆에서 페이스메이커의 역할도 제대로 하지 못한 듯해 죄송한 마음도 크다. 선생의 번역에 비해 내 기여는 너무 적기 때문이다. 원문을 세심히 살피며 어휘와 문장을 다듬고 되새기며 읽어 보고 읽어 주시는 선생을 통해 번역에 대한 내 자세와 태도를 살피고 다시금 긴장한다. 그러니 감사의 몫은 선생께 돌려야 맞다.

동화 같은 이 모든 이야기가 시작되어 후기로 마침표를 찍을 때까지 많은 분들이 도움을 주셨다. 먼저 그림 형제와 번역자, 번역자와 번역자, 『그림 동화』와 독자를 연결하는 마법의 열쇠 역할을 해 준 메설리 선생께 깊이 감사드린다. 독일 슈트랄렌이라는 작은 도시는 깊은 숲의 마법의 성처럼 번역자의 천국, 유럽번역공동체(Europäisches Übersetzerkollegium)가 있다. 슈트랄렌에서 번역과 수정 작업에 집중할 수 있도록 지원해 준 노르트라인-베스트팔렌주 문화재단(Kulturstiftung NRW)과 공동체에 깊이 감사드린다. 언젠가는 한국에도 번역가들을 위한 그런 마법과 같은 공간이 마련되기를 소망한다. 마지막으로 끝까지 원고를 세심하게 살피고 책이 나오도록 길잡이를 잘 해 주신 민음사 편집부의 이정화, 원미선 편집자에게도 진심으로 감사드린다.

2023년 8월

김남희

1785년 야코프 그림(Jacob Ludwig Carl Grimm)이 아버
지 필립 빌헬름 그림과 어머니 도로테아 그림 사
이에서 1월 4일 하나우에서 태어난다.

1786년 빌헬름 그림(Wilhelm Carl Grimm)이 2월 24일
하나우에서 태어난다.

1802년 야코프가 마르부르크 대학교에서 법학을 전공한다.

1803년 빌헬름이 마르부르크 대학교에서 법학을 전공한다.

1806년 야코프가 카셀에서 헤센 전쟁부 서기관 근무를
시작한다. 빌헬름은 마르부르크 대학교 법학 졸
업 시험에 합격하고 대학을 졸업한다. 카셀로 귀

향하여 동화를 채집하기 시작한다.

1807년   야코프가 서기관을 퇴직한다. 나폴레옹의 동생 제
         롬 보나파르트가 베스트팔리아 왕국을 건설한다.

1808년   야코프가 제롬 치하 왕립 도서관에서 사서로 근
         무한다. 그림 형제는 아르님/브렌타노가 발행한
         《은자를 위한 소식지(Zeitung für Einsiedler)》에
         처음으로 기고한다.

1811년   야코프가 『고(古)독일 마이스터 노래(Über den
         altdeutschen Meistergesang)』를, 빌헬름이 『고
         (古)덴마크 영웅 노래, 발라드와 동화(Altdäni-
         sche Heldenlieder, Balladen und Märchen)』를 펴
         낸다.

1812년   그림 형제가 『어린이와 가정의 동화(Kinder-
         und Hausmärchen)』 1권과 『8세기 독일 최고(最
         古)시 두 편: 힐데브란트와 하두브란트 노래, 바
         이센부르너 기도문(Das Lied von Hildebrand
         und Hadubrand und Das Weissenbrunner
         Gebet)』을 펴낸다.

1813년   그림 형제의 문집인 『고(古)독일 숲들(Altdeu-
         tsche Wälder)』이, 빌헬름이 『고(古)스코틀랜드
         노래 세 편(Drei altschottische Lieder)』을 펴낸다.

1814년   야코프가 공사관 서기로 파리로 가 빈 회의에 참

석한다. 빌헬름은 카셀 공국 도서관에서 서기로 재직한다.

1815년   그림 형제가 『어린이와 가정의 동화』 2권을 출판한다. 『옛 에다 노래(Lieder der alten Edda)』를 출판한다.

1816년   야코프가 카셀 공국의 사서로 재직한다. 그림 형제가 『독일의 전설(Deutsche Sagen)』 1권을 펴낸다.

1819년   그림 형제가 마르부르크 대학교에서 명예박사학위를 수여한다. 야코프가 『독일어 문법(Deutsche Grammatik)』 1권을 출판한다. 『어린이와 가정의 동화』 2판을 인쇄한다.

1822년   여동생 로테 그림이 선제후국 헤센의 추후 장관인 루드비히 하센플룩과 결혼한다. 야코프가 『독일어 문법』 2권을 출판한다. 그림 형제가 『어린이와 가정의 동화』 3권(주석본)을 출판한다.

1825년   빌헬름이 약사의 딸인 도로테아 빌트와 결혼한다. 그림 형제가 『어린이와 가정의 동화』 축약판(Die Kleine Ausgabe)을 출간한다. 형제 생존 기간 동안 10판을 인쇄한다.

1829년   그림 형제가 괴팅겐 대학교의 초빙을 수락한다. 빌헬름이 『독일 영웅전설(Die Deutsche

Heldensage)』을 펴낸다.

1830년   야코프가 괴팅겐 도서관 사서 및 교수직을 수락
하고, 빌헬름이 도서관 사서직을 수락한다. 야
코프가 『고대교회 찬송가 26편……(Hymnorum
veteris ecclesiae XXVI……)을, 빌헬름이 『힐데브
란트에 관하여…….(De Hildebrando……)』를 펴
낸다.

1831년   빌헬름이 정원외교수로 재직한다. 야코프가 『독
일어 문법』 3권을 출판한다.

1835년   빌헬름이 정교수로 임용된다.

1837년   하노버 국왕 에른스트 아우구스트 2세의 헌법
개혁에 이의를 제기한다. '괴팅겐 7교수 이의' 사
건으로 그림 형제는 해직을 당한다. 야코프는 국
외로 추방되어 카셀로 돌아가서 『독일어 문법』
4권을 펴낸다.

1838년   『독일어 사전(Deutsches Wörterbuch)』 계획에
착수한다. 빌헬름이 가족과 함께 카셀로 이주한
다. 야코프가 『10세기, 11세기 라틴어 시(Latei-
nische Gedichte des X. und XI. Jahrhunderts)
를 공동 편찬한다. 빌헬름이 『롤랑의 노래
(Rolandslied)』를 편찬한다. 야코프가 『그의 해직
에 대하여(Über seine Entlassung)』를 출판한다.

1840년   그림 형제가 베를린 (왕립) 프로이센 학술
        원에 초빙된다. 야코프가 『불문법(不文法)집
        (Weistümer)』, 『카를 라흐만에게 보내는 서한
        (Sendschreiben an Karl Lachmann)』, 『안드레아
        스와 엘레네(Andreas und Elene)』를 편찬한다.
        빌헬름이 『콘라드 폰 뷔르츠부르크: 황금세공
        사(성모 숭배)(Konrad von Würzburg: Goldene
        Schmiede)』를 출판한다.

1841년   그림 형제가 베를린으로 이주한다. 학술원 취임
        공개 강의를 한다.

1846년   야코프가 (마인강) 프랑크푸르트에서 개최된 독
        문학자 회의에서 의장직을 맡는다. 빌헬름이 이
        회의에서 『독일어 사전』에 대해 보고한다.

1848년   야코프가 프랑크푸르트 파울 교회에서 열린 1회
        국민의회에 의원 자격으로 참석한다. 『독일어사
        (Geschichte der deutschen Sprache)』를 출판한
        다. 교수직에서 물러난다.

1852년   빌헬름이 교수직에서 물러나 연구에 전념한다.
        그림 형제가 『독일어 사전』을 1차로 배본한다.

1859년   빌헬름이 12월 16일 베를린에서 사망한다.

1863년   야코프가 9월 20일 사망한다.

그림 동화 2: 아이들과 가정의 동화

1판 1쇄 찍음	2023년 8월 21일
1판 1쇄 펴냄	2023년 9월 8일

지은이   야코프 그림, 빌헬름 그림
옮긴이   전영애, 김남희
발행인   박근섭, 박상준
펴낸곳   (주)민음사

출판등록 1966. 5. 19. (제 16-490호)
주소   서울특별시 강남구 도산대로1길 62(신사동)
         강남출판문화센터 5층(우편번호 06027)
전화   02-515-2000 팩시밀리 02-515-2007
홈페이지 www.minumsa.com

© 전영애, 김남희, 2023, Printed in Seoul, Korea

ISBN 978-89-374-2782-4 04850
ISBN 978-89-374-2780-0(세트)
값 32,000원

전영애 옮김(1, 2권)

서울대학교 독어독문학과 명예교수이며 여백서원과 괴테의 집을 지어 운영하고 있다. 독일 프라이부르크 고등연구원 연구원, 독일 바이마르 고전주의 재단 연구원을 역임했으며, 유서 깊은 바이마르 괴테 학회에서 수여하는 괴테 금메달을 동양 여성 최초로 수상했다. 『어두운 시대와 고통의 언어—파울 첼란의 시』, 『독일의 현대문학—분단과 통일의 성찰』, 『괴테와 발라데』, 『맺음의 말』, 『시인의 집』, 『꿈꾸고 사랑했네, 해처럼 맑게』 등 많은 저서를 국내와 독일에서 펴냈다. 옮긴 책으로 『장화 신은 고양이』(동화집), 『데미안』, 『변신·시골의사』, 『나누어진 하늘』, 『파우스트 I, II』, 『괴테 시 전집』, 『괴테 서·동 시집』, 『나와 마주하는 시간』, 『은엉겅퀴』 등이 있다.

김남희 옮김(2권)

경북대학교 인문대학 독어독문학과 교수. 독일 마인츠 대학교에서 일반·통역학으로 박사학위를 취득 후 국제회의 통역 활동, 번역이론서 번역 및 독일어, 한국어 문학 번역 등 이론과 실제의 관계와 연계를 탐색하고 있다. 독일 슈트랄렌의 유럽번역공동체에 레지던스 초청번역가 활동 및 오스트리아 빈 문학협회 초청 등 독일어와 한국어 문학 및 번역 기관들과 관계망을 지속적으로 확장해 나가고 있다. 대산문화재단의 한국문학 번역 지원 사업으로 기형도의 『입속의 검은 잎』, 황정은의 『百의 그림자』를 독일어로 공동 번역하고 현재 출판 준비 중이다. 옮긴 책으로 독일의 기능주의 번역학자 파울 쿠스마울의 『번역 쉽지 않다』가 있다.